오만과 편견

세계문학의 숲 016

Pride and Prejudice

오만과 편견

제인 오스틴 지음
고정아 옮김

시공사

일러두기

1. 이 책은 1813년 영국의 T. 에거튼(T. Egerton) 출판사에서 출간된 제인 오스틴(Jane Austen)의 《오만과 편견(Pride and Prejudice)》을 우리말로 옮긴 것이다.
2. 번역은 2003년에 출간된 펭귄 고전 시리즈의 《오만과 편견》(Vivien Jones 편집, Penguin Books 발행)을 대본으로 삼았으며, 옥스퍼드 세계 고전 시리즈(James Kinsley 편집, Oxford University Press 발행, 2008년)와 《주석판 오만과 편견》(David M. Shapard 주석 및 편집, Anchor Books 발행, 2007년)을 참고하였다.
3. 권말에 부록으로 실린 버지니아 울프의 글은 1925년 출간된 그녀의 에세이집 《보통의 독자(The Common Reader)》의 한 장 〈제인 오스틴〉을 옮긴 것이다.
4. 본문의 주는 모두 옮긴이 주이다.

차례

제1권

1

부유한 독신 남성에게 아내가 필요하다는 것은 누구나 인정하는 진리이다.

그런 남자가 새로 이사를 오게 되면, 그 주위의 집안들은 이런 진리를 너무나도 확고하게 믿는 나머지 그가 어떤 심정인지 어떤 생각을 가지고 오는지 전혀 알지 못하면서도, 그를 자기 집안 딸들 중 누군가가 차지하게 될 재산으로 여기곤 한다.

"아유, 여보." 어느 날 베넷 부인이 남편에게 말했다. "네더필드 파크가 드디어 세줄 사람을 찾았다는 소문 들었어요?"

베넷 씨는 듣지 못했다고 했다.

"그렇게 됐대요." 베넷 부인이 말했다. "롱 부인이 방금 들렀다가 그 이야기를 몽땅 해주고 갔어요."

베넷 씨는 대꾸하지 않았다.

"누가 오는지 궁금하지 않아요?" 베넷 부인이 참지 못하고 소리쳤다.

"말하고 싶으면 해요. 듣기 싫다고는 안 할 테니까."

그 정도 권유면 충분했다.

"글쎄, 당신도 좀 알아둬야 해요. 롱 부인이 그러는데, 네더필드 파크에 올 사람이 잉글랜드 북부 출신의 부자 청년이래요. 월요일에 사두마차*를 타고 집을 보러 왔다가 마음에 쏙 든다면서 모리스 씨하고 그 자리에서 당장 계약했대요. 미가엘 축일** 전에 입주할 거고, 하인들은 다음 주말이면 들어올 거래요."

"이름이 뭐랍디까?"

"빙리라네요."

"결혼한 사람인가? 아니면 미혼?"

"어머나, 당연히 미혼이죠! 돈 많은 총각이라고요. 1년 수입이 4~5천 파운드나 된대요. 우리 딸들한테 얼마나 좋은 일이에요!"

"어떻게 말이오? 그게 우리 딸들하고 무슨 상관이 있소?"

"이것 보세요, 베넷 씨, 당신은 참 사람을 피곤하게 하네요! 우리 딸 중 하나랑 결혼시키고 싶어서 그런다는 걸 알면서 왜 그래요?" 베넷 부인이 말했다.

"그 사람이 그걸 노리고 여기 온다는 거요?"

"노린다고요? 말도 안 돼! 어떻게 그런 말을 할 수 있어요? 하지만 그애들 중 하나랑 사랑에 빠질 가능성은 다분하죠. 그

---

*가족용으로 많이 쓰인 지붕 덮인 마차. 말 네 마리가 끌고 바퀴도 네 개다. 당시 마차를 보유하려면 연 소득 최소 8백~1천 파운드 이상이어야 했고 따라서 마차나 말 소유 여부는 경제적 척도이기도 했다.
**9월 29일. 영국, 스코틀랜드, 아일랜드에서 기리는 축일로 성모승천대축일(3월 25일), 세례요한축일(6월 24일), 성탄절(12월 25일)과 함께 영국의 사분기 결산일 중 하나이다.

러니까 그 사람이 오면 당신이 곧장 그 집에 찾아가 봐야 해
요."

"그럴 필요는 없을 것 같소. 당신하고 애들은 가도 좋아요.
아니, 애들만 보내는 게 더 좋겠소. 당신이 애들보다 더 예쁘니
빙리 씨가 당신을 맘에 들어할지도 모르잖소."

"그런 말 말아요. 뭐 나도 한때 미모를 자랑하던 시절이 있
었지만 이제는 그리 신통할 게 없죠. 나도 알아요. 그리고 다
큰 딸이 다섯이나 있는 여자라면, 자기 미모에 대한 생각일랑
접어야죠."

"하지만 그건 따로 생각할 만한 미모가 없는 여자들의 경우
가 아닐까?"

"어쨌거나 여보, 빙리 씨가 이사 오면 꼭 가서 인사해야 해
요!"

"장담은 못하겠구려."

"우리 딸들을 좀 생각해봐요. 애들 결혼에 얼마나 좋은 기회
냐고요. 윌리엄 경과 루카스 부인도 그 집에 인사 가기로 마음
먹었다는데, 무엇 때문이겠어요? 알다시피 그 집 사람들은 새
로 이사 온 집에 찾아가는 일이 거의 없잖아요. 당신이야말로
정말 가봐야 해요. 당신이 안 가는데 우리끼리 찾아갈 수는 없
는 거라고요."

"그렇게까지 구애받을 건 없을 것 같구려. 굳이 내가 안 가
도 빙리 씨는 당신하고 우리 딸들을 아주 반겨 맞을 거요. 그리
고 내가 당신 편에 몇 자 적어 보내리다. 우리 딸 누구를 골라
잡든 그 결혼을 흔쾌히 승낙한다고 말이오. 물론 둘째 리지를
특별히 추천해야겠지만."

"제발 그러지 좀 마요. 리지가 다른 아이들보다 나을 게 뭐가 있어요? 인물은 제인의 반도 못 따라오고 리디아만큼 싹싹하지도 않아요. 그런데도 당신은 늘 그애 편만 들죠."

"다른 애들은 딱히 추천할 만한 구석이 없지 않소." 남편이 대답했다. "그애들은 다른 집 딸들하고 똑같이 멍청해요. 하지만 리지는 예리한 구석이 있지."

"여보, 어떻게 자기 아이들을 그렇게 깎아내릴 수 있어요? 당신은 나를 화나게 하는 게 재미있나 봐요. 내 예민한 신경을 도통 헤아려줄 줄 모른다고요."

"그렇지 않아요, 부인. 난 당신의 신경을 더없이 존중한다오. 내 오랜 친구인걸. 20년도 넘게 당신에게서 신경 이야기를 들으며 살았으니까."

"아! 당신은 내가 얼마나 괴로운지 몰라요!"

"하지만 나는 당신이 그 고통을 극복하고 오래오래 살아서, 연수입 4천 파운드의 젊은이들이 우리 동네에 오는 걸 많이 보았으면 싶소."

"그런 사람이 스무 명이 와봤자 뭐해요. 당신이 찾아가지 않으면 아무 소용없는데."

"걱정 마시오. 스무 명이 되면 내 모조리 찾아가리다."

베넷 씨에게는 예리한 지성, 냉소적인 유머, 내향적인 기질, 충동적인 변덕이 매우 기묘하게 뒤섞여 있어서, 부인이 그와 함께 산 23년도 그의 성격을 제대로 이해하기에는 역부족이었다. 반면에 부인의 정신세계는 그리 복잡하지 않았다. 이해력은 보잘것없고, 견문도 좁고, 성미는 종잡을 수 없었다. 불만에 차면 그녀는 그게 자신이 신경과민을 앓기 때문이라고 생각했다.

베넷 부인의 일생의 과업은 딸들을 출가시키는 것이었고, 인생의 낙은 이웃을 방문해서 소문을 듣고 퍼뜨리는 것이었다.

2

베넷 씨는 그 지역에서 가장 먼저 빙리를 찾아간 사람들 중 하나였다. 아내에게는 한사코 가지 않겠다고 했지만, 기실 그는 처음부터 그를 만나볼 생각이었다. 그리고 그가 빙리를 만나고 온 날 저녁까지도 아내는 그 사실을 전혀 몰랐다. 그 일은 다음과 같이 밝혀졌다. 둘째 딸 엘리자베스가 모자를 장식하는 것을* 보다가 그가 불쑥 말했다.

"그게 빙리 씨 마음에 들었으면 좋겠구나, 리지."

"빙리 씨가 뭘 좋아할지 어떻게 알겠어요?" 아내가 퉁명스럽게 말했다. "그 사람을 만날 일이 없는데."

"하지만 엄마," 엘리자베스가 말했다. "무도회가 열리면 그 사람을 만날 수 있을 거예요. 그리고 롱 부인께서 우리한테 그 사람을 소개해주겠다고 하셨는걸요."

"롱 부인이 행여나 그러겠다, 자기 조카딸이 둘이나 있는데. 이기적이고 위선적인 여자야. 나는 그 부인을 별로 믿지 않아."

"그건 나도 마찬가지요." 베넷 씨가 말했다. "당신이 그 부

*1790년대 패션에서 모자 장식은 매우 중요했으며, 저자 제인 오스틴 또한 자기 모자를 과일과 꽃으로 꾸미기도 했다는 기록이 남아 있다.

인에게 기대지 않겠다니 기쁜걸."

베넷 부인은 대꾸하지 않는 편이 낫다고 생각했지만, 가만히 참고 있기가 힘들어서 애꿎은 딸을 꾸짖었다.

"제발 기침 좀 그만해라, 키티! 내 예민한 신경 좀 생각해주지 않겠니? 네 기침 소리에 신경이 갈가리 찢기는 것 같구나!"

"키티는 기침할 때 조심성이 없어요." 베넷 씨가 말했다. "때를 잘 못 맞추지."

"나도 재미로 기침하는 게 아니라고요!" 키티가 항변하며 대꾸했다.

"다음 무도회는 언제냐, 리지?"

"2주일하고 하루 뒤예요."

"맞아, 그래!" 베넷 부인이 소리쳤다. "롱 부인은 그 전날에나 온대. 그러니까 어떻게 부인이 너희를 소개해주겠니? 자기도 그 사람을 잘 모를 텐데."

"그렇다면 반대로 당신이 앞장서서 롱 부인에게 빙리 씨를 소개해줄 수도 있잖소."

"말도 안 돼요, 여보. 어떻게 그러겠어요! 나도 빙리 씨하고 인사도 못 했는데. 당신은 어쩌면 이렇게 사람 속을 긁어요?"

"당신이 이렇게 신중한 줄 미처 몰랐소. 보름간의 친분이란 참으로 미미한 거지. 보름 동안 만났다고 그 사람의 진면목을 알 수는 없어요. 하지만 우리가 하지 않으면 다른 사람이 선수를 칠 거요. 어쨌거나 롱 부인과 조카딸들도 빙리 씨를 소개받을 기회는 가져야지. 그 부인은 그걸 친절한 행동이라 여길 터이니, 당신이 안 하겠다면 내가 직접 하리다."

딸들이 아버지를 빤히 바라보았다. 베넷 부인은 "엉터리, 순

엉터리예요!" 하고 되뇔 뿐이었다.

"그렇게 강하게 부정하는 의미가 뭔지 궁금하군." 베넷 씨가 말했다. "소개의 형식*이 엉터리라는 거요, 그 형식을 중시하는 풍조가 엉터리라는 거요? 그 점에서는 당신과 내 생각이 많이 다르구려. 메리야, 네 생각은 어떠냐? 너는 생각이 깊고 좋은 책도 많이 읽고 책 구절도 많이 적어두지 않니?"** 메리는 분별 있는 말을 하고 싶었지만, 아무 말도 떠오르지 않았다.

"메리가 생각을 정리하는 동안 다시 빙리 씨 이야기로 돌아갑시다." 베넷 씨가 말을 이었다.

"빙리 씨 이야기는 이제 지겨워요." 베넷 부인이 소리쳤다.

"그렇다면 유감이구려. 왜 진작 말하지 않았소? 내가 오늘 오전***에만 알았어도 그 사람을 찾아가는 일은 없었을 텐데, 이렇게 운이 나쁠 수가. 하지만 벌써 그 사람을 방문했으니 우리는 안면을 틀 수밖에 없는 처지가 되었소."

그 순간 아내와 딸들이 받은 충격은 바로 그가 원하던 대로였다. 그중에서도 베넷 부인이 받은 충격이 가장 컸을 것이다. 어쨌거나 한바탕 기쁨에 겨운 혼란이 지나가자 부인은 처음부터 그렇게 되리라 예상했다고 단언했다.

"아유, 여보, 당신은 참 자상한 면이 있어요! 내가 결국은 당신을 설득할 걸 알았다니까요. 당신이 애들을 얼마나 사랑하는

---

*사교계 무대 데뷔 등에서 소개 절차는 매우 까다롭고 중요했다. 신분 위계질서를 매우 중시했고, 여러 절차를 제대로 거쳐 자신을 소개해야 했다.
**교훈적인 책을 열심히 읽고 내용 일부를 베껴 적는 일은 당시 여성의 교양 중 하나였다.
***작품 전체에 걸쳐 오전은 정찬 전의 이른 오후 시간까지를 가리킨다.

데, 그런 기회를 흘려보낼 리 없죠. 아, 정말 기분 좋아요! 그런데 오전에 다녀와놓고선 지금까지 그렇게 입을 다물고 있었다니, 짓궂기도 하네요."

"키티야, 이제 마음껏 기침하려무나." 베넷 씨는 아내의 호들갑에 피곤해져 말을 마치고 방을 나갔다.

"얘들아, 너희 아버지는 정말 훌륭하시지 뭐니." 문이 닫히자 부인이 말했다. "너희가 아버지께 어떻게 보답해드려야 할지 모르겠구나. 그리고 그건 나에게도 마찬가지야. 우리 나이가 되면 날마다 새로운 친분을 쌓는 게 그리 즐거운 일만은 아니란다. 하지만 너희를 위해서라면 못 할 게 없지. 리디아, 네가 막내지만 다음 무도회 때 아무래도 빙리 씨가 너하고 춤출 것 같구나."

"아, 난 하나도 겁 안 나요!" 리디아가 씩씩하게 말했다. "막내지만 키는 제가 제일 크니까요."

그날 저녁은 빙리 씨가 얼마나 빨리 베넷 씨에게 답방을 올지 상상하고, 그를 언제 정찬에 초대할 것인지 의논하는 가운데 지나갔다.

3

하지만 베넷 부인이 다섯 딸의 지원을 받으며 아무리 질문을 해대도, 베넷 씨는 빙리 씨에 대해 이렇다 할 설명을 해주지 않았다. 그들은 다양한 방식으로 그를 공략했다. 노골적으로 묻기도 하고, 재치 있는 추측도 하고, 황당한 상상도 해보았지만, 베넷 씨는 모두의 수완을 비껴갔다. 그들은 결국 이웃인 루카스 부인이 전하는 정보에 의존할 수밖에 없었다. 부인이 전한 내용은 매우 긍정적이었다. 윌리엄 경이 빙리 씨를 무척 마음에 들어 했다는 것이다. 그는 아주 젊고 대단한 미남에 성격도 다정한 데다 금상첨화로 다음번 무도회에 일행을 많이 데리고 온다고 했다. 그보다 더 기쁜 소식은 없었다! 춤을 좋아한다면 사랑에 빠지는 길에 한 걸음 더 가까웠다. 그들은 빙리 씨의 마음을 사로잡겠다는 즐거운 희망에 부풀어 올랐다.

"우리 딸애들 중 한 명이 결혼해서 네더필드에 행복하게 정착하고 다른 아이들도 모두 그만큼 결혼을 잘한다면, 난 더 이상 바랄 게 없어요." 베넷 부인이 남편에게 말했다.

며칠 뒤 빙리 씨가 베넷 씨에게 답방을 와서 서재에 10분 정도 머물다가 돌아갔다. 그는 예쁘기로 소문난 그 집 딸들을 볼 수 있을지도 모른다는 희망을 품고 왔지만, 결국 아버지만 만나고 가야 했다. 처녀들 쪽이 더 운이 좋았다. 그들은 위층 창문을 통해, 그가 청색 코트*를 입고 검은 말을 타고 온 모습을 내다볼 수 있었다.

그들은 곧 빙리 씨에게 정찬 초대장을 보냈고 베넷 부인은 살림 솜씨를 뽐낼 식사 코스까지 계획해 두었다. 하지만 그 모든 것을 연기하는 답장이 왔다. 빙리 씨는 그다음 날 런던에 가야 해서 안타깝게도 초대에 응할 수 없다고 했다. 베넷 부인은 낙담했다. 그가 허트퍼드셔**에 온 지 얼마 되지도 않아 런던

---

*당시 멋쟁이 신사들이 즐겨입던 색이다.
**런던 북쪽에 인접한 지역.

에 무슨 볼일이 있다는 건지, 짐작이 가지 않았다. 베넷 부인은 그가 이리저리 돌아다니느라 네더필드에 정착할 의무를 게을리할지도 모른다며 걱정했다. 그가 무도회에 친구들을 잔뜩 데려오기 위해서 런던에 갔을지도 모른다는 루카스 부인의 말에, 베넷 부인의 걱정은 다소 누그러들었다. 곧이어 빙리 씨가 무도회에 숙녀 열두 명과 신사 일곱 명을 데리고 온다는 이야기가 돌았다. 처녀들은 여자가 너무 많다는 사실에 실망했지만, 무도회 전날, 기쁘게도 그가 런던에서 데려온 사람은 열둘이 아니라 여섯이고, 그중 다섯은 누이들이며 한 명은 사촌이라는 소식이 전해졌다. 그리고 막상 무도회에 들어왔을 때 빙리 일행은 빙리 씨와 그의 두 누이, 누나의 남편, 그리고 또 다른 젊은이 이렇게 다섯 명뿐이었다.

빙리 씨는 잘생기고 신사다웠다. 호감 가는 표정에 태도는 편안하고 자연스러웠다. 누이들도 상류층 분위기를 물씬 풍기는 세련된 여성들이었다. 매형인 허스트 씨는 그저 차림새만 신사다울 뿐이었지만, 빙리의 친구인 다아시 씨는 훤칠한 키와 잘생긴 얼굴, 품위 있는 태도로 온 무도회장의 시선을 사로잡았다. 그리고 그가 입장하고 채 5분도 지나지 않아 사람들 사이에 그의 연간 소득이 1만 파운드라는 이야기가 돌았다.*

남자들은 그의 풍채가 훌륭하다고 했고, 여자들은 그가 빙리 씨보다 훨씬 잘생겼다고 단언했다. 이렇듯 그는 무도회 중반쯤까지는 많은 이들에게서 찬사를 받았지만, 고약한 태도로 인해 급격히 인기가 떨어졌다. 아주 오만하고 잘난 척하며 한없이 까

*다아시의 수입은 당시 영국 내 400위 안에 드는 수준이다.

다로운 사람이라는 사실이 곧 드러났기 때문이다. 그가 소유한 더비셔*의 광대한 영지를 모두 들이댄다 해도, 그 거만하고 불쾌한 낯빛과, 친구인 빙리 씨와는 비교할 수도 없는 품성이라는 사실을 무마할 수는 없었다.

빙리 씨는 곧 무도회장의 주요 인사들과 빠짐없이 인사를 나누었다. 그는 유쾌하고 솔직했다. 그리고 모든 춤을 빠지지 않고 춘 뒤 무도회가 너무 일찍 끝났다고 화를 내면서, 자신이 네더필드에서 직접 무도회를 열겠다고 했다. 이렇게 사랑스러운 품성은 알아서 빛을 발하는 법이다. 그 친구라는 사람과는 하늘과 땅 차이였다! 다아시 씨는 춤도 딱 두 번, 그러니까 허스트 부인과 한 번, 빙리 양과 한 번 추었을 뿐이었다. 다른 여자들하고는 인사도 나누지 않으면서 내내 무도회장을 오가다가 이따금 자기 일행과 몇 마디 말을 나누는 게 전부였다. 그의 성격에 대해 모두의 의견이 일치했다. 그는 세상에서 가장 오만불손한 남자였고 모두가 다시는 그가 나타나지 않기를 바랐다. 그를 가장 싫어한 사람 중 하나가 베넷 부인이었다. 부인은 그의 행동이 전부 다 싫었지만, 특히 그가 자기 딸 중 하나를 무시했다는 사실에 더욱 분노했다.

남자 손님이 적은 관계로 엘리자베스 베넷은 두 곡이 흐르는 동안 자리에 앉아 있어야 했고,** 그사이에 다아시 씨가 바

---

*잉글랜드 중북부의 지역.
**당시에는 한 파트너와 두 곡의 춤을 추는 것이 무도회의 기본 원칙이었다. 두 곡이 끝날 때마다 필수로 파트너를 바꾸어야 하는 곳도 있었다. 남성 수가 모자란 데도 다아시 씨가 춤을 추지 않은 것은 매우 불친절한 태도이다. 한 남성의 춤 신청을 거절한 여성이 같은 곡에서 다른 남성의 춤 신청을 받아들이는 것 또한 매우 무례한 태도로 간주되었다.

로 근처에 서 있었다. 그래서 그녀는 춤을 마치고 쉬러 온 빙리 씨가 그와 나누는 대화를 듣게 되었다. 빙리 씨는 친구에게 나가서 춤을 추라고 권했다.

"이봐, 다아시, 나가서 춤을 좀 춰. 이렇게 지루하게 혼자 서 있는 건 보기 싫다고. 춤추는 게 훨씬 나아."

"그럴 일 없어. 내가 춤추는 걸 얼마나 싫어하는지 잘 알지 않나. 상대를 잘 아는 경우가 아니라면 말이야. 이런 무도회에서 그런 일을 하는 건 끔찍해. 자네 누이들은 다 상대가 있고, 그들 말고 다른 여자들은 모두 내게 고역이 될걸세."

"나라면 자네처럼 까탈스럽게 굴지 않을 거야." 빙리가 말했다. "내 평생 이렇게 사랑스러운 아가씨가 많은 무도회는 처음인걸. 그 가운데 서너 명은 보기 드물게 예쁘고 말이지."

"여기에서 예쁜 아가씨라고는 자네하고 춤춘 아가씨 하나뿐이야." 다아시 씨가 베넷 가의 맏딸을 바라보며 말했다.

"아, 정말 그렇게 아름다운 아가씨는 생전 처음이야! 그런데 자네 뒤쪽에 그 아가씨 여동생이 앉아 있어. 내 눈에는 저 아가씨도 아주 예쁘고 다정해 보이는걸. 내 파트너에게 두 사람을 소개해달라고 부탁해야겠어."

"누구를 말하는 거지?" 다아시 씨는 잠시 고개를 돌렸다가 엘리자베스와 눈이 마주치자 얼른 시선을 거두고 냉랭하게 말했다. "봐줄 만은 하지만 나를 사로잡을 만한 매력은 없군. 그리고 나는 다른 남자들에게 무시당하는 여자를 우쭐하게 만들어주고 싶지 않아. 자네는 얼른 파트너에게 돌아가서 그 미소를 만끽하게나. 괜히 나하고 시간 낭비하지 말고."

빙리 씨는 그 조언에 따랐다. 다아시 씨는 그 자리를 떠났고, 엘리자베스는 그에 대해 그다지 따뜻한 감정을 품지 못한 채 계속 앉아 있었다. 하지만 곧 친구들에게 가서 그 사건을 신이 난 듯 들려주었다. 발랄하고 장난기 많은 성격이어서, 우스꽝스러운 이야기들을 좋아했기 때문이다.

베넷 가는 대체로 그날의 무도회를 즐겁게 보냈다. 베넷 부인은 네더필드 일행이 맏딸에게 크게 호감을 보이는 걸 확인했다. 빙리 씨는 제인과 두 번이나 춤을 추었고, 그의 누이들도 그녀를 각별히 대했다. 제인은 그에 대해 겉으로는 조용했지만 속으로는 어머니만큼이나 만족했다. 엘리자베스도 제인의 기쁨을 느꼈다. 메리는 빙리 양에게 근방에서 가장 교양 높은 아가씨로 소개되었다. 캐서린*과 리디아는 춤 상대가 끊이지 않는 행운을 누렸고, 그 둘에게 무도회란 아직 그게 전부였다. 그래서 그들은 유쾌한 기분을 안고 자신들이 유지 역할을 하는 마을 롱번으로 돌아왔다. 베넷 씨는 그때까지도 깨어 있었다. 그는 책만 있으면 시간 가는 줄 몰랐다. 그리고 이번에는 그렇게도 기대 높던 무도회가 어떻게 흘러갔는지 꽤 궁금하기도 했다. 그는 낯선 젊은이에 대한 아내의 기대가 실망으로 변했기를 바랐다. 하지만 바라던 바와는 전혀 다른 이야기를 들어야 했다.

"아유, 여보!" 베넷 부인이 서재로 들어서며 말했다. "정말로 즐거운 밤이었어요. 무도회는 진짜 훌륭했어요. 당신도 같이 갔으면 좋았을 텐데. 제인이 얼마나 인기였는지 몰라요. 다들 제인이 예쁘다고 난리였어요. 빙리 씨도 제인에게 반해서

*키티.

두 번이나 같이 춤췄어요. 세상에, 정말로 두 번이나 췄다니까요. 무도회에 간 여자들 중에서 그 사람이 두 번이나 춤을 청한 사람은 제인뿐이었다고요. 처음에는 루카스 양에게 춤을 청했죠. 그 사람이 루카스 양이랑 춤추는 걸 보니까 열통이 터졌어요. 하지만 그리 즐거운 기색은 아니더라고요. 당연한 일이죠. 그러다가 제인이 춤추는 걸 보고 아주 놀란 눈치지 뭐예요. 그래서 누군지 묻고 소개받더니 다음 두 곡을 추자는 거예요. 세 번째 두 곡은 킹 양하고 추고, 네 번째는 마리아 루카스하고, 그리고 다섯 번째는 다시 제인하고 춘 다음에 여섯 번째는 리지랑 췄고요. 그리고 불랑제 춤은……."

"그 사람이 나를 조금이라도 불쌍히 여겼다면 춤을 그 절반도 추지 않았을 텐데!" 베넷 씨가 안타깝게 소리쳤다. "제발 그 사람 파트너 이야기는 그만해요. 아, 첫 곡에서 발목이라도 삐어버릴 것이지!"

"정말이지 그 사람, 마음에 쏙 들어요." 베넷 부인이 말을 이었다. "얼마나 미남인지 몰라요! 누이들도 훌륭한 숙녀고요. 그 여자들이 입은 것처럼 우아한 드레스는 평생 처음이에요. 아무래도 허스트 부인의 드레스에 달린 그 레이스는……."

부인의 이야기는 그 대목에서 다시 제지당했다. 베넷 씨는 옷이나 장신구에 대한 설명은 모두 싫다고 했다. 그래서 약간 다른 이야기가 필요해지자, 부인은 혐오감을 가득 담은 과장된 말투로 다시 씨의 경악할 만큼 무례한 태도에 대해 말했다.

"하지만 분명한 건 그 사람 눈에 안 들었다고 리지가 손해 볼 건 없다는 거죠." 부인이 덧붙였다. "그 사람은 정말로 불쾌하고 역겹고 비위 맞출 필요가 전혀 없는 사람이에요! 어찌나

잘난 척하고 거드름을 피우던지, 눈 뜨고 볼 수가 없었다니까
요! 제멋에 겨워 이리저리 왔다갔다 하기나 하고! 같이 춤추고
싶을 만큼 잘난 얼굴도 아니에요! 당신이 옆에서 한마디 해줬
어야 하는데. 정말 꼴도 보기 싫은 사람이었어요!"

4

엘리자베스와 둘만 남게 되자, 이전까지 빙리 씨 칭찬에 조심
스럽던 제인이 그에게 큰 호감을 표했다.

"젊은이의 귀감 같은 사람이야." 제인이 말했다. "분별 있고
다정하고 유쾌하고, 그렇게 기분 좋은 태도는 처음 봤어. 여유
롭고 나무랄 데 없는 예의범절까지!"

"게다가 잘생겼고." 엘리자베스가 대답했다. "가능하면, 젊
은이의 귀감답게 인물도 좋은 게 낫지. 그러니까 그 남자는 완
벽한 거야."

"그 사람이 두 번째로 춤을 청했을 때 얼마나 기뻤는지 몰
라. 그런 영광은 기대하지 않았거든."

"정말? 나는 예상했는걸. 하지만 언니하고 내가 다른 게 하
나 있지. 언니는 그런 일이 있으면 깜짝 놀라지만, 나는 그렇지
않다는 거야. 그 사람이 언니한테 다시 춤추자고 한 건 정말 자
연스러운 일이야. 눈이 있다면 언니가 거기 모인 다른 여자들
보다 다섯 배쯤 예쁘다는 걸 모를 수가 없잖아. 그러니까 그 점
에서 그 사람이 대단할 건 없어. 남자가 예쁜 여자에게 친절한
건 자연스러운 일이니까. 물론 그 사람은 기분 좋은 사람이고,

나는 언니가 그 사람을 좋아하는 걸 허락하겠어. 언니는 그보다 멍청한 사람도 좋아했으니까."

"애, 리지!"

"아, 언니는 사람을 너무 쉽게 좋아하는 경향이 있어. 결점을 잘 못 봐. 언니 눈에는 온 세상이 다 착하고 상냥해. 나는 지금까지 언니가 누구 흉을 보는 걸 들은 적이 없어."

"섣불리 다른 사람을 비난하지 않으려고 조심하긴 하지만, 나는 언제나 내 마음을 솔직하게 말해."

"나도 알아. 그러니까 놀라운 거지. 언니처럼 분별 있는 사람이 사람들의 어리석음과 단점을 그렇게 잘 보지 못한다는 게 말이야! 착한 척하는 건 쉬워. 그런 사람들은 어디서나 볼 수 있어. 하지만 가식이나 다른 속셈 없이 착한 것, 사람들 성격에서 좋은 점을 더 좋게 보고 나쁜 점은 이야기하지 않는 것, 그건 언니만 할 수 있는 일이야. 그러니까 언니는 그 사람 누이들도 좋지? 그 여자들 태도는 자기 오라비한테 못 미쳐."

"처음에는 그래 보여. 하지만 그 여자들도 대화해보면 기분이 좋아져. 빙리 양은 오빠랑 같이 살면서 집안일을 돌볼 거래. 내가 크게 잘못 본 게 아니라면, 우리 모두 빙리 양을 좋은 이웃으로 여기게 될 거야."

엘리자베스는 말없이 이야기를 들었지만 그렇다고 수긍하지는 않았다. 무도회에서 그들이 보인 행동은 전반적으로 사람들을 기분 좋게 배려하려는 태도가 아니었다. 언니보다 조금 더 예리하고 조금 덜 고분고분한 데다 남에게 관심을 받아도 판단력이 흔들리지 않는 엘리자베스는, 그 여자들에게 호의를 품고 싶은 마음이 없었다. 기품 있는 숙녀들인 빙리 자매는 기분이 좋을 때는 다정하고 마음이 내키면 호의적이었지만 오만하고 도도했다. 인물도 좋고, 런던에 새로 건립되기 시작한 기숙 여학교 중 한 곳에서 교육을 받았으며, 2만 파운드의 재산이 있었지만, 소득에 비해 소비가 지나쳤고 지위가 높은 사람들하고만 어울리는 습관이 있었다. 그런 탓에 자신들을 대단하게 여기고 다른 사람을 우습게 볼 자격이 있다고 생각했다. 그들은 잉글랜드 북부의 존경받을 만한 집안 출신이었고, 그 사실은 오라비와 자신들의 재산이 장사를 통해 취득한 것이라는 사실보다도 기억 속에 더 중요하게 새겨져 있었다.

빙리 씨는 아버지에게서 거의 10만 파운드에 이르는 재산을 물려받았다. 아버지는 영지를 구입하려고 했지만, 미처 뜻을 이루지 못하고 세상을 떠났다. 빙리 씨 역시 아버지와 같은 뜻을 품었고 때로 지역을 골라보기도 했다.* 그러나 이제 좋은 집과 수렵권을 얻었으니 그의 여유로운 성격을 아는 사람들은, 그가 여생을 네더필드에서 보내고 영지 구입 건은 다음 세대로 넘길지도 모른다고 생각했다.

누이들은 그가 자기 영지를 소유하기를 간절히 바랐다. 하지만 비록 빙리 씨가 지금은 임차인으로 자리잡은 것이라고 해도, 빙리 양은 그의 집 식탁의 안주인 노릇을 할 마음이 없지 않았고, 재산보다는 지위를 보고 결혼한 허스트 부인 또한 편리한 때에 그 집을 자기 집으로 여길 생각이 없지 않았다. 빙리 씨는 성년이 되고 2년이 채 지나지 않았을 때 우연히 네더필드

---

*전통적인 상류층은 대토지를 소유한 지주였다. 빙리 가 사람들은 상업을 통해 신분상승을 이룬 계급이었기 때문에, 재산을 유지하고 그에 상응하는 권위와 덕망을 얻고자 토지를 사들이려는 것이다.

저택을 한번 보라는 권유를 받았다.* 그리고 반 시간 동안 둘러본 뒤, 주거 환경과 주요 방들이 마음에 들었고 집주인이 늘어놓는 칭찬도 만족스러워서 바로 그 집을 얻었다.

그와 다아시는 성격이 완전히 다른데도 꾸준히 우정을 유지했다. 다아시는 빙리의 여유롭고 솔직하고 유연한 성격을 좋아했다. 그와는 극과 극으로 다른 성격이었지만, 그렇다고 다아시가 자기 성격에 불만이 있는 것은 아니었다. 빙리는 다아시의 견해를 굳게 신뢰했고 그의 판단을 더없이 존중했다. 이해력은 다아시가 앞섰다. 빙리가 모자라다는 뜻은 아니지만 다아시는 명석했다. 하지만 그는 동시에 거만하고 말이 없고 까탈스러웠으며, 그의 태도는 점잖기는 했지만 호감을 얻지는 못했다. 그 점에서는 그의 친구 빙리가 훨씬 앞섰다. 빙리는 가는 곳마다 호감을 샀고, 다아시는 어디에 가도 반감을 샀다.

메리턴 무도회에 대해 이야기를 나누는 두 사람의 태도에도 그런 성격이 아주 잘 드러났다. 빙리는 평생 그토록 기분 좋은 사람들과 아름다운 아가씨들은 처음이었다고 했다. 모두가 너무 친절하고 상냥한 데다 격식에 얽매이지 않고 유연해서, 금세 모든 사람과 친구가 된 느낌이라고 했다. 그리고 베넷 양으로 말하자면 천사라도 그보다 더 아름답지는 않을 거라고 했다. 반대로 다아시가 본 것은 아름답지도 않고 세련미도 없는 사람들의 무리뿐이었다. 그는 누구에게도 관심을 갖지 않았고, 또 누구에게서도 관심과 기쁨을 받지 않았다. 그가 보기에 제인 베넷 양은 확실히 예뻤지만, 웃음이 너무 헤펐다.

*빙리 씨의 현재 나이는 22세이다. 당시 법적인 성년은 21세였다.

허스트 부인과 빙리 양도 대체로 다아시의 말에 동의했지만 베넷 양만큼은 훌륭하다고 칭찬하며 호의를 보였다. 매우 사랑스러운 처녀라며, 더 잘 알고 싶다고 했다. 베넷 양이 사랑스러운 처녀로 규정되자, 빙리 씨는 그녀를 자신이 원하는 대로 생각해도 좋다는 허락을 받은 것처럼 느꼈다.

5

롱번에서 가볍게 걸어갈 수 있는 거리에 베넷 가와 각별한 가족이 살았다. 윌리엄 루카스 경은 본래는 메리턴에서 상업에 종사했는데, 그를 통해 상당한 재산을 모으자 시장 재직 시절 왕에게 청을 올려 기사 작위를 받았다.* 이런 명예는 그에게 어쩌면 지나칠 만큼 크게 영향을 준 것 같았다. 그는 작위를 받자 사업과 자신이 살던 조그만 상업 도시에 혐오를 느껴서, 두 가지를 모두 버리고 메리턴에서 1마일 정도 떨어진 집으로 이사했다. 스스로 루카스 로지라고 명명한 그 집에서 그는 높은 지위를 기꺼이 누리고, 직업에 구애받는 일 없이 온 세상을 상대로 자신의 정중함을 발휘하는 데 몰두할 수 있었다. 그는 자신의 지위를 자랑스러워했지만 남을 깔보지는 않았다. 오히려 모든 사람에게 친절했다. 천성적으로 온화하고 다정하고 자상한 성품인 데다 세인트 제임스 궁에서 기사 작위를 수여받을 때

---

*윌리엄 경은 계급 상승 기제에 대한 제인 오스틴의 신랄하고 풍자적인 시선을 보여준다. 상인이었던 윌리엄 경은 지역 유지로서 왕실의 공인을 받았고, 이 일을 계기로 '사이비 신사 계급'의 자부심을 갖게 된다.

국왕을 알현한 덕에, 반듯한 궁정식 예법까지 갖추었다.

　루카스 부인은 아주 좋은 사람이었고, 그다지 똑똑하지는 않았기 때문에 베넷 부인의 소중한 이웃이 될 수 있었다. 그들에게는 자녀가 여럿 있었다. 맏이는 분별과 지성을 갖춘 스물일곱 살가량의 처녀로, 엘리자베스와는 절친한 친구였다.

　루카스 가 처녀들과 베넷 가 처녀들이 만나 무도회 이야기를 나누는 것은 지극히 당연한 일이었다. 무도회 다음 날 아침 루카스 가 딸들이 서로 소식을 듣고 전하려고 베넷 가로 찾아왔다.

　"너는 시작이 좋았어, 샬럿." 베넷 부인이 예의를 갖추어 자제하며 루카스 양에게 말했다. "빙리 씨의 첫 번째 춤 파트너가 되었잖아."

　"맞아요. 하지만 그 사람은 두 번째 파트너를 더 좋아하는 것 같았어요."

　"아, 제인 말하는 거니? 제인이랑은 두 번 췄지. 그걸 보면 그 사람이 제인을 좋게 본 것 같기는 해. 아니, 내가 봐도 분명히 그랬어. 그것과 관련된 말을 들었는데……, 정확히 뭔지는 잘 모르겠는데 로빈슨 씨 어쩌고 하는 말이었어."

　"제가 엿들은 빙리 씨하고 로빈슨 씨의 대화 말인가요? 제가 말씀 안 드렸나요? 로빈슨 씨가 빙리 씨한테 메리턴 무도회가 어떠냐, 예쁜 여자들이 많아 보이냐, 누가 제일 예쁘냐, 이런 질문을 하니까, 그 사람이 마지막 질문에 얼른 대답했죠. '아, 두말할 필요도 없이 베넷 가의 큰따님이죠. 그 점에는 이견이 있을 수 없어요' 하고요."

　"세상에! 정말로 확실한 대답이었네. 그건 마치…… 하지만 그렇더라도 아무 일 없이 끝날 수도 있지."

"내가 주워들은 게 네가 엿들은 말보다 훨씬 더 쓸모 있다, 일라이자.*" 샬럿이 엘리자베스에게 말했다. "다아시 씨 말은 빙리 씨 말만큼 귀 기울여 들을 가치가 없어. 불쌍한 일라이자! 겨우 봐줄 만하다는 소리를 듣다니."

"리지한테 그 사람의 몰상식한 행동을 생각나게 해서 화를 돋우지 말아주렴. 그 사람은 정말 불쾌한 인간이라 그런 사람에게 호감을 산다면 오히려 그게 더 불쌍한 일이야. 롱 부인이 어젯밤 그 사람 옆에 30분을 앉아 있었는데, 입 한 번 열지 않았다더라."

"정말이에요, 어머니? 잘못 들으신 거 아니에요?" 제인이 말했다. "다아시 씨가 롱 부인께 말하는 걸 제 눈으로 분명히 봤는데요."

"아, 그건 부인이 참다 못해서 네더필드가 어떠냐고 물으니까 대답을 안 할 수 없었던 거야. 하지만 부인 말로는 말을 시켜서 언짢은 것 같았다더구나."

"빙리 양한테 들었는데 다아시 씨는 아주 친하게 지내는 사람이 아니면 말을 별로 안 한대요." 제인이 말했다. "친한 사람들한테는 아주 다정하다네요."

"믿을 수 없어! 그렇게 다정하다면 롱 부인하고 대화를 했어야지. 하지만 대충 뭔지는 알 것 같구나. 사람들은 모두 그자가 오만으로 똘똘 뭉쳤다고 해. 아마 롱 부인이 마차가 없어서 임대 마차로 무도회에 왔다는 이야기를 들었던 게지."

*엘리자베스는 일라이자, 리지 등 다양한 애칭으로 불린다.

"그 사람이 롱 부인하고 대화하지 않은 건 별로 상관 없어요." 루카스 양이 말했다. "하지만 일라이자하고 춤을 추었으면 좋았을 텐데 말예요."

"내가 리지 너라면 다음번에 그 사람하고는 절대 춤추지 않을 거다." 베넷 부인이 말했다.

"그 사람하고는 절대, 영원히 춤추지 않겠다고 장담할 수 있어요, 어머니."

"그런데 그 사람이 오만한 게 저는 다른 사람 경우보다 별로 화가 안 나요." 루카스 양이 말했다. "왜냐면 이유가 있거든요. 그렇게 인물도 잘나고 집안이며 재산이며 모든 게 최고인 사람은 자기 자신을 높게 볼 수밖에 없잖아요. 이렇게 말해도 괜찮을지 모르겠지만, 제가 볼 때 그 사람은 오만할 권리가 있어요."

"그렇긴 해." 엘리자베스가 대답했다. "그리고 나도 그 사람의 오만을 용서할 수 있었을 거야. 나 자신이 그렇게 모욕당하지만 않았더라면 말이야."

"오만은 아주 흔히 볼 수 있는 단점이지." 견실한 사고를 자랑하는 메리가 말했다. "언젠가 읽었는데, 오만은 정말 널리 퍼져 있고, 인간 본성은 특히나 그러기 쉽게 되어 있어. 우리 중에서 자신이 실제로 가졌거나 가졌다고 상상하는 속성들에 흡족해하지 않는 사람은 거의 없다고 봐. 허영심과 오만은 흔히 비슷한 뜻으로 쓰지만 별개의 것이야. 오만하지만 허영은 없는 사람도 있을 수 있어. 오만은 자기가 자신을 어떻게 생각하느냐에 뿌리를 두고, 허영은 남이 나를 어떻게 볼까 하는 생각에 뿌리를 두기 때문이지."

"내가 다아시 씨처럼 돈이 많다면 오만하건 말건 상관 안 해요." 누나들과 함께 온 루카스 가의 사내아이가 말했다. "폭스하운드 개를 한 무리 키우면서 날마다 포도주를 한 병씩 마실 거예요."

"그건 너무 많이 마시는 거야." 베넷 부인이 말했다. "내가 그 꼴을 보면 당장 술병을 치워버릴 거다!"

소년은 그러면 안 된다고 했고, 부인은 꼭 그렇게 할 거라고 했다. 둘의 옥신각신은 자리가 끝날 때까지 이어졌다.

6

롱번의 여자들은 곧 네더필드의 여자들을 방문했다. 그리고 그 방문에 적절한 형식으로 답방이 이어졌다. 허스트 부인과 빙리 양은 제인의 상냥한 태도를 점점 더 마음에 들어 했다. 어머니는 견딜 수 없을 지경이고 어린 동생들은 이야기 나눌 가치도 없지만, 제인과 바로 아래 동생인 엘리자베스하고는 좀 더 친하게 지내고 싶다는 소망이 표현되었다. 제인은 이런 관심을 기쁘게 받아들였지만, 엘리자베스는 여전히 그들이 자기네 식구를 비롯한 모든 사람에게 거만하게 굴고, 거기에 제인도 예외가 아닌 것 같아서 호감을 품을 수 없었다. 하지만 그들이 제인에게 대단치 않은 친절이나마 보이는 것은 빙리 씨가 드러낸 호감에서 영향을 받았을 가능성이 높았다. 둘이 만날 때마다 그가 그녀를 찬탄하고 흠모하고 있다는 것은 대체로 명백했고, 엘리자베스가 볼 때는 제인 역시 처음부터 그에게 각별히 호감을 품었으며, 어떻게 보면 이제 사랑에 푹 빠졌다고도 할 수 있었다. 하지만 다행히 다른 사람들은 그런 사실을 알아채기 어려웠다. 제인은 강렬한 감정이 차분한 태도와 잘 결합되고 누구에게나 친절한 성품이라서, 오지랖 넓은 사람들의 의심을 피할 수 있었기 때문이다. 엘리자베스는 친구 루카스 양에게 이런 생각을 털어놓았다.

"이런 경우에는 사람들 눈을 속이는 게 편할지도 몰라." 샬럿이 대답했다. "하지만 그렇게 자기를 방어하는 게 불리할 때도 있어. 여자가 자신의 애정을 상대방에게까지 감쪽같이 숨기면, 그 사람을 잡을 기회를 놓칠지도 몰라. 그렇게 되고 나면 다른 사람들도 마찬가지로 자기 마음을 모른다는 건 별로 위안이 되지 않지. 애정 관계는 대부분 감사하는 마음이나 허영심이 크게 작용하기 때문에, 그대로 내버려두는 건 별로 효과적이지 않아. 시작은 가볍게 자유롭게 할 수 있지. 약간의 호감은 자연스러워. 하지만 상대가 긍정적인 반응을 보이지 않는데도 진심으로 사랑에 빠지는 사람은 드물어. 대개의 경우 여자 쪽은 실제로 느끼는 것보다 더 많은 호감을 표현하는 게 좋아. 빙리가 제인을 좋아하는 건 의심할 여지가 없어. 하지만 제인이 빙리 씨에게 힘을 실어주고 확신을 주지 않으면 그저 좋아하는 데서 그칠 수도 있다는 거지."

"언니는 이미 힘을 실어주고 있어, 자기 성격이 허락하는 한에서 말이야. 나도 언니의 호감을 알아차렸는데, 그 사람이 바보가 아니고서야 어떻게 그걸 모를 수 있어?"

"하지만 일라이자, 그 사람은 너만큼 제인의 성격을 잘 알지는 못한다는 걸 기억해."

"여자가 남자에게 호감을 품었고 그걸 굳이 감추려고 하지 않으면, 남자가 당연히 알아차리지 않겠어?"

"서로 자주 만난다면 그렇겠지. 하지만 빙리하고 제인이 꽤 자주 만난다고 해도 함께 있는 시간은 많지 않아. 그리고 언제나 여러 사람 속에 섞여서 만나니까, 그 시간 내내 둘이 대화를 나눌 수는 없잖아. 그러니까 제인은 빙리의 관심을 붙잡아 둘 수 있는 30분짜리 자투리 시간들을 잘 활용해야 해. 그 사람 마음을 확실하게 잡아두면, 그때는 원하는 만큼 사랑할 수 있게 될 거야."

"좋은 방법이네." 엘리자베스가 대답했다. "오직 결혼을 잘하는 게 목적이라면 말이지. 내가 돈 많은 남편, 아니 아무 남편이라도 얻으려고 결심했다면, 나도 기꺼이 그 방법을 따르겠어. 하지만 제인의 감정은 그렇지 않아. 언니는 결혼하겠다는 계획을 갖고 행동하지 않아. 아직까지 언니는 자기가 빙리 씨를 얼마나 좋아하는지도 잘 모르고 그게 합리적인 건지 어떤 건지도 몰라. 만난 지 이제 겨우 보름이니까. 메리턴 무도회에서 그 사람하고 춤을 네 곡 추었고, 오전에 그 사람 집을 방문한 적이 한 번 있고, 그 뒤로 정찬 모임이 네 번 있었어. 그 정도로는 그 사람 성격을 제대로 이해할 수 없어."

"네가 말하는 식으로야 안 되겠지. 제인이 같이 식사만 했다면 그 사람 식성밖에 더 알겠어? 하지만 두 사람이 네 번 식사하면서 나흘 저녁을 함께했다는 게 중요해. 그 정도는 나름대로 상당한 시간이야. 많은 일이 가능하다고."

"그래, 그 나흘 저녁 동안 두 사람은 자기들이 카드놀이 중에서 코머스보다 뱅팅을 더 좋아한다는 걸 알게 됐지. 하지만 다른 중요한 특성들은 그다지 많이 알게 된 것 같지 않아."

"나는 진심으로 제인이 잘됐으면 좋겠어." 샬럿이 말했다. "그리고 제인이 내일 당장 그 남자하고 결혼한다고 해도 1년 동안 서로를 알아보고 결혼한 것만큼 행복할 가능성이 높다고 생각해. 결혼 생활에서 행복이란 순전히 운에 달렸어. 서로의 기질을 속속들이 안다거나 원래부터 아주 비슷했다고 해서 더 행복해지는 건 아냐. 기질은 세월이 지나면서 계속 달라져서 결국은 서로 부딪히게 되지. 인생을 함께 보낼 사람이라면 결점은 되도록 모르는 게 좋아."

"재미있는 말이긴 하지만 샬럿, 그런 건 바람직하지 않아. 너도 그렇다는 걸 알 거고, 말은 그렇게 해도 그런 식으로 행동하지는 않을걸."

엘리자베스는 제인에 대한 빙리 씨의 관심을 관찰하는 데 몰두해 있어서, 그의 친구가 자신에게 눈길을 주고 있다는 사실을 전혀 알아차리지 못했다. 다아시 씨는 처음에는 엘리자베스가 예쁘다는 사실을 인정하지 않았다. 무도회에서 처음 보았을 때는 감탄할 만한 점을 찾지 못했고, 그 뒤 다시 만났을 때는 흠잡을 부분만 보였다. 하지만 그가 그녀의 이목구비에 훌륭한 부분이 없다고 생각하고 친구들에게 그렇다고 밝힌 뒤 곧바로, 그는 엘리자베스의 검은 눈동자에 깃든 아름다운 표정이 그 얼굴에 보기 드문 지성미를 불어넣고 있다는 사실을 깨닫기 시작했다. 그에 이어 그 못지않게 당혹스러운 발견이 잇따랐다. 그의 비판적인 눈은 그녀의 몸매에서 완벽한 균형을 해치는 문제점을 하나 이상 파악했지만, 전체적으로 그 모습이 날씬하고 보기 좋다는 것을 인정하지 않을 수 없었다. 또 그녀의 태도가 상류사회와 거리가 있는 게 분명한데도 그 쾌활하고 유쾌한 장난기는 매혹적이었다. 그 사실을 그녀는 전혀 몰랐다. 그녀에게 다아시 씨는 누구에게도 호감을 살 수 없는 사람, 자신을 두고 별로 예쁘지 않아서 함께 춤출 수 없다고 말한 사람에 불과했다.

다아시 씨는 엘리자베스에 대해서 더 많이 알고 싶어졌고, 그래서 그녀와 이야기를 나누기 위한 첫 걸음으로 그녀가 다른 사람들과 나누는 대화에 귀를 기울였다. 그의 그런 행동이 그녀의 눈길을 끌었다. 윌리엄 루카스 경의 집에서 큰 모임이 열렸을 때였다.

"다아시 씨가 왜 저러지?" 엘리자베스가 샬럿에게 물었다. "내가 포스터 대령하고 대화하는데, 옆에서 가만히 듣고 있잖아."

"그 답은 다아시 씨만이 알겠지."

"하지만 또 한 번만 더 그러면 내가 다 보고 있다는 걸 알려 줄 거야. 그 사람 눈에는 조롱이 가득해. 선수를 쳐서 기를 꺾지 않으면 어느새 저 사람한테 당하게 될 거야."

그런 뒤 얼마 지나지 않아 다아시 씨가 딱히 대화하려는 기색은 별로 없이 근처로 다가왔고, 루카스 양이 엘리자베스에게 네가 정말 그렇게는 못 할 거라고 하자 오기가 생긴 엘리자베스가 그에게 돌아서서 말했다.

"지금 제 표현이 꽤 훌륭하지 않았나요, 다아시 씨? 포스터 대령께 메리턴에서 무도회를 열어달라고 조를 때 말이에요."

"활력이 넘쳤습니다. 하지만 여자들은 그런 이야기라면 늘 열심이죠."

"여성에 대한 잣대가 아주 엄격하시군요."

"이제 우리가 일라이자를 조를 차례예요." 루카스 양이 말했다. "일라이자, 내가 피아노 뚜껑을 열게. 무슨 말인지 알지?"

"너는 정말 이상한 친구야! 언제나 나더러 제일 먼저 연주하고 노래하라고 하잖니! 내가 음악에 재능이 있다고 일말의 허영심을 품었다면, 지금 이 순간 너는 정말로 소중한 친구였을 거야. 하지만 나는 최고의 공연을 감상하는 데 익숙하신 분들 앞에서 연주하고 싶지는 않아." 하지만 루카스 양이 굽히지 않고 계속 권하자 덧붙였다. "좋아. 네가 그렇게 우기면 어쩔 수 없지." 그리고 다시 씨를 진지하게 바라보며 말했다. "여기 모이신 분들이 모두 잘 아실 옛말이 하나 있죠. '숨이 남거든 아꼈다가 죽을 식힐 때 써라.'* 저는 노래를 하기 위해 숨을 아껴야겠어요."

엘리자베스의 연주는 빼어나지는 않았지만 듣기 좋았다. 그런데 두어 곡 노래를 한 뒤, 다시 한 곡을 청하는 사람들에게 응답할 겨를도 없이 동생 메리가 나와서 악기 앞에 앉았다. 식구들 중 유일하게 미모가 없는 탓에 지식과 음악 실력과 교양을 쌓기 위해 노력한 메리는, 그것을 뽐낼 기회를 놓치려 하지 않았다.

메리는 재능도 없었고 취향도 뛰어나지 않았다. 허영심 때문에 열심히 노력하기는 했지만, 그와 더불어 현학적이고 뻐기는 태도도 함께 갖추게 되었고, 그것은 메리보다 뛰어난 실력의 연주라도 망칠 지경이었다. 엘리자베스는 연주 실력은 메리

---

*'쓸데없는 말을 삼가라'라는 뜻.

의 절반도 되지 않았지만, 편안하고 가식이 없었기에 사람들 귀에 훨씬 더 즐거움을 주었다. 메리는 긴 협주곡이 끝나자, 방 한쪽 끝에서 루카스 가 자녀들 및 장교 두세 명과 춤추기 시작한 키티와 리디아의 요청에 따라 스코틀랜드와 아일랜드의 가곡 몇 곡을 연주해 찬사와 감사를 얻어냈다.

다아시 씨는 저녁나절이 그런 식으로 흘러가는 데 화가 나서 입을 다물어버렸고 자기 생각에 깊이 잠기는 통에 옆에 누군가가 와 있다는 것도 의식하지 못하고 있었다. 그때 윌리엄 루카스 경이 말을 걸었다.

"젊은이들에게는 참으로 좋은 여흥이올시다, 다아시 씨! 이 세상에 춤만 한 건 없지요. 나는 품위 있는 사교계의 제일가는 여흥 중 하나로 무도회를 꼽을 수 있다고 봅니다."

"맞습니다, 윌리엄 경. 게다가 무도회는 품위가 낮은 사교계에도 널리 퍼져 있다는 장점이 있습니다. 야만인이라도 춤은 추니까요."

윌리엄 경은 미소만 지었다. 그는 잠시 후 빙리가 춤 대열에 끼어드는 걸 보고 말을 이었다. "친구 분은 춤 솜씨가 뛰어나군요. 다아시 씨 또한 춤에 능숙하리라는 확신이 드는데요."

"제 춤은 메리턴에서 보셨을 겁니다, 윌리엄 경."

"그래요, 봤습니다. 덕분에 무척 즐거웠소이다. 궁정에서도 자주 춤을 추십니까?"

"아니요, 전혀 추지 않습니다."

"춤추는 것이 그 장소에 경의를 표하는 하나의 방법이라고 생각하지 않습니까?"

"피할 수 있다면 어떤 장소에도 그런 방식으로 경의를 표하고 싶지는 않습니다."

"런던에 저택이 있는 걸로 알고 있소만."

다아시는 고개를 숙여 답했다.

"나도 한때 런던에 정착할까 하는 생각을 했습니다. 고상한 상류사회를 좋아해서 말이외다. 하지만 아무리 생각해도 런던 공기가 집사람하고 맞지 않을 것 같습니다."

그는 말을 멈추고 대답을 기다렸지만, 상대는 거기 응답해 줄 기분이 아니었다. 그러다 엘리자베스가 그들 쪽으로 다가오자 윌리엄 경은 갑자기 신사답게 행동하고 싶어져 소리쳤다.

"사랑하는 일라이자 양, 왜 춤을 추지 않지? 다아시 씨, 여기 훌륭한 춤 파트너가 있소이다. 이렇게 아름다운 숙녀를 보고 춤을 거절할 수는 없을 거요." 그리고 엘리자베스의 손을 잡아 다아시 씨에게 건네려고 했다. 다아시 씨는 크게 놀랐지만 그 손을 잡고 싶은 마음이 없지 않았는데, 엘리자베스는 얼른 물러서며 적잖이 당황한 기색으로 윌리엄 경에게 말했다.

"윌리엄 경, 저는 춤추고 싶은 생각이 전혀 없습니다. 제가 파트너를 구하러 이쪽으로 온 게 아니었음을 알아주셨으면 해요."

다아시 씨가 정중히 예의를 갖추어서 춤을 청했지만, 엘리자베스는 단호하게 거절했다. 윌리엄 경도 그녀의 결심을 흔들 수 없었다.

"일라이자 양, 너는 춤 솜씨가 뛰어나잖니. 내게서 춤추는 네 모습을 보는 기쁨을 빼앗다니, 잔인한 일이야. 그리고 이 신사 분이 본래 춤을 별로 안 좋아하신다고 해도, 우리에게 30분 정도는 기꺼이 할애해주실 거다."

"다아시 씨는 예의가 바르시니까요." 엘리자베스가 미소 지으며 말했다.

"그 말은 맞아. 하지만 일라이자 양, 눈앞에 어떤 유혹이 있는지를 생각해보면 이분이 친절한 것도 놀랄 일은 아니지. 누가 이런 파트너를 거절할 수 있겠나?"

엘리자베스는 장난스러운 표정을 짓고 돌아섰다. 그녀의 거절은 다아시 씨에게 불쾌한 느낌을 주지 않았다. 그가 그녀를 생각하며 만족스러워할 때 빙리 양이 다가와 말을 걸었다.

"무슨 생각하시는지 알 것 같아요."

"글쎄요, 모르실 것 같습니다만."

"날마다 긴 저녁 시간을 이런 식으로 보낸다면 얼마나 지겨울까 생각하셨죠? 이런 사교계에서 말예요. 저도 같은 생각이에요. 짜증스럽기 짝이 없네요! 재미도 없으면서 시끄럽기나 하고, 별 볼일 없는 사람들이 잘난 척하는 꼴들도 우습고요. 다아시 씨가 저들에 대해 혹평하는 말씀을 듣고 싶어요!"

"틀리셨습니다. 저는 좀 더 즐거운 생각을 하고 있었습니다. 예쁜 여성의 고운 두 눈이 선사하는 기쁨이 얼마나 큰지에 대해서 말이지요."

빙리 양은 그의 얼굴에 시선을 고정하고, 어떤 여자 덕분에 그런 생각을 하게 되었는지 듣고자 했다. 다아시 씨는 과감하게 대답했다.

"엘리자베스 베넷 양입니다."

"엘리자베스 베넷 양!" 빙리 양이 말했다. "정말 놀랍군요. 언제부터 그 사람에게 각별한 마음을 품으신 건가요? 그러면 축하는 언제쯤 드리면 될까요?"

"그렇게 질문하실 줄 알았습니다. 여자들은 상상의 속도가 아주 빠르니까요. 찬탄에서 사랑으로, 사랑에서 결혼으로 한순간에 건너뛰죠. 제 행복을 기꺼이 빌어주시리라고 예상했습니다."

"아니에요, 다아시 씨가 정말로 진지하다면 그 일은 결정된 거나 마찬가지 아닌가요? 그러면 다아시 씨는 정말로 훌륭한 장모님을 얻게 되겠네요. 그분은 당연히 늘 펨벌리에 와서 다아시 씨와 함께 지낼 테고요."

빙리 양은 계속 그런 식으로 놀리며 이야기했지만, 다아시 씨는 전혀 관심을 기울이지 않았다. 그녀는 그의 차분한 태도가 허락을 의미한다고 믿고서 오래도록 재치를 발휘했다.

7

베넷 씨의 재산은 연간 2천 파운드가 나오는 영지가 거의 전부였는데, 안타깝게도 이 재산은 남자 후손이 없을 경우 어느 먼 친척에게 한사상속(限嗣相續)*하게 되어 있었다. 그리고 베넷 부인의 재산은 부인의 처지로서는 상당했지만, 남편의 재산이 사라졌을 때 그 부족분을 메울 만큼은 아니었다. 메리턴에서 변호사로 일했던 부인의 아버지는 베넷 부인에게 4천 파운드를 남겼다.

*한사상속이란 재산 상속 조건에 제약이 있다는 뜻이다. 베넷 가의 토지는 '상속이 남자로 한정된' 한사상속 재산이다. 재산이 장남에게만 상속되고 아들이 없을 경우 현 소유자의 가장 가까운 남자 친척이 상속하도록 하는 한사상속은 당시 널리 행해진 관습법이었다. 콜린스 씨의 경우처럼 먼 친척이 전액 상속 받는 일을 막기 위해 복잡한 양도 절차를 거쳐 계약이 체결되곤 했다.

부인의 여동생은 아버지의 법률 사무소에서 일하다가 그 사업을 물려받은 필립스 씨와 결혼했고, 남동생은 런던에서 안정적인 사업으로 자리를 잡았다.*

　롱번 마을은 메리턴에서 겨우 1마일 거리였다. 일주일에 서너 번 이모댁을 방문하거나 근처 모자 가게에 들르고 싶은 아가씨들에게는 아주 적당한 거리였다. 베넷 자매 가운데 가장 어린 캐서린과 리디아가 특히 그런 일에 열을 올렸다. 둘은 언니들보다 정신이 공허했고, 별다른 소일거리가 없으면 메리턴 나들이는 아침나절을 즐겁게 보내고 저녁나절의 대화 소재를 마련하는 데 필수였다. 시골 마을이라 대단한 소식은 드물었지만 그들은 언제든지 이모에게서 무슨 새로운 소문들을 들어 왔다. 지금 둘은 얼마 전 그곳에 민병대** 연대가 들어왔다는 소식을 듣고 즐거움에 들떠 있었다. 연대는 겨우내 주둔할 예정이었고, 메리턴이 본부라고 했다.

　두 자매가 필립스 가를 찾아갈 때마다 흥미진진하기 짝이 없는 소식들이 쏟아졌다. 날이 갈수록 장교들 이름과 그 일가친척에 대한 지식이 늘었다. 그들이 사는 숙소도 곧 베일을 벗었고, 마침내 그들은 장교들과 직접 만나게 되었다. 필립스 씨가 장교들을 모두 찾아가 인사했고, 그래서 조카딸들은 전에

*베넷 부인은 사회적 지위가 상승 중이던 전문직 계급 출신이다. 부인의 남동생과 제부는 각각 상인과 법률가인데, 이는 물려받은 것이 아니라 노력과 실력으로 획득한 지위이다. 반면 필립스 씨와 서로 왕래하며 지내는 육군 장교들의 승진은 대개 후견인이나 사회적 지위에 의존했다.
**18세기 말에서 19세기 초까지 영국은 대혁명을 거친 프랑스와 전쟁 중이었다. 이동하는 군대였던 민병대는, 주로 영국 남부의 정해진 장소에 주둔하여 전국에 퍼져 있는 '정규군'과 구분되었다. 본토 방어의 주력은 민병대였고, 제인 오스틴의 오빠 한 명도 민병대에 복무했다.

없이 큰 기쁨의 원천을 만났다. 그들은 늘 장교들 이야기뿐이었다. 어머니를 그렇게 흥분시킨 빙리 씨의 재산도 소위 군복에 비하면 그들에게는 아무것도 아니었다.

어느 날 아침, 장교들에 대한 딸들의 수다를 듣고 난 뒤 베넷 씨가 냉랭하게 말했다.

"너희가 말하는 모습을 보니, 지금 이 나라에서 가장 멍청한 처녀는 너희 둘인 것 같구나. 전부터 그런 생각이 들긴 했다만 지금 보니 아주 확실하다."

캐서린은 당황해서 입을 다물었다. 하지만 리디아는 아버지 말에 아랑곳없이 카터 대위라는 사람을 계속 칭찬하며, 그가 내일 런던으로 갈 예정이라서 오늘 안에 그를 꼭 봐야 한다고 떠들었다.

"여보, 어쩜 그럴 수가." 베넷 부인이 말했다. "어떻게 자기 아이들더러 멍청하다고 할 수 있어요? 나는 다른 사람 자식은 흉보고 싶을지언정 내 자식은 그렇게 못 해요."

"우리 아이가 멍청하다면, 나는 언제라도 그걸 제대로 알고 있는 부모가 되고 싶소."

"그야 그렇죠. 하지만 사실 우리 애들은 다 똑똑하다고요!"

"우리가 생각이 다른 부분은 다행히도 이거 하나뿐인 것 같군. 우리 생각이 완벽하게 일치하기 바랐지만, 당신과 달리 나는 우리 넷째와 다섯째가 보기 드물게 멍청하다고 생각하오."

"아유 여보, 어린 여자애들한테 부모 같은 분별력을 기대할 수는 없다고요. 이 아이들도 우리 나이가 되면 장교들에게 아무 관심 없을 거예요. 나도 군인을 아주 좋아하던 시절이 있었어요. 그러고 보니 아직도 속으로는 좋아하네요. 연 수입이 5천에서 6천 파운드쯤 되는* 멋진 대령이 우리 딸애 한 명과 결혼하길 원한다면 난 거절하지 않겠어요. 그리고 며칠 전에 윌리엄 경의 집에서 본 포스터 대령은 제복이 아주 잘 어울리던걸요."

"엄마." 리디아가 소리쳤다. "이모가 그러시는데요, 포스터 대령하고 카터 대위가 왓슨 양네 집에 처음만큼 자주 가지는 않는대요. 대신 클라크 대여 서점**에 자주 나타난다네요."

그때 마침 하인이 제인에게 편지를 들고 오는 바람에, 베넷 부인은 대답할 수 없었다. 그것은 네더필드에서 온 편지였고, 하인은 답장을 갖고 가려고 기다렸다. 딸이 편지를 읽는 동안 베넷 부인은 기쁨으로 눈을 반짝이며 소리쳤다.

"제인, 누가 보낸 거니? 무슨 내용이야? 그 사람이 뭐라고 썼니? 제인, 어서 읽고 말 좀 해봐, 어서!"

"빙리 양이 보낸 거예요." 제인이 말하고 모두에게 편지를 읽어주었다.

친애하는 친구에게,

베넷 양이 우리 언니 루이자와 나를 불쌍히 여겨 오늘 정찬을 함께해주지 않으면, 우리 자매는 평생 원수가 될지도 몰라요. 두 여자가 하루 종일 얼굴을 맞대고 있다 보면 도무지 다투지 않을 수가 없으니까요. 편지 받으면 얼른 와줘요. 우리 오빠와 신사분들은 장교들과 정찬 약속이 있어서 외출할 거예요.

캐롤라인 빙리

*대령의 연수입을 실제 평균치보다 과장되게 알고 있는 베넷 부인의 무지가 드러난다.
**연회비를 내고 책, 특히 소설을 빌려 보던 서점.

"장교들이라고!" 리디아가 소리쳤다. "이모님은 왜 그런 얘기를 안 해주신 거지?"

"남자들은 나간다니, 운도 없구나." 베넷 부인이 말했다.

"마차를 타고 가도 될까요?" 제인이 물었다.

"그건 안 돼. 말 타고 가는 게 나을 거다. 비가 올 것 같은데, 그러면 거기서 밤을 보내야 할 테니까."

"그거 좋은 계획이네요." 엘리자베스가 말했다. "그 사람들이 언니를 집으로 보내지 않을 게 확실하다면요."

"아! 하지만 빙리 씨 마차는 남자 분들이 메리턴까지 타고 갈 거야. 그리고 허스트 부부 마차는 말이 없어요."

"가족 마차*가 좋을 것 같아요."

"하지만 말을 여러 마리 빼낼 수가 없어. 농장에서 필요하니까. 그렇죠, 여보?"

"농장에서 필요한 말을 충분히 보내주지도 못하는 형편이지."

"하지만 아버지가 오늘 말들을 농장에 보내셨다면 어머니의 목적은 이루어질 수 있겠네요." 엘리자베스가 말했다.

결국 엘리자베스는 아버지에게서 말들이 농장에 필요하다는 인정을 받아냈고, 제인은 어쩔 수 없이 마차 대신 말을 타고 가야 했다. 어머니는 비가 내릴 것 같은 징조에 즐거워하며 딸을 현관까지 배웅했다. 베넷 부인의 소망은 결국 이루어졌다.

*두 좌석이 마주 보고 여섯 명이 탑승 가능한 지붕 있는 마차. 베넷가에서는 마차 전용 말을 따로 둘 경제적 여력이 없다. 말을 사역용으로 사용할 것인지, 개인 용도로 사용할 것인지에 대한 논쟁은 《맨스필드 파크》 6장에서 메리 크로퍼드가 자신의 하프를 운반하고 싶었으나 추수 때문에 말을 쓸 수 없다는 말을 듣고 상황을 이해하지 못하는 장면에서도 등장한다.

제인이 나가고 얼마 지나지 않아 거센 비가 쏟아지기 시작했다. 동생들은 언니가 비를 맞을까 걱정되었지만, 어머니는 신이 났다. 비는 저녁 내내 그칠 줄 모르고 쏟아졌다. 제인은 돌아오지 못할 것이 분명했다.

"내가 정말 좋은 생각을 했지 뭐야!" 베넷 부인은 마치 자기가 비를 부르기라도 한 양 똑같은 말을 몇 번이고 반복했다. 하지만 그 책략이 얼마나 기가 막히게 잘 통했는지 제대로 깨닫게 된 것은 다음 날 아침이었다. 아침 식사도 채 끝나기 전, 네더필드의 하인 하나가 엘리자베스 앞으로 편지를 한 통 가져왔기 때문이다.

사랑하는 리지,

아침에 일어났는데 몸이 너무 안 좋구나. 아마 어제 비를 흠뻑 맞으며 와서 그런 것 같아. 이곳의 다정한 친구들은 몸이 나을 때까지는 집에 보내지 않겠다면서, 약제사 존스 씨를 불러 진찰 받아야 한대. 그러니까 존스 씨가 내게 다녀갔다는 소식을 들어도 놀라지 마. 목이 따갑고 머리가 좀 아픈 것 말고 큰 문제는 없으니까 말야.

제인

엘리자베스가 편지를 다 읽자 베넷 씨가 말했다. "이런, 우리 딸이 중병에 걸려 죽어도 그 원인을 알고 있다는 사실이 퍽이나 큰 위안이 되겠구려. 다 당신이 시켜서 빙리 씨를 쫓다가 생긴 일이니 말이오."

"아유, 걔가 죽기는 왜 죽어요? 그깟 감기 때문에 죽는 사람은 없어요. 거기에서 간호를 잘 받을 텐데요. 제인이 그 집에서 지내는 한 모든 일이 술술 풀릴 거예요. 마차를 쓸 수 있다면 내가 직접 가서 보고 올 텐데."

엘리자베스는 제인이 걱정되어서 마차를 쓰지 못하더라도 직접 가보기로 마음먹었다. 그녀는 말을 탈 줄 몰랐기 때문에 걸어가는 것밖에 방법이 없었다. 엘리자베스가 걸어서 다녀오 겠다는 결심을 밝히자, 베넷 부인이 소리쳤다.

"그렇게 멍청한 소리가 어디 있니? 길이 얼마나 엉망인데! 그 집에 도착할 때면 네 꼴이 말이 아닐 게다."

"언니를 보러 가는 건데요, 뭘. 문제없을 거예요. 그거면 됐 죠."

"리지, 지금 마차를 타고 가고 싶다는 뜻이냐? 나한테 말을 부르라는 거니?" 아버지가 말했다.

"아뇨. 저는 걸어가도 괜찮아요. 마음만 먹으면 그 정도 거 리는 아무것도 아니에요. 겨우 3마일이잖아요. 정찬 때까지는 돌아올게요."

"제인 언니를 생각하는 언니의 애정 어린 마음은 높이 살 만 해." 메리가 말했다. "하지만 감정의 충동은 이성의 안내를 받 아야 해. 그리고 행동과 노력은 언제나 필요와 균형을 맞추어 야 한다는 게 내 생각이야."

"메리턴까지는 우리가 같이 가줄게." 캐서린과 리디아가 말 했다. 엘리자베스는 그들의 동행을 허락했고, 세 아가씨는 함 께 떠났다.

"서두르면 카터 대위가 떠나기 전에 도착할 수 있을지도 몰 라." 리디아가 걸어가면서 말했다.

그들은 메리턴에서 헤어졌다. 두 동생은 어느 장교 아내의 숙소로 향했고, 엘리자베스는 혼자 걷기 시작했다. 급한 마음에 빠른 걸음으로 들판을 연달아 지나고, 울타리 계단과 물웅덩이들을 척척 건너뛰었다. 마침내 그 집이 보이는 곳에 도착했을 때는 발목이 시큰거리고 양말은 흙투성이가 되었으며 얼굴은 발갛게 달아올라 있었다.

엘리자베스는 조찬실*로 안내되었다. 제인을 제외한 모두가 그곳에 모여 앉아 있다가 엘리자베스가 등장하자 하나같이 크게 놀랐다. 이렇게 궂은 날씨에, 이렇게 이른 시각에 3마일을, 그것도 혼자 걸어왔다는 것은 허스트 부인이나 빙리 양으로서는 거의 믿기 힘든 이야기였다. 엘리자베스는 그런 이유로 그들이 자신을 비웃고 있음을 느꼈다. 하지만 그들은 엘리자베스를 예의 바르게 맞아들였고, 빙리 씨의 태도에는 형식적인 예의를 넘어서는 선의와 반가움과 친절이 깃들어 있었다. 다아시 씨는 거의 말이 없었고, 허스트 씨는 아무 말도 없었다. 다아시 씨는 한참 동안 걷느라 발그레해진 엘리자베스의 얼굴이 아름답다는 생각과, 이것이 과연 혼자서 그렇게 먼 길을 걸어올 만한 일인가 하는 의문이 동시에 들었다. 허스트 씨 머릿속은 온통 조찬 생각뿐이었다.

언니의 용태를 물으니 그다지 좋지 못한 대답이 돌아왔다. 제인은 밤새 잠을 설쳤고, 지금은 깨어나긴 했지만 열이 많고 기력이 없어서 몸을 일으키지 못한다고 했다. 빙리 양이 엘리

---

*조찬실은 아침 식사뿐만 아니라 그림을 그리고 휴식을 취하며 담소를 나누는 응접실의 기능까지 있었다.

자베스를 곧장 제인에게 데려다주었고, 가족들이 걱정하고 불안해할까 봐 누군가 와주기 바란다는 말을 편지에 적지도 못했던 제인은 엘리자베스를 보고 더없이 기뻐했다. 하지만 그녀는 대화를 오래 이어갈 만한 상태가 아니었다. 빙리 양이 두 사람만 남기고 나갈 때도 친절하게 접대해주어 고맙다는 말 외에는 별다른 말을 하지 못했다. 엘리자베스는 조용히 언니의 곁을 지켰다.

조찬이 끝나자 빙리 자매가 찾아왔다. 그들이 제인에게 애정을 기울이고 걱정하는 모습을 보면서 엘리자베스는 그들에 대한 감정이 조금 나아졌다. 약제사가 와서 환자를 살펴보고는*, 예상했던 대로 제인은 심한 감기여서 모두가 회복을 도와야 한다고 말한 뒤, 누워서 계속 안정을 취하라며 약을 지어주겠다고 했다. 제인은 그 조언에 따랐다. 열이 오르고 머리가 심하게 아팠기 때문이다. 엘리자베스는 잠시도 그 방을 떠나지 않았고, 빙리 자매도 자리를 오래 비우지 않았다. 신사들이 외출 중이었기에 사실 그들은 달리 할 일도 없었다.

시계가 3시를 쳤다. 엘리자베스는 이제 돌아가야 할 것 같아서, 내키지 않지만 그만 가보겠노라고 말했다. 빙리 양이 마차를 빌려주겠다고 했고, 엘리자베스도 조금만 더 강하게 권유하면 그 제안을 받아들이려고 했다. 하지만 제인이 동생과 헤어지는 것을 어찌나 안타까워하는지, 빙리 양은 마차를 빌려주겠다는 제안을 엘리자베스더러 네더필드에서 좀 더 있으라는 제

*당시 약제사는 약을 처방하고 조제하고 판매까지 했다. 약사와 의사로 그 기능이 나뉜 것은 나중의 일이다.

안으로 바꾸어야 했다. 엘리자베스는 그 제안을 고맙게 받아들였고, 하인 한 명이 롱번으로 가서 베넷 가에 상황을 전하고 여벌의 옷을 가져왔다.

8

5시가 되자 빙리 자매는 옷을 갈아입으러 물러갔고, 엘리자베스는 6시 30분에 정찬 호출을 받았다.* 식사 자리에서는 환자의 차도를 묻는 예의 바른 질문이 쏟아졌다. 엘리자베스는 그 가운데서 빙리 씨가 진심으로 깊이 걱정하고 있음을 알아보고 기쁘긴 했지만, 그다지 긍정적인 대답을 할 수 없었다. 제인은 전혀 나아지지 않았다. 빙리 자매는 정말로 마음이 아프다며, 심한 감기라니 너무 놀랍고 끔찍하다고, 자신들은 몸 아픈 게 너무나 싫다는 말을 서너 번 되풀이했다. 제인에 대한 관심은 그러고는 끝이었다. 눈앞에 없을 때 그들이 제인에게 그렇게 무관심한 것을 보자, 엘리자베스는 애초에 품었던 그들에 대한 미움이 되살아났다.

　　네더필드 사람들 가운데 엘리자베스가 편안하게 대할 수 있

*엘리자베스는 조찬 후 아직까지 식사를 못한 것이다. 18세기 관습에 따르면 당시에는 오전에 일어나 부지런히 일한 뒤 오전 10시경 조찬을 하고, 오후 4~5시에 정찬을 했다. 정찬은 매우 격식을 갖춘 식사이기 때문에 정장을 갖추어 입어야 했고, 그래서 정찬 전에 옷을 갈아입는 것이 관례였다. 조찬과 정찬 사이에 시간상으로 간격이 벌어지면서 '경식'(luncheon, 가볍게 먹는 차가운 뷔페식)이 생겼고, 정찬 이후에는 카드놀이, 음악 연주, 대화, 그리고 석식이 이어졌다. 빙리 가는 런던 사교계의 유행을 따라 6시 30분에 정찬을 한다. 당시로서는 늦은 편이었다.

는 사람은 빙리 씨뿐이었다. 그가 진심으로 제인을 걱정하는 마음은 누가 봐도 분명했고, 엘리자베스 또한 세심히 배려했다. 덕분에 엘리자베스는 불청객으로 여겨지는 듯한 느낌을 조금이나마 덜 수 있었다. 그녀를 신경 쓰고 관심 기울이는 사람은 빙리 씨뿐이었다. 빙리 양은 늘 다아시 씨 곁에서 그에게 열중해 있었고, 허스트 부인도 다를 바 없었다. 그리고 엘리자베스 옆에 앉은 허스트 씨는 게으름이 몸에 배어서 인생의 목표가 먹고 마시고 카드놀이하는 것뿐이었기 때문에, 엘리자베스가 라구*보다 평범하고 담백한 음식을 더 좋아한다고 하자 더이상 그녀와 말을 섞지 않았다.

정찬이 끝나자 엘리자베스는 곧장 제인에게 돌아갔고, 그녀가 자리를 떠나기 무섭게 빙리 양은 그녀를 험담하기 시작했다. 엘리자베스가 무례하고 품위 없고 오만불손하며, 대화할 줄도 모르고, 맵시도 부족하고, 취향도 형편없고 예쁘지도 않다는 것이었다. 허스트 부인도 동감한다며 덧붙였다.

"그러니까 먼 길을 잘 걷는다는 것밖에는 내세울 게 없는 것 같아. 오늘 아침 여기 불쑥 나타났을 때 그 모습이라니, 평생 못 잊을 거야. 거의 정신이 나간 것 같았어."

"정말이야, 언니. 나도 표정을 감추느라 너무 힘들었어. 여기까지 왔다는 그 자체가 황당하지! 자기 언니가 감기에 걸렸다고 시골길을 달려오다니…… 사납게 헝클어진 머리는 또 어찌나 지저분하던지!"

"속치마는 또 어떻고. 혹시 봤니? 치맛단 위 6인치까지 진흙

*향신료와 양념을 많이 넣고 끓인 일종의 고기 스튜.

투성이더라. 가려보겠다고 드레스를 아래로 잡아 내렸던데, 전혀 소용없었어."

"누나 눈이 정확했는지 몰라도, 나는 전혀 그런 생각 못 했어." 빙리 씨가 말했다. "오늘 아침 조찬실에 들어올 때, 엘리자베스 베넷 양은 아주 좋아 보였어. 진흙투성이 속치마 같은 건 보이지도 않던데?"

"다아시 씨는 보셨겠죠?" 빙리 양이 말했다. "당신 여동생이 사람들에게 그런 꼴을 보이며 돌아다니는 건 싫으시겠죠?"

"당연합니다."

"3마일, 아니 4마일, 5마일, 몇 마일이건 발목이 빠지는 진흙길을, 그것도 혼자, 걸어오다니! 도대체 무슨 생각인 거지? 내 눈에는 자립심을 역겹게 과시하려는 태도 같아. 그런 식으로 예법을 무시하는 건 시골 마을에서는 흔한 일이겠지."

"언니를 사랑하는 마음이 느껴지는 따뜻한 행동이었어." 빙리 씨가 말했다.

"다아시 씨." 빙리 양이 반쯤 속삭이듯 말했다. "그 여자의 맑고 고운 눈을 칭찬하시더니, 이 사건 때문에 영향을 받으셨을까 걱정이네요."

"전혀 그렇지 않습니다. 먼 길을 걸은 덕분인지 눈빛이 더 반짝이더군요." 그의 대답에 짧은 침묵이 이어졌고, 잠시 후 허스트 부인이 입을 열었다.

"나는 제인 베넷은 정말 칭찬하고 싶어. 아주 사랑스러운 아가씨고, 결혼도 잘했으면 좋겠어. 하지만 어머니 아버지가 그 지경이고, 일가친척도 별 볼일 없으니 그럴 일은 없겠지."

"제인의 이모부가 메리턴에서 사무 변호사로 일한다고 언니가 그러지 않았었나?"

"그래, 외숙부도 한 명 있는데, 런던 칩사이드* 근처에 산대."

"훌륭한데?" 빙리 양이 말했고, 자매는 웃음을 터뜨렸다.

"칩사이드 전체가 베넷 양 숙부들로 가득하다고 해도 저 두 아가씨의 매력은 조금도 줄어들지 않아!" 빙리 씨가 소리쳤다.

"하지만 그 아가씨들이 어느 정도 사회적 지위가 높은 남자와 결혼할 가능성은 상당히 줄어들겠지." 다아시가 대꾸했다.

빙리 씨는 이 말에는 대답하지 않았지만, 두 누이는 그 말에 전적으로 동의하며 한동안 제인의 보잘것없는 친척들과 사회적 배경을 두고 신나게 비웃어댔다.

하지만 그들은 정찬실을 벗어나자 따뜻한 마음을 회복해서 곧장 제인의 방으로 갔고, 남자들과 함께 커피 마실 시간이 될 때까지 거기 계속 앉아 있었다. 제인은 여전히 나아질 기미가 없었고, 엘리자베스는 계속 그 곁을 지켰다. 하지만 저녁 늦게 언니가 잠이 들자 마음이 놓여, 썩 내키지는 않아도 아래층에 내려가 보는 게 낫겠다고 판단했다. 응접실에 들어가 보니 모두가 루 카드놀이를 하고 있었다. 그들은 엘리자베스에게도 함께하자고 했지만, 그녀는 판돈이 클 거라는 생각에 거절했다. 그리고 언제 언니에게 가봐야 할지 모르니 잠시 책이나 읽다 올라가겠다고 했다. 허스트 씨가 깜짝 놀라 눈을 크게 뜨고 그녀를 보며 말했다.

"카드놀이보다 책이 더 좋은가요? 꽤나 특이하군요."

---

*런던의 중류 계급 거주 지역. 이 문장에서는 영어로 '저렴하다'라는 뜻인 'cheap'이 강조되어 비꼬는 의미로 쓰였다.

"일라이자 베넷 양은 카드놀이를 싫어해요." 빙리 양이 말했다. "대단한 독서가라서 책 말고 다른 즐거움은 모른답니다."

"그런 칭찬도 비난도 다 맞지 않습니다. 저는 책을 그렇게 많이 읽는 편도 아니고, 책 말고 다른 즐거움도 많이 알아요." 엘리자베스가 말했다.

"언니를 간호하는 일도 분명히 즐거워하시는 것 같습니다." 빙리 씨가 말했다. "이제 제인 양이 어서 회복되어서 그 기쁨이 더 커지기를 바랍니다."

엘리자베스는 그 말에 진심으로 감사한 뒤, 책이 몇 권 놓여 있는 탁자로 걸어갔다. 빙리가 다른 책들도 가져다주겠다고, 자기 서재에 있는 책 전부를 다 보아도 좋다고 했다.

"책이 좀 더 많았다면 엘리자베스 양에게도 좋고 제 체면도 섰을 텐데, 서가가 너무 작은 게 부끄럽습니다. 저는 게을러서 이렇게 적은 책도 다 들여다보지 못했답니다."

엘리자베스는 응접실에 있는 책만으로도 충분하다고 대답했다.

"아무리 생각해도 우리 아버지가 물려주신 책이 그것밖에 안 된다는 게 이상해요." 빙리 양이 말했다. "하지만 펨벌리에 있는 다아시 씨의 서재는 정말로 훌륭하죠!"

"좋을 수밖에 없겠지요." 다아시가 대답했다. "수대에 걸쳐 만들어진 서재니 말입니다."

"거기에 다아시 씨도 많이 보태셨잖아요. 늘 책을 사시니까요."

"저는 요즘 같은 시대에 가족 서재를 방치하고 소홀히 하는 것을 이해하지 못합니다."*

"소홀하다뇨! 다아시 씨는 그 고귀한 집을 더 아름답게 만들
수 있는 일이라면 그 어떤 일도 게을리하지 않으실 거예요. 찰
스, 오빠가 자기 집을 짓는다면 펨벌리의 반만큼이라도 아름다
우면 좋겠어."

"나도 같은 생각이야."

"하지만 오빠, 그러려면 먼저 그 근처에 땅을 사서 펨벌리를
모범으로 삼는 게 좋을 거야. 온 잉글랜드에서 더비셔만큼 아
름다운 지역은 없으니까."

"그러면 얼마나 좋을까? 진심으로, 다아시가 펨벌리를 팔
생각만 있다면 내가 당장 사겠어."

"오빠, 나는 현실 가능성이 있는 일을 말하는 거야."

"하지만 캐롤라인, 펨벌리 같은 곳에 살고 싶다면 그곳을 흉
내 내는 것보다는 아예 사버리는 게 더 가능성이 높다고 생각
하는데."

엘리자베스는 그 대화가 너무 흥미로워서 책에 집중할 수가
없었다. 그래서 곧 책을 내려놓고 카드 탁자로 가서 빙리 씨와
허스트 부인 사이에 앉아 카드놀이를 지켜보았다.

"다아시 양은 지난봄에 만났을 때보다 많이 컸나요?" 빙리
양이 물었다. "앞으로 저만큼 키가 클까요?"

"그럴 것 같습니다. 지금은 키가 엘리자베스 베넷 양 정도거
나, 약간 더 큽니다."

---

*나폴레옹 전쟁 시기에 여행이 줄어들면서 책이 많이 출간되던 당대 상황을 반영
하고 있다.

"꼭 다시 만나고 싶어요! 그렇게 기분 좋은 사람은 처음이었어요. 얼굴도 예쁘고 예의도 바르고, 나이도 어린데 얼마나 예술적 교양이 높은지! 게다가 다아시 양의 피아노 연주는 정말 일품이에요!"

"난 정말 신기해." 빙리가 말했다. "아가씨들이 그렇게 예술적 교양을 쌓으려면 끈기 있게 계속 연습해야 할 텐데, 세상 아가씨들 모두가 교양이 높으니 말이야."

"모두가 그렇다니! 오빠, 대체 무슨 뜻이야?"

"그렇잖아. 여자들은 모두 그림 그리기, 수놓기, 뜨개질 같은 걸 할 줄 알더라고. 나는 그런 걸 못하는 아가씨를 본 적이 거의 없어. 모르는 아가씨에 대해 처음 이야기를 들을 때 그 아가씨가 교양이 높다는 말을 듣지 못했던 적도 없고."

"자네가 별 볼일 없는 교양의 목록을 제대로 말했군." 다아시가 말했다. "겨우 손뜨개질이나 가림막 장식밖에 할 줄 모르는 여자들한테 많은 사람들이 교양 있다는 말을 쓰지. 하지만 세상 아가씨들이 모두 교양이 높다는 자네의 판단에는 동의할 수가 없군. 내가 아는 여자들 중에서도 정말로 교양이 높다고 확실하게 말할 수 있는 사람은 손에 꼽을 수 있을 정도니까."

"제 생각도 그래요!" 빙리 양이 말했다.

"그렇다면 다아시 씨가 교양이 높다고 생각하시는 여성은 아주 능력이 뛰어나야겠네요." 엘리자베스가 말했다.

"그렇습니다. 저는 그래야 한다고 생각합니다."

"아무렴, 당연하죠." 그의 충실한 조수인 빙리 양이 소리쳤다. "정말 교양이 높다는 말을 들으려면 평범한 수준을 월등하게 뛰어넘어야 하죠. 그 말에 걸맞으려면 음악, 노래, 그림, 춤,

외국어에 능통해야겠지요. 거기다 태도나 걸음걸이, 목소리나 말투, 어법도 잘 갖추어야 하고요. 그렇지 않으면 그 교양이라는 말은 의미가 반감될 거예요."

"그 모든 것을 갖출 뿐만 아니라, 광범위한 독서로 정신을 고양해 내면의 깊이를 쌓아야 하겠지요." 다아시 씨가 덧붙였다.

"교양이 높은 여성을 고작 손꼽을 정도만 아신다는 게 당연하네요. 사실 한 분이라도 아시는지 모르겠는걸요."

"교양이 높은 여성이 전혀 없다고 의심할 만큼 같은 여성을 과소평가하는 건가요?"

"저는 그런 여자를 본 적이 없어요. 그런 재능, 그런 심미안, 그런 성실함과 열성과 우아함과 품위를, 다아시 씨 말대로 전부 겸비한 경우를."

허스트 부인과 빙리 양은 교양이 높은 여자가 없다는 의심은 부당하다고, 자신들은 그런 여자를 많이 안다고 주장했다. 그때 허스트 씨가 좀 조용히 해달라고 요청했다. 모두가 카드놀이에 집중하지 않자 부아가 치민 것이다. 이렇게 대화가 중단되자 엘리자베스는 곧 방을 나갔다. 엘리자베스의 등 뒤로 문이 닫히자 빙리 양이 말했다.

"일라이자 베넷은 남자들 앞에서 다른 여자를 깎아내리면서 자신을 내세우는 그런 여자로군요. 실제로 그 작전이 통해서 넘어가는 남자들도 많겠지요. 하지만 제가 볼 때 그건 얄팍한 수작이고 저열한 수법이에요."

"물론입니다." 빙리 양이 염두에 두고 말한 상대인 다아시 씨가 대답했다. "여자들이 이따금 남자를 사로잡으려고 사용하는 기술은 모두 저열한 데가 있지요. 그런 잔꾀들은 무엇이든 천박합니다."

빙리 양은 이 대답이 썩 만족스럽지는 않아서 대화를 진척할 수 없었다.

엘리자베스는 다시 응접실에 내려와, 언니의 상태가 더 나빠져서 곁을 떠날 수 없다는 말을 전했다. 빙리는 당장 존스 씨를 부르자고 했다. 반면, 두 누이는 시골 의사의 실력은 믿을 수 없다며 런던으로 전보를 보내 유명 의사를 부르자고 제안했다. 엘리자베스는 그 누이들의 제안은 받아들일 필요가 없다고 생각했지만, 빙리 씨의 의견은 나쁘지 않았다. 그래서 환자가 내일 아침까지도 차도가 없으면 아침 일찍 존스 씨를 부르기로 결정했다. 빙리는 걱정스러워 안절부절못했고, 두 누이도 열심히 걱정을 피력했다. 그 둘은 괴로움을 달래기 위해 석식 후 따로 단 둘이서 노래하며 대화를 나누었다. 허나 빙리 씨는 별다른 위안을 찾지 못하고 그저 하녀장에게 아픈 아가씨와 동생을 최대한 정성껏 돌보라고 당부할 뿐이었다.

9

엘리자베스는 거의 밤새도록 언니의 방에 남아 곁을 떠나지 않았고, 다음 날 아침 빙리 씨가 일찌감치 하녀 편에 환자의 안부를 묻고 뒤이어 빙리 자매를 시중 드는 점잖은 부인 둘이 같은 질문을 했을 때, 어느 정도 긍정적인 답을 할 수 있었다. 환자의 상태가 약간 나아지기는 했지만, 엘리자베스는 롱번으로 편지를 보냈다. 어머니에게 네더필드로 와서 와서 제인을 직접 보고 앞으로 어떻게 할지 판단해달라고 청하는 내용이었다. 편지는 곧장 롱번에 도착했고, 그 내용은 빠르게 응답을 받았다. 베넷 부인은 조찬 직후에 넷째와 막내를 데리고 네더필드 저택에 도착했다.

제인이 정말로 위험한 지경이었다면 베넷 부인도 크게 걱정했을 것이다. 하지만 딸의 병이 대수롭지 않은 것을 본 부인은 오히려 딸이 빨리 낫지 않기를 바랐다. 건강을 회복하면 바로 네더필드를 떠나야 할 터였으니 말이다. 그래서 집에 가고 싶다는 제인의 말을 들은 척도 하지 않았다. 부인과 거의 동시에 도착한 약제사도 그러는 것은 좋지 않다고 했다. 어머니와 세 딸들은 그렇게 제인 곁에 얼마간 앉아 있다가, 빙리 양이 들어와 내려가자고 권하자 모두 조찬실로 갔다. 빙리 씨가 베넷 부인을 맞으면서 베넷 양의 상태가 부인의 예상보다 나쁘지는 않기를 바란다고 말했다.

"하지만 생각보다 더 심각하네요, 빙리 씨"라는 게 베넷 부인의 대답이었다. "너무 심해서 도저히 집으로 데려갈 수가 없겠어요. 존스 씨도 그럴 생각은 절대 하지 말라고 그러고요. 죄송하지만 이 댁에 조금 더 신세를 져야겠네요."

"집으로 데려가시다니요!" 빙리가 소리쳤다. "말도 안 됩니다. 제인 양을 데려가신다면 우리 누이가 가만있지 않을 겁니다."

"베넷 양이 여기 머무시는 동안 저희가 정성을 다해 간호할 것임을 믿으셔도 좋습니다." 빙리 양이 차갑고 정중하게 말했다.

베넷 부인은 당연히 믿는다며 감사 인사를 쏟아냈다.

"아유, 정말로 이렇게 좋은 친구 분들이 아니었다면, 우리 제인이 어떻게 됐을지 모르겠네요." 부인이 덧붙였다. "그 아이는 지금 상태가 무척 안 좋고 고통이 엄청날 텐데도 꾹 참고 있어요. 인내심이 많으니까 겨우 버티고 있는 거지요. 저애는 원래 그래요. 저렇게 심성이 비단결 같은 애를 저는 본 적이 없답니다. 저는 애 동생들한테 늘 너희는 큰언니에 비하면 아무것도 아니라고 말하죠. 빙리 씨, 이 방은 정말 참 예쁘네요. 정원 자갈길도 내려다 보이고 전망도 좋고요. 시골 집으로 네더필드만 한 곳이 없지요. 급하게 떠나시는 일은 없었으면 해요. 단기 임대라고 들었습니다만."

"저는 모든 일을 급하게 처리하는 편입니다." 빙리가 대답했다. "제가 네더필드를 떠나기로 마음먹으면 아마 5분 안에 떠날 겁니다. 하지만 당장은 이곳에 더 머무르게 될 것 같습니다."

"저도 그러실 거라 생각했어요." 엘리자베스가 말했다.

"제 마음을 이해하신다는 뜻인가요?" 그가 그녀를 돌아보며 외쳤다.

"아, 네! 그럼요. 아주 잘 이해해요."

"칭찬이면 좋겠습니다만, 제 마음이 이렇게 쉽게 들통난다니 조금 불쌍하다는 생각이 들기도 하는군요."

"그건 그냥 그런 거예요. 속을 알기 힘든 복잡한 성격과 빙리 씨 같은 성격 중, 반드시 어느 한쪽이 더 좋은 거라고 규정할 수는 없어요."

"리지, 지금 여기가 어디라고, 집에서처럼 멋대로 구는 거니?" 베넷 부인이 말했다.

빙리가 얼른 엘리자베스의 말을 이어갔다. "엘리자베스 양이 사람의 성격을 연구하시는 줄은 미처 몰랐네요. 아주 흥미로운 연구일 것 같습니다."

"맞아요, 그런데 복잡한 성격이 더 재미있긴 해요. 복잡한 성격이 적어도 그런 장점은 있네요."

"시골에서는 그런 연구를 할 만한 대상을 충분히 찾기 힘들 텐데요." 다아시가 말했다. "가까운 사람들도 한정되어 있는 데다가 변화도 드무니 말입니다."

"하지만 사람들 자체가 자주 변하기 때문에 언제나 관찰할 거리가 생기지요."

"맞아요. 시골도 도시만큼이나 변화가 많답니다." 시골에 대한 다아시 씨의 언급에 기분이 상한 베넷 부인이 소리쳤다.

모두가 크게 놀랐고, 다아시는 베넷 부인을 잠시 바라본 뒤 말없이 고개를 돌렸다. 부인은 다아시를 완전히 꺾었다고 여기고 승리감에 들떠 말을 이었다.

"저는 런던이 시골보다 특별히 뭐가 그리 좋은지 모르겠어요. 상점이나 공공시설은 많지만요. 시골이 훨씬 더 쾌적하고 살기 좋은데. 그렇지 않아요, 빙리 씨?"

"저는 시골에 있으면 시골을 떠나고 싶지 않고, 런던에 있을 때는 런던을 떠나기 싫고, 역시 그렇습니다." 빙리가 대답했다. "각각 좋은 점이 있으니까, 저는 어디서건 똑같이 행복하게 살 수 있답니다."

"그건 빙리 씨가 성격이 좋아서 그렇지요. 하지만 저 신사분은," 부인이 다아시를 보면서 말했다. "시골을 업신여기시는 것 같네요."

"어머니, 그건 오해예요." 엘리자베스가 어머니 때문에 얼굴을 붉히며 말했다. "다아시 씨 말씀은 그 뜻이 아니에요. 시골에서는 도시만큼 다양한 사람을 만나기 어렵다는 거고, 그건 틀린 말은 아니죠."

"그래, 누가 아니랬니? 하지만 우리 동네에서 사람 만나기가 힘들다니! 우리 동네만큼 사람이 많은 곳도 드물어. 우리는 스물네 가족과 정찬을 하잖니."

빙리 씨는 엘리자베스를 걱정하는 마음에 간신히 표정을 다스렸다. 그러나 그만큼 사려 깊지 못한 그의 여동생은 다아시 씨를 향해 의미심장한 미소를 지어 보였다. 엘리자베스는 어머니의 생각을 돌려볼 요량으로, 자신이 여기 온 뒤로 샬럿 루카스가 롱번에 들른 적이 있냐고 물었다.

"그래, 어제 아버지와 함께 왔단다. 윌리엄 경은 얼마나 유쾌한 분인지! 빙리 씨, 그렇지 않은가요? 진정한 상류사회의 귀감이시죠! 온화하고 편안하고 신사적이고 소탈하고, 또 누구에게나 친근하게 말을 건네고. 저는 훌륭한 교양이란 바로 그런 태도라고 생각해요. 자기가 퍽이나 대단한 줄 알고 입을 꾹 다무는 사람들은 완전히 착각하는 거죠."

"샬럿이 정찬까지 하고 갔나요?"

"아니, 금방 집에 갔어. 다진 고기 파이를 만들 사람이 필요했나 봐. 하지만 빙리 씨, 저는 언제나 일을 제대로 하는 하인들을 둔답니다. 우리 애들은 그런 일을 하며 자라지 않았어요. 뭐, 이러건 저러건 판단은 각자 몫이고, 루카스네 딸들도 다 훌륭한 처녀들이에요. 인물이 따라주지 않는 게 조금 안타깝지만요! 샬럿이 심하게 못생겼다는 건 아니지만, 어쨌건 그애는 우리하고 각별히 친한 사이니까요."

"루카스 양은 아주 괜찮은 아가씨 같습니다만." 빙리가 말했다.

"맞아요! 하지만 못생긴 건 사실이에요. 루카스 부인도 심심하면 그런 말을 하면서, 내가 제인처럼 예쁜 딸을 둔 걸 부러워해요. 자식 자랑은 하고 싶지 않지만, 확실히 제인보다 예쁜 아가씨는 흔하지 않죠. 다들 그러더라고요. 내 눈이야 믿을 수 없다고 해도요. 제인이 겨우 열다섯 살일 때 런던에 사는 제 남동생 가디너의 집에 갔는데, 거기에서 어떤 신사가 제인한테 푹 빠졌어요. 올케는 우리가 런던을 떠나기 전에 그 사람이 청혼할 거라고 장담했는데, 결국 그러지는 않았어요. 아마 제인이 너무 어리다고 생각한 것 같아요. 하지만 제인에게 아주 아름다운 시를 몇 편 써 보냈답니다."

"그 사람의 애정은 그렇게 끝났어요." 엘리자베스가 조급하게 끼어들었다. "그런 식으로 끝나는 사랑은 아주 많아요. 사랑을 끝낼 때 시가 효과적이라는 걸 누가 처음 알아냈는지 궁금할 지경이에요."

"저는 줄곧 시가 사랑의 양식이라고 생각해 왔습니다만……." 다아시가 말했다.

"성숙하고 견고하고 건강한 사랑이라면야 그렇겠죠. 이미 건강하다면 그 어떤 것도 양식으로 삼을 수 있어요. 하지만 가볍고 미약한 호감 같은 건 멋진 소네트 한 편으로 완전히 끊어 버릴 수 있다고 생각해요."

다아시는 조용히 미소만 지었다. 그 뒤로 침묵이 이어지자, 엘리자베스는 어머니가 또다시 이상한 말을 할까 봐 초조했다. 베넷 부인은 무어라 말하고 싶었지만, 딱히 떠오르는 말이 없었다. 그래서 잠시 입을 다물고 있다가, 빙리 씨에게 제인을 돌봐준 데 다시 한 번 감사하고 리지까지 신세지게 해서 미안하다고 했다. 빙리 씨는 꾸밈없지만 예의바르게 그에 답하고, 자기 여동생에게도 그런 상황에 걸맞은 정중한 말을 하게 했다. 빙리 양은 요구된 역할을 건성으로 했지만, 베넷 부인은 만족하고 곧 마차를 불렀다. 그 신호에 베넷 가의 막내딸이 앞으로 나섰다. 키티와 리디아는 올 때부터 내내 둘이서 소곤거렸고, 그 회담의 결과를 실행할 순간이 와서, 막내 리디아가 빙리 씨에게 그가 이곳에 처음 왔을 때 네더필드에서 무도회를 열겠다고 약속한 일을 상기시켜주었다.

리디아는 튼튼하고 성숙한 열다섯 소녀로, 안색이 곱고 표정은 다정했다. 베넷 부인은 그런 리디아를 각별히 예뻐해서 남들보다 이른 나이에 사교계에 내보냈다. 리디아의 발랄한 행동과 타고난 자신감은, 이모부인 필립스 가의 훌륭한 정찬과 그녀의 거리낌 없는 태도에 매혹된 장교들에게 관심을 받으면서 지나치게 부풀어 올랐다. 그래서 리디아는 빙리에게 당당하게 무도회 이야기를 꺼내서 불쑥 그 약속을 들먹일 수 있었다. 그 약속을 지키지 않는 건 세상에서 가장 수치스런 일일 거라고 덧붙이기까지 했다. 이렇게 기습 공격을 받았는데도 빙리 씨는 베넷 부인의 마음에 쏙 들게 대답했다.

"저는 늘 약속을 지킬 만반의 준비가 되어 있답니다. 언니가 건강을 회복하는 대로 리디아 양이 날짜를 잡으시죠. 리디아 양도 언니가 아파 병석에 누워 있는데 춤추고 싶지는 않으실 테니까요."

리디아는 수긍했다. "그럼요! 언니가 다 나을 때까지 기다리는 게 훨씬 좋아요. 그때쯤이면 카터 대위도 메리턴에 돌아올 거고요." 그러고는 덧붙였다. "빙리 씨가 무도회를 연 뒤에는 장교들한테도 무도회를 열라고 조를 거예요. 포스터 대령에게 무도회를 열지 않는 건 부끄러운 일이라고 말하겠어요."

그런 뒤 베넷 부인과 두 딸은 떠났다. 엘리자베스는 자신과 가족의 언행을 빙리 자매와 다아시 씨의 뒷공론 대상으로 남겨 둔 채 곧바로 제인에게 돌아갔다. 하지만 다아시 씨만큼은 엘리자베스를 나쁘게 말할 생각이 전혀 없었다. 빙리 양이 아무리 "고운 눈"을 들먹이며 엘리자베스를 조롱해도, 그는 비난에 동참하지 않았다.

10

다음 날 하루도 전날과 비슷하게 지나갔다. 환자는 천천히 하지만 꾸준히 회복되어 가고 있었다. 허스트 부인과 빙리 양은 오전 시간 일부를 종종 환자와 함께 보냈고, 저녁에는 엘리자베스가 응접실로 내려가서 모두와 함께 있었다. 하지만 루 카드 놀이는 펼쳐지지 않았다. 다아시 씨는 편지를 썼고, 빙리 양은 그 옆에 바싹 붙어 앉아 편지 쓰기를 지켜보다가 다아시 씨의 여동생에게 이런저런 말을 전해달라며 그의 관심을 유도했다. 허스트 씨와 빙리 씨는 피케 카드를 했고, 허스트 부인은 그 놀이를 구경했다.

엘리자베스는 바느질감을 집어 들고, 다아시 씨와 빙리 양 사이에 오가는 대화에 흥미롭게 귀를 기울이고 있었다. 여자

쪽은 그의 단정한 필체, 반듯한 글줄과 편지 길이 등등에 대해 끊임없이 칭찬을 늘어놓았지만, 남자 쪽은 완벽하게 무관심한 반응을 고수했다. 이런 이상한 대화는 두 사람 각자의 성격에 대한 엘리자베스의 견해와 정확히 일치했다.

"이런 편지를 받으면 다아시 양은 얼마나 기쁠까요?"

다아시 씨는 대답하지 않았다.

"편지를 정말 빨리 쓰시네요."

"잘못 보신 겁니다. 저는 오히려 느리게 쓰는 편입니다."

"다아시 씨는 1년에 도대체 몇 통의 편지를 쓰실까요? 거기다 업무와 관련된 편지도 있잖아요? 저라면 그런 일은 정말 지겹고 싫을 것 같아요!"

"그런 의무가 빙리 양이 아니라 제게 지워져서 천만다행입니다."

"다아시 양에게 제가 보고 싶어한다고 꼭 전해주세요."

"바라시던 대로 이미 적었습니다."

"펜이 말을 안 듣나요? 제가 수선해드릴게요. 저는 펜을 잘 고친답니다."

"고맙습니다만 제가 쓸 펜은 늘 제가 고칩니다."

"어쩌면 글씨를 그렇게 줄을 잘 맞춰서 고르게 쓰시나요?"

그는 침묵했다.

"다아시 양의 하프 실력이 늘었다니, 제가 기뻐한다고 전해주세요. 그리고 그 예쁘고 깜찍한 탁자 장식 도안에 제가 열광했다는 것도, 그랜틀리 양이 만든 것보다 훨씬 더 뛰어나다고 생각한다고도 적어주시고요."

"그 열광에 대해서는 다음번 편지에 적으면 안 되겠습니까?

지금은 말씀하신 걸 모두 적을 만한 공간이 부족하니 말입니다."

"아! 상관없어요. 1월이면 다시 만날 테니까요. 그런데 다아시 씨는 언제나 동생에게 그렇게 길고 멋진 편지를 쓰시나요?"

"대체로 길게 쓰긴 하지만, 언제나 멋질지는 저로서는 잘 모르겠습니다."

"제 생각에는요, 긴 편지를 힘들이지 않고 쓰는 사람이라면 형편없는 편지를 쓰지 않아요."

"그런 말은 다아시에게 칭찬이 못 돼, 캐롤라인." 빙리 씨가 소리쳤다. "다아시는 편지를 쉽게 쓰지 않아. 오히려 힘들게 쓰거든. 길고 어려운 단어를 쓰려고 얼마나 고심하면서 애를 쓰는데. 그렇지, 다아시?"

"자네하고 나는 쓰는 방식이 전혀 다르지."

"아!" 빙리 양이 소리쳤다. "우리 오빠 찰스는 정말로 편지를 성의 없게 써요. 단어도 쓰다 말고, 나머지는 그냥 잉크 얼룩 투성이에요."

"생각이 너무 빨리 떠올라서 제대로 글로 쓸 시간이 없는 거야. 그래서 편지를 받은 사람들은 무슨 내용인지 제대로 이해 못 하기도 하지."

"빙리 씨가 겸손하게 응대하시니, 어떤 비난의 화살도 무력해지네요." 엘리자베스가 말했다.

"겸손한 척하는 것보다 더 기만적인 것은 없습니다." 다아시가 말했다. "겸손이란, 실제로 깊이 없는 생각이거나 분별 없는 태도에 불과한 경우가 많고, 때로는 은근한 자기 자랑일 때도 있습니다."

"그러면 조금 전 내가 보인 겸손에 대해서는 어떻게 생각하나?"

"은근한 자기 자랑 쪽이라고 생각하네. 자네는 실제로 그런 결함을 자랑스러워하니까. 생각이 빠르고 행동이 자유로운 결과 표현은 그리 중시하기 않기 때문에 나타나는, 어쩔 수 없는 결과라고 말이야. 그런 태도는 아주 훌륭하지는 않더라도 어쨌건 흥미롭기는 하다는 게 자네 견해지. 무엇이든 빨리 해치우는 사람들은 그런 능력을 높이 평가해서, 그 결과가 얼마나 어설프고 불완전한지에 대해서는 신경 쓰지 않는 경우가 많아. 오늘 아침 자네가 베넷 부인에게, 네더필드를 떠나려고 마음먹으면 5분도 안 걸릴 것이라고 말할 때의 자네 태도는 약간 자화자찬 같았어. 하지만 성급히 서두르다 보면 제대로 끝맺지 못하는 일이 허다하고, 자네한테나 누구한테나 아무 이득이 없을 텐데 그게 그렇게 칭찬할 일인가?"

"이런," 빙리가 소리쳤다. "아침에 생각 없이 나눈 온갖 어리석은 말들을 저녁 때 상기시키다니, 너무 잔인하군. 하지만 그 말을 할 때 나는 진실이라고 생각했고, 그건 지금도 그래. 어쨌거나 숙녀들 앞에서 자랑할 목적으로, 쓸데없이 조급한 성격을 뽐낸 건 아니니까."

"그랬을 거라고 믿어. 스스로 틀린 말을 한다고 생각하지야 않았겠지. 하지만 나는 자네가 그렇게 빨리 떠나지는 못할 것이라 생각해. 자네 행동은 다른 사람들과 마찬가지로 우연에 크게 좌우되게 마련이지. 만약 자네가 말에 올라타려는데 누군가가 '빙리, 다음 주까지 있어주게'라고 말하면, 자네는 아마 그 말에 따라 일주일은 남겠지. 그리고 한 번 더 부탁받으면 한 달 뒤로 늦출 수도 있을 거야."

"지금 다아시 씨가 하신 말씀은 결국 빙리 씨가 자신의 장점을 제대로 모르신다는 거네요." 엘리자베스가 끼어들었다. "다아시 씨가 빙리 씨보다 오히려 친구분의 장점을 더 돋보이게 하셨어요."

"친구가 한 말을 제 인정 많은 성격에 대한 칭찬으로 바꾸어 해석해주시니 고맙습니다." 빙리가 말했다. "하지만 이 친구는 전혀 그런 의도가 아니었을 겁니다. 다아시는 그런 상황에서 내가 친구의 부탁을 거절하고 말을 달려 떠나는 걸 더 높이 살 테니까요."

"그렇다면 다아시 씨가 빙리 씨의 성급한 면을 받아들일 수 있는 건 그 원칙을 고수할 때뿐이라는 건가요?"

"저도 정확히 설명하지 못하겠습니다. 그 설명은 다아시에게 직접 듣지요."

"베넷 양은 제가 밝히지도 않은 견해를 제 의견이라고 하시면서 설명을 요청하시는군요. 하지만 설령 제 말이 그렇다 해도, 기억해 두셔야 할 부분이 있습니다. 이 예에서 빙리에게 떠나지 말라고 부탁한 친구는 자기 소망을 말했을 뿐입니다. 그래야 할 마땅한 이유는 하나도 들지 않고서요."

"친구의 설득에 기꺼이, 쉽게 응하는 것도 다아시 씨에게는 부정적인 일이군요."

"친구 말이라고 해서 근거 없이 무조건 따른다면, 바라는 쪽이나 들어주는 쪽이나 현명하다고 하기는 힘들겠지요."

"다아시 씨는 우정과 사랑의 힘을 무시하시는 것 같네요. 친구에 대한 배려와 애정 때문에 이유를 따지지 않고 기꺼이 부탁을 들어주는 경우도 많아요. 이건 다아시 씨가 예로 드셨던, 빙리 씨의 경우에만 한정된 이야기가 아니에요. 이 경우에는 일단 그런 일이 일어난 다음 그 행동이 신중했는지 따져볼 수도 있어요. 하지만 일반적으로 친구 사이에, 한 친구가 상대방에게 그다지 중요하지 않은 결심을 바꾸어달라고 부탁했을 때 상대방이 그 이유를 묻지도 않고 일단 응했다면, 다아시 씨는 그를 좋지 않게 보실 건가요?"

"이 이야기를 계속하려면, 먼저 그 부탁이 얼마나 중요한지, 또 두 사람이 얼마나 친밀한 사이인지를 좀 더 정확하게 규정해야 할 것 같습니다만."

"그래요." 빙리가 소리쳤다. "구체적인 내용으로 들어가 보죠. 쌍방 간의 키와 체격도 빼놓으면 안 됩니다. 이 논의에서 그 부분은 엘리자베스 양 생각보다 중요할 테니까요. 다아시가 저보다 이렇게 키가 훨씬 더 크지 않았다면, 저는 이 친구를 지금의 절반만큼도 존경하지 않았을 겁니다. 다아시는 제게 가장 위엄 있고 두려운 존재랍니다. 어떤 상황과 장소에서는 더 그렇지요. 다아시가 아무 할 일이 없는 일요일 저녁, 집에 있을 때 특히나 더 그렇습니다."

다아시 씨는 미소 지었지만, 엘리자베스는 그가 살짝 기분이 상한 걸 알아차리고 웃음을 자제했다. 빙리 양은 다아시 씨가 모욕받은 데 분개해서, 말도 안 되는 소리 하지 말라며 오빠를 나무랐다.

"빙리, 자네 의도는 알겠네." 친구가 말했다. "논쟁하기 싫으니까 이 이야기를 어떻게든 끝내려는 거로군."

"그런지도 몰라. 논쟁은 언쟁과 너무 비슷해. 두 사람의 논쟁은 내가 이 방을 나간 다음으로 미뤄주면 고맙겠어요. 그런 다음에는 나에 대해 무슨 말을 해도 좋습니다."

"부탁하신 일은 제게는 전혀 어렵지 않아요. 다아시 씨는 편지를 마무리하시는 게 더 좋을 것 같고요." 엘리자베스가 말했다.

다아시 씨는 그녀의 조언에 따라 편지를 끝맺었다.

편지를 다 쓴 뒤 그는 빙리 양과 엘리자베스에게 음악을 연주해달라고 부탁했다. 빙리 양은 재빨리 피아노 앞으로 갔다가, 엘리자베스에게 먼저 연주하라고 예의 바르게 요청했다. 하지만 엘리자베스 역시 정중하게, 하지만 완강하게 거절하자 자리에 앉았다.

허스트 부인이 음악에 맞추어 노래했고, 그렇게 자매가 노래하는 동안 피아노 위에 놓인 악보 책을 뒤적이던 엘리자베스는 다아시 씨의 눈길이 수시로 자신에게 와서 머무는 것을 감지하지 않을 수 없었다. 그토록 대단한 남자가 자기에게 찬탄의 눈길을 보낼 리는 없다고 생각했지만, 싫어서 쳐다본다고 생각하기는 더욱 어려웠다. 결국 엘리자베스는 그가 자꾸 자기를 보는 이유는 다아시의 가치관에 비추어볼 때, 그녀가 거기 모인 다른 어떤 사람보다 그릇되고 괘씸해서일 거라고 결론을 내렸다. 그다지 괴롭지 않은 결론이었다. 그에게 털끝만큼도 호감이 없는 만큼 그에게 인정받고 싶지도 않았기 때문이다.

빙리 양은 이탈리아 노래를 몇 곡 연주한 뒤 분위기를 바꾸어 경쾌한 스코틀랜드 춤곡으로 넘어갔는데, 잠시 후 다아시 씨가 엘리자베스에게 다가와서 말했다.

"베넷 양, 이런 기회가 오면 릴 춤을 추고 싶지 않으십니까?"

그녀는 미소만 짓고 대답은 하지 않았다. 그는 그녀의 침묵에 놀란 듯 다시 한 번 물었다.

"아!" 그녀가 말했다. "듣지 못해서가 아니라, 어떻게 대답해야 할지 몰라서 망설였어요. 제게서 '네'라는 대답을 듣고 제 형편없는 취향을 경멸하고 싶어 하시는 건 알겠는데, 저는 또 그런 계획을 망가뜨리고, 경멸할 기회를 뺏아버리는 걸 좋아하거든요. 그러니까 릴 춤을 추고 싶은 생각이 전혀 없다고 말씀드려야겠네요. 자, 이제 저를 경멸해보시죠."

"그럴 생각은 전혀 없습니다."

그가 모욕감에 분개하리라고 예상했던 엘리자베스는 그 의연한 태도에 놀랐다. 하지만 엘리자베스의 태도에는 다정함과 장난스러움이 섞여 있어서 누구도 모욕감을 느끼기 어려웠다. 다아시는 지금처럼 강하게 여성에게 매료된 것은 처음이었다. 그녀의 사회적 배경이 그토록 보잘것없지만 않았다면, 하마터면 정말로 위험했을 것 같았다.

빙리 양이 본, 혹은 보았다고 생각한 것들은 질투심을 일으키기에 충분했다. 엘리자베스를 떠나보내고 싶은 마음에 친구 제인의 회복을 바라는 소망이 더욱 커졌다.

빙리 양은 다아시가 엘리자베스를 싫어하게 만들기 위해서 두 사람이 결국 결혼할 것 같다는 둥, 행복한 결혼 생활에는 이런저런 일들이 필요하다는 따위의 말로 다아시를 자주 괴롭혔다.

다음 날 다아시 씨와 덤불숲을 산책하며 빙리 양이 말했다.

"그런 바람직한 일이 일어나서 결혼식을 올리게 되면, 다아시 씨는 장모님께 침묵의 가치를 알려드리는 게 좋을 거예요. 그런 뒤에는 어린 처제들이 장교들 꽁무니를 쫓아다니는 버릇도 고쳐야겠죠. 그리고 예민한 부분이라서 말씀드리기 조심스럽지만, 안주인 성격 가운데 그 살짝 오만하고 건방져 보이는 태도도 제지해주셔야 할 테고요."

"제 결혼 생활의 행복을 위해 더 하실 말씀은 없습니까?"

"아! 있어요. 펨벌리의 회랑에 처가 친척인 필립스 이모 부부의 초상화를 걸어두세요. 판사를 지내셨던 종조부님 초상화 옆에요. 그분들은 같은 법조계에 있고 계통만 다르니까요.* 그리고 엘리자베스의 초상화는 포기하시는 게 좋을 거예요. 어떤 화가가 그렇게 아름다운 눈을 제대로 그려내겠어요?"

"그 표정과 눈빛을 표현하기는 쉽지 않겠지만, 눈동자 색과 모양 그리고 특히 더 아름답고 섬세한 그 속눈썹은 베껴 그릴 수 있을 겁니다."

그 순간 두 사람은 다른 산책로로 온 허스트 부인과 엘리자베스와 마주쳤다.

"두 분이 산책 나오셨을 줄은 몰랐네요." 빙리 양이 자신들의 대화가 들렸을까 당황해서 말했다.

"두 사람 다 나빴어요." 허스트 부인이 대답했다. "산책 나간다는 말도 없이 우리만 남겨놓고 도망가 버리다니."

그러더니 그녀는 엘리자베스를 뒤에 혼자 남기고, 다아시 씨의 남은 한쪽 팔을 잡았다. 산책길은 세 명이 간신히 걸을 만

---

*법조계의 최상층에 있는 판사와 하위 법조인인 사무 변호사는 사회적 지위 격차가 매우 크다.

한 폭이었다. 다아시 씨는 그들이 엘리자베스에게 무례하게 굴고 있다고 느끼고 서둘러 말했다. "여긴 길이 좁군요. 저기 넓은 가로수 길로 가야 할 것 같습니다."

하지만 엘리자베스는 그들과 함께하고 싶은 마음이 전혀 없었기에 웃으면서 대답했다.

"아뇨, 그냥 이 길로 가세요. 세 분이 그렇게 다정하신 모습이 정말 잘 어울리고 보기 좋은데요. 한 사람이 더 끼면 균형이 깨질 거예요. 안녕히 가세요."

그런 뒤 엘리자베스는 즐겁게 그들 곁을 떠났다. 그러고는 이제 하루 이틀 후면 집에 갈 거라는 희망 속에 덤불숲을 여기저기 거닐었다. 제인은 이미 기력을 많이 회복해서 그날 저녁에는 두어 시간 응접실에 내려가 있을 생각이었다.

11

정찬을 마치고 여자들이 물러가자, 엘리자베스는 언니에게 달려가서 감기를 막을 조치를 단단히 한 뒤 응접실로 데려갔다. 빙리 자매는 열렬히 반가움과 기쁨을 표시하며 그녀를 맞았다. 엘리자베스는 그 자매가 남자들이 오기 전의 시간에 그렇게 유쾌하게 행동하는 것을 본 적이 없었다. 그들은 대화 솜씨가 상당해서, 어떤 여흥의 현장을 정확하게 설명하고, 일화를 유머러스하게 전하고, 아는 사람들에 대해 신나게 비웃었다.

하지만 남자들이 들어서자, 제인은 더 이상 빙리 자매의 첫 번째 목표물이 아니었다. 빙리 양의 눈은 곧장 다아시에게 돌아갔고, 그녀는 그가 응접실 가운데로 들어오기도 전에 말을 건넸다. 그는 곧바로 베넷 양에게 정중히 축하 인사를 건넸다. 허스트 씨도 가볍게 목례하며 '매우 기쁘다'고 말했다. 장황하고도 정성스럽고 따뜻한 인사는 빙리의 몫이었다. 그는 기쁨과 배려로 가득했다. 처음 30분은 제인이 침실 아닌 곳에서 춥거나 불편하지 않도록 벽난로 불을 계속해 피워 올리며 지나갔고, 제인은 빙리가 원하는 대로 문에서 가장 먼 벽난로 한쪽 구석으로 옮겨 앉았다. 그런 뒤 빙리는 제인 옆에 앉아서 거의 제인하고만 이야기를 했다. 엘리자베스는 반대편 구석에서 바느질을 하면서 그 모습을 흐뭇하게 지켜보았다.

다과가 끝나고 허스트 씨가 처제에게 슬쩍 카드놀이가 어떠냐고 떠보았지만 소용없었다. 그녀는 다아시 씨가 카드놀이에 생각이 없다는 비밀 정보를 입수한 상태였다. 때문에 허스트 씨의 공개적 청원도 곧 거절당했다. 빙리 양은 그에게 아무도 카드놀이를 원하지 않는다고 말했고, 그 말이 끝났을 때 흐른 침묵은 다른 사람들도 동조한다는 뜻 같았다. 그래서 허스트 씨는 소파에 몸을 뻗고 자는 것밖에 할 일이 없었다. 다아시는 책을 집어 들었다. 빙리 양도 똑같이 책을 들었고, 허스트 부인은 자신의 팔찌와 반지들을 만지작거리면서 이따금 빙리 씨와 제인 베넷의 대화에 끼어들었다.

빙리 양은 자신의 독서 못지않게 다아시 씨의 독서에도 신경을 써서, 그에게 계속 무언가를 질문하고 그가 읽는 책장을 들여다보았다. 하지만 그를 대화로 이끌지는 못했다. 그는 질문에 답하면 언제나 곧바로 책으로 돌아갔다. 마침내 그녀는 자기가 읽던 책에서 재미를 느끼려는 시도에 지쳐(그녀가 그 책을 선택한 것은 그저 다아시가 읽고 있는 책의 두 번째 권이라는 이유 때문이었다), 크게 하품을 하고서 말했다. "이런 저녁 시간은 참 좋네요! 아무리 봐도 독서만큼 좋은 취미는 없는 것 같아요! 책 말고 다른 건 금세 질리잖아요! 제가 나중에 집을 갖게 되었는데, 훌륭한 서재가 없다면 정말 속상할 것 같아요."

아무도 그 말에 대꾸하지 않았다. 그녀는 다시 한 번 하품하고 책을 옆으로 밀친 뒤, 재미있는 일이 없나 방 안을 두리번거렸다. 그러다가 오빠가 제인 베넷에게 무도회 이야기하는 것을 듣자, 고개를 그쪽으로 휙 돌리고 말했다.

"그런데 찰스, 네더필드에서 무도회를 열겠다는 거 정말이야? 내 생각에는 결정을 내리기 전에 여기 있는 분들하고 의논해 보는 게 좋을 것 같은걸. 이 중에는 무도회가 전혀 즐겁지 않고 오히려 괴로운 사람도 분명히 있을 거야."

"다아시를 말하는 거라면 무도회가 시작하기 전에 잠자리에 들면 돼." 빙리 씨가 말했다. "하지만 무도회는 결정된 거나 마찬가지야. 니콜스가 화이트 수프를 충분히 만들어놓는 대로 초대장을 돌릴 거야."

"무도회를 조금 다른 방식으로 하면 훨씬 더 좋을 것 같아." 빙리 양이 말했다. "통상적인 방식은 아주 지루한 데가 있거든. 춤추는 것 대신 대화를 주목적으로 삼으면 무도회가 훨씬 차분할 거야."

"당연히 차분하겠지, 캐롤라인. 하지만 그러면 무도회라고 하기가 어렵지 않을까?"

빙리 양은 그 말에 대답하지 않고, 곧 자리에서 일어나 방 안을 거닐었다. 그녀의 몸매는 우아했고, 걸음걸이는 보기 좋

있다. 하지만 그러한 행동의 목표 대상인 다아시는 계속 책에 파묻혀 있었다. 그녀는 필사적인 심정으로 한 가지 시도를 더 해보기로 하고 엘리자베스를 돌아보며 말했다.

"일라이자 베넷 양, 저처럼 이 응접실을 한번 걸어볼래요? 같은 자세로 그렇게 오래 앉아 있다가 잠깐씩 걸으면 아주 상쾌하답니다."

엘리자베스는 살짝 놀랐지만 그 말에 따르기로 했다. 빙리 양의 친절은 진짜 목표에서도 성공을 거두었다. 다아시 씨가 고개를 든 것이다. 그는 엘리자베스만큼이나 빙리 양의 그런 배려가 의아해서 저도 모르게 책을 덮었다. 그러자 빙리 양이 지체 없이 다아시에게도 함께 걷자고 제안했다. 그는 그들이 응접실을 거니는 동기는 두 가지밖에 없을 텐데, 어느 쪽이라도 자신이 끼어들면 방해가 될 거라며 거절했다. "도대체 무슨 뜻이지? 궁금해 죽겠네." 그녀는 엘리자베스에게 무슨 뜻인지 알겠냐고 물었다.

"아뇨." 엘리자베스가 대답했다. "하지만 틀림없이 우리를 비난하는 뜻일 거예요. 그러니까 저분을 실망시키려면 그 뜻을 묻지 않는 게 가장 좋은 방법 같아요."

하지만 빙리 양은 무슨 일로도 다아시 씨를 실망시킬 수 없었기에, 그 두 가지 동기가 무엇인지 설명해달라고 부탁했다.

"설명하지 못할 이유는 없습니다." 그녀가 말을 마치자 그가 바로 말했다. "두 분이 저녁 시간을 이렇게 보내기로 한 것은 두 분이 따로 긴히 할 이야기가 있거나, 아니면 두 분 모두 걸을 때 자신의 자태가 가장 훌륭하다는 걸 알기 때문이거나 둘 중 하나입니다. 첫 번째 경우 저는 두 분에게 완전히 방해가 될

뿐이고, 두 번째 경우도 자리에 앉아 있는 편이 두 분의 아름다운 모습을 감상하는 데 훨씬 도움이 됩니다."

"아! 말도 안 돼요!" 빙리 양이 소리쳤다. "그런 해괴한 이야기는 난생처음이에요! 어떻게 해야 우리가 저런 말을 한 다아시 씨를 혼내줄 수 있을까요?"

"그야 마음만 먹으면 식은 죽 먹기죠." 엘리자베스가 말했다. "서로를 괴롭히고 벌 주는 건 얼마든지 할 수 있어요. 저분을 놀리고 비웃는 거예요. 두 분은 서로 친하시니까 빙리 양은 방법을 잘 아실 것 같은데요."

"아뇨, 전 정말 몰라요. 우리 사이가 친하다고 해도 그런 것까지는 모르죠. 차분한 기질과 총명한 정신을 어떻게 놀리나요! 아뇨, 그건 성공 못 할 것 같아요. 그리고 웃음거리가 안 되는 걸 비웃다가는 우리만 바보가 될 거예요. 그러면 다아시 씨는 오히려 기뻐할걸요."

"다아시 씨는 웃음거리가 될 수 없다니!" 엘리자베스가 소리쳤다. "정말 보기 드문 장점이로군요. 그리고 그런 일은 앞으로도 흔치 않기를 바랍니다. 웃음거리로 삼을 수 없는 그런 사람을 많이 아는 건 저한테 큰 손해일 것 같으니까요. 저는 웃는 걸 좋아해요."

"빙리 양은 저를 지나치게 높이 평가하셨습니다." 다아시 씨가 말했다. "더없이 현명하고 훌륭한 사람이 행하는 더없이 현명하고 훌륭한 행동이라도, 농담을 인생의 제일 목표로 삼는 사람에게는 웃음거리가 될 수 있습니다."

"그럼요." 엘리자베스가 대답했다. "물론 그런 사람이 있죠. 하지만 제가 그런 사람은 아니기를 바랍니다. 제가 현명하고 훌륭한 것을 웃음거리로 삼지는 않았기를 바라고요. 하지만 고백하건대 저는 미련한 일, 어처구니없는 일, 변덕스럽고 앞뒤가 맞지 않는 행동을 볼 때마다 비웃어요. 하지만 다아시 씨에게는 그런 결점이 전혀 없는 것 같네요."

"그런 결점들이 전혀 없는 사람은 없을 겁니다. 뛰어난 지성도 웃음거리가 되곤 하니까요. 하지만 저는 일생토록 그런 약점을 피하고자 노력해 왔습니다."

"허영과 오만 같은 것들요?"

"그렇습니다. 허영은 진정코 약점이죠. 하지만 진실로 뛰어난 정신의 소유자라면, 오만을 건강한 자부심으로 변화시킬 수 있다고 봅니다."

엘리자베스는 고개를 돌리고 웃음을 감추었다.

"다아시 씨에 대한 진단은 끝났나요?" 빙리 양이 말했다. "결과가 어떤가요?"

"단언컨대 다아시 씨에게는 결점이 없습니다. 본인도 그 사실을 깨끗하게 인정하시네요."

"무슨 말씀을." 다아시가 말했다. "결점이 없다는 말은 하지 않았습니다. 결점이 꽤 많지만, 그것이 이성의 결함은 아니기를 바라는 거죠. 제 성격은 그리 내세울 만한 것은 못 됩니다. 양보심이 너무 없고 고집이 셉니다. 이 세상의 편의에 맞추기에는 말입니다. 그래서 다들 불편해하지요. 사람들의 어리석은 행동이나 악행, 제게 저지른 잘못을 지나치게 오래 기억하죠. 제 감정은 외부의 영향을 별로 받지 않습니다. 제 기질은 아마 분노가 깊다고 표현할 수 있을 겁니다. 화가 잘 안 풀리죠. 한번 마음이 떠나면 다시는 돌아보지 않습니다."

"정말로 큰 결점이군요!" 엘리자베스가 소리쳤다. "골수에 박힌 깊은 분노라면, 분명 결점이죠. 하지만 아주 잘 고르셨네요. 저는 그런 결점에는 웃을 수가 없어요. 그러니 제게 비웃음 사실 일은 없을 거예요."

"사람은 누구나 최고의 교육을 받아도 해결할 수 없는 특별한 문제, 타고난 결함이 있다고 생각합니다."

"다아시 씨의 결함은 모든 사람을 미워한다는 것이고요."

"그리고 베넷 양의 결함은 사람들을 마음대로 오해하는 것이죠." 그가 미소 띤 얼굴로 대답했다.

"음악을 좀 들을까요?" 빙리 양이 자신이 끼어들 여지가 없는 대화에 짜증이 나서 소리쳤다. "루이자 언니, 형부 좀 깨워도 상관없겠지?"

허스트 부인은 반대하지 않았고 빙리 양은 피아노를 열었다. 다아시는 잠시 생각에 잠긴 뒤 대화가 끊겼다는 아쉬움을 접었다. 엘리자베스에게 위험할 만큼 많은 관심이 흘러가고 있다고 느꼈기 때문이다.

12

엘리자베스는 언니와 약속한 대로, 다음 날 아침 어머니에게 그날 중 마차를 보내달라는 편지를 썼다. 하지만 두 딸이 네더필드에서 화요일까지 일주일을 채워서 지내리라 기대하던 베넷 부인은 그 전에 돌아온다는 말이 달갑지 않았다. 그래서 부인이 보낸 답장은 적어도 엘리자베스에게는 마음에 들지 않았다. 그녀는 집에 가고 싶어 좀이 쑤셨기 때문이다. 베넷 부인은 마차는 화요일에나 보낼 수 있다고 적고, 추신으로 만약 빙리 씨와 누이가 더 있다 가라고 붙잡으면 그러라는 내용을 덧붙였다. 하지만 엘리자베스는 체류가 길어지는 것은 절대 반대였고, 그들이 좀 더 있으라고 붙잡을 것 같지도 않았다. 오히려 필요 이상 오래 머무른다고 비난받을 것이 두려워서 제인에게 당장 빙리 씨의 마차를 빌리라고 재촉했다. 그리고 마침내 두 사람은 그날 오전 중으로 네더필드를 떠나고자 한 본래 계획을 빙리 씨에게 밝히고, 제인이 마차를 부탁했다.

그러자 사람들은 숱한 걱정의 말을 표현하면서 적어도 다음 날까지는 머물러달라고 간청했다. 그러자 제인의 마음이 흔들려 출발은 다음 날 아침으로 미뤄졌다. 그러고 나자 빙리 양은 그렇게 제안한 것을 곧 후회했다. 한 베넷 양에 대한 질투와 미움이 다른 베넷 양에 대한 애정을 훨씬 뛰어넘었기 때문이다.

그 집의 주인은 그들이 곧 떠난다는 소식에 진심으로 섭섭해하고 걱정하면서, 그 일은 제인 양에게 해롭다고, 아직은 몸이 온전치 않다고 거듭 말했다. 하지만 제인은 옳다고 여기는 생각에 대해선 굽히지 않았다.

다아시 씨에게는 그 소식이 반가웠다. 엘리자베스는 네더필드에 충분히 오래 있었다. 그녀에 대한 매혹은 그 스스로가 용인할 수 있는 수준을 넘어섰기 때문이다. 거기다 빙리 양은 그녀에게 무례했고, 자신에게는 평소보다 더 지분거렸다. 그는 이제 각별히 조심해서 그녀에게 끌리는 마음을 드러내지 않겠다는 분별 있는 결정을 내렸다. 그녀가 그의 행복에 영향을 미칠 수 있다는 희망을 품고 우쭐해지게 만들면 안 되었다. 그의 자존심이 허락하지 않는 일이었다. 만약 엘리자베스가 이미 그런 생각을 품기 시작했다면, 마지막 날 그가 하는 행동에 따라 상대방의 생각을 확정하거나 분쇄할 수 있을 것이다. 그래서 그는 결심에 충실하게 토요일이 다 가도록 그녀에게 열 마디도 말을 하지 않았고, 한때 반 시간 동안 단둘이 있게 되었을 때도 책만 들여다볼 뿐 그녀에게는 눈길도 주지 않았다.

그리고 일요일 아침 예배 후, 대부분의 사람에게 매우 반가운 작별의 시간이 찾아왔다. 빙리 양은 엘리자베스에 대한 예의도 제인에 대한 애정도 모두 신속히 회복했다. 빙리 양은 롱번이나 네더필드에서 제인을 다시 만나는 건 언제라도 기쁠 거라고 말하며 따뜻하게 끌어안은 뒤, 심지어 엘리자베스하고도 악수를 나누었다. 엘리자베스는 더없이 명랑하게 모두에게 작별 인사를 했다.

하지만 그들이 집에 왔을 때, 어머니는 그리 따뜻하게 반기지 않았다. 왜 왔는지 모르겠다고 했고, 마차까지 빌린 것은 너무 큰 폐라고 질책했으며, 제인은 다시 감기에 걸렸을 거라고 못마땅해했다. 하지만 아버지는 말은 몇 마디 없었지만, 두 딸을 매우 반가워했다. 집안에서 두 딸이 얼마나 큰 역할을 하고 있는지 절감했기 때문이다. 제인과 엘리자베스가 빠지자 저녁 시간의 가족 대화는 생기를 잃었고 의미는 더더욱 없었다.

다시 만난 메리는 평소처럼 통주 저음과 인간 본성 연구에 몰두해 있었고, 새로운 인용문들에 감탄했으며, 몇 가지 진부한 도덕적 견해가 담긴 새로운 설교에 귀를 기울였다. 캐서린과 리디아가 전한 정보는 전혀 성격이 달랐다. 지난 수요일 이

후 연대에 많은 사건과 소문이 있었다. 장교 몇 명이 이모님 댁에서 정찬을 했고, 사병 하나가 징계를 받았으며, 포스터 대령이 곧 결혼할 거라는 소문이 있다고 했었다.

13

"여보." 다음 날 아침 식탁에서 베넷 씨가 아내에게 말했다. "오늘 정찬은 잘 준비했으면 좋겠소. 아마 손님이 한 명 올 것 같소."

"누군데요? 온다면 아마 샬럿 루카스 정도일 텐데. 우리 집 정찬 정도면 샬럿에게 과분할걸요. 집에서는 그런 식사를 자주 못 하는 것 같으니까요."

"내가 말하는 사람은 신사고, 우리가 잘 모르는 사람이오." 베넷 부인의 눈에 반짝 불이 켜졌다. "낯선 신사라고요! 빙리 씨로군요. 제인, 왜 미리 알려주지 않은 거니, 이 앙큼한 것! 빙리 씨가 온다면야 대환영이죠. 하지만 이런! 어쩌면 좋아! 오늘은 생선을 살 수 없다고요. 리디아, 종을 울리렴! 당장 힐에게 말해야겠다."

"빙리 씨가 아니오. 내 평생 한 번도 본 적 없는 사람이오." 남편이 말했다.

그 말에 온 식구가 놀랐고, 그는 아내와 다섯 딸에게 한꺼번에 질문을 받는 즐거움을 누렸다.

얼마간 흥미롭게 식구들의 호기심을 만끽한 뒤 그가 설명했다. "한 달쯤 전에 편지를 한 통 받았는데, 보름쯤 지나 답장했소. 이건 세심하게 다루고 또 일찌감치 신경 써야 할 일이라고 생각했으니까. 편지를 보낸 사람은 우리 친척 콜린스 씨요. 내가 죽으면 언제라도 우리 집 식구 모두를 이 집에서 쫓아낼 수 있는 사람 말이오."

"아유! 여보." 아내가 소리쳤다. "그 말을 들으니 부아가 치밀어 참을 수가 없네요. 제발 그 밉살스러운 남자 이야기는 그만둬요. 당신 영지가 우리 아이들 손을 떠나 한사상속인지 뭔지, 그렇게 된다는 사실은 세상에서 가장 괴로운 일이라고요. 내가 당신이었다면 오래전에 어떻게든 해결해보려고 했을 거예요."

제인과 엘리자베스는 어머니에게 한사상속의 속성을 설명하려고 했다. 전에도 여러 차례 시도했지만, 그것은 베넷 부인으로서는 도저히 이해할 수 없는 영역이었다. 딸 다섯이 있는 가족의 땅이 아무 상관도 없는 남자의 손에 들어가는 고약한 처사에 대해 부인은 끊임없이 욕을 퍼부었다.

"정말로 악독한 제도요." 베넷 씨가 말했다. "콜린스 씨가 어떤 일을 한다 해도 롱번을 상속받는 죄는 씻을 수 없을 거요. 그런데 당신도 그 편지를 보면, 그 사람의 표현 방식에 마음이 좀 누그러질지도 모르겠소."

"아니, 그럴 일 없어요. 절대로요. 당신한테 편지를 보낸 것 자체가 아주 불손하고 위선적이라고 생각해요. 그런 거짓된 행동은 싫다고요. 왜 이 친구는 자기 애비처럼 당신하고 계속 싸우지 못하는 거래요?"

"글쎄, 이 친구는 아들로서 그때 일을 미안해하고 있는 것 같구려. 일단 들어보시오."

친애하는 베넷 씨께,

베넷 씨와 돌아가신 선친의 불화 때문에 저는 언제나 안타까
웠습니다. 제가 불행히도 아버지를 여읜 이래, 예전의 불화를
해소하고자 하는 소망이 빈번히 일었으나, 선친께서 멀리하셨
던 분과 제가 화해하고 좋은 관계로 지내는 것은 선친의 뜻에
누가 될지도 모른다는 생각에 그동안 자제했습니다.

"여기를 봐봐요, 여보."

하지만 저는 이제 이 문제를 해결하기로 결심했습니다. 지난
부활절에 성직 서품을 받을 때, 저는 루이스 드 버그 경의 미망
인인 캐서린 드 버그 숙부인*의 후원을 받는 행운을 얻었습니
다. 숙부인께서는 자비롭게도 저에게 지금의 이 훌륭한 교구의
목사직을 선사하셨습니다. 이곳에서 저는 숙부인을 섬기고, 영
국국교회가 정한 의식과 예식을 성실히 수행하는 데 충심의 노
력을 다해 매진할 것입니다. 게다가 성직자로서 제 영향력이
미치는 범위 내의 모든 가족에게 평화의 축복을 내리는 것이
제 의무라고 생각합니다. 그런 점에서 제가 이렇게 선의의 제
안을 하는 것은 매우 고무적인 일이며, 귀댁에서도 롱번 영지

---

*'Right Honourable Lady'는 흔히 '영부인'으로 옮기는데, '대통령 부인'이라는 현
재의 쓰임과 차이가 있어서 조선시대에 고위 공직자의 부인을 일컫던 '숙부인'이
라는 표현을 사용했다.

의 한사상속자라는 제 신분을 따뜻하게 눈감아주시고 제가 내민 화해의 올리브 가지를 거절하시지 않으시리라 고대합니다. 제가 본의 아니게 사랑스런 영애 분들께 손해를 끼치는 입장이 되고 있음은 저 스스로도 매우 안타까이 여기는 바이고, 그에 대해서는 충심의 사과와 더불어 영애 분들께 화해책을 마련할 수 있도록 최선의 노력을 경주하리라 약속드립니다. 하지만 그 자세한 이야기는 차후에 하지요. 베넷 씨께서 저를 댁내에 들이는 것을 반대하지 않으시면, 11월 18일 월요일 4시에 베넷 씨와 가족 분들을 만나는 기쁨을 누리고, 그다음 주 토요일까지 폐를 끼치겠습니다. 캐서린 숙부인은 제가 이따금 일요일에 자리를 비우는 데 대해, 주일의 임무를 대신해줄 다른 성직자를 구해 놓는 경우에는 전혀 문제 삼지 않으십니다. 언제나 사모님과 영애 분들께 깊은 존경을 바칩니다.

베넷 씨의 행복을 비는 친구,
윌리엄 콜린스

"그래서 오늘 4시에 우리 집에 이 화해의 신사가 오게 돼 있소." 베넷 씨가 편지를 접으면서 말했다. "아주 양심적이고 예의 바른 젊은이 같구려. 알고 지내면 아주 유익할 것 같소. 캐서린 숙부인이 이 사람을 우리 집에 또 보내줄 만큼 너그럽다면 말이오."

"아무튼 그 사람이 우리 딸들에 대해 하는 말은 그런대로 일리가 있네요. 만약 그 사람이 어떤 화해책을 가지고 온다면 나는 굳이 반대하지 않을래요."

"우리에게 어떻게 보상한다는 건지는 짐작하기 힘들지만,

그런 마음 자체는 훌륭해요." 제인이 말했다.

엘리자베스는 무엇보다 그가 캐서린 숙부인에게 바치는 극진한 존경심과, 친절하게도 교구민들의 세례와 혼례와 장례를 필요할 때마다 빼놓지 않고 치러주겠다는 기묘한 어투에 놀랐다.

"특이한 사람 같아요." 엘리자베스가 말했다. "어떤 사람인지 잘 모르겠어요. 허례허식이 아주 강한 느낌이에요. 그리고 한사상속자가 된 걸 사과한다는 게 도대체 무슨 뜻이죠? 상속을 피할 수 있어도 피하지 않을 생각 아닐까요? 그다지 분별 있어 보이진 않네요."

"내 생각은 다르다. 실상은 정반대일 것 같은 희망이 솟는구나. 편지에는 비굴함과 거만함이 섞여 있으니, 일단 조짐은 좋아. 조금이라도 빨리 만나보고 싶다."

"작문이라는 관점으로 볼 때 편지에 별다른 결함은 없어요." 메리가 말했다. "올리브 가지라는 착상은 새롭지 않지만 표현이 잘된 것 같고요."

캐서린과 리디아는 편지에도 편지를 쓴 사람에게도 아무런 흥미가 없었다. 이 먼 친척이 진홍색 군복 상의를 입고 올 가능성은 거의 없었고, 그들은 몇 주 전부터 다른 색깔의 옷을 입은 남자에게서 즐거움을 얻은 일이 없었다. 하지만 베넷 부인만은 콜린스 씨의 편지에 이전까지 품었던 악감정을 크게 떨치고, 차분하게 그를 맞을 준비를 해서 남편과 딸들을 놀라게 했다.

콜린스 씨는 약속한 시간에 딱 맞추어 왔고, 식구들은 모두 아주 예의바르게 그를 맞았다. 베넷 씨는 별로 말이 없었지만 여자들은 기꺼이 그와 대화할 준비가 되어 있었는데, 콜린스 씨는 군이 대화를 부추길 필요도 없고 입을 다물 생각도 전혀 없는 것 같았다. 그는 키가 크고 표정이 무거운 스물다섯 살의 젊은이였다. 태도는 진지하고 근엄했으며, 예의범절은 아주 의 례적이었다. 그는 자리에 앉자 곧바로, 베넷 부인에게 어쩌면 이 렇게 아름다운 따님들을 두었냐며 칭찬했다. 따님들의 아름다움 은 익히 들어 알았지만, 이 경우는 명성이 실제만 못하다며 모두 때가 되면 좋은 혼처를 얻을 것을 믿어 의심치 않는다고 덧붙였 다. 이런 칭찬이 식구들 모두의 호감을 얻은 것은 아니지만, 칭 찬이라면 덮어놓고 좋아하는 베넷 부인은 즉각 반응했다.

"고마운 말씀이네요. 그렇게 되기를 진심으로 바라고 있지 요. 안 그러면 이 아이들이 궁핍을 벗을 길이 없으니까요. 세상 일이 정말로 이상하게 꼬여서 말이에요."

"이 롱번 영지의 한사상속을 말씀하시는 건가요?"

"그래요! 바로 그거예요, 콜린스 씨! 우리 딸들에게 너무 가 혹한 일이지요. 그렇다고 콜린스 씨 잘못이라는 건 아니에요. 이런 일은 다 운수소관이죠. 일단 한사상속이 걸리면, 영지가 어디로 갈지는 아무도 모르는 일이니까요."

"우리 아름다운 사촌들에게 닥친 어려움을 저는 잘 알고 있 습니다. 이 일을 두고 할 말이 적지 않지만, 조급하게 서두르는 모습을 보이지 않으려 합니다. 어쨌거나 제가 따님들께 찬사를 바칠 준비를 하고서 이곳에 왔다는 점을 말씀드릴 수 있습니다. 더는 말하지 않겠습니다. 우선 좀 더 친분을 쌓은 뒤에……."

정찬을 알리는 소리에 그는 미처 말을 끝맺지 못했다. 딸들 은 서로를 보며 미소 지었다. 콜린스 씨가 찬사를 바친 대상은 그들뿐이 아니었다. 그는 현관 입구와 식당과 거기 딸린 가구를 모두 세심히 관찰하고 칭찬했다. 그런 칭찬은 그가 이 모든 것을 장래 자신의 재산으로 보고 있다는 씁쓸한 가정이 없었다면, 베넷 부인의 마음에 큰 감동을 주었을 것이다. 이어진 정찬도 극진한 찬사의 대상이 되었다. 그가 아름다운 사촌들 중 누가 이렇게 멋진 식사를 준비했는지 물었다. 그러자 베넷 부인이 자신들은 훌륭한 요리사를 쓸 여유가 있기에, 딸들은 부엌일을 전혀 하지 않는다고 약간 퉁명스럽게 대답했다. 그는 기분 상하게 해서 죄송하다고 했다. 부인은 누그러든 말투로 기분이 상한 건 아니라고 했지만, 그는 15분 동안이나 계속해서 사과했다.

14

베넷 씨는 정찬 시간에는 거의 말이 없었다. 하지만 하인들이 물러가자 손님과 대화할 때가 되었다고 생각하고 그가 즐거워할 주제의 이야기를 꺼냈다. 우선 그가 훌륭한 후원자를 얻은 것 같다는 말로 시작했다. 그의 소망을 헤아리고 안녕을 돌보아주는 캐서린 드 버그 숙부인의 마음 씀씀이가 예사롭지 않다고 했다. 그 예상은 딱 들어맞았다. 콜린스 씨는 침이 마르게 숙부인을 칭송했다. 그는 지금까지보다 더욱 엄숙한 태도와 우쭐한 표정이 되어, 평생토록 캐서린 숙부인처럼 지체 높은 사람이 그토록 다정하고 친절하게 행동하는 것은 본 적이 없다고 단언했다. "숙부인께서는 제가 부인 앞에 선보인 두 편의 설교를 모두 기쁘게 승인해주셨습니다. 또한 저를 로징스의 정찬에 두 번이나 초대하셨고, 바로 지난 토요일에도 저녁 시간에 불러서 함께 카드릴 놀이*를 했습니다. 사람들은 흔히 캐서린 숙부인을 오만하다고 보는데, 제가 볼 때는 한없이 인자하시기만 합니다. 저를 대하실 때도 다른 신사들을 대할 때와 전혀 다르지 않습니다. 제가 지역 사교계에 출입하는 것도, 친척을 만나러 교구를 한두 주 비우는 것도 개의치 않으십니다. 숙부인께서는 제게 되도록 빨리 결혼하되 선택은 신중해야 한다는 조언도 친히 해주셨고, 제 누추한 목사관에도 찾아오셔서 제가 집 여기저기 수선한 곳을 보고 칭찬하시며 제안까지 더해주셨습니다. 그러니까 계단 옆 벽장 안에 선반 몇 개를 꾸미라고 말이죠."

"정말로 훌륭하시네요." 베넷 부인이 말했다. "성품도 아주 다정하신 분 같아요. 지체 높은 다른 부인들이 모두 그분 같지 않다는 게 안타까워요. 숙부인께서는 콜린스 씨와 가까이 사시나요?"

"제 누추한 거처의 정원과 숙부인의 저택인 로징스 파크는 작은 길 하나를 사이에 두고 갈라져 있을 뿐입니다."

"미망인이라 들었는데 가족은 없나요?"

"외동따님이 계시죠. 그분이 로징스를 비롯한 방대한 재산을 상속하시게 됩니다."

"아!" 베넷 부인이 고개를 저었다. "그 따님은 다른 아가씨들보다 형편이 괜찮군요. 어떤 아가씨인가요? 예쁜가요?"

"아주 아름다우십니다. 캐서린 숙부인께서도 진정한 미의 관점으로 볼 때 드 버그 양은 웬만한 미인들을 뛰어넘는다고

*네 사람이 하는 카드놀이로 당시에는 이미 유행이 지나 있었다.

말씀하시죠. 이목구비에 고귀한 혈통이라는 징표가 어려 있기 때문입니다. 안타깝게도 건강이 좋지 않아 많은 분야에 큰 노력을 경주하지는 못하는 실정입니다. 건강만 허락했다면 높은 성취를 이루었을 텐데 말이죠. 전에 드 버그 양의 교육을 관장했고 아직도 그 댁에 기거하는 부인에게서 그렇게 들었습니다. 하지만 드 버그 양은 아주 상냥하셔서, 조랑말이 끄는 낮은 무개 사륜마차를 타고 제 누추한 거처에도 자주 들르십니다."

"드 버그 양은 궁정에도 나갔나요? 궁정 출입 귀부인 명단에서 드 버그 양 이름을 본 기억이 없는걸요."

"안타깝게도 드 버그 양의 허약한 건강 상태로는 런던에 갈 수가 없습니다. 제가 지난번에 캐서린 숙부인께 말씀드렸듯이, 영국 궁정은 가장 빛나는 보석을 잃은 셈이죠. 숙부인께서는 그 말씀에 흡족하시는 것 같았고, 저는 이렇듯이 기회가 될 때마다 귀부인들께 기쁨을 안겨 드리는 세심한 칭찬을 많이 합니다. 캐서린 숙부인께는 영애께서는 공작부인이 되실 운명 같다고 여러 차례 말씀드렸죠. 그리고 영애께서 결혼으로 아무리 더 높은 지위를 얻는다고 해도, 지위가 영애를 빛내주는 게 아니라 영애께서 그 지위를 빛내줄 거라고요. 숙부인께서는 이런 작은 칭찬들을 좋아하시고, 저는 이런 관심을 각별히 기울여 드릴 의무가 있다고 생각합니다."

"옳은 판단이오." 베넷 씨가 말했다. "그처럼 세련되게 아첨하는 기술이 있다는 건 다행스런 일이라오. 그런데 그런 기술이 즉석에서 발휘되는 것인지 아니면 미리 준비하는 것인지 궁금하구려."

"대개는 즉석에서 순간적으로 일어납니다. 때로는 일반적인 다양한 상황에 적용할 만한 작은 칭찬들을 궁리하기도 하지만, 그럴 때도 언제나 상대에게는 즉흥적이고 자연스러운 인상을 주려고 합니다."

베넷 씨는 궁금했던 모든 것에 대한 답을 얻었다. 콜린스 씨는 그가 바라던 만큼 얼빠진 사람이었다. 그는 더없이 즐겁게, 하지만 겉으로는 결연하고 차분한 표정으로 그의 이야기를 들었다. 이따금 엘리자베스를 건너다볼 때를 빼면, 그의 기쁨은 딱히 동조자가 필요없을 정도였다.

하지만 다과 시간이 되자 그 재미도 한계에 이르렀다. 베넷 씨는 기꺼운 마음으로 손님을 다시 응접실로 데려갔고, 다과가 끝나자 식구들을 위해 책을 낭독해달라고 부탁했다. 콜린스 씨는 기꺼이 승낙했고, 책이 나타났다. 하지만 책을 보자 (아무리 봐도 대여 서점에서 빌린 게 분명했다) 움찔 놀라더니, 죄송하지만 자신은 소설은 절대로 읽지 않는다고 단언했다. 키티는 눈이 휘둥그레졌고, 리디아는 탄성을 질렀다. 곧 다른 책들이 나왔고 그는 얼마간 심사숙고하더니 포다이스 설교집*을 골랐다. 그런데 그가 책을 펼칠 때 리디아가 입을 크게 벌리더니,

---

*제임스 포다이스의 대중 처세서 《미혼 여성을 위한 설교집》은 1766년 출간되어 1790년과 1810년 사이 수차례 재출간되었다. 포다이스 또한 콜린스 씨처럼 대부분의 소설을 비판했다. "소설 형식으로 쓰인 책 중 여러분이 안심하고 읽을 수 있는 책은 거의 찾기 힘듭니다. 도움이 되는 책은 더더욱 적습니다. 비록 저는 읽은 바 없지만, 어떤 소설은 너무나 음란하고 유해하며, 이 아름다운 도덕의 왕국에 너무나 더러운 죄를 저지르고, 예법에 끔찍하게 위배됩니다. 이런 책을 정독할 만큼 비위 좋은 여성이 있다면, 그녀가 아무리 평판이 좋다고 한들 그 영혼은 창녀임에 분명합니다. 그런데 여러분처럼 순결한 이들이, 반짝이는 눈동자로 인간의 어두운 면을 세심하게 살피는 여러분이, 고상하다고 자처하는 젊은 여성들이 이처럼 천박하고 외설스러운, 지옥에서 온 책들을 아무렇지 않게 읽는다니 어떻게 그럴 수가 있습니까?"

그의 근엄하고 단조로운 목소리가 세 쪽도 다 읽기 전에 불쑥 말했다.

"엄마, 필립스 이모부가 리처드를 내쫓을 생각인 거 아세요? 그러면 포스터 대령이 데려갈 거래요. 이모님이 토요일에 저한테 직접 말했어요. 내일 메리턴에 갈 거예요. 그 이야기를 자세히 듣고 데니 씨가 언제 런던에서 돌아오는지 물어야겠어요."

언니 두 명이 조용히 하라고 리디아를 나무랐지만, 이미 기분이 크게 상한 콜린스 씨는 책을 내려놓고 말했다.

"젊은 아가씨들이 자신들에게 유익한 진지한 책에 관심을 주지 않는 건 지금까지 많이 보았습니다. 솔직히 저는 놀랍습니다. 아가씨들에게 교훈만큼 유익한 것이 없으니까요. 하지만 더 이상 우리 어린 사촌을 괴롭히지 않겠습니다."

그러더니 베넷 씨를 돌아보며 주사위 놀이를 제안했다. 베넷 씨는 그 제안을 받아들이며, 딸들이 저마다의 경박한 즐거움을 누리도록 해준 것은 현명한 일이라고 말했다. 베넷 부인과 딸들은 리디아의 행동을 공손하게 사과하고, 다시 책을 읽어준다면 이런 일이 없을 거라고 했다. 하지만 콜린스 씨는 자신은 어린 사촌에게 아무런 악의가 없으며, 그녀의 행동을 전혀 모욕으로 받아들이지 않는다고 거듭해서 말한 뒤, 다른 탁자로 가서 베넷 씨와 주사위 놀이를 준비했다.

15

콜린스 씨는 그리 분별 있는 사람이 아니었고, 교육이나 사교 활동을 통해 그런 타고난 결함을 교정하지도 못했다. 그는 일생 대부분을 무지하고 인색한 아버지 밑에서 자랐고, 대학에 가기는 했지만 유용한 인맥을 쌓지 못하고 겨우 졸업 요건만을 채웠다. 아버지가 명령하면 무조건 복종하며 산 그의 인생은 애초에는 그를 겸손하게 만들었지만, 이제는 그 자리를 세상과 떨어져 살아온 아둔한 자의 우쭐함과 젊은 나이에 예상치 못한 성공을 거둔 자의 자만심이 채우게 되었다. 헌스퍼드 교구 목사직이 공석이 되었을 때, 그는 캐서린 드 버그 숙부인에게 추천되는 행운을 얻었다. 숙부인의 지위에 대한 존경과 후원자에 대한 숭앙이 스스로에 대한 높은 평가와 성직자라는 권위, 목사의 권한과 합해져, 그는 전체적으로 오만하면서도 비굴하고, 거들먹거리면서도 굽신거리는 사람이 되었다.

좋은 집과 넉넉한 수입이 확보되자, 그는 결혼을 하기로 마음먹었다. 그리고 아내를 구하려는 심산에서 롱번의 가족과 화해를 시도했다. 그 집 딸들이 평판대로 아름답고 싹싹하다면, 그중 한 명을 고르겠다는 계획이었다. 이것이 그가 베넷 가 영지를 상속하는 데 대한 화해책, 다시 말해 보상이었다. 그는 이것이 매우 바람직하고 적절하며 지나칠 만큼 너그럽고 이타적인 훌륭한 계획이라고 여겼다.

그 딸들을 만난 뒤 그 계획은 흔들리지 않았다. 큰딸의 아름다운 얼굴을 보고 목표를 확인했고, 그는 나이 순서를 지키는 게 중요하다는 견해를 다시 한 번 확고히 했다. 즉 첫날 저녁에 그는 제인을 낙점했다. 하지만 다음 날 아침에 그 계획은 변했다.

그는 조찬 전 15분 동안 베넷 부인과 단둘이 이야기하게 되었는데, 대화는 목사관 저택 이야기에서 시작해서 자연스럽게 목사관 안주인을 롱번에서 구하면 좋겠다는 표현으로 이어졌다. 이에 대해 베넷 부인은 다정한 미소와 격려를 보이더니, 그가 염두에 둔 제인에 대해 주의를 주었다. "다른 딸들은 잘 모르겠지만…… 어쨌건 내가 아는 한은 상대들이 따로 없는 것 같지만, 우리 첫째 애는, 말해드려야겠는데, 아마 곧 약혼하게 될 것 같아요."

콜린스 씨는 상대를 제인에서 엘리자베스로 바꾸기만 하면 되었다. 그 결정은 곧, 그러니까 베넷 부인이 벽난로 불을 쑤시는 동안 이루어졌다. 엘리자베스는 나이도 미모도 제인에 이어 두 번째였으므로 당연히 그 자리를 이어받았다.

베넷 부인은 콜린스 씨가 넌지시 건넨 암시를 마음에 새겼고, 이제 곧 딸을 둘이나 시집보내게 될 거라고 믿었다. 하루 전까지만 해도 입에도 올리기 싫던 사람이 이제는 아주 훌륭한 남자로 보였다.

메리턴에 간다는 리디아의 계획은 잊히지 않았다. 메리만 빼고 나머지 자매가 모두 함께 가기로 했다. 콜린스 씨도 베넷 씨의 요청에 따라 함께 가게 되었다. 베넷 씨는 콜린스를 내보내고 서재에 혼자 있고 싶었기 때문이었다. 조찬이 끝난 뒤 콜린스 씨는 그를 따라 서재에 들어가 겉으로는 이절판 책*을 읽는 척했지만 실제로는 헌스퍼드의 자기 집과 정원에 대해서 쉬지 않고 떠벌렸다. 그런 일은 베넷 씨를 극도로 괴롭혔다. 그에게 서재란 언제나 여유와 평온의 장소였다. 엘리자베스에게도 말했듯이, 집 안의 다른 모든 방에서는 바보짓과 자만에 맞

*대형 종이에 인쇄해 값비싼 책이었다.

닥뜨릴 준비가 되어 있다고 해도 서재에서는 그런 것에 익숙지 않았다. 그런 까닭에 그는 주저 없이 콜린스 씨에게 딸들과의 외출을 제안했고, 실제로 독서보다 산책이 훨씬 더 잘 어울리는 콜린스 씨는 기뻐하며 들고 있던 큰 책을 덮고 일어섰다.

메리턴까지 가는 길에 그는 온갖 사소한 자랑을 늘어놓았고, 사촌 누이들은 그에 대해 예의 바르게 응대했다. 하지만 메리턴에 이르자 캐서린과 리디아는 즉시 그에게서 관심을 거두었다. 그들은 장교를 찾아 거리를 두리번거렸고, 상점 창문에 걸린 세련된 보닛이나 새로운 모슬린이 아니라면 그 어떤 것도 그 관심을 되찾아 올 수 없었다.

하지만 얼마 지나지 않아 모든 아가씨들의 관심이 전에는 본 적 없는 아주 신사다운 모습의 젊은이에게 쏠렸다. 그는 어느 장교와 함께 길 맞은편을 걷고 있었는데, 그 장교는 바로 리디아가 런던에서 언제 오는지 묻기 위해 이 길에 오게 된 목적인 데니 씨였다. 베넷 가 딸들을 보자 데니 씨가 정중히 목례를 했다. 그들은 모두 낯선 젊은이의 멋진 모습에 깊은 인상을 받고 누구일지 궁금해했다. 키티와 리디아는 그 청년의 정체를 알아내기 위해 맞은편 상점에 볼일이 있다는 핑계로 길을 건너가다가, 그 순간 마침 뒤로 돌아서던 두 신사와 딱 마주쳤다. 데니 씨가 그들에게 말을 건네고, 전날 런던에서 함께 돌아온 친구 위컴 씨를 소개하며 그가 자기 부대에 새로 임관되었다고 말했다. 그건 너무도 훌륭한 일이었다. 군복만 입는다면 그 젊은이의 매력은 나무랄 데 없이 완벽해질 게 분명했기 때문이다. 그의 용모는 대단히 뛰어났다. 잘생긴 얼굴, 빼어난 몸매, 상냥한 말투까지 아름다움에 필요한 모든 조건을 갖추었다. 소개가 끝나자 그는 흔쾌히 대화에 참여했는데, 예의가 반듯하고 아주 겸손했다. 모두가 둘러서서 즐겁게 이야기를 하는데, 말 발굽 소리가 들려왔다. 돌아보니 다아시와 빙리가 말을 타고 오고 있었다. 그들은 베넷 가의 딸들을 보자 곧바로 다가와서 정중히 인사했다. 빙리 씨가 주로 말했고, 그 주요한 대상은 제인 베넷 양이었다. 롱번으로 그녀의 안부를 물으러 가던 참이라고 했다. 다아시 씨는 고개를 숙여 그 말이 사실임을 확인해 준 뒤, 엘리자베스를 피하려고 고개를 돌리다가 그 낯선 젊은 이와 눈길이 마주쳤다. 그리고 엘리자베스는 서로를 바라보는 두 사람의 얼굴에 놀라움이 가득한 것을 보았다. 둘 다 얼굴색이 변했다. 한 사람은 하얗게, 다른 한 사람은 빨갛게. 잠시 후 위컴 씨가 모자에 손을 대 인사했고, 다아시 씨도 마지못한 듯 겨우 답례를 했다. 무슨 의미일까? 짐작은 불가능했다. 하지만 호기심이 이는 것을 막을 수도 없었다.

잠시 후 빙리 씨는 그 일을 전혀 알아차리지 못한 기색으로 작별 인사를 하고, 친구와 함께 말을 달려 떠났다.

데니 씨와 위컴 씨는 베넷 자매를 필립스 가 문앞까지 바래다주고, 거기서 리디아가 같이 들어가자고 간청하고 필립스 부인이 응접실 창문을 열어 젖히고 들어오라고 소리치는 데도 목례만 하고 떠났다.

필립스 부인은 조카딸들을 언제나 반겼고, 특히 최근에 집을 떠나 있었던 제인과 엘리자베스가 돌아온 것을 기뻐하면서도, 왜 그렇게 갑자기 돌아왔느냐고 놀라워했다. 그들이 필립스 가의 마차를 빌리지 않았기에 부인은 그 일을 몰라야 했지만, 길에서 우연히 존스 씨의 사환을 만났다가 두 베넷 양이 네더필드를 떠나서 이제는 그리로 약 배달을 가지 않는다는 말을 들었다고 했다. 그런 뒤 제인이 부인에게 콜린스 씨를 소개했다. 부인이 최대한 예의를 갖추어 인사하자, 그는 더욱더 예의 바른 태도로 응답한 뒤, 정식 인사도 없이 찾아온 일을 사과하면서 하지만 자신과 베넷 양들의 특별한 관계를 생각하면 이런 무례도 용서받으리라는 생각을 떨칠 수 없었노라고 말했다. 필립스 부인은 그토록 교양이 흘러넘치는 말에 놀랐지만, 이 낯선 젊은이에 대한 생각은 조카딸들이 또 다른 낯선 젊은이에 대해 감탄과 질문을 던져대어 끝이 났다. 하지만 부인이 말할 수 있는 것은 그들도 이미 알고 있는 것뿐이었다. 데니 씨가 런던에서 데려왔다는 것과 ○○ 연대에 중위로 임관될 예정이라는 것. 부인은 그 사람이 방금 전까지 한 시간 동안 길을 왔다갔다 하는 걸 봤다고 했다. 만약 위컴 씨가 다시 나타났다면 키티와 리디아는 계속 거기 있었겠지만, 불행히도 창밖을 지나간 것은 장교 몇 명뿐이었다. 그리고 그들은 그 낯선 신사에 비하면 '멍청하고 불쾌한 친구들'에 지나지 않았다. 그 장교 중 일부는 다음 날 필립스 가에서 정찬이 예정되어 있었고, 부인은 만약 롱번 사람들도 올 수 있다면 남편에게 위컴 씨를 찾아가서 그도 초대하라고 부탁하겠다고 했다. 모두가 그에 찬성했고, 필립스 부인은 정찬이 끝나면 떠들썩한 복권 놀이를 하고, 이어서 따뜻한 석식을 할 거라고 말했다. 내일 저녁에 대해 그런 즐거운 기대를 품고 모두가 유쾌해져서 양쪽 다 기분 좋게 헤어졌다. 콜린스 씨는 응접실을 나가며 다시 한 번 사과했고, 필립스 부인은 그런 말씀 하실 필요 없다며 역시 정중한 예의로 답했다.

집으로 돌아갈 때 엘리자베스는 제인에게 아까 두 남자가 서로 만났을 때의 일을 이야기했다. 평소라면 제인은 그게 잘 못된 일처럼 보여도 두 사람 다 또는 둘 중 한 사람을 옹호했겠지만, 제인 역시 두 남자가 보였던 행동을 종잡을 수 없었다.

집에 돌아온 콜린스 씨는 필립스 부인의 예의범절을 입이 닳도록 칭찬해서 베넷 부인을 무척 기쁘게 했다. "캐서린 숙부인과 영애를 빼고 그렇게 우아한 숙녀 분은 처음입니다. 저를 더없이 정중하게 맞아주셨을 뿐 아니라, 처음 보는 저를 내일 저녁 정찬에도 함께 초대해주셨습니다. 베넷 가와 저의 관계 때문에 그러셨으리라 짐작하지만, 평생토록 그렇게 큰 배려는 받아본 적이 없습니다."

16

딸들이 이모 댁에서 저녁 시간을 보내는 일에 베넷 씨 부부는 조금도 반대하지 않았다. 다만 자신이 방문해 묵고 있는 도중, 아무리 하루 저녁이라도 베넷 부부만 따로 남겨두고 외출한다는 게 영 망설여진다는 콜린스 씨에게, 괜찮으니 잘 다녀오라고 거듭거듭 등을 떠밀어야 했다. 이렇게 콜린스 씨와 그의 다섯 사촌 아가씨들은 가족 마차를 타고 적당한 시각에 메리턴에 도착했다. 응접실에 들어서던 처녀들은 기쁘게도, 위컴 씨가 이모부의 초청을 수락해서 그 집에 이미 와 있다는 소식을 들었다.

그런 정보가 전해지고 모두가 자리에 앉자, 콜린스 씨는 주변을 여유롭게 둘러보며 찬사를 바쳤다. 그는 응접실의 크기와 가구가 매우 훌륭해서 마치 로징스의 작은 여름용 조찬실에 와 있는 것 같다고 말했다. 그런 말은 처음에는 별다른 감동을 주지 않았지만, 콜린스가 로징스가 어디인지, 그곳의 주인이 누구인지를 알리고, 캐서린 숙부인의 여러 응접실 중 한 곳의 벽난로 선반 하나만도 8백 파운드가 나간다는 사실을 전하자, 필립스 부인은 비로소 그것이 얼마나 큰 칭찬인지를 깨닫고, 설령 그곳 하녀장의 방과 자기 응접실을 비교당했더라도 분개하지 않을 마음이 되었다.

콜린스 씨는 캐서린 숙부인이 얼마나 훌륭하고 그 저택이 얼마나 웅장한지 설명하면서, 이따금씩 자신의 누추하지만 사랑해 마지않는 거처와 자신이 그곳을 어떻게 개조하고 있는지에 대해서까지 즐겁게 자랑을 늘어놓았다. 그때 남자들이 응접실로 들어왔다. 필립스 부인은 콜린스 씨의 말에 열심히 귀를 기울였다. 들을수록 그가 더욱 존경스러웠고, 되도록 빨리 이웃들에게 그의 이야기를 전하고 싶었다. 하지만 베넷 자매에게는 사촌의 말이 전혀 귀에 들어오지 않았다. 게다가 할일이라고는 피아노가 없는 걸 안타까워하고 자기들이 직접 그림을 그려 벽난로 선반에 얹은 별볼일 없는 도자기를 살펴보는 것뿐이었기 때문에, 기다리는 시간이 매우 길게 느껴졌다. 하지만 이제 기다림은 끝났다. 남자들이 왔고, 위컴 씨가 응접실로 들어올 때 엘리자베스는 그때까지 그에게 품은 찬탄이 전혀 과도하지 않다는 생각이 들었다. ○○ 연대의 장교들은 대개 믿음직스럽고 신사다운 사람들이었는데, 그날 거기 초대된 사람들은 그 중에서도 최상이었다. 하지만 위컴 씨는 풍채며 인물, 몸매, 걸음걸이 모두가 압도적이어서, 그 차이는 바로 그 장교들과 술 냄새를 풍기며 뒤따라 들어온 뚱뚱하고 넓적한 필립스 이모부와의 차이만큼이나 컸다.

위컴 씨는 거의 모든 여자의 시선을 사로잡는 기쁨을 누렸고, 엘리자베스는 마침내 그의 옆자리 상대로 선택되는 기쁨을 누렸다. 두 사람이 나눈 이야기는 저녁 날씨가 궂고, 장마가 시작될 것 같다는 게 전부였지만, 엘리자베스는 위컴 씨의 다정다감한 말투를 접하며, 세상에서 가장 평범하고 재미없고 진부한 대화 소재라도 화자의 능력에 따라 얼마든지 흥미로운 이야기가 될 수 있다고 느꼈다.

위컴 씨와 장교들 같은 뛰어난 경쟁자들 곁에 있다 보니, 콜린스 씨는 존재감이 희미해져 가는 것 같았다. 확실히 그는 처녀들에게서 아무런 관심을 받지 못했다. 하지만 때때로 필립스 부인이 친절하게 그의 말을 경청해주었고, 그는 부인의 세심한 배려 아래 커피와 머핀을 푸짐하게 먹었다.

여기저기 카드 탁자들이 놓이자, 그는 이 기회를 빌려 부인에게 보답하기 위해 휘스트 탁자에 앉았다.

"지금은 이 놀이를 잘 모릅니다만 앞으로 배울 생각입니다." 그가 말했다. "왜냐면 현재 제 위치와 인생의 상황이⋯⋯." 필립스 부인은 그가 놀이에 응해 준 것이 고마웠지만, 그 이유를 들을 여유는 없었다.

위컴 씨는 휘스트를 하지 않고, 복권 놀이 탁자로 가서 엘리자베스와 리디아의 환영을 받았다. 처음에는 리디아가 그를 독점할 위험이 있었다. 그녀의 수다는 누구도 제지할 수 없었기 때문이다. 하지만 리디아는 복권 놀이도 말하는 것 못지않게 좋아했기 때문에, 어느새 놀이에 빠져 베팅하고 상품을 타겠다고 소리치느라 다른 사람들은 뒷전이 되었다. 그래서 위컴 씨는 놀이에 적절히 응하면서 엘리자베스와 이야기할 여유가 생겼고, 그녀는 기꺼이 그의 이야기를 들었다. 하지만 가장 궁금한 다아시 씨와의 사연은 물어볼 수 없었다. 그 사람을 언급조차 할 수 없었다. 그런데 그 호기심은 예상 외로 쉽게 해소되었다. 위컴 씨가 직접 그 이야기를 꺼낸 것이다. 그는 메리턴에서 네더필드까지 거리가 얼마냐고 묻고, 그녀가 대답하자 머뭇거리며 다아시 씨가 거기 지낸 지 얼마나 되냐고 물었다.

"한 달 정도요." 엘리자베스가 말하고, 그 이야기가 거기서 끝나지 않도록 얼른 덧붙였다. "더비셔 출신인데 엄청난 부자라던데요."

"맞아요." 위컴이 대답했다. "그 더비셔 영지는 대단하죠. 1년에 어김없이 1만 파운드가 나옵니다. 저는 그 점에 대해서 누구보다 더 확실하게 말해드릴 수 있습니다. 어렸을 때부터 그 집안과 특별한 관계였으니까요."

엘리자베스는 놀라지 않을 수 없었다.

"놀라시는 것도 당연합니다, 베넷 양. 어저께 우리가 그렇게 차갑게 인사 나누는 걸 보셨을 테니 말입니다. 다아시 씨와 잘 아십니까?"

"잘 알지는 않지만 더 이상 알고 싶지도 않아요." 엘리자베스가 감정을 실어서 말했다. "그 사람과 나흘 동안 한집에 있었어요. 저는 그 사람이 아주 불쾌해요."

"저는 안타깝게도 그 사람이 유쾌한지 불쾌한지 의견을 말할 권리가 없습니다." 위컴이 말했다. "그럴 자격이 없지요. 너무 오랫동안 긴밀한 사이였기 때문에 공정한 판단을 할 수가 없습니다. 하지만 대부분의 사람은 베넷 양의 의견에 놀랄 것 같습니다. 그리고 베넷 양도 다른 데서는 그런 의견을 강하게 표현하지 않으시겠죠. 여기는 가족들과 함께 있는 자리이니 그러시겠지만요."

"아뇨. 저는 여기서 하는 말을 다른 모든 집에서 똑같이 해요. 네더필드만 아니라면요. 허트퍼드셔 사람들은 그 사람을 좋아하지 않아요. 모두가 그 오만한 태도를 싫어해요. 다른 사람들이라고 그 사람을 좋게 말하지 않을 거예요."

"그 사람 아니라 누구라고 해도 실제보다 과분한 평가를 받는 건 부당한 일일 겁니다." 위컴이 잠시 후에 말했다. "하지만 그 사람에게는 그런 일이 자주 일어나요. 세상 사람들은 그의 재산과 지위에 눈이 멀거나 그의 거만하고 위압적인 태도에 겁을 먹고 그가 보여주고자 하는 모습만 보지요."

"저는 지금까지의 미미한 접촉만으로도 그 사람이 형편없다고 생각해요." 그 말에 위컴은 고개만 저었다.

그러더니 잠시 후 다시 말할 기회가 오자 그가 말했다. "그 사람이 이곳에 오래 머물지 어쩔지 모르겠네요."

"저도 몰라요. 하지만 제가 네더필드에 머무는 동안 그가 금방 떠날 거라는 말은 듣지 못했어요. 하지만 ○○ 연대를 선택한 위컴 씨의 계획이 그 사람 때문에 영향받지 않기를 바랍니다."

"아, 아니에요. 제가 그 사람에게 쫓겨날 일은 없어요. 제가 싫으면 그 사람이 떠나야 합니다. 우리는 좋은 사이라고 할 수 없고 그를 만나는 건 고통스럽지만, 제가 그를 피하는 이유는 세상에 떳떳이 말할 수 있습니다. 그 사람에게 부당한 대우를 받았고, 그의 현재 모습이 더없이 안타깝기 때문이죠. 베넷 양, 선대인 다아시 씨는 더없이 훌륭한 분이셨고, 제게 얼마나 잘해주셨는지 모릅니다. 그러니 지금의 다아시 씨와 함께 있으면 제 마음은 수천 가지 따뜻한 기억이 솟아서 마음 깊이 슬픔을 느끼지 않을 수가 없습니다. 그 사람은 나를 모욕했습니다. 하지만 그가 제게 저지른 그 모든 일을 용서한다고 해도, 선대인의 소망을 무시하고 그분의 기억을 모욕하는 것은 참을 수가 없습니다."

엘리자베스는 관심이 더욱 커져서 귀를 쫑긋 세웠지만, 예민한 내용이다 보니 더 이상 캐묻기가 어려웠다.

위컴 씨는 일반적인 주제로 옮겨서 메리턴, 인근 지역, 사교계 이야기를 시작했다. 지금까지는 모든 게 만족스러운 듯했으며, 특히 사교계를 말할 때는 점잖지만 분명한 관심을 보였다.

"사교계가 있다는 것, 좋은 사교계가 있다는 것이 제가 ○○ 연대에 온 첫 번째 동기입니다." 그가 덧붙였다. "전부터 이곳이 이름 높은 훌륭한 부대라는 건 알았는데, 친구 데니에게서 지금 본부 소재지가 어떤 곳인지, 메리턴 사람들이 군인들에게 얼마나 친절하신지 듣자 마음이 더 크게 움직였습니다. 저는 교제가 필요합니다. 지금껏 인생에서 많은 좌절을 겪었고, 고독을 견디지 못한답니다. 저는 직업과 사교계가 필요합니다. 군인으로 사는 것은 제가 의도했던 바는 아니지만, 상황이 그렇게 되었죠. 저는 원래 성직에 임했어야 했어요. 그렇게 교육을 받았고, 방금 전에 이야기한 신사가 동의했다면 저는 지금쯤 더없이 훌륭한 교구의 목사직을 수행하고 있었을 겁니다."

"정말이에요?"

"네, 고 다아시 씨는 그분이 보유한 최고 교구의 차기 목사 직을 제게 물려주셨습니다. 그분은 제 대부였고, 저를 아주 귀여워하셨죠. 그분이 제게 베푼 친절은 이루 다 말할 수가 없습니다. 그분은 제게 유복한 생활을 보장해주시려고 했고, 그렇게 하셨다고 믿고 떠나셨습니다. 하지만 목사직은 끝내 다른 사람에게 가고 말았죠."

"말도 안 돼!" 엘리자베스가 소리를 높였다. "어떻게 그런 일이 있을 수 있죠? 어떻게 아버지의 유언을 무시할 수 있나요? 왜 법적 조치를 취하지 않으신 거죠?"

"유증의 형식이 비공식적이었기 때문에 법을 통해서는 아무런 승산이 없었습니다. 명예를 아는 사람이라면 그분의 의도를 의심할 수 없었겠지만, 다아시 씨는 의심하는 쪽을 택했죠. 아니면 그것을 조건부 유증으로 여기고, 제가 무절제하다나 경솔하다나 하는 실체 없는 이유를 들어 그 권리를 상실했다고 주장했습니다. 어쨌거나 분명한 건 2년 전 그 교구 목사직이 공석이 되었을 때, 제가 마침 그것을 얻을 수 있는 나이가 되었는데도 그 자리에 다른 사람이 들어갔다는 겁니다. 그리고 제가 그것을 잃을 만한 행동을 전혀 하지 않았다는 것도 그 못지 않게 분명합니다. 저는 열렬하고 솔직한 성품이고, 어쩌면 그 사람에 대한 의견을 사람들에게, 아니면 당사자에게 너무 거리낌 없이 개진한 것인지도 모르겠습니다. 그 이상의 잘못은 기억할 수가 없지만, 어쨌거나 확실한 건 우리가 전혀 다른 종류의 사람이고, 그가 나를 싫어한다는 것입니다."

"충격이네요! 그런 사람은 공개 망신을 당해야 해요!"

"언젠가 그렇게 될 겁니다. 하지만 제가 그런 일을 주도할 수는 없어요. 돌아가신 선대인을 생각하면 그 사람의 뜻을 거역할 수도 없고, 그 잘못을 폭로할 수도 없습니다."

엘리자베스는 그의 태도가 존경스러웠고, 그 말을 하는 위컴의 모습은 그 어느 때보다도 더 잘생겨 보였다.

"하지만 도대체 왜 그런 걸까요?" 그녀가 잠시 후에 말했다. "그 사람이 그렇게 몰인정한 행동을 하게 된 이유가 뭘까요?"

"저를 지독히도 싫어했으니까요. 질투심 때문이라고밖에 말할 수 없겠네요. 고인께서 저를 조금만 덜 아끼셨어도 지금의 다아시 씨가 이렇게까지 저를 싫어하지는 않았을 겁니다. 하지만 저에 대한 그분의 지극한 애정 때문에 그 아들은 아마도 어린 시절부터 무척 괴로웠을 겁니다. 그 사람 성품으로는 우리가 애정을 두고 경쟁한다는 것을 참을 수 없었겠죠. 게다가 제가 더 자주 칭찬받곤 했으니까요."

"저는 다아시 씨가 이렇게까지 나쁜 사람인 줄 몰랐어요. 전에도 좋아하지는 않았지만 생각보다 훨씬 나쁘네요. 매사에 안하무인이라고는 생각했지만, 이렇게 악의적이고 치사한 복수에, 부당하고 잔인한 행동을 할 줄은 몰랐어요!"

그러다가 그녀는 잠시 생각해 보더니 말을 이었다. "지난번 네더필드에서 그 사람이, 자기는 한번 화가 나면 잘 풀리지 않고 용서할 줄 모르는 성품이라고 자랑한 게 생각나네요. 정말 혐오스런 성격 같아요!"

"그 문제는 뭐라고 말씀드릴 수가 없습니다." 위컴이 대답했다. "저는 공정하게 판단할 수 없으니까요."

엘리자베스는 다시 생각에 잠겼다가 얼마 후 소리쳤다. "아버지가 친구처럼 자식처럼 사랑하고 아끼신 대자를 그렇게 대하다니요!" 속으로는 '거기다 당신처럼 사랑스런 성품이 얼굴에 그대로 드러난 젊은이를 말이죠' 하고 덧붙이고도 싶었지만, "게다가 위컴 씨 말대로 어린 시절부터 더없이 가깝게 지낸 친구를 말이죠!"라고만 말했다.

"우리는 같은 교구, 같은 대정원에서 태어나서, 어린 시절 많은 시간을 함께 보냈어요. 한집에서 살면서 같이 놀고, 같은 사람에게 양육받았습니다. 제 선친의 본래 직업은 베넷 양의 이모부이신 필립스 씨가 종사하고 계시는 일과 같습니다. 하지만 돌아가신 다아시 씨를 위해서 모든 걸 포기하고, 펨벌리 재산 관리에 전념하셨죠. 선대인은 제 선친을 자신의 수하 가운데 가장 절친하고 믿음직스러운 벗으로 여기셨습니다. 펨벌리를 훌륭하게 관리 감독했던 저의 선친께 신세를 많이 져서 크게 보답하겠다고 자주 말씀하셨고, 선친이 돌아가시기 직전 제 생활을 책임지고 부양하겠노라고 약속하셨습니다. 그분은 그렇게 하는 것이 선친에 대한 감사와 저에 대한 애정을 표현하는 길이라고 여기셨을 겁니다."

"정말 이상하군요!" 엘리자베스가 소리쳤다. "기가 막혀요! 그렇게 오만할 만큼 자존심이 강한 사람이 위컴 씨에게 그런 부당하고 치사한 짓을 저질렀다는 게 말예요! 적어도 자존심 높은 사람이라면 그렇게 치사하게 배신할 수는 없는 것 아닌가요? 저는 그걸 배신이라고 봐요."

"놀랍죠." 위컴이 대답했다. "그의 거의 모든 행동이 그 자존심 때문이라고 할 수 있어요. 자존심은 그자의 단짝 친구죠. 그 사람이 미덕을 행하는 건 다른 어떤 감정보다 바로 그 자존심 때문입니다. 하지만 사람은 누구나 일관되지 않은 부분이 있겠지요. 저를 대할 때면 그 사람도 자존심보다 다른 충동이 더 강했습니다."

"그런 오만한 자존심이 그 사람에게 긍정적으로 작용한 적이 있나요?"

"있지요. 그 덕에 그는 대범하고 너그러운 일을 자주 합니다. 돈을 나눠주고, 손님을 극진히 대접하고, 소작인들을 돕고, 빈민을 구제하는 일 같은 거요. 가문에 대한 자부심, 아들로서의 자부심이 그에게 그런 일을 하게 만들었습니다. 그 사람은 선대인에게 큰 자부심을 품었으니까요. 가족에게 불명예가 되지 않는 것, 평판과 지위를 유지하는 것, 아니면 펨벌리 저택의 영향력을 보존하는 것, 이런 게 그의 강력한 동기죠. 그 사람은 오빠로서도 자부심과 애정이 강해서 여동생을 아주 다정하고 세심하게 돌봅니다. 사람들이 그 사람을 더없이 훌륭한 오빠라며 칭찬하는 말을 들으실 수 있을 거예요."

"다아시 양은 어떤 사람인가요?"

그는 고개를 저었다. "할 수만 있다면 저도 사랑스런 아가씨라고 말씀드리고 싶네요. 다아시 가문의 사람을 나쁘게 말하는 건 저도 괴로우니까요. 하지만 다아시 양은 자기 오빠하고 너무 비슷하게 오만하기 이를 데 없습니다. 어렸을 때는 다정하고 쾌활했고 또 저를 아주 좋아했어요. 저는 많은 시간을 다아시 양과 놀아주었죠. 하지만 이제는 제게 아무런 의미가 없는 사람입니다. 나이는 열다섯인가 열여섯인가 그렇고, 아름다운 용모에 예술적 교양도 뛰어납니다. 아버지가 돌아가신 뒤 이사해 계속 런던에서 지내고, 교육을 담당하는 부인이 함께 살고 있습니다."

여러 번의 침묵이 오가고 다른 주제로 넘어가 보려고 여러 차례 시도했지만, 엘리자베스는 다시 한 번 어쩔 수 없이 애초의 화제로 돌아갔다.

"그 사람이 빙리 씨하고 그렇게 친하다는 게 신기하네요! 어떻게 빙리 씨처럼 상냥하고 사랑스러운 분이 그런 사람하고 친구일 수 있을까요? 어떻게 둘이 서로 마음이 맞는 걸까요? 빙리 씨를 아시나요?"

"전혀요."

"아주 다정하고 온화하고 사랑스런 분이에요. 그분은 다아시 씨의 본모습을 모르는 게 분명해요."

"그럴 겁니다. 하지만 다아시 씨는 마음이 내키면 친절한 행동을 하기도 합니다. 능력이 없지는 않습니다. 상대가 그럴 만한 가치가 있다고 생각하면 대화도 잘 합니다. 자기하고 비슷한 수준의 사람들 속에 있으면 자기보다 부족한 사람들하고 있을 때와 전혀 달라지죠. 오만한 태도는 변함없지만, 부자들하고 있을 때는 너그럽고 공정하고 진실하고 합리적이고 점잖고 때로 상냥하기까지 하답니다. 재산과 지위가 있는 사람들에게는 아량을 발휘하지요."

그 후 곧 휘스트 게임이 끝나서 그 탁자의 사람들이 그들의 탁자로 왔고, 콜린스 씨는 엘리자베스와 필립스 부인 사이에 앉았다. 필립스 부인이 콜린스 씨에게 돈을 많이 땄느냐는 의례적인 인사말을 했다. 그는 그러지 못했다고, 매번 점수를 잃었다고 했다. 필립스 부인이 걱정을 표시하자, 그는 아주 엄숙하게 그것은 하등 중요한 일이 아니라고, 자기는 돈을 하찮게 여기니 마음 쓰지 말라고 했다.

"카드놀이를 할 때면 우연을 받아들일 각오를 해야 한다는 걸 잘 압니다. 그리고 다행히 저는 5실링에 연연할 궁핍한 처지도 아닙니다. 저와 처지가 다른 사람들도 많다는 걸 알지만, 캐서린 드 버그 숙부인 덕분에 저는 일상의 사소한 것들을 근심할 필요가 전혀 없습니다."

그 말이 위컴 씨의 관심을 끌었다. 그는 잠시 콜린스 씨를 바라보더니, 엘리자베스에게 낮은 목소리로 그가 드 버그 가와 가까운 관계인지를 물었다.

"캐서린 드 버그 숙부인이 최근에 저 사람에게 교구 목사직을 주었어요." 그녀가 대답했다. "콜린스 씨가 어떻게 숙부인을 소개받아 신임을 얻었는지는 모르겠지만, 예전부터 알고 지낸 사이가 아닌 건 분명해요."

"캐서린 드 버그 숙부인과 돌아가신 앤 다아시 부인이 자매 사이라는 건 알고 계시죠? 그러니까 숙부인은 지금 다아시 씨의 이모입니다."

"몰랐어요. 캐서린 숙부인의 집안에 대해서는 아무것도 몰라요. 그런 사람이 세상에 있다는 것도 어제야 알았는걸요."

"그 집 따님 드 버그 양은 막대한 재산을 물려받을 겁니다. 그리고 사촌지간인 드 버그 양과 다아시 씨가 결혼해서 두 영지를 통합할 거라고들 하죠."

그 말에 엘리자베스는 불쌍한 빙리 양이 떠올라서 슬며시 웃었다. 그녀가 아무리 다아시 씨의 여동생에게 애정을 쏟고 그에게 찬사를 바쳐도, 그에게 이미 다른 정혼자가 있다면 그 모든 노력은 수포로 돌아갈 것이다.

"콜린스 씨는 캐서린 숙부인도 그 따님도 입에 침이 마르게 칭찬해요." 그녀가 말했다. "하지만 가만 들어보면, 콜린스 씨는 감사하는 마음이 너무 큰 나머지 제대로 판단을 못하는 것 같아요. 콜린스 씨를 후원해주기는 하지만, 안하무인에 독선적인 사람 같거든요."

"정말로 그렇습니다." 위컴이 말했다. "마지막으로 본 게 아주 오래전이지만, 한 번도 좋아하지 않았던 기억이 납니다. 아주 위압적이고 무례해요. 지혜롭고 사리분별이 뛰어나다는 평을 받지만, 아마도 그런 평판의 일부는 부인의 지위와 재산, 강압적인 태도 때문이고, 나머지는 자기 일가는 모두 최고의 지성을 가지고 있다고 생각하는 조카 다아시의 오만 때문이 아닌가 싶습니다."

엘리자베스는 그 설명이 매우 합리적이라고 생각했다. 두 사람이 즐겁게 이야기를 하는데 어느덧 카드놀이가 끝나고 석식이 시작되어 다른 처녀들도 위컴의 관심을 나누어 받을 수 있었다. 필립스 부인의 소란스런 석식 자리에서는 대화가 불가능했지만, 위컴 씨의 태도는 모든 사람의 호감을 샀다. 말 한마디 한마디가 다 유려했고, 행동 하나하나가 다 품위 있었다. 엘리자베스는 머릿속에 위컴 생각이 가득한 채로 집으로 돌아갔다. 위컴 씨와 그가 한 이야기들을 빼놓고는 다른 어떤 것도 떠오르지 않았다. 하지만 위컴 씨 이름조차 언급할 겨를이 없었다. 리디아와 콜린스 씨가 잠시도 조용히 있지 않았기 때문이다. 리디아는 복권 놀이에서 자신이 얼마를 따고 잃었는지를 쉴 새 없이 떠들었고, 콜린스 씨는 필립스 부부의 친절을 칭찬하고, 휘스트에서 잃은 돈은 전혀 아깝지 않다고 단언하고, 저녁 때 먹은 요리들을 하나하나 열거하고, 자기 때문에 마차가 너무 좁은 건 아닌지 걱정하느라 할 말이 너무도 많아서, 마차가 롱번 저택에 도착할 때까지도 쉴 틈이 없었다.

17

다음 날 엘리자베스는 제인에게 위컴 씨와 나눈 이야기를 전했다. 제인은 놀라움과 걱정 속에 이야기를 들었다. 그녀는 빙리 씨가 존경하는 친구 다아시 씨가 그토록 형편없는 사람이라는 것을 믿기 어려워했다. 하지만 위컴처럼 온화해 보이는 젊은이가 거짓말한다고 의심하는 것도 성격에 맞지 않았다. 그녀는 그가 정말로 그런 냉대를 받았을 가능성만으로도 마음이 아팠기 때문에, 할 수 있는 일이란 두 사람 모두를 좋게 생각하는 것, 양쪽 다 이유가 있었을 거라고 이해하는 것, 달리 설명할 수 없는 일들을 사고나 실수의 탓으로 돌리는 것밖에 없었다.

"내가 볼 때는 양쪽 다 어떤 식으로건 오해가 생긴 거야." 제인이 말했다. "이해관계가 얽힌 다른 사람들이 중간에서 이간질해서 오해를 만드는 경우가 있잖아. 두 사람 사이가 나빠진 원인이나 상황을 추측하다 보면, 우리는 어쩔 수 없이 둘 중 한 사람을 비난하게 될 거야."

"맞는 말이야. 하지만 언니, 그러면 이 일에 이해관계가 얽힌 다른 사람들에 대해서는 뭐라고 옹호할 거야? 그 사람들이 무고하다는 것도 증명해봐. 안 그러면 우리는 누군가를 나쁘게 생각할 수밖에 없어."

"웃고 싶으면 실컷 웃어. 그렇다고 내 생각은 달라지지 않을 거야. 리지, 아버지가 아끼신 대자를 그렇게 대접하는 게, 다아시 씨에게 얼마나 불명예스러운 일인지 생각해봐. 아버지가 생계를 책임져주겠다고 한 사람을 말이야. 불가능해. 다아시 씨가 그랬을 리 없어. 인정이 있는 사람, 인품이 약간이라도 있는 사람이라면 그런 일은 할 수 없어. 그리고 절친한 친구들이 어떻게 그렇게 전부 속을 수 있겠어? 그건 불가능해."

"내가 볼 때는 어젯밤 위컴 씨가 나한테 거짓 이야기를 지어냈다는 것보다는 빙리 씨가 친구한테 속고 있다는 게 더 신빙성 있는걸. 사람들과 정황, 모든 게 자연스러웠어. 만약 그게 사실이 아니라면 다아시 씨한테 반박해보라고 해. 게다가 위컴 씨 모습은 정말로 진실해 보였단 말이야."

"참 어려운 문제다. 괴로워. 어떻게 생각해야 좋을지 모르겠어."

"아니, 미안하지만 어떻게 생각해야 할지는 분명해."

하지만 제인에게 분명한 것은 오직 한 가지, 만약 빙리 씨가 속고 있는 거라면 나중에 이 일이 알려졌을 때 그에게 큰 고통이 닥칠 거라는 것뿐이었다.

덤불숲*에서 대화를 나누던 두 처녀는 그때 집으로 들어오라는 호출을 받았다. 바로 그 대화 속 등장인물 몇 명이 찾아왔기 때문이다. 빙리 씨가 두 누이와 함께 고대하던 네더필드 무도회에 직접 초대의 말을 전하러 온 것이다. 날짜는 다음 주 화요일이었다. 빙리 자매는 사랑하는 친구를 다시 만난 걸 기뻐

*당시 정원 설계시 인기가 높던 지형. 자갈을 깐 산책로가 곳곳에 있었고, 집과 가까우면서도 개인적인 사생활이 허용되는 공간이기도 했다.

하며, 이게 얼마만이냐고, 그동안 어떻게 지냈느냐고 거듭해서 물었다. 다른 식구들에게는 별 관심이 없어 보였다. 그들은 베넷 부인은 가능한 한 피하고, 엘리자베스에게도 별말이 없었으며, 다른 식구들에게는 한마디도 하지 않았다. 그리고 금방 떠났다. 자리에서 벌떡 일어나 빙리 씨를 놀라게 하더니, 베넷 부인의 정중한 인사말을 피하고 싶다는 듯 서둘러 떠났다.

네더필드 무도회는 베넷 가의 모든 여자에게 더없이 반가운 소식이었다. 베넷 부인은 그것이 맏딸을 위해 열린다고 생각하기로 했고, 의례적인 초대장 대신 빙리 씨가 직접 와서 초대했다는 사실에 특히나 우쭐해했다. 제인은 두 친구와 즐거이 대화하고, 그들 오라비의 관심을 받는 행복한 저녁을 떠올렸다. 엘리자베스는 위컴 씨와 춤을 많이 추고, 다아시 씨의 얼굴과 태도에서 그 모든 사태의 증거를 찾을 수 있으리라 상상하며 즐거워했다. 캐서린과 리디아가 기대하는 즐거움은 한 가지 사건이나 한 사람에게 달려 있지 않았다. 그들도 엘리자베스처럼 무도회의 절반을 위컴 씨와 춤추며 보낼 생각이었지만, 그 사람하고만 춤출 생각은 전혀 없었다. 어쨌거나 무도회는 무도회였기 때문이다. 메리조차 그 일에 흥미가 없지 않다고 식구들에게 말했다.

"오전은 늘 혼자 쓸 수 있으니까 그 정도면 충분해." 메리가 말했다. "이따금 저녁 모임에 나가는 것도 큰 희생은 아니라고 봐. 우리는 사교계를 피할 수 없어. 그리고 나도 간헐적인 여흥과 오락은 모두에게 바람직하다고 보는 사람들 중 하나야."

무도회 일로 기분이 한껏 고양되어서, 웬만하면 콜린스 씨에게 불필요한 말을 걸지 않는 엘리자베스도 그에게 빙리 씨 초대를 받아들일 것인지, 또 그렇다면 성직자로서 무도회 같은 여흥에 참가해도 문제없다고 생각하는지 묻지 않을 수 없었다. 놀랍게도 그는 아무런 거리낌이 없었고, 춤을 춘다고 대주교나 캐서린 드 버그 숙부인에게 질책을 받을까 걱정하지도 않았다.

"이런 무도회, 그러니까 신망 있는 젊은이가 존경할 만한 분들에게 베푸는 무도회가 어떤 사악한 일의 무대가 될 거라고는 생각하지 않습니다." 그가 말했다. "저는 춤추는 일을 전혀 반대하지 않고, 그날 저녁 우리 아름다운 사촌 모두와 춤을 추는 영광을 희망하고 있습니다. 그리고 이 기회를 빌려서 특히 엘리자베스 양에게 처음 두 곡을 함께 추는 영광을 부탁드립니다. 제인 양도 옳게 여겨 양해해주실 걸로 믿습니다."

엘리자베스는 완전히 뒤통수를 맞은 기분이었다. 첫 춤은 바로 위컴과 출 생각에 부풀어 있었기 때문이다. 게다가 콜린스 씨라니! 그녀의 생기발랄함이 이토록 엉뚱한 결과를 빚은 적이 없었다. 하지만 어쩔 수 없었다. 위컴 씨와 자신의 행복은 조금 뒤로 미뤄야 했고, 그녀는 콜린스 씨의 요청을 최대한 공손하게 받아들였다. 그리고 그의 말에 더 큰 의미가 담겨 있을지도 모른다는 생각에 기분이 더 상했다. 그때서야 처음으로 그녀는 그가 헌스퍼드 목사관의 안주인 역할을 하고, 로징스에 다른 손님이 없을 때 함께 카드릴 놀이를 해줄 사람으로 자신을 선택한 건지도 모른다는 생각이 들었다. 그가 갈수록 그녀에게 더 친절해졌던 점, 재치와 발랄함을 자주 칭찬한 점을 되새겨보니, 그 생각은 곧 확신의 수준에 이르렀다. 그녀는 자신의 매력이 이런 결과를 빚었다는 데 기쁨보다 충격이 더 컸는데, 얼마 지나지 않아 어머니에게서 두 사람의 혼사를 찬성한다는 식의 언질을 받았다. 하지만 엘리자베스는 그런 암시를 무시하기로 했다. 거기 응대했다가는 심각한 말다툼이 벌어질 게 뻔했다. 어쩌면 콜린스 씨가 청혼하지 않을지도 모르니, 정말로 그 일이 벌어지기 전에 다투는 것은 쓸데없는 일이었다.

네더필드 무도회 준비와 그에 대한 수다가 아니었다면, 키티와 리디아는 이 시기를 견디기 힘들었을 것이다. 초대받은 그날부터 무도회 당일까지 끊임없이 비가 내려서 메리턴에 한 번도 가지 못했기 때문이다. 이모도, 장교들도, 소문도 접할 수 없었다. 네더필드에 신고 갈 구두의 장미 장식도 사람을 보내서 가져왔다. 엘리자베스조차 날씨에 대한 인내심이 바닥나는 느낌이었다. 그 때문에 위컴 씨와 더 가까워질 기회가 차단되었기 때문이다. 키티와 리디아가 그런 금요일, 토요일, 일요일, 월요일을 견딜 수 있었던 것은 오직 화요일의 무도회 때문이었다.

18

네더필드의 응접실에 들어서서 거기 모인 붉은 상의의 군인들 가운데 위컴 씨를 찾는 데 실패하기 전까지, 엘리자베스는 그가 무도회에 오지 않을 수도 있다는 생각을 전혀 하지 못했다. 그를 만나리라는 확신이 너무 컸던 탓에, 그와 나눈 이야기로 볼 때 그가 오지 않을 가능성이 다분하다는 판단을 하지 못한 것이다. 그녀는 평소보다 더욱 신경 써서 옷을 입었고, 그날 저녁이 지나는 동안 그의 마음의 나머지 부분을 충분히 정복할 수 있으리라는 기대 속에 들뜬 기분으로 준비를 갖추었다. 하지만 이제 빙리 가의 사람들이 다아시 씨를 위해서 장교들을 초대할 때 일부러 그를 빼놓았을지 모른다는 의심이 솟았다. 그게 아니라고 해도 어쨌건 그가 오지 않았다는 사실은 리디아가 부리나케 다가가 말을 건 그의 친구 데니 씨를 통해서 명백해졌다. 데니 씨는 위컴은 그 전날 용무차 런던에 가서 돌아오지 않았다고 하면서, 의미심장한 미소 속에 덧붙였다.

"여기 있는 어떤 신사 분을 피할 목적이 아니었다면, 꼭 지금 런던에 갈 필요는 없었던 것 같습니다."

마지막 문장을 리디아는 못 들었지만 엘리자베스는 들었고, 위컴의 불참 이유가 다아시 때문이라는 최초의 짐작이 옳았다는 생각에 그에게 품었던 본래의 미움에 이 사태에 대한 실망감이 덧붙으면서, 그녀의 기분은 최악의 상태가 되었다. 그래서 잠시 후 다아시 씨가 다가와 공손하게 인사를 건넸을 때 그녀는 적절히 예의를 갖추고 응대하기조차 어려웠다. 다아시에게 관심과 인내와 관용을 보이는 것은 위컴을 모욕하는 일이었다. 그녀는 그와 어떤 대화도 나누지 않겠다고 결심하며 신경질적으로 돌아섰고, 그런 감정은 빙리 씨와 이야기를 나눌 때도 완전히 회복되지 않았다. 다아시에 대한 그의 눈먼 우정이 기분 나빴기 때문이다.

하지만 엘리자베스는 불편한 심기가 오래가는 사람이 아니었다. 그날 저녁에 대해 품은 모든 기대가 망가졌지만, 그렇다고 그 일에 오래도록 마음을 쓰지는 않았다. 그녀는 일주일 만에 만난 샬럿 루카스에게 하소연을 쏟아낸 뒤, 곧이어 사촌의 특이한 행동들로 화제를 옮겨서 그녀에게 그를 주목시켰다. 하지만 그와 춘 처음 두 곡은 또다시 괴로움만 안겨주었다. 굴욕의 춤이었다. 춤이 서툴면서도 무게만 잡는 콜린스 씨는 주의하는 대신 변명만 했고, 엉뚱하게 움직이면서도 잘못하는 줄도 몰랐다. 엘리자베스는 그와 두 곡의 춤을 추면서 불쾌한 파트너를 통해 얻을 수 있는 최고의 수치와 참담함을 경험해야 했다. 콜린스 씨에게서 풀려나는 순간은 환희 그 자체였다.

그녀는 어느 장교와 다음 춤을 추면서 즐거이 위컴에 대한 이야기를 나누고, 기쁘게도 민병대의 모든 사람이 그를 좋아한다는 말을 들었다. 그런 뒤 다시 샬럿 루카스에게 가서 이야기를 하는데, 갑자기 다아시 씨가 나타나서 그녀에게 춤을 청했다. 그녀는 너무도 놀란 나머지 자기도 모르게 수락해버렸다. 그는 곧 자리를 떴고, 그녀는 한순간 얼이 빠졌던 자신을 질책했다. 샬럿이 그녀를 달랬다.

"알고 보면 좋은 사람일 거야."

"말도 안 돼! 그렇다면 정말로 최고의 불행이야! 싫어하기로 마음먹은 사람이 알고 보니 좋은 사람이라는 것 말이야! 그런 끔찍한 말은 하지 마."

하지만 춤이 재개되고 다아시가 엘리자베스에게 다가오자, 샬럿은 그녀에게 멍청하게 위컴 생각에 빠져서 그보다 열 배는 중요한 남자에게 불쾌한 모습을 보이지는 말라고 속삭이지 않을 수 없었다. 엘리자베스는 아무 대답 않고 춤 대열에 들어가 자리를 잡았다가, 다아시 씨의 춤 파트너로 서게 된 일이 자신의 위신을 크게 높여준다는 데 놀랐고, 다른 사람들의 표정에서도 똑같은 놀라움을 읽었다. 두 사람은 한동안 아무 말도 나누지 않았다. 그녀는 두 곡의 춤이 지나가는 동안 침묵이 계속 될 거라고 생각하고 처음에는 그 침묵을 깨지 않을 작정이었지만, 말수 적은 그가 말하지 않을 수 없게 만드는 게 더 큰 벌일 거라는 생각이 들자, 춤에 대해 가볍게 언급했다. 그는 그 말에 짧게 대답하고 다시 입을 다물었다. 몇 분이 흐른 뒤 그녀가 다시 말을 걸었다.

"이제 다아시 씨가 말씀하실 차례예요. 제가 춤에 대해서 말했으니까, 다아시 씨는 방의 크기라든가 춤추는 인원수에 대해서 말씀하셔야 해요."

그가 미소를 짓고 그녀가 시키는 말은 무엇이든 하겠다고 했다.

"좋아요. 그 대답으로 당분간은 됐어요. 아무 말 안 하셔도 되겠어요. 어쩌면 제가 큰 공공 무도회보다는 이런 개인 무도회가 훨씬 좋다고 말할지도 몰라요. 하지만 지금은 서로 침묵해도 돼요."

"베넷 양은 춤출 때 규칙에 따라서 말합니까?"

"가끔은요. 어쨌건 약간은 이야기를 해야 하니까요. 30분 동안 서로 아무 말도 안 하면 이상해 보이잖아요. 하지만 어떤 사람하고는 가능한 한 대화를 줄이도록 노력해야 하죠."

"지금의 경우는 베넷 양의 감정에 따르는 겁니까? 아니면 제 마음에 맞추려고 하는 겁니까?"

"둘 다예요." 엘리자베스가 장난스럽게 말했다. "저는 전부터 우리 두 사람은 성격이 비슷한 데가 있다고 생각했거든요. 둘 다 사교성도 없고 말수가 적어서, 이 자리에 있는 모두를 경탄시키고 후손에게 길이 물려줄 영광된 명언이 아니면 입을 다물고 있으려고 하잖아요."

"그건 베넷 양 성격과는 전혀 다른 것 같습니다." 그가 말했다. "제 성격하고도 그렇게 가까운지 어떤지 모르겠습니다. 물론 베넷 양은 그게 제 성격에 대한 정확한 묘사라고 생각하시겠지요."

"제가 저 자신을 판단할 수는 없죠."

그는 대답하지 않았고, 계속 침묵하다가 다시 대열의 끝에 가게 되었을 때, 자매들과 함께 메리턴에는 자주 가느냐고 물었다. 그녀는 그렇다고 대답한 뒤 유혹을 이기지 못하고 덧붙였다. "지난번에 다아시 씨와 만났을 때, 저희는 신임 장교 분과 막 인사를 나눈 참이었어요."

효과는 금방 나타났다. 그의 이목구비 위로 한층 더 깊은 오만의 그림자가 지나갔지만, 그는 아무 말도 없었다. 엘리자베스는 거기서 그치고 마는 자신의 나약함을 질책하면서도 더 밀고 나가지 못했다. 마침내 다아시가 입을 열고 긴장된 어조로 말했다.

"위컴 씨의 다정한 태도는 우정을 트는 데 아주 유리합니다. 하지만 그걸 오래 지속할 능력이 있는지는 잘 모르겠습니다."

"그분은 안타깝게도 다아시 씨의 우정을 잃었죠." 엘리자베스가 힘주어서 말했다. "아마도 평생 동안 그 때문에 고통을 겪을 거고요."

다아시는 대답이 없었다. 화제를 바꾸고 싶은 기색이었다. 그 순간 윌리엄 루카스 경이 춤 대열을 뚫고 맞은편으로 가다가 두 사람 옆을 지나게 되었다. 그는 다아시 씨를 보자 정중하게 인사하며, 그의 춤 솜씨와 파트너를 칭찬했다.

"아주 보기 좋소이다. 이렇게 훌륭한 춤은 흔히 보기 어렵지요. 다아시 씨가 최상층이라는 걸 분명히 알 수 있겠소. 헌데 주제넘는 말이겠지만, 이 아름다운 파트너도 다아시 씨 곁에 전혀 손색없이 아주 잘 어울리는군요. 아울러 다아시 씨의 춤을 감상하는 즐거운 일이 자주 있기를 바란다는 말씀도 드려야겠구려. 특히 어떤 바람직한 일이 (그는 제인과 빙리 씨를 건너다보았다) 일어날 경우에 말이야, 일라이자 양. 그런 경사가 있다면 정말 축하가 홍수처럼 넘쳐날 거다! 다아시 씨도 그리 생각하시죠? 자, 이제 방해는 그만하고 가보겠습니다. 아름다운 아가씨와 대화하는 즐거움을 오래도록 가로막았다가는 원망을 살 테니까. 아가씨의 빛나는 눈도 저를 꾸짖고 있소."

다아시는 이야기의 뒷부분은 제대로 듣지 못했지만, 자기 친구를 암시하는 내용에 충격을 받고는, 함께 춤추는 빙리와 제인을 무척 심각한 표정으로 바라보았다. 하지만 곧 정신을 차리고 자기 파트너를 돌아보며 말했다.

"윌리엄 경 때문에 우리가 무슨 이야기를 하고 있었는지 잊었습니다."

"아무 이야기도 안 했던 것 같은데요. 윌리엄 경이 아주 잘 고르셨네요. 여기 있는 사람들 중 우리만큼 서로 할 말이 없는 두 사람은 없을 테니까요. 우리는 벌써 두세 가지 화제를 꺼냈다가 실패했고, 다음에 무슨 이야기를 해야 할지 저는 전혀 모르겠어요."

"책 이야기는 어떻습니까?" 그가 미소 짓고 말했다.

"책이라고요? 안 돼요! 우리가 같은 책을 읽을 리 없어요. 설령 그랬더라도 소감이 다를 거예요."

"그렇게 생각하신다니 안타깝습니다. 하지만 그렇다면 최소한 화제는 떨어지지 않겠네요. 서로의 의견을 비교해볼 수 있으니까요."

"아뇨. 무도회에서 책 이야기를 할 수는 없어요. 머릿속에 항상 다른 게 가득하니까요."

"이런 곳에서는 항상 '현재'가 당신 머릿속을 채우는 겁니까?" 그가 의구심을 드러내며 말했다.

"맞아요. 항상 그래요." 생각이 다른 곳으로 흘러가서, 그녀는 자기가 무슨 말을 하는지도 모르고 대답했다. 그러더니 문득 이렇게 말해서 그 사실을 드러냈다. "전에 다아시 씨가 용서를 잘 못하는 성격이라고 말했잖아요. 한번 분노를 품으면 잘 풀지 않는다고요. 그렇다면 화를 내지 않도록 무척 조심하시는 편인가요?"

"그렇습니다." 그가 확고한 목소리로 말했다.

"편견에 휘둘리지 않고요?"

"그러기를 바랍니다."

"의견을 절대 바꾸지 않는 사람은 애초에 올바르게 판단하는 게 더욱 중요하죠."

"이런 질문들이 어떤 의미인지 물어도 되겠습니까?"

"다아시 씨 성격을 파악해보려는 것뿐이에요." 그녀가 심각한 태도를 떨치려고 하면서 말했다. "이해해보려고요."

"그래서 성과가 있습니까?"

그녀는 고개를 저었다. "전혀요. 당신에 대해 너무 상반되는 이야기를 들어서 혼란스러워요."

"저에 대한 이야기가 사람에 따라 크게 다르리라는 건 저도 쉽게 짐작할 수 있습니다." 그가 무겁게 대답했다. "하지만 베넷 양, 지금 이 순간은 제 성격 이야기를 그만했으면 합니다. 두 사람 모두에게 도움이 안 될 테니까요."

"하지만 지금 당신을 파악하지 않으면, 다시는 기회가 없을 지도 몰라요."

"그렇다면 베넷 양의 즐거움을 방해하지 않겠습니다." 그가 냉랭하게 말했다. 그녀는 입을 다물었고, 두 사람은 춤을 마저 춘 뒤 말없이 헤어졌다. 둘 다 불만스러웠지만, 그 강도는 서로 달랐다. 다아시의 가슴에는 그녀를 향한 열렬한 감정이 있었기에, 곧 그녀를 용서하고 그 모든 분노를 다른 사람에게 돌렸다.

그들이 갈라지고 나서 얼마 지나지 않아 빙리 양이 엘리자베스에게 다가와 점잖게 그러나 경멸 어린 표정으로 말했다.

"일라이자 양, 조지 위컴에게 반했다고요? 제인이 그 사람 이야기를 하면서 질문을 천 개는 했어요. 그런데 가만 보니까 그 사람은 일라이자 양과 이야기할 때 자기 아버지가 고 다아시 씨의 집사였다는 사실을 빼먹은 것 같더군요. 하지만 친구로서 조언하건대, 그 사람 말을 무조건 믿지 말아요. 다아시 씨가 그 사람을 푸대접했다는 건 완전히 거짓말이니까요. 반대로 다아시 씨는 조지 위컴의 악행에도 불구하고 언제나 그에게 친절을 베풀었어요. 자세한 내용은 모르지만, 다아시 씨가 비난받을 일은 전혀 없다는 것, 그분은 조지 위컴의 이름을 듣는 일조차 괴로워한다는 건 알아요. 그리고 우리 오빠는 장교들을 초대하면서 어쩔 수 없이 그 사람도 불렀지만, 그 사람이 알아서 피해준 걸 아주 기뻐했어요. 그 사람이 이 고장에 온 것 자체가 뻔뻔한 일이에요. 어떻게 감히 그런 짓을 할 수 있는지 모르겠어요. 일라이자 양이 호감을 품은 사람에게 그런 과오가 있다는 걸 전하게 되어서 안됐지만, 그런 출신의 사람에게서 더 크게 바랄 건 없겠죠."

"빙리 양 말에 따르면, 그 사람의 과오는 다름 아니라 그런 출신이라는 사실이로군요." 엘리자베스가 발끈해서 말했다. "그 사람이 집사의 아들이었다는 점이 가장 큰 비난 거리니까요. 그리고 분명히 말씀드리지만, 그는 이미 그 사실을 밝혔습니다."

"미안해요." 빙리 양이 조롱하는 표정으로 돌아서며 말했다. "주제넘게 끼어들어서 죄송합니다. 나쁜 의도로 한 말은 아니었어요."

"뻔뻔한 여자 같으니!" 엘리자베스가 혼잣말을 했다. "하찮은 비난으로 내 생각을 바꿀 수 있다고 생각한다면 완전한 착각이야. 그 말을 통해서 내가 느낀 건 당신의 고집스런 무지와 다아시 씨의 악의뿐이야!" 그런 뒤 그녀는 빙리에게 똑같은 질문을 하기로 한 제인을 찾아갔다. 제인의 얼굴에 빛나는 미소와 행복한 표정은 그날 저녁이 그녀에게 얼마나 순조로웠는지를 알려주었다. 엘리자베스는 제인의 감정을 알아차렸고, 그 순간 위컴에 대한 걱정, 그의 적들에 대한 분개심 같은 것은 제인이 누구보다도 행복해지기를 바라는 마음 앞에 사그라들었다.

"언니가 위컴 씨에 대해서 무슨 말을 들었는지 궁금해." 엘리자베스도 언니 못지않은 미소를 짓고 말했다. "하지만 언니는 지금 두 사람 말고 제3자를 생각하기에는 너무 기분이 좋은 것 같네. 그렇다면 용서해줄게."

"아냐." 제인이 대답했다. "잊지 않고 물었지. 하지만 너한테

해줄 만한 이야기가 없어. 빙리 씨는 다아시 씨 개인사를 다 알지 못하고, 다아시 씨가 그렇게 분노하게 된 경위도 잘 몰라. 하지만 다아시 씨의 선량한 행동과 정직성과 명예는 의심하지 않는대. 위컴 씨가 다아시 씨 기대에 못 미치는 행동을 했다고 믿고 있어. 안타깝지만 빙리 남매 이야기를 들어보면, 위컴 씨는 그다지 점잖은 젊은이는 아닌 것 같아. 경솔했고, 다아시 씨의 눈 밖에 날 수밖에 없는 행동을 한 것 같아."

"빙리 씨하고 위컴 씨가 서로 모른다고?"

"응, 그날 아침 메리턴에 본 게 처음이었대."

"그러면 빙리 씨는 다아시 씨한테 들은 이야기가 전부일 거 아냐. 그래, 알겠어. 하지만 교구 목사직에 대해서는 뭐래?"

"다아시 씨에게서 몇 번 이야기를 들었는데 기억은 잘 안 난대. 하지만 그건 조건부 증여였던 것 같대."

"빙리 씨가 거짓말한다고는 생각하지 않아." 엘리자베스가 열을 띠며 말했다. "하지만 안타깝게도 그런 말은 못 믿겠어. 빙리 씨가 친구를 변호하는 건 훌륭하지만, 그 사람은 모르는 게 많고 나머지도 다아시 씨에게 들은 게 전부니까, 나는 두 사람에 대한 생각을 바꾸지 않을 거야."

그녀는 좀 더 즐거운 주제로 옮겨 갔고, 그에 대해 두 사람은 마음이 일치했다. 제인은 소박하지만 밝은 희망을 품고 빙리가 자기에게 기울이는 관심을 전했고 엘리자베스는 즐겁게 귀를 기울이면서, 최선을 다해 동의하며 언니의 자신감을 높여주었다. 그러다 빙리 씨가 다가오자 엘리자베스는 둘만을 남기고 루카스 양에게로 물러갔다. 그때 마지막 춤 상대자에 대한 루카스 양의 질문에 대답도 하기 전에 콜린스 씨가 다가왔다.

그리고 엘리자베스에게 한껏 고양된 자세로, 지금 정말로 기쁘고도 중요한 사실을 하나 발견했다고 흥분해서 말했다.

"기막힌 우연으로 저는 지금 이곳에 제 후원자의 가까운 친척 분이 와계신 걸 알았습니다. 그 신사 분이 이 집의 주인 아가씨께 사촌 드 버그 양과 그 어머니 캐서린 숙부인의 이야기를 하시더군요. 놀랍지 않습니까! 제가 이 무도회에서 캐서린 드 버그 숙부인의 조카 분을 만나리라고 누가 생각했겠습니까! 이 사실을 지금 알게 되어 그분께 경의를 표할 기회가 생긴 것이 얼마나 다행인지요. 지금 그분께 인사를 드리러 갈 겁니다. 이제야 인사 드린다고 나무라시지는 않을 거라 믿습니다. 여사님의 조카분이심을 전혀 몰랐다는 것이 저의 변명이 될 수 있을 겁니다."

"설마 다아시 씨에게 직접 인사를 하려는 건 아니겠죠?"

"그럴 생각입니다. 그리고 좀 더 일찍 인사 드리지 못한 불찰에 용서를 구할 생각입니다. 그분은 캐서린 숙부인의 조카분이 틀림없는 것 같습니다. 그분께 숙부인께서 일주일 전까지 아주 잘 지내셨다는 소식을 전해 드리겠습니다."

엘리자베스는 다아시 씨는 낯선 사람이 소개 없이 말을 거는 일은 이모님에 대한 존경보다는 지나친 무례로 여길 것이고, 두 사람이 인사를 나눌 필요도 전혀 없으며, 만약 인사를 한다 해도 친분을 트는 건 지위가 높은 다아시 씨에게 맡겨야 한다고 콜린스 씨를 말렸다. 하지만 콜린스 씨는 자신의 의도를 실행하겠다는 결연한 기색으로 이야기를 들었고, 그녀가 말을 마치자 대답했다.

"엘리자베스 양, 저는 특정 범위 내에서 엘리자베스 양이 매우 뛰어난 판단력을 지녔다고 생각하고 그 부분을 깊이 존중합니다. 하지만 평신도 간의 의례 형식과 성직자의 행동을 규정하는 의례 형식 사이에는 커다란 차이가 있다는 점을 지적하지 않을 수 없군요. 외람되지만 사제직은 위엄의 측면에서 이 나라 최고 지위와도 맞먹는다고 생각합니다. 물론 동시에 그 지위에 맞는 겸손한 행동이 수반되어야 하겠지만요. 그렇기 때문에 엘리자베스 양은 이 경우에 제가 양심의 명령을 따라 제 의무라 여겨지는 일을 하도록 허락해주셔야 합니다. 다른 경우라면 엘리자베스 양의 조언을 제 행동의 변함없는 지침으로 삼겠습니다만, 지금은 그것을 따르지 못함을 용서해 주십시오. 지금 이와 같은 경우는 그동안 받은 교육으로도 그렇고 경험을 통해 쌓은 식견으로도 그렇고, 엘리자베스 양 같은 젊은 아가씨보다는 제가 옳고 그름을 더욱 잘 판단할 수 있다고 생각합니다." 그는 고개를 깊이 숙여 인사한 뒤 다시씨에게 갔고, 그녀는 그가 콜린스 씨를 맞는 모습을 불안하게 지켜보았다. 그는 그런 식의 접근에 매우 놀라는 기색이 역력했다. 그녀의 사촌은 먼저 엄숙하게 허리를 굽혀 절하고 말을 걸었는데, 말소리는 전혀 들리지 않았지만 엘리자베스는 무슨 말을 하는지 다 알 것 같았다. 콜린스 씨의 입 모양을 통해서 '양해', '헌스퍼드', '캐서린 드 버그 숙부인' 같은 말들을 읽었기 때문이다. 사촌인 그가 다아시 씨에게 그처럼 창피하게 자신을 드러내는 모습에 엘리자베스는 짜증이 났다. 다아시 씨는 놀란 표정을 감추지 않고 그를 보더니, 콜린스 씨가 마침내 대답할 기회를 주자 차갑고 정중하게 응답했다. 하지만 콜린스 씨는 그에 아랑곳없이 다시 입을 열었고, 그 장황한 말에 다시 씨는 점점 참을 수 없다는 표정이 되더니 그가 말을 마치자 가볍게 목례하고 다른 곳으로 갔다. 콜린스 씨는 곧 엘리자베스에게 돌아왔다.

"이 정도면 충분히 훌륭히 대접받았다고 할 수 있습니다." 그가 말했다. "다시 씨는 제가 인사를 건넨 데 크게 만족하신 듯 보였습니다. 제 말에 더없이 정중하게 응답하셨고, 캐서린 숙부인의 안목을 믿기에 부인께서 가치 없는 사람에게 호의를 베풀지 않았을 거라 생각한다는 칭찬의 말씀까지 해주셨습니다. 정말로 사려 깊은 말씀이었습니다. 저는 전반적으로 다아시 씨를 만나서 매우 기쁩니다."

자신만의 관심사가 사라진 엘리자베스는 언니와 빙리 씨에게 온 관심을 기울이다시피 했고, 그들을 지켜보다 보니 즐거운 상상이 꼬리를 물어서 거의 제인만큼이나 행복해졌다. 그녀는 제인이 바로 그 집에서 진정한 사랑으로 맺은 결혼의 모든 행복을 누리며 사는 모습을 상상했다. 그렇게 되면 자신은 빙리의 두 누이마저 좋아하려고 노력할 수 있을 것 같았다. 그러다가 어머니를 보니 어머니 역시 자신과 똑같은 생각에 몰두한 게 역력해서, 너무 많은 이야기를 듣게 될까봐 어머니 곁으로 가지 않기로 했다. 그래서 석식 때 어머니와 한 사람 건너 나란히 앉게 된 일은 그녀에게는 극도로 불행한 사건이었다. 그리고 어머니가 그 한 사람(루카스 부인)에게 아무런 거리낌없이 제인이 곧 빙리 씨와 결혼할 것 같다는 한 가지 이야기만을 한다는 사실에 깊은 당혹감을 느꼈다. 그것은 흥미로운 화제였고, 베넷 부인은 지칠 줄 모르는 기색으로 그 혼사의 이점을 열거했다. 빙리 씨는 다정한 젊은이고, 부유하며, 두 집의 거리가

3마일밖에 되지 않는다는 점이 가장 먼저 손꼽혔다. 이어서 빙리 자매가 제인을 좋아하는 것도 다행이고, 그 둘 또한 자기만큼이나 제인과 빙리 씨의 결합을 바랄 거라고 했다. 거기다 제인이 그렇게 시집을 잘 가면 동생들도 부유한 남자를 만날 가능성이 높아질 테니, 동생들 앞날에도 좋을 거라고 했다. 이어 마지막으로 미혼의 딸들을 자기 살아생전에 장녀 손에 맡길 수 있으면, 자기가 억지로 사람들하고 어울릴 필요가 없으니 얼마나 좋으냐는 것이었다. 하지만 평생토록 베넷 부인만큼 집에 있는 걸 싫어하는 사람은 없었다. 그게 좋다고 말한 건 이런 경우 그것이 예의이기 때문이었다. 부인은 루카스 부인도 자기 못지않은 행운을 얻기 바란다는 덕담 속에 이야기를 마쳤지만, 속으로는 그럴 기회는 결코 없을 거라고 의기양양해했다.

엘리자베스는 어머니의 말을 늦추고 기쁨의 속삭임과 목소리를 낮추려고 노력했지만 허사였다. 그 내용을 맞은편에 앉은 다아시 씨가 다 듣고 있다는 사실이 너무도 괴로웠다. 하지만 베넷 부인은 말도 안 되는 소리 말라고 딸을 꾸짖었을 뿐이다.

"거 참, 다아시 씨가 뭔데 내가 그 사람을 겁내야 하니? 그 사람 때문에 조용히 하라니! 그 사람 마음에 안 드는 말을 삼가야 할 만큼 특별히 조심할 이유는 없어."

"어머니, 제발 목소리를 낮추세요. 다아시 씨 기분을 거슬려서 좋을 게 뭐가 있어요? 그러다가는 저 사람 친구의 호감도 잃을 수 있어요."

하지만 그녀의 어떤 말도 힘을 쓰지 못했다. 어머니는 계속 또렷하게 들리는 목소리로 자기 견해를 이어 나갔다. 엘리자베스는 수치심과 당혹감에 얼굴을 붉히고 또 붉혔다. 그리고 다아시 씨에게 자꾸 곁눈질하지 않을 수 없었는데, 그때마다 걱정이 사실이라는 확신을 얻었다. 그가 베넷 부인을 계속 주시하지는 않았지만, 신경을 쓰며 듣고 있는 것은 분명해 보였다. 그의 표정은 분노와 경멸에서 차분하고 무거운 숙고로 천천히 변해 갔다.

하지만 마침내 베넷 부인도 할 말이 떨어졌다. 공유할 가능성이 희박한, 기쁨이 거듭해서 표현되는 데 오래전부터 하품하던 루카스 부인은 이제 편안히 식은 햄과 닭 요리를 즐길 수 있었다. 엘리자베스도 다시 기운이 살아났다. 하지만 평온의 시간은 길지 않았다. 석식이 끝나자 노래를 듣자는 말이 나왔고, 당혹스럽게도 메리가 누구의 요청도 없는데 노래할 준비를 했기 때문이다. 엘리자베스는 의미심장한 표정과 말 없는 탄원을 담아 그런 지나친 친절을 막으려고 했지만 소용없었다. 메리는 그런 뜻을 이해하지 못했다. 그녀는 이런 과시의 기회를 반갑게 받아들여 노래하기 시작했다. 엘리자베스는 메리가 몇 절을 이어 나가는 모습을 고통스럽게 지켜보았다. 하지만 그런 안달도 소용없었다. 노래가 끝나고 사람들이 던지는 감사의 인사 속에 다시 한 곡 부탁한다는 말을 듣자, 메리가 30초 만에 다시 노래를 시작했기 때문이다. 사실 메리의 노래 솜씨는 그렇게 내세울 만한 수준이 아니었다. 성량은 약하고 태도는 가식적이었다. 엘리자베스는 극도로 고통스러웠다. 언니는 어떻게 견디는지 눈길을 돌려보니, 제인은 차분하게 빙리와 이야기를 나누고 있었다. 빙리 자매는 서로 비웃음 가득한 시선을 주고받았다. 다아시는 변함없이 속을 알 수 없는 무거운 표정이었다. 그녀는 아버지에게 눈길을 던져 메리가 밤새 노래하는 일을 막아달라고 부탁했다. 베넷 씨는 엘리자베스의 뜻을 알아차리고 메리가 두 번째 노래를 마치자 큰 소리로 말했다.

"아주 잘했다, 애야. 그만하면 우리한테 충분한 기쁨을 주었어. 이제 다른 아가씨들한테도 기회를 주자꾸나."

메리는 못 들은 척했지만 약간 당황했고, 엘리자베스는 동생에게 미안하고 아버지도 꼭 그런 표현을 써야 했을지 속상하면서도 자신의 조바심이 아무 소용 없을까봐 두려웠다. 다행히 이제 사람들은 다른 이들에게 노래 신청을 했다.

"만약 제가 노래할 능력이 있다면, 기쁜 마음으로 한 곡 부르겠습니다." 콜린스 씨가 말했다. "저는 음악이란 순수한 여흥이고, 사제의 직분과도 전혀 충돌하지 않는다고 보기 때문입니다. 그렇다고 성직자가 음악에 과도한 시간을 바치는 것까지 정당화하는 건 아닙니다. 신경 써야 할 다른 일들이 분명히 있으니까요. 교구 목사는 할 일이 많습니다. 우선 십일조* 같은 여러 계약을 자신에게도 이롭고 후원자에게도 문제가 안 되는 방식으로 체결해야 합니다. 직접 설교문도 작성해야 합니다. 그리고 남는 시간도 교구의 의무를 다하기에는 넉넉하다고 할 수 없는데, 거기다 자기 거처를 돌보고 관리해서 되도록 편안한 공간으로 만드는 일도 빼놓을 수 없습니다. 그리고 모든 사람에게 그래야겠지만, 특히 자신의 오늘을 만들어준 분들께 친절과 배려를 베푸는 일도 그 중요성이 가볍다 할 수 없습니다. 그것은 결코 면제받을 수 없는 의무입니다. 그리고 교구를

*목사직을 맡은 이에게 주어진 교구 내 경작지 총수입의 10분의 1을 의미한다. 19세기 초 지주와 소작 농민 사이의 십일조 계약은 매우 복잡하고 지난한 경우가 많았다.

허락하신 가문의 친족 분에게 존경을 표명하지 않는 일도 저는 칭찬할 수 없습니다." 그러면서 그는 다시 씨에 대한 목례 속에 이야기를 마쳤다. 그 목소리가 어찌나 큰지, 거기 모인 사람 절반 정도가 그 말을 들을 수 있었다. 많은 사람이 그를 빤히 바라보았다. 많은 사람이 빙긋 웃었다. 하지만 베넷 씨보다 더 즐거운 표정을 한 사람은 없었다. 반면 그의 아내는 정말로 사려 깊은 말이었다고 콜린스 씨를 칭찬하고, 루카스 부인에게 정말로 총명하고 훌륭한 젊은이라고 큰 소리로 속삭였다.

엘리자베스는 식구들이 오늘 저녁 내내 집안 망신을 당해보자고 약속하고 무도회에 왔다 해도 그 과업을 이보다 더 성공적으로 수행하지는 못했을 것 같았다. 그나마 빙리와 제인에게 다행인 것은, 빙리가 그런 일을 전부 알아차리지는 못했다는 것과 그의 감정은 그날 목격한 우행들에 크게 흔들리는 종류가 아니라는 것이었다. 하지만 그런 일들이 빙리 자매와 다시 씨에게 베넷 가를 비웃을 기회가 될 거라는 생각에 엘리자베스는 우울했고, 한 남자의 말없는 경멸과 여자들의 무례한 웃음 가운데 어느 쪽이 더 괴로운지도 알 수 없었다.

무도회가 끝날 때까지 엘리자베스에게는 별로 즐거운 일이 없었다. 콜린스 씨는 그녀의 옆에 계속 달라붙어 다시 춤을 추자고 졸랐고, 그 목적은 끝내 달성하지 못했지만 그녀가 다른 사람과 춤추는 것은 막을 수 있었다. 그녀가 아무리 다른 사람과 춤을 추라고, 다른 아가씨를 소개해주겠다고 해도 소용없었다. 그는 자신은 춤에는 관심이 없다고 했다. 자신의 가장 큰 목적은 세심한 배려로 그녀의 호감을 사는 것이고, 그래서 그녀의 곁에 머물러야 한다고 했다. 그런 계획을 나무라는 건 아무 소용없었다. 친구 루카스 양이 자주 와서 콜린스 씨와 다정하게 대화를 나누어준 것이 그녀에게는 가장 큰 위안이었다.

어쨌거나 덕분에 다아시 씨의 주목을 계속 받는 불쾌함은 덜 수 있었다. 그는 특별히 하는 일 없이 그녀 근처에 서 있는 경우가 많았지만, 대화할 만한 거리로는 다가오지 않았다. 그녀는 아마 자신이 위컴 씨 이야기를 꺼냈기 때문일 거라고 생각하고 즐거워했다.

롱번 가족은 그날의 손님들 가운데 가장 늦게까지 남아 있었다. 베넷 부인이 손을 써서 그들의 마차는 다른 손님이 다 떠나고 난 뒤 15분이나 지나서야 나타났는데, 그동안 그들은 네더필드의 가족 일부가 자신들을 당장 떠나보내고 싶어 하는 걸 충분히 확인할 수 있었다. 허스트 부인과 빙리 양은 피곤하다는 말을 빼고는 거의 아무 말도 하지 않았고, 얼른 자기들만 남고 싶은 기색이 역력했다. 베넷 부인이 꺼내는 이야기는 모두 퉁명한 반응을 얻었고, 그 때문에 분위기 전체가 시무룩해졌다. 콜린스 씨가 빙리 오누이에게 이렇게 멋진 잔치를 열고, 그렇게 따뜻하고 예의 바른 태도로 손님을 맞아준 데 대해 장황한 찬사를 바친 뒤에도 그런 분위기는 나아지지 않았다. 다아시는 전혀 말이 없었다. 베넷 씨 역시 아무 말 없이 상황을 즐겁게 감상했다. 빙리 씨와 제인은 다른 사람들에게서 약간 떨어져 서서 따로 이야기를 나누고 있었다. 엘리자베스도 허스트 부인과 빙리 양 못지않게 침묵을 지켰다. 리디아조차 너무 지쳐서 이따금 "아, 피곤해!" 하고 소리치고 이어 큰 소리로 하품하는 게 전부였다.

마침내 작별할 때가 되자, 베넷 부인은 과장된 예의 속에 곧 롱번에서 네더필드 가족을 모두 보고 싶다는 소망을 전했다. 그런 뒤 특별히 빙리 씨에게 정식 초대가 없어도 아무 때라도 롱번에 와서 가족 정찬을 함께해주면 기쁠 거라고 했다. 빙리는 고맙다고, 런던에서 돌아오면 최대한 빨리 방문하겠다고 약속했다. 그는 다음 날 짧은 일정으로 런던에 갈 예정이었다.

베넷 부인은 더없이 만족했다. 재산권 계약*과 새 마차들과 결혼 예복을 준비하는 데 필요한 시간을 감안해도 딸이 서너 달 안에 네더필드의 안방마님이 될 거라는 기쁜 확신 아래 그 집을 떠났다. 또 다른 딸이 콜린스 씨와 결혼할 것도 확신했고, 그 일도 제인만큼은 아니지만 큰 기쁨이었다. 엘리자베스는 베넷 부인이 딸들 가운데 가장 애정을 덜 느끼는 아이였다. 상대도 혼사도 엘리자베스에게는 상당히 훌륭했지만, 빙리 씨와 네더필드에 비할 바는 아니었다.

19

다음 날 롱번에서는 새로운 사태가 벌어졌다. 콜린스 씨가 정식으로 청혼을 한 것이다. 휴가가 토요일까지였기에 그는 시간을 낭비하지 않고 일을 해치우기로 결심했고, 마지막 순간까지도 거절에 대한 아무런 두려움이 없었기에, 정연한 태도로 필요하다고 생각하는 절차를 준수했다. 조찬 직후 베넷 부인과 엘리자베스와 다른 동생 한 명이 함께 있는 것을 보고, 그가 베

*당시 상류사회 사람들은 결혼할 때 지참금, 생활비, 유산 등과 관련된 계약을 했고, 마차에 대한 계약도 이에 흔히 포함되었다.

넷 부인에게 말했다.

"부인, 제가 오전 중으로 아름다운 따님 엘리자베스 양에게 긴히 드릴 말씀이 있는데, 부인께서 허락해주실 수 있을지요?"

엘리자베스는 깜짝 놀라 얼굴을 붉혔다. 그런데 그녀가 어떤 행동도 취하기 전에 베넷 부인이 즉각 대답했다.

"아유! 그럼요. 리지가 아주 기뻐할 거예요. 반대할 이유가 없죠. 키티야, 위층으로 올라가자." 바느질감을 집어들고 서둘러 나가는 부인의 등 뒤로 엘리자베스가 소리쳤다.

"어머니, 제발 가지 마세요. 콜린스 씨는 양해해주실 거예요. 저한테 따로 할 말이 있을 리 없어요. 저도 같이 나갈 거예요."

"무슨 소리니, 리지. 너는 여기 있어야 해." 그리고 엘리자베스가 당황하고 어색한 표정으로 정말로 방을 나가려고 하자 덧붙여 말했다. "리지, 여기 그대로 남아서 콜린스 씨 말을 들으라니까."

엘리자베스는 그런 명령을 거스를 수 없었다. 그리고 다시 생각해 보니 이 일은 되도록 신속하고 조용하게 마무리하는 게 현명할 것 같아서, 다시 자리에 앉아서 괴롭고도 웃기는 심정을 감추려고 바느질로 돌아갔다. 베넷 부인과 키티가 나가자 콜린스 씨는 곧바로 입을 열었다.

"친애하는 엘리자베스 양, 이렇게 수줍은 모습은 당신의 미덕을 깎아내리지 않고 오히려 더욱 돋보이게 합니다. 이렇게 망설이는 모습이 없었다면 제 눈에 당신의 모습은 오히려 매력이 덜했을 것입니다. 하지만 저는 이미 어머니께 이 말씀을 드리겠다는 허락을 받았음을 알려드려야겠습니다. 당신이 섬세한 성품으로 아무리 모른 척 가리려고 해도, 제가 이런 말을 꺼내는 의도를 모르시지는 않을 겁니다. 제가 엘리자베스 양에게 기울인 관심과 호의는 누구라도 눈치 챌 만한 것이었으니까요. 이 집에 들어선 순간부터 저는 당신을 미래의 반려자로 선택했습니다. 하지만 이성을 잃고 감정에 휩싸이기 전에 먼저 제가 결혼하려는 이유를 설명 드리는 게 좋을 것 같습니다. 그리고 허트퍼드셔에서 아내를 구하고자 한 뜻도요."

엘리자베스는 근엄하기 짝이 없는 콜린스 씨가 사랑의 감정에 휩싸인다는 상상만으로도 웃음이 터져나올 지경이어서, 그가 잠시 말을 멈추었을 때 거기서 말을 멈추게 할 수가 없었고, 그는 말을 이었다.

"제가 결혼하려는 이유는 우선 (저처럼) 안락한 지위를 갖춘 성직자는 교구 내 결혼 생활의 모범이 되어야 하기 때문입니다. 둘째로 결혼하면 제가 더욱더 행복해질 것을 믿기 때문입니다. 셋째로, 미리 꼽아야 했겠지만, 기쁘게도 저를 후원해 주시는 귀부인의 특별한 조언과 추천 때문입니다. 그분은 두 번이나 친히 제게 이 일과 관련해서 의견을 주셨죠. (여쭙지도 않았는데 말입니다!) 제가 헌스퍼드를 떠나기 직전의 토요일 밤 카드릴 놀이를 하던 중, 젠킨슨 부인이 드 버그 양의 발판을 조절하는 동안 숙부인께서는 이렇게 말씀하셨습니다. '콜린스 씨, 결혼하게. 자네 같은 성직자는 결혼을 해야 돼. 우선 여자를 잘 골라. 나를 위해서는 양가의 규수를 고르고, 자네를 위해서는 활달하고 솜씨 좋은 여자를 고르게나. 지체가 높지 않고 작은 수입으로 살림을 알뜰하게 꾸리는 여자가 좋아. 지나치게 귀하게 자라지 않은 여자로. 이게 내 조언일세. 어서 빨리 그런 여자를 찾아서 헌스퍼드로 데려오게. 그러면 내 한번 만나보겠네.' 여기서 캐서린 드 버그 숙부인의 관심과 친절은 제가 결혼 조건으로 제공할 수 있는 적잖은 이점들 가운데 하나라는 말을 덧붙여야겠습니다. 당신도 숙부인을 보면 그분의 품위는 제가 설명할 수 있는 수준을 뛰어넘는다는 사실을 알게 될 겁니다. 당신이 본래 지닌 재치와 활기에 숙부인을 만났을 때 필연적으로 솟아날 침묵과 존경이 더해지면, 숙부인께서도 당신을 마음에 들어 하실 겁니다. 제가 결혼을 하려는 기본 의도는 이와 같습니다. 그러면 이제 제가 왜 현 거주지가 아닌 롱번에서 신붓감을 찾으려고 했는지를 말해야겠군요. 물론 헌스퍼드에도 사랑스러운 아가씨가 많습니다. 하지만 아시다시피 베넷 씨가 돌아가시면 (물론 앞으로 오래 사실지도 모르지만) 제가 이 영지를 상속하는 까닭에, 제가 그분의 따님 한 분과 결혼해서 그처럼 슬픈 일이 닥쳤을 때 베넷 가가 겪을 타격을 최소화하는 것만이 제 마음을 만족시킬 수 있기 때문입니다. 물론 이미 말씀드렸듯이 그 일이 몇 년 안에 일어나지는 않을지도 모릅니다. 이것이 제 의도이고, 이런 의도가 저에 대한 평가에 나쁜 영향을 미치지는 않을 것이라고 자부합니다. 이제 남은 것은 제 열렬한 애정을 뜨거운 언어로 표현하는 것뿐이군요. 저는 재산에는 아무런 관심이 없고, 베넷 씨에게 그와 관련된 어떤 요구도 하지 않을 것입니다. 충족될 수 없는 요구라는 것을 잘 알기 때문입니다. 4퍼센트*에 투자한 1천 파운드가 당신이 받을 최대치라는 것도 잘 압니다. 그것도 베넷 부인이 돌아가신 후에야 가능하다는 것도 잘 알고요. 그렇기 때문에 그 점에 대해 저는

---

*당시 국채 이자율.

시종일관 침묵할 생각이고, 우리가 결혼하면 제 입에서 그와 관련된 불미스런 말은 한마디도 나가지 않을 것입니다."

그녀는 이제 정말 그의 말을 막아야 했다.

"콜린스 씨, 너무 앞서 나가시는군요." 그녀가 소리쳤다. "제가 아직 답을 드리지 않았다는 점을 잊으신 것 같아요. 더 이상 시간을 낭비하시지 않도록 지금 대답해 드릴게요. 저를 좋게 보아주신 것에 대해서는 정말 감사하게 생각합니다. 이렇게 청혼을 받는 것이 매우 영광스런 일이라는 것은 잘 알지만, 저로서는 이 청혼을 거절할 수밖에 없습니다."

"이미 알고 있습니다." 콜린스 씨가 정중하게 손을 저으며 대답했다. "남자가 처음 호감을 표시할 때, 처녀들이 속으로는 수락하면서도 겉으로는 일단 거절한다는 것을 말이죠. 때로는 거절이 두세 번이나 반복된다는 것도요. 그렇기 때문에 저는 지금 이 거절에 실망하지 않고, 머지않아 당신을 혼례의 제단으로 이끌고 가기를 희망합니다."

"콜린스 씨," 엘리자베스가 목소리를 높였다. "제 말을 듣고 계속 희망을 품는다는 건 조금 의외네요. 저는 청혼이 두 번 반복될 때까지 행복의 기회를 미룰 만큼 대담한 여자가 아닙니다. (그런 여자들이 정말 있는지도 모르겠고요.) 제 거절은 진심입니다. 저는 콜린스 씨 곁에서 행복할 수 없고, 콜린스 씨 또한 제 곁에서 행복하실 수 없습니다. 캐서린 숙부인께서도 저를 아시면 모든 면에서 콜린스 씨의 부인으로 결격이라고 판단하실 겁니다."

"캐서린 숙부인이 그렇게 생각하신다면." 콜린스 씨가 심각한 얼굴로 말했다. "하지만 제가 볼 때 그분이 반대하실 이유가 없습니다. 그리고 숙부인을 다시 만날 때 저는 당신의 겸손함과 알뜰함과 그밖의 사랑스러운 특징들을 크게 칭찬할 것입니다. 그러니 걱정 마십시오."

"콜린스 씨, 그런 칭찬은 필요 없어요. 저에 대한 판단은 제가 하게 해주세요. 제게 찬사를 바치고 싶으면, 부디 제 말을 믿어주세요. 저는 콜린스 씨가 행복하고 풍요롭게 사시기를 바랍니다. 그리고 이 청혼을 거절하는 것이야말로 제가 최선을 다해 그 반대의 경우를 막는 것입니다. 저에게 청혼함으로써 우리 가족에 대한 불편한 감정을 잠재우셨으니, 이제 때가 되는 대로 아무런 자책 없이 롱번 영지를 취하셔도 됩니다. 그러니까 이 문제는 여기서 마무리된 걸로 보겠습니다." 그렇게 말하면서 엘리자베스가 일어나 나가려고 하는데 콜린스 씨가 말했다.

"다음에 이 문제를 이야기할 때는 좀 더 호의적인 대답을 듣기 바랍니다. 그렇다고 지금 당신의 무자비하고 차가운 태도를 비난하는 것은 아닙니다. 첫 번째 청혼은 거절하는 것이 여자들의 관례라는 걸 저는 잘 알고, 지금 말씀도 여자다운 섬세한 성격을 잘 보여주신 만큼 제 의지를 더욱 고취시키기 때문입니다."

"제발, 콜린스 씨." 엘리자베스가 약간 흥분해서 말했다. "정말 혼란스럽네요. 지금까지 제가 한 말을 당신의 의지를 고취시킬 호의적인 반응으로 여긴다면, 어떻게 말해야 제 진심을 납득시킬 수 있을지요?"

"친애하는 사촌, 저는 당신의 거절이 관례적 언사에 지나지 않음을 확신합니다. 그 이유는 간략하게 말하면 이렇습니다.

저는 제 청혼이 당신이 거절할 만한 것이라거나 제가 제공하는 결혼 생활이 바람직한 것과 거리가 있다고는 생각하지 않습니다. 제 현재 상황과 드 버그 가의 후원, 베넷 가와의 관계, 모든 것이 유리합니다. 그리고 엘리자베스 양이 매력적인 분이긴 하지만, 나중에 다시 청혼을 받는다는 보장도 없습니다. 불행히도 경제적으로 너무 불리하니, 당신의 사랑스런 매력도 가려질 것입니다. 그런 까닭에 엘리자베스 양이 저를 진심으로 거절한다고는 생각할 수 없고, 우아한 여성의 관례에 따라 상대의 마음에 불안감을 조성해서 제 사랑을 더 키우려는 소망으로 여기겠습니다."

"제발 믿어주세요, 콜린스 씨. 저는 존경할 만한 남자 분을 괴롭히는 그런 우아한 관례는 취하지 않습니다. 제가 원하는 진정한 찬사는 저를 진실된 사람으로 보아주는 것이에요. 청혼해주신 것은 거듭 감사드리지만, 그걸 수락할 수는 없습니다. 제 감정이 한사코 거부합니다. 이보다 더 명료하게 말할 수 있을까요? 그러니까 이제 저를 남자를 애태우는 우아한 여자로 생각하지 말고, 진실을 말하는 합리적인 사람으로 여겨주시기 바랍니다."

"당신의 매력은 정말 한결같군요!" 그가 어색하게 용기를 뽐내며 소리쳤다. "양친께서 확실히 허락하시면 제 청혼은 분명히 받아들여질 걸로 믿습니다."

엘리자베스는 그 완고하고 막무가내인 자기 기만에 아무런 대답도 할 수 없어서 말없이 방을 나갔다. 거듭된 거절이 은근한 부추김이라는 오해에서 벗어날 수 없다면, 아버지에게 호소할 수밖에 없었다. 아버지의 거절은 다른 뜻으로 해석될 여지가 없고, 그 행동은 어쨌건 우아한 여자의 가식이나 교태로 여길 수도 없을 테니까.

20

콜린스 씨는 청혼의 성공을 오래도록 고요히 음미하지는 못했다. 접견이 끝날 때까지 현관 앞을 서성거리던 베넷 부인이 엘리자베스가 방을 나와서 계단으로 종종걸음질쳐 가는 걸 보자마자, 조찬실로 들어가 머지않아 가족이 될 그와 부인 자신을 축하했기 때문이다. 콜린스 씨 역시 부인 못지않게 기뻐하며 축하를 주고받은 뒤 자세한 이야기로 넘어가서, 사촌의 일관된 거절은 수줍은 겸손함과 진정한 섬세함에 따른 자연스런 표현이 분명하기에 대화의 결과가 충분히 만족스럽다고 했다.

하지만 그 사실은 베넷 부인에게는 당황스러웠다. 딸의 거절이 그의 애간장을 태우려는 목적이었다면 부인 또한 기뻤겠지만, 아무래도 그런 것 같지가 않다는 말을 하지 않을 수가 없었다.

"하지만 콜린스 씨." 부인이 덧붙였다. "걱정 마세요. 리지는 정신을 차릴 거예요. 내가 직접 말하겠어요. 그 아이는 고집불통에 아둔해서 뭐가 저한테 이로운지도 모른다니까요. 하지만 내가 알아듣게 말하겠어요."

"부인, 말씀 도중 죄송합니다만," 콜린스 씨가 소리쳤다. "하지만 따님이 정말로 고집불통에 아둔하다면 결혼을 통해 행복을 찾으려는 저 같은 사람에게 바람직한 아내가 될 수 있을

지 잘 모르겠습니다. 그러니 계속 청혼을 거절한다면 굳이 강요하지 않는 게 좋을 것 같습니다. 그런 결함이 있는 성격이라면 제 행복에 별로 도움이 되지 않을 테니까요."

"콜린스 씨, 그건 오해예요!" 베넷 부인이 깜짝 놀라서 말했다. "리지는 이런 일에만 고집불통이에요. 다른 일에서는 누구 못지않게 착하죠. 당장 남편한테 가서 이 문제를 바로잡겠어요!"

부인은 그가 대답할 시간도 주지 않고, 당장 서재로 달려가서 문을 열고 남편에게 소리쳤다.

"아유, 여보! 당신이 필요해요. 지금 난리 났어요. 당신이 와서 리지한테 콜린스 씨와 결혼하라고 좀 해요. 그애가 그 사람하고 결혼 안 하겠다고 한다는데, 당신이 얼른 손을 쓰지 않으면 그 사람이 마음을 바꾸고 떠날 거예요! 리지랑 결혼 안 한다고 하면 어쩌려고요!"

베넷 씨는 부인이 들어올 때 책에서 눈을 들었고, 부인이 이야기를 마칠 때까지도 흐트러짐 없는 차분한 표정으로 바라보았다.

"도통 한마디도 못 알아듣겠구려." 베넷 부인이 말을 마치자 그가 말했다. "도대체 지금 무슨 이야기를 하는 거요?"

"콜린스 씨하고 리지요. 리지가 콜린스 씨의 청혼을 거절했어요. 콜린스 씨는 그러면 굳이 고집하지 않겠다고 하고요."

"그러면 내가 어떻게 해야 하는 거요? 이미 소용없는 일 같은데."

"리지에게 당신이 알아듣게 직접 말하세요. 콜린스 씨하고 결혼하라고요."

"그러면 리지를 부릅시다. 내가 말해보리다."

베넷 부인이 종을 울려서 엘리자베스 아가씨를 서재로 호출하라고 명령했다.

"이리 오려무나." 그녀가 들어오자 아버지가 말했다. "중요한 이야기가 있어서 불렀다. 콜린스 씨가 너한테 청혼했다는 게 사실이냐?" 엘리자베스는 그렇다고 했다. "좋다. 그리고 너는 그걸 거절했고?"

"네, 아버지."

"그래. 이제 요점으로 들어가자. 네 어머니는 네가 청혼을 받아들여야 한다고 하는구나. 그렇소, 여보?"

"그래요, 안 그러면 나는 다시는 리지를 안 볼 거예요."

"그러면 네 앞에는 힘든 선택이 놓여 있구나, 엘리자베스. 오늘부터 너는 부모 중 한 사람과 남이 되어야겠다. 네가 콜린스 씨하고 결혼을 안 하면 네 어머니가 너를 안 볼 테고, 결혼을 하면 내가 너를 안 볼 테니 말이다."

그렇게 시작된 일이 이렇게 종결된 것에 엘리자베스는 미소 짓지 않을 수 없었다. 하지만 남편도 자신과 같은 생각일 거라고 믿었던 베넷 부인의 실망은 이루 말할 수 없었다.

"여보, 그게 무슨 소리예요? 결혼하라고 말한다고 했잖아요!"

"여보." 남편이 대답했다. "당신한테 작게나마 부탁이 두 가지 있소. 하나는 내가 이 사건을 내 나름대로 판단할 권리를 달라는 거고, 둘째는 이 방을 내가 원하는 대로 사용할 권리를 달라는 거요. 되도록 빨리 서재에서 나가주었으면 좋겠구려."

하지만 베넷 부인은 남편에게 실망한 뒤에도 포기하지 않고, 엘리자베스를 계속 설득하려고 했다. 달래도 보고 협박도 해보았다. 제인을 아군으로 끌어들이려고도 했지만, 제인은 온화한 태도로 이 일에 끼어들기를 거부했다. 엘리자베스는 부인의 공격에 때로는 심각하게 때로는 장난스럽게 응대했다. 그렇게 태도는 바뀌어도 결심은 변하지 않았다.

그러는 동안 콜린스 씨는 혼자서 모든 과정을 되새겨 보았다. 그는 자신을 매우 높게 평가했기 때문에, 엘리자베스가 자신을 거절하는 것이 이해되지 않았다. 자존심은 상했지만 다른 고통은 없었다. 그녀에 대한 애정은 상당 부분 환상이었고, 엘리자베스가 고집 세고 어리석다는 어머니의 질책이 맞을 수도 있다는 생각이 후회를 막아주었다.

식구들이 이렇게 혼란에 싸여 있을 때, 샬럿 루카스가 찾아왔다. 그러자 리디아가 현관 입구로 날아가서 큰 소리로 속삭였다. "잘 왔어, 언니. 집에 아주 재미있는 일이 있거든! 오늘 아침에 무슨 일이 있었게? 콜린스 씨가 리지 언니한테 청혼했는데 언니가 거절했지 뭐야."

샬럿이 뭐라고 대답할 겨를도 없이 키티가 와서 똑같은 소식을 전했다. 세 사람이 조찬실에 들어가자 혼자 있던 베넷 부인이 다시 그 이야기를 하면서 루카스 양에게 자기를 위로해 달라고, 그리고 친구 리지에게 식구들 말을 들으라고 설득해 달라고 부탁하며 서글픈 목소리로 덧붙였다. "루카스 양, 내 편은 아무도 없어. 아무도 내 편을 들어주지 않아. 나는 찬밥 신세야. 내 신경이 이렇게 민감한데 누구도 헤아려주지 않아."

샬럿이 뭐라고 대답하려는 순간 제인과 엘리자베스가 들어왔다.

"아, 마침 오는구나." 베넷 부인이 말했다. "저 무심한 표정을 보렴. 제멋대로 할 수만 있다면, 우리가 어디 멀리 요크 지방에라도 있는 것처럼 상관없다는 표정이잖니. 하지만 리지, 그런 식으로 청혼을 족족 거절하다가는 평생 남편을 못 구해. 그러면 아버지가 돌아가신 다음에 누가 널 건사하겠니. 나는 못 해. 확실히 말하지만 오늘부터 너하고는 끝이야. 아까 서재에서 말했지. 이제 너하고는 말 안 한다고. 그게 빈말이 아닌 걸 알게 될 거야. 불효막심한 자식하고 이야기하는 게 뭐가 즐겁겠니. 그렇다고 내가 다른 사람하고 이야기를 많이 하는 사람도 아니지만. 나처럼 신경 불안에 시달리는 사람은 말하는 걸 좋아할 수가 없어. 내 괴로움은 아무도 몰라! 하지만 세상일이 원래 그렇지. 울지 않으면 힘든 줄을 몰라주니!"

이런 감정의 분출을 딸들은 말없이 들었다. 설득하거나 달래려고 하다가는 문제가 더 커진다는 것을 알았기 때문이다. 그래서 부인이 아무런 제지 없이 말하고 또 말하는데 콜린스 씨가 들어왔다. 그는 평소보다 더 당당했고, 그를 보자 부인이 딸들에게 말했다.

"이제 너희는 모두 입 다물어라. 내가 콜린스 씨하고 이야기를 좀 해야겠다."

엘리자베스는 조용히 조찬실을 나갔고, 제인과 키티도 뒤를 따랐다. 하지만 리디아는 두 사람 이야기가 궁금해서 방에 남았다. 샬럿은 처음에는 콜린스 씨가 샬럿과 가족에 대해 짤막하게 안부를 묻기에 예의상 남았다가, 나중에는 호기심이 들어 듣지 않는 척하며 창가로 가서 귀를 기울였다. 베넷 부인이 서글픈 목소리로 예정된 대화를 시작했다. "아, 콜린스 씨!"

"부인." 그가 대답했다. "이 문제는 다시 거론하지 않는 게 좋을 것 같습니다." 그는 불쾌감이 가득한 목소리로 말했다. "저는 따님의 행동에 전혀 분개하지 않습니다. 피할 수 없는 악덕은 체념하는 것이 우리 모두의 의무입니다. 저처럼 일찌감치 행운을 얻어 높은 자리에 오른 젊은이는 더욱 그렇지요. 그리고 저는 단념했습니다. 여기에는 친애하는 사촌이 결혼을 허락했으면 제가 과연 행복할 수 있었을까 하는 의구심도 적지 않게 작용한 것 같습니다. 그간 관찰한 바에 따르면, 체념이 가장 완벽할 때는 원하던 것을 거절당한 뒤에 그것이 애초에 생각하던 만큼 가치가 없다는 걸 깨달을 때입니다. 제가 부인과 베넷 씨에게 아무런 도움도 청하지 않고 이렇게 청혼을 철회하는 것을 베넷 가에 대한 무례로 여기지 말아주시기 바랍니다. 두 분의 말씀보다 따님의 말씀을 더 진지하게 받아들이는 제 행동은 괘씸한 것일지 모릅니다. 하지만 우리는 누구나 오류를 범하게 마련입니다. 저는 처음부터 좋은 뜻을 품고 추진했습니다. 제 목표는 사랑스런 반려자를 얻고 베넷 가에도 적절히 도움을 드리는 것이었습니다. 제 행동에 문제가 있었다면, 이 자리에서 용서를 구합니다."

21

콜린스 씨의 청혼과 관련된 이야기는 거의 사그라들어 갔고, 엘리자베스는 이제 거기에 어쩔 수 없이 따르는 불편한 감정과 이따금 어머니가 내뱉는 가시 돋친 말만 참으면 되었다. 콜린스 씨의 감정은 당혹감이나 낙심 또는 그녀를 기피하는 행동이 아니라, 뻣뻣한 태도와 분노의 침묵으로 표현되었다. 그는 좀처럼 그녀에게 말을 걸지 않았고, 그 스스로도 잘 인식했던 부단한 관심은 그날 내내 루카스 양에게 옮겨 가 있었다. 그녀가 그의 이야기를 예의 바르게 들어준다는 사실은 베넷 가 전체, 특히 친구 엘리자베스에게 큰 위안이었다.

다음 날 아침에도 베넷 부인의 기분과 기운은 전혀 나아지지 않았다. 콜린스 씨 역시 화가 나 있었다. 엘리자베스는 분노로 인해 그가 더 빨리 가기를 바랐지만, 그의 계획은 아무 변동이 없는 것 같았다. 그는 처음부터 토요일에 돌아간다고 했고, 토요일까지는 계속 머물 생각이었다.

조찬을 마치자 딸들은 위컴 씨가 돌아왔는지 묻고 그가 네더필드 무도회에 오지 않은 일을 토로하기 위해 메리턴으로 갔다. 그들은 마을 입구에서 위컴 씨를 만나 함께 필립스 가로 갔다. 도착해서는 무도회에 참석하지 못해서 안타깝고 괴로웠다는 그의 인사말과, 그가 없어 유감이었다는 모두의 인사가 오래도록 이어졌다. 하지만 그는 엘리자베스에게 자신이 불참한 건 스스로 결정한 일임을 인정했다.

"날짜가 다가오니까 다아시 씨를 만나지 않는 게 좋을 것 같았어요." 그가 말했다. "그 사람하고 몇 시간 동안 같은 장소에서 함께 파티를 즐긴다는 건 제가 감당할 만한 수준을 넘는 일이었고, 또 다른 사람들에게까지 불쾌하게 만들까봐 두려웠습니다."

그녀는 그의 인내심을 칭찬했다. 두 사람은 오랫동안 그와 관련된 이야기를 자세히 하고, 서로에게 예의 바른 찬사를 충분히 주고받을 수 있었다. 위컴과 다른 장교 한 명이 베넷 자매의 귀갓길을 바래다주었는데, 그러는 내내 그가 거의 그녀하고만 대화했기 때문이다. 그 일은 두 가지 이점이 있었다. 그녀는 그 모든 친절이 자기를 향한 것이라고 느꼈고, 또 이 기회에 그를 어머니 아버지에게 자연스럽게 소개할 수 있었다.

그들이 집에 도착하고 얼마 지나지 않아 제인 앞으로 편지가 왔다. 네더필드에서 온 편지였다. 바로 개봉해 보니, 우아하고 값비싼 고온 압축지에 단정하고도 유려한 여자의 필체가 쓰여 있었다. 엘리자베스는 제인이 편지를 읽는 동안 표정이 변하고 몇몇 구절에서는 골똘히 생각에 잠기는 것을 알아챘다. 제인은 이내 고개를 들고 편지를 치운 뒤 평소처럼 즐겁게 대화에 끼려고 했지만, 엘리자베스는 편지 때문에 불안해서 위컴에게도 제대로 신경을 쓰지 못했다. 위컴 일행이 돌아가자 엘리자베스는 제인의 시선을 읽고 위층으로 언니를 따라 올라갔다. 자신들의 방으로 들어가자, 제인이 편지를 꺼내며 말했다.

"캐롤라인 빙리가 보낸 건데, 너무 놀랐어. 지금쯤이면 거기 사람들이 전부 네더필드를 떠나서 런던으로 가고 있을 거래. 그리고 다시는 돌아오지 않을 거래. 읽어줄 테니까 들어봐."

그러고는 제인은 첫 문장을 읽었다. 그들도 오라비를 따라서 런던으로 가기로 결심했고, 그날 저녁은 그로스브너 거리*에 있는 허스트 씨의 집에서 먹을 거라는 내용이었다. 두 번째 문장은 이랬다. "허트퍼드셔에 아쉬움이 남는다는 허식의 말은 하지 않겠습니다. 예외라면 오직 사랑하는 친구 당신뿐이에요.

*런던 옥스퍼드 거리 남쪽의 상류층 거주 지역.

하지만 미래의 언젠가는 다시 만나서 우리가 예전에 나눈 것처럼 즐겁게 교제했으면 해요. 또 그때까지는 이렇게 자주 편지를 교환하고 속내를 나누며 결별의 고통을 다스리기로 하지요. 베넷 양은 그래주시리라 믿습니다." 엘리자베스는 이런 유려한 문장을 의구심 속에 무감각하게 들었고, 그들이 갑작스럽게 떠난 것이 놀랍기는 해도 크게 안타깝지는 않았다. 그들이 네더필드를 떠난다고 빙리 씨가 거기 못 오는 것도 아니고, 그 누이들과 헤어지는 아픔은 빙리 씨와 계속 즐겁게 교제하다 보면 별 의미가 없어질 거라고 덧붙였다.

"그 사람들이 떠나기 전에 언니를 만나고 갔으면 좋았을 걸." 잠시 후에 그녀가 말했다. "하지만 그 미래의 어느 날이 빙리 양 생각보다 빨리 오지 않을까? 그리고 친구로서 나눈 즐거운 우정은 가족으로서 나누는 더욱 흡족한 우애가 될지도 모르지. 빙리 씨가 런던에서 누이들한테 붙잡혀 있을 리는 없어."

"캐롤라인 말로는 올 겨울에는 아무도 허트퍼드셔로 돌아오지 않을 거래. 들어봐……. '오빠는 어제 사나흘이면 문제를 해결할 거라는 기대를 품고 런던으로 떠났습니다. 하지만 우리가 볼 때는 그렇지 않을 게 분명했죠. 그래서 오빠가 런던에 간 이상 여기 급하게 돌아오지 않을 것도 확실하기에, 우리도 오빠를 따라서 런던으로 가기로 했어요. 오빠가 아무도 없는 호텔에서 쓸쓸하게 시간을 보내는 게 싫어서요. 우리 친지들은 이미 겨울을 보내러 런던으로 많이 가 있어요.* 베넷 양도 그런

*당시 상류사회 사람들은 여름은 시골에서 보내고 겨울에는 런던 사교계에서 활동하는 일이 많았다.

무리에 합류하겠다는 생각을 품었으면 좋겠지만, 아무래도 힘들겠죠. 부디 허트퍼드셔에서 즐겁고 행복하게 크리스마스 명절 보내세요. 베넷 양에게 우리 셋이 떠난 상실감을 떨칠 만큼 구혼자가 많이 나타나기를 바랍니다.' 이걸 보면 빙리 씨가 올겨울에는 돌아오지 않는다는 걸 확실히 알 수 있어." 제인이 덧붙였다.

"이걸로 알 수 있는 건 빙리 양이 오빠가 돌아오는 걸 원하지 않는다는 것뿐이야."

"왜 그렇게 생각해? 이건 분명히 그 사람이 내린 결정이야. 그 사람에게 강요할 사람은 아무도 없어. 하지만 너는 몰라. 이제 특별히 속상했던 대목을 읽어줄게. 너한테는 아무것도 감추지 않겠어. '다아시 씨는 여동생을 만날 생각에 들떠 있습니다. 그리고 고백하자면 그건 우리도 마찬가지입니다. 저는 정말이지 미모로 보나 품위로 보나 예술적 교양으로 보나 조지아나 다아시를 따라갈 사람이 없다고 생각합니다. 그리고 루이자 언니와 저는 다아시 양에게 더욱 각별한 애정을 품고 있어요. 다아시 양이 우리 올케가 되기를 바라는 대담한 소망을 품고 있기 때문이죠. 이런 생각을 베넷 양에게 밝힌 적이 있는지 모르겠지만, 이곳을 떠나기 전에 알리고 싶고 또 베넷 양이 이 소망을 터무니없다고 여기지 않을 것을 믿습니다. 우리 오빠는 이미 다아시 양에게 호감을 품고 있지만, 이제 두 사람이 편안한 환경에서 자주 만날 테고, 다아시 가문도 우리 집안만큼이나 이 결합을 강하게 바라는 데다, 우리 오빠 찰스가 마음만 먹으면 어떤 여자라도 사로잡을 수 있다는 건 여동생의 착각만은 아니라고 생각해요. 이렇게 모든 것이 두 사람의 결합에 이롭게 흘러가고 아무런 방해물이 없을 때, 친애하는 제인, 제가 많은 이에게 기쁨이 될 사건을 기대하는 게 잘못일까요?' 이 문장을 어떻게 생각해, 리지?" 제인이 읽기를 마치고 말했다. "분명하잖아? 캐롤라인은 내가 자기 오빠랑 맺어지는 걸 예상하지도 소망하지도 않는다는 거 말이야. 또 자기 오빠가 내게 아무 관심도 없다고 믿고 있고, 만약 내 감정을 알아차렸다면, (친절하게도!) 미리 조심을 시키는 거야. 다른 해석이 가능해?"

"응, 가능해. 나는 전혀 다르게 보니까. 말해줘?"

"응."

"간단해. 빙리 양은 자기 오빠가 언니를 사랑하는 걸 알아. 하지만 언니 대신 다아시 양과 결혼하기를 바라지. 그래서 오빠를 런던에 잡아두려고 거기까지 따라가서, 언니에게 빙리 씨가 언니를 좋아하지 않는다고 말하고 믿게 하려는 거야."

제인은 고개를 저었다.

"아냐, 언니. 내 말을 믿어. 두 사람이 함께 있는 모습을 본 사람은 빙리 씨의 애정을 의심할 수 없어. 빙리 양은 특히 더 그럴 거야. 그 여자는 그렇게 단순하지 않아. 다아시 씨가 그 여자한테 그 반만큼의 애정만 보였어도, 그 여자는 벌써 결혼 예복을 주문했을 거야. 하지만 이 경우는 그래. 그 사람들이 볼 때 우리는 재산도 지위도 모자라. 그리고 그 여자는 오빠를 다아시 양과 결혼시키고 싶어해. 양 집안이 통혼하게 되면, 두 번째 결혼은 좀 더 수월해질 거라는 생각인 거지. 분명히 꽤 영리한 생각이고, 만약 드 버그 양의 방해만 없다면 성공할 것 같아. 하지만 언니, 빙리 양한테서 자기 오빠가 다아시 양에게 호감을 품고 있다는 말을 들었다고 해서, 그 사람이 언니하고 작별하던 지난 화요일보다 언니의 매력에 둔감해졌다고 생각하면 안 돼. 또 빙리 씨가 여동생 말만 듣고서 자기가 사랑하는 건 언니가 아니라 다아시 양이라고 생각하지도 않을 거야."

"너하고 내가 빙리 양을 똑같이 본다면, 내 마음은 지금 네 말을 듣고 많이 편해졌을 거야." 제인이 말했다. "하지만 나는 전제가 잘못되었다고 생각해. 캐롤라인은 누구도 악의적으로 속이는 사람이 아니야. 이 경우에 나는 그저 캐롤라인이 착각하고 있기를 바랄 수밖에 없어."

"맞아. 그게 최선이야. 언니가 내 의견을 듣고 안심하지는 않을 테니까. 빙리 양의 착각이라고 믿는 게 좋겠어. 그리고 이제 빙리 양에 대한 의무를 다했으니까 더 이상 안달하지 마."

"하지만 엘리자베스, 그 최선의 상태를 가정한다고 해도 그의 누이와 친구들이 모두 다른 사람과 결혼하기 바라고 있는데, 그런 사람을 만나서 내가 행복할 수 있을까?"

"그건 언니가 결정해야지." 엘리자베스가 말했다. "잘 생각해봐. 두 누이의 뜻을 거스르는 고통이 그 사람하고 결혼하는 행복보다 크다면 거절하는 게 좋겠지."

"너는 어떻게 그렇게 말하니?" 제인이 힘 없이 미소 짓고 말했다. "빙리 자매가 나를 찬성하지 않는 건 마음 아프지만, 그 이유로 머뭇거릴 수는 없어."

"나도 그렇게 생각해. 그렇다면 언니 처지를 별로 동정할 필요가 없는걸."

"하지만 올 겨울에 그 사람이 돌아오지 않으면 내가 어떻게 마음을 먹건 상관없을 거야. 여섯 달이면 수천 가지 일이 일어날 수 있으니까!"

엘리자베스는 그가 돌아오지 않는다는 생각을 비웃었다. 아무리 봐도 그건 캐롤라인의 사심 있는 소망에 지나지 않아 보였다. 그런 소망을 아무리 대놓고 또 요령껏 돌려서 표현한다고 해도, 빙리처럼 자유롭고 누구에게도 의존할 필요 없는 젊은이에게 영향을 미칠 수는 없었다.

그녀는 언니에게 그런 견해를 강하게 피력했고, 그 일은 효과가 있었다. 제인은 오래 낙심하는 성격이 아니었고, 이따금 사랑의 두려움이 희망을 압도하기도 했지만, 점차 빙리가 하루빨리 네더필드에 돌아와 자신의 모든 소망을 이루어주기를 희망하게 되었다.

그들은 어머니에게 전후 사정을 다 빼고 빙리 가 사람들이 떠났다는 이야기만 전하는 데 합의했지만, 부인은 그것만으로도 큰 걱정에 빠져서 이제 겨우 친해질 시점에 빙리 자매가 떠나게 된 것을 한탄했다. 하지만 슬픔이 잦아들자, 빙리가 곧 시골에 돌아와 롱번에서 정찬을 할 거라는 생각으로 마음을 달랬고, 비록 그를 가족 정찬에 초대했을 뿐이지만, 정식 코스 두 가지를 준비하겠다고 다짐하는 것으로 결론을 지었다.

22

베넷 가와 루카스 가가 정찬을 함께하는 동안, 다시 한 번 루카스 양이 친절하게 콜린스 씨의 이야기를 들어주었다. 엘리자베스가 기회를 봐서 샬럿에게 감사의 말을 전했다. "덕분에 그 사람이 평온을 유지하고 있어. 정말 뭐라 말할 수 없이 고마워."
샬럿은 그런 식으로 도움이 되어서 기쁘다고, 시간이 많이 드
는 일도 아닌데 보람이 크다고 말했다. 그건 매우 고마운 일이
었지만, 샬럿의 친절은 엘리자베스의 상상 너머로까지 나아갔
다. 샬럿의 목적은 콜린스 씨의 관심을 자신에게 붙잡아 두어
서 그가 다시 엘리자베스에게 청혼하지 못하게 하는 것이었다.
그 계획은 매우 순조롭게 진행되는 듯했고, 밤에 그와 헤어질
때 그녀는 콜린스 씨가 그렇게 일찍 허트퍼드셔를 떠나야 하지
만 않았다면 계획은 성공했을 것임을 거의 확신했다. 하지만
그녀는 그의 성격이 불같고 거침없다는 점을 간과했다. 그는
다음 날 아침 교묘하게 롱번 저택을 빠져 나가서 루카스 로지
로 간 뒤 그녀의 발 앞에 몸을 던졌다. 그는 사촌들의 눈을 피
하고자 했다. 자신이 떠나는 걸 보면 의도를 분명히 파악할 테
고, 성공을 거두기 전에 시도가 알려지는 것은 바람직하지 않
았기 때문이다. 그동안 샬럿의 태도가 꽤 고무적이었기 때문
에 거의 확실하다 싶기는 했지만, 수요일에 겪은 일 때문에 전
에 비해 자신감이 떨어졌다. 하지만 그는 더없이 우쭐할 만한
대접을 받았다. 루카스 양은 위층 창문으로 그가 오는 걸 보고,
우연을 가장해서 샛길에서 그를 만나기 위해 밖으로 나갔다.
하지만 거기 그렇게 대단한 사랑과 열렬한 고백이 자신을 기다
리고 있을 줄은 미처 몰랐다.

콜린스 씨의 길고 장황한 고백이 허용하는 최대한 짧은 시간
에 두 사람 사이의 모든 것이 결정되었고, 그는 샬럿과 함께 집
으로 들어가면서 그녀에게 자신을 세상에서 가장 행복한 남자
로 만들어줄 날을 정해 달라고 간청했다. 그런 탄원은 현재로서

는 받아들일 수 없었지만, 루카스 양은 그의 행복을 가지고 장난치고 싶지 않았다. 천성적 어리석음으로 인해 그의 구애는 어떤 여자라도 오랜 시간 동안 받고 싶은 것이 아니었고, 오직 순수하고 사심 없는 결혼이라는 희망으로 그를 받아들인 루카스 양은 성혼 날짜가 언제가 되든 상관없었다.

윌리엄 경과 루카스 부인은 신속하게 결혼 허락을 요청받았고, 그들은 기쁨에 넘쳐 지체 없이 허락했다. 콜린스 씨의 현 상황을 볼 때 딸에게 아주 합당한 혼사였다. 그들은 그녀에게 물려줄 유산이 거의 없었고, 콜린스 씨의 장래 전망은 더없이 밝았다. 루카스 부인은 베넷 씨가 앞으로 몇 년을 더 살까 하는 데 갑자기 큰 관심이 생겼다. 그리고 윌리엄 경은 콜린스 씨가 롱번 영지를 소유하게 되면, 부부 동반으로 궁정에 나가 왕을 알현하는 게 좋다는 의견을 단호하게 개진했다. 다시 말해서 온 가족이 둘의 결혼을 크게 기뻐했다. 여동생들은 이 일로 사교계 데뷔가 한두 해 앞당겨질 것을 희망했다. 남동생들은 샬럿이 노처녀로 죽을 거라는 걱정을 덜었다. 샬럿 자신은 오히려 차분했다. 목적을 달성한 뒤 그녀는 생각할 시간을 얻었다. 전체적으로 만족스러웠다. 콜린스 씨는 물론 분별도 없고 즐거운 상대도 아니었다. 그와의 교제는 지루하고, 자신에 대한 애정도 환상이 분명했다. 그래도 그는 그녀의 남편이 될 것이다. 그녀는 남자라는 존재도 결혼 생활도 대단치 않게 여겼지만, 결혼은 언제나 그녀의 목표였다. 그것은 좋은 교육을 받았지만 재산은 부족한 처녀가 선택할 수 있는 유일하게 명예로운 생존 방식이었고, 행복의 여부가 아무리 불확실하다 해도 가난을 막는 가장 훌륭한 수단이었다. 이 수단을 그녀는 손에 넣었다. 나이는 스물일곱에 미모를 누린 적이 없던 그녀는 이 일을 깊은 행운으로 여겼다. 이 일에서 가장 곤란한 점은 그녀의 가장 좋은 친구인 엘리자베스 베넷이 크게 놀랄 거라는 점이었다. 엘리자베스는 이해하지 못하고 어쩌면 자신을 비난할지도 모른다. 그렇다고 결심이 흔들리지는 않겠지만 그런 비난은 상처가 될 것이다. 그녀는 엘리자베스에게 직접 말하기로 마음먹었고, 그래서 콜린스 씨에게 롱번에서 정찬을 할 때 그 집 식구들에게 아무 말도 흘리지 말라고 일러두었다. 비밀 약속은 성실하게 지켜졌지만, 그것을 수행하기란 상당히 어려웠다. 그가 롱번에 돌아가자 집을 오래 비운 이유에 대해 모두 궁금해했기 때문에, 콜린스 씨로서는 그 상황을 모면하기 위해 얼마간의 재치가 필요했다. 또한 사랑의 성공을 발표하고 싶어서 좀이 쑤셨기에 엄청난 인내력도 발휘해야 했다.

그의 출발 예정 시각은 다음 날 이른 아침이었기 때문에, 작별 인사는 베넷 가 숙녀들이 잠자리에 들기 전에 이루어졌다. 베넷 부인은 공손하고도 다정한 태도로, 여유가 생기는 대로 다시 롱번을 찾아와달라고 했다.

"친애하는 부인." 그가 대답했다. "그 말씀은 특히 고맙습니다. 진실로 그러기를 바라고 있기 때문입니다. 그리고 아마 오래지 않아 초대에 부응해 다시 올 것을 믿으셔도 좋습니다."

모두가 깜짝 놀랐다. 그의 재방문이 그렇게 빨리 이루어지기를 결코 바라지 않는 베넷 씨가 얼른 말했다.

"하지만 캐서린 숙부인께서 그런 일을 허락하시겠소? 후원자의 뜻을 거스르기보다는 친척을 소홀히하는 편이 나을 거요."

"베넷 씨." 콜린스 씨가 대답했다. "따뜻한 조언에 감사드리지만, 저는 숙부인의 허락 없이는 한 발자국도 움직이지 않을 테니 걱정하지 않으셔도 됩니다."

"조심은 아무리 해도 지나치지 않아요. 숙부인을 언짢게 하는 것보다 어리석은 일은 없소. 혹시 여기 다시 와서 그런 일이 생길 것 같으면, 내가 볼 때는 그럴 가능성이 아주 높은데……, 그냥 댁에 계셔도 우리는 전혀 서운해하지 않을 거요."

"베넷 씨, 다정하신 말씀에 뭐라 감사를 드려야 할지 모르겠습니다. 그리고 저는 곧 편지를 보내서 이 일뿐 아니라 제가 허트퍼드셔에 머무는 동안 돌봐주신 모든 노고에 감사의 말씀을 전할 것입니다. 아름다운 사촌들에게는, 비록 이런 말을 할 만큼 오래 떠나 있지는 않겠지만, 건강과 행복을 빌겠습니다. 엘리자베스에게도요."

그런 뒤 베넷 부인과 딸들도 예의를 갖추어 물러갔다. 그가 곧 다시 오려고 생각한다는 사실은 모두를 놀라게 했다. 베넷 부인은 그렇다면 이제 다른 딸을 염두에 두는 건가 하는 희망을 품었다. 어쩌면 메리라면 그에게 설득될 수 있었을지도 몰랐다. 메리는 다른 딸들보다 콜린스 씨의 능력을 높이 평가했다. 그의 견실한 사고에 자주 감복했고, 그가 자기만큼 똑똑하지는 않아도 책을 읽고 솔선수범해 이끌면 썩 괜찮은 동반자가 될 수도 있다고 생각했다. 하지만 다음 날 아침이 되자 그런 희망은 모두 사라졌다. 조찬이 끝난 뒤 바로 루카스 양이 찾아와 엘리자베스를 따로 만나서는 전날의 일을 일러주었다.

엘리자베스는 지난 이삼 일 동안 콜린스 씨가 혹시 루카스 양을 마음에 품었을지도 모른다는 생각을 했다. 하지만 샬럿이 거기 동조하는 것은 자신만큼이나 불가능하다고 여겼기에 그 소식을 듣자 놀라움에 예의를 잊고 소리쳤다.

"콜린스 씨하고 약혼을 해? 샬럿, 어떻게 그런 일이!"

이야기를 전할 때는 차분했던 루카스 양도 이런 식의 노골적인 질책에 잠시 혼란스런 표정이 되었다. 하지만 그건 이미 예상한 바였기 때문에, 이내 평정을 되찾고 침착하게 대답했다.

"왜 그렇게 놀라니, 일라이자? 콜린스 씨가 너하고 결과가 안 좋았다고 어떤 여자의 호감도 얻을 수 없다고 생각하는 거야?"

하지만 엘리자베스는 정신을 차리고 많은 노력을 기울여, 두 사람의 결혼은 매우 기쁜 일이며 모든 행복을 빌어주고 싶다고 간신히 말했다.

"네 심정 이해해." 샬럿이 대답했다. "놀랐을 거야. 그것도 아주 많이. 콜린스 씨가 너한테 청혼한 게 불과 며칠 전이니까. 하지만 너도 언젠가 내 결정에 수긍할 수 있으면 좋겠어. 나는 낭만적인 사람이 아냐. 전부터 그랬어. 내가 원하는 것은 편안한 가정이야. 콜린스 씨의 성격이나 사회적 배경, 상황을 생각해 보면, 내가 그 사람 곁에서 행복을 얻을 가능성도 결혼하는 다른 사람들에 비해 별로 뒤처지지는 않을 것 같아."

"물론이지." 엘리자베스는 조용히 대답했다. 어색한 침묵이 흐른 뒤 두 사람은 가족들에게 갔다. 샬럿은 금방 떠났고, 엘리자베스는 그녀에게 들은 말을 되새겨 보았다. 그리고 아주 한참이 지나서야 그렇게 안 어울려 보이는 결합을 수긍할 수 있었다. 콜린스 씨가 사흘 동안 두 여자에게 청혼한 것도 이상했지만, 그것이 수락된 것은 더욱 이상했다. 예전부터 샬럿은 결혼에 대해 자신과 생각이 다르다는 것을 느꼈지만, 실제 상황이 닥쳤을 때 그녀가 세속적 이득을 위해 섬세한 감정을 모두 희생할 수 있을 줄은 몰랐다. 샬럿이 콜린스 씨의 아내가 된다는 생각은 굴욕감마저 들었다! 친구가 그토록 수치스럽게 자신을 실망시킨 것도 고통스러웠지만, 그녀가 그렇게 선택한 길에서 어지간한 행복도 얻지 못할 거라는 예감에 마음이 어지러웠다.

23

엘리자베스가 어머니와 자매들 곁에 앉아서 샬럿의 이야기를 곱씹으며, 그 이야기를 해도 될까 생각하고 있는데 루카스 경이 왔다. 샬럿이 약혼을 알리기 위해 보낸 것이었다. 그는 베넷가를 크게 칭찬하고 앞으로 두 집안이 더욱 가까워질 것을 자축한 뒤 그 소식을 알렸고, 사람들은 놀라움을 넘어 믿기 힘들다는 반응을 보였다. 베넷 부인은 예의를 넘어설 만큼 꿋꿋하게 잘못 아셨을 거라고 말했고, 언제나 조심성 없고 예의도 자주 잃는 리디아는 떠들썩하게 외쳤다.

"말도 안 돼요! 윌리엄 경, 어떻게 그런 말씀을 하세요? 콜린스 씨는 리지 언니하고 결혼하고 싶어한다고요!"

궁정에 출입했던 사람으로 지닌 품위가 아니라면, 그런 반응에 발끈하지 않기가 어려웠을 것이다. 하지만 윌리엄 경의 교양은 그 모든 것을 이겨냈다. 그는 자신의 말이 사실이라는 주장을 굽히지 않으면서도 그들의 무례한 반응을 더없이 예의 바르게 경청했다.

엘리자베스는 그의 괴로움을 덜어주어야 할 의무감을 느끼고 식구들에게 그 말이 사실이라고, 자신은 샬럿에게 이미 들었다고 확인해주었다. 그리고 어머니와 자매들의 고함을 막기 위해 윌리엄 경에게 열렬한 축하를 건넸다. 그러자 제인이 곧 축하에 동참했고, 엘리자베스는 그 혼사가 가져올 행복과 콜린스 씨의 훌륭한 인품, 헌스퍼드와 런던의 가까운 거리 등을 다양한 방법으로 언급했다.

베넷 부인은 너무 놀란 나머지 윌리엄 경이 있는 동안에는 별말을 하지 못했지만, 그가 떠나자 지체 없이 자기 생각을 쏟아냈다. 우선 아무래도 그 일은 믿을 수 없다고 우겼다. 둘째로 콜린스 씨가 속은 게 분명하다고 했다. 셋째로 두 사람의 결혼은 절대 행복할 리가 없다고 했다. 넷째로 그 혼사는 깨어질지도 모른다고 했다. 그리고 이 모든 일에서 두 가지 간단한 결론을 도출해냈다. 하나는 이 사태의 진정한 원인은 엘리자베스라는 점이고, 또 하나는 모든 사람이 부인에게 지독히도 몹쓸 짓을 했다는 점이었다. 부인은 그날 하루를 주로 그 두 가지 결론을 생각하며 보냈다. 어떤 것도 위안이 되지 않았다. 분노는 하루로 사그라지지 않았다. 부인은 일주일이 지나서야 엘리자베스의 얼굴을 보고도 질타하지 않을 수 있었고, 한 달이 지나서야 윌리엄 경과 루카스 부인 앞에서 예의를 잃지 않을 수 있었으며, 그 뒤로도 여러 달이 지나서야 샬럿을 용서할 수 있었다.

베넷 씨는 이 일에 훨씬 더 차분했고, 이런 일은 유쾌한 경험이라고 말했다. 분별 있는 줄 알았던 샬럿 루카스가 어리석기가 베넷 부인에게 맞먹고 확실히 엘리자베스보다 더하다는 사실을 발견해서 즐겁다는 것이었다!

제인은 그 혼사에 약간 놀랐다고 고백했지만, 놀라움보다는 둘의 행복을 바라는 마음을 더 많이 표현했다. 엘리자베스도 제인에게 그럴 가능성은 아주 작다는 말을 할 수 없었다. 키티와 리디아는 루카스 양을 전혀 부러워하지 않았다. 콜린스 씨가 그저 성직자였기 때문이다. 그들에게 그것은 메리턴에 퍼뜨릴 새 소식 한 조각일 뿐이었다.

루카스 부인은 베넷 부인에게, 딸을 훌륭한 혼처에 시집 보내게 되어 기쁘다고 말할 수 있게 되어서 얼마나 통쾌했는지 모른다. 그래서 전보다 더 자주 롱번을 방문해서 행복한 심정을 전했지만, 베넷 부인의 찌무룩한 얼굴과 고약한 언사는 그런 행복을 몰아내버릴 지경이었다.

엘리자베스와 샬럿은 그 일에 대해 서로 입을 다물었다. 엘리자베스는 이제는 샬럿과 예전처럼 모든 것을 터놓고 지낼 수 없을 것 같았다. 그리고 샬럿에 대한 실망으로 인해 제인을 더욱 높이 보게 됐다. 제인의 판단력과 세심함에 대한 자신의 신뢰는 흔들리지 않을 게 분명했기 때문이다. 그런데 떠난 지 일주일이 지나도록 빙리에게서 아무 소식이 없다 보니, 엘리자베스는 날이 갈수록 제인에 대한 걱정이 커졌다.

제인은 캐롤라인의 편지에 일찌감치 답장을 보냈고 새로운 소식이 오기만을 기다리고 있었다. 콜린스 씨가 약속한 감사 편지는 화요일에 베넷 씨 앞으로 왔고, 그 집에서 1년은 보낸 듯한 엄숙한 사의를 담고 있었다. 감사를 표할 의무가 끝나자 그는 환희에 들뜬 표현으로 사랑스런 이웃 루카스 양의 애정을 얻게 된 행복을 알리고, 롱번을 다시 찾아달라는 베넷 가의 따뜻한 소망에 그렇게 기꺼이 수긍한 것은 오직 그녀를 다시 만나기 위함이었으며, 2주일 뒤 월요일에 다시 롱번에 찾아뵙기를 희망한다고 했다. 캐서린 숙부인께서 흔쾌히 결혼을 승낙하며 혼사를 서두르라고 하시는데, 사랑스런 샬럿 양이 되도록 이른 날짜를 잡아서 자신을 세상에서 가장 행복한 남자로 만들어줄 것을 전혀 의심하지 않노라고 했다.

콜린스 씨가 허트퍼드셔에 또 온다는 건 베넷 부인에게 이제 즐거운 일이 아니었다. 반대로 부인은 남편만큼이나 그 일을 불만스러워했다. 루카스 로지로 가지 왜 롱번으로 오느냐, 아주 불편하고 귀찮을 것이다, 건강이 이렇게 안 좋을 때 손님이 오다니 정말 지긋지긋하다, 게다가 세상에 애인들처럼 꼴보기 싫은 사람은 없다, 베넷 부인은 이런 말을 웅얼거리며 다녔는데, 그것을 능가하는 괴로움은 빙리 씨가 너무 오래 돌아오지 않고 있다는 사실뿐이었다.

제인도 엘리자베스도 그 일이 걱정이었다. 여러 날이 지나도록 그에게서 아무 연락도 없는데, 메리턴에서는 그가 겨울 동안 네더필드에 오지 않을 거라는 소문이 잠시 돌았다. 베넷 부인은 그 소문에 격분하며 말도 안 되는 헛소문이라고 격렬하게 반박했다.

엘리자베스조차 차츰 걱정이 되었다. 빙리의 무관심이 아니라 누이들의 계획이 성공할지 모른다는 우려였다. 아무리 외면하려고 해도 제인의 행복과 빙리의 신뢰도에 막대한 어두움을 드리우는 생각이 자꾸만 떠올랐다. 냉혹한 두 누이와 위압적인 친구의 힘이 합해지고, 거기에 다아시 양의 매력과 런던 생활의 즐거움이 더해지면, 그의 애정이 버틸 수 있는 한계를 넘어갈지도 몰랐다.

물론 이런 불안한 상황에 대한 제인의 고통은 엘리자베스보다 훨씬 더 컸다. 하지만 그녀는 자기 감정을 감추고 싶어 했기에, 엘리자베스하고 있을 때도 그런 이야기는 전혀 하지 않았다. 하지만 그런 조심성이 없는 어머니는 한 시간이 멀다 하고 빙리 이야기를 꺼내서 왜 얼른 오지 않을까 안달하고, 심지어 제인에게 그에게 편지를 해서 얼른 돌아오지 않으면 자신을 희롱했다고밖에 생각할 수 없다고 말하라고 독촉했다. 제인의 한결같이 온화한 성격이 아니었다면 그런 공격을 차분하게 견디지 못했을 것이다.

콜린스 씨는 정확히 2주일 뒤 월요일에 다시 왔지만, 그를 맞는 롱번 사람들의 태도는 첫 방문 때만큼 정중하지 않았다. 하지만 기쁨에 들뜬 그는 사람들의 관심이 크게 필요하지도 않았다. 그리고 다행히 그가 연애로 매우 바빴기 때문에, 베넷 가 사람들은 그를 상대할 일이 대폭 줄어들었다. 그는 날마다 루카스 로지에 가서 많은 시간을 보냈고, 때로는 취침 시간 직전에야 돌아와서 오랫동안 집을 비운 것을 사과했다.

베넷 부인은 정말로 가련한 상태였다. 콜린스 씨의 혼사와 관련된 이야기만 들리면 부인은 고통스런 분노에 빠져들었는데, 어디를 가든 그 이야기가 안 나오는 곳이 없었다. 루카스 양은 꼴도 보기 싫었다. 그녀가 자신의 뒤를 이어 그 집을 차지할 거라 생각하면 질투와 혐오를 막을 길이 없었다. 샬럿이 올 때마다 그녀가 그 집을 차지할 날을 손꼽고 있다고 생각했고, 그녀가 콜린스 씨와 낮은 목소리로 이야기할 때마다 롱번 영지 이야기를 하며 베넷 씨가 죽으면 자기와 딸들을 집에서 내쫓자고 모의하고 있다고 확신했다. 그리고 이런 모든 불만을 남편에게 늘어놓았다.

"정말이지, 여보." 부인이 말했다. "샬럿 루카스가 이 집 안 주인이 된다는 걸 생각하면 괴로워 죽겠어요. 내가 그애한테 밀려나고 그애가 내 집을 차지하는 꼴을 봐야 한다니!"

"그런 우울한 생각은 그만두고, 좋은 쪽으로 생각합시다. 내가 당신보다 더 오래 살 수도 있지 않소."

그 생각은 베넷 부인에게 그렇게 큰 위안이 되지 않았기에 부인은 거기 대꾸하지 않고 하던 말을 이어 나갔다.

"그 사람들이 이 영지 전체를 갖는다는 걸 못 견디겠어요. 한사상속만 아니라면 신경 쓰지 않을 텐데 말예요."

"뭘 신경 쓰지 않는다는 거요?"

"아무것도 신경 쓰지 않을 거예요."

"그런 무분별 상태를 피하게 되었다니, 한사상속에 감사합시다."

"나는 한사상속과 관련해서는 아무것에도 감사할 수 없다고요! 여보. 어떻게 영지를 자기 딸들에게서 빼앗아서 다른 사람 손에 넘길 수 있는 건지 이해가 안 돼요. 그것도 콜린스 씨 같은 사람한테 말이에요! 하필 그 사람이어야 하는 이유가 뭐죠?"

"그걸 밝히는 일은 당신에게 맡기리다." 베넷 씨가 대답했다.

제2권

1

빙리 양의 편지가 와서, 모든 의구심에 마침표를 찍었다. 편지
는 바로 첫 번째 문장에서부터 그들이 겨우내 런던에서 지내기
로 했음을 알렸고, 마지막 문장은 빙리 씨가 시간이 없어서 허
트퍼드셔의 친구들에게 인사도 제대로 못하고 떠나온 일을 안
타까워한다는 내용이었다.

희망은 완전히 사라졌다. 제인은 정신을 집중해 나머지 부
분을 읽었지만, 자신에 대한 발신인의 애정 표현을 빼면 편지
의 다른 부분에도 위안 삼을 거리라곤 전혀 없었다. 편지 내용
은 다아시 양에 대한 칭찬이 대부분이었다. 캐롤라인 빙리는
그녀의 여러 가지 매력을 다시금 꼼꼼히 설명하면서, 서로의
친분이 더욱 깊어지고 있다고 자랑하고, 지난번 편지에 말한
소망이 실현될 것 같다고 과감히 예견했다. 또한 지금 오빠가
다아시 씨 집에서 지내고 있으며, 다아시 씨가 새 가구를 들이
려 계획한다는 이야기를 기쁨에 가득한 어투로 전했다.

제인은 곧 그 내용 대부분을 엘리자베스에게 전했고, 엘리

자베스는 화를 누르며 말없이 그 이야기를 들었다. 제인에 대한 걱정과 다른 모든 사람들에 대한 분노가 엘리자베스의 마음속을 채웠다. 그녀는 빙리 씨가 다아시 양에게 호감을 품고 있다는 캐롤라인의 주장을 믿지 않았다. 그가 제인을 사랑한다는 사실을 전과 마찬가지로 전혀 의심하지 않았다. 비록 빙리가 호감이 가는 사람이기는 했지만, 그토록 태평하고 우유부단한 성격 탓에 주위 사람들의 꼼수의 노예가 되어 그 장난질에 자기 행복을 희생시키는 걸 생각하면 이제는 분노와 더불어 경멸하는 마음까지 치솟았다. 그가 희생하는 게 자신의 행복뿐이라면야 원하는 대로 휘둘려도 상관없겠지만, 제인의 행복도 그와 관계되어 있고 그 사실을 그도 알고 있을 것이었다. 어쨌거나 아무리 생각해봐야 소용없는 일이었다. 하지만 그녀는 다른 생각을 전혀 할 수 없었다. 빙리의 마음이 정말로 시들었건 주변의 방해로 억눌렸건 또 그가 제인의 애정을 감지했건 못했건 상관없이, 어떤 경우에도 (물론 그에 따라 빙리에 대한 엘리자베스의 평가는 달라지겠지만) 제인의 사정은 마찬가지였고, 엘리자베스의 마음의 평화도 깨어졌다.

제인은 하루 이틀이 더 지날 때까지 엘리자베스에게 자신의 감정을 털어놓지 못했다. 하지만 베넷 부인이 네더필드와 그 주인에 대해 평소보다 더 오랫동안 분통을 터뜨린 뒤에 둘을 남겨놓고 나가자, 더는 가만히 있지 못하고 입을 열었다.

"아! 제발 어머니가 마음을 좀 다스리셨으면 좋겠어. 그렇게 그 사람 이야기를 자꾸 하시는 게 내게 얼마나 큰 고통인지 전혀 모르셔. 하지만 푸념하지는 않을래. 오래가지 않을 테니까. 그 사람은 금방 잊히고 우리는 모두 예전처럼 될 거야."

엘리자베스는 믿을 수 없다는 듯 걱정스럽게 언니를 보았지만 아무 말도 하지 않았다.

"내 말을 안 믿는구나." 제인이 얼굴을 붉히며 목소리를 높였다. "괜찮을 거라는데 왜 그러니? 나는 어쩌면 그 사람을 내가 가장 좋아했던 남자로 기억할지도 몰라. 하지만 그게 전부야. 나는 이제 아무것도 바라지도 않고 두려운 것도 없어. 그러니까 그 사람을 비난할 것도 없어. 다행이지 뭐니! 이제 나에게 그런 고통은 없으니까. 시간만 조금 지나면 돼. 분명히 이겨낼 테니까."

그리고 더욱 힘을 주어 말했다. "다행인 건 말이야, 그게 내 착각일 뿐이었다는 거야. 그래서 나 혼자 잘못 알고 좋아했던 거고 나말고는 아무도 상처받지 않았으니까."

"언니!" 엘리자베스가 소리쳤다. "언니는 너무 착해. 어떻게 그렇게 다정하고 욕심이 없는지 천사가 따로 없어. 언니한테 뭐라고 말해야 될지 모르겠어. 지금까지 난 언니라는 사람의 진정한 가치도 몰라본 것 같아. 언니한테 더 잘했어야 하는데."

베넷 양은 그런 찬사는 지나치다며, 동생의 따뜻한 애정에 대한 칭찬으로 답을 했다.

"아냐." 엘리자베스가 말했다. "이건 불공평해. 언니는 세상 사람이 모두 선량하다고 믿고 싶어서, 내가 누구 한 사람이라도 험담을 하면 상처받아. 그런데 내가 언니가 정말 좋은 사람이고 완벽하다고 칭찬하려고 하면 그것도 싫대. 이러다가 내가 너무 극단적이 되어서 언니처럼 누구나 좋게 보게 될까봐 걱정하지는 마. 그럴 필요 없어. 내가 정말로 사랑하는 사람은 얼마 되지 않고, 훌륭하다고 생각하는 사람은 더 적어. 세상을 보면 볼수록, 알면 알수록 불만만 커져 가. 하루하루 지날수록 깨닫는 건 사람들 성격이 모순투성이고, 겉으로 보이는 장점이나 분별력은 믿을 수 없다는 거야. 최근에도 그런 사건을 두 번이나 겪었어. 하나는 말하지 않을 거고, 또 하나는 샬럿의 결혼이야. 너무 이해가 안 돼! 아무리 생각해봐도 설명이 안 돼!"

"리지야, 자꾸 그런 감정에 휘둘리지 마. 너만 괴로워져. 그러면 행복해질 수 없어. 너는 사람마다 상황과 기질이 다르다는 걸 무시하고 있어. 콜린스 씨의 지위를 생각하고, 샬럿의 신중하고 차분한 성격을 생각해 봐. 샬럿은 대가족의 일원이고, 재산을 생각하면 그건 아주 어울리는 혼사야. 그리고 샬럿이 우리 사촌에게 어떤 호감이나 존경을 느꼈을 거라고 믿어보자. 그게 모두에게 더 좋은 일이야."

"언니를 위해서라면 모든 걸 믿어보려고 노력하겠어. 다른 누구에게도 이런 믿음은 바치지 않을 거야. 하지만 그런다고 해서 누구한테 좋을지는 잘 모르겠어. 샬럿이 그 사람에게 호감을 품을 수 있다고 생각하면, 지금 그애의 감정에 느끼는 것보다 더 큰 실망을 그애의 이해력에 느끼게 될 테니까. 제인, 콜린스 씨는 교만하고 허황되고 편협하고 모자란 사람이야. 언니도 나 못지않게 잘 알잖아. 언니 역시 그 사람과 결혼하는 여자는 머리가 제대로 돌아가는 사람이 아닐 거라고 느낄 거야. 변호하려고 하지 마. 아무리 샬럿 루카스라고 해도 옹호할 수 없을걸. 한 사람 때문에 언니의 원칙과 진정성의 의미를 바꿀 수는 없어. 이기심에 따른 계산이 신중함이고, 위험을 간과하는 게 행복의 조건이라는 설득은 언니 자신한테도 나한테도 안 통해."

"너는 두 사람 모두를 너무 심하게 말하고 있어." 제인이 대답했다. "두 사람이 행복하게 사는 걸 보고 네가 생각을 바꾸게 되길 바란다. 하지만 이 이야기는 그만하자. 그리고 또 하나가 있다고 했지? 두 가지 경우라고 했잖아. 네가 무슨 생각을 하는지 알 것 같은데, 하지만 리지, 제발 그 사람이 잘못했다고 생각하거나 실망했다는 말로 날 괴롭히지 말아줘. 남들이 우리에게 고의로 상처를 준다고 섣불리 생각해선 안 돼. 활기찬 젊은이가 언제나 신중하고 사려 깊으리라고 기대해서도 안 돼. 우리가 속는 건 실제로 자신의 허영심인 경우가 많잖니. 상대방의 단순한 호의도 그 이상이라고 상상하곤 하니까."

"남자들은 일부러 여자들이 그렇게 상상하게끔 만들어."

"고의로 그런다면 용납할 수 없지만, 이 세상에서 그런 고의는 몇몇 사람들이 생각하는 만큼 그렇게 많지 않다고 생각해."

"빙리 씨의 행동이 고의라는 건 아냐." 엘리자베스가 말했다. "하지만 나쁜 짓을 하거나 남을 불행하게 하겠다는 계획 없이도 실수할 수 있고 고통이 따르지. 사려 깊지 못하거나 남의 감정을 배려하지 못하거나 결단력이 부족해도 그럴 수 있어."

"아까 말한 두 가지 경우랑 관련해서 하는 비난이니?"

"응, 두 번째 경우라고 생각해. 하지만 이야기를 계속하면 언니가 좋아하는 사람들을 욕해서 언니를 기분 상하게 할 거야. 듣기 싫으면 말해."

"네 말은, 그 사람이 계속 누이들에 휘둘리고 있다는 거구나."

"그래, 그리고 그 사람 친구한테도."

"말도 안 돼. 그 사람들이 왜 그러겠니? 그의 행복만을 바라는 사람들이고, 또 만약 그 사람이 나에게 애정을 품었다면, 다른 여자가 그걸 차지할 수는 없는 거잖아."

"일단 첫 번째 생각이 잘못됐어. 그 사람들은 빙리 씨의 행복 말고 다른 걸 바랄 수도 있어. 부와 지위의 상승 같은 거 말이야. 그 사람이 재산과 훌륭한 배경과 높은 지위를 고루 겸비한 여자와 결혼하기를 바랄 수도 있다고."

"그 사람들은 분명히 그가 다아시 양을 선택하기를 바라겠지." 제인이 말했다. "하지만 그 동기는 네 생각보다 좋은 것일 수도 있어. 그 사람들은 나보다는 다아시 양하고 훨씬 더 오래 알고 지낸 사이니까, 다아시 양을 더 좋아하는 것도 당연하지. 하지만 그 사람들이 속으로 무슨 소망을 품었다고 해도 자기 오빠의 소망을 거스를 가능성은 희박해. 어떤 누이가 그럴 수 있겠어? 반대할 타당한 이유가 있지 않고서야 말이야. 그 사람이 나한테 마음이 있다고 생각했다면, 우리를 갈라놓지는 않았을 거야. 그런 마음이 누이들 때문에 바뀔 리도 없는 거고. 너는 그 사람이 내게 애정이 있다고 단정하니까 다른 사람들이 전부 부자연스럽고 그릇된 행동을 하는 걸로 보이는 거야. 그러니 내가 더 불행해 보일 테고……. 그렇게 생각하지 마. 그러면 내가 더 괴로워. 나는 착각했던 게 부끄럽지 않아. 아니, 그 사람이나 누이를 나쁘게 생각하면서 느낄 감정에 비하면 그건 아무것도 아니야. 내가 이번 일을 최대한 긍정적으로 이해하게 해주렴."

엘리자베스는 그렇게까지 간절한 소망을 거스를 수는 없었다. 그 뒤로 둘 사이에 빙리 씨의 이름은 거의 언급되지 않았다.

베넷 부인은 왜 그가 돌아오지 않는지 계속 궁금해하면서

화를 냈다. 매일같이 엘리자베스가 똑똑히 설명해주는데도 도무지 이해가 안 되는 것 같았다. 엘리자베스는 자신도 믿지 않는 이야기로 어머니를 열심히 납득시키려 했다. 그 사람이 제인에게 품었던 관심은 가볍고 일시적인 호감이라서 그녀의 곁을 떠나자 사라져버렸다고. 하지만 말하는 동안에는 수긍하는 것 같다가도, 새날이 밝으면 엘리자베스는 같은 이야기를 하고 또 해야 했다. 베넷 부인은 여름이 되면 빙리 씨가 다시 내려올 거라는 기대로 위안을 삼았다.

베넷 씨의 대처 방식은 부인과는 달랐다. "그러니까 리지." 그가 어느 날 말했다. "네 언니의 연애가 깨진 것 같구나. 축하할 일이다. 결혼하는 것 말고 처녀한테 가장 좋은 일이 이따금 사랑이 깨지는 것 말고 또 뭐가 있겠니. 생각할 거리도 생기고 남들하고 다른 특징도 생기고 말이다. 네 차례는 언제 오냐? 제인한테 너무 뒤지면 안 된다. 메리턴에는 이곳 시골 처녀들을 울릴 만한 장교들이 차고 넘친다고 들었다. 상대로는 위컴이 어떠냐? 유쾌한 친구고 너를 확실히 걷어차줄 수 있을 것 같은데."

"고마워요, 아버지. 하지만 그보다 못한 남자로도 충분할 것 같아요. 모두가 제인 같은 행운을 기대할 수는 없잖아요."

"맞는 말이다." 베넷 씨가 말했다. "하지만 그런 일이 생기면, 충분히 활용해줄 자애로운 어머니가 계시니 얼마나 든든하냐."

위컴 씨는 최근의 어지러운 사태가 롱번 가족에게 드리운 그림자를 몰아내는 데 중요한 역할을 했다. 그들은 그를 자주 만났고, 그러다보니 그가 이미 보여준 여러 장점들에 덧붙여 솔직하고 스스럼없다는 장점까지 알게 되었다. 엘리자베스가 이미 들은 모든 이야기, 다아시 씨와 얽힌 관계, 그가 다아시 씨에게 받은 냉대가 이제 모두에게 공개되고 논의되었다. 그러자 식구들은 그 일을 알기 전부터 다아시 씨를 싫어했다는 사실을 흡족해했다.

오직 제인 베넷만이 다아시 씨에게 허트퍼드셔에는 알려지지 않은 어떤 참작할 만한 사정이 있을 거라고 생각했다. 그녀의 온화하고 공정한 성격은 언제나 다른 사정을 감안할 여지를 두었고, 착오의 가능성을 고려했다. 하지만 다른 모든 사람들에게 다아시 씨는 최악의 남자라는 낙인이 찍혔다.

2

사랑을 고백하고 행복을 계획하며 일주일을 보낸 콜린스 씨는 토요일이 되자 사랑스런 샬럿에게서 떠나가야 했다. 하지만 그 이별의 고통은 신부를 맞을 준비로 달랠 수 있었다. 그가 다시 허트퍼드셔에 오면 그때는 그를 세상에서 가장 행복한 남자로 만들어줄 날이 정해질 거라고 기대할 만한 이유가 있었기 때문이다. 그는 롱번의 친척들에게 전처럼 근엄하게 작별을 고하고, 아름다운 사촌들의 건강과 행복을 빈 뒤, 베넷 씨에게 또한 번 감사의 편지를 보낼 것을 약속했다.

그다음 주 월요일, 베넷 부인은 남동생 부부를 맞았다. 그들은 해마다 크리스마스를 롱번에서 보냈다. 가디너 씨는 분별 있고 점잖은 신사로, 타고난 인품과 재능, 교육 정도도 누나를 훨쩍 뛰어넘었다. 네더필드 여자들이 그를 보았다면, 상업에 종사하고 게다가 자기 가게들 근처에 사는 사람이 그렇게 교양 있고 품위가 있다는 걸 좀처럼 믿지 못했을 것이다. 베넷 부인이나 필립스 부인보다 연배가 어린 가디너 부인은 상냥하고 지적이고 우아한 여자로, 롱번 조카들 모두의 사랑을 듬뿍 받았다. 특히 첫째, 둘째 조카와 가디너 부인 사이에는 각별한 애정이 있었다. 두 조카는 자주 런던에 찾아가서 외숙모 집에 머무르곤 했다.

가디너 부인이 롱번에 와서 가장 먼저 한 일은 선물을 나누어주고 최신 유행을 알리는 것이었다. 그 일이 끝나면 부인은 수동적인 역할이 되었다. 이제 들을 차례였다. 베넷 부인은 속상한 이야기도 많고 불평 거리도 많았다. 지난번에 만난 이후 자신들은 아주 몹쓸 일을 당했다고 했다. 두 딸이 결혼 직전까지 갔다가 모두 허사가 되었다고.

"제인은 나무라지 않아." 부인이 말을 이었다. "할 수만 있으면 제인은 빙리 씨를 잡았을 테니까! 하지만 리지! 아, 그 고집만 아니면 지금쯤 콜린스 씨가 내 사위가 되어 있을 걸 생각하니 부아가 치밀어서 못 살겠어. 그 사람은 바로 이 방에서 청혼했는데 그애가 거절했지 뭐야. 그래서 루카스 부인이 나보다 먼저 사위를 보고, 롱번 영지는 변함없이 한사상속에 걸려 있게 됐어. 루카스네 사람들은 영악하기가 말도 못해, 올케. 손에 넣을 수 있는 거라면 물불 안 가리고 덤벼들거든. 그 사람들을 이렇게 말하는 게 안됐지만, 사실이 그런 걸 어떻게 해. 식구들도 나를 괴롭히고, 또 이웃 사람들도 이기적이다 보니, 신경이 예민해지고 몸이 쇠약해져. 하지만 이렇게 올케가 와줘서 얼마나 위로가 되는지 몰라. 그리고 아까 들려준 긴 소매 이야기 말야, 아주 유익했어."

제인과 엘리자베스하고 나눈 편지로 소식을 이미 알고 있던 가디너 부인은 그 말에 가볍게 대답하고, 조카딸들을 위해 화제를 다른 데로 돌렸다.

나중에 엘리자베스와 둘이 남자, 가디너 부인이 말했다. "제인한테 좋은 혼사였을 것 같은데, 그렇게 되어서 안타깝구나. 하지만 그런 일은 흔한 법이지! 네가 말하는 빙리 씨 같은 젊은이는 예쁜 여자를 보면 쉽게 사랑에 빠졌다가 헤어지면 금세 잊어버려. 그런 변덕은 정말 흔하단다."

"그건 고마운 위로의 말씀이지만, 우리 경우는 달라요." 엘리자베스가 말했다. "우리는 그런 우연 때문에 괴로운 게 아니에요. 어쩔 수 없이 그렇게 된 것도 아니고요. 버젓이 독립적인 재산을 소유한 젊은이가, 주변 사람들이 설득한다고 해서 며칠 전까지 열렬하게 사랑하던 여자를 잊는 일은 그렇게 흔치 않아요."

"'열렬하게 사랑'한다는 그 말은 너무 진부하고 미심쩍고 막연해서 별다른 느낌을 주지 않는구나. 그런 표현은 정말로 진실하고 강한 애정뿐 아니라 30분만에 솟아난 호감에도 자주 쓰이곤 하니까. 그래, 빙리 씨의 사랑이 얼마나 열렬했니?"

"정말 불 보듯 분명했어요. 다른 사람은 거의 안중에도 없이 언니한테만 빠져 있었다니까요. 그리고 만남이 거듭되면서 더 분명해졌고요. 그 사람 집에서 무도회를 열었을 때, 그가 춤을 청하지 않아서 여자 두세 명은 기분이 상했고, 저도 두 번이나 가서 말을 걸었지만 대답을 듣지 못했어요. 이보다 더 분명한 증거가 있나요? 그렇게 예의조차 잊게 만드는 게 바로 사랑 아닌가요?"

"그래! 그 사람도 그런 종류의 사랑을 느꼈을 것 같구나. 불쌍한 제인! 안타깝구나. 그애 성격에 쉽게 잊지 못할 거 같아서 말이다. 차라리 리지 너에게 이런 일이 일어났다면 좋았을 텐데. 너는 더 빨리 웃으면서 털어버릴 수 있었을 테니까. 그런데 우리가 런던에 돌아갈 때 제인더러 같이 가자고 하면 응할까? 아무래도 환경을 바꾸면 마음을 다잡는 데 도움이 될지도 몰라. 집을 잠깐 떠나 있는 것도 좋겠고 말이다."

엘리자베스는 그 제안이 아주 마음에 들었고, 이미 제인의 승낙을 받은 거나 마찬가지라고 생각했다.

"그 젊은이에 대한 마음이 제인의 결정을 방해하지 않았으면 좋겠다." 가디너 부인이 덧붙였다. "같은 런던이라도 멀리 떨어진 지역이고, 만나는 사람들도 전혀 다르고, 또 너도 알듯이 우리는 외출을 별로 안 하니까 두 사람이 만날 일은 거의 없을 거야. 그 사람이 제인을 보러 일부러 찾아오지 않는다면 말이야."

"그건 불가능해요. 그 사람은 지금 친구네 집에 있고, 다아시 씨는 이제 빙리 씨가 제인을 보러 런던의 그런 지역으로 가는 걸 보고만 있지는 않을 거예요! 외숙모, 정말 멋진 생각이에요. 다아시 씨도 그레이스처치 거리*를 들어는 봤을지 모르지만, 거기 발을 들였다가는 한 달 동안 목욕을 해도 그 더러움을 씻을 수 없다고 생각할 거예요. 그리고 빙리 씨는 그 사람하고 가 아니면 움직이지 않죠."

"그러면 더 잘됐네. 나도 둘이 전혀 만날 일이 없길 바라니

---

*런던에서 유명한 상업 지역. 허스트 부부가 거주하는 상류층 주거 지역에서 동쪽으로 2마일 정도 떨어진 거리에 위치한다.

까. 하지만 제인이 그 누이랑 편지를 주고받지 않니? 그 누이
는 제인을 보러 오지 않을 수 없을 텐데……."

"그 여자는 이제 완전히 모른 척할 거예요."

엘리자베스는 그 말을 할 때도 그렇고 조금 전에 빙리 씨가
주변 사람들의 방해로 제인을 만나러 올 수 없을 거라는 더욱
흥미로운 이야기를 할 때도 확신에 차 있었지만, 다시 생각해
보니 전혀 가망 없는 일은 아닌 것 같았다. 그의 애정이 되살아
나는 일, 제인의 매력이라는 자연스러운 영향력이 주변 사람들
의 영향력을 물리치는 일이 일어날 수도 있었고, 어떻게 생각하
면 가능성이 꽤 높았다.

제인은 가디너 부인의 초대를 기쁘게 수락했다. 그녀가 빙
리 가 사람들과 관련해서 한 생각은 캐롤라인이 지금 오빠와
따로 살고 있으니, 그를 만날 위험 없이 이따금 그녀와 오전 시
간을 함께 보낼 수 있을 거라는 희망이 전부였다.

가디너 부부는 롱번에 일주일을 머물렀고, 그 동안 필립스
가, 루카스 가, 장교들로 인해 하루도 약속 없는 날이 없었다.
베넷 부인은 동생 부부를 잘 대접했고, 저녁 시간이 가족 정찬
만으로 그친 적은 한 번도 없었다. 롱번에서 약속이 있으면 장
교들 몇 명이 항상 참가했고, 위컴은 거의 빠지지 않았다. 엘리
자베스가 위컴을 지나칠 정도로 열심히 칭찬하자 의심을 품게
된 가디너 부인은 그때마다 두 사람을 유심히 관찰했다. 둘이
진지하게 사랑하고 있는 것은 아니라고 해도 서로에게 호감을
품은 것은 매우 분명해서, 가디너 부인은 조금 불안했다. 그리
고 허트퍼드셔를 떠나기 전에 엘리자베스와 이야기를 나눠, 그
런 애착을 키우는 것이 얼마나 경솔한 일인지 일러주기로 했다.

위컴에게는 본래 지닌 매력 이외에도 가디너 부인을 즐겁게 할 수단이 하나 더 있었다. 부인은 십여 년 전의 처녀 시절에 그가 살던 더비셔의 바로 그 지역에서 꽤 오랫동안 살았다. 그래서 두 사람에게는 공통된 지인이 많았고, 위컴은 비록 5년 전 다아시의 부친이 죽은 뒤로는 고향에 거의 가지 않았지만, 부인에게 옛 친구들의 근황을 전해줄 수 있었다.

가디너 부인은 펨벌리를 알았고, 고 다아시 씨의 성품도 잘 알았다. 그래서 두 사람은 할 이야기가 끝이 없었다. 부인이 기억하는 펨벌리와 위컴이 들려주는 자세한 설명을 비교하고, 고 다아시 씨에게 찬사를 바치는 일은 부인과 위컴 모두에게 즐거운 일이었다. 그러다가 그 아들인 지금의 다아시 씨가 위컴을 박대한 이야기를 듣자, 부인은 그 신사의 어린 시절 이야기 가운데 위컴의 이야기와 걸맞은 내용이 있는지 열심히 떠올려 보았고, 마침내 예전에 피츠윌리엄 다아시가 아주 오만하고 버릇없는 아이였다고 들은 것을 기억해냈다.

3

엘리자베스와 단둘이 이야기할 기회가 주어지자, 가디너 부인은 지체 없이 그녀에게 애정 어린 충고를 했다. 부인은 자신의 생각을 솔직하게 전한 뒤 다음과 같이 말했다.

"리지, 너는 분별 있는 아이니까 누가 반대한다고 해서 사랑에 빠지는 일은 없을 거야. 그래서 내가 이렇게 대놓고 말할 수 있는 거란다. 나는 네가 정말로 조심했으면 좋겠다. 재산이 없는 남자와 애정으로 얽히거나 상대를 얽는 경솔함은 피하는 게 좋아. 그 사람이 나쁘다는 건 아냐. 눈길이 가는 젊은이지. 그 사람이 예정된 재산을 받았다면 그보다 좋은 상대는 없을 거야. 하지만 어쨌건 지금 상황은 이러니, 너무 감정에 사로잡히면 곤란해. 우리는 네가 분별력이 있다는 걸 아니까 그걸 발휘하기를 바란단다. 아버지도 너만은 결단력 있고 올바르게 행동하리라 믿으실 텐데, 실망시켜 드리면 안 되잖니."

"어머나, 외숙모, 아주 심각하시네요."

"그래, 너도 심각하게 받아들였으면 좋겠구나."

"그런 거라면 너무 걱정하실 것 없어요. 저 자신에 대해서도 위컴 씨에 대해서도 조심할게요. 제가 막을 수만 있다면, 그 사람이 저를 사랑하지 않게 할게요."

"엘리자베스, 너 진지하지 않구나."

"죄송해요. 다시 말씀드릴게요. 지금 위컴 씨를 사랑하고 있지는 않아요. 정말이에요. 하지만 그 사람은 지금껏 제가 만난 누구보다도 더 기분 좋은 사람이에요. 그러니 혹시 그 사람이 정말 저를 좋아하게 된다면, 아니 그러지 않는 편이 좋겠네요. 전 그게 경솔하다는 걸 알아요. 아! 그 꼴도 보기 싫은 다아시 씨! 아버지가 저를 그렇게 생각해주시는 건 제게 더없이 명예로운 일이고, 그 믿음을 잃는 건 아주 괴로운 일일 거예요. 하지만 아버지는 위컴 씨를 좋아하세요. 어쨌든, 그러니까 외숙모, 저 때문에 숙모님이나 우리 가족 누가 슬퍼하는 건 싫어요. 하지만 사랑에 빠진 젊은이들이 재산 같은 데 구애받지 않고 약혼하는 걸 날마다 보는데, 제가 유혹 앞에서 다른 사람보다 더 현명하게 처신하겠다고 어떻게 약속할 수 있겠어요? 또 그런 일에 저항하는 것 자체가 현명한 일인지도 모르겠고요. 그러니까 제가 약속 드릴 수 있는 건 서두르지 않겠다는 거예요. 그 사람이 가장 마음에 둔 상대가 저라고 섣불리 믿지 않겠어요. 그리고 그 사람하고 같이 있을 때 그러기를 바라지도 않을게요. 그러니까, 제가 할 수 있는 최선을 다할게요."

"그 사람이 여기 이렇게 자주 못 오게 하는 것도 한 가지 방법일 거다. 어쨌거나 적어도 어머니가 그 사람을 초대도록 상기시키는 일은 하지 말아야 해."

"네, 며칠 전에 제가 그랬죠." 엘리자베스가 쑥스러운 미소를 짓고 말했다. "맞아요. 그런 일은 삼가는 게 좋아요. 하지만 그 사람이 늘 그렇게 자주 오는 건 아니에요. 이번 주에 자주 부른 건 외숙모와 삼촌 때문이죠. 아시다시피 어머니는 손님이 오면 항상 모임을 열고 교제할 사람들을 붙여줘야 한다라고 생각하시잖아요. 하지만 제 명예를 걸고, 앞으로 정말로 현명하게 행동하려고 노력하겠어요. 이 정도면 안심하실까요?"

가디너 부인은 그렇다고 대답했다. 이어 엘리자베스가 친절한 조언에 감사한 뒤 두 사람은 헤어졌다. 이런 민감한 문제에 대한 조언이 듣는 사람의 분노를 사지 않고 전달된 훌륭한 본보기였다.

가디너 부부와 제인이 함께 런던으로 떠나고 얼마 지나지 않아 콜린스 씨가 허트퍼드셔에 돌아왔지만, 이번에는 루카스가에 묵었기 때문에 베넷 부인에게 큰 불편은 없었다. 결혼 날짜가 성큼성큼 다가왔고, 부인은 마침내 어쩔 수 없는 일이었다고 체념하며, 부루퉁한 목소리로나마 "행복하기를 바란다"고 거듭해서 말했다. 결혼식은 목요일이었고, 수요일에 루카스 양이 작별 인사를 하러 찾아왔다. 그녀가 인사를 마치고 일어나자 엘리자베스가 밖으로 따라 나왔다. 어머니의 무례하고 성의 없는 덕담이 부끄러웠고, 또 진심으로 작별이 안타까웠기 때문이다. 함께 계단을 내려가며 샬럿이 말했다.

"소식 자주 전할 거지, 일라이자."

"당연하지."

"부탁이 하나 더 있어. 나를 만나러 와줄래?"

"허트퍼드셔로 와. 여기로 오면 만날 수 있잖아."

"나는 당분간은 켄트 주를 떠나기 어려울 것 같아. 그러니까 헌스퍼드에 온다고 약속해줘."

엘리자베스는 썩 내키지 않았지만 차마 거절할 수가 없었다.

"아버지하고 마리아가 3월에 올 거니까 그때 너도 함께 오면 좋겠다." 샬럿이 덧붙였다. "일라이자, 꼭 부탁해. 네가 오면 우리 식구가 온 것 못지않게 반가울 거야."

그리고 결혼식이 치러졌다. 신랑과 신부는 교회 문을 나서서 곧바로 켄트로 떠났고, 사람들은 언제나 그렇듯이 결혼에 대해 서로 할 말도 들을 말도 많았다. 엘리자베스는 곧 친구에게서 편지를 받았다. 그들은 어느 때 못지않게 빈번하게 소식을 나누었지만, 전처럼 거리낌 없는 대화는 불가능했다. 엘리자베스는 샬럿과 편지를 주고받을 때마다 예전의 편안한 친밀감은 사라졌다는 걸 느끼지 않을 수 없었다. 편지 쓰기를 게을리하지 않겠다고 결심하기는 했지만 그것은 현재보다는 과거를 위한 것이었다. 처음에는 엘리자베스도 샬럿의 편지들이 아주 반가웠다. 새 집은 어떤지, 캐서린 숙부인은 마음에 드는 사람인지, 그리고 얼마나 행복하다고 말할지 궁금했기 때문이다.

하지만 편지를 다 읽고 나자 딱 예상대로라는 생각이 들었다. 샬럿은 유쾌하게 편지를 썼다. 안락함에 싸여 사는 것 같았으며, 모든 것을 칭찬했다. 집, 가구, 동네, 도로, 모든 것이 취향에 맞았고, 캐서린 숙부인은 다정하고 자상했다. 수위는 어느 정도 합리적인 수준으로 조절되었지만, 기본적으로 콜린스 씨가 말하는 헌스퍼드와 로징스의 모습과 똑같았다. 엘리자베스는 직접 가봐야 본모습을 알 수 있을 것 같았다.

제인은 이미 동생에게 런던에 잘 도착했다는 짧은 편지를 보냈다. 엘리자베스는 다음번 편지에는 빙리 가 사람들 이야기가 담겨 있기를 바랐다.

그녀는 애타게 두 번째 편지를 기다렸고, 초조한 기다림이 대부분 그렇듯이 만족스런 결과를 얻지 못했다. 런던에 간 지 일주일이 지날 때까지 제인은 캐롤라인을 만나지도 못했고 소식도 듣지 못했다. 하지만 그녀는 자신이 롱번에서 보낸 마지막 편지가 실수로 배달되지 않았을 거라고 생각했다.

"숙모님이 내일 그 지역으로 가셔." 그녀는 편지에 썼다. "그래서 그 기회에 그로스브너 거리를 찾아가 볼까 해."

그곳을 찾아가서 빙리 양을 만난 뒤 그녀는 다시 편지를 했다. "캐롤라인은 별로 기분이 좋지 않은 것 같았어. 하지만 나를 보고 반가워했고, 런던에 오는 걸 알리지 않았다고 나무랐어. 그러니까 마지막 편지가 유실되었다는 내 추측이 맞았던 거야. 물론 오빠의 안부도 물었어. 잘 지내고 있는데, 늘 다시 씨하고 같이 있어서 자기들도 잘 못 본대. 그날 다시 양이 그 집에서 정찬 약속이 있다더라고. 나도 한번 보고 싶었는데, 캐롤라인과 허스트 부인이 외출해야 해서 계속 있을 수가 없었어. 이제 두 사람이 곧 이리로 날 만나러 올 거야.”

엘리자베스는 편지를 읽으며 고개를 저었다. 이런 상황이라
면 빙리 씨가 제인이 런던에 있는 걸 아는 건 우연이 아니고서
는 불가능하다는 확신이 들었다.

그렇게 넉 주가 흘러갔고, 제인은 그를 전혀 만나지 못했다.
그녀는 아쉬워하지 않으려고 노력했다. 하지만 이제는 빙리 양
의 무관심을 모를 수가 없었다. 오전 내 빙리 양을 기다리고,
저녁마다 그녀가 오지 못한 이유를 생각해내는 시간이 보름간
흐른 뒤 마침내 그녀가 나타났다. 하지만 그 체류가 매우 짧았
던 데다 무엇보다 빙리 양의 태도가 완전히 달라진 것을 보자
제인은 더 이상 자신을 속일 수 없었다. 이 일과 관련해서 동생
에게 쓴 편지에 제인의 감정이 잘 나타나 있다.

내가 그동안 빙리 양에 대해 완전히 속았다는 걸 고백하면,
사랑하는 리지는 슬퍼하는 내 앞에서 자신이 옳았다며 기뻐하
지는 않겠지. 하지만 리지, 이제 네가 옳다는 게 증명되었지만,
빙리 양의 그 동안의 행동을 보면 나는 아직도 네 의심만큼이
나 내 믿음도 자연스러웠다고 말하고 싶어. 빙리 양이 애초에
왜 나하고 친하게 지내려고 했는지 모르겠지만, 같은 상황이
오면 나는 또 속을 게 뻔해. 캐롤라인은 어제서야 겨우 내 방문
에 답을 했어. 그사이에 편지 한 통, 소식 한 줄 없었지. 그리고
오기는 했지만 좋아서 온 건 아닌 게 분명했어. 더 일찍 못 와
서 미안하다고 형식적인 사과를 한마디 했지만, 다시 만나고
싶다는 말도 없었고, 예전과는 완전히 딴판이었어. 그래서 빙
리 양이 떠났을 때 나는 더 이상 교분을 나누지 않기로 결심했

단다. 비난하지 않을 수 없지만 그래도 빙리 양이 불쌍해. 나를 그런 식으로 선택한 게 잘못이었어. 우정을 얻으려고 친근하게 다가온 건 늘 그쪽이 먼저였어. 하지만 빙리 양이 불쌍한 건 본인도 자기가 잘못했다는 걸 알 테고, 그건 다름 아니라 오빠를 걱정했기 때문일 테니까. 내 생각을 더는 설명할 필요가 없을 것 같아. 그리고 우리가 볼 때는 쓸데없는 걱정이지만, 빙리 양이 그런 걸 느낀다면 나를 대한 행동들은 쉽게 이해가 돼. 빙리 양에게는 오빠가 너무나 소중하니까 걱정하는 건(어떤 걱정일지라도) 자연스럽고 아름다운 일 아니겠니. 하지만 지금은 그런 걱정을 할 필요가 없어. 그가 나를 좋아한다면 우리는 벌써 오래전에 만났을 테니까. 빙리 씨는 내가 런던에 있는 걸 알아. 빙리 양이 그렇다고 말했어. 하지만 어딘가 모르게 확신 없이 말하는 모습이, 꼭 오빠가 다시 양에게 호감이 있다고 그저 믿고 싶은 것 같았어. 나는 이해가 안 돼. 좀 가혹하게 말하자면, 상당한 이중성이랄지 속임수가 개입돼 있는 것 같아. 하지만 고통스런 생각은 떨치고 즐거운 일들만 생각할게. 너의 우애, 숙모님과 외삼촌의 한결같은 친절 같은 것 말이야. 얼른 답장해줘. 빙리 양은 그 사람이 다시는 네더필드로 돌아가지 않을 거고, 그 집은 포기할 거라는 식으로 말했는데 그다지 확실해 보이지는 않았어. 우리도 아무 말 안하는 게 좋을 것 같아. 아무튼 헌스퍼드 사람들이 그렇게 잘 지내고 있다니 기쁘다. 윌리엄 경과 마리아가 갈 때 함께 찾아가 봐. 아주 편안하게 지낼 수 있을 거야.

제인

엘리자베스는 이 편지를 읽고 꽤 고통스러웠지만, 어쨌거나 이제 제인이 다시는 빙리 양에게 속지 않을 거라는 생각으로 기운을 냈다. 빙리 씨에 대한 기대는 모두 접어야 했다. 심지어 그가 제인에게 다시 관심을 갖는 일도 바라지 않을 것이다. 돌이킬수록 그는 엘리자베스에게서 점수가 깎였다. 그 벌로, 그리고 제인을 위해서도 그녀는 그가 정말로 다아시 씨의 여동생과 결혼하기를 바랐다. 위컴의 말을 들어보면, 다아시 양은 빙리가 어떤 복을 걷어찼는지 깨닫고 후회하게 만들 여자였다.

이 무렵 가디너 부인이 엘리자베스에게 편지를 보내서, 위컴에 대해 주의하겠다는 약속이 어떻게 실행되고 있는지 물었다. 엘리자베스가 보낸 답은 그녀 자신보다는 외숙모에게 더 만족스러운 것이었다. 그가 보이던 각별한 호감은 사그라지고, 관심도 끝나고, 그의 찬탄은 다른 여자에게 옮겨 가 있었다. 엘리자베스는 이 모든 과정을 똑똑히 지켜보았지만, 그 일을 관찰하고 편지에 적는 게 그리 크게 속상하거나 아쉽지는 않았다. 그녀의 마음은 조금 흔들린 정도였고, 만약 자신에게 재산이 있었으면 그가 당연히 자신을 선택했으리라고 믿음으로 허영심을 충족했다. 그가 지금 정성을 들이는 숙녀의 가장 큰 매력은 갑작스레 1만 파운드 재산을 얻었다는 것이었다. 하지만 엘리자베스는 위컴의 일을 샬럿의 경우처럼 똑바로 바라보지 못했기에, 재산을 원하는 그의 소망을 나무라지 않았다. 오히려 더없이 자연스런 일이라고 여겼다. 그래서 그가 자신을 포기하는 일이 약간은 힘들었을 거라 짐작하면서도, 서로에게 현명하고 바람직한 일이라 인정하고, 진심으로 그의 행복을 빌어줄 수 있었다.

그녀는 이 모든 상황을 가디너 부인에게 설명하고 덧붙였다. "지금 생각해보면 제가 제대로 사랑에 빠졌던 게 아닌 것 같아요. 정말로 그렇게 뜨거운 열정을 경험했다면, 지금쯤 그 사람 이름조차 듣기 싫고 그 사람에게 온갖 나쁜 일이 일어나길 빌겠지요. 하지만 저는 지금 그 사람에게도 여전히 좋은 감정일 뿐만 아니라 킹 양에게도 전혀 유감이 없어요. 킹 양이 밉지도 않고, 좋은 여자라고 생각해요. 이런 건 사랑이 아니잖아요. 미리 조심한 게 효과가 있었어요. 제가 정신없이 그 사람에게 빠졌다면, 주변 사람들에게 좀 더 흥미를 안겨 주었겠지만, 관심을 못 받아서 아쉽지는 않아요. 남들의 관심이란 때로 값비싼 희생이 필요하니까요. 키티하고 리디아는 그 사람 일로 저보다 더 슬퍼하고 있어요. 둘은 아직 어려서 세상 이치를 모르고, 잘생긴 남자도 못생긴 남자하고 똑같이 먹고살아야 한다는 어쩔 수 없는 현실을 받아들이지 못하니까요."

4

　　1월과 2월이 지나는 동안 롱번 가족에게는 이렇다 할 사건도 없고, 때로 진흙탕을, 때로 추위를 뚫고 메리턴까지 산책 가는 일을 빼면 별다른 여흥도 없었다. 3월이면 엘리자베스는 헌스퍼드에 가야 했다. 그녀는 처음에는 그 방문을 별로 진지하게 고려하지 않았다. 하지만 샬럿의 기대가 얼마나 큰지를 알게 되자, 차츰 그 일을 확실한 계획으로 여기고 즐겁게 임하기로 마음먹었다. 오랫동안 만나지 못한 샬럿도 보고 싶었고, 콜린스 씨도 예전만큼 싫지 않았다. 그런 여행 자체가 색다른 맛이 있었고, 또 집에서 어머니나 말이 잘 안 통하는 여동생들과 지내는 생활도 늘 즐겁지는 않았기 때문에, 약간의 변화를 시도하는 것도 좋을 것 같았다. 게다가 가는 길에 제인에게 잠깐 들를 수도 있을 터였다. 그래서 출발하는 날이 다가올수록 엘리자베스는 하루라도 지체된다면 용납할 수 없는 심정이 되었다. 하지만 다행히 방해물은 전혀 없었고, 모든 일정이 샬럿이 애초에 계획한 대로 이루어졌다. 그녀는 윌리엄 경과 그 둘째 딸과 동행하게 되었다. 거기다 런던에서 하룻밤을 보내는 일정이 추가되자 계획은 더없이 완벽해졌다.

유일하게 마음이 쓰이는 점은 아버지를 두고 떠난다는 것이었다. 아버지는 분명히 그녀의 부재가 아쉬울 것이었다. 베넷 씨는 엘리자베스가 떠나는 게 어찌나 안타깝던지, 그녀에게 편지하라고, 그러면 답장하겠다는 약속까지 할 뻔했다.

그녀는 위컴 씨하고도 사이좋게 작별했다. 그쪽의 인사가 조금 더 다정했다. 그가 지금 다른 여자에 몰두하고 있다고 해서, 그녀가 그의 관심을 일깨우고 또 마땅히 받았던 첫 사람, 그의 이야기를 듣고 연민을 가져주고, 그가 찬사를 바친 첫 사람이라는 걸 잊을 수는 없었다. 위컴 씨는 그녀에게 작별을 고하며 즐거운 여행이 되기를 바란다고 했다. 캐서린 드 버그 숙부인이 어떤 사람인지 일러주고, 그 부인뿐 아니라 모든 사람에 대해 두 사람의 견해가 일치할 거라고 말해주는 그의 태도에는 언제라도 그녀의 마음을 따뜻하게 붙잡아 둘 걱정과 배려와 관심이 깃들어 있었다. 위컴 씨와 헤어지면서, 엘리자베스는 그가 결혼을 하든 안 하든 변함없이 자신에게는 다정다감함과 유쾌함의 모범으로 남을 것이라 믿었다.

다음 날 함께 길을 떠난 그녀의 일행도 위컴에 대한 평가를 바래게 할 사람들이 아니었다. 윌리엄 루카스 경과 그 딸 마리아는 모두 사람은 좋지만 머리가 비어서 이렇다 할 대화 거리가 없었고, 그들의 이야기를 듣는 즐거움은 마차 바퀴의 덜커덩 소리를 듣는 것에 비할 만했다. 엘리자베스는 엉뚱하고 터무니없는 일을 좋아했지만, 윌리엄 경의 그런 부분에 대해서는 이미 너무나 오래전부터 알아왔다는 게 문제였다. 궁정 출입과 기사 작위 수여에 대한 이야기는 새로울 게 전혀 없었고, 정중한 예절도 그가 하는 말들과 마찬가지로 케케묵었다.

겨우 24마일 거리의 여행이었고 워낙 아침 일찍 출발했기에 그들은 정오 전에 그레이스처치 거리에 도착했다. 마차가 가디너 가로 들어설 때, 제인은 응접실 창문으로 그들을 보고 복도에 나와 일행을 맞이했다. 엘리자베스는 제인의 얼굴을 유심히 살펴보고 전처럼 건강하고 아름다운 데 안심했다. 계단에는 어린 꼬마 사촌들이 주루룩 서 있었다. 아이들은 반가운 마음에 응접실에서 기다리지 못하고 나왔지만, 1년 만에 만나다 보니 수줍어서 더는 내려오지 못했다. 기쁨과 다정함이 넘쳐흘렀다. 하루가 무척 즐겁게 지나갔다. 낮에는 한바탕 상점에 들르고, 저녁에는 극장에 갔다.

극장에서 엘리자베스는 일부러 외숙모 옆자리에 앉았다. 두 사람의 첫 번째 화제는 제인이었다. 엘리자베스의 자세한 질문에 가디너 부인은, 제인이 기운을 내려고 애쓰지만 이따금 우울해하곤 한다고 대답했다. 엘리자베스는 놀라기보다는 가슴이 아팠다. 하지만 그 상태가 오래가지는 않을 거라는 희망을 품었다. 가디너 부인은 빙리 양이 그 집을 방문했을 때의 일과 제인과 여러 차례 나눈 대화를 자세히 들려주면서, 제인은 이제 진심으로 빙리 양과의 교분을 포기한 것 같다고 전했다.

그런 뒤 가디너 부인은 위컴이 떠난 일을 두고 조카를 가볍게 놀린 뒤, 잘 견디고 있다며 칭찬했다.

"그런데 엘리자베스, 킹 양은 어떤 아가씨지?" 부인이 말을 이었다. "우리의 친구가 물질적인 것을 목적으로 삼은 거라면 슬플 거 같은데."

"하지만 외숙모, 결혼하는 데 물질적인 걸 고려하는 것과 신중하게 행동하는 것에는 무슨 차이가 있나요? 무엇이 신중한 거고 무엇이 탐욕스러운 걸까요? 지난 크리스마스 때 숙모님은 제게 그 사람과 결혼하는 건 경솔한 일이라며 주의를 주셨어요. 그런데 지금은 그가 고작 1만 파운드 재산이 있는 여자랑 결혼하려고 한다고 돈을 좋아하는 사람인 양 말씀하시네요."

"킹 양이 어떤 여자인지만 말해주면 생각을 정하마."

"좋은 아가씨예요. 특별히 흠잡을 건 없어요."

"하지만 그 아가씨가 할아버지 유산을 받기 전까지는 위컴이 그 아가씨한테 아무 관심도 없었지?"

"그렇긴 하지만 그게 뭐가 문제예요? 제가 돈이 없어서 그 사람이 제 애정을 원하지 않았다면, 마음에도 없고 가난하기까지 한 여자를 사랑할 수는 없는 거 아니에요?"

"하지만 그렇게 곧장 킹 양에게 관심을 돌리는 건 품위 없는 행동 같구나."

"곤궁한 처지의 남자는 그런 상황에서 다른 사람들처럼 품위를 유지할 여유가 없어요. 킹 양이 나무라지 않는데 우리가 왜 그래야 하죠?"

"킹 양이 나무라지 않는다고 해서 그 사람 행동이 정당화되는 건 아냐. 그 사람을 거절하지 않았다니 킹 양은 무언가 좀 부족한 것 같구나. 분별력이나 감정 같은 게."

"아, 원하는 대로 생각하세요." 엘리자베스가 소리쳤다. "그 남자는 돈에 눈이 멀었고 그 여자는 어리석다고 말이죠."

"아냐, 리지. 나도 그러고 싶지는 않다. 더비셔에서 그렇게 오래 산 젊은이를 나쁘게 생각하는 건 슬픈 일이야."

"아, 그게 전부라면, 저는 더비셔에 사는 젊은이들을 별로 좋게 보지 않아요. 그리고 허트퍼드셔에 사는 그들의 절친한 친구들도 별다를 것 없고요. 모두한테 아주 질렸어요. 다행이에요! 저는 내일, 호감이라고는 눈곱만큼도 안 가고, 태도도 분별력도 형편없는 남자의 집으로 가요. 우리가 알아야 하는 남자란 오직 어리석은 남자들뿐이잖아요."

"진정해라, 리지. 그 말을 들으니 실망이 컸나 보구나."

연극이 끝나서 헤어질 때, 가디너 부부는 엘리자베스에게 두 사람의 여름 여행에 동행하지 않겠냐고 물었다. 예상치 못했지만 기쁜 초대였다.

"어디로 갈지는 아직 몰라." 가디너 부인이 말했다. "하지만 레이크 디스트릭트*로 가지 않을까 해."

엘리자베스에게 그보다 더 반가운 제안은 없었다. 그녀는 그 자리에서 수락하며 들떠서 소리쳤다. "숙모님, 정말 기뻐요! 고마워요! 제게 새로운 활력과 생기를 주시네요. 실망과

---

*영국 북서부의 이름난 호수 관광지.

우울은 이제 안녕! 암벽과 산에 비하면 남자가 대체 뭐예요? 정말 즐거울 거예요. 그리고 돌아오면 우리는 뭘 보고 왔는지 한마디도 제대로 못하는 보통 여행자들하고는 다를 거예요. 우리는 들렀던 곳과 그곳에서 보았던 것을 다 기억할 거예요. 호수와 산과 강을 엉뚱하게 뒤섞지도 않을 거고, 어떤 풍경을 설명할 때 그 위치를 두고 말다툼할 일도 없을 거고요. 우리가 처음으로 터뜨리는 감탄이 다른 여행자들처럼 식상하지는 않게 하자고요."

5

다음 날 여행길에 오른 엘리자베스는 모든 것이 새롭고 홍미로웠다. 그녀의 기분은 모든 것을 만끽할 수 있는 상태였다. 언니의 건강한 모습을 확인하고 걱정을 떨칠 수 있었고, 북부 여행 생각에 계속해서 마음에 기쁨이 솟아났다.

큰길을 떠나 헌스퍼드로 진입하는 오솔길에 접어들자, 일행 모두 목사관을 찾아 두리번거렸고, 굽이를 돌 때마다 이제는 보일까 기대했다. 로징스 파크 울타리가 길 한쪽 경계를 이루고 있었다. 엘리자베스는 그 저택의 거주자들에 대해 들은 이야기를 떠올리며 빙긋 웃었다.

마침내 목사관이 희끄무레하게 보였다. 도로를 향해 비탈져 내려오는 정원, 그 안쪽에 자리잡은 집, 초록색 나무 말뚝 울타리와 월계수 생울타리, 모든 것이 목적지에 다다랐음을 알려주었다. 콜린스 씨와 샬럿이 문 앞에 나왔고, 마차는 짧은 자갈길로 이어지는 작은 대문 앞에 섰다. 모두가 목례를 하며 미소 지었다. 그들은 곧장 마차에서 내려 해후의 기쁨을 나누었다. 콜린스 부인은 더없이 기뻐하며 친구를 맞았고, 그런 환대에 엘리자베스는 거기 간 것이 더욱 만족스러웠다. 콜린스 씨의 태도는 한눈에도 결혼 전이나 후나 달라진 게 없었다. 여전히 형식적인 예의범절로 가득차서 대문 앞에 그녀를 몇 분이나 붙잡아 세워두고 가족의 안부를 물었다. 그런 뒤에는 콜린스 씨가 현관 입구의 단정함을 언급하느라 지체했던 것을 제외하면 일행은 아무런 문제없이 집 안으로 들어갔다. 그들이 응접실에 들어서자, 콜린스 씨는 다시 한 번 누추한 거처를 찾아주셔서 감사하다고 과장된 인사말을 한 뒤 아내가 손님들에게 다과를 권할 때마다 아내의 말을 반복해서 따라했다.

엘리자베스는 그가 우쭐해하는 모습을 보게 되리라고 이미 예상했다. 그가 각 방의 균형 잡힌 배치와 전망과 가구를 자랑할 때, 다른 누구보다 그녀에게 자신의 청혼을 거절함으로써 놓친 것이 무엇인지 보여주려고 하는 것만 같았다. 그러나 모든 것이 단정하고 안락해 보였지만, 그녀는 그를 뿌듯하게 할 만한 그 어떤 후회의 한숨도 내쉴 수 없었다. 도리어 샬럿이 그런 반려자와 함께 살면서 이토록 즐거울 수 있다는 사실에 놀라며 친구를 바라보았다. 콜린스 씨가 아내 듣기에 부끄러운 말을 늘어놓으면(그런 일은 결코 드물지 않았다) 엘리자베스는 자신도 모르게 샬럿에게로 눈길을 돌렸다. 한두 번은 살짝 얼굴을 붉히는 게 보였지만, 대개의 경우 샬럿은 현명하게 귀를 닫았다. 일행이 낮은 식기장에서 벽난로 창살에 이르기까지 응접실에 있는 모든 가구를 칭찬하고, 거기까지 오는 길과 런던에서 머무는 동안 겪은 일을 남김없이 전할 만큼 충분히 대화를 나누자, 콜린스 씨는 정원으로 산책을 나가자고 했다. 넓고 배치도 잘된 그 정원은 그가 직접 가꾼 것이라 했다. 정원 가꾸기는 그의 고상한 취미 가운데 하나였다. 엘리자베스는 샬럿이 그 일이 얼마나 건강에 좋은지, 또 자신이 남편에게 얼마나 힘써 정원 일을 독려하는지를 말할 때 그렇게 차분한 표정을 짓는 데 대해 감탄하지 않을 수 없었다. 거기서 콜린스 씨는 정원의 작은 길들을 남김없이 훑으며 다른 사람들이 칭찬할 겨를도 주지 않고 구석구석을 세밀하게 설명했는데, 거기에 아름다움은 끼어들 자리가 없었다. 그는 사방에 밭이 몇 개나 되는지, 가장 먼 숲에 나무가 몇 그루인지 모두 안다고 했다. 하지만 그의 정원, 그의 주, 아니 그 나라 전체가 아무리 훌륭한 전망을 자랑한다고 해도, 저기 목사관 정면의 나무들 틈새로 내다보이는 로징스의 전망만 한 것은 아무것도 없다고 덧붙였다. 로징스는 야트막히 솟은 땅 위에 자리잡은 멋지고 현대적인 건물이었다.

콜린스 씨는 정원을 나가 목초지 두 곳을 보여주고 싶어했지만, 여자들은 신발이 흰 서리가 남은 땅을 밟기가 힘들어 먼저 집으로 돌아섰다. 그래서 윌리엄 경이 그와 동행하는 동안, 샬럿은 남편의 도움 없이 집을 보여줄 기회가 생긴 것을 크게 기뻐하며 동생과 친구를 집으로 데리고 들어갔다. 집은 작은 편이었지만 깔끔하고 튼튼하고 편리했다. 모든 것이 적소에 배치되었고, 그 단정함과 일관성은 샬럿의 솜씨가 분명했다. 콜린스 씨가 눈앞에서 사라지자 온 집 안에 매우 편안한 분위기가 맴돌았고, 샬럿이 그것을 역력히 즐기는 모습을 보며 엘리자베스는 친구가 콜린스 씨의 존재를 자주 그런 식으로 잊을 거라고 짐작했다.

캐서린 숙부인이 아직 시골에 있다는 말은 이미 들어 알고 있었다. 정찬 때 콜린스 씨는 그 사실을 다시 언급했다.

"그렇습니다. 엘리자베스 양, 캐서린 드 버그 숙부인은 이번 일요일에 교회에 오실 거고, 말할 필요도 없지만 엘리자베스 양도 그분을 만나면 아주 기쁘실 겁니다. 그분은 더없이 친절하고 겸손한 분이라, 예배가 끝난 뒤 분명 엘리자베스 양에게 인사를 건네실 겁니다. 우리가 로징스에 초대받을 때마다 엘리자베스 양과 우리 처제 마리아도 당연히 그 명단에 포함될 것이라고 저는 조금도 망설이지 않고 말씀드릴 수 있습니다. 사랑하는 우리 샬럿을 대하는 그분의 행동도 아름다우십니다. 우리는 일주일에 두 번 로징스에서 정찬을 하고, 그런 뒤에 집에 올 때도 걸어오는 적이 없습니다. 숙부인의 마차가 늘 준비되어 있으니까요. 아니 마차 가운데 한 대라고 해야겠네요. 숙부인께는 마차가 여러 대니까요."

"캐서린 숙부인은 정말로 점잖고 사려 깊으셔." 샬럿이 말했다. "그리고 살뜰한 이웃이시고."

"정말입니다. 딱 제가 하려던 말입니다. 아무리 존경을 바쳐도 부족한 분이시죠."

그날 저녁은 주로 허트퍼드셔의 소식과 이미 편지로 전한 일들을 다시 이야기하면서 보냈다. 그런 뒤 자기 방에 돌아온 엘리자베스는 샬럿이 생활에 충분히 만족하고 있다고 생각했다. 그녀가 남편을 인도하는 능란한 수완과 그에 대한 차분한 인내심을 이해하고, 모든 일이 잘되었다는 걸 인정해야 했다.

그리고 이곳에서의 시간이 어떤 식으로 흘러갈지도 생각해보았다. 조용한 일과 속에 콜린스 씨가 자주 귀찮게 방해할 테고, 로징스에 간다고 소란스러울 것이다. 그녀의 발랄한 상상력은 곧 모든 것을 파악했다.

다음 날 정오 무렵 그녀가 방에서 산책 나갈 준비를 하는데, 아래층에서 무슨 소리가 나더니 온 집안이 혼란에 빠진 것 같았다. 귀를 기울여 보니 잠시 후 누군가 쿵쾅쿵쾅 계단을 뛰어올라오면서 자기 이름을 크게 불러댔다. 문을 열자 계단 꼭대기에서 마리아가 흥분해서 숨을 헐떡이며 외쳤다.

"아, 일라이자! 빨리 식당으로 내려와. 엄청난 일이 일어났어! 미리 말해주지는 않을래. 당장 내려와서 직접 봐!"

엘리자베스가 물어보았지만 소용없었다. 마리아는 대답하지 않았고, 두 사람은 그 놀라운 일을 찾아 식당으로 달려 내려갔다. 식당에서는 집 바깥 길이 내다보였는데, 정원 문 앞에 두 여성을 태운 낮은 무개 사륜마차가 서 있었다.

"저게 전부야?" 엘리자베스가 소리쳤다. "나는 마당에 돼지 떼라도 들어온 줄 알았네. 그저 캐서린 숙부인 모녀잖아!"

"아냐." 마리아는 엘리자베스의 착각에 놀라며 말했다. "캐서린 숙부인이 아니야. 나이 든 부인은 그 집에 함께 사는 젠킨슨 부인이고, 다른 여자가 드 버그 양이야. 드 버그 양 좀 봐. 정말 작지 않아? 저렇게 작고 마른 사람일 줄은 생각도 못했어!"

"이런 바람 속에 샬럿을 세워두는 건 너무 무례한걸? 왜 집으로 안 들어오는 거야?"

"아! 샬럿 말로는 그런 일은 거의 없대. 드 버그 양이 집 안에 들어오는 건 대단한 시혜래."

"생긴 게 마음에 드는걸." 엘리자베스가 다른 생각이 떠올라서 말했다. "병약하고 까탈스러워 보여. 그래, 그 사람하고 잘 맞을 거야. 아주 어울리는 아내가 되겠어."

콜린스 씨와 샬럿은 대문 앞에 서서 두 숙녀와 대화를 했다. 윌리엄 경도 현관에 붙어 서서 눈앞에 펼쳐진 고귀한 장면을 진지하게 명상하고, 드 버그 양이 쳐다볼 때마다 허리 굽혀 인사했다. 엘리자베스로서는 진기한 풍경이었다.

마침내 이야기가 끝나 두 숙녀의 마차는 떠나고 콜린스 부부는 집 안으로 돌아왔다. 콜린스 씨는 엘리자베스와 마리아를 보자 무턱대고 행운을 축하했다. 샬럿이 로징스에서 목사관 일행 전체를 다음 날 정찬에 초대했다고 설명해주었다.

6

로징스의 초대는 콜린스 씨의 승리를 완벽하게 만들었다. 손님들에게 후원자의 위엄을 떨쳐 보이고, 숙부인이 그들 부부를 얼마나 정중하게 대접하는지 알리는 일은 그가 원하던 바로 그것이었다. 그 기회가 이렇게 빨리 찾아온 것은 캐서린 숙부인의 형언할 수 없는 자애로움을 단적으로 드러내는 사례였다.

"고백하건대 저는 숙부인께서 로징스의 일요일 저녁 차 모임에 초대를 하셨다면 그다지 놀라지 않았을 겁니다." 그가 말했다. "숙부인의 친절함을 익히 아는 저로서는 그런 일을 이미 예견했으니까요. 하지만 누가 이런 초대를 상상했겠습니까? 여러분이 오자마자 이렇게 금방 정찬 초대를 받으리라고 (그것도 일행 전부를 말입니다) 누가 상상이나 할 수 있었겠습니까?"

"나는 이런 일이 그렇게 놀랍지 않네." 윌리엄 경이 대답했다. "그 동안의 인생 경험을 통해 지체 높으신 분들의 예의를 잘 알고 있기 때문이지. 궁정에서는 고귀한 분들의 그런 행동을 드물지 않게 볼 수 있다네."

그날과 다음 날은 거의 모든 대화가 로징스 방문을 둘러싸고 이루어졌다. 콜린스 씨는 손님들이 그 집의 멋진 방과 많은 하인과 훌륭한 정찬에 기죽지 않도록 그 집에 대해 미리 소상한 정보를 전했다.

여자들이 단장을 하러 갈 때, 그가 엘리자베스에게 말했다.

"엘리자베스 양, 복장 문제로 너무 불안해할 건 없습니다. 캐서린 숙부인께서는 우리에게 그분 모녀만큼 우아한 옷차림을 요구하시지 않습니다. 가진 옷 중에 가장 좋은 걸 입으세요. 이보다 더 중요한 일은 없을 테니까요. 캐서린 숙부인은 옷차림이 소박하다고 사람을 홀대하실 분이 아닙니다. 그분은 지위 차이를 확실히 지키는 편을 더 좋아하시죠."

그들이 각자의 방에서 옷을 갈아입는 동안, 그는 두 번 세 번 각 방 앞에 가서 문을 두드렸다. 캐서린 숙부인은 정찬이 지체되는 걸 매우 싫어한다며 서두를 것을 종용하는 것이었다. 숙부인과 생활 방식에 대한 그런 무시무시한 설명에, 사교 활동에 익숙하지 않은 마리아 루카스는 겁을 먹었다. 로징스에 가는 그녀의 두려움은 아버지 루카스 경이 세인트제임스 궁정에 나갈 때 못지않았다.

날씨가 좋아서 그들은 대정원 길을 반 마일가량 가볍게 산책했다. 대정원은 어느 곳이든 고유한 아름다움과 전망이 있는 법이고, 엘리자베스는 비록 콜린스 씨가 기대한 만큼은 아니었지만 즐거이 주변을 감상했다. 그 집 정면에 창문이 몇 개인지, 루이스 드 버그 경이 그 창문에 얼마나 많은 돈을 들였는지를 일러주는 그의 설명은 그녀의 감상에 별반 영향을 주지 못했다.

입구 계단을 오를 때, 마리아의 두려움은 이루 말할 수 없이 커졌고, 윌리엄 경조차 그다지 침착해 보이지 않았다. 그러나 엘리자베스는 용기를 잃지 않았다. 그녀가 캐서린 숙부인에 대해 들은 엄청난 찬미 가운데 뛰어난 재능이나 눈부신 미덕에 대한 이야기는 없었다. 그저 돈과 높은 지위라는 위세 정도라면 떨지 않고 바라볼 수 있다고 그녀는 생각했다.

그들은 콜린스 씨가 훌륭한 비율과 세련된 장식을 열렬히 칭찬한 현관 입구를 지나 하인들의 인도를 받으며 대기실로 들어갔다가 마침내 캐서린 숙부인 모녀와 젠킨슨 부인이 앉아 있는 방으로 들어갔다. 숙부인은 친히 자리에서 일어나서 그들을 맞는 자애를 베풀었다. 콜린스 부인과 남편은 양측을 소개하는 일은 아내가 맡기로 미리 합의했고 그 일은 적절하게 이루어졌지만, 콜린스 씨라면 필요하다고 여겼을 사과와 감사의 말은 없었다.

윌리엄 경은 궁정에 출입했던 경험에도 불구하고 그곳의 웅장한 분위기에 완전히 압도되어서, 깊이 절한 후 아무 말없이 자리에 앉았다. 그가 할 수 있는 것은 그게 전부였다. 그 딸도 거의 혼절할 만큼 얼어붙어서, 눈길 둘 곳을 모른 채 의자 끄트머리에 걸터앉았다. 엘리자베스만은 상황에 압도되지 않고, 눈앞에 있는 세 여자를 차분히 관찰할 수 있었다. 캐서린 숙부인은 키도 덩치도 큰 여자였다. 뚜렷한 이목구비를 보니 한때 미모를 뽐냈을 것 같았다. 부인의 전체적인 분위기와 그들 일행을 맞는 태도는 손님들이 각자의 열등한 지위를 잊게 할 만큼 친절하지는 않았다. 부인은 침묵을 통해 무시무시한 분위기를 조성하지 않았다. 하지만 말 한 마디 한 마디가 모두 권위적이고 거만해서, 엘리자베스는 당장 위컴 씨가 떠올랐다. 그날 관찰한 바에 따르면, 캐서린 숙부인은 그에게 들은 것과 똑같았다.

엘리자베스는 숙부인의 표정과 행동에서 다아시 씨와 닮은 부분을 몇 가지 발견한 다음 그 딸에게 눈길을 돌렸다가, 그녀가 너무나 야위고 작다는 사실에 마리아만큼이나 놀랐다. 두 모녀는 몸과 얼굴, 어느 곳도 닮지 않았다. 드 버그 양은 창백하고 병색이 완연했다. 이목구비는 못나지 않았지만 생기가 없었다. 그녀는 이따금 낮은 목소리로 젠킨슨 부인에게 몇 마디 건네는 것 외에는 거의 말이 없었고, 외모상 두드러진 특징이 하나도 없는 젠킨슨 부인은 드 버그 양의 말을 듣는 일, 방열막을 이리저리 옮겨서 벽난로 불빛이 그녀의 눈에 들지 않게 막아주는 일만을 했다.

그렇게 몇 분이 지난 뒤 손님들은 모두 창문으로 가서 전망을 내다보게 되었다. 콜린스 씨가 창문 옆까지 따라와 특별히 아름다운 곳들을 가리켜 보였고, 캐서린 숙부인은 여름이면 전망이 훨씬 좋다고 친절하게 일러주었다.

정찬은 매우 호화로웠고, 하인들도 접시들도 모두 콜린스 씨가 말했던 대로였다. 그리고 역시 콜린스 씨가 예상한 대로 숙부인은 그에게 식탁 끝자리 주빈석에 앉으라고 청했다. 그는 인생에 더 이상 바랄 게 무엇이 있느냐는 표정으로 신속하게 음식을 자르고 먹으며 칭찬을 했다. 음식이 나오면 먼저 콜린스 씨가 칭찬했고, 뒤를 이어 이제 약간의 평정을 되찾은 윌리엄 경이 같은 말을 반복했다. 두 사람의 태도는 엘리자베스가 볼 때는 캐서린 숙부인이 참는 게 신기하다 싶을 정도였다. 하지만 캐서린 숙부인은 그들의 과도한 찬사가 만족스러운 듯 우아한 미소로 답했는데, 특히 요리가 그들이 처음 맛보는 것임이 증명될 때면 더욱 그랬다. 대화는 별로 없었다. 엘리자베스는 기회가 생기면 이야기를 할 준비가 되어 있었다. 하지만 그녀는 샬럿과 드 버그 양 사이에 앉았는데, 샬럿은 캐서린 숙부인의 이야기를 듣는 데 몰두해 있었고, 드 버그 양은 정찬 시간 내내 그녀에게 한마디도 말을 하지 않았다. 젠킨슨 부인이 하는 일은 드 버그 양이 얼마나 조금 먹는지 관찰하고, 다른 음식을 먹어보라고 부탁하고, 안 먹는다고 걱정하는 것이었다. 마리아는 말한다는 것 자체가 불가능했고, 신사들은 오로지 먹고 찬탄할 뿐이었다.

응접실로 돌아온 뒤 여자들은 캐서린 숙부인의 이야기를 듣는 것밖에 달리 할 일이 없었다. 숙부인은 커피가 나올 때까지 쉬지 않고 이야기를 했고, 모든 주제에 보이는 단호한 태도로 보아, 반론을 접하는 데 익숙하지 않다는 것이 확실했다. 부인은 샬럿의 집안일에 대해 친숙하고도 상세하게 물었고, 세세한 관리에 대해 많은 조언을 주었다. 그토록 작은 집에서는 모든 것을 어떻게 조절해야 하는지 말하고, 소와 닭을 돌보는 법을 일러주었다. 엘리자베스는 이 고귀하신 부인은 다른 사람에게 조언하고 명령할 수만 있다면, 그 어떤 일에도 관심을 가질 수 있다는 걸 알았다. 숙부인은 콜린스 부인에게 조언을 하는 틈틈이 마리아와 엘리자베스에게, 그중에서도 특히 사회적 배경을 잘 모르는 엘리자베스에게 여러 가지 질문을 했고, 콜린스 부인에게 엘리자베스를 꽤 참하고 예쁜 아가씨라고 말했다. 숙부인은 시시때때로 그녀에게 형제 관계와 출생 순서는 어떻게 되는지, 누가 결혼할 가능성이 있는지, 모두 예쁘게 생겼는지, 교육은 어디서 받았는지, 아버지는 어떤 마차를 갖고 있는지, 어머니의 결혼 전 성은 무엇인지 등을 물었다. 엘리자베스는 매우 무례하다고 느끼면서도 그 질문들에 차분하게 대답했다. 그러자 캐서린 숙부인이 말했다.

"베넷 양 부친의 영지가 콜린스 씨에게 한사상속된다고 알고 있는데." 그러고는 샬럿을 돌아보며 말했다. "콜린스 부인을 생각하면 잘된 일이지. 하지만 전체적으로 여성을 배제하는 한사상속은 문제라고 생각해. 루이스 드 버그 가는 그런 일을 불필요하다고 보았지. 음악 연주와 노래는 할 줄 아나, 베넷 양?"

"조금요."

"아! 그렇다면 언젠가 즐거이 베넷 양의 연주와 노래를 들어 볼 수 있겠군. 우리 집 악기는 최상품이야. 그 뭐더라, 아무튼 그것보다도 좋을 거야. 언젠가 베넷 양에게도 연주할 기회를 주도록 하지. 다른 자매들도 음악을 연주하나?"

"동생 중 한 명이 합니다."

"왜 모두 배우지 않았지? 그건 모두 배웠어야 해. 웨브 가딸들은 전부 음악 연주를 해. 그 집 아버지 수입은 베넷 양 아버지만도 못한데 말이야. 그림들은 그리나?"

"아뇨, 전혀요."

"뭐라고? 아무도 그림을 안 그려?"

"네."

"이상한 일이로군. 하기야 기회가 없었을 게야. 매년 봄이 되면 어머니가 런던에 딸들을 데리고 가서 선생을 구해줬어야 하는데."

"어머니는 그러실 수 있었을 텐데, 아버지가 런던을 싫어하십니다."

"가정교사는 이제 없나?"

"저희는 한 번도 가정교사를 둔 적이 없습니다."

"가정교사가 없었다고? 어떻게 그런 일이! 딸 다섯을 키우는 집에 가정교사가 없다니! 그런 일은 들어본 적이 없어. 어머니가 딸들을 가르치느라 꼼짝 못하셨겠군."

그렇지 않았다고 대답하며 엘리자베스는 얼굴에 떠오르는 미소를 참기가 힘들었다.

"그러면 누구한테 배웠지? 누가 그 집 자매를 돌봤어? 가정교사가 없었다면 교육을 제대로 받지 못했을 텐데."

"몇몇 집안과 비교하면 그게 사실일 겁니다. 하지만 배우고자 하는 사람에게는 수단이 부족하지 않았습니다. 저희 집은 언제나 책을 읽는 분위기였고, 필요한 선생님은 모두 언제든 부를 수 있었습니다. 하지만 배울 생각이 없는 사람은 확실히 별로 배우지 못했죠."

"당연한 일이지. 하지만 가정교사가 있으면 그런 일을 막을 수 있어. 내가 베넷 양 어머니를 진작 알았다면 가정교사를 꼭 써야 한다고 누차 권했을 텐데. 나는 사람들을 만나면 늘 말해. 교육에는 꾸준한 학습이 필요하고, 그러려면 가정교사가 필수라고 말이야. 내가 그렇게 해서 가정교사를 들인 집이 몇 집인지 몰라.* 젊은 사람들에게 좋은 자리를 마련해주는 건 언제나 기쁜 일이야. 젠킨슨 부인의 조카딸 네 명이 내 손을 거쳐서 아주 좋은 집에 자리를 잡았어. 그리고 바로 얼마 전에도 내가 우연히 전해 들은 젊은 여자를 추천했더니, 그 집에서 아주 마음에 들어 하고 있어. 콜린스 부인, 어제 매트캐프 부인이 감사 인사를 하러 들렀다는 이야기를 했나? 부인은 포프 양을 보배라고 부르더군. '캐서린 숙부인, 부인께서 우리에게 보배를 주셨어요' 하고 말이야. 동생은 몇 명이나 사교계에 나갔나, 베넷 양?"

"전부 나갔습니다."

"전부? 다섯이 한꺼번에? 정말 이상하군! 베넷 양이 겨우 둘째인데 말이야. 언니들이 결혼하기 전에 동생들이 사교계에 나가다니! 동생들은 아주 어리겠지?"

"네, 막내는 아직 열여섯 살이 안 됐습니다. 어쩌면 그애는 사교계에 나가기에는 너무 어린지도 모릅니다. 하지만 언니들이 일찍 결혼할 수단이나 의사가 없다고 해서 동생들이 사교계의 즐거움을 누리지 못 하게 하는 건, 너무 가혹한 일이라고 생각합니다. 막내도 맏이 못지않게 젊음을 누릴 권리가 있으니까요. 그리고 그런 이유로 기다리게 하는 건 자매간의 우애나 배려심을 키우는 데 별로 도움이 되지 않을 것 같습니다."

"어허." 숙부인이 말했다. "젊은 사람치고는 자기 의견이 똑

*당시 가정교사 직은 일정 수준의 교육을 받고 독립해 살아야 하는 여성이 할 수 있는 극소수의 일 중 하나였다. 가족의 일원도 하인도 아닌 애매한 관계로 보수 또한 적은 경우가 많았다. 교육가 치롤은 가정교사에게 적정 보수를 지급하고 전문 양성소를 설비해야 한다고 주장했다.

부러지는군. 그래, 베넷 양은 나이가 몇이지?"

"성숙한 여동생이 셋이나 있으니, 제가 나이를 밝히지 않는 것을 이해해주시리라 생각합니다." 엘리자베스가 미소를 지으며 대답했다.

캐서린 숙부인은 질문에 즉각 답이 오지 않은 것에 놀란 기색이었다. 엘리자베스는 이 귀부인의 무례를 이렇게 받아넘긴 사람은 자신이 처음이 아닐까 하고 생각했다.

"스무 살은 안 넘었을 거야. 그러니 굳이 나이를 감출 필요는 없네."

"아직 스물한 살은 되지 않았습니다."

남자들이 응접실에 들어오고 다과가 끝나자 카드놀이가 시작되었다. 캐서린 숙부인, 윌리엄 경, 콜린스 부부는 카드릴 탁자에 앉았고, 드 버그 양이 카지노 게임을 하겠다고 해서 엘리자베스와 마리아는 젠킨슨 부인과 함께 카지노 탁자를 차렸다. 그리고 뭐라 말할 수 없이 한심한 시간이 지나갔다. 카드놀이와 관계없는 이야기는 거의 한마디도 없었고, 예외라고는 오직 젠킨슨 부인이 드 버그 양이 너무 더울까 너무 추울까, 빛이 너무 강할까 너무 약할까 걱정하는 말뿐이었다. 다른 탁자에서는 비교할 수 없이 많은 이야기가 오갔다. 이야기하는 사람은 주로 캐서린 숙부인이었다. 부인은 연신 다른 세 사람의 실수를 지적하고, 자신이 겪은 일화를 소개했다. 콜린스 씨는 부인의 말에 빠짐없이 동의하고, 칩을 딸 때마다 감사를 표하고, 너무 많이 땄다 싶으면 사과하느라 바빴다. 윌리엄 경은 별말이 없었다. 그는 그저 숙부인이 들려주는 이런저런 일화와 지체 높은 이름들을 머리에 저장하느라 분주했다.

캐서린 숙부인 모녀가 충분하다고 느낄 만큼 카드놀이를 하자 탁자는 정리되었다. 캐서린 숙부인은 콜린스 부인에게 마차를 빌려주겠다고 했고, 감사 인사가 끝나자마자 곧 마차를 준비하라는 명령이 떨어졌다. 그사이에 그들은 벽난로 앞에 앉아서 캐서린 숙부인이 예상하는 내일 아침 날씨에 대한 이야기를 들었다. 마침내 마차가 오자 콜린스 씨가 끝없이 감사 인사를 올리고 윌리엄 경이 지지 않고 쉼 없이 절을 올리는 동안, 일행은 모두 마차에 올랐다. 마차가 움직이자마자 콜린스 씨는 엘리자베스에게 로징스에 대한 소감을 청했고, 그녀는 샬럿을 생각해서 실제보다 우호적으로 대답했다. 하지만 콜린스 씨는 엘리자베스가 상당한 고충을 겪으며 한 그 칭찬에 전혀 만족하지 못했고, 그래서 그는 곧 숙부인에 대한 찬사를 직접 떠맡았다.

7

윌리엄 경은 헌스퍼드에 일주일밖에 머물지 않았지만, 그 일주일은 딸이 잘 살고 있으며 그런 남편과 이웃은 흔히 구할 수 있는 상대가 아니라는 확신을 얻기에 충분했다. 윌리엄 경이 머물 때 콜린스 씨는 아침마다 자신의 이륜마차에 장인을 태워시골을 구경시켜주었다. 그러나 그가 떠나자 그들 부부는 평소 생활로 돌아갔고, 엘리자베스는 그 때문에 콜린스 씨를 더 자주 보지 않게 되어 안심했다. 이제 그는 조찬과 정찬 사이의 시간을 대부분 정원을 가꾸거나 도로가 내다보이는 서재에서 책을 읽고 글을 쓰며 보냈기 때문이다. 여자들이 하루를 지내는 거실은 뒤쪽에 있었다. 처음에 엘리자베스는 샬럿이 정찬실을 일반 용도로 쓰지 않는 게 의아했다. 그 방이 크기도 더 크고 전망도 더 좋았기 때문이다. 하지만 곧 샬럿이 훌륭한 판단을 했다는 걸 알게 되었다. 만약 그들이 서재만큼 쾌적한 방에서 지낸다면, 콜린스 씨가 자기 공간에 머무는 시간이 훨씬 더 줄어들 게 분명했다. 그녀는 샬럿의 지혜에 고개를 끄덕였다.

응접실에서는 바깥 도로에 무슨 일이 벌어지는지 전혀 보이지 않았기 때문에, 어떤 마차가 지나가고 드 버그 양의 무개 사륜마차가 얼마나 자주 지나갔는지는 콜린스 씨의 말을 통해서만 알 수 있었다. 드 버그 양의 마차는 거의 매일 지나갔는데도 그때마다 콜린스 씨는 어김없이 와서 알려주었다. 그녀는 종종 목사관 앞에 서서 샬럿과 몇 분간 대화를 나누었지만, 안으로 들라는 청에 응하는 일은 거의 없었다.

콜린스 씨가 로징스까지 산책하지 않는 날은 거의 없었고, 그의 아내 또한 산책이 필요 없다고 보는 날이 많지 않았다. 그래서 엘리자베스는 드 버그 가를 통해 얻어낼 교구가 더 있을지도 모른다는 점을 떠올리기 전에는, 그들이 왜 그렇게 그 일에 많은 시간을 들이는지 이해하지 못했다. 이따금 숙부인이 목사관을 방문하는 영광을 베풀었고, 그럴 때마다 부인은 집 안에서 벌어지는 일을 꼼꼼히 관찰했다. 하던 일을 살펴보고, 바느질감을 들여다보고, 다른 방식으로 하라고 조언하고, 가구 배치의 문제를 지적하고, 아니면 하녀의 태만을 나무랐다. 그리고 가벼운 다과 대접이라도 허락하는 경우는 오직 콜린스 부인이 준비한 고깃점이 살림 규모에 비해 너무 크다는 사실을 지적하기 위해서인 것 같았다.

엘리자베스는 곧 이 지체 높은 부인이 지역 치안 위원회*에 속해 있지는 않지만, 교구 행정에 적극적으로 관여하고 콜린스 씨를 통해서 거기 벌어지는 온갖 사소한 일들을 보고 받는다는 걸 알게 되었다. 마을에 시비가 일거나 불만이 끓거나 가난이 닥치면, 언제나 직접 출격해 시비를 다스리고, 불만을 잠재우고, 사람들을 질타해 화합과 풍요로 이끌었다.

로징스의 정찬은 일주일에 두 번씩 반복되었다. 그리고 윌리엄 경이 떠나서 카드 탁자가 한 개만 차려진다는 점을 빼면, 그런 모임은 첫 번째 날과 판박이였다. 그밖에는 교류가 거의 없었다. 캐서린 숙부인 가의 생활 방식은 대체로 콜린스 가의 손이 닿지 않는 수준이었기 때문이다. 하지만 엘리자베스에게는 전혀 아쉬운 일이 아니었고, 전체적으로 그녀는 그곳에서 꽤 편안하게 지냈다. 샬럿과 짧고 즐거운 대화를 자주 나누었고, 이른 봄치고는 날씨가 좋아서 나들이도 자주 나갔다. 대정원 가장자리의 작은 숲을 따라 난 오솔길을 특히 좋아해서 다른 사람들이 캐서린 숙부인 댁에 갔을 때 혼자 자주 가곤 했다. 그 길은 외부의 눈길에서 차단되어 있었고, 그녀 말고는 아무도 그 길을 소중히 여기지 않는 것 같았다. 그곳에 있으면 캐서린 숙부인의 호기심의 영역에서 벗어나 있는 기분이었다.

헌스퍼드에서의 첫 보름은 그렇게 조용히 지나갔다. 그런 뒤 부활절이 다가왔고, 그 전주에 로징스에 친척이 오기로 되어 있었는데, 그렇게 작은 집단에서 누군가가 온다는 건 중요한 일이 분명했다. 엘리자베스는 이곳에 도착한 뒤 얼마 지나

*지주 신사 계급에서 선출되어 지역의 행정과 사법을 관장하는 기구.

지 않아 몇 주일 뒤 다아시 씨가 온다는 소식을 들었다. 그는 그녀가 아는 사람들 가운데 가장 싫은 축에 끼었지만, 그가 오면 어쨌건 로징스 모임에 새로운 얼굴이 더해질 것이고, 캐서린 숙부인이 정혼자로 정해둔 사촌을 그가 어떻게 대하는지 보고, 빙리 양의 계획이 얼마나 가망 없는지를 확인하는 것도 재미있을 것 같았다. 캐서린 숙부인은 그의 방문을 크게 기대했고, 그를 설명할 때마다 최고의 찬사를 바쳤으며, 루카스 양과 엘리자베스가 이미 그를 여러 번 봤다는 사실에 거의 노기마저 띠었다.

그가 도착했다는 소식은 곧 목사관에 알려졌다. 콜린스 씨가 그 순간을 위해, 아침부터 하루 종일 헌스퍼드 진입로 쪽 출입구들이 보이는 장소를 서성거렸기 때문이다. 그는 들어오는 마차를 향해 절을 한 뒤 이 중요한 정보를 전하러 서둘러 집으로 갔다. 그리고 다음 날 아침 일찌감치 문안 인사를 드리러 로징스로 갔다. 그가 인사할 캐서린 숙부인의 조카는 두 명이었다. 다아시 씨가 숙부의 둘째 아들인 피츠윌리엄 대령을 데려왔기 때문이다. 놀라운 것은 콜린스 씨가 목사관으로 돌아올 때 두 신사가 함께 왔다는 것이다. 샬럿은 남편 방 창문으로 그들이 길을 건너오는 것을 보고, 다른 방에 있는 마리아와 엘리자베스에게 뛰어가서 황송한 손님들이 오고 있다며 말했다.

"이런 대접을 받다니, 일라이자 너한테 감사해야 할 것 같다. 다아시 씨가 나한테 인사하겠다고 이렇게 우리 집에 일찍 찾아온 건 아닐 테니까."

엘리자베스가 무슨 소리냐고 따져 말할 새도 없이 현관 종소리가 그들의 도착을 알렸고, 곧 이어 세 남자가 들어왔다. 가장 먼저 들어온 피츠윌리엄 대령은 서른 살가량의 남자로 미남은 아니지만, 풍채나 태도가 매우 신사다웠다. 허트퍼드셔에서 보던 모습 그대로인 다아시 씨는 평소처럼 짤막한 말로 콜린스 부인에게 인사를 했다. 그리고 엘리자베스에 대한 감정이 어떻건 간에, 그녀에게 더없이 침착하게 인사했다. 엘리자베스는 아무 말도 하지 않고 살짝 무릎만 굽혀 인사했다.

피츠윌리엄 대령이 교양 있는 남자답게 시원하고 편안한 태도로 대화를 시작해서 유쾌하게 이야기를 끌어나갔다. 하지만 그의 사촌은 콜린스 부인에게 집과 정원에 대해 몇 마디 건넨 뒤로는, 한동안 아무 말도 없이 앉아 있었다. 그러다가 마침내 어느 정도 예의를 차릴 필요를 느꼈는지, 엘리자베스에게 가족의 안부를 물었다. 그녀는 평소처럼 대답하고 잠시 후에 덧붙였다.

"언니가 지금 런던에서 석 달째 지내고 있어요. 혹시 만나신 적 있나요?"

그럴 리 없다는 걸 잘 알았지만, 그의 표정에서 그녀는 빙리 남매와 제인 사이에 있었던 일을 그가 아는지 읽어낼 수 있기를 바랐다. 아쉽게도 제인 베넷 양을 만나는 행운을 누리지 못했다고 말하는 다아시 씨의 표정은 약간 혼란스러워 보였다. 이야기는 거기서 그쳤고, 신사들은 곧 돌아갔다.

8

목사관 사람들은 피츠윌리엄 대령의 태도를 크게 칭송했고, 특히 여자들은 그 때문에 로징스 방문이 훨씬 더 즐거워질 거라고 믿었다. 하지만 며칠이 지날 때까지 그들은 로징스에 초대받지 못했다. 다른 방문객들 덕분에 그들이 필요하지 않았기 때문이다. 그들은 두 남자가 온 지 거의 일주일이 다 되는 부활절에야 그런 배려를 받아, 그날 예배를 마친 후 저녁 때 잠시 들르라는 청을 받았다. 지난 한 주간 그들은 캐서린 숙부인도 그 딸도 별로 보지 못했다. 피츠윌리엄 대령은 몇 차례 목사관에 들렀지만, 다아시 씨는 교회에서 말고는 만날 수 없었다.

그들은 당연히 그 초대를 받아들이고, 시간에 맞추어 캐서린 숙부인의 응접실에 들어섰다. 숙부인은 그들을 정중하게 맞았지만, 다른 방문객이 없을 때만큼 그들이 반갑지는 않은 게 분명했다. 그리고 실제로 부인은 거기 모인 다른 어떤 사람보다 조카들, 그중에서도 특히 다아시와 이야기하는 데 훨씬 더 정신을 쏟았다.

피츠윌리엄 대령은 그들이 와서 정말로 기쁜 것 같았다. 로징스에서는 그 어떤 사람도 그에게 반가운 위안이었고, 특히 콜린스 부인의 예쁜 친구는 매우 눈길을 끌었기 때문이다. 그는 그녀 옆에 앉아서 켄트와 허트퍼드셔에 대해, 여행과 집에서 지내는 것에 대해, 새로 나온 책과 음악에 대해 유쾌하게 이야기를 나누었고, 엘리자베스는 그때까지 그 응접실에서 보낸 어떤 시간보다도 곱절 이상 즐거웠다. 그들의 유쾌하고 거침없는 대화는, 다아시 씨뿐 아니라 캐서린 숙부인의 눈길까지 끌었다. 다아시 씨의 눈은 처음부터 호기심에 차서 자꾸만 그들 쪽을 향했다. 얼마 후에 숙부인 역시 같은 호기심을 느끼고 공개적으로 외쳤다.

"둘이서 무슨 이야기를 그렇게 하는 거니, 피츠윌리엄? 무슨 이야기를 하는 거지? 베넷 양 앞에서 무어라고 떠들고 있는 거냐? 나도 한번 들어봐야겠는걸."

"음악 이야기를 하고 있습니다." 그가 더는 대답을 피하지 못하고 말했다.

"아, 음악이라! 그러면 모두가 듣게 크게 말해보렴. 그건 내가 아주 좋아하는 화제지. 너희가 음악 이야기를 한다면 나도 같이 끼어야겠다. 잉글랜드에서 나보다 더 음악을 깊이 즐기고 뛰어난 안목을 지닌 사람은 별로 없을 거다. 제대로 배우기만 했으면 훌륭한 음악가가 되었을 거야. 앤도 건강만 허락했으면 마찬가지였을 텐데. 그랬다면 앤은 아주 훌륭한 연주를 했을 거야. 조지아나의 음악 실력은 어떻게 돼가고 있니, 다시?"

다시 씨는 동생의 실력을 애정 어린 말로 칭찬했다.

"그렇게 잘하고 있다니 기쁘구나." 캐서린 숙부인이 말했다. "내 말을 꼭 전하려무나. 연습을 열심히 하지 않으면 뛰어난 연주를 할 수 없는 법이라고."

"하지만 이모님." 그가 대답했다. "조지아나는 그런 조언이 필요 없을 겁니다. 꾸준히 연습하고 있거든요."

"그렇다면 더 잘됐지. 연습은 아무리 많이 해도 지나치지 않아. 다음에 내가 그애한테 편지를 쓸 때는 무슨 일이 있어도 연습을 게을리하지 말라는 말을 적겠어. 나는 젊은 아가씨들한테 음악 실력이란 꾸준한 연습 없이는 얻을 수 없다고 자주 말하지. 베넷 양에게도 몇 번 말했어, 좀 더 연습하지 않으면 실력을 제대로 갖추지 못할 거라고 말이다. 콜린스 부인은 악기가 없지만, 언제라도 로징스에 와서 젠킨슨 부인 방의 피아노를 칠 수 있어. 아주 한갓진 곳이라서 거기서 연습하면 누구에게도 방해가 되지 않을 거야."

다아시 씨는 이모의 교양 없는 태도가 부끄러운 듯한 표정이었지만, 입은 열지 않았다.

커피 시간이 끝나자 피츠윌리엄 대령이 엘리자베스에게 피아노 연주 약속을 상기시켰고, 그녀는 바로 피아노 앞에 앉았다. 그는 그녀 곁에 의자를 당겨 앉았다. 캐서린 숙부인은 노래를 절반쯤 듣다가 계속 다른 조카에게 말을 걸었다. 조용히 경청하던 그는 마침내 이모 곁을 떠나서 평소처럼 신중한 태도로 피아노를 향해 다가가, 아름다운 연주자의 얼굴이 잘 보이는 곳에 자리를 잡았다. 엘리자베스는 다아시 씨의 움직임을 다 보았고, 첫 번째 휴지부에서 그에게 고개를 돌리고 장난스런 미소를 지어 보이며 말했다.

"저를 겁주려고 이런 상태에서 제 연주를 들으러 오시는 거죠, 다아시 씨? 하지만 저는 다아시 양의 연주 실력에 기죽지 않을 거예요. 저는 고집이 조금 세서, 기죽이려는 사람 앞에서는 절대 기죽지 않거든요. 겁을 주면 저는 더 용기가 솟아요."

"무슨 말씀이냐고 묻지 않겠습니다." 그가 대답했다. "제가 정말로 당신을 겁주려 한다고는 생각하시지 않을 테니 말입니다. 그리고 베넷 양과 알고 지낸 기간 동안, 베넷 양이 이따금 진심과는 다른 의견을 전하며 즐거워하신다는 것쯤은 저도 알게 되었습니다."

엘리자베스는 다아시의 이런 설명에 즐겁게 웃은 뒤 피츠윌리엄 대령에게 말했다. "사촌 분께서 저에 대해 아주 재미있게 말씀하시네요. 대령님께 제 말을 믿지 말라고 하시는 말씀 같은데요. 제가 신뢰를 얻고자 했던 곳에서 이렇게 제 본성을 폭로해주시는 분을 만나다니, 너무 불운하지 뭐예요. 다아시 씨, 허트퍼드셔에서 알게 된 사실로 저를 공격하시다니, 너무해요. 그리고 별로 신중하지 못하셨다고도 말씀드리고 싶네요. 제 복수심을 자극하니까요. 제가 그곳에서 있었던 일을 말씀 드리면 여기 계신 친척 분들이 놀라실지도 몰라요."

"저는 당신이 두렵지 않습니다." 다아시 씨가 미소 지으며 말했다.

"저는 베넷 양의 비난을 듣고 싶은데요." 피츠윌리엄 대령이 말했다. "다아시가 낯선 사람들 틈에서 어떻게 행동하는지 무척 궁금합니다."

"그러시다면 말씀드릴게요. 하지만 아주 고약한 이야기니까 각오하셔야 돼요. 허트퍼드셔에서 제가 다아시 씨를 처음 만난 건 무도회에서였어요. 거기서 다아시 씨가 어떻게 하셨는지 아세요? 춤을 네 곡밖에 안 추셨답니다! 충격을 드려서 죄송합니다만 사실이에요. 남자 분이 훨씬 적었는데도 단 네 곡만 추시고 끝내셨어요. 여러 숙녀 분이 파트너가 부족해 자리에 그냥 앉아 있었는데 말이죠. 자, 다아시 씨, 그 사실은 부인할 수 없으시겠죠?"

"그때 저는 함께 간 일행을 빼고는 아는 숙녀 분이 한 분도 없었습니다."

"맞아요. 무도회장에서 소개를 받을 수는 없는 일이니까요. 피츠윌리엄 대령님, 이제 어떤 곡을 연주할까요? 제 손은 대령님 명령만을 기다리고 있어요."

"제가 그때 소개를 원했다면 그렇게 행동하지 않았겠지요." 다아시가 말했다. "하지만 저는 모르는 사람들과 잘 어울리는 능력이 없습니다."

"사촌 분께 그 이유를 여쭈어도 될까요?" 엘리자베스가 이번에도 피츠윌리엄 대령에게 말했다. "지성과 교양을 갖추고 세상 경험을 쌓아온 분이 왜 모르는 사람들과 잘 어울리지 못하시는지 저는 잘 모르겠거든요."

"그건 다아시한테 묻지 않고도 제가 대답해드릴 수 있습니다." 피츠윌리엄이 말했다. "그런 수고가 싫기 때문입니다."

"제게는 몇몇 사람들에게 있는 그런 재능이 없습니다." 다아시가 말했다. "처음 본 사람과 쉽게 대화하는 능력 말입니다. 저는 다른 사람들처럼 대화의 분위기를 감지하지도 못하고, 사람들이 나누는 이야기에 관심 있는 척하지도 못합니다……."

"제 손은 다른 여자들처럼 능숙하게 이 악기 위를 움직이지 못해요." 엘리자베스가 말했다. "다른 여자들처럼 힘이 넘치지도 않고 빠르지도 않고 표현력도 부족하지요. 하지만 저는 언제나 그걸 제 잘못이라고 여겼어요. 제가 연습을 안 했으니까요. 제 손이 다른 뛰어난 여자들의 손보다 능력이 없어서가 아니라요."

다아시는 미소 짓고 말했다. "당신 말이 맞습니다. 당신 쪽이 시간을 더 잘 활용했어요. 당신 연주를 듣는 특권을 누린 사람들은 그 연주에 부족함이 있다고는 말할 수 없을 테니까요. 우리 두 사람 다 모르는 사람 앞에서는 연주를 하거나 춤을 추지 않죠."

여기서 캐서린 숙부인이 끼어들어서 무슨 이야기를 하고 있느냐고 물었다. 엘리자베스는 얼른 다시 피아노를 쳤다. 캐서린 숙부인이 다가와서 몇 분간 듣더니 다아시에게 말했다.

"베넷 양은 연습만 조금 더 하고 런던에서 좋은 선생을 구하면 괜찮게 연주할 거야. 취향은 앤에 비해 떨어지지만, 손놀림은 잘 알고 있으니. 건강만 허락했다면 앤은 정말 훌륭한 연주자가 되었을 텐데."

엘리자베스는 다아시가 사촌에 대한 칭찬에 얼마나 따뜻하게 반응하는지 그의 얼굴을 살폈다. 하지만 이번에도 다른 때와 마찬가지로 그에게서 사랑의 징후는 찾아볼 수 없었다. 그리고 그가 드 버그 양을 대하는 전반적인 태도를 관찰한 뒤, 그녀는 빙리 양에게 위안이 될 만한 결론을 얻었다. 빙리 양도 다아시 씨의 친척이었다면 충분히 그와 결혼할 수 있었으리라는 결론을.

캐서린 숙부인은 엘리자베스의 연주에 대한 평가를 계속하며, 연주법과 안목에 대한 가르침도 쉬지 않았다. 엘리자베스는 예의 바르게 인내하며 그 이야기를 들었고, 숙부인의 마차가 그들을 데리고 갈 준비가 될 때까지 남자들의 요청에 따라 피아노 앞에 앉아 있었다.

9

다음 날 아침 콜린스 부인과 마리아가 마을에 일이 있어 외출한 동안, 엘리자베스는 응접실에 혼자 앉아서 제인에게 편지를 썼다. 그러다 현관문에서 손님의 방문을 알리는 종이 울리자 깜짝 놀랐다. 마차 소리가 없었기에 캐서린 숙부인은 아닐 거라고 생각했지만, 혹시 부인일 경우 온갖 무례한 질문이 쏟아질 거라는 걱정에 쓰던 편지를 치우고 있는데, 문이 열리고 놀랍게도 다아시 씨가 혼자서 응접실에 들어왔다.

그 역시 그녀가 혼자 있는 데 놀란 것 같았고, 숙녀 분들이 다 있는 줄 알았다며 불쑥 찾아온 것을 사과했다.

그런 뒤 그들은 자리에 앉았고, 그녀가 로징스의 안부를 물은 다음에는 자칫 완전한 침묵 속으로 빠져들 것만 같았다. 무언가 말할 거리를 찾아야 했고, 그 다급한 상황에서 엘리자베스는 허트퍼드셔에서 그를 마지막 본 모습을 떠올리고는, 그들이 그렇게 서둘러 떠난 이유에 대해 그가 뭐라고 할지 궁금해서 물었다.

"지난 11월에 다들 정말 갑작스럽게 떠나셨어요, 다아시 씨! 빙리 씨는 식구들을 그렇게 금방 다시 만나서 정말 놀랍고 반가웠을 거예요. 제 기억이 맞다면 빙리 씨가 떠난 다음 날 모두가 따라가셨으니까요. 다아시 씨가 런던을 떠날 때 빙리 가 분들이 모두 평안하셨기를 바랍니다."

"아주 잘 지냅니다. 고맙습니다."

그녀는 다른 질문도 해야겠다 싶어서 잠시 쉬었다가 덧붙였다.

"빙리 씨는 네더필드에 다시 돌아오실 생각이 없으시다고요?"

"빙리가 직접 그렇게 말하는 걸 듣지는 못했습니다. 하지만 앞으로 거기서 시간을 많이 보내지 않을 가능성이 높습니다. 빙리는 친구가 많고, 또 지금 나이가 친구들이나 다른 약속이 한창 늘어날 때니까요."

"만약 네더필드에 자주 오지 않을 생각이라면 아예 정리하시는 게 이웃들에게 더 좋을 텐데요. 그래야 새로운 가족이 들어올 테니까요. 하지만 빙리 씨가 그 집을 얻은 건 이웃이 아니라 빙리 씨 자신을 위해서니까, 그 집의 유지하실지 여부도 역시 같은 원칙에 따라 결정되겠죠."

"적당한 구매자가 나타나면 빙리가 그 집을 정리해도 저는 별로 놀라지 않을 겁니다." 다아시가 말했다.

엘리자베스는 아무런 말도 하지 않았다. 더 이상 다아시의 친구 이야기를 하기가 두려웠다. 그리고 더 할 말이 없어서 이제는 이야깃거리 찾는 수고를 그에게 넘기기로 했다.

그는 그런 뜻을 알아차리고 곧 입을 열었다. "이 집은 아주 안락해 보이는군요. 이모님께서 콜린스 씨가 처음 헌스퍼드에 왔을 때 이 집 단장에 많은 수고를 기울이셨다고 들었습니다."

"네, 저도 알아요. 그에 대해서 콜린스 씨는 세상에 다시없을 감사를 표하고 있죠."

"콜린스 씨는 아주 훌륭한 아내를 얻으신 것 같습니다."

"정말이에요. 콜린스 씨 친구 분들은 그분을 받아들일 수 있는 여자 가운데 이렇게 현명하고, 또 어쨌건 그에게 행복을 안겨줄 수 있는 여자는 흔치 않다는 사실을 기뻐하셔야 해요. 제 친구는 무척 생각이 깊은 사람이랍니다. 하지만 콜린스 씨와 결혼한 일이 현명한 일이었는지는 잘 모르겠어요. 그래도 샬럿은 행복해하고 있고, 신중하게 보면 친구에게도 좋은 혼사였던 것 같아요."

"친정과 이렇게 수월한 거리에 사신다는 건 콜린스 부인에게도 좋은 일일 겁니다."

"수월한 거리라고요? 50마일이 다 되는데요."

"길이 좋습니다. 50마일이라도 반나절 정도만 달리면 되지요. 네, 저는 수월한 거리라고 봅니다."

"저는 친정과의 거리가 이 결혼의 장점 가운데 하나라고 생각하지 않아요." 엘리자베스가 소리를 높였다. "콜린스 부인이 친정과 가까운 곳에 자리 잡았다고도 생각할 수 없고요."

"그건 베넷 양이 허트퍼드셔에 애착이 깊다는 증거입니다. 롱번 일원을 넘어서는 곳은 다 멀게 느껴지는 거죠."

다아시는 이렇게 말하며 희미하게 미소를 띠었는데, 엘리자베스는 그 의미를 알아차렸다고 생각했다. 그가 자신이 제인과 네더필드를 생각한다고 여기는 것 같아서, 그녀는 얼굴을 붉히고 대답했다.

"여자는 되도록 친정과 가까운 곳에 시집가야 한다는 뜻은 아니에요. 멀고 가까운 건 상대적인 거죠. 여러 가지 상황에 따라 달라지니까요. 재산이 많아서 여행 비용이 문제가 안 된다면, 거리는 상관없겠죠. 하지만 이 집의 경우는 그렇지 않아요. 콜린스 부부는 안락하게 살 만한 수입이 있지만, 자주 여행 다닐 만한 정도는 되지 않아요. 제가 볼 때 샬럿은 거리가 지금의 절반이었다고 해도 친정하고 가깝다고 생각하지 않을 것 같습니다."

다아시 씨는 의자를 그녀 쪽으로 살짝 당기고 말했다. "당신은 자기 고향에 그렇게 강한 애착을 가지시면 안 됩니다. 언제까지나 롱번에 사실 수는 없을 테니까요."

엘리자베스는 깜짝 놀랐다. 다아시 씨는 감정의 변화를 겪은 듯 의자를 도로 뒤로 물리더니, 탁자에서 신문을 집어들고 훑어보며 조금 차가워진 목소리로 말했다.

"켄트는 마음에 드십니까?"

시골에 대한 짧은 대화가 이어졌고, 어느 쪽의 말이건 모두 차분하고 간결했다. 그때 외출에서 돌아온 샬럿 자매가 응접실에 들어오면서 대화는 끝났다. 그 단독 회견은 샬럿 자매를 놀라게 했다. 다아시 씨는 자기가 베넷 양이 혼자 있다는 걸 모르고 실례를 했다고 말하고, 별말 없이 몇 분 더 머물다가 떠났다.

"이게 무슨 의미겠니?" 그가 가자마자 샬럿이 말했다. "일라이자, 저 사람 너를 사랑하나 봐. 아니면 이렇게 격의 없이 우리 집에 왔을 리가 없지."

하지만 엘리자베스가 그가 얼마나 말이 없었는지를 전하자, 기대에 부푼 샬럿에게도 그럴 가능성은 별로 없어 보였다. 그들은 이렇게 저렇게 생각해보다가 아마 할 일이 없어 답답해하다가 왔을 거라고 결론을 내렸다. 그 계절이 그랬다. 야외 스포츠는 모두 끝난 철이었다. 집 안에는 캐서린 숙부인, 책, 당구대가 있었지만, 남자가 하루 종일 집에만 있을 수는 없는 법이다. 그런데 목사관이 워낙 가까워서인지 거기 오는 길 또는 거기 사는 사람들이 좋아서인지 두 사촌은 거의 매일 목사관으로 산책 나가고 싶은 유혹을 느꼈다. 그들은 오전 중 특별히 정해진 시간 없이 따로 혹은 함께 왔고 가끔은 숙부인도 동행했다. 피츠윌리엄 대령이 오는 것은 그들과 어울리는 게 좋아서라는 게 분명했기에, 그는 더욱더 즐거운 손님으로 여겨졌다. 엘리자베스는 그와 함께 있는 게 즐거웠고 또 그가 그녀에게 흠모하는 마음을 명백히 드러내고 있다는 사실에, 얼마 전까지 마음을 기울이던 조지 위컴이 떠올랐다. 피츠윌리엄 대령의 태도는 위컴에 비해 사람의 마음을 훔치는 부드러움이 부족했지만, 식견은 대단히 풍부했다.

하지만 왜 다아시 씨가 목사관에 그토록 자주 오는지 이해하기란 쉽지 않았다. 그들과 어울리는 게 좋아서일 리는 없었다. 10분 동안 한 마디도 없이 앉아 있는 일이 많았기 때문이다. 그리고 말을 해도 하고 싶어서 하는 게 아니라 필요해서, 그러니까 즐거워서가 아니라 예의를 차리기 위해 어쩔 수 없이 한다는 느낌을 주었다. 그가 진정으로 활기를 보이는 경우는 드물었다. 콜린스 부인은 도무지 그를 이해할 수가 없었다. 피츠윌리엄 대령이 이따금 그가 멍한 상태로 있을 때 놀리며 웃는 걸 보면, 그가 평소에는 그렇지 않다는 걸 알 수 있었다. 그녀는 이런 변화가 사랑 때문이고, 그 대상이 친구 일라이자라고 믿고 싶어서, 직접 신중하게 그를 살피며 증거를 찾았다. 그들이 로징스에 가거나 그가 헌스퍼드에 올 때마다 유심히 관찰했지만 아무런 소득이 없었다. 다아시 씨가 엘리자베스를 자주 바라보는 건 분명했지만, 그 표정이 어떤 의미인지는 분명하지 않았다. 진지하고 확고한 시선이었지만, 그 안에 열렬한 흠모는 보이지 않았고, 때로는 아무 생각 없이 멍해 보였다.

그녀는 한두 번 엘리자베스에게 그가 그녀를 좋아하는 것 같다고 언급했지만, 그때마다 엘리자베스는 웃어넘기기만 했다. 콜린스 부인은 자꾸 말하면 기대만 높였다가 실망하게 될지도 모른다는 생각에 이야기를 그만두기로 했다. 다아시 씨가 자신에게 빠져 있는 걸 알면 엘리자베스의 미움은 모두 사라질 거라고 믿었기 때문이다.

엘리자베스의 앞날을 위해 그녀는 때로 엘리자베스가 피츠윌리엄 대령과 결혼하는 건 어떨까 하는 생각을 했다. 그는 다아시 씨와는 비할 바 없이 유쾌한 사람이었다. 엘리자베스를 좋아한다는 게 확실했고, 그의 사회적 조건도 매우 바람직했다. 하지만 다아시 씨에게는 사촌에 비해 불리한 점들을 모두 극복할 만한 능력이 있었다. 그가 목사를 추천할 수 있는 성직 임명권을 많이 보유한 데 반해, 그의 사촌은 그렇지 않다는 점이었다.

10

엘리자베스는 대정원을 산책하다가 뜻밖에도 다아시 씨와 여러 차례 마주쳤다. 아무도 다니지 않는 길에 그가 나타난 건 무슨 우연의 장난일까 싶었다. 그리고 그런 일이 다시 일어나지 않도록 하기 위해서, 처음 만났을 때 그에게 자신이 거기 자주 온다는 사실을 알렸다. 그런데도 그와 다시 마주친 것은 정말 이상한 일이었다! 어쨌건 그런 일은 일어났고 심지어 그 뒤로도 또 있었다. 어떤 악의를 품고 있거나 의도적으로 고행을 하는 것 같았다. 그럴 때마다 형식적인 질문을 몇 개 던지고 어색한 침묵을 지키다가 헤어지는 게 아니라, 발길을 돌려 그녀의 산책에 동행하려 들었기 때문이다. 그는 말이 별로 없었고, 그녀 또한 말을 하거나 듣는 데 큰 힘을 쏟지 않았다. 하지만 세 번째로 만났을 때 그가 별 상관 없는 이상한 질문들을 한다는 사실에 생각이 미쳤다. 그는 헌스퍼드에서 지내는 생활에 대해 물었고, 혼자 산책하는 취미에 대해, 그리고 콜린스 부부의 행복을 바라보는 견해에 대해 물었다. 그런 뒤 화제가 로징스로 넘어가서 그녀가 그 집을 잘 알지는 못한다고 했을 때는 그녀가 다시 켄트에 오면 그곳에도 머물기를 바란다는 듯이 말했다. 그의 말에 그런 암시가 담긴 것 같았다. 피츠윌리엄 대령을 생각하는 건가? 그가 무언가 전하려 했다면, 그런 쪽으로밖에 생각할 수 없을 것 같았다. 그런 생각은 약간 부담스러웠기 때문에, 그녀는 목사관 맞은편 울타리 문에 이르자 한결 편안해졌다.

어느 날 그녀가 제인의 최근 편지를 들고 산책을 나가서 제인이 별로 기분 좋지 않은 상태에서 쓴 것이 분명한 대목을 곱씹고 있는데, 문득 고개를 들어보니 이번에는 다아시 씨가 아니라 피츠윌리엄 대령이 다가오고 있었다. 그녀는 얼른 편지를 치우고 억지로 미소를 지으며 말했다.

"이 길을 산책하시는 줄은 몰랐네요."

"대정원을 골고루 다녀보고 있는 중입니다." 그가 대답했다. "해마다 그러니까요. 산책을 마치면 목사관에 들르려고 했습니다. 멀리 가시나요?"

"아뇨, 이제 돌아가야 해요."

그녀는 돌아섰고, 둘은 함께 목사관으로 향했다.

"토요일에 켄트를 떠나시는 게 맞아요?" 그녀가 물었다.

"네, 다아시가 또 한 번 미루지 않는다면요. 하지만 제 일정은 다아시에게 달려 있고, 다아시는 자신이 원하는 대로 일을 조정합니다."

"조정하는 일이 실제로는 썩 즐겁지 않다 해도, 그분은 그런 권한이 있다는 게 만족스러우시겠네요. 무언가 자기 뜻대로 조정하면서 다아시 씨만큼 즐거워하는 사람은 본 적이 없어요."

"확실히 다아시는 자기 방식대로 하는 걸 좋아합니다." 피츠윌리엄 대령이 대답했다. "하지만 그건 우리 모두 그렇죠. 다른 점은 그는 다른 사람들보다 그럴 수 있는 수단이 많다는 점입니다. 다아시는 부유하고 다른 사람들은 그렇지 않으니까요. 솔직한 말입니다. 차남들은 자기 부정과 의존에 빠져들 수밖에 없으니까요."

"제가 볼 때 백작의 차남이라면 그 두 가지 다 잘 모를 것 같은데요. 자기 부정과 금욕과 의존에 대해서 무엇을 알고 계시나요? 돈이 없어서 가고 싶은 곳에 가지 못하거나 갖고 싶은 물건을 갖지 못한 일이 있나요?"

"통렬한 질문이네요. 저는 그런 종류의 어려움은 그리 많이 겪었다고 할 수 없을 겁니다. 하지만 좀 더 중요한 문제에서 저는 돈이 부족한 데서 오는 고통을 실감하고 있습니다. 장남이 아닌 아들들은 원하는 여자와 결혼할 수 없답니다."

"돈 많은 여자와 결혼하는 걸 원치 않는다면 그렇겠죠. 하지만 실제로는 돈 많은 여자를 선호하시잖아요."

"소비 습관 때문에 경제적으로 독립하기가 쉽지 않을 뿐더러, 우리 같은 지위의 사람들 가운데 돈을 고려하지 않고 결혼할 수 있는 사람은 많지 않습니다."

'나를 겨냥해서 하는 말일까?' 엘리자베스는 그 생각에 얼굴을 붉혔다. 하지만 얼른 생각을 털고 활기찬 목소리로 말했다. "그러면 백작가 차남의 일반적인 가격은 얼마인가요? 형님이 병약하시지 않다면, 대령님은 5만 파운드 이상은 요구하시지 않을 것 같은데요."

그는 똑같이 활기차게 대답했지만, 이야기는 거기서 그치고 침묵이 흘렀다. 그 침묵이 두 사람이 방금 나눈 대화 때문이라고 해석할까봐 그녀가 서둘러 말했다.

"다아시 씨가 대령님을 데리고 온 가장 큰 이유는 자기 마음대로 다룰 사람이 필요해서였던 것 같아요. 그런 분이 왜 결혼하지 않으시나 모르겠네요. 그런 편리한 사람을 영원히 확보하실 수 있지 않을 텐데. 하지만 현재는 여동생이 그 역할에 충실한 것 같네요. 보호자라고는 다아시 씨뿐이니 동생을 자기 마음대로 하겠죠."

"아뇨." 피츠윌리엄 대령이 말했다. "그렇지는 않습니다. 그건 저와 다아시가 공유하는 권한입니다. 저와 둘이 다아시 양의 공동 후견인입니다."

"정말요? 그럼 두 분은 어떤 후견인이신가요? 그 의무가 많이 수고스럽진 않나요? 그만한 나이의 어린 아가씨들은 때로 다루기가 아주 힘들죠. 그리고 진정한 다아시 가의 기질을 갖고 있다면, 다아시 양 역시 자기 마음대로 하려 들지도 모르고요."

이렇게 말하다가 그녀는 대령이 자신을 심각하게 바라보는 걸 알아차렸다. 그리고 그가 즉시 왜 다아시 양이 자기들을 힘들게 할 거라고 생각하느냐고 질문하는 그 태도로 보아, 어쨌건 자신의 짐작이 진실에 근접했다고 믿었다. 그녀는 대답했다.

"놀라실 필요 없어요. 저는 다아시 양의 험담을 들어본 적이 없고, 아마도 아주 온순한 아가씨일 거라고 생각해요. 저의 지인인 허스트 부인과 빙리 양은 다아시 양을 아주 좋아하죠. 대령님도 두 분을 아신다고 들은 것 같은데요."

"조금 압니다. 두 분의 오라비 되는 분은 유쾌하고 신사다운 젊은이고, 다아시의 절친한 친구죠."

"아, 그래요." 엘리자베스가 건조한 목소리로 말했다. "다아시 씨는 빙리 씨에게 보기 드물게 친절하시고 빙리 씨 일에 신경을 아주 많이 쓰시죠."

"신경을 쓴다고요! 그렇습니다. 제가 볼 때 다아시는 그에게 가장 중요한 도움을 주고 있는 것 같아요. 여기 오는 길에 들은 바에 따르면, 빙리는 다아시에게 큰 빚을 졌습니다. 하지만 실례가 될 수도 있겠네요. 빙리가 그 사람이었다고 단정할 수는 없으니까요. 전부 제 추측일 뿐입니다."

"무슨 말씀이세요?"

"이건 다아시로서는 널리 알려지기를 원치 않는 사건입니다. 혹여나 그 숙녀 분의 가족에게 알려지면 불쾌한 일이 될 테니까요."

"누구에게도 말하지 않을 것을 믿으셔도 좋아요."

"그리고 아까 말했듯이 그게 빙리일 거라는 추측도 확실하지는 않습니다. 다아시가 말한 것은 최근에 친구의 부주의한 결혼을 막아주었다는 것뿐입니다. 하지만 그 이름과 자세한 내막은 언급하지 않았지요. 제가 그게 빙리일 거라고 생각하는 이유는 그저 그 친구라면 그런 곤경에 빠질 만하다 싶었고, 또 두 사람이 지난여름 내내 함께 지냈다는 걸 알기 때문입니다."

"다아시 씨가 왜 그랬는지 이유를 말해 주셨나요?"

"여자 분 쪽에 반대할 만한 몇 가지 심각한 사유가 있었다고 압니다."

"그러면 무슨 수로 두 사람을 갈라놓았다던가요?"

"무슨 수단을 썼는지는 말하지 않았습니다." 피츠윌리엄이 미소 지으며 말했다. "그저 지금 말씀드린 내용이 다아시가 말한 전부입니다."

엘리자베스는 대답 없이 계속 걸었다. 분노로 가슴이 터져 나갈 것 같았다. 피츠윌리엄 대령은 그녀를 잠시 살펴보고 왜 그렇게 깊이 생각에 잠겼는지 물었다.

"지금 들은 말씀에 대해 생각하고 있었어요." 그녀가 말했다. "사촌 분께서 하신 행동이 마음에 들지 않아서요. 왜 남의 일에 재판관 노릇을 하신 건지 말이죠."

"다아시의 행동이 주제넘었다고 보시는 건가요?"

"저는 그분 친구가 품은 애정이 옳은지 그른지, 그 타당성을 결정할 권리가 다아시 씨에게 있다고 생각되지 않아요. 친구가 어떻게 살아야 행복할지를 왜 다아시 씨가 판단하고 정하고 지시하는지 이해할 수가 없네요. 친구가 행복할 방법을 오직 자기 생각에 근거해서 판단하는 것도요." 그런 뒤 그녀는 정신을 차리고 말을 이었다. "하지만 자세한 내용을 모르면서 비난하는 건 옳지 않죠. 이 경우에는 다아시 씨 친구분이 그 아가씨를 그리 깊이 사랑하지는 않았다고 봐야겠네요."

"그럴 수 있겠네요." 피츠윌리엄이 말했다. "하지만 그렇다면 우리 사촌이 거둔 승리가 시시해지겠는걸요."

그 말은 농담으로 던진 말이었지만, 그녀에게는 다아시 씨를 정확히 표현했다고 느껴져서 차분히 대답하기가 어려웠다. 그래서 그녀는 주제를 다른 곳으로 돌려 목사관에 도착할 때까지 사소한 일들에 대해서만 이야기했다. 그리고 목사관에 도착해서는 손님이 떠나자마자 방에 틀어박혀 자신이 들은 말을 생각해보았다. 아무리 생각해도 그녀와 관련 없는 사람들일 리 없어 보였다. 다아시 씨가 그렇게 한없는 영향력을 발휘할 수 있는 사람이 세상에 또 있을 리 없었다. 그녀는 처음부터 그가 빙리 씨와 제인을 갈라놓는 일에 관여했다고 확신해 왔다. 하지만 그 주요 구상과 실행은 빙리 양의 몫으로 여겼다. 하지만 그가 자기 영향력을 착각해서 한 말이 아니라면, 그 남자가 원인이었다. 그의 오만과 변덕이 제인에게 그 모든 고통을 주었고, 아직도 고통을 안기고 있었다. 바로 그가 세상에서 가장 사랑스럽고 따뜻한 심성을 지닌 여자의 행복과 희망을 짓밟은 것이다. 그 해악이 얼마나 오래갈 지는 아무도 알 수 없었다.

"여자 분 쪽에 반대할 만한 몇 가지 심각한 사유가 있었다고 합니다." 피츠윌리엄 대령의 말이었고, 그렇게 강력히 반대할 만한 사유라면 제인의 이모부는 시골 변호사고 외숙부는 런던의 사업가라는 점일 것이다. 엘리자베스는 소리쳤다. "제인만 놓고 보면 반대할 이유가 없어. 그렇게 예쁘고 사랑스럽고 착한데! 똑똑하고, 교양 있고, 태도는 반듯하고 매력적이야. 우리 아버지도 딱히 반대할 요건은 아니야. 조금 독특하시긴 하지만 다아시 씨가 비웃을 만한 능력도 아니고, 인품이라면 그 사람이 평생 못 쫓아갈 정도니까." 그러다가 어머니에 생각이 이르자 자신감이 조금 꺾였지만, 그녀는 어머니의 어떤 문제도 다아시 씨가 결혼을 막은 데 실질적인 영향을 미치지 않았을 거라고 생각했다. 그의 오만한 성정이 절친한 친구의 처가 사람들 때문에 상처를 입는다면, 그들이 분별력이 낮아서가 아니라 사회적 신분이 낮기 때문일 거라고 그녀는 믿어 의심치 않았다. 그리고 마침내 엘리자베스는 그의 마음이 한편으로는 이런 지독한 오만에, 그리고 또 한편으로는 빙리 씨를 여동생에게 잡아두려는 소망에 지배되고 있다고 결론을 내렸다.

이렇게 생각하면서 흥분하고 눈물을 흘렸더니 두통이 생겨

났다. 두통은 저녁이 가까워질수록 악화되었고, 다아시 씨를 보기 싫은 마당에 두통까지 겹치자 그녀는 콜린스 부부와 함께 로징스에 가서 차를 마시기로 한 약속에 불참하기로 결심했다. 엘리자베스가 정말로 아프다는 것을 알아차린 콜린스 부인은 가자고 채근하지 않고 남편의 억지도 힘을 다해 막았지만, 콜린스 씨는 캐서린 숙부인이 그녀가 불참하면 언짢아 할 거라며 걱정을 감추지 못했다.

11

사람들이 떠나자, 엘리자베스는 다아시 씨에 대한 반감을 힘껏 격앙시키기라도 하려는 듯, 켄트에 있는 동안 제인에게서 받은 편지를 모조리 꺼내 살펴보았다. 그 편지들에 구체적인 불평은 없었고, 과거 일에 대한 새삼스런 언급도 없었으며, 현재의 고통에 대한 표현도 없었다. 하지만 거의 모든 문장이 제인의 문체에서 느껴지는 특징인 쾌활함, 그러니까 마음의 평온에서 비롯되어 모든 사람에 대한 친절로 이어지는, 그리고 웬만해서는 흐려진 적 없던 그 쾌활함을 잃고 있었다. 처음 읽을 때와는 다른 집중력을 기울인 결과, 엘리자베스는 모든 문장에 불안과 근심이 깃들어 있음을 알아챘다. 다아시 씨가 자신이 제인에게 가한 고통을 창피한 줄도 모르고 과시했다는 사실 때문에 그녀는 제인이 겪었을 고통을 더욱 강렬하게 느꼈다. 그가 이틀 뒤면 로징스를 떠난다는 게 어느 정도 위안이었고, 자신이 2주일도 지나기 전에 제인과 재회해서 애정을 다해 언니의 회복을 도울 수 있다는 것은 더욱더 큰 위안이었다.

다아시 씨가 켄트를 떠난다는 걸 생각하자 그의 사촌도 함께 떠난다는 사실을 떠올리지 않을 수 없었다. 하지만 피츠윌리엄 대령은 그녀에게 구혼할 의도가 없다는 걸 분명히 했고, 그가 호감 가는 사람이기는 했지만 그 사람 때문에 안타까워할 마음은 없었다.

엘리자베스가 이렇게 생각을 정리하고 있는데, 갑자기 초인종이 울렸다. 그녀는 피츠윌리엄 대령이 왔나 싶어 약간 당황했다. 그는 전에도 한 번 저녁 늦게 방문한 적이 있으니, 아프다는 자신의 안부를 묻기 위해 특별히 왔을 수도 있었다. 하지만 그 기대는 사라지고 그녀는 완전히 다른 기분에 사로잡혔다. 응접실로 걸어 들어온 사람은 놀랍게도 다아시 씨였기 때문이다. 그는 약간 허둥대는 기색으로 그녀의 건강에 대해 묻고는 지금은 좀 나아졌다는 말을 듣고 싶어서 왔노라고 했다. 그녀는 가능한 차갑고 정중한 태도로 대답했다. 그는 잠시 앉아 있다가 일어나서 방 안을 거닐기 시작했다. 엘리자베스는 놀랐지만 한마디도 하지 않았다. 그렇게 몇 분간 침묵이 흐른 뒤, 그가 동요된 모습으로 그녀에게 다가와 입을 열었다.

"애써 보았지만 헛수고였습니다. 가능한 일이 아닌 것 같습니다. 도저히 제 감정을 억누를 수가 없습니다. 제가 당신을 얼마나 열렬히 찬미하고 사랑하는지 밝히지 않을 수가 없군요."

엘리자베스의 놀라움은 뭐라 말할 수 있는 수준을 넘어섰다. 그녀는 그를 보고 얼굴을 붉혔고, 귀를 의심하며 침묵을 지켰다. 그는 이것을 긍정적인 신호로 여기고 오래전부터 지금까지 그녀에게 느껴왔던 감정을 송두리째 고백하기 시작했다. 그의 말은 훌륭했지만, 사랑의 감정 말고도 설명해야 할 다른 감정들도 많았다. 그는 사랑보다는 자존심을 말할 때 더욱 유창했다. 그녀의 열등한 사회적 지위, 그로 인해 신분 하락과 불명예를 감수해야 한다는 것, 그녀의 가족이 보여주는 문제 때문에 지금까지 계속해서, 이끌리는 감정을 이성으로 붙잡았다는 사실을 격렬한 어조로 전했다. 그런 흥분된 고백은 그가 스스로 자신의 지위에 흠집을 내고 있다는 사실 때문인 듯했지만, 어쨌건 청혼하는 마당에 어울리는 이야기는 아니었다.

뼛속 깊이 미움이 박힌 사람이긴 해도, 그녀는 그런 남자의 애정을 받는다는 사실이 얼마나 우쭐할 만한 일인지 모를 수 없었다. 마음은 조금도 흔들리지 않았지만 처음에는 그가 받을 고통이 안타깝고 미안하기도 했다. 하지만 그의 이어지는 말을 듣다 보니 분노가 치밀어, 그에 대한 모든 연민이 사라져버렸다. 그래도 인내를 가지고, 그가 이야기를 마치면 차분하게 대답하려고 했다. 그는 그렇게 애를 썼는데도 떨쳐 버리지 못한, 자신으로서는 도저히 이길 수 없는 강력한 애정을 전하고, 이제 그녀가 청혼을 수락해주기 바란다는 희망을 피력하며 이야기를 마쳤다. 그가 그렇게 말할 때, 긍정적인 답을 들을 것을 거의 의심하지 않고 있음을 그녀는 쉽게 알 수 있었다. 그는 두렵고 불안하다고 했지만 표정은 여유롭고 편안했다. 그런 상황은 엘리자베스의 화를 부채질할 뿐이었고, 그가 말을 마쳤을 때 그녀는 얼굴을 붉히고 말했다.

"보통 이런 경우에는, 제가 어떤 답을 드리건 상관없이 일단 고백받은 감정에 대해 감사의 말씀을 드리는 게 예의라고 알고 있습니다. 감사한 마음이 드는 게 당연한 일이지요. 그리고 저도 고마운 마음을 느낄 수 있다면, 지금 바로 그 마음을 전하고 싶습니다. 하지만 그럴 수 없습니다. 저는 지금까지 다아시 씨의 호의를 바랐던 적이 없고, 다아시 씨도 전혀 내키지 않는 상태로 그런 마음을 품으셨습니다. 저 때문에 그리도 고통스러우셨다니 안타깝습니다. 하지만 그건 제가 의식하고 한 일이 아니었고, 아무쪼록 짧은 시일 안에 그 괴로움이 사라지기를 바랍니다. 다아시 씨가 오래도록 스스로 인정하기를 거부했다고 말씀하신 그 감정들은, 이제 제 말씀을 난 뒤에는 어렵지 않게 극복하실 수 있을 겁니다."

벽난로 선반에 몸을 기댄 채 그녀의 얼굴에 눈길을 고정하고 있던 다아시 씨는 놀란 것 못지않게 화가 난 것 같았다. 안색은 분노로 창백해졌고, 마음의 혼란이 이목구비 전체에 그대로 드러났다. 그는 침착한 태도를 보이려고 애썼고, 그럴 수 있을 때까지 입을 열지 않았다. 그 침묵이 그녀는 끔찍하고 두려웠다. 마침내 그가 겨우 만들어낸, 침착하고자 노력하는 목소리로 말했다.

"제가 영광스럽게 기다리던 대답이 고작 이것이로군요! 왜 제가, 예의를 갖추려는 말치레도 없이 거절당하는지 이유를 묻고도 싶습니다. 하지만 그건 중요하지 않은 것 같군요."

"저야말로 묻고 싶습니다." 그녀가 대답했다. "왜 이토록 명백하게 저를 모욕하겠다는 의도를 품고, 자신의 의지와 이성과 심지어 인격까지 거스르면서 저를 좋아한다고 말씀하셨는지 말이죠. 제가 예의가 없었는지는 모르겠지만, 이게 그 설명이 되지 않을까요? 하지만 저한테는 다른 이유도 있습니다. 다아시 씨도 아실 겁니다. 제가 당신에게 아무 반감이 없었다고 해도, 그냥 무심한 쪽이었다 해도, 아니 더 나아가 호감을 품고 있었다고 해도, 사랑하는 언니의 행복을 어쩌면 영원히 짓밟아 놓은 사람을, 그 사람의 청혼을 받아들일 수 있다고 생각하십니까?"

마지막 문장을 말할 때 다아시 씨의 얼굴빛이 달라졌지만, 그것은 곧 지나갔고 그는 묵묵히 서서 그녀의 말을 계속 들었다.

"제게는 당신을 나쁘게 볼 이유가 아주 많습니다. 어떤 동기로도 당신이 그 일에서 부당하고 냉혹한 행동을 했다는 사실을 용서할 수 없어요. 당신이 그 두 사람을 갈라놓았잖아요. 혼자서는 아닐지라도 최소한 앞장섰겠죠. 당신 때문에 한 사람은 변덕스럽고 우유부단하다는 세상의 비난을 받아야 했고, 또 다른 사람은 헛된 꿈을 꾸었다는 조롱을 참아내야 했어요. 당신이 두 사람 모두를 지독한 고통에 몰아넣었다는 사실을 감히 부인하지는 못하겠지요?"

그녀는 거기서 멈추었고, 그가 아무런 후회의 기색 없이 자기 이야기를 듣는 데 상당한 분노를 느꼈다. 그녀를 바라보는 그의 얼굴에는 심지어 믿을 수 없다는 듯한 미소까지 떠올랐다.

"그러지 않았다고 부인할 수 있나요?" 그녀가 다시 물었다.

그는 애써 차분한 기색을 유지하며 대답했다. "제가 온 힘을 다해서 친구와 언니 분을 갈라놓았고, 다행히 성공한 것에 기뻐한다는 사실을 부인하지는 않겠습니다. 나는 나 자신보다 친구에게 더 친절했습니다. 스스로는 못할 일을 친구를 위해서는 할 수 있었으니까요."

엘리자베스는 이 예의 바른 말을 알아들은 기색을 보이기가 싫었지만, 그 의미는 놓치지 않았다. 물론 이로 인해 마음이 누그러들지도 않았다.

"하지만 제가 당신을 싫어하는 이유는 그뿐만이 아니에요." 그녀가 말을 이었다. "당신에 대한 제 의견은 그 일이 일어나기 훨씬 전에 이미 정해져 있었습니다. 당신의 인격에 대해서는 몇 달 전 위컴 씨에게서 상세하게 들었으니까요. 그에 대해서 무슨 말씀을 하실 수 있나요? 이번에도 그게 어떤 우정의 행위였다고 변명하실 건가요? 아니면 또 어떤 허위를 뒤집어씌우실건가요?"

"그 신사 분의 일에 무척이나 관심이 많으시군요." 다아시가 약간 평정을 잃은 목소리로 얼굴을 붉히고 말했다.

"그분이 겪어야 했던 불운을 아는 사람이라면 관심을 가질 수밖에 없겠죠."

"불운이라!" 다아시가 경멸 어린 말투로 대꾸했다. "그래요. 그는 대단한 불운을 겪었지요."

"바로 당신 때문에요." 엘리자베스가 힘주어 소리쳤다. "그 사람을 지금처럼 가난한, 상대적으로 가난한 상태에 몰아넣은 건 당신이에요. 당신이 그분에게 돌아가야 할 이권을 주지 않아서요. 그분이 받을 자격이 있고 그렇게 정해져 있던 재산을 빼앗아서 그분 인생의 절정기를 망쳤어요. 그 사람 몫인 수입인데! 모두 당신이 저지른 일이라고요! 그러고도 그의 불운을 경멸하고 조롱할 수 있다니요."

"이것이 저에 대한 당신의 견해로군요!" 다아시가 빠른 걸음으로 방 안을 오가며 소리쳤다. "저를 그렇게 평가하고 있군요! 저를 어떤 사람으로 보시는지 잘 알겠습니다. 이렇게 자세히 설명해주셔서 고맙습니다. 그 말씀에 따르면, 내 과오가 실로 무겁군요! 하지만 아마도," 그가 멈춰 서서 그녀에게 돌아서면서 덧붙였다. "제가 그동안 당신에게 진지한 마음을 품지 못한 이유를 이토록 솔직하게 고백해서 당신 자존심에 상처를 입히지 않았다면, 그런 과오는 어쩌면 용납될 수 있었을지도 모릅니다. 이런 신랄한 비난은 제가 그동안의 고투를 감추고 좀 더 능란하게 절대적이고 순수한 애정, 이성과 숙고와 그 밖의 모든 것에 따라 청혼한다고 믿게 했다면 피해 갈 수 있었을지도 모릅니다. 하지만 저는 모든 종류의 가식을 싫어합니다. 또 제가 고백한 감정들도 부끄럽지 않습니다. 그것은 자연스럽고 정당했습니다. 제가 당신의 부족한 사회적 배경을 기뻐할 수 있다고 생각합니까? 나보다 현저히 뒤지는 조건을 지닌 사람과 맺어지는 걸 스스로 축하할 수 있다고 생각합니까?"

매순간 분노가 커져 갔지만, 엘리자베스는 최선을 다해 마음을 진정하고 입을 열었다.

"당신이 말한 방식이 제가 당신을 거절하는 데 어떤 영향을 미쳤다고 생각한다면 그것은 오해입니다. 혹여 있었다고 한다면, 좀 더 신사답게 말했다면 제가 느꼈을지도 모를 송구함을 덜어주었다는 것뿐입니다."

그녀는 그가 그 말에 움찔하는 걸 보았지만, 아무 대답도 없자 계속 말을 이었다.

"하지만 당신이 어떤 식으로 청혼하셨다 해도, 저는 받아들일 수 없었을 겁니다."

다시 한 번 그의 얼굴에 놀라움이 역력해졌다. 그는 의구심과 굴욕감이 뒤섞인 표정으로 그녀를 보았다. 엘리자베스는 계속 말했다.

"처음부터, 아마도 제가 당신을 만난 첫 순간부터였겠네요. 당신은 오만하고 거만하고 남의 감정을 멋대로 경멸하는 태도로 제 반감을 샀어요. 그 뒤로 이어진 일들을 보면서 그 반감은 확실한 혐오로 굳어졌고요. 당신과 알게 된 지 한 달도 지나지 않아서, 당신이야말로 제가 절대 결혼하지 않을 남자라고 생각했습니다."

"그 정도면 충분합니다, 베넷 양. 당신의 감정을 잘 알겠습니다. 이제 제 감정을 부끄러워할 일만 남았군요. 시간을 이렇게 많이 빼앗은 데 대해 용서를 구합니다. 앞으로도 건강하고 행복하시길 빕니다."

그는 그 말과 함께 서둘러 방을 나갔고, 엘리자베스는 다음 순간 그가 현관 문을 열고 집을 나가는 소리를 들었다.

마음의 혼돈이 감당할 수 없을 만큼 커졌다. 몸을 어떻게 가누어야 할지도 알 수 없었고, 기운이 빠져서 그 자리에 앉아 30분을 울었다. 방금 일어난 일은 생각하면 할수록 놀랍기 그지없었다. 다아시 씨에게 청혼을 받다니! 그가 그렇게 오래 전부터 자신을 사랑했다니! 너무도 사랑해서 자기 친구를 제인과 결혼하지 못하게 한 그 모든 사유들에도 불구하고 결혼하기를 바랐다니! 자신의 경우에는 그런 장애가 더 컸으면 컸지 더 작지는 않았을 텐데도 그런 마음을 품었다는 것이 좀처럼 믿어지지 않았다. 자기도 모르는 새 남자에게 그렇게 강렬한 사랑의 감정을 불러일으켰다는 것은 기분 좋은 일이었다. 하지만 그의 오만, 참을 수 없는 그 오만함, 제인에게 저지른 일에 대한 뻔뻔한 고백, 정당한 이유를 대지 못하면서도 그런 사실을 인정한 용서할 수 없는 당당함, 위컴을 언급할 때의 차가운 태도가

(심지어 위컴에 대한 냉대에 대해서는 부정할 시도조차 하지 않았다) 그의 애정을 생각하던 순간 잠시 일어났던 연민을 이내 가라앉혔다.

그렇게 계속 어지러운 생각에 빠져 있을 때 캐서린 숙부인의 마차 소리가 났고, 샬럿의 시선을 견뎌 낼 만한 상태가 아니라는 걸 느낀 엘리자베스는 얼른 자기 방으로 물러갔다.

12

다음 날 아침 잠에서 깬 엘리자베스는, 어젯밤 눈을 감을 때와 똑같은 생각, 똑같은 번민에 사로잡혔다. 그녀는 아직 어제 일의 충격에서 회복하지 못했다. 다른 생각을 하는 것은 불가능했고 어떤 일도 하고 싶지 않아서, 조찬 후 곧바로 산책을 나가기로 마음먹었다. 그녀는 가장 좋아하는 산책로 쪽으로 가다가, 다아시 씨가 가끔 거기 나타났던 게 떠올라 대정원으로 들어가지 않고 오솔길을 걸어서 대로 반대편으로 갔다. 그곳도 역시 한쪽은 대정원의 울타리가 둘러져 있었고, 그녀는 한 곳의 출입문을 지나 안으로 들어섰다.

같은 길을 두세 차례 오갔더니 아침의 상쾌함 때문에 출입문 앞에 서서 대정원 안을 들여다보고 싶은 생각이 들었다. 켄트에서 다섯 주를 보내는 동안 전원 풍경은 많이 달라져 있었고, 일찍 움튼 나무들은 날마다 초록빛이 진해졌다. 그녀가 다시 산책을 시작하려던 순간, 대정원 끄트머리에 있는 작은 숲에서 한 남자의 그림자가 보였고, 그 그림자는 그녀를 향해 다가왔다. 그녀는 다아시 씨일지도 모른다는 생각에 곧장 뒤로 물러섰다. 하지만 이제 그녀가 시야에 들어올 만한 거리까지 온 그 사람은 앞으로 성큼성큼 걸어와 그녀의 이름을 불렀다. 그녀는 돌아섰지만 자기 이름이 불리자 다아시 씨의 목소리가 분명한데도 다시금 출입문 쪽으로 돌아갈 수밖에 없었다. 그녀가 갔을 때 그도 이미 출입문에 도착해 있었다. 그는 다가오는 그녀에게 편지 한 통을 내밀었고, 그녀가 자기도 모르게 그걸 받아들자 거만하고 냉정한 표정으로 말했다. "당신을 만날 수 있을지도 모른다는 생각에 이 숲을 걸었습니다. 부디 이 편지를 읽는 영광을 베풀어주시기 바랍니다." 그리고 살짝 목례한 뒤 농원을 향해 돌아서서 이내 시야에서 사라졌다.

엘리자베스는 즐거운 내용일 것이라는 기대는 전혀 없었지만 강렬한 호기심에 편지를 열었다가, 겉장 안에 글씨가 빼곡히 적힌 편지지가 두 장 들어 있는 걸 보고 깜짝 놀랐다. 겉장 또한 마찬가지로 글씨가 빼곡했다. 그녀는 산책로를 걸으면서 편지를 읽기 시작했다. 편지를 쓴 장소는 로징스, 시간은 그날 아침 8시로 적혀 있었고, 내용은 다음과 같았다.

놀라지 마십시오, 엘리자베스 양. 이 편지가 혹시 어젯밤 당신에게 깊은 혐오를 안겨준 고백과 제안을 다시 담고 있을까 하는 걱정은 하지 마시기 바랍니다. 이 편지를 쓰는 지금도 그 지나간 희망을 되풀이 언급함으로써 당신에게 고통을 주고 나 자신을 비굴하게 만들 의도는 없습니다. 이미 지나간 희망은 엘리자베스 양이나 저의 행복을 위해 되도록 빨리 잊는 것이 좋겠지요. 수고스럽게 이 편지를 쓰고 또 당신에게 읽으라고 하는 일은 제 성격이 강제하지 않았다면 이루어지지 않았을 것입니다. 그러므로 제멋대로 이 편지에 주의를 기울여 달라고 부탁을 드리는 걸 용서해주십시오. 당신의 마음은 이 편지를 읽고 싶지 않겠지만, 당신의 공정한 판단을 위해서 부탁드립니다.

당신은 어젯밤 그 성격도 매우 다르고 중요도도 동등하지 않은 두 가지 잘못으로 저를 비난했습니다. 처음 것은 제가 양자의 감정을 무시하고 빙리 씨를 제인 양에게서 떼어놓았다는 것입니다. 그리고 다른 하나는 제가 여러 가지 당연한 약속과 명예와 인정을 저버린 채 위컴 씨의 현재의 행복을 파괴하고 미래의 전망마저 빼앗아 갔다는 것입니다. 물론 어린 시절의 친구이자 아버지가 아끼고 사랑하셨던 젊은이, 우리의 후원 말고는 달리 생계 수단이 없던 젊은이, 어릴 때부터 그것을 기대하며 자란 젊은이를 이유 없이 악의적으로 내쳤다면, 그건 몇 주일 동안 애정을 키웠을 젊은 남녀를 갈라놓은 잘못과는 비교할 수도 없는 악행이겠지요. 하지만 다음에 이어지는 제 행동과 그 동기에 대한 설명을 읽고 나면 어젯밤 제게 가차 없이 던지셨던 비난의 강도가 약해지기를 바랍니다. 이 설명을 하는 도중 당신에게 거부감을 일으킬 수 있는 제 감정을 언급하게 될 경우를 대비해, 미리 사과의 말씀을 드립니다. 저에 대한 부당한 평가를 바로잡는 설명이기에, 불가피할 것 같습니다. 그렇지만 또다시 사과하는 것은 우스운 일이 될 것이므로 사과 말씀은 여기서 줄이도록 하지요. 허트퍼드셔에 가서 얼마 지나지 않았을 때, 저는 빙리가 그곳의 다른 어떤 아가씨보다도 제인 베넷 양에게 깊은 호감을 품고 있다는 것을 알았습니다. 저만 알 수 있는 일은 아니었겠지요. 하지만 그의 애착이 진지하다는 걱정이 시작된 건 네더필드 무도회 때였습니다. 저는 전에도 빙리가 사랑에 빠지는 것을 여러 번 보았습니다. 제가 당신과 춤을 추는 영광을 누렸던 그 무도회에서 윌리엄 루카스 경이 무심코 하신 말씀을 듣고서, 저는 처음으로 빙리가 제인 양에게 기울이는 관심에 사람들이 결혼을 기대하게 되었다는 걸 알았습니다. 그분은 그 일은 기정사실이고 날짜를 잡는 일만 남았다고 하셨죠. 그 순간부터 저는 친구의 행동을 유심히 관찰했고, 베넷 양에 대한 관심이 이전까지 보던 것보다 훨씬 더 강렬하다는 걸 깨닫게 되었습니다. 저는 제인 베넷 양도 관찰했습니다. 언니 분의 표정과 태도는 늘 그렇듯이 솔직하고 유쾌하고 매력적이었지만, 빙리에 대해 각별한 호감의 기미는 보이지 않았습니다. 이후로도 저는 그날 저녁 관찰한 대로 제인 양이 빙리의 관심을 즐거워하지만, 그런 감정에 동참하지는 않는다는 판단을 유지했습니다. 만약 이 일에 대해 당신의 판단이 옳다면 제가 오류를 범한 것이겠지요. 당신은 언니 분에 대해서 저보다 훨씬 더 잘 알 테니, 아마도 제가 틀렸을 가능성이 높아 보입니다. 만약 그렇다면, 제가 그런 오류를 범해 제인 양에게 고통을 끼친 거라면 당신의 분노는 부당한 것이 아닙니다. 하지만 주저 없이 말씀드리건대 아무리 예리한 관찰자라 해도 제인 양의 평온한 표정과 차분한 태도를 보면, 그녀가 매우 다정하지만 그 마음을 얻기는 쉽지 않다고 생각했을 것입니다. 제가 제인 양이 무심하다고 믿고 싶었던 것은 사실입니다. 하지만 제 관찰과 판단은 희망이나 걱정에 영향 받는 일이 드물다는 점을 감히 말씀드립니다. 저는 그녀가 무심하기를 바랐기 때문에 그렇게 본 것이 아닙니다. 공정한 판단에 근거해서 믿었고, 그러기를 바란 것 또한 합리적인 근거가 있었습니다. 그 결혼을 반대한 이유는, 어젯밤 제가 인정했듯이 더없이 강렬한 열정이 아니면 누르지 못하는 그런 부분들 때문만은 아니었습니다. 상대방의 사회적 지위라는 부분은 사실상 저에 비해 제 친구에게는 그다지 큰 결함이 아닙니다. 하지만 제가 그 결혼을 반대할 수밖에 없었던 다른 요인들이 있었습니다. 해결되지 않은 그 문제들은 아직도 존재하고, 또 제 경우에도 빙리 못지않게 심각했지만, 저에게는 당면한 문제가 아니었기에 잊으려고 노력했던 것입니다. 그 문제들을 간략하게나마 이야기해야 할 것 같습니다. 베넷 양 외가의 상황은 비록 바람직하지는 않지만, 베넷 양 어머니의 경우 없는 처신에 비하면 문제될 것이 없습니다. 당신 어머니와 세 동생은 자주 그런 태도를 보이셨고, 심지어는 아버지이신 베넷 씨까지 동참하시곤 했지요. 용서 바랍니다. 당신의 감정을 거스르는 것은 제게도 고통스러운 일입니다. 하지만 가족의 결점이 안타깝고 이런 말을 듣는 것이 불쾌하다고 해도, 당신과 제인 양이 그처럼 비난을 받을 행동을 하지 않아서 모든 이가 칭찬하고, 그것이 두 분의 분별력과 성품에까지 명예로운 칭찬이 되었다는 점으로 위안을 얻으시기 바랍니다. 제가 더 말씀드릴 것은, 그날 저녁에 보고 들은 일들로 가족 분들에 대한 제 판단은 더욱 확고해졌고, 친구가 불행한 결혼으로 이어지는 길로 들어서지 못하게 막아야겠다는 결심도 굳어졌습니다. 친구가 다음 날 금방 돌아올 의도로 네더필드를 떠나 런던으로 갔다는 걸 당신도 기억하실 겁니다. 이제 제가 그때 행한 역할을 말씀드릴 차례로군요. 빙리의 누이들 또한 저와 마찬가지로 불안해했습니다. 우리가 같은 심정이라는 게 확인되자, 우리는 빙리를 제인 양과 떼어놓기 위해 그를 따라 곧장 런던으로 가기로 결심했습니다. 그리고 떠났습니다. 그리고 거기서 저는 친구에게 베넷 양과의 결혼을 선택했을 경우에 따를 문제점을 지적해 주었지요. 그 내용을 열심히 설명하고 강조했습니다. 하지만 분명히 말씀드리건대, 이런 충고가 그의 결심을 흔들고 미루었을 수는 있었겠지만, 제인 양이 무관심하다는 확신이 뒷받침되지 않았다면 이 결혼을 막을 수는 없었을 것입니다. 이전까지 그는 베넷 양도 정도는 다르더라도 자신을 사랑하고 있다고 믿었습니다. 자신만큼 열렬하지는 않다 해도, 나름대로 진정한 애정으로 보답받을 것이라 기대했지요. 하지만 빙리는 매우 겸손한 성격이라, 자신의 판단보다 제 판단을 더 믿는 경향이 있습니다. 그래서 그것이 착각이었다고 설득하는 건 그리 어려운 일이 아니었습니다. 그 설득이 성공하자, 그는 허트퍼드셔로 돌아오겠다는 마음을 단숨에 돌이켰습니다. 이런 역할을 한 것을 저는 스스로 잘못했다고 생각하지 않습니다. 전체 과정을 돌이켜 보면 제 마음에 떳떳하지 못한 부분은 하나뿐입니다. 그것은 제인 양이 런던에 있을 때 그 사실을 감춘 것입니다. 빙리 양에게 그 소식이 전해졌을 때 저도 그 사실을 알게 됐지만, 빙리는 아직도 모르고 있습니다. 두 사람이 만나는 게 별 문제가 되지 않았을지도 모릅니다. 하지만 제가 볼 때 그의 애정의 불길은 확실하게 진화되어 있지 않았습니다. 그런 채로 베넷 양을 만나는 건 위험해 보였습니다. 이런 식의 은폐와 거짓은 제가 할 만한 일이 아니었는지도 모릅니다. 하지만 어쨌건 저는 그런 일을 했고, 선의로 했습니다. 이 점에 대해서는 더 이상 할 말도 없고 달리 사과할 마음도 없습니다. 제인 양의 마음에 상처를 입혔다면, 일부러 그런 것이 아니라는 점을 알아주십시오. 저를 움직이게 만든 동기들이 당신에게는 당연히 부족해 보이겠지만, 저로서는 여전히 비난받을 이유를 모르겠습니다. 그리고 또 하나의 문제, 위컴 씨의 인생을 망가뜨렸다는 더욱 중대한 비난에 대해서는, 그와 우리 가족이 어떻게 연관되었는지 그 전모를 밝혀야 할 것 같습니다. 그가 저에 대해 특별히 무엇을 어떻게 비난했는지는 모르겠지만, 지금부터 제가 말할 진실에 대해서 저는 한 명 이상의 확실한 증인을 부를 수 있습니다. 위컴 씨는 오랫동안 펨벌리 영지 전체를 관리한 매우 존경할 만한 분의 아들입니다. 그분이 맡은 임무를 훌륭하게 수행했기에 선친께서는 마땅히 그에게 도움을 주고 싶어 하셨고, 그래서 대자인 조지 위컴에게 아낌없이 친절을 베풀었습니다. 그가 케임브리지에 들어갔을 때까지도 모든 학비를 계속 대주셨습니다. 그 도움은 긴요했습니다. 아내의 낭비벽 때문에 위컴의 아버지는 위컴에게 신사에게 필요한 교육을 시킬 형편이 못 되었습니다. 선친께서는 다정다감한 젊은 위컴을 자주 곁에 두셨을 뿐 아니라, 그를 아주 높이 평가하고 목사가 되기를 희망하며, 그에게 성직을 마련해주려고 하셨습니다. 하지만 저는 오래전부터 위컴에 대해 선친과 다른 생각을 품기 시작했습니다. 위컴은 원칙이 없었습니다. 그가 선친의 눈앞에서 주의 깊게 감춘 그런 문제 있는 기질들은, 나이가 비슷해서 방심한 순간의 행동을 관찰할 기회가 많던 제 눈을 피해 갈 수 없었습니다. 선친께는 그런 기회가 없었지요. 여기서 다시 당신에게 고통을 주게 되는군요. 그 고통이 얼마나 클지 저는 모르겠습니다. 하지만 위컴 씨가 당신에게 얼마나 큰 감정을 불러 일으켰건 간에, 그런 걸 생각해서 그의 진정한 성격과 정체를 밝히지 않을 수는 없을 것 같습니다. 오히려 그게 또 하나의 동기가 될 것입니다. 선친께서는 약 5년 전에 돌아가셨습니다. 위컴 씨에 대한 선친의 애정은 끝까지 확고해서, 선친은 저에게 특별히 그의 직업이 허락하는 최선의 방법으로 그의 출세를 추진하고, 그가 성직에 들어가면 훌륭한 교구 목사직이 공석이 되는 대로 그를 그 자리에 보내라는 유언을 남기셨습니다. 거기다 그의 앞으로 유산도 1천 파운드를 남기셨습니다. 선친이 돌아가신 뒤 위컴의 아버지도 곧 돌아가셨는데, 이런 일들이 있고 반년도 지나지 않아 위컴 씨가 편지를 보내 자신은 성직에 들어가지 않기로 최종 결심을 했다며, 소용없어진 성직 임명 대신 당장의 금전적 이익을 좀 더 요구하는 것을 양해해달라고 하더군요. 법을 공부할 생각인데, 1천 파운드의 이자로는 그 비용을 댈 수 없다고 했습니다. 저는 그 말이 믿기지 않았지만 진실이기를 바랐습니다. 그리고 어쨌든 그 제안에 응할 준비가 되어 있었습니다. 저는 위컴 씨가 성직자가 되어서는 안 된다는 걸 알았으니까요. 그래서 곧 그 일에 합의했습니다. 그는 다시 성직에 들어갈 수 있는 상황이 된다고 해도, 제게서 성직과 관련된 어떤 지원도 받지 않기로 약속하고, 그 대가로 3천 파운드를 받았습니다. 이제 우리 관계는 모두 끝난 것 같았습니다. 저는 그를 몹시 안 좋게 보았기에, 그를 펨벌리로 초대하지도 않았고 런던에서 만나지도 않았습니다. 그는 주로 런던에서 살았던 것 같지만, 법을 공부한다는 것은 핑계일 뿐이었고, 모든 속박에서 풀려나 게으름과 방종 속에 살았습니다. 3년 동안 저는 그의 소식을 거의 듣지 못했습니다. 하지만 그에게 예정되었던 목사직의 보유자가 죽자, 그는 제게 편지를 보내 성직 임명과 추천을 요청했습니다. 현재 자신의 상황이 매우 어렵다고 했는데, 믿기 어려운 이야기는 아니었습니다. 그는 법은 아무리 봐도 돈이 되지 않는 학문이라서, 이제는 제가 그 자리만 주면 성직에 임하기로 완전히 결심했다고 했습니다. 그리고 그것을 받을 것을 별로 의심하지 않았습니다. 제가 생계를 책임지기로 한 사람이 자기 말고 없으며, 또 존경하는 아버지의 뜻을 잊을 리 없다는 확신 때문이었습니다. 이런 부탁을 제가 거절하고, 그 요구가 반복되어도 꿋꿋이 버틴 것이 잘못이라고는 보지 않습니다. 그의 분노는 상황의 어려움에 비례해서 커졌습니다. 그리고 그는 제게 비난을 퍼붓는 만큼 다른 사람들 앞에서 저를 비난했습니다. 그 시기가 지난 뒤 우리 인연은 끝난 것 같았습니다. 저는 그가 어떻게 살았는지 모릅니다. 하지만 지난여름에 그는 아주 고통스런 방법으로 제 눈앞에 나타났습니다. 이제 제가 설명할 일은 정말로 잊고 싶은 일이고, 지금 같은 경우가 아니라면 누구에게도 말하지 않았을 일입니다. 그러니 당신이 분명히 비밀을 지켜주시리라 믿습니다. 저보다 열 살도 더 어린 제 여동생은 부모님이 돌아가신 후 어머니의 조카인 피츠윌리엄 대령과 제가 공동 후견을 맡고 있습니다. 1년 전에 그 아이는 학교를 그만두고, 런던에 가서 살았습니다. 지난여름 동생은 그 집을 돌보는 부인과 함께 램스게이트*로 갔습니다. 거기로 위컴 씨도 따라 갔고, 그것은 의심할 나위 없이 의도적인 행위였습니다. 그와

*켄트 남부의 유명한 휴양 도시.

영 부인이 사전에 만났다는 증거가 있으니까요. 불행히도 우리는 영 부인이 그런 사람일 줄은 정말로 몰랐습니다. 그리고 그녀의 묵인과 도움으로 그는 조지아나에게서 호감을 얻기에 이르렀습니다. 어린 조지아나는 그의 친절에 감동받은 나머지 그를 사랑한다고 믿고 함께 도망가기로 약속했습니다. 동생 나이가 겨우 열다섯이었다는 것으로, 동생에 대한 변명을 삼는 수밖에 없겠지요. 동생이 그토록 경솔했지만, 다행인 것은 제게 이 모든 이야기를 털어놓았다는 것입니다. 저는 두 사람이 달아나기로 예정한 날 하루인가 이틀 전, 우연히 예고없이 그들을 방문했고, 그때 조지아나는 거의 아버지처럼 생각하는 오빠에게 슬픔과 고통을 줄 것을 견디지 못하고 제게 전모를 털어놓았습니다. 그때 제 감정이 어땠을지, 제가 어떻게 행동했을지는 짐작하실 수 있을 것입니다. 동생의 평판과 심정을 고려해서 그 일은 그대로 묻어버렸지만, 저는 얼른 그곳을 떠난 위컴 씨에게 편지를 보내고 당연히 영 부인을 해고했습니다. 위컴 씨의 주요 목적은 의심할 나위 없이 동생의 재산 3만 파운드였습니다. 하지만 제게 복수하고자 하는 소망도 강력한 동기였으리라 생각됩니다. 자칫하면 그 복수는 이루어질 뻔했습니다. 엘리자베스 양, 이것이 우리 두 사람 사이에 벌어진 일들에 관한 진실입니다. 이 내용을 모두 거짓이라 일축하지 않는다면 제가 위컴 씨에게 가혹하게 대한 것을 이해해주시기 바랍니다. 그가 당신에게 어떤 방식으로 어떤 거짓을 전했는지는 모릅니다. 하지만 그는 당연히 성공했을 것입니다. 당신은 우리 사이의 일을 전혀 몰랐으니까요. 당신이 그런 걸 감지해낼 수는 없었을 테고, 의심 하는 일은 당신의 성격에 맞지 않습니다. 왜 어젯밤에는 이런 이야기를 하지 않았는지 의아해하실 수도 있지만, 그때 저는 흥분한 상태여서 무엇을 말하고 무엇을 말하지 말아야 할지를 판단할 만한 통제력이 없었습니다. 여기 말한 모든 것이 진실임은 피츠윌리엄 대령이 증언할 수 있습니다. 대령은 저의 가까운 친척이자 친구, 한 걸음 더 나아가 선친이 남긴 유서의 집행자 중 한 명으로서 이런 일들을 세세히 알고 있습니다. 저에 대한 혐오 때문에 이런 이야기가 아무 가치 없이 여겨진다면, 제 사촌에게 확인해보십시오. 그리고 그와 만나 확인할 수 있도록, 저는 이 편지를 오전 중에 당신에게 전하기 위해 노력하겠습니다. 마지막으로 당신께 신의 축복이 함께하길 바랍니다.

피츠윌리엄 다아시

13

다아시 씨에게서 편지를 받았을 때, 엘리자베스는 그것이 다시금 청혼하는 내용은 아닐 거라고 생각했지만 그 외에 어떤 내용일지는 전혀 예상하지 못했다. 하지만 편지는 놀라웠고, 빨려 들어가듯 편지를 읽고 난 뒤 그녀가 얼마나 복잡한 감정에 휩싸였을지는 쉽게 짐작할 수 있다. 편지를 읽는 동안의 감정은 뭐라고 콕 집어 말하기 어려웠다. 처음에 그녀는 그가 자신의 행동에 대해 변명이 가능하다고 생각한다는 사실에 어이가 없었다. 그리고 정당한 수치심을 지녔다면 감추어야 할 그런 설명밖에 없으리라고 믿었다. 그가 무어라 말하든 믿지 않겠다는 강렬한 편견을 품고 그녀는 네더필드에서 있었던 일에 대한 설명을 탐구했다. 이해력을 마비시키는 흥분과 다음에 이어지는 내용에 대한 초조한 궁금증 때문에, 눈앞에 펼쳐진 단어와 의미에 주의를 기울일 수가 없었다. 제인이 빙리에게 무심하다고 믿었다는 말은 즉각 거짓이라고 판단했고, 혼사에 가장 직접적이고 가장 강력한 반대 사유가 된 사실에 대한 설명에는 너무 분노가 솟구쳐 그 말을 제대로 이해하고 싶지도 않았다. 그는 그녀를 만족시킬 만한 그 어떤 후회의 표현도 하지 않았다. 그의 글은 뉘우침이 없고 거만했다. 오만하고 무례할 뿐이었다.

하지만 주제가 위컴 씨로 넘어가자 엘리자베스는 좀 더 명석한 이해력을 갖고 사건들에 대한 설명을 읽을 수 있었다. 편지에 쓰인 내용들이 사실이라면, 위컴 씨에 대한 그 모든 호의적 평가를 뒤집을 수밖에 없었다. 그 내용들은 위컴 씨가 했던 이야기와 놀라울 정도로 유사했다. 그러니 위컴 씨에 대한 설명을 읽었을 때, 엘리자베스의 감정은 더욱 괴롭고 무어라 말할 수 없이 혼란스러웠다. 놀라움과 두려움, 그리고 공포가 그녀를 짓눌렀다. 그 내용을 모조리 부정하고 싶은 마음이었다. 그래서 "말도 안 돼! 그럴 리 없어! 새빨간 거짓말이야!" 하고 몇 번이고 소리쳤다. 그리고 편지를 다 읽었을 때, 마지막 한두 쪽에 무슨 내용이 실렸는지 제대로 파악하지 못했으면서도 다 엉터리라고, 두 번 다시 읽지 않겠다고 화를 내며 서둘러 편지를 치워버렸다.

이렇게 모든 생각이 산란하게 춤추는 어지러운 정신 상태로 그녀는 방 안을 계속 거닐었다. 하지만 결심도 다 소용없었다. 30초도 지나지 않아 그녀는 다시 편지를 펼쳤고, 힘을 다해 마음을 진정시키며 굴욕감 속에 위컴과 관련된 이야기를 다시 읽기 시작해서, 자제력을 가지고 최소한 문장의 의미를 살펴볼 수 있는 데까지 나아갔다. 그와 펨벌리 사람들의 관계에 대한 설명은 위컴이 말한 그대로였다. 돌아가신 다아시 씨가 베푼 선의에 대한 부분도, 비록 그것이 얼마나 엄청난 친절이었는지는 이제야 알았지만, 그가 했던 말과 일치했다. 거기까지는 모든 설명이 잘 맞았다. 하지만 유언 부분에 이르자 차이는 커졌다. 위컴이 목사직에 대해 말한 내용은 그녀의 기억에 생생했고, 그가 한 말을 되새겨보면 둘 중 어느 한쪽에 추악한 거짓이 있다고밖에는 생각할 수 없었다. 잠시 그녀는 그런 생각이 잘못된 게 아니었다고 스스로를 다독였다. 하지만 편지를 면밀하게 읽고 또 읽어보니, 위컴이 목사직에 대한 요구를 포기하고 그 대신 3천 파운드라는 큰돈을 받은 직후의 내용 앞에서 다시금 망설이지 않을 수 없었다. 편지를 내려놓고 상황을 공정하게 평가하고, 양쪽 진술의 개연성을 판단해보려 했지만 도무지 제대로 되지 않았다. 양쪽 다 자기주장일 뿐이었다. 그녀는 다시 편지를 읽었다. 하지만 한 줄 한 줄 읽을수록 사건이 좀 더 분명해지면서, 어떻게 분석해도 다아시 씨 행동의 추악함을 덮을 수 없을 거라고 믿었던 사건이 새로운 시각으로 볼 여지가 있으며, 그렇게 하면 그가 아무런 잘못이 없다고 판단할 수밖에 없다는 걸 느끼게 되었다.

위컴 씨가 방탕하고 무절제하다는 그의 주저 없는 비난은 엘리자베스에게 큰 충격이었다. 그 비난이 부당하다는 증거를 댈 수 없기에 더욱 그러했다. 엘리자베스는 그가 ○○민병대에 들어오기 전의 생활에 대해 들은 적이 없었다. 민병대 또한 런던에서 우연히 만나 약간의 교분을 쌓은 젊은이의 권유에 의해 들어온 것이었다. 허트퍼드셔 사람들은 그의 인생에 대해 그가 말한 것 이외에 어떤 내용도 알지 못했다. 설사 그의 본성에 대해 알아볼 기회가 있었다고 해도 그녀는 물어볼 생각을 하지 않았다. 그의 표정, 목소리, 태도가 그가 인격적으로도 온갖 미덕을 소유했으리라고 여기게 만들었다. 그녀는 위컴에게서 다아시 씨의 공격을 물리칠 만한 선량함의 사례를, 두드러지게 성실하고 너그러웠던 모습을 떠올려보려고 애썼다. 아니면 적어도 다아시 씨가 오랜 세월 계속된 나태와 방종이라고 설명한 것들을 사소한 오류로 분류하고, 더 큰 미덕으로 그것을 상쇄해보려 했다. 하지만 그런 기억은 떠오르지 않았다. 매력적인 분위기와 말투는 생생했지만, 일대의 좋은 평판과 사교적인 능력으로 동료들 사이에 얻어낸 호감 이상의 실질적인 미덕은 기억나지 않았다. 그녀는 이 지점에서 한동안 멈추었다가 다시금 편지를 읽었다. 그랬더니 이럴 수가! 위컴이 다아시 양을 노렸던 계획에 대해서는 바로 전날 아침 피츠윌리엄 대령과 나눈 대화에서 얼마간의 확증을 얻을 수 있었다. 그리고 다아시는 마지막으로 피츠윌리엄 대령에게서 세부 사항의 진실성 여부를 확인하라고 말했다. 그녀는 대령에게서 자신이 사촌의 일에 깊이 관여하고 있다는 이야기를 들었고, 그의 인격에 대해서는 의심을 품을 이유가 없었다. 그녀는 잠시 그에게 직접 물어볼까 하는 생각도 했지만, 그 경우 벌어질 어색한 상황에 생각을 멈추었고, 사촌의 확증을 얻을 수 없다면 다아시 씨가 그런 제안을 하지 않았을 거라는 데 이르자 마침내 그 생각을 완전히 떨구었다.

엘리자베스는 필립스 이모 댁에서 위컴과 처음으로 나눈 대화를 아주 잘 기억하고 있었다. 그가 지은 표정과 이야기들도 기억에 생생했다. 그랬더니 이제야, 초면인 사람에게 그런 이야기를 하는 것이 얼마나 예의에 맞지 않은 일이었나 하는 데 생각이 미쳐서, 어떻게 당시에는 몰랐을까 하는 의문이 들었다. 그녀는 그가 자신을 내세운 방식이 주제넘고 부적절했다는 것과 그의 언행이 일치하지 않았다는 점을 깨달았다. 그는 다아시 씨를 만나는 게 두렵지 않다고, 그가 그곳을 떠날지언정 자신은 물러서지 않을 거라고 큰소리쳤지만, 바로 그다음 주에 열린 네더필드 무도회를 피했다. 또한 네더필드 사람들이 떠나기 전까지 그가 자기 이야기를 한 상대는 엘리자베스 자신뿐이었다는 것이 떠올랐다. 하지만 그들이 떠나자 그는 어디를 가서건 그 이야기를 했고, 돌아가신 다아시 씨에 대한 존경심 때문에 그 아들의 진면목을 까발리는 일이 주저스럽다고 말하면서도 거리낌 없이 그에 대해 험담을 했다.

지금에 와서 생각하니 그와 관련된 모든 것이 달라 보였다! 킹 양에 대한 관심도 이제 보니 혐오스럽게도 금전적 목적이 전부였다. 킹 양의 재산이 그리 대단치 않다는 사실은 이제 그의 소망이 소박하다는 증거가 아니라, 손에 잡히는 것은 무엇이나 움켜쥐고자 했던 탐욕의 증거일 뿐이었다. 엘리자베스에 대한 행동 또한 선량한 동기에서 기인한 게 아니었던 게 분명했다. 그가 그녀의 재산에 대해 착각을 했거나, 그녀가 부주의하게 드러낸 호감을 부추겨 본인의 허영심을 채운 것이다. 그를 옹호해보려는 노력은 점점 힘을 잃어갔다. 다시 씨가 정당하다는 또 하나의 증거로서, 그녀는 제인이 오래전 빙리 씨에게 그 일에 대해 물었을 때 그가 다시 씨는 아무런 잘못이 없다고 말했던 것을 기억하지 않을 수 없었다. 그의 태도가 오만하고 역겨웠을지언정, 둘이 알고 지낸 기간 동안(특히 최근에 부쩍 가까워져서 함께 있는 때가 많다 보니 그의 행동 방식에 약간 익숙해졌는데) 그가 원칙 없이 부당하게 행동하는 모습, 불경하고 부도덕한 면은 전혀 발견하지 못했다. 그와 가까운 사람들은 그를 칭송하고 존경했다. 위컴마저 그가 오빠로서 훌륭하다고 인정했고, 그가 다정하게 여동생 이야기를 하는 걸 보면, 그에게도 다정한 사랑의 감정을 품을 능력이 있다는 걸 확인할 수 있었다. 그의 행동이 위컴의 설명대로 그토록 추악하게 비뚤어져 있었다면, 세상 모두에게 그것을 감추기는 힘들었을 것이다. 그럴 수 있는 사람이라면 빙리 씨처럼 사랑스런 사람과 친구가 될 수 없었을 것이다.

그녀는 말할 수 없이 부끄러웠다. 다아시를 생각할 때도 위컴을 생각할 때도, 자신이 맹목적이고 불공정하고 편견에 사로잡히고 어리석었다는 걸 느끼지 않을 수 없었다.

"내가 얼마나 한심하게 행동했는지!" 그녀가 외쳤다. "나 자신의 분별력에 그토록 자부심을 품고 있던 내가! 자신의 능력을 그렇게 대단하게 여긴 내가! 사람들에게 너그럽고 솔직한 언니의 진심을 비웃고, 남들을 쓸데없이 의심하면서 허영심을 채우던 내가! 너무나 수치스러워! 하지만 수치심을 느끼는 건 당연해! 사랑에 빠졌다 해도 이렇게 눈이 멀진 않았을 거야. 하지만 문제는 사랑이 아니라 허영심이었어. 처음부터 한 사람은 나에게 관심을 보여주어 기뻤고 다른 사람은 나를 무시해서 분개했던 거야. 그래서 두 사람과 관련된 모든 일에서 스스로 선입견과 무지를 키우고 이성을 몰아냈어. 지금 이 순간까지도 나는 나 자신을 몰랐던 거야."

자신에게서 제인으로, 제인에게서 다시 빙리로 생각이 옮겨가다보니 엘리자베스는 그 부분에 대한 다아시 씨의 설명이 부족해 보였다는 생각이 나서, 다시 한 번 그 부분을 읽었다. 두 번째로 보니 처음 읽을 때와는 많이 달랐다. 편지의 한 부분을 믿으면서 다른 한 부분의 신뢰성을 어떻게 부정할 수 있단 말인가? 다아시 씨는 제인이 애정을 품었다는 생각을 전혀 하지 못했다고 주장했다. 그녀는 샬럿이 자주 하던 말을 떠올리지 않을 수 없었다. 그랬더니 제인에 대한 설명도 옳다는 것을 부정할 수 없었다. 제인의 감정은 깊고 열렬했지만 겉으로는 거의 드러나지 않았고, 그녀의 분위기와 태도는 시종일관 여유로워서 실제 감정과 일치하지 않는 경우가 많았다.

가족이 그토록 굴욕적으로 하지만 합당하게 비난받은 부분에 이르자, 그녀의 수치심은 절정에 이르렀다. 그 비난은 너무도 온당해서 도저히 부정할 수 없었고, 그가 특별히 언급한 네더필드 무도회에서 벌어진 일, 그의 반대 의견을 확고히 해준 그날의 일은 실은 다아시보다도 그녀에게 더 강렬하게 남아 있었다. 자신과 제인에 대한 칭찬은 그나마 위로가 되었지만, 나머지 가족이 자초한 경멸에 대한 위안은 되지 않았다. 그리고 제인의 상심이 실제로는 가족들이 불러온 결과였고, 그런 무례한 행동이 자신과 제인의 신용에 그토록 큰 피해를 남겼다는 걸 생각을 하니, 지금껏 경험해보지 못한 깊은 우울감이 찾아왔다.

이렇게 엘리자베스는 2시간 동안 오솔길을 걸으며 사건들을 재고하고, 가능성을 따져보고, 돌연하지만 중요한 이런 변화를 최선을 다해 받아들인 뒤, 피로감이 느껴진데다 너무 오래 자리를 비웠다는 생각에 마침내 집으로 돌아왔다. 평소처럼 밝은 표정을 짓고 싶었지만, 괴로운 생각들을 억누르려다 보니 대화는 할 수가 없었다.

그녀가 없는 동안 로징스의 두 신사가 다녀갔다고 했다. 다아시 씨는 작별 인사를 고하러 잠시 들렀을 뿐이지만, 피츠윌리엄 대령은 그녀가 돌아오기를 기다리며 거의 1시간 이상 앉아 있었고, 그녀를 찾아 나가려고까지 했다고 했다. 엘리자베스는 엇갈려서 안타까운 척했지만 사실은 다행이었다. 이제 피츠윌리엄 대령에게는 아무런 관심이 없었다. 그녀의 머릿속에는 오직 편지 생각뿐이었다.

14

두 신사는 다음 날 아침 로징스를 떠났다. 출입구 근처에서 기다렸다 작별 인사를 하고 돌아온 콜린스 씨는 두 사람이 모두 건강해 보였고, 최근 로징스에서 보인 애석한 분위기와 달리 기분도 괜찮아 보였다는 좋은 소식을 전했다. 그런 뒤 그는 캐서린 숙부인 모녀를 위로해야 한다며 로징스로 달려갔다가, 숙부인이 쓸쓸함을 달래고자 목사관 사람들을 모두 정찬에 초대한다는 기쁜 소식을 들고 왔다.

캐서린 숙부인을 만나자 엘리자베스는 만약 자신이 청혼을 승낙했다면, 지금쯤 장래의 조카며느리로 소개되었을 거라는 생각을 하지 않을 수 없었고, 만약 그랬다면 숙부인이 얼마나 분노했을까 하는 생각에 미소가 저절로 나왔다. '뭐라고 말했을까? 어떻게 반응했을까?' 그녀는 혼자 즐거이 이런 질문을 했다.

그날의 첫 번째 화제는 두 신사가 로징스를 떠난 일이었다. "정말이지 얼마나 허전한지! 손님이 떠나는 걸 나처럼 슬퍼하는 사람은 없을 거야." 캐서린 숙부인이 말했다. "하지만 그 둘은 내가 특별히 사랑하고, 또 내게 그만큼 사랑을 주는 아이들이야! 여기를 떠나면서 얼마나 안타까워했는지 몰라! 하긴 떠날 때는 언제나 그랬지. 대령은 떠나기 직전까지 씩씩한 모습을 보였지만 다아시는 정말로 가슴 아픈 것 같았지. 작년보다 더 힘들어 했던 것 같아. 로징스에 대한 애착이 더 커진 게 분명해."

콜린스 씨가 거기에 찬사를 더하고 애착을 갖게 된 이유를 은근히 암시하자, 숙부인 모녀의 얼굴에 다정한 미소가 떠올랐다.

정찬이 끝난 뒤 캐서린 숙부인이 엘리자베스에게 기운이 없어 보인다고 하더니, 이제 집에 돌아가는 날이 머지않아서인 것 같다고 넘겨짚고는 덧붙여 말했다.

"하지만 그렇다면 어머니에게 편지를 보내서 조금 더 있다가 간다고 하지그래. 콜린스 부인은 언제라도 베넷 양과 함께 지내는 걸 기뻐할 거야."

"친절하신 말씀 감사드립니다." 엘리자베스가 말했다. "하지만 그 말씀은 받아들일 수 없는 처지입니다. 다음 토요일까지 런던에 가야 합니다."

"그렇다면 여기서 겨우 6주 밖에 안 지내는 셈이군. 두 달은 있을 줄 알았는데. 베넷 양이 오기 전에 콜린스 부인에게도 그렇게 말했지. 그렇게 일찍 돌아갈 필요 없어. 베넷 부인은 보름 정도는 더 기다릴 수 있을 거야."

"하지만 아버지가 안 되세요. 지난주에 보내신 편지에서 어서 돌아오라고 재촉하셨습니다."

"저런! 어머니가 기다리면 당연히 아버지도 기다릴 수 있지. 아버지한테 딸이 뭐가 그리 중요해? 만약 지금부터 한 달을 더 머문다면 한 사람은 내가 직접 런던까지 데리고 갈 수 있어. 6월 초에 런던에 가서 일주일을 지낼 예정이거든. 도슨이 마부석을 싫어하지 않으니, 한 사람 자리는 충분히 나와. 그리고 날이 서늘하면, 두 사람 다 데리고 갈 수도 있어. 두 사람 다 몸집이 크지 않으니까."

"친절하신 말씀 감사합니다만, 저는 원래 계획대로 해야 합니다."

캐서린 숙부인은 더 설득할 마음이 없는 것 같았다.

"콜린스 부인, 그렇다면 하인을 딸려 보내게. 내가 언제나 진심을 말한다는 건 알 거야. 나는 젊은 아가씨 두 사람이 하인도 없이 역마차를 타고 다니는 걸 견딜 수 없어. 그건 너무도 온당치 않은 일이야. 사람을 보낼 방법을 찾아봐. 나는 그런 일을 아주 싫어해. 젊은 여자들은 언제나 나이와 상황에 걸맞게 보호를 받아야 해. 내 조카 조지아나가 작년 여름 램스게이트에 갔을 때, 나는 꼭 남자 하인 두 명을 딸려 보내게 했어. 펨벌리의 다아시 씨와 앤 부인의 딸인 다아시 양이 그러지 않으면 예법에 어긋나 보였겠지. 나는 이런 일에 아주 예민하다네. 콜린스 부인, 존을 보내서 이 아가씨들을 수행하도록 해. 내가 이런 일을 잊지 않아서 다행이군. 두 사람을 아무런 보호 없이 보내는 건 자네에게도 정말로 불명예스러운 일이었을 테니까."

"저희 외삼촌께서 하인을 보내주실 겁니다."

"아! 외삼촌께서! 남자 하인이 있는 게로군. 그런 일을 챙겨주는 친척이 있다니 다행이야. 말은 어디서 바꾸지? 아, 그래 브럼리, 그렇지. 벨 여관에서 내 이름을 대면 사람들이 잘해줄 거야."

캐서린 숙부인은 그들의 여행과 관련해서 많은 질문을 했고, 거기에 모든 답을 직접 내려주지는 않아서 계속 주의를 기울이고 있어야 했다. 엘리자베스는 차라리 다행이다 싶었다. 그렇지 않았다면 혼란한 마음 상태로 자신이 어디 있는지도 잊었을 것이다. 깊이 생각하는 일은 조용한 시간에 따로 해야 했고, 그녀는 혼자 있을 때마다 비로소 깊은 안도감 속에 생각에 빠져들었다. 그래서 날마다 혼자 산책을 나갔고, 산책을 하면서는 불쾌한 기억들에 깊이 탐닉했다.

그녀는 곧 다아시 씨의 편지를 외울 지경이 되었다. 그녀는 문장 하나하나를 정밀하게 연구했다. 편지 작성자에 대한 감정은 때에 따라 크게 달라졌다. 그가 청혼하면서 보인 태도가 떠오르면 분노가 차올랐다. 하지만 자신이 얼마나 부당하게 그를 비난하고 질책했는지를 생각하면, 그 분노는 자신에게 향했다. 그리고 그가 청혼에 실패하고 낙심한 사실에는 연민이 일었다. 다아시 씨의 애정에는 감사를, 그의 인격에는 존경심을 느꼈다. 하지만 그렇다고 그를 받아들일 수는 없었다. 청혼을 거절했다는 사실을 단 한순간도 후회할 수 없었고, 미약하나마 그를 다시 보고 싶다는 감정을 품을 수도 없었다. 그녀의 지난 행동을 떠올리면 당혹스럽고 후회스러웠다. 그리고 자기 가족의 한심한 결점을 생각하면 더욱 슬퍼졌다. 그것은 고쳐질 수 없는 결점이었다. 식구들의 바보짓을 보며 웃는 데 만족하는 아버지는 어린 세 딸의 경솔한 행동을 제지하지 않을 것이고, 그 자신의 행동도 올바른 것과는 거리가 먼 어머니는 딸들의 처신이 문제라는 것도 몰랐다. 엘리자베스는 제인과 함께 캐서린과 리디아의 경망함을 제지하려고 노력했었다. 하지만 어머니가 철없는 행동을 너그러이 보아주다 보니 나아질 리가 없었다. 마음 약하고 성미 급하고 리디아에게 늘 끌려다니는 캐서린은 언니들의 조언을 모욕으로 여겼다. 그리고 제멋대로에 경솔한 리디아는 그런 말을 들은 척도 하지 않았다. 그들은 무지하고 게으르고 허영심으로 가득했다. 메리턴에 장교가 있는 한, 그들은 거기서 희희낙락하며 놀 것이다. 메리턴이 롱번에서 도보 거리에 있는 한 리디아와 캐서린은 영원토록 거기 달려갈 것이었다.

제인의 일은 역시 큰 걱정거리였다. 다아시 씨의 설명을 읽고 빙리에 대해 예전의 좋은 인상을 다시 회복했기 때문에, 제인이 그토록 괜찮은 남자를 놓쳤다는 게 더욱 안타까웠다. 그의 애정은 진실했고, 친구를 그토록 절대적으로 신뢰한다는 게 죄가 아니라면야 그의 행동은 나무랄 데 없었다. 제인이 그토록 이점도 많고 행복도 보장된, 모든 면에서 바람직한 혼처를 가족의 어리석은 행동과 무례 탓에 잃었다고 생각하니 너무도 통탄스러웠다!

이런 생각에 위컴의 성격에 대한 새로운 발견이 더해지자 좀처럼 우울해하는 일이 없던 쾌활한 성격의 엘리자베스도 기분이 너무나 침울해져서, 어느 정도 괜찮은 척하는 일마저 불가능할 지경이었다.

켄트에서 보내는 마지막 주는 첫 주만큼이나 로징스를 방문할 일이 많았다. 헌스퍼드를 떠나기 전 마지막 날도 그들은 그곳에 갔다. 숙부인은 다시금 여행에 대해 자세히 질문하고, 짐 싸는 방법을 이모저모 가르쳤으며, 드레스를 제대로 싸는 방법은 한 가지밖에 없다고 강력히 주장했기에, 마리아는 집에 돌아가면 오전 내 싼 짐을 풀고 다시 짐을 싸야겠다고 생각했다.

로징스를 나설 때 캐서린 숙부인은 황송하게도 잘 가라고 인사를 해주고 내년에 다시 헌스퍼드에 오라고 말했다. 드 버그 양은 무려 두 사람 모두에게 무릎을 굽혀 인사하고, 손을 내밀어 악수까지 해주었다.

15

토요일 아침, 엘리자베스와 콜린스 씨는 다른 사람들이 나타나기 전 조찬 식탁에서 잠시 만났다. 그는 이 기회를 빌려서 그가 꼭 해야 한다고 여기는 작별 의례를 행했다.

"엘리자베스 양이 우리 집을 방문해준 친절에 대해 집사람이 이미 감사의 말을 전했는지 모르지만, 어쨌거나 떠나시기 전에 반드시 그런 인사를 듣게 될 걸로 믿습니다. 엘리자베스 양과 함께한 시간은 정말로 즐거웠습니다. 그동안 머물러 주셔서 깊이 감사드립니다. 이렇게 누추한 거처에는 사람을 끌 만한 게 별로 없다는 걸 잘 압니다. 보잘것없는 생활, 작은 방들, 몇 명 되지 않는 하인, 그리고 나들이도 거의 하지 않는 세상과 단절된 생활이 엘리자베스 양 같은 젊은 아가씨에게는 더없이 지루했을 것입니다. 하지만 엘리자베스 양이 베푼 친절에 우리가 더없이 감사하고 있다는 것과 이곳에서 체류하시는 동안 불편하지 않도록 우리로서는 최선의 노력을 기울였다는 점을 믿어주기 바랍니다."

엘리자베스는 고맙다고, 즐거웠다고 힘주어 말했다. 여섯 주 동안 정말 좋았고, 샬럿과 함께 지낸 기쁨과 사람들이 보여준 따뜻한 관심에 자신이야말로 감사하다고 말했다. 콜린스 씨는 흡족해하며 더욱 근엄한 미소 속에 대답했다.

"이곳에서 지낸 시간이 불쾌하지 않았다니 정말로 기쁩니다. 우리는 진심으로 최선을 다했습니다. 다행히 우리는 엘리자베스 양을 지체 높은 사교계에 소개해드렸고, 로징스와의 인연 덕분에 누추한 거처에만 있는 상황을 자주 피할 수 있었으니, 헌스퍼드 방문이 전적으로 지루하지는 않았을 거라고 자평합니다. 우리와 캐서린 숙부인 가의 관계는 정말로 소수의 사람들만이 누리는 특별한 혜택이자 축복입니다. 엘리자베스 양은 우리의 기반이 얼마나 든든한지 보셨습니다. 또 우리가 거기 얼마나 지속적으로 참여하는지도 보셨습니다. 실제로 저는이 누추한 목사관의 여러 문제에도 불구하고, 우리와 함께 로징스에서 긴밀한 시간들을 보내는 한 여기 머무는 일이 동정받을 일이 아니라고 생각합니다."

그는 말만으로는 한껏 고양된 감정을 다 표현할 수 없어서,

엘리자베스가 짧은 문장 몇 개로 예의와 진실을 전달하려고 노력하는 동안 방을 거닐기 시작했다.

"그러니까, 엘리자베스 양은 허트퍼드셔에 호의적인 이야기를 전할 수 있을 것입니다. 적어도 그 정도는 하실 수 있을 거라 자평합니다. 캐서린 숙부인께서 집사람에게 기울이는 깊은 관심을 날마다 목격하셨고, 전체적으로 친구가 불행에 처했다고 보이지는 않을 것이라 믿습니다. 하지만 그 점에 대해서는 입을 다무는 것도 좋겠네요. 다만 말씀드리고 싶은 것은 엘리자베스 양도 결혼을 통해 똑같은 행복을 누리기를 진심으로 바란다는 것입니다. 집사람 샬럿과 저는 일심동체입니다. 우리는 모든 면에서, 성격도 생각도 놀라울 만큼 비슷합니다. 우리는 천생연분이었던 것 같습니다."

엘리자베스는 그것을 지켜본 것은 큰 기쁨이라고 가식 없이 말할 수 있었고, 그의 가정생활이 안락하다는 것을 굳게 믿고 기뻐한다고 역시 진심으로 덧붙일 수 있었다. 하지만 그런 축복의 원천이 된 샬럿이 들어와서, 콜린스 씨가 그 행복한 결혼생활의 구체적 내용을 늘어놓는 것이 중단된 것이 안타깝지는 않았다. 불쌍한 샬럿! 그런 사람들 틈에 그녀를 두고 떠나는 일은 우울했다! 하지만 그녀가 두 눈을 똑바로 뜨고 선택한 길이었다. 그리고 손님들이 떠나는 걸 서운해하기는 했지만, 그녀가 동정을 구하는 것 같지는 않았다. 그녀의 가정과 살림, 교구와 가금(家禽)들, 그리고 그런 것들과 관련된 모든 일들을 샬럿은 여전히 사랑하고 있었으니 말이다.

마침내 마차가 왔고, 가방을 마차에 묶고 작은 짐 꾸러미들은 마차 안에 실어 준비가 다 되었다는 통보가 왔다. 친구와 애정 어린 작별 인사를 나눈 뒤 엘리자베스는 콜린스 씨와 함께 마차까지 걸어갔고, 정원 길을 걷는 동안 그는 그녀에게 가족 모두에게 안부를 전해달라면서, 지난겨울 롱번에 자신을 머물게 해준 친절에 대한 감사와, 아직 인사는 나누지 못했지만 가디너 부부에게도 인사를 전해 달라는 말을 잊지 않았다. 마침내 그는 그녀와 마리아를 차례로 마차에 태웠는데, 문이 닫히려는 순간 갑자기 깜짝 놀란 기색으로 두 사람이 로징스의 숙녀 분들께 작별인사로 전할 말을 잊었다고 말했다.

"두 분은 분명 그분들께 겸손히 인사를 드리고, 여기 있는 동안 베풀어주신 친절에 진심으로 깊이 감사드린다고 전하기를 원하시겠지요."

엘리자베스는 그 말에 반대하지 않았다. 그런 뒤에야 문을 닫을 수 있었고, 마차는 떠났다.

"세상에!" 잠시 침묵이 흐른 뒤 마리아가 소리쳤다. "여기 온 지 하루 이틀밖에 안 된 것 같은데! 그사이에 이렇게 많은 일이 일어났다니!"

"정말 많은 일이 있었어." 엘리자베스가 한숨을 쉬며 말했다.

"로징스에서 정찬만 아홉 번이었어. 다과 두 번을 빼고도 말이야! 집에 가서 정말 할 이야기가 많아!"

엘리자베스는 혼자 속으로 덧붙였다. '그리고 내겐 감추어야 할 이야기가 너무 많지.'

두 사람은 별 대화도 하지 않고 별다른 문제도 겪지 않은 채 계속 마차를 달려서 헌스퍼드를 떠난 지 4시간도 되기 전에 가디너 씨 집에 도착했다. 거기서 그들은 며칠간 머물 예정이었다.

제인은 건강해 보였고, 외숙모가 그들을 위해 마련해 놓은 여러 가지 계획 때문에 엘리자베스는 언니의 기분을 제대로 살필 기회가 많지 않았다. 하지만 두 사람은 함께 집에 갈 예정이었으므로, 롱번에 가면 그럴 시간이 충분할 것이다.

한편 엘리자베스는 롱번에 도착하기 전까지 다아시 씨의 청혼 사건을 언니에게 털어놓고 싶은 것을 참느라 고역이었다. 제인을 더없이 놀라게 할 일일 뿐만 아니라 동시에 엘리자베스 자신이 아직 극복하지 못한 허영심을 크게 만족시킬 일을 밝히고 싶은 것은 그 무엇으로도 누르기 힘든 유혹이었다. 하지만 어디까지 이야기해야 할지 알 수 없는 모호한 상황과, 그 이야기를 시작하면 바로 빙리의 이야기가 이어져서 언니를 더욱 슬프게 할지도 모른다는 걱정이 그런 유혹을 막아주었다.

16

5월 둘째 주에 세 처녀는 함께 그레이스처치 거리를 떠나 허트퍼드셔의 ○○마을을 향해 갔다. 베넷 씨의 마차가 기다리는 여관으로 가자, 마부가 시간을 잘 맞추었는지, 키티와 리디아가 위층의 식당 창밖으로 내다보는 모습이 보였다. 그 두 사람은 이미 그곳에서 1시간 이상 머물며, 맞은편의 모자가게를 방문하고 경계중인 초병을* 지켜보고 오이 샐러드를 준비하며 놀고 있었다.

---

*당시 나폴레옹 전쟁이 진행 중이었기 때문에, 프랑스 군대의 침입이 우려되고 있었고, 영국 남부에서는 군인들을 흔히 목격할 수 있었다.

그들은 두 언니를 반갑게 맞은 뒤 여관 식당에 흔한 냉육 요리 식탁을 보여주며 소리쳤다. "좋지? 이런 게 있을 줄 몰랐지?"

"우리가 언니들을 대접할 거야." 리디아가 덧붙여 말했다. "하지만 돈을 좀 빌려줘야 해. 우리 돈은 저 가게에서 다 써버렸거든." 그러면서 지갑을 보여주었다. "이 보닛을 샀어. 별로 예쁜 것 같지는 않지만, 그냥 사고 싶었어. 나중에 후회할지도 모르니까. 집에 가면 다 뜯어서 더 예쁘게 만들어볼 거야."

언니들이 다 촌스럽다고 나무라자, 리디아는 완전히 무관심한 말투로 덧붙였다. "하지만 그 가게에서는 이것보다 훨씬 촌스러운 게 두세 개는 더 있었어. 그리고 내가 예쁜 색 공단 천을 사서 가장자리를 새로 두르면 괜찮아질 거야. 거기다가 올여름에 옷차림은 별로 중요하지 않아. ○○ 연대도 메리턴을 떠나고 없을 테니까 말이야. 그 사람들은 2주일 뒤에 떠나."

"정말?" 엘리자베스가 더없이 기뻐하며 물었다.

"브라이턴* 근처로 옮긴대. 아버지가 여름에 우리 식구 모두를 거기 데리고 가면 얼마나 좋아! 정말 멋진 계획이 될 텐데. 돈도 거의 안 들 거고 어머니도 가고 싶어하실 거야! 안 그러면 여름 동안 얼마나 비참하겠어!"

'그래.' 엘리자베스가 생각했다. '아주 좋은 계획이구나. 신나겠지. 우리한테 꼭 맞을 거야. 세상에! 브라이턴인 데다가 군인들 가득한 부대라니, 보잘것없는 민병대 연대 하나가 메리턴에서 한 달에 한 번씩 연 무도회만으로도 이미 엉망이 된 우리

*영국 남부 해안의 대규모 시민군 주둔지 중 하나. 휴양 도시이기도 하다.

한테.'

"언니들한테 전할 소식이 있어." 언니들이 식탁에 앉자 리디아가 말했다. "무슨 일일까요? 아주 좋은 소식이야, 정말로 좋은 소식! 우리 모두가 좋아하는 사람과 관련되어 있어."

제인과 엘리자베스는 서로를 보고, 여관 하인에게 나가도 좋다고 했다. 리디아가 웃으며 말했다. "참, 어찌나 얌전하신지. 언니들은 정말 형식적이고 신중하다니까. 하인이 들으면 안 된다는 거지? 그 사람이 신경이나 쓸 것 같아? 분명히 그 사람은 내가 지금 할 이야기보다도 더 심한 이야기도 많이 들었을 거야. 하지만 참 못생겼는걸! 나가서 다행이야. 저렇게 턱이 긴 사람은 평생 처음이야. 하지만 이제부터 중대한 소식을 전해야지. 우리 위컴 씨 이야기야. 하인이 듣기에는 너무 아깝지? 위컴이 메리 킹이랑 결혼할 위험이 사라졌어. 자 어때! 메리 킹은 리버풀의 숙부 집으로 갔고 거기서 꽤 오래 있을 거래. 그러니까 이제 위컴은 안전해."

"그리고 메리 킹도 안전해!" 엘리자베스가 덧붙였다. "재산을 생각하면 그렇게 무분별했던 인연을 벗어나게 됐으니 다행이지."

"그 사람을 좋아했다면 그렇게 떠난 건 바보짓이야."

"하지만 양쪽 모두 애정이 별로 깊지 않았던 거겠지." 제인이 말했다.

"위컴은 그랬던 게 분명해. 내가 볼 때 그 사람은 그 여자를 눈곱만큼도 좋아하지 않았어. 그런 주근깨투성이 못난이를 누가 좋아하겠어?"

엘리자베스는 리디아의 말에 크게 놀랐다. 그렇게 거친 말을 할 순 없지만, 자신도 실상 리디아와 똑같이 거친 생각을, 그것도 여러 번 했다는 것을 깨달았기 때문이다.

식사가 끝나자, 엘리자베스와 제인이 돈을 치르고 다시 마차를 불렀다. 그리고 약간의 궁리 끝에 모든 일행이 트렁크와 바느질 바구니와 짐 꾸러미, 그리고 키티와 리디아가 사들인 반갑지 않은 구매품들을 넣고 마차 안에 자리를 잡았다.

"정말 꼭 끼어도 앉았네!" 리디아가 소리쳤다. "보닛을 잘 산 것 같아. 상자 때문에 산 거긴 하지만 말이야! 자, 이제 편안하게 집에 갈 때까지 웃고 떠들면서 이야기하자. 먼저 언니들이 어떻게 지냈는지 듣고 싶어. 멋진 남자들은 만났어? 누가 연애는 걸었어? 돌아오기 전에 둘 중 하나는 남편감을 구해 오기 바랐는데. 제인은 금방 노처녀가 될 거야. 스물세 살이 다 돼 가잖아! 세상에, 내가 스물셋이 되기 전에 결혼을 못하면 정말 창피할 거야! 필립스 이모는 언니들한테 빨리 남편감이 생겼으면 좋겠대. 리지 언니가 콜린스 씨 청혼을 수락했어야 한다고 말씀하시지. 하지만 그건 참 재미없는 일이었을 것 같아. 나는 언니들보다 먼저 결혼하고 싶어. 그런 다음에 내가 언니들의 보호자로 무도회에 다니는 거야. 아! 맞다, 지난번에 포스터 대령 집에서는 정말 재미있었어! 키티하고 내가 그 집에 하루 종일 있었는데, 포스터 부인이 저녁에 약식 무도회를 열겠다고 했어. (나는 포스터 부인하고 정말 친해!) 그리고 포스터 부인이 해링턴 가 딸 두 명을 불렀는데, 해리엇이 아파서 펜이 혼자 왔어. 그다음에 우리가 무얼 했을 것 같아? 체임벌린에게 여자 옷을 입혀서 여자로 꾸몄어. 생각만 해도 재미있지 않아? 포스트 대령 부부하고 키티하고 나를 빼고는 아무도 몰랐

어. 그리고 이모님이랑. 이모한테서 드레스 한 벌을 빌려야 했
거든. 그 사람 얼마나 예뻤는지 몰라! 데니하고 위컴하고 프랫,
그리고 두세 명이 더 왔는데도 글쎄, 아무도 체임벌린을 못 알
아봤어. 얼마나 웃었던지! 포스터 부인도 그랬지. 웃다가 죽는
줄 알았다니까. 그러니까 남자들이 왜 그러나 하다가 결국 어
떻게 된 건지 들통났지 뭐야."

　리디아는 롱번까지 가는 내내 언니들에게 이런 종류의 파티
이야기와 농담을 전했고, 키티는 거기에 이런저런 설명을 덧붙
였다. 엘리자베스는 듣지 않으려고 애썼지만, 위컴의 이름이
수시로 튀어나오는 것을 피할 수 없었다.

　식구들은 그들을 더없이 반갑게 맞았다. 베넷 부인은 제인
이 미모의 손상 없이 돌아온 것을 기뻐했고, 정찬을 하는 동안
베넷 씨는 엘리자베스에게 몇 번이나 이렇게 말했다.

　"네가 돌아와서 기쁘구나, 리지."

　그날의 정찬은 성대했다. 루카스 가 사람들 대부분이 마리
아를 만나 소식을 들으려고 왔기 때문이다. 식탁의 대화 내용
은 다양했다. 루카스 부인은 식탁 맞은편에 앉은 마리아에게
큰딸은 잘 지내는지, 닭들은 많은지 물으며 안부를 궁금해했
고, 베넷 부인은 몇 자리 떨어져 앉은 제인에게서 최신 유행에
대한 이야기를 수집하는 한편 그 모든 이야기를 루카스네 어린
딸들에게 그대로 옮겨주었다. 그리고 리디아는 다른 어떤 사람
보다도 큰 목소리로 그날 아침에 얼마나 재미있는 일이 많았는
지 자기 말이 닿을 만한 사람 모두에게 떠들어댔다.

　"아! 메리." 리디아가 말했다. "메리 언니도 우리랑 같이 갔
으면 좋았을 텐데. 정말 재미있었거든! 가는 동안 키티하고 나

하고 차양을 모두 걷어 올리고 마차에 사람이 없는 것처럼 굴었어. 키티가 멀미만 안 했어도 아마 내내 그러고 갔을 거야. 그리고 조지 여관에 도착해서는 키티랑 내가 아주 훌륭하게 행동했어. 언니들한테 세상에서 가장 맛있고 시원한 점심을 대접했거든. 언니도 갔으면 같이 먹을 수 있었을 텐데 말야. 집에 오는 길도 정말 재미있었어! 나는 우리가 마차에 못 탈 줄 알았지 뭐야. 웃다가 죽는 줄 알았어. 마차 길은 정말 재미있었어! 우리가 얼마나 시끄럽게 수다 떨고 웃었는지, 아마 10마일 밖에서도 들렸을 거야!"

이 말에 메리가 무겁게 대답했다. "리디아, 그런 즐거움을 폄하하고 싶은 마음은 없어. 대다수의 보통 여자들에게 적합한 일이라고 생각해. 하지만 솔직히 나한테는 그렇게 큰 재미가 없을 거 같아. 나는 책이 훨씬 좋으니까."

하지만 리디아는 이 대답을 듣지 않았다. 리디아는 다른 사람의 말을 30초 이상 듣지 않았고, 특히나 메리의 말에는 귀 기울여 본 적이 없었다.

오후에 리디아는 언니들에게 메리턴에 가서 그곳 사람들이 어떻게 지내는지 보고 오자고 졸랐다. 하지만 엘리자베스는 끝까지 반대했다. 베넷 가의 딸들이 집에 온 지 반나절도 지나지 않아 장교들을 찾아나섰다는 말을 들을 수는 없었다. 그리고 반대하는 이유가 또 하나 있었다. 위컴을 다시 보는 게 두려웠고, 그래서 그를 만나게 될 일은 가급적 만들지 않기로 마음먹었기 때문이다. 연대가 이동한다는 소식에 그녀가 얼마나 안도감을 느꼈는지는 말로 다 표현할 수 없었다. 보름 후면 그들은 떠나고, 일단 떠나면 더 이상 위컴 때문에 괴로워지는 일은 없기를 바랐다.

집에 온 지 몇 시간 지나지 않아서 그녀는 리디아가 여관에서 말한 브라이턴 여행 계획을 부모님이 자주 이야기한다는 것을 알았다. 그리고 아버지가 그 여행을 허락할 마음이 전혀 없다는 것도 알았다. 하지만 아버지의 대답은 동시에 너무 모호하고 어정쩡해서, 베넷 부인은 계속 낙심하면서도 마침내는 성공할 거라는 희망을 접지 않고 있었다.

17

엘리자베스는 제인에게 그동안 있었던 일을 알려 주고 싶은 조바심을 더는 참을 수 없었다. 그리고 마침내 제인과 관련된 부분은 모두 빼고 이야기하기로 결심하고, 그녀에게 아마 깜짝 놀랄 거라고 미리 말해준 뒤 다음 날 아침, 다아시 씨와 자신 사이에 벌어진 주요 사건을 이야기했다.

남자들이 엘리자베스에게 찬사를 보내는 것이 더없이 당연하다 여길 정도로 동생을 아꼈기에, 제인의 놀라움은 금세 다른 감정들 속으로 사라졌다. 그녀는 다아시 씨가 그렇게 호감을 사기 어려운 방식으로 감정을 전달한 걸 안타까워했지만, 그보다는 엘리자베스의 거절에 실망했을 그의 심정이 더욱 가슴 아팠다.

"그렇게 성공을 확신했던 게 잘못이야." 그녀가 말했다. "그리고 그런 모습을 보이지 말아야 했어. 하지만 그랬으니 실망도 더 컸을 수밖에."

"그 사람을 생각하면 정말로 안타까워." 엘리자베스가 대답했다. "하지만 그 사람이 가진 다른 감정들이 곧 나에 대한 호감을 몰아내줄 거야. 그런데 혹시 그 사람을 거절했다고 나무라는 건 아니지?"

"너를 나무라다니? 그럴 리가."

"하지만 내가 위컴에 대해 흥분해서 말한 건 나무랄걸."

"아냐, 나는 네가 그렇게 말한 게 잘못인지 어쩐지 몰라."

"하지만 이제 알게 될 거야. 바로 그다음 날 일어난 일을 들으면 말이야."

그런 뒤 그녀는 편지를 받았다는 사실과 거기에 담긴 조지 위컴과 관련된 내용을 전부 말했다. 제인의 충격은 이루 말할 수 없었다! 가여운 제인은 이렇게 많은 악덕이 한 사람이 아니라 온 인류에 존재한다는 사실조차 믿지 않고 세상을 살아가고 싶은 사람이었다. 다아시의 정당함이 입증된 것은 기뻤지만, 그런 사실을 알게 된 것에 대한 위로가 되지 않았다. 그녀는 오해가 있었을 거라 생각하고, 한 사람을 거기 끌어들이지 않고 다른 한 사람의 죄를 벗겨보려고 애썼다.

"그런다고 되는 게 아냐." 엘리자베스가 말했다. "두 사람을 동시에 좋은 사람으로 만들 수는 없어. 선택은 자유지만 한쪽에 만족해야 돼. 두 사람 사이에는 한 사람만 괜찮은 사람으로 만드는, 그 정도의 미덕밖에 없어. 최근에 그 위치가 많이 바뀌고 있지. 나는 다아시 씨가 한 말에 기울고 있지만, 언니는 언니의 선택이 있는 거니까."

하지만 제인이 힘겨운 미소라도 지을 수 있던 것은 시간이 조금 지나서였다.

"이보다 더 충격받은 적이 있었는지 모르겠다." 그녀가 말했다. "위컴이 그렇게 나쁜 사람이라니! 정말 믿기 어려워. 그리고 불쌍한 다아시 씨! 리지야, 그 사람이 얼마나 고통스러웠을지 생각해봐. 거절당해 실망한 데다가, 자기가 청혼한 여자인 네가 자기를 그렇게 안 좋게 본다는 걸 알았으니! 또 여동생의 그런 비밀을 직접 밝혀야 했고 말이야. 너무 안타까운 일이야. 아마 너도 그렇겠지만."

"아냐. 언니가 그렇게 후회와 연민에 싸인 걸 보니까 나한테 남아 있던 그런 감정이 모두 사라졌어. 언니가 그 사람을 아주 공정하게 봐주리라는 걸 알기 때문에 점점 관심도 걱정도 없어지네. 언니가 내 몫까지 해주잖아. 앞으로도 계속 그렇게 그 사람 일을 걱정해주면, 내 마음은 깃털처럼 가벼워질 거야."

"불쌍한 위컴, 얼굴은 그렇게 선량해 보이는데! 태도는 그렇게나 솔직하고 부드럽고 말야!"

"두 사람의 교육에 큰 문제가 있었던 것 같아. 한 사람이 선량함을 전부 가져가고, 다른 한 사람은 그 외양만 가졌으니."

"나는 전에도 다아시 씨 외양이, 네 생각처럼 선해 보이지 않는다고는 생각하지 않았어."

"그런데 내가 그렇게 별 이유도 없이 그 사람을 싫어하게 된 건, 그게 똑똑한 행동이라고 여겼기 때문이야. 그런 미움이 사람에게 재능이나 재치를 발휘할 기회를 만들어주기도 하니까. 옳은 말 한마디 없이 비난을 계속할 수는 있지만, 누군가를 항상 비웃다보면 이따금 재치 있는 말을 하게 되거든."

"리지, 네가 처음 편지를 읽었을 때는 지금하고 생각이 달랐을 것 같은걸."

"맞아. 불편했어. 정말 불편하고 속상했어. 내 마음을 털어 놓을 사람도 없었고. 언니가 곁에 있었다면, 내가 그렇게까지 허약하고 허영심 많고 어리석은 사람은 아니라고 말해주었을 텐데! 아, 정말 언니가 너무나 보고 싶었어!"

"네가 다아시 씨에게 위컴 이야기를 그렇게 강하게 표현했 다는 게 참 안타깝다. 지금 보니 전혀 그럴 만한 사람이 아니었 는데 말이야."

"그래. 하지만 그렇게 지독하게 말한 건 처음부터 편견을 가 졌으니 당연한 결과였어. 언니의 조언이 필요한 대목이 하나 있어. 주변 사람들에게 위컴의 본래 모습을 알려주는 게 나을 까? 언니 생각을 알고 싶어."

제인은 잠시 생각해 보고 말했다. "물론 그렇게 있는 그대로 밝힐 필요는 없겠지. 네 생각은 어때?"

"나도 그러면 안 될 것 같아. 다아시 씨는 편지의 내용을 알 려도 된다는 말은 하지 않았어. 오히려 여동생과 관련된 일은 되도록 나 혼자만 알고 있으라고 했어. 하지만 그것 말고 어떤 행실을 증거로 삼아서 다른 사람들에게 위컴의 본성을 납득시 킬 수 있겠어? 사람들은 대부분 다아시 씨에게 심한 편견을 갖 고 있으니, 그 사람을 좋게 말하려다가는 메리턴의 좋은 사람들 중 절반은 잃게 될 거야. 나는 그런 일 못 해. 그리고 위컴은 곧 떠나. 그러니까 그 사람의 진면목은 여기 사람들에게 중요하지 않아. 시간이 지나면 언젠가 진실이 알려질 테고, 우리는 그걸 진작 몰랐냐며 어리석다고 비웃을 수 있겠지. 그러니까 지금은 잠자코 아무 말도 안 할 거야."

"네 말이 맞아. 그 사람 잘못을 알리면 위컴은 영원히 파멸

할 수 있어. 어쩌면 위컴은 이제 예전 일을 후회하고 새롭게 살려고 노력하고 있을지도 모르는데 말이야. 그 사람을 궁지에 몰아 넣으면 안 돼."

이 대화로 엘리자베스의 마음속에 가득했던 혼란은 가라앉았다. 지난 보름 동안 그녀를 짓누르던 비밀 가운데 두 가지를 덜어냈고, 앞으로 언제든 그 이야기를 다시 꺼내도 제인이 기꺼이 들어줄 것임을 알았다. 하지만 엘리자베스에게는 아직도 밝히지 않는 편이 낫겠다고 여겨지는 비밀이 있었다. 그녀는 다아시 씨 편지의 나머지 절반을 감히 말할 수 없었고, 빙리 씨가 언니를 얼마나 진실하게 대했는지 설명할 수도 없었다. 그것은 그 누구와도 공유할 수 없는 사실이었고, 당사자들이 서로를 완벽하게 이해할 때만이 이 골치 아픈 마지막 비밀을 떳떳하게 떨쳐 버릴 수 있을 것이다. '별로 가능할 것 같지는 않지만 그런 일이 일어난다면, 그때는 내가 부러 말할 필요도 없을 거야. 빙리 씨가 훨씬 더 다정하게 말해주겠지. 내 말이 가치를 잃을 때까진 난 그 말을 할 자유가 없어!'

엘리자베스는 이제 집에서 편히 지내면서 언니의 속마음을 제대로 살필 수 있었다. 제인은 행복하지 않았다. 아직도 빙리에 대한 애틋한 마음을 간직하고 있었다. 이전에는 단 한 번도 사랑에 빠졌다고 느꼈던 적이 없었기에 빙리를 향한 그녀의 호감은 첫사랑의 온기를 그대로 품고 있었고, 나이와 기질 덕에 다른 이들의 첫사랑과는 달리 더욱 굳건했다. 그녀에게는 그와의 추억이 너무도 소중하고 그가 다른 어떤 남자보다도 좋게만 보여서, 그녀 자신의 분별력과 주변 사람들의 마음에 대한 배려가 없었다면 후회에 빠져 허우적거리고 그 결과 건강과 평온을 해치는 일을 막을 길이 없었을 것이다.

"리지." 어느 날 베넷 부인이 말했다. "제인이 겪은 슬픈 일을 지금 너는 어떻게 생각하니? 나는 이제 누구한테도 그 이야기를 하지 않기로 결심했단다. 내 동생 필립스에게도 며칠 전에 그렇게 말했어. 그런데 제인이 런던에서 그 사람을 보았는지 어쨌는지는 모르겠다. 어쨌거나 그 사람은 그럴 자격이 없어. 제인이 그 사람과 맺어질 가능성은 이제 조금도 없는 것 같다. 여름에 네더필드에 다시 온다는 말도 없어. 알 만한 사람들한테 전부 물어봤는데 말이야."

"그 사람은 이제 다시 네더필드에 살지 않을 것 같아요."

"그야 그 사람 마음대로지. 아무도 그 사람을 원하지 않아. 나야 앞으로도 두고두고 그 사람이 내 딸에게 몹쓸 짓을 했다고 말하겠지만. 그리고 내가 제인이었다면 가만있지 않았을 거다. 제인은 상심이 크니 오래 살지도 못할 거고, 제인이 죽으면 그 인간도 후회하고 미안해하겠지. 이렇게 생각하니 그나마 위안이 되는구나."

엘리자베스는 그런 일이 결코 위안으로 여겨지지 않았기 때문에 아무 대답도 하지 않았다.

"그나저나 리지야." 베넷 부인이 곧 말을 이었다. "콜린스 부부가 그렇게 잘 산다며? 계속 그렇게 잘 살았으면 좋겠다. 음식은 어떻게 해먹고 살디? 샬럿은 살림 솜씨가 좋지. 자기 어머니 반만큼만 영리해도 돈을 착착 모을 거야. 그 집 식구들은 낭비라는 걸 모르니까."

"그럼요."

"살림을 잘하려면 절약을 해야 돼. 그래, 그 부부는 버는 것보다 많이 쓰지는 않을 거야. 돈 때문에 속 썩는 일은 없겠지. 잘될 거야! 아마 롱번 이야기도 자주 하겠지. 너희 아버지가 돌아가신 뒤 자기네가 갖게 될 거라는 말. 그리고 그럴 때마다 벌써 여기가 자기네 것인 양 말하겠지. 그렇지 않겠냐?"

"제 앞에서는 한 번도 그런 말 안 했어요."

"그랬겠지. 하면 이상한 거지. 하지만 장담하는데 자기들만 있을 때는 그 이야기를 자주 할 거야. 법적으로 자기들 소유가 아닌 영지를 갖는 게 마음이 편하다면 어디 그러라고 해. 만약 나라면 한사상속으로 남의 영지를 받는다면 낯 뜨거워서 원, 고개도 못 들 것 같다."

18

그들이 집에 돌아오고 나서 한 주가 금세 지났다. 그리고 두 번째 주가 시작되었다. 연대가 메리턴에 머무는 마지막 주였고, 인근의 아가씨들은 모두 의기소침해졌다. 낙심하는 분위기가 온 마을에 퍼져 그 일대를 지배하는 것 같았다. 그나마 베넷 가의 맏딸과 둘째딸만이 먹고 마시고 자며, 평소대로의 일상을 유지할 수 있었다. 키티와 리디아는 그들의 이런 무심함을 수시로 비난하곤 했다. 극심한 괴로움에 빠진 두 사람은 자기 가족 중에 그렇게 냉정한 사람들이 있다는 것을 이해하지 못했다.

"아, 이제 우리는 어떻게 되는 거지? 앞으로 어쩌면 좋아!" 두 사람은 이런 한탄을 자주 했다. "어떻게 언니는 이런 상황에 그렇게 웃을 수 있어?" 그들의 자애로운 어머니도 두 딸의 슬

폼을 함께 나누었다. 부인은 25년 전 자기도 비슷한 일을 겪고 얼마나 힘들었는지 기억하고 있었다.

"그래, 밀러 대령의 연대가 떠났을 때 이틀 동안 울었던 게 생각난다. 심장이 그냥 터져버릴 것 같았지."

"지금 내 심장도 찢어지는 것 같아요." 리디아가 말했다.

"브라이턴에 갈 수만 있다면!" 베넷 부인이 말했다.

"그래요! 브라이턴에 가면 정말 좋을 거예요! 하지만 아빠가 싫어하시잖아요."

"해수욕이라도 할 수 있다면 기운이 날 텐데."

"필립스 이모가 그러는데, 해수욕이 나한테 좋을 거랬어요." 키티가 덧붙였다.

롱번 하우스에서는 이런 유의 한탄이 끊임없이 울려 퍼졌다. 엘리자베스는 그런 이야기를 즐겁게 여기려고 노력했다. 하지만 부끄러워서 즐거움을 느끼기가 쉽지 않았다. 다아시 씨가 말한 결혼 반대 사유가 얼마나 옳았는지 새삼 절감되었고, 그가 친구의 일을 방해한 것을, 전에 없이 용서하고 싶은 기분이었다.

하지만 리디아의 우울은 얼마 지나지 않아 말끔히 사라졌다. 포스터 대령의 아내가 그녀에게 브라이턴까지 같이 가자고 청했기 때문이다. 리디아의 이 소중한 친구는 아주 젊은 나이였고 아직 신혼이었다. 명랑하고 씩씩한 성격이 서로 닮은 두 사람은 쉽게 친해졌고, 만난 지 석 달 만에 더없이 절친한 사이가 되었다.

이 일에 대해 리디아가 얼마나 즐거워하며 초대해준 포스터 부인을 칭찬하고 애정을 표시했는지, 베넷 부인이 얼마나 흐뭇

해하고 또 키티는 얼마나 속상해하고 화가 났는지 말로 다 할
수 없었다. 리디아가 키티의 심정은 아랑곳하지 않고 흥분한
채 온 집 안을 날아다니며 모든 사람에게 축하해달라고 조르
고, 그 어느 때보다 더 격렬하게 웃고 떠드는 동안, 불행한 키
티는 응접실에 눌러 앉아 조리에 닿지 않는 말로 끝없이 칭얼
거리며 운명을 한탄했다.

"포스터 부인이 왜 나를 빼고 리디아만 초대했는지 도무지
이유를 모르겠어." 키티가 말했다. "물론 내가 그 여자랑 특별
히 친하지는 않지만, 그래도 나도 리디아 못지않게 따라갈 권
리가 있다고! 아니, 오히려 내가 초대를 받았어야지. 내가 두
살이나 더 많은데."

엘리자베스가 아무리 타이르고 제인이 단념시키려 해보아
도 리디아는 멋대로였다. 엘리자베스는 리디아의 브라이턴 행
에 대해서 어머니나 리디아처럼 함께 기뻐할 수 없었다. 오히
려 거기에 가면 리디아가, 그나마 얼마 없던 상식마저 모두 잃
어버릴지 몰라 위험하다고 생각했다. 그래서 아버지에게 리디
아의 브라이턴 행을 막아달라고 비밀리에 부탁했다. 그런 일이
알려지면 욕을 먹으리라는 것을 잘 알지만 가만히 두고볼 수는
없었다. 리디아의 행동에 어떤 문제가 있는지 지적하고, 포스
터 부인 같은 여자하고 사귀어서 득 될 게 없으며, 브라이턴에
서는 집에서보다 훨씬 유혹이 클 텐데 그런 친구하고 함께 지
내다보면 생각 없는 리디아가 더더욱 경솔해질 가능성이 높다
고, 또박또박 설명했다. 아버지는 엘리자베스의 말을 주의 깊
게 듣고 말했다.

"리디아는 많은 사람 앞에 나서야 마음이 편할 거다. 게다가

이번 경우처럼 비용이 들지도 않고 또 가족에게 불편을 끼치지 않으면서 그런 곳에 갈 수 있는 기회가 또 있을 것 같지도 않고 말이야."

"하지만 리디아가 사람들 앞에서 부주의하고 경솔한 행동을 벌이면 어떻게 해요? 그것 때문에 우리 모두 얼마나 큰 피해를 입을지 생각하신다면, 아니 피해는 벌써 입었어요, 그걸 아신다면 이 일을 달리 판단하실 거예요." 엘리자베스가 말했다.

"벌써 피해를 입었다고?" 베넷 씨가 말했다. "네 애인 몇 명이 리디아에게 놀라서 달아나기라도 한 거냐? 불쌍한 리지! 하지만 너무 낙심 말아라. 이런 작은 바보짓도 못 견디는 까탈스러운 놈들은 아쉬워할 필요가 없으니까. 자, 어디, 리디아의 바보짓 때문에 물러선 한심한 녀석들의 명단이나 좀 보자."

"그건 아버지 오해예요. 저는 그런 피해를 본 적 없어요. 저는 어디까지나 특정한 사례가 아니라 전반적인 해악을 말씀드리는 거예요. 경박하고 뻔뻔스럽고 무절제하고 싫은 소리라면 무조건 듣지 않으려 하는 리디아 때문에, 우리 집안의 지위와 평판이 깎이고 있어요. 죄송해요. 하지만 솔직하게 말씀드려야 해서요. 아버지가 단단히 혼을 내서 리디아의 끓어 넘치는 기운을 자제시켜야 해요. 지금 열중하는 일들이 인생에 아무 도움이 안 된다는 걸 가르쳐주시지 않으면, 그 아이는 곧 우리가 손쓸 수 없는 상태가 될 거예요. 성격이 이대로 굳어지고, 열여섯 살만 되면 남자들과 방종한 행위를 일삼아서 그애 자신과 우리 가족 모두에게 오명을 씌울 거라고요. 방종 가운데서도 최악의 방종으로요. 어리다는 것, 외모가 그런대로 봐줄 만하다는 것밖에는 아무런 매력도 없고, 무지하고 머리가 비었으니 그렇게 남자들 눈길을 끌려고 열 올리다가는 모든 사람에게 경멸받는 일을 피할 길이 없어요. 키티도 다르지 않아요. 그애는 리디아가 끌고 가는 대로 따라갈 거예요. 허영심 강하고 무지하고 게으르고 제멋대로라고요! 아, 제발 아버지, 그 아이들은 가는 곳마다 비난받고 무시당할 거고, 그렇게 되면 언니들도 불명예스러울 거예요."

베넷 씨는 엘리자베스가 진심을 다해 말하는 것을 보고 따뜻하게 손을 잡으며 대답했다.

"불안해할 것 없다, 애야. 너와 제인은 어디에서나 존경과 칭찬을 받을 테니까. 너희는 멍청한 동생이 한두 명, 아니 세 명 있다고 해서 가치가 깎일 아이들이 아니야. 리디아가 브라이턴에 가지 못하면 우리 집은 바람 잘 날이 없을 거다. 그러니 보내자꾸나. 포스터 대령은 분별 있는 사람이고, 그 아이가 심각한 문제에는 빠지지 않게 해줄 거야. 다행인 건 그 아이는 누군가의 먹잇감이 되기에는 너무 가난하다는 거지. 브라이턴에 가면 리디아는 여기서처럼 가벼운 연애 상대 취급도 못 받을 거다. 장교들에게는 훨씬 괜찮은 여자들이 나타나겠지. 그러니까 그 아이가 거기 가서 자기가 얼마나 보잘것없는지 직접 깨닫게 하자꾸나. 어쨌거나 지금보다 더 나빠진다면, 우리는 그애를 평생토록 가둬둘 권리가 생길 테니까."

엘리자베스는 이 대답에 만족해야 했지만 그녀의 견해는 달라지지 않았고, 결국 실망과 안타까움을 안고서 아버지 곁을 떠났다. 하지만 그녀는 그런 일을 계속 마음에 품고서 걱정을 키우는 성격이 아니었다. 엘리자베스는 자신의 의무를 다했다고 믿었고, 이미 피할 수 없는 해악에 안달하거나 근심 걱정으로 그것을 키우는 일은 그녀의 기질에 맞지 않았다.

리디아와 베넷 부인이 엘리자베스와 아버지의 대화를 들었다면, 두 사람의 함께 쏟아내는 분노란 이루 말할 수 없었을 것이다. 리디아의 상상 속에서 브라이턴 여행은 지상의 모든 행복을 약속하고 있었다. 환상의 눈에 비친 그 유쾌한 관광지는 거리거리에 장교들이 넘쳐났다. 그리고 자신은 미지의 장교 수십 명에게 뜨거운 관심을 받고 있었다. 영광스런 군부대도 있었다. 아름답게 줄 맞추어 늘어선 천막들, 눈부신 진홍 군복 차림의 젊고 활기찬 남자들, 그 화룡점정은 자신이 그 천막 아래 앉아 여섯 명도 넘는 장교와 한꺼번에 장난을 치며 노는 모습이었다.

엘리자베스 언니가 그런 전망과 그런 현실에서 자신을 떼어 놓으려 한다는 걸 알았다면, 리디아의 심정이 어땠을까? 그 감정을 이해할 사람은 어머니뿐이었을 것이다. 어머니는 리디아와 그리 다르지 않은 감정을 느꼈을 테니까. 리디아의 브라이턴 행은 남편이 결코 거기 함께 갈 리 없다는 사실을 확인하고 우울해 하는 베넷 부인에게 유일한 위안이었다. .

하지만 베넷 부인과 리디아는 어떤 일이 있었는지 전혀 알지 못했고, 그들의 넘쳐나는 기쁨은 리디아가 집을 떠나는 그날까지 끊임없이 이어졌다.

엘리자베스는 위컴 씨를 마지막으로 만나게 되었다. 집에 돌아온 뒤 그와 자주 마주쳤기 때문에, 마음의 동요는 없었다. 이전의 호감으로 인한 흥분은 완전히 사라졌다. 애초에 그녀의 호감을 산 그의 부드러운 태도에서도 혐오스럽고 권태로운 가식과 단조로움이 느껴질 뿐이었다. 게다가 그가 현재 그녀를 대하는 행동은 새로운 불쾌감을 일으켰다. 처음 만났을 때와 같은 관심이 회복되기를 원하는 그의 태도는 여러 가지 일들을 겪고 난 지금은 신경만 거스를 뿐이었다. 자신이 그토록 한가하고도 변덕스런 관심 대상으로 선택되었다는 것을 깨닫자 그에 대한 모든 관심이 사라졌다. 그리고 아무리 오래 전이건 또 어떤 이유로건 간에 한 번 철회했던 관심을 그녀에게 다시 되돌려주기만 하면, 그녀의 허영심이 기꺼이 응답할 거라 그가 믿고 있다는 사실이 자신을 얼마나 얕잡아보는 것인지를, 아무리 외면하려 해도 느끼지 않을 수 없었다.

연대가 메리턴을 떠나기 전날, 그는 다른 장교들과 함께 롱번에서 정찬을 했다. 엘리자베스는 그와 기분 좋게 작별하고픈 마음이 전혀 없었기 때문에 헌스퍼드에서 어떻게 지냈느냐는 질문에, 피츠윌리엄 대령과 다아시 씨가 로징스에서 3주를 지냈다고 말하며 대령을 아느냐고 물었다.

그는 놀라고 불쾌하고 당황한 것 같았지만, 얼른 평정과 미소를 되찾고 예전에 여러 번 만났다고 대답했다. 그리고 정말 신사다운 사람이라고 말한 뒤 그를 어떻게 보았느냐고 물었다. 그리고 그녀의 호의적인 대답에 그는 별 관심 없다는 듯 덧붙여 물었다. "대령이 로징스에 얼마나 머물렀다고요?"

"3주 가까이요."

"자주 만났나요?"

"네, 거의 매일 만났어요."

"그분은 사촌과는 아주 다른 분입니다."

"네, 아주 달랐어요. 하지만 다아시 씨도 자주 만나보니 전보다 나아지더군요."

"그랬나요!" 그때 위컴의 얼굴에 떠오른 표정을 엘리자베스는 놓치지 않았다. "그러면 묻고 싶네요." 그는 얼른 표정을 다스리고 밝은 어조로 덧붙였다. "나아진다는 게 태도를 말하는 겁니까? 평소보다 약간 더 예의를 갖추게 되었습니까?" 그리고 낮은 목소리로 무겁게 말했다. "저라면 감히 그의 본성이 나아졌다는 희망은 품지 않겠습니다."

"맞아요!" 엘리자베스가 말했다. "본성은 전과 다름없다고 생각해요."

그녀가 말할 때 위컴은 그 말을 기뻐해야 할지, 아니면 말뜻을 의심해야 할지 헷갈리는 표정이었다. 그녀의 안색에는 왠지 그를 두렵고 불안하게 만드는 것이 있었다. 그녀가 덧붙였다.

"자주 만나니 나아졌다는 건 그 사람 생각이나 태도가 개선되었다는 뜻이 아니라, 서로 더 잘 알고 보니까 그런 모습이나 성격을 좀 더 이해할 수 있게 되었다는 뜻이었어요."

위컴의 충격은 이제 얼굴색의 변화와 흥분된 표정으로 드러났다. 그는 잠시 침묵하다가 어색함을 떨쳐 내고 그녀를 돌아보며 부드럽게 말했다.

"당신은 다아시 씨에 대한 제 감정을 잘 알고 있으니 그가 겉으로라도 올바른 모습을 보인다는 데 제가 얼마나 기쁠지 이해하리라 믿습니다. 그런 식이라면 그의 오만은, 자기 자신에게는 아닐지라도, 다른 사람들에게 도움이 됩니다. 사람들이 그의 악행으로 저 같은 고통을 겪지 않게 해주니까요. 다만 두려운 것은 당신이 언급한 그런 조심스런 행동은 이모님 댁을 방문할 때만 나타나는 게 아닌가 하는 겁니다. 그 사람은 이모님의 평가를 아주 두려워하니까요. 이모님과 함께 있을 때 그는 언제나 그분을 두려워했습니다. 그건 상당 부분이 드 버그 양과 혼사를 진척시키려는 소망 때문이죠. 그자는 그걸 간절히 바라니까요."

엘리자베스는 이 대목에서 웃음이 나는 걸 억누를 수 없었지만 고개만 살짝 숙여 응대했다. 그는 지난날의 고통이라는 옛 주제로 돌아가고 싶은 기색이었지만, 그녀는 그걸 받아줄 기분이 아니었다. 그날 저녁 그는 평소처럼 유쾌하게 굴었지만, 엘리자베스를 각별하게 대하는 시도는 중단했다. 그런 뒤 그들은 서로 예의를 갖춘 채 다시는 만나지 않는 게 좋겠다는 공통된 희망 속에 헤어졌다.

자리가 파하자, 리디아는 포스터 부인과 함께 메리턴으로 돌아갔다. 그들은 다음 날 아침 일찍 메리턴을 출발할 예정이었다. 그녀와 가족의 작별은 슬프다기보다는 시끄러운 쪽에 가까웠다. 눈물을 흘린 사람은 키티뿐이었고, 그 눈물조차 분노와 시기심에서 비롯된 것이었다. 베넷 부인은 딸의 행복을 장황하게 빌어주었고, 최대한 즐겁게 놀라고 신신당부했다. 리디아가 그 조언에 충실히 따르리라는 것은 불 보듯 뻔한 일이었다. 행복감에 들떠 떠들썩하게 작별을 고하는 리디아의 귀에 언니들의 차분한 인사는 들어오지 않았다.

19

오로지 자기 가족의 사례만으로 판단했다면, 엘리자베스는 결혼의 행복이나 가정의 안락함을 그다지 긍정적으로 바라보지 못했을 것이다. 아버지는 젊음과 미모, 그리고 젊음과 미모가 흔히 안겨주는 선량한 인상에 반해서 한 여자와 결혼했지만, 그녀의 빈약한 이해력과 협량한 마음에 일찌감치 애정을 접어야 했다. 존경과 존중과 신뢰는 기대할 수 없었다. 가정 행복에 대한 소망은 모두 무너졌다. 하지만 베넷 씨는, 자신의 부주의로 야기된 결과에 실망했다고 해서, 스스로의 우행이나 악행 때문에 불행해진 사람들이 흔히 빠지는 그런 쾌락에 기대는 사람이 아니었다. 그는 시골 생활과 책을 좋아했고, 그 두 가지를 주요한 즐거움으로 삼았다. 그가 아내에게 빚진 것이라곤 그녀의 어리석음을 오락의 일부로 삼는다는 것뿐이었다. 이것은 남자들이 아내에게 일반적으로 바라는 행복은 아니었지만, 진정한 철학자라면 다른 즐거움이 없는 곳에서도 주어진 환경을 최대한 이용하는 법이다.

하지만 엘리자베스는 그런 아버지의 행동이 남편으로서 부적절하다는 것을 모르지 않았다. 그런 모습을 볼 때마다 그녀는 가슴이 아팠다. 하지만 아버지의 능력을 존경하고 그가 자신에게 주는 애정에 감사해서 눈에 보이는 것들을 잊으려고 노력하고, 아버지가 자녀 앞에서 빈번하게 아내를 비웃음거리로 삼아 결혼의 의무와 예절을 위반하는 것을 생각하지 않으려고 애썼다. 하지만 어울리지 않는 결혼에 따르는 문제를 지금처럼 강하게 느낀 적도 없고, 재능을 엉뚱하게 사용할 때 따르는 해악을 지금처럼 똑똑히 인식한 적도 없었다. 베넷 씨가 자신의 재능을 제대로 사용했다면, 아내의 정신을 향상시킬 수는 없다 해도 적어도 딸들의 품행은 올바로 가르쳤을 것이다.

엘리자베스는 연대의 이동이 반갑긴 했지만, 위컴이 떠난 일 말고 딱히 좋아할 만한 이유도 없었다. 집 밖의 파티는 전만큼 다채롭지 않았다. 집 안에서도 어머니와 동생이 모든 게 재미없다고 끊임없이 투덜대며 사방에 우울한 그림자를 던졌다. 혼란의 원인이 사라진 까닭에 키티는 시간이 지나면서 어느 정도 정신을 차릴지 모르지만, 더 걱정스러운 리디아는 해변 휴양지와 군부대라는 두 배로 위험한 상황에서 더 어리석고 뻔뻔하게 굴 가능성이 높았다. 그래서 그녀는 전체적으로 전에도 가끔 깨달았듯이, 강렬히 바라던 사건이 실제로 일어나도 기대했던 만큼 만족스럽지는 않다는 사실을 깨달았다. 그 결과 이제 다른 시기를 골라 그때 진정한 기쁨이 시작되기를 기대해야 했다. 거기에 그녀의 소망과 희망을 걸어놓고, 그것을 기다리는 즐거움으로 현재의 실망을 위로하고, 새로운 실망에 대비해야 했다. 레이크 디스트릭트 여행 계획은 어머니와 키티로 인해 피할 수 없었던 그 괴로운 시간 동안 그녀를 지탱해준 가장 큰 위안이었다. 제인만 동행할 수 있다면 계획은 모든 면에서 완벽했을 것이다.

'하지만 아쉬운 게 있어서 차라리 다행이야.' 그녀는 생각했다. '모든 계획이 완벽하다면 나는 분명 실망하게 될 거야. 하지만 언니가 가지 못하는 사실 하나를 계속 안타까워하면서, 내 모든 기대가 실현되기를 희망할 수 있어. 모든 게 완벽한 계획은 이루어질 수 없으니까. 전체적인 실망을 피하는 유일한 방법은 작은 불만 하나를 남겨 두는 거야.'

리디아는 브라이턴으로 떠날 때 어머니와 키티에게 편지를 자주 하고, 아주 자세히 쓰기로 약속했다. 하지만 약속한 편지는 늘 오래도록 기다려야 받을 수 있었고, 또 늘 짧았다. 어머니에게 보낸 편지에는, 대여 서점에서 방금 돌아왔는데, 거기 어떤 장교들이 왔으며, 그곳 장식품들이 눈이 돌아갈 만큼 아름다웠다는 것 이외에 별다른 내용이 없었다. 때로는 새 드레스나 양산을 샀다는 소식이 왔는데, 마음 같아서는 자세히 설명하고 싶지만 포스터 부인이 불러서 급히 나가봐야 한다거나 부대로 곧 떠나야 해서 더 이상 쓸 수 없다는 등의 내용이 전부였다. 키티에게 보내는 편지를 통해서는 알 수 있는 게 더 없었다. 그 편지들이 좀 더 길었지만, 공개하기 어려운 내용이 많았기 때문이다.

리디아가 떠나고 이삼 주가 지났을 때, 롱번에도 다시 건강과 명랑함과 활기가 나타나기 시작했다. 모든 것이 전보다 밝아졌다. 겨울 동안 런던에 가 있던 여러 이웃들이 돌아왔고, 화려한 여름옷이 선을 보이고 여름 행사 일정이 잡혔다. 베넷 부인은 전과 같은 불만스런 평온을 되찾았고, 6월 중순이 되자 키티도 눈물 없이 메리턴에 오갈 수 있게 되었다. 그래서 엘리자베스도 국방부가 잔인하고 악의적인 계획으로 메리턴에 새로운 연대를 주둔시키지만 않는다면, 키티도 크리스마스 무렵까지는 하루에 한 번 이상 장교 이야기를 하지 않을 만큼 정신을 차릴 거라는 희망을 품었다.

북부로 여행을 떠날 날짜가 빠르게 다가왔다. 예정일이 겨우 보름 남았을 때, 가디너 부인이 편지를 보내서 출발 날짜를 늦출 뿐만 아니라 기간도 단축해야겠다는 사정을 전했다. 가디너 씨의 사업 때문에 7월하고도 보름이 지나서야 출발할 수 있고, 한 달 안에 런던에 돌아가야 한다고 했다. 그러려면 시간이 너무 부족해서 그렇게 멀리까지 가서 애초의 계획했던 것만큼 많이 구경하기가 어려우니, 적어도 계획했던 만큼 여유롭고 안락하게 구경을 하자면 레이크 디스트릭트를 포기하고 단축된 일정을 짜야 했다. 그래서 계획은 더비셔까지만 가는 것으로 변경되었다. 더비셔 주도 볼 것이 많아서 3주 가까이 걸릴 것이라고 했다. 가디너 부인은 그곳에 특별히 이끌렸다. 그들은 예전에 부인이 여러 해를 살았던 더비셔의 그 도시에서, 이제 며칠을 지낼 예정이었는데 부인은 매틀록, 채츠워스, 도브데일, 피크 같은 명승지 못지않게 그 도시에 큰 기대를 품었다.

엘리자베스는 크게 실망했다. 레이크 디스트릭트에 갈 기대에 부풀어 있었고, 편지를 다 읽었음에도 불구하고 아직도 어쩌면 거기 가볼 시간이 있을지 모른다고 생각했다. 하지만 그녀의 의무는 변경된 계획에 만족하는 것이었고, 그녀의 성격은 기꺼이 즐거워했다. 곧 모든 일이 아무 문제없이 순조롭게 흘러갔다.

더비셔가 거론되자 많은 생각이 떠올랐다. 그녀는 그 이름을 듣고 펨벌리와 그 주인을 떠올리지 않을 수 없었다. '그렇지만 내가 가면 안 될 것도 없지. 분명히 무사히 들어가서, 그 사람 눈을 피해 형석* 몇 개 훔쳐올 수 있을 거야.'

기다림의 시간이 두 배가 되었다. 외삼촌과 외숙모가 올 때까지 4주가 지나야 했다. 하지만 그 시간은 마침내 지나갔고, 가디너 부부와 네 아이가 롱번에 나타났다. 여섯 살, 여덟 살짜

---

*더비셔 지방의 이름난 광물질로 광택과 무늬가 아름다워 화분 등을 만드는 데 썼다.

리 여자아이 둘과 그보다 어린 남자아이 둘을 제인이 돌보게 되어 있었다. 아이들이 제인을 좋아하기도 했고, 제인 또한 사려 깊고 다정다감한 성품이어서 아이들을 가르치고 그들과 놀아주고 사랑을 베푸는 일에 잘 맞았다.

가디너 부부는 롱번에서 하룻밤만 자고 다음 날 아침 엘리자베스와 함께 새로움과 즐거움을 찾아 출발했다. 한 가지 즐거움은 분명했다. 동행자들이 서로 마음이 맞는다는 것이었다. 그것은 불편함을 견딜 수 있는 건강과 성격, 즐거운 일을 더욱 즐겁게 하는 유쾌한 성격, 실망스런 일이 생겼을 때도 내부에서 즐거운 일을 만들어줄 애정과 지성을 모두 포함하는 것이었다.

더비셔를 설명하거나 그들 여정의 명소들을 언급하는 것은 이 작품의 목적이 아니다. 옥스퍼드, 블레넘, 워릭, 케닐워스, 버밍엄 등은 이미 충분히 알려져 있다. 우리가 관심을 품는 곳은 더비셔의 한 작은 지역이다. 시골의 주요 명소들을 두루 돌아본 뒤, 그들은 가디너 부인이 예전에 살았고 아직도 친구 몇몇이 살고 있다는 걸 최근에 알게 된 작은 도시 램턴으로 걸음을 돌렸다. 램턴에서 5마일 안쪽에 펨벌리가 있다는 것을 엘리자베스는 숙모에게서 들었다. 그곳은 그들이 지나갈 여정과 약간 거리가 있었지만, 그 거리는 겨우 일이 마일이었다. 그런데 전날 여행 경로를 이야기하다가 가디너 부인이 그 집을 다시 보고 싶다는 의향을 밝혔다. 가디너 씨도 그렇다고 했고 엘리자베스도 찬성하느냐고 물었다.

"그렇게 이야기를 많이 들었는데 가보고 싶지 않니?" 숙모가 말했다. "그리고 네가 아는 많은 사람들하고도 관련된 곳이기도 해. 위컴은 어린 시절 내내 거기서 살았어."

엘리자베스는 곤혹스러웠다. 자신은 펨벌리와 아무 상관이 없고, 그걸 보고픈 마음이 없다는 기색을 보여야 할 것 같았다. 그녀는 대저택을* 너무 많이 봐서 질렸고, 고급 카펫이나 공단 커튼 같은 것도 별로라고 말했다.

가디너 부인이 엘리자베스의 어리석음을 꾸짖었다. "펨벌리가 그냥 멋지게 꾸며놓은 대저택에 불과하다면 나도 신경 쓰지 않을 거야. 하지만 그곳 풍광은 정말로 아름다워. 그곳의 숲들은 어디에도 뒤지지 않을 만큼 아름답단다."

엘리자베스는 더 이상 말하지 않았다. 하지만 그 말을 받아들일 수는 없었다. 그곳을 둘러보다가 다아시 씨를 만날지도 모른다는 생각이 곧장 떠올랐다. 그러면 얼마나 끔찍할까! 그 생각만으로도 얼굴이 붉어졌다. 그런 위험에 맞닥뜨리느니 그 생각을 직접 숙모에게 말하는 게 좋을 것 같았다. 하지만 그러는 것도 문제가 없지 않았고, 그녀는 마침내 지금 그 집에 주인 가족이 지내고 있는지를 조용히 묻고 원치 않는 대답이 돌아올 때에만 그 방법을 써야겠다고 결심했다.

그래서 밤에 자기 방으로 물러갔을 때 그녀는 객실 하녀에게 펨벌리가 훌륭한 곳인지, 그 주인의 이름이 무엇인지, 그리고 떨리는 마음으로 그 집주인 가족이 여름 동안 거기 내려와 있는지를 물었다. 마지막 질문에 그렇지 않다는, 반가운 대답이 돌아왔다. 경각심이 사라지자 그녀는 여유롭게 그 집을 보고 싶다는 강한 호기심을 느꼈다. 그리고 다음 날 아침

*대저택 관광은 18세기에 이미 인기를 끌기 시작해서, 해당 지역을 설명하는 삽화가 판화 형식으로 수록되고 건물 소유주에 대한 설명이 실린 안내서가 출판되곤 했다.

다시 그 이야기가 나와서 같은 질문을 받았을 때, 적절히 무관심한 기색을 띠고 상관없다는 듯, 나쁘지 않은 계획이라고 대답했다.

이렇게 그들은 펨벌리를 향해 갔다.

제3권

1

달리는 마차 안에서 엘리자베스는 조금 떨리는 마음으로 펨벌리 숲이 나타나길 지켜보았고, 마차가 마침내 출입구 안으로 돌아 들어가자, 가슴이 크게 요동쳤다.

대정원은 매우 넓고 풍광이 다양했다. 마차는 대정원의 여러 입구 중 가장 저지대의 출입구로 들어가서, 한동안 드넓게 펼쳐진 아름다운 숲을 가로질러 달려갔다.

엘리자베스는 복잡한 심경 때문에 아무 대화도 나눌 수 없었지만, 눈에 띄는 이런저런 풍경들에는 감탄하지 않을 수 없었다. 지대는 반 마일에 걸쳐 계속 완만한 오르막길이었고, 어느덧 꽤 높이까지 올라서 보니 숲이 끝나고 골짜기 맞은편에 펨벌리 저택이 한눈에 들어왔다. 도로가 골짜기 쪽으로 약간 급하게 굽이를 이루고 있었다. 펨벌리 저택은 위풍당당한 석조 건물로 높고 울창한 숲 언덕을 등지고 오르막 대지에 튼튼하게 서 있었다. 저택 정면에는 본래도 규모가 있는 하천의 물길을 더욱 넓혀 놓았는데, 인공적인 느낌은 없었다. 강둑은 형식적이지도 않았고 부자연스럽게 장식되어 있지도 않았다. 엘리자베스는 기뻤다. 자연의 손길이 이보다 더 돋보이는 곳, 인간의 어색한 취향으로 자연 고유의 아름다움을 훼손한 흔적이 이토록 드문 곳은 본 적이 없었다.* 엘리자베스 일행은 모두 깊이 감탄하며 찬사를 바쳤다. 그리고 그 순간 그녀는 펨벌리의 안주인이 된다는 것은 정말로 대단한 일이라는 것을 느꼈다!

마차는 언덕을 내려와 다리를 건너고 저택 현관을 향해 갔다. 저택의 모습이 가까워지자, 엘리자베스는 다시금 그곳의 주인과 만날지도 모른다는 두려움이 엄습했다. 혹시 객실 하녀가 착각한 거면 어쩌나 싶었다. 집 안을 보고 싶다고 요청하자 그들은 바로 현관 입구로 인도되었다. 하녀장을 기다리는 동안 엘리자베스는 여유를 찾고 자신이 거기 서 있다는 사실을 신기해했다.

점잖은 외모의 노부인인 하녀장은 엘리자베스의 예상보다 훨씬 덜 세련됐지만 소탈하고 공손했다. 일행은 그녀를 따라 정찬실로 들어갔다. 널찍하고 균형이 잘 맞고, 훌륭한 가구들이 잘 배치된 방이었다. 엘리자베스는 그곳을 잠깐 살펴본 뒤 전망을 보러 창가로 갔다. 그들이 내려온 숲으로 둘러싸인 언덕은 이만큼 떨어져서 보니 더욱 울퉁불퉁해서 무척 아름다운 경치를 이루었다. 대정원 구석구석이 하나같이 훌륭하게 배치되어 있었다. 엘리자베스는 강물, 강둑에 흩어져 자라는 나무들, 구불구불 팬 골짜기까지 눈길 닿는 모든 경치를 기쁘게 바

*제인 오스틴은 펨벌리에 대해 묘사할 때 정원 설계를 도덕성과 연관지어 해석하는 18세기식 전통을 드러낸다. 자연과 인공, 미학과 실용 사이의 적절한 균형이 당시 올바른 도덕성을 반영하는 것으로 간주되었다.

라보았다. 다른 방에서 보니 풍경의 각도는 달라졌지만, 어느 창문 앞에도 눈여겨볼 가치가 있는 아름다움이 있었다. 균형 잡힌 방들은 크고 천장이 높았으며 가구도 주인의 재산에 걸맞았다. 하지만 요란하거나 쓸데없이 화려하지 않은 가구를 보며 엘리자베스는 주인의 심미안에 칭찬하지 않을 수 없었다. 로징스의 가구들보다 덜 화려하되 더 깊은 우아함이 흘렀다.

'나는 어쩌면 이곳의 안주인이 될 수도 있었어!' 엘리자베스가 생각했다. '그랬다면 이런 방들에 익숙해질 수도 있었겠지. 여기를 손님으로 찾아와 구경하는 대신 내 것으로 누리면서 외삼촌과 숙모님을 손님으로 맞을 수도 있었을 텐데.' 그녀는 곧 정신을 차렸다. '하지만 아냐. 그런 일은 있을 수 없어. 그러면 나는 외삼촌과 숙모님을 만나지 못했을 테니까. 이분들을 초대하는 건 허락되지 않았을 테니까.'

그런 생각은 일종의 위안이었고, 덕분에 후회 비슷한 것을 하지 않고 넘길 수 있었다.

그녀는 하녀장에게 주인이 정말로 없는지 묻고 싶었지만, 용기가 나지 않았다. 그런데 외삼촌이 그 질문을 던져서 엘리자베스는 놀라서 돌아보았다. 하녀장인 레이놀즈 부인은 주인이 출타 중이라며, "내일 여러 친구분들과 함께 오실" 거라고 대답했다. 외삼촌 부부와의 여행이 어떤 사소한 일 때문이든 하루라도 연기되지 않은 것이 그 순간 엘리자베스는 얼마나 기뻤는지!

그때 숙모가 그녀에게 그림 한 점을 가리켰다. 가까이 가보니 벽난로 선반 위쪽에 걸린 소형 초상화 몇 점 가운데 위컴 씨의 형상이 있었다. 숙모가 그녀에게 미소 띤 얼굴로 어떠냐고 물었다. 하녀장이 다가와서 그 그림은 작고한 주인 나리의 집사의 아들이라고, 작고한 주인이 돈을 대서 키운 젊은이라고 말했다. "지금은 군대에 들어가 있지요." 그녀가 덧붙였다. "하지만 안타깝게도 방종하게 지내는 모양입니다."

가디너 부인이 조카딸에게 미소를 보냈지만, 엘리자베스는 응답할 수가 없었다.

"그리고 저 그림은 우리 주인 나리십니다." 레이놀즈 부인이 다른 소형 초상화를 가리키며 말했다. "실물과 아주 닮았죠. 앞의 그림과 같은 시기인 약 8년 전에 그린 것입니다."

"주인 나리의 높은 명성은 자주 들었습니다." 가디너 부인이 그림을 보면서 말했다. "잘생긴 얼굴이로군요. 하지만 리지, 너는 이게 실물과 닮았는지 알 수 있겠구나."

엘리자베스가 주인을 안다는 암시에 레이놀즈 부인은 엘리자베스에게 더욱 공경하는 눈길을 보냈다.

"아가씨께서 다아시 씨를 아십니까?"

엘리자베스는 얼굴을 붉히고 말했다. "조금요."

"정말 잘생겼다고 생각하시지 않나요?"

"네, 아주 잘생기셨어요."

"제가 아는 분들 가운데 우리 주인 나리만 한 미남은 없습니다. 하지만 위층 회랑에 가면 이보다 더 훌륭하고 더 큰 초상화도 있습니다. 이 방은 작고하신 주인 나리께서 가장 좋아하시던 방이고, 그래서 이 소형 초상화들은 당시에 걸렸던 모습 그대로입니다. 나리께서는 두 분을 아주 좋아하셨죠."

그 말을 듣고 엘리자베스는 위컴 씨 그림이 거기 걸려 있는 이유를 이해했다.

그런 뒤 레이놀즈 부인은 그들의 주의를 다시 양의 그림 한 점으로 이끌었다. 그녀가 겨우 여덟 살 때 그린 것이었다.

"다아시 양도 오빠만큼 인물이 좋은가요?" 가디너 씨가 물었다.

"아, 그럼요! 세상에서 가장 아름다운 아가씨일 거예요. 그리고 정말로 예술적 교양이 뛰어나죠! 하루 종일 악기를 연주하며 노래를 해요. 다음 방에 아가씨가 쓰실 새 피아노가 막 도착해 있어요. 주인 나리의 선물이랍니다. 아가씨는 내일 주인 나리와 함께 여기 오십니다."

편안하고 유쾌한 성격의 가디너 씨는 다양한 질문과 감상으로 레이놀즈 부인의 수다를 부추겼고, 레이놀즈 부인은 자부심 때문인지 애정 때문인지 주인 남매를 이야기하면서 매우 즐거워했다.

"주인 나리는 1년 중 펨벌리에서 얼마나 지내시나요?"

"제가 바라는 만큼은 아닙니다만, 한 해 중 절반가량은 여기서 지내신다고 봐야죠. 다아시 양은 여름이면 늘 여기 내려와 계십니다."

'예외라면 램스게이트에 갈 때겠지.' 엘리자베스는 생각했다.

"주인께서 결혼하시면 펨벌리에서 더 오래 계실 테니까 더 자주 보겠죠."

"그렇습니다. 하지만 그게 언제일지 모르겠네요. 과연 그분과 어울릴 만한 분이 계실지."

가디너 부부가 미소를 지었다. 엘리자베스는 끼어들지 않을 수 없었다. "그렇게 생각하신다니 주인 분께서 보통 훌륭하신 분이 아닌 것 같네요."

"저는 있는 그대로의 진실을 말씀드렸을 뿐입니다. 그분을 아는 사람이라면 모두 그렇게 말할 것입니다." 부인이 대답했다. 엘리자베스는 조금 지나치다고 생각했다. 그런데 더욱더 놀랍게도 하녀장이 이렇게 덧붙였다. "저는 그분께 평생토록 싫은 소리를 한마디도 듣지 못했습니다. 그분이 네 살 때부터 알아왔는데 말이죠."

그것은 하녀장의 찬사 가운데에서도 아주 의외였고, 그녀의 생각과 너무도 동떨어진 말이었다. 그가 온화한 성격이 아니라는 것은 그녀가 그에 대해 내린 판단 중에서 가장 확고한 것이었으니까. 엘리자베스는 관심이 더욱 높아져서 이야기를 더 듣고 싶었고, 그래서 외삼촌이 다음과 같이 말하는 게 고마울 지경이었다.

"그렇게까지 말할 수 있는 사람은 아주 드물죠. 그런 주인을 모시다니 부인은 행운이십니다."

"네, 저도 잘 압니다. 세상 어느 곳을 가도 이보다 더 훌륭한 주인을 만날 수는 없을 것입니다. 하지만 제가 관찰한 바로는 어린 시절에 착했던 사람이 커서도 좋은 사람이 됩니다. 그리고 주인 나리는 소년 시절에도 더없이 친절하고 마음이 넓었습니다."

엘리자베스는 그녀를 빤히 바라보다시피 하며 '정말로 다아시 씨 이야기가 맞아요?' 하고 생각했다.

"다아시 씨의 부친은 참 훌륭한 분이셨죠." 가디너 부인이 말했다.

"네, 맞습니다. 아드님도 그대로 따라갈 겁니다. 그분이 그러셨듯 가난한 사람들에게 잘해주실 거예요."

엘리자베스는 귀를 기울였고, 궁금했고, 그럴 리 없다고 의심하면서도 더 듣고 싶은 마음이 간절했다. 레이놀즈 부인은 그림들, 방의 크기, 가구의 가격에 대해 말했지만, 전혀 귀에 들어오지 않았다. 가디너 씨는 레이놀즈 부인이 자기 주인에게 그렇게 과도한 칭찬을 바치는 이유가 가문에 대한 편견 때문이라 생각했고, 그걸 아주 재미있어 하며 곧장 그 주제로 다시 돌아갔다. 그러자 부인은 일행을 이끌고 커다란 중앙 계단을 올라가면서 그의 여러 가지 장점에 대해 힘주어 말했다.

"이 세상에 지주로서도 주인으로서도 그분만큼 훌륭한 분은 없을 겁니다. 자기만 알고 날뛰는 요즘 젊은이들 같지 않아요. 소작인과 하인들 가운데 주인 나리를 칭찬하지 않는 사람은 한 명도 없답니다. 어떤 사람들은 오만하다고도 하는데, 저는 그런 모습은 전혀 보지 못했어요. 아마 주인 나리가 다른 젊은이들처럼 수다 떠는 걸 좋아하지 않아서 그런 말이 나온 것 같더군요."

'이 말대로라면 그는 정말로 상냥한 사람인걸?' 엘리자베스는 생각했다.

"이런 설명은 그 사람이 우리의 가련한 친구에게 한 행동과 별로 일치하지 않는구나." 숙모가 걸어가면서 속삭였다.

"우리가 잘못 알았던 건지도 모르죠."

"그럴 리가. 그러기에는 우리 정보가 너무 확실한데."

2층의 넓은 로비에 이르자 아주 예쁜 거실이 나타났다. 최근에 꾸며진 그 방은 아래층보다 더 우아하고 가벼운 분위기였는데, 지난번 펨벌리에 머물 때 다아시 양이 그 방을 좋아하는 걸 보고 최근에 새로 단장을 했다고 했다.

"정말 좋은 오빠네요." 창가로 걸어가면서 엘리자베스가 말했다.

레이놀즈 부인은 다시 양이 그 방에 들어오면 정말로 기뻐할 거라며 말했다. "주인 나리는 언제나 그래요. 동생을 기쁘게 하는 일이라면 망설임이 없으시답니다. 아가씨를 위해서라면 무슨 일이든 하실 거예요."

그림이 걸린 회랑과 큰 침실 두세 곳만 보면 되었다. 회랑에는 훌륭한 그림이 많았지만 엘리자베스는 미술에 대해 아는 게 없었고, 아래층에서 이미 본 것 같은 그림들에서 돌아서서 다시 양의 크레용 그림에 눈길을 던졌다. 좀 더 흥미롭고 이해하기 쉬운 주제였다.

회랑에는 다시 일가의 초상화가 많았지만, 낯선 이의 관심을 잡아끌 만한 것은 없었다. 엘리자베스는 자신이 알고 있는 유일한 얼굴을 찾아 걸었다. 마침내 그 그림이 나타났다. 그것은 놀라울 만큼 다시 씨와 닮았고, 그 얼굴에 떠오른 미소는 이따금 그가 그녀를 바라볼 때 짓곤 했던 것이었다. 그녀는 그림을 진지하게 바라보며 그 앞에 한동안 서 있었고, 회랑을 나가기 전에 다시 한 번 그림 앞으로 돌아갔다. 레이놀즈 부인이 그 그림은 고 다시 씨 생전에 그려진 그림이라고 알려주었다.

바로 그 순간 엘리자베스의 마음에는 그 그림의 모델을 향해 전에 없이 다정한 마음이 일었다. 레이놀즈 부인이 그에게 바친 찬사들은 가벼운 것이 아니었다. 똑똑한 하인의 칭찬보다 가치 있는 것이 있을까? 오빠로서, 지주로서, 집주인으로서, 그녀는 그가 얼마나 많은 사람의 행복을 돌보고 있을지를 생각했다. 그가 사람들에게 기쁨이나 고통을 줄 능력이 얼마나 큰 지를! 그리고 그의 손으로 얼마나 큰 선업과 해악이 이루어질 수 있는지를! 하녀장이 그들에게 내보인 생각은 그의 인품에 호의적이었고, 그녀는 그를 그린 화폭에 눈길을 고정하고 서서 그가 자신에게 보여준 호감에 전에 없이 깊은 감사를 느꼈다.

외부에 공개된 영역을 모두 관람한 뒤, 그들은 계단을 내려와 하녀장에게 작별 인사를 하고 현관문 앞에서 기다리고 있던 정원사에게 인계되었다.

잔디를 가로질러 강 쪽으로 걸어가는 동안 엘리자베스는 다시 한 번 집을 돌아보았다. 외삼촌과 숙모도 멈춰 섰고, 엘리자베스가 그 집의 건설 연대를 추정해 보고 있는데, 갑자기 마구간으로 이어진 도로에서 불쑥 그 집의 주인이 나타났다.

그들은 서로 20야드도 안 되는 거리에 서 있었다. 그가 너무도 난데없이 튀어나오는 바람에 그의 눈길을 피할 방도가 없었다. 그들은 눈이 마주쳤고, 두 사람 다 뺨이 새빨개졌다. 그는 깜짝 놀라서 그 자리에 잠시 멈춰 서 있었다. 하지만 이내 평정을 되찾고 그들에게 다가와 엘리자베스에게 인사를 건넸다. 완벽하게 평정을 되찾았는지는 몰라도 예의는 완벽했다.

그녀는 다아시 씨를 보자마자 본능적으로 몸을 돌렸지만, 그가 다가오자 멈춰 서서 당혹감을 숨기지 못한 채 인사를 받았다. 그가 등장하던 모습, 그리고 그가 방금 본 그림과 닮은 것을 보고 다른 두 사람도 다아시 씨를 알아보았지만, 깜짝 놀라는 정원사의 얼굴이 가장 확실한 증거였다. 그들은 그가 조카딸과 이야기를 하는 동안 약간 떨어져 서 있었다. 엘리자베스는 너무도 놀라고 혼란스러워서, 눈을 들어 그의 얼굴을 보지도 못했고, 가족의 안부를 묻는 질문에 뭐라고 대답해야 할지도 몰랐다. 그녀는 마지막 만난 뒤로 크게 변한 그의 태도에 놀라서 그가 말을 할수록 점점 더 당혹스러웠다. 그리고 자신이 거기 있는 상황이 여러 가지로 어색하다고 느꼈기 때문에, 그렇게 서 있던 몇 분은 엘리자베스의 인생에서 가장 불편한 시간 중 하나였다. 다시 씨도 별로 편안해 보이지 않았다. 그의 말투는 평소 같은 차분함을 찾기 힘들었고, 그녀가 언제 롱번을 떠났는지 더비셔에는 언제까지 머물 예정인지, 똑같은 질문을 너무 여러 번, 또 너무 급하게 물어서 마음속의 혼란을 그대로 드러냈다.

마침내 그는 더 이상 할 말이 없어진 것 같았다. 잠시 말없이 서 있다가 불현듯 정신을 차리고 그들에게 작별 인사를 했다.

외삼촌과 숙모가 그녀에게 와서 그의 외모에 대해 칭찬했지만, 엘리자베스는 한마디도 듣지 못하고 자기 감정에 휩싸여 말없이 그들을 따라갔다. 그녀는 수치스럽고 당황스러워 어찌할 바를 몰랐다. 여기에 온 것은 세상에서 가장 불운하고 어리석은 일이었다! 그에게 얼마나 이상하게 보였을까! 그토록 거만한 남자 앞에서 이 얼마나 우스운 꼴이람! 그녀가 일부러 그의 길에 나타난 것처럼 보였을지도 모른다! 아, 도대체 왜 왔던가? 아니, 그는 왜 예정보다 하루 일찍 돌아왔단 말인가? 일행이 10분만 일렀어도 그의 눈에 띄지 않았을 것이다. 그가 그때 막 도착해서 말 또는 마차에서 내린 게 분명했기 때문이다. 그녀는 그런 고약한 재회를 상기하며 거듭거듭 얼굴을 붉혔다. 그런데 그의 행동이 놀랍도록 달라져 있었다. 그것은 무슨 의미였을까? 그가 그녀에게 말을 걸었다는 것 자체가 놀라웠다! 게다가 그렇게 정중하고 공손하게 말을 걸고 가족의 안부를 묻다니! 그녀는 지금 이 우연한 만남에서만큼 그가 겸손한 태도를 보이고 부드럽게 말하는 걸 본 적이 없었다. 로징스 대정원에서 그녀의 손에 편지를 건네주며 마지막으로 말을 걸 때와 얼마나 다른지! 어떻게 생각해야 할지, 어떻게 이 변화를 이해해야 할지 알 수 없었다.

어느새 강가의 아름다운 산책길에 들어서자, 걸음걸음마다 길은 우아하게 떨어져 내려갔고, 다가오는 드넓은 숲은 더욱 아름다워졌다. 하지만 엘리자베스가 이런 풍경들을 하나라도 인식한 것은 시간이 조금 지나서였다. 외삼촌과 숙모의 거듭된 감탄에 기계적으로 대답하고, 그들이 가리켜 보이는 것들에 눈을 돌리는 시늉은 했지만, 그녀의 눈에는 풍경이 전혀 들어오지 않았다. 그녀의 생각은 펨벌리 하우스의 한 지점, 어딘지 알 수 없지만 그 순간 다아시 씨가 있을, 그곳에 고정되어 있었다. 그녀는 그 순간 그가 무슨 생각을 하는지도 알고 싶었다. 자신을 어떻게 생각하는지, 그 모든 일에도 불구하고 아직도 그녀를 소중히 생각하는지, 궁금했다. 어쩌면 그가 그토록 예의 바르게 행동한 것은 마음이 담담해서인지도 몰랐다. 하지만 그 목소리에는 편해 보이지 않는 뭔가가 있었다. 그가 그녀를 보고 기분이 나빴는지 좋았는지는 알 수 없었지만 차분하지 못했던 것만은 분명했다.

정신을 어디에 두고 있냐는 동행들의 말에 그녀는 마침내 정신이 들었고, 겉으로라도 차분해야 할 필요를 느꼈다.

숲에 들어간 뒤 그들은 잠시 강을 떠나 높은 지대로 올라갔다. 나무들 틈의 구멍 사이로 골짜기와 그 위로 넓게 펼쳐진

숲, 그리고 이따금 냇물의 일부가 아름답게 들여다보였다. 가디너 씨는 대정원을 한 바퀴 둘러보고 싶지만 걸어서는 불가능할 것 같다고 말했다. 정원사는 의기양양한 미소를 짓고, 대정원은 둘레가 10마일이라고 말했다. 그래서 그 문제는 더 이상 거론할 수 없게 되었다. 그들은 정해진 순회로를 따라 숲속을 얼마간 걸어서 좁아진 물길 위로 나뭇가지가 늘어진 내리막길에 들어섰다. 그들은 그곳 풍경의 전체적 특징을 따라 단순하게 만든 다리를 건넜다. 그곳은 지금껏 가본 어느 곳보다도 장식이 적었다. 골짜기는 좁아져서 시내가 흐르는 물길과 가장자리 거친 덤불 틈으로 난 좁은 산책로만 남았다. 엘리자베스는 골짜기의 구부러진 길들을 탐색하고 싶었지만, 본래 그다지 잘 걷는 편이 아닌 가디너 부인이 다리를 건넌 후 저택에서부터 걸어온 거리를 확인하고는 더 이상 못가겠다며 되도록 빨리 마차로 돌아가고 싶어 했다. 엘리자베스는 거기 따를 수밖에 없었고, 그들은 가장 가까운 길로, 강 반대편에 있는 저택을 향해 걸음을 돌렸다. 하지만 속도가 더뎠다. 가디너 씨는 낚시를 아주 좋아했는데, 물론 지금 낚시할 여유는 없었지만 이따금 물속에 나타나는 송어를 보고 그에 대해 안내인과 이야기를 하느라 좀처럼 나아가지 못했기 때문이다.

이렇게 느릿느릿 움직이는데, 다시 씨가 그리 멀지 않은 곳에서 다가오는 모습이 보여서 그들은 다시 한 번 놀랐고, 엘리자베스의 놀라움은 조금 전의 우연한 만남 때와 마찬가지로 컸다. 그곳은 길이 맞은편처럼 나무로 가려져 있지 않아서 그가 다가오는 모습이 잘 보였다. 엘리자베스는 놀라기는 했지만, 적어도 아까보다는 만남에 대비할 수 있었고, 만약 그가 그들을 만나고자 하는 것이라면 차분하게 대화하기로 결심했다. 그가 어쩌면 다른 길로 들어갈지 모른다는 생각도 잠시 들었다. 이 생각은 길이 굽으면서 그가 시야에서 사라진 짧은 순간 동안 계속되었다. 하지만 굽이를 돌자 그는 곧장 그들 앞에 나타났다. 한눈에도 아까 보인 예의를 전혀 잃지 않은 모습이었다. 그녀는 그의 예의를 본떠서 다시 마주쳤을 때 그곳의 아름다움을 칭찬했다. 하지만 "멋져요"와 "아름다워요"라는 말들을 했을 때 불운했던 기억이 말을 가로막았고, 펨벌리에 대한 찬사가 음험하게 해석될 여지가 있다는 생각이 들었다. 그래서 그녀는 얼굴을 붉히고 입을 다물었다.

가디너 부인은 약간 뒤쪽에 서 있었다. 그리고 엘리자베스가 말을 멈추자, 다아시 씨는 그분들에게 자신을 소개하는 영광을 베풀어주겠느냐고 물었다. 그것은 그녀가 미처 대비하지 못한 예절이었다. 그녀는 그가 인사를 청하는 사람들이, 그의 자존심이 그토록 반감을 느꼈던 장본인들이라는 사실에 미소를 누를 수 없었다. '두 분이 누구인지 알면 얼마나 놀랄까! 지금은 상류층 사람으로 알고 있는 것 같은데.' 엘리자베스는 생각했다.

하지만 소개는 곧 이루어졌다. 그녀는 그들과 자신의 관계를 설명할 때 그가 어떻게 받아들이는지 슬쩍 훔쳐보았다. 그녀의 친척들을 그렇게나 부끄럽다 했으니, 아마도 그런 불명예스러운 동행들에게서 최대한 신속히 철수하리라 예상했다. 그가 두 사람과 그녀의 관계를 알고 놀란 것은 분명해 보였다. 하지만 그는 의연하게 받아들였고, 떠나가는 대신 돌아서서 가디너 씨와 대화를 시작했다. 엘리자베스는 기뻤고, 승리감을 느끼지 않을 수 없었다. 그녀에게도 얼굴 붉힐 필요가 없는 친척이 있다는 걸 그가 알았다는 사실은 큰 위안이 되었다. 그녀는 두 사람 사이에 오가는 말을 아주 유심히 들었고, 외삼촌의 모든 표현과 문장에서 지성과 안목과 예의가 드러나서 자랑스러웠다.

대화 주제는 낚시로 흘러갔다. 그녀는 다아시 씨가 외삼촌에게 예의를 갖추고는, 그곳에 머무는 동안 언제라도 와서 낚시해도 좋다고 초대하면서, 낚시 도구도 빌려주겠다고 제안하고 고기가 많이 잡히는 지점들을 일러주는 것을 들었다. 엘리자베스와 팔짱을 끼고 걷던 가디너 부인은 그녀에게 의아하다는 표정을 지어 보였다. 엘리자베스는 아무 말 하지 않았지만, 모든 일이 더없이 흡족했다. 그런 대접은 모두 그녀를 위한 것임이 분명했다. 하지만 그녀는 크나큰 놀라움 속에 계속 되뇌었다. '왜 저렇게 변했을까? 계기가 무엇이었을까? 저 사람이 나 때문에 저렇게 부드러운 태도가 되었을 리는 없어. 헌스퍼드에서 내가 비난했다고 해서 이렇게 달라질 수는 없지. 저 사람이 아직도 나를 사랑하고 있을 가능성은 없어.'

이렇게 한동안 두 여자가 앞에 서고 두 남자가 뒤에 선 대형으로 걸은 뒤, 특이한 물풀을 살펴보려고 강가로 내려갔다가 올라오는 과정에서 자리가 좀 바뀌었다. 오전 내내 많이 걸어 피곤해진 가디너 부인이 엘리자베스의 팔은 매달리기에 부족하다 느끼고, 남편의 팔을 잡고 싶어 했기 때문이다. 그래서 다아시 씨가 조금 전까지 부인이 있던 자리로 들어가 그 조카딸 옆에서 걷게 되었다. 잠시 침묵이 흐른 뒤 엘리자베스가 먼저 입을 열었다. 여기 오기 전에 그가 펨벌리에 없다는 걸 확인했음을 알리고 싶었기 때문에, 그의 도착이 예기치 못한 것이었다는 말로 시작했다. "하녀장도 당신이 내일에나 오실 거라고 그랬어요. 그리고 베이크웰을 떠날 때만 해도 다아시 씨가 당분간은 시골에 내려오지 않을 거라는 이야기를 들었고요." 그는 맞다고 했다. 친구들과 여행을 하던 중인데 집사와 처리할 일이 있어서 일행보다 몇 시간 앞서 오게 되었다고 했다. "일행은 내일 아침 일찍 올 겁니다." 그가 말을 이었다. "그중에는 당신이 아는 사람들도 있습니다. 빙리 씨와 누이들이죠."

엘리자베스는 가볍게 고개를 까딱여 응답했다. 그녀의 생각은 두 사람이 마지막으로 빙리의 이름을 언급한 때로 달려갔다. 그리고 안색으로 보건대 그의 마음 또한 마찬가지인 것 같았다.

"다른 사람도 한 명 있습니다." 그가 잠시 후에 말했다. "당신을 특별히 알고 싶어하는 사람이죠. 램턴에 머무는 동안 당신에게 제 동생을 소개해드리고 싶다면, 너무 무리한 부탁일까요?"

그 부탁은 실로 놀라웠다. 너무 놀라워서 어떤 식으로 승낙해야 할지 알 수 없었다. 다아시 양이 자신을 얼마나 만나고 싶어하건 간에 그 원인은 오빠일 게 분명했고, 그것만으로도 기분 좋은 일이었다. 그가 분노 속에서도 자신을 정말로 나쁘게 생각하지 않았다는 건 기쁜 일이었다.

두 사람은 이제 침묵 속에 걸었다. 둘 다 깊은 생각에 잠겨 있었다. 엘리자베스는 마음이 편하지는 않았다. 그러기란 불가능했다. 하지만 기분 좋고 유쾌했다. 그가 자신을 동생에게 소개하고 싶어한다는 건 최상의 찬사였다. 그들은 나머지 일행을 훨씬 앞질러 가서, 둘이서 마차에 도착했을 때 가디너 부부는 8분의 1마일가량 뒤처져 있었다.

다아시 씨는 그녀에게 집으로 들어가 기다리지 않겠느냐고 청했다. 하지만 그녀는 피곤하지 않다고 했고, 둘은 잔디밭에 함께 서 있었다. 많은 이야기가 이루어질 만한 시간이었고, 침묵은 어색하기 짝이 없었다. 그녀는 말하고 싶었지만 생각나는 모든 주제가 금기로 여겨졌다. 그러다가 자신이 여행 중이라는 사실을 떠올렸고, 두 사람은 끈기 있게 매틀록, 도브데일 이야기를 나누었다. 하지만 시간도 외숙모도 계속 느리게 움직였고, 그녀는 대화가 끝나기 전에 인내심과 화제가 모두 바닥났다. 가디너 부부가 다가오자, 다아시 씨는 모두 집으로 들어가 다과를 들자고 했다. 하지만 그 권유는 정중히 사양되었고, 그들은 최대한의 예의를 갖추어 헤어졌다. 다아시 씨는 숙녀들이 마차에 오르도록 도왔고, 마차가 움직일 때 엘리자베스는 그가 천천히 집으로 걸어가는 것을 보았다.

이제 외삼촌과 외숙모의 이야기가 시작되었다. 두 사람 모두 다아시 씨가 예상보다 훨씬 훌륭하다고 입을 모았다. "아주 예의바르고 공손하고 겸손하더구나." 외삼촌이 말했다.

"약간 근엄한 것 같기는 해요." 외숙모가 대답했다. "하지만 분위기만 그렇고 또 그 사람한테 잘 어울려요. 나는 이제 그 하녀장하고 같은 생각이에요. 어떤 사람들은 그 사람을 오만하다고 할지 몰라도, 내 눈에는 전혀 그렇게 보이지 않았어요."

"그 사람이 우리를 대한 행동은 정말 놀라웠어요. 그냥 예의 바른 데 그치는 게 아니라, 진심으로 깊이 마음을 쓰는 모습이었소. 그럴 필요가 없었는데 말이오. 엘리자베스하고 친분이 그렇게 깊은 것도 아니잖소."

"리지야, 확실히 위컴보다는 인물이 떨어져." 외숙모가 말
했다. "아니면 위컴하고는 표정이나 인상이 다르다고나 할까?
이목구비는 나무랄 데 없으니까 말이야. 하지만 너는 왜 저 사
람을 그렇게 나쁘게 말한 거니?"

엘리자베스는 열심히 변명을 했다. 켄트에서 만났을 때 전
보다 많이 좋아졌는데, 거기다가 또 오늘 아침 같은 상냥한 모
습은 처음 본다고 대답했다.

"그러니까 그 사람 예의범절은 약간 변덕스러운 데가 있는
모양이군." 외삼촌이 대답했다. "높은 사람들이 흔히 그렇지.
그 사람이 낚시에 대해 한 말은 다 잊어야겠다. 다음에 만나면
마음이 변해서 내쫓을지도 모르니까."

엘리자베스는 그들이 그의 성격을 완전히 오해하고 있다고
느꼈지만 말은 하지 않았다.

"지금 본 바로는 그 사람이 위컴한테건 누구한테건 그렇게
모진 행동을 했을 것 같지 않은걸." 가디너 부인이 말을 이었
다. "그렇게 인정머리없는 사람의 얼굴이 아니야. 오히려 그 사
람이 말할 때 보면 그 입 모양이 상냥해 보이고, 얼굴 표정에는
기품이 있어서, 그걸 보면 그 사람이 인정이 없다는 생각이 안
들어. 어쨌건 우리에게 집을 보여준 훌륭한 부인은 그 사람을
너무 지나치게 칭찬했어! 가끔 웃음이 나올 뻔했지 뭐니. 하지
만 그 사람은 관대한 주인인 것 같아. 하인이 볼 때 그건 모든
미덕을 포괄하는 거지."

엘리자베스는 그가 위컴에게 한 일에 대해 조금은 변명을
해야 할 것 같다는 생각이 들었다. 그래서 켄트에서 만난 그의

친척에게서 들은 이야기라며 최대한 조심스럽게, 그의 행동은 전혀 다른 각도로 볼 수 있다고, 허트퍼드셔에서 알았던 것과 달리 그 사람은 그렇게 나쁜 사람이 아니며 위컴이 그렇게 훌륭한 사람도 아니라고 말했다. 그리고 신빙성을 높이기 위해 두 사람이 관계된 금전적인 문제를 자세히 이야기했다. 누구에게 들었는지는 말하지 않고 믿을 만한 이야기라고만 했다.

가디너 부인은 놀라고 걱정했다 하지만, 예전에 살던 지역이 다가오자 아름다운 추억이 다른 모든 생각을 밀어냈다. 거기다 주변의 흥미로운 지점들을 남편에게 일러주기 바빠서 다른 것은 생각하지 못했다. 부인은 오전의 긴 산책 때문에 피곤했지만, 식사를 마치자 곧 옛 지인들을 찾아나서서 저녁 시간은 수년간의 회포를 푸는 가운데 즐겁게 흘러갔다.

엘리자베스는 그날의 일이 머릿속에 가득해서 새로 만난 사람들에게 그다지 관심을 기울일 수가 없었다. 오직 다아시 씨의 공손하고 정중한 태도, 그리고 무엇보다 여동생을 소개하고 싶다는 그의 소망에 대해 생각할 뿐이었다. 생각하면 할수록 놀라운 일이었다.

2

엘리자베스는 다아시 씨의 여동생이 펨벌리에 오면 그다음 날 바로 다아시 씨가 동생을 데리고 찾아올 거라 생각하고, 그날은 오전 내내 여관에서 멀리 나가지 않기로 결심했다. 하지만 그 생각은 빗나갔다. 그들은 엘리자베스 일행이 램턴에 당도한 바로 그다음 날 오전에 찾아왔기 때문이다. 엘리자베스 일행이 새 친구들과 주변을 산책하다가, 정찬을 하려고 옷을 갈아입으러 막 여관에 돌아왔을 때, 창밖에 마차 소리가 들리더니 무개 이륜마차가 신사 한 사람과 숙녀 한 사람을 태우고 길을 달려오는 모습이 보였다. 마부의 제복을 곧장 알아보고 그 의미를 파악한 엘리자베스가 가디너 부부에게 이제 곧 닥칠 영광을 알렸다. 외삼촌과 숙모는 이만저만 놀란 게 아니었다. 엘리자베스가 그 말을 전하는 어색한 태도, 현재 상황 그 자체, 그리고 전날의 일 등 모든 정황이 한데 모이면서 두 사람은 이 일을 전혀 새로운 시각으로 보게 되었다. 어제까지는 아무런 암시도 없었지만, 그런 곳에서 다아시 씨가 그런 관심을 기울이는 일은 조카딸에 대한 각별한 애정이 아니고는 설명할 수 없다고 느꼈다. 이런 새로운 생각이 그들의 머리를 스쳐갈 때, 엘리자베스는 순간순간 감정의 동요가 더 커져가는 것을 느꼈다. 그녀는 자신이 그토록 당황하는 데 놀랐다. 여러 불안 가운데 다아시 씨가 자신에 대한 애정 때문에 동생에게 자신을 너무 좋게 말하지 않았나 하는 걱정도 한몫을 했다. 그리고 손님 대접을 잘 하고 싶은 마음이 평소보다 간절한 나머지, 그 일을 제대로 해내지 못할 것 같다는 자연스런 걱정도 들었다.

그녀는 자기 모습이 보일까 봐 창가에서 물러났다. 마음을 진정하려고 방 안을 서성거리는 그녀에게 외삼촌과 숙모의 의아하고 놀란 표정은 상황을 더 악화시킬 뿐이었다.

마침내 다아시 양과 오빠가 들어왔고, 두려워 마지않는 소개가 이루어졌다. 놀라움 속에 엘리자베스는 다아시 양도 자기 못지않게 당황하고 있다는 것을 알았다. 램턴에서 그녀는 다아시 양이 대단히 오만하다는 말을 들었다. 하지만 이 짧은 관찰을 통해 알게 된 그녀는 그저 대단히 숫기가 없는 아가씨였다. 다아시 양에게서는 단음절어 이상의 반응을 얻는 일이 쉽지 않았다.

다아시 양은 키가 컸고 체격도 엘리자베스보다 컸다. 겨우 열여섯 살인데도 몸매는 이미 성숙해서 전체적으로 여성적이고 우아했다. 인물은 오빠에 비해 떨어졌지만 그 얼굴에는 분별력과 선량함이 있었고, 태도는 더없이 겸손하고 부드러웠다. 다아시 양도 오빠처럼 날카롭고 확고한 관찰자일 거라 예상했던 엘리자베스는, 그녀가 전혀 다른 기질이라는 데 크게 안도했다.

얼마 지나지 않아 다아시 씨는 빙리도 곧 그녀를 만나러 올 거라고 했다. 그녀가 기쁘다 말하며 그를 맞을 마음의 준비도 제대로 하기 전에 빙리의 빠른 발걸음이 계단을 울렸고, 이어 그가 들어왔다. 엘리자베스가 빙리에게 품은 분노는 이미 사라지고 없었지만, 행여 있었다 해도 그것은 그가 그녀를 보자마자 보여준 꾸밈없고 다정하고 진심 어린 태도에 설 자리를 잃었을 것이다. 그는 의례적이지만 다정한 어조로 가족의 안부를 물었고, 표정과 말투 모두 예전과 다름없이 온화하고 여유로웠다.

가디너 부부도 엘리자베스 못지않게 그에게 관심이 갔다. 오래전부터 보고 싶던 사람이었다. 아니 가디너 부부에게는 다아시 씨 일행 전체가 생생한 관심의 대상이었다. 방금 전부터 다아시 씨와 조카딸의 관계에 의문을 품게 되면서, 가디너 부부는 두 사람을 조심스럽지만 날카롭게 관찰했고, 그 관찰의 결과 두 사람 중 적어도 한 명은 사랑한다는 게 무엇인지 알고 있다는 결론을 확고하게 내렸다. 여자 쪽의 감정은 여전히 약간 의문이었지만, 신사가 그녀에게 찬탄을 바치고 있는 것은 너무도 역력했다.

엘리자베스는 할 일이 많았다. 손님들의 감정을 확인하고 싶었고, 자신의 감정을 진정시키고 싶었고, 모두를 다정하게 대하고 싶었다. 가장 걱정되는 것은 마지막 목표였는데, 그 목표는 성공하리라는 믿음이 들었다. 자신이 기쁨을 주고자 애쓰는 사람들이 이미 그녀에게 호의를 품고 있었기 때문이다. 빙리는 기꺼이, 조지아나는 열렬히, 다아시는 단호하게 기쁨을 만끽할 준비가 되어 있었다.

빙리를 보자 엘리자베스의 생각은 자연스럽게 언니에게 흘러갔다. 그의 생각도 자기와 같은 방향으로 흘러가고 있는지, 엘리자베스는 너무도 궁금했다. 전에 비해 말수가 줄었다는 생각이 몇 번 들었고, 한두 번은 자신에게서 제인의 흔적을 찾으려 하는 것 같기도 했다. 하지만 이런 생각이 상상의 산물에 지나지 않는다 해도, 그가 한때 제인의 경쟁자로 설정된 다아시 양을 대하는 행동에는 착각할 여지가 없었다. 어느 쪽도 상대방에게 특별한 호감을 보이지 않았다. 두 사람 사이에 빙리 양의 소망을 충족시켜 줄 만한 것은 아무것도 오가지 않았다. 이 부분에 대해서는 만족스러웠다. 그들이 떠나기 전에 두세 가지, 그녀의 간절한 마음에는 제인에 대한 다정함이 묻은 회상이자 제인의 이야기로 이어질 말을 하고 싶은 소망으로 해석되는, 사소한 정황들이 있었다. 빙리는 다른 사람들이 이야기를 하고 있을 때 깊은 후회가 담긴 목소리로 엘리자베스에게 "마지막으로 보고 나서 정말 오랜만이네요" 하더니, 그녀가 대답하기도 전에 "여덟 달이 넘었죠. 11월 26일 네더필드에서 모두가 함께 춤춘 이후 처음이니까요" 하고 말했다.

엘리자베스는 그가 그렇게 정확하게 기억한다는 사실이 기뻤다. 그리고 그는 얼마 후 사람들의 주의가 다른 데 쏠려 있을 때 다섯 자매가 모두 롱번에 있는지 물었다. 그 질문도 그에 앞서 한 말도 별것 아니었지만, 그의 표정과 태도는 의미심장했다.

엘리자베스는 다아시 씨에게 자주 눈길을 돌릴 수가 없었다. 하지만 이따금 눈길이 닿을 때마다 그는 전체적으로 정중한 모습이었고, 말을 할 때 그 어조는 거만함이나 일행을 경멸하는 것과 거리가 멀어서, 그녀가 어제 목격한 개선된 태도가 앞으로 얼마나 갈지 몰라도, 적어도 하루 이상은 지속되었음을 알 수 있었다. 다아시 씨는 몇 달 전이라면 교류하는 자체를 불명예라 여겼을 사람들에게 이렇게 스스로 교제를 청하고 그들에게 좋은 평판을 얻고자 노력하고 있었다. 자신뿐만 아니라 그가 공개적으로 경멸한 친척들도 이토록 공손하게 대하는 모습을 보고, 헌스퍼드 목사관에서 마지막으로 나눈 위태로운 대화를 떠올려 보니, 그 변화가 너무도 대단하고 충격적이라, 엘리자베스는 놀라움을 감추기가 여간 어렵지 않았다. 네더필드의 절친한 친구들과 함께 있을 때에도 또 로징스의 지체 높은 친척들과 함께 있을 때에도, 그가 이토록 다른 사람을 배려하고 호감을 주려고 애쓰는 모습, 거만함이나 완고한 침묵을 벗어버린 모습은 단 한 번도 본 적이 없었다. 그 노력이 성공한다고 그가 어떤 소득을 얻는 것도 아니고, 그가 지금 관심을 기울이는 사람들과 교제를 나눈다는 사실은 네더필드와 로징스 여자들의 비웃음과 비난을 살 뿐일 텐데 말이다.

손님들은 30분 이상 머문 뒤 일어섰고, 떠나기 전에 다아시 씨는 가디너 부부가 이곳을 떠나기 전 펨벌리의 정찬에 초대하고 싶다는 소망을 표현하며 동생에게도 같은 말을 하게 했다. 다아시 양은 초대를 해본 일이 별로 없어 머뭇거리기는 했지만 기꺼이 오빠의 말에 따랐다. 가드너 부인은 초대의 주요 대상인 조카딸의 생각이 궁금해서 그녀를 보았지만, 엘리자베스는 고개를 돌리고 있었다. 부인은 이런 조심스런 외면은 초대가 싫어서가 아니라 순간적인 당황 때문이라 여기고, 또 교제를 좋아하는 남편의 얼굴에서 거기 응하고픈 기색이 역력한 것을 보고는 초대를 받아들였고, 이틀 후로 약속이 잡혔다.

아직 엘리자베스에게 하고 싶은 말이 많고 또 허트퍼드셔의 친구들에 대해 궁금한 것도 많은 빙리는 그녀를 다시 만날 수 있어 무척 기쁘다고 했다. 엘리자베스는 이 모든 것을 제인 이야기를 듣고 싶은 소망으로 해석하고 흐뭇했다. 손님들이 떠난 뒤, 엘리자베스는 다른 것들과 더불어 특히 이러한 점에서, 당시에는 그렇게 편치 않았던 그 30분의 시간을 흡족하게 돌아볼 수 있었다. 그녀는 혼자 있고 싶었고, 또 외삼촌과 숙모에게서 어떤 질문이나 암시를 받을 것이 두려워서, 그들이 빙리를 칭찬할 때까지만 곁에 있다가 얼른 옷을 갈아입으러 나갔다.

하지만 가디너 부부의 궁금증을 두려워할 필요는 없었다. 그들은 억지로 이야기를 시킬 생각이 없었기 때문이다. 엘리자베스가 다아시 씨와 생각보다 더 각별한 사이인 건 분명했다. 그가 그녀를 깊이 사랑하는 것도 분명했다. 흥미로운 것은 많았지만, 아직은 아무것도 물어볼 수 없었다.

그들은 다아시 씨에 대해서라면 이제 무엇이든 좋게 바라보고 싶어 안달이 날 지경이었다. 그들이 경험한 바에 따르면 그는 트집 잡을 것이 없었다. 그의 정중한 예절은 감명 깊었고, 그들이 다른 아무 근거 없이 온전히 그들 자신의 느낌과 하인들에게 들은 이야기만으로 그를 설명한다면, 허트퍼드셔 사람들은 그 사람이 다아시 씨라는 걸 알아차리지 못할 것이다. 하지만 이제 그들은 하녀장의 말을 믿고 싶어졌으며, 네 살 때부터 그를 알았고 그 역시 점잖은 하인의 평가를 쉽게 무시할 수 없다는 걸 곧 깨달았다. 램턴의 친구들도 그 말의 무게를 크게 감소시킬 말을 하지 않았다. 그에게서 비난할 점이라고는 오만함뿐이었다. 그는 아마 오만하다 불릴 만한 자부심을 지녔을 것이고, 그렇지 않다 해도 다아시 일가가 찾아가지 않는 작은 상업 도시 주민들에게는 그런 오해를 받고 있을 것이다. 하지만 그가 너그러운 남자로, 가난한 이들에게 좋은 일을 많이 했다는 것은 공인되어 있었다

한편 위컴에 대해 알아보니, 그곳의 평판은 그렇게 좋지 않았다. 사람들은 그가 후원자의 아들과 어떤 갈등을 빚었는지 제대로 알지는 못했지만, 그가 많은 빚을 남긴 채 더비셔를 떠났고, 나중에 다아시 씨가 그걸 다 갚았다는 것은 널리 알려져 있었다.

그날 저녁 엘리자베스는 그 전날 밤보다도 펨벌리에 대해 더 많이 생각했다. 그날 밤은 아주 길게 느껴졌지만, 펨벌리에 있는 누군가를 향한 감정을 가늠할 수 있을 만큼 길지는 않았다. 그녀는 두 시간 동안 눈을 뜨고 누워 자신의 감정을 헤아리

려고 노력했다. 그가 싫은 것은 분명 아니었다. 싫은 감정은 오래전에 사라졌고, 그와 동시에 그에게 혐오라고 할 만한 감정을 품었던 옛날을 부끄러워했다. 그의 훌륭한 인품을 확신하게 되면서 일어난 존경심은, 처음에는 받아들이기 쉽지 않았지만, 얼마 전부터는 다른 감정들과 충돌을 일으키지 않았다. 그리고 존경심은 어제 들었던 호의적인 증언들에 의해 좀 더 다정한 성격의 감정으로 변하고, 그의 기질을 더 따뜻한 시각으로 바라보게 되었다. 하지만 엘리자베스가 다아시 씨에게 호의를 갖게 된 데에는 존경과 존중을 넘어서는, 간과할 수 없는 동기가 있었다. 그것은 감사하는 마음이었다. 한때 그녀를 사랑한 데 그치지 않고 여전히 깊이 사랑해서, 그녀가 그토록 불쾌하고 지독하게 그를 거절하고 부당하게 비난한 걸 용서한 데 대한 감사였다. 자신을 원수처럼 여기고 외면할 줄 알았던 그가 이렇게 우연히 만난 것을 계기로 교제를 이어 나가고자 하는 열망을 보였고, 자신들 둘만이 관련된 일에서 서툴게 관심을 표현하거나 어색한 태도를 보이지 않게 조심하면서, 그녀의 일행에게 좋은 모습을 보이려 애쓰고 그녀를 동생에게 기꺼이 소개했다. 그렇게 자부심이 강한 사람이 이렇게 변했다니 놀라웠을 뿐만 아니라 감사의 마음이 함께 솟아났다. 그것은 사랑, 열렬한 사랑에서 비롯된 게 분명했다. 이렇듯 엘리자베스가 받은 인상은 기분 나쁜 것과는 거리가 먼 고무적인 종류의 것이었지만, 그 정체를 정확히 꼬집어 말하기는 어려웠다. 그녀는 이제 그에게 존경과 존중과 감사의 마음을 느꼈고, 그가 진심으로 행복하기를 바랐다. 다만 그녀가 알고 싶은 것은, 자신이 그의 행복을 주도하는 사람이 되기를 어느 정도 바라고 있는지, 그리고 아직도 자신에게 남아 있는 듯한 그 매력의 힘을 발산해 그의 구애를 되살리면, 두 사람의 행복에 어느 정도까지 도움이 될까 하는 것이었다.

그날 저녁 숙모와 조카딸은 이미, 다아시 양이 펨벌리에 도착한 당일 그들을 방문하는 놀라운 예절을 보여주었으니, 더군다나 그녀가 늦은 조찬 시간에 맞추어 도착했다는 사실까지 감안하면 이쪽에서 그와 똑같은 정도는 아니라도 어느 정도 보답해야 한다고 생각하고, 다음 날 아침 펨벌리로 다아시 양을 방문하는 것이 좋겠다는 결론을 내렸다. 그래서 그들은 펨벌리에 가기로 했다. 엘리자베스는 기뻤지만, 왜 그런지 생각해보니 딱히 대답할 수 있는 말이 없었다.

가디너 씨는 조찬 직후 아내와 조카 곁을 떠났다. 전날 낚시에 대해 다시금 청을 받았고, 정오에 펨벌리의 신사 몇 명과 만나기로 약속이 되어 있었기 때문이다.

3

엘리자베스는 빙리 양이 자신을 싫어하는 이유가 질투 때문임을 확신하고, 자신이 펨벌리를 방문했다는 사실이 그녀에게 얼마나 달갑지 않을지 생각하지 않을 수 없었다. 교제가 재개된 지금 그녀가 어느 정도의 예의를 보여줄지도 궁금했다.

집에 도착하자 그들은 현관 입구를 지나 접객실로 인도되었다. 북향에 위치해서 여름에 사용하기 좋은 곳이었다. 창밖으로는 집 뒤편 높은 숲 언덕이 상쾌하게 내다보였고, 집과 숲 사이의 잔디밭에는 아름다운 떡갈나무와 유럽밤나무들이 흩어져 있었다.

그들은 이 방에서 다아시 양의 영접을 받았고, 그 곁에는 허스트 부인과 빙리 양이 다아시 양의 런던 생활을 돌봐주는 부인과 함께 앉아 있었다. 조지아나 다아시 양은 아주 예의 바르게 손님을 맞았지만, 어색하고 당황한 기색이 역력했다. 수줍음과 실수에 대한 두려움에서 비롯된 태도였지만 지위가 낮은 사람들에게는 오만하고 차갑다는 느낌을 줄 수 있었다. 하지만 그녀의 본모습과 진심을 아는 가디너 부인과 엘리자베스는 그녀가 안쓰러울 뿐이었다.

허스트 부인과 빙리 양은 가볍게 무릎을 굽혀 형식적인 인사를 건넸다. 그들이 다시 자리에 앉자, 그런 경우에 으레 찾아드는 침묵이 잠시 이어졌다. 침묵을 깬 것은 앤슬리 부인이었다. 부인은 우아하고 상냥한 인상이었고, 대화가 흘러가도록 노력하는 모습을 보니 빙리 자매보다 훨씬 교양이 높다는 걸 알 수 있었다. 대화는 주로 앤슬리 부인과 가디너 부인이 이어나갔고, 이따금 엘리자베스가 도왔다. 다아시 양은 함께하고 싶지만 용기가 나지 않는다는 듯한 표정이었고, 이따금씩 사람들이 잘 듣기 어려운 시점을 골라서 짧게 한마디씩 하곤 했다.

엘리자베스는 빙리 양이 자신을 유심히 관찰하고 있으며, 특히 다아시 양과 대화를 나눌 때면 어김없이 더 촉각을 곤두세우고 바라본다는 사실을 깨달았다. 그런 눈길 때문에 다아시 양과 이야기 나누기를 포기한 건 아니지만, 두 사람은 편안히 대화하기에는 서로 자리가 너무 떨어져 있었다. 하지만 엘리자베스는 애써 말을 많이 하지 않아도 되어 다행이라고도 생각했다. 이미 자기 생각만으로도 머리가 복잡했기 때문이다. 그녀는 매순간 신사들이 그 방에 불쑥 들어올까 긴장에 사로잡혔고, 그 무리에 이 저택의 주인도 끼어 있기를 바라면서도 한편으로는 그럴 것이 두려웠다. 그 두 가지 마음 가운데 어느 쪽이 더 큰지도 알 수 없었다. 그렇게 빙리 양의 목소리를 듣지 못한 채 15분이 지나가고, 엘리자베스는 가족의 건강을 묻는 그녀의 차가운 질문에 퍼뜩 정신이 들었다. 엘리자베스도 마찬가지로 무심하고 간결하게 대답했고, 빙리 양도 더는 말을 하지 않았다.

하인들이 냉육과 케이크와 다양한 최고급 제철 과일을 들고 오면서 그런 싸늘한 분위기가 바뀌기 시작했다. 하지만 그전까지 앤슬리 부인은 다아시 양을 향해, 주인으로서 해야 할 역할을 상기시키는 의미심장한 표정과 미소를 수차례 보내야 했다. 이제 모두에게 할 일이 생겼다. 모두가 이야기를 할 수는 없어도 모두가 먹을 수는 있었으니까. 포도, 천도복숭아, 복숭아로 이루어진 아름답고 화려한 피라미드가 탁자 위에 둥글게 쌓였다.

그러던 중 다아시 씨가 들어왔고, 엘리자베스는 자기가 느꼈던 두려움과 희망 가운데 과연 어느 쪽이 더 큰지, 그 순간 실제로 느낀 감정을 통해 판단할 기회를 얻었다. 조금 전까지는 그가 들어오기를 바라는 희망이 더 크다고 생각했는데, 막상 그를 보자 그가 들어왔다는 사실이 싫었다.

그는 펨벌리의 다른 신사 두세 명을 데리고 강가로 나가 낚시하는 가디너 씨와 함께 시간을 보내다가, 가디너 부인과 엘리자베스가 오전 중 조지아나를 방문한다는 이야기를 듣고 서둘러 집으로 돌아온 것이다. 그가 나타나자 엘리자베스는 마음을 편안히 갖고 어색해지지 않기로 결심했다. 정말이지 절실한 결심이긴 했지만 지키기는 쉽지 않았다. 모든 사람이 두 사람을 의심스러운 눈으로 바라보기 시작했다는 것, 그리고 그가 방에 들어왔을 때부터 그 자리에 있는 모든 눈이 그의 행동을 하나하나 관찰하기 시작했다는 것을 알았기 때문이다. 그중 빙리 양만큼 노골적으로 관심을 보이는 사람도 없었다. 빙리 양은 관심의 대상인 두 사람 중 한 사람과 이야기할 때는 얼굴가득 미소를 지었다. 아직 질투에 정신 못 차릴 지경은 아니었고, 다아시 씨에 대한 관심 역시 전혀 사그라들지 않았기 때문이다. 오빠가 들어오자, 다아시 양은 훨씬 더 열심히 대화를 나누려고 애썼다. 다아시 씨는 엘리자베스가 자신과 여동생이 더 친해지기를 간절히 바랐고, 가능한 한 두 사람이 더 많이 대화를 나누도록 배려했다. 엘리자베스는 물론 빙리 양도 이 모든 과정을 지켜보았고, 결국 분노에 사로잡힌 빙리 양은 경솔하게도, 말할 기회가 오자마자 예의를 갖춘 태도로 빈정거리기 시작했다.

"일라이자 양, ○○ 민병대는 메리턴을 떠났나요? 일라이자 양 가족에게는 손실이 크겠어요?"

다아시의 면전이다 보니 감히 위컴의 이름을 언급하지는 않았지만, 엘리자베스는 그녀가 특히 그를 염두에 두고 말한다는 것을 금세 알았다. 그와 관련된 여러 가지 기억에 잠시 괴롭긴 했지만, 그런 고약한 공격을 밀쳐 내기 위해서 그녀는 꽤 무관심한 어조로 답을 했다. 말을 하면서 자기도 모르게 다아시 씨를 돌아보니 그 역시 상기된 안색으로 자신을 진지하게 바라보고 있었고, 다아시 양은 당황해서 눈도 들지 못하고 있었다. 그 말이 사랑하는 친구에게 얼마나 큰 고통을 주는지 빙리 양이 알았다면, 결코 그런 암시를 던지지 않았으리라. 하지만 그녀가 의도한 것은 엘리자베스가 좋아하는 남자 이야기를 끌어들여 그녀를 곤경에 빠뜨리고, 그렇게 그녀에 대한 다아시의 평가를 깎아내리고, 군인들 뒤를 쫓아다니던 여동생들을 떠올리게 해 그 일가의 온갖 어리석음과 경솔함을 드러내려는 것뿐이었다. 그녀는 다아시 양이 위컴과 달아나려고 했던 계획을 전혀 알지 못했다. 그 사건과 직접적인 관련이 없었던 사람 중에서 이 사실을 아는 사람은 엘리자베스뿐이었다. 다아시 씨는 빙리 일가에게는 이 일을 더욱더 애써서 감추었는데, 엘리자베스가 오래전에 짐작했던 대로 다아시 양을 빙리 씨와 결혼시켜 빙리 가의 일원으로 만들고자 하는 소망 때문이었다. 그는 분명히 그런 계획을 품었었고, 굳이 그 때문에 제인에게서 빙리를 떼어놓으려 노력한 것은 아니라 해도, 친구의 행복에 대해 더 깊이 관심을 가졌을 가능성은 있었다.

하지만 그는 엘리자베스의 차분한 태도에 곧 감정을 다스렸고, 당혹감과 실망에 사로잡힌 빙리 양이 더 이상 위컴 이야기를 꺼내지 않자, 조지아나는 여전히 말은 못했지만 시간이 지나면서 조금씩 회복되었다. 그녀가 그 일과 관련해 감히 눈도 마주치지 못하는 오빠는 막상 그 일을 거론한 적이 거의 없었다. 다아시 씨의 생각을 엘리자베스에게서 돌리려던 시도가 오히려 그녀에게 더 많이, 기쁘게 관심을 갖도록 만든 것 같았다.

이 질문과 대답이 오간 뒤 엘리자베스 일행은 오래지 않아 자리에서 일어났고, 다아시 씨가 마차까지 그들을 배웅 나간 동안, 분에 못 이긴 빙리 양은 엘리자베스의 외양과 행동과 드레스를 헐뜯었다. 하지만 다아시 양은 그에 동참하지 않았다. 오빠가 좋아하는 사람이라는 사실만으로도 엘리자베스는 그녀의 호감을 샀다. 오빠의 판단이 잘못될 리 없었고, 오빠의 설명을 들어보면 엘리자베스는 오직 사랑스럽고 다정한 사람일 뿐이었다. 다아시가 접객실로 돌아왔을 때, 빙리 양은 참지 못하고 조금 전 다아시 양에게 한 말을 또 한차례 반복했다.

"일라이자 베넷 양이 오늘은 안색이 참 안 좋네요, 다아시 씨." 그녀가 소리쳤다. "지난겨울과는 너무 달라졌어요. 저렇게 변한 사람은 처음이에요. 얼굴도 까매지고 피부도 거칠어졌어요! 루이자도 저도 일라이자 양을 다시 만나지 않는 편이 나았을 거라는 생각이에요."

그 말이 얼마나 거슬렸든, 다아시 씨는 볕에 약간 그을린 것 말고 다른 변화는 모르겠다고, 그건 여름에 여행하는 사람에게는 당연한 일이라고 차분하게 대답했다.

"솔직히 말씀드리면 일라이자 양은 전혀 예쁘지 않은 것 같아요." 빙리 양이 말을 이었다. "얼굴이 너무 여위고, 안색도 칙칙해요. 이목구비도 반듯하지 않고요. 코도 아무런 개성이 없어요. 전혀 시선을 끌지 않아요. 치아는 그럭저럭 괜찮지만 그냥 평범한 정도죠. 때로 꽤 예쁘다는 말을 듣는 눈도 별로 특별한 걸 모르겠네요. 날카롭고 영악한 빛은 있지만, 제 마음에는 안 들어요. 태도는 세련되지도 않았으면서 자만심으로 가득 차서 참 꼴불견이에요."

다아시가 엘리자베스에게 호감을 품고 있다는 걸 알고 있는 상황에서 이것은 자신을 돋보이게 하는 데 그리 훌륭한 방법은 아니었다. 하지만 분노는 지혜를 안겨주기 어려운 법이다. 다아시 씨의 얼굴에 살짝 짜증이 스쳐간 것이 그녀가 얻은 유일한 성과였다. 그가 꿋꿋이 입을 다물고 있자, 그 입을 열고야 말겠다는 일념으로 빙리 양은 말을 이었다.

"우리가 허트퍼드셔에서 일라이자 양을 처음 만났을 때, 거기서 일라이자 양이 미인으로 통한다는 이야기에 깜짝 놀랐었지요. 그리고 특히 그 집 식구들이 네더필드에서 정찬을 하고 난 다음 어느 날인가 다아시 씨가 '저 아가씨가 미인이라면 그 어머니는 지혜롭다고 해야겠군요' 라고 했던 게 기억나요. 하지만 그 뒤로 다아시 씨는 일라이자 양에 대해 생각이 바뀌어서 한때 꽤 예쁘다고 생각하셨죠."

"그렇습니다." 다아시가 더는 참지 못하고 대꾸했다. "하지만 그건 엘리자베스 양을 만난 지 얼마 되지 않았을 때의 일이지요. 그 뒤로 엘리자베스 양을 내가 아는 가장 아름다운 아가씨 가운데 한 명이라고 생각한 지 벌써 여러 달이 되었습니다."

그런 뒤 그는 방을 나갔고, 빙리 양은 그를 압박해서 입을 열게 했다는 기쁨을 누리긴 했지만, 그 말이 고통을 안겨준 사람은 오직 그녀뿐이었다.

가디너 부인과 엘리자베스는 돌아가는 길에 펨벌리 방문 중 벌어진 일을 모두 이야기했지만, 두 사람이 각별히 관심을 둔 일에 대해서는 언급하지 않았다. 거기서 만난 모든 사람의 표정과 행동을 이야기했지만, 정작 가장 관심을 끈 사람은 예외였다. 그의 여동생, 그의 친구들, 그의 집, 그의 과일 등 그 사람을 뺀 모든 것을 이야기했다. 하지만 엘리자베스는 가디너 부인이 그를 어떻게 생각하는지 무척 알고 싶었고, 부인은 조카딸이 그에 대한 이야기를 먼저 꺼내주면 정말 좋겠다고 생각했다.

4

램턴에 처음 도착했을 때 엘리자베스는 제인의 편지가 없어서 무척 실망했다. 그리고 그 실망은 아침마다 반복되었다. 하지만 사흘째 날 한탄은 끝났다. 한꺼번에 두 통의 편지가 온 데다 그중 한 통은 잘못 배달된 후 다시 배달되었다는 표시가 있어서 그렇게 된 이유를 알 수 있었다. 그리고 그건 놀라운 일이 아니었다. 제인이 주소를 바르게 적지 못했기 때문이다.

편지가 왔을 때 그들은 산책 나갈 준비를 하고 있었는데, 외삼촌과 숙모는 엘리자베스가 조용히 편지를 읽도록 남겨 두고 먼저 나갔다. 잘못 배달되었던 편지가 앞선 편지인 게 분명했다. 닷새 전에 쓴 편지였다. 편지 앞머리는 작은 파티와 모임들 이야기와 그밖에 시골에서 일어날 만한 소식들이었지만, 그 하루 뒤에 쓴 뒷부분은 훨씬 더 중요한 소식을 전하고 있었다. 심란한 마음으로 흥분을 감추지 못하고 쓴 것이 분명했다.

앞부분을 쓰고 난 다음에 아주 놀랍고 심각한 일이 일어났어. 너에게 너무 충격을 줄 것 같구나. 일단 우리는 잘 지내고 있어. 내가 할 말은 리디아 이야기야. 어젯밤 12시, 우리가 모두 잠들었을 때 포스터 대령의 급송 편지가 왔어. 내용은 리디아가 장교 한 명이랑 스코틀랜드로 달아났다는 거야.* 그런데 그게 바로 위컴이야! 우리가 얼마나 놀랐겠니. 하지만 키티에게는 그렇게 예상 밖의 일은 아니었나 봐. 안타깝기 짝이 없다. 두 사람 모두에게 너무 경솔한 일이야! 어쨌건 나는 최선의 상황을 희망하고 있어. 우리가 생각하는 그 사람 성격이 오해이기를. 부주의하고 경솔하다는 건 익히 알 수 있지만, 이번 일은 (일단 기뻐하자꾸나) 나쁜 꿍꿍이가 있던 건 아니니까. 우리 아버지가 그애한테 아무것도 물려주지 못한다는 걸 알 테니 적어도 사욕 때문에 그런 건 아니잖아. 가련한 어머니는 완전히 비통에 빠지셨고, 아버지는 그런대로 잘 버티고 계셔. 두 분이 그 사람에 대한 나쁜 소문을 모르시는 게 얼마나 다행인지 몰라. 우리도 이제 잊어야 해. 두 사람은 토요일 자정 무렵에 떠난 것 같지만, 어제 아침 8시까지는 아무도 몰랐어. 그 사실을 알게 되자마자 바로 급송 편지를 보낸 거야. 리지야, 둘은 아마 우리 집에서 10마일도 안 되는 곳을 지나갔을 거야. 포스터 대령이 곧 우리 집에 올 거래. 리디아가 포스터 부인 앞으로 자기들 계획을 알리는 짧은 메모를 남겼대. 여기서 줄여야겠다. 가여운 어머니 곁을 오래 비울 수가 없어. 네가 이 편지를 이해할 수 있을지 걱정이다. 나도 내가 무슨 말을 썼는지 모르겠어.

이 편지를 다 읽자 엘리자베스는 편지 내용을 차분히 생각해볼 시간도, 자기 감정을 파악할 시간도 없이 다음 편지를 집어들고 허겁지겁 개봉했다. 그것은 첫 번째 편지를 보낸 다음

---

*당시 스코틀랜드에서는 비거주민도 법적으로 결혼이 가능했기에 사랑의 도피를 하는 남녀는 흔히 스코틀랜드로 갔다.

날 쓴 것이었다.

　리지야, 지금쯤이면 내가 경황없이 보냈던 그 편지를 받았
으리라고 믿는다. 이 편지는 좀 더 앞뒤가 맞기를 바라지만, 시
간이 있다고 해도 머리가 너무 어지러워서 횡설수설하지 않겠
다는 장담은 못하겠다. 리지, 뭐라고 써야 할지 모르겠지만, 빨
리 알려야 할 나쁜 소식이 있어. 위컴 씨와 리디아의 결혼이 아
무리 경솔한 일이라 해도, 우리는 지금 그 둘이 결혼했기를 간
절히 바라야 하는 상황이야. 두 사람이 스코틀랜드로 가지 않
았다는 증거가 아주 많거든. 포스터 대령이 그저께 브라이턴을
떠나서 어제 우리 집에 왔어. 급송 편지가 오고 몇 시간 지나지
않아서 말이야. 리디아가 포스터 부인에게 남긴 편지에는 둘이
서 그레트나 그린*으로 간다고 되어 있었지만, 데니가 한 말에
따르면 위컴은 거기 갈 생각도 리디아하고 결혼할 생각도 없다
는 거야. 포스터 대령은 놀라서 당장 브라이턴을 떠나 그들을
쫓아갔어. 그렇게 클래펌까지는 쉽게 추적했지만 거기서부터
실마리가 없었대. 거기서 두 사람은 엡섬에서부터 타고 온 이
륜마차를 돌려보내고 임대 마차로 갈아탔대. 그다음에는 런던
방향 도로로 떠난 것 같다는 게 우리가 아는 전부야. 어떻게 생
각해야 할지 모르겠다. 포스터 대령은 런던 방향 도로에서 물
을 수 있는 모든 걸 다 물어보고서 허트퍼드셔로 온 거야. 오면
서도 통행세 징수소마다 묻고 바넷과 해트필드의 여관마다 들
러 샅샅이 계속 물었는데 아무 소식도 듣지 못했대. 둘이 지나

---

*스코틀랜드 국경 바로 너머에 있는 도시.

는 걸 본 사람도 없었어. 대령은 무척 걱정하면서 롱번에 왔고, 정말로 진실한 태도로 우리에게 그 이야기들을 전했어. 대령과 포스터 부인이 정말 안됐어. 하지만 누가 그분들 탓을 할 수 있겠니. 리지, 우리는 지금 상황이 아주 안 좋아. 아버지와 어머니는 최악의 경우라고 여기고 계시지만, 나는 그 사람을 그렇게까지 나쁘게 보지는 못하겠어. 여러 가지 정황상 두 사람이 처음 계획 대신 런던에서 비밀 결혼하는 편이 낫다고 생각했을 수도 있어.* 그리고 그가 리디아 같은 조건의 여자에게 그런 계획을 품을 수 있었다고 해도(그럴 가능성은 별로 없지만), 리디아가 그렇게까지 정신을 놓을 수 있었을까? 그건 불가능해. 하지만 안타깝게도 포스터 대령은 두 사람이 결혼했다고는 믿지 못하고 있어. 내가 그래도 결혼했기를 바란다고 말했더니, 고개를 저으며 위컴은 믿을 만한 사람이 아닌 것 같다는 거야. 어머니는 딱하게도 병이 나서 방에만 계셔. 힘을 좀 내시면 좋을 텐데 그러기는 어려운 것 같아. 그리고 아버지는, 내 평생 아버지가 그렇게 침울하신 모습은 처음 봐. 키티는 두 사람 사이의 일을 숨겼다고 분노를 사고 있지. 하지만 그건 신뢰의 문제였으니 어쩔 수 없었을 거야. 비밀을 지켜야만 했겠지. 리지야, 네가 이 괴로운 현장에 있지 않았다는 게 얼마나 다행인지 몰라. 하지만 이제 최초의 충격이 가셨으니, 네가 돌아오기를 기다린다고 고백해도 될까? 물론 여의치 않은 상황인데도 강요

---

*당시 결혼에서는 주교의 허락이 필수였다. 1753년 '하드윅 혼인법'이 통과된 후, 21세 미만이 결혼하려면 부모 동의가 필요했고, 교회에서 예고를 하거나 주교의 허가증을 취득한 후 국교회 목사가 예식을 집전하는 경우에만 그 결혼은 법적 효력이 발생했다.

할 만큼 내가 이기적인 건 아니야. 그럼 이만 안녕. 내가 안 하겠다고 한 그 말을 하기 위해서 다시 펜을 든다. 상황이 이 지경이니만큼 네가 어서 외삼촌과 숙모님과 함께 서둘러 돌아오기를 간절히 바라지 않을 수가 없구나. 외삼촌과 숙모님이 어떤 분이신지 잘 알기 때문에 이런 부탁도 감히 드릴 수 있을 것 같다. 그리고 외삼촌께는 부탁이 하나 더 있어. 아버지가 곧 포스터 대령과 함께 리디아를 찾아 런던에 가실 거야. 무슨 수를 쓰실 생각인지는 나도 몰라. 하지만 지금 이렇게 깊은 심려 속에서 무슨 수를 쓴들 제대로 될 것 같지가 않고, 포스터 대령은 내일 저녁에 다시 브라이턴으로 돌아가야 해. 이런 위기 상황에서는 외삼촌의 조언과 도움이 정말 절실하구나. 외삼촌은 내심정을 금방 이해하실 테고, 이 일을 도와주시리라 믿어.

"아, 이런! 외삼촌이 어디 계시지?" 엘리자베스는 편지를 다 읽자 이렇게 소리치고 자리에서 일어나, 한시도 지체하지 않고 가디너 씨를 찾았다. 하지만 그녀가 문 앞에 이르렀을 때, 하인이 문을 열었고 다아시 씨가 나타났다. 그는 그녀의 창백한 얼굴과 황황한 태도에 놀랐고, 그가 뭐라고 입을 열기도 전에 그녀가 소리쳤다. 리디아 일에 온 정신을 빼앗겨 다른 생각을 할 틈이 없었다. "죄송해요, 하지만 지금 손님을 맞을 수가 없네요. 급한 일이 생겨서 당장 외삼촌을 찾아야 해요. 어물거릴 시간이 없어요."

"이런! 도대체 무슨 일입니까?" 그가 걱정되는 마음에, 예의도 잊고 소리쳤다가 곧 침착함을 되찾고 말했다. "당신을 막지는 않겠습니다. 하지만 대신 저나 하인을 시켜 가디너 부부를 찾게 해주십시오. 안색이 나쁩니다. 혼자 가시면 안 됩니다."

엘리자베스는 망설였지만, 무릎이 흔들릴 정도로 위태로운 상태여서 직접 찾으러 나가봐야 소용없다는 걸 느꼈다. 그래서 하인을 다시 불러서 알아듣기 힘들 만큼 숨찬 목소리로 주인 나리와 마님을 집으로 모시고 와달라고 지시했다.

하인이 나가자, 그녀는 몸을 주체하지 못하고 그 자리에 주저앉았다. 그 표정이 너무도 안 좋아서, 다아시는 곁을 떠나지 못하고 연민과 걱정이 담긴 어조로 부드럽게 말을 건넸다. "하녀를 불러드리겠습니다. 마음을 진정시키려면 뭐라도 좀 드시는 게 낫겠습니다. 포도주를 가져다드릴까요? 안색이 말이 아닙니다."

"아뇨, 고마워요." 그녀가 진정하려고 애쓰며 대답했다. "저는 아무 문제없어요. 괜찮아요. 지금 롱번에서 참담한 소식이 와서 충격을 받은 것뿐이에요."

그렇게 말하자 왈칵 울음이 터졌고, 잠시 동안 그녀는 아무 말도 할 수 없었다. 다아시가 할 수 있는 일은, 횡설수설하며 걱정하고, 침묵 속에 그녀를 측은히 바라보는 것이 전부였다. 마침내 그녀가 입을 열었다. "방금 언니의 편지를 받고 어처구니없는 소식을 알게 됐어요. 이 일은 누구에게도 감출 수 없어요. 우리 막내가 도망쳤어요. 저를 아끼는 모든 사람들 곁을 떠나 어떤 남자에게, 다름 아닌 위컴 씨에게 몸을 던졌어요. 브라이턴에서 함께 떠났대요. 당신은 그 사람을 잘 아니까 앞으로의 일도 익히 짐작하시겠죠. 그 아이는 돈도 없고, 연줄도 없고, 그 사람을 잡아둘 게 아무것도 없어요. 그 아이 인생은 이제 끝났어요."

다아시는 충격에 할 말을 잃었다. 그녀가 더욱 흥분한 목소리로 덧붙였다. "어쩌면 제가 그 일을 막을 수도 있었는데! 저는 정체를 알았으니까요. 그걸 조금이라도 말해주었다면, 내가 아는 것 중 일부라도 식구들에게 일러주었다면! 식구들이 그 사람 성격을 미리 알았다면, 이런 일은 일어나지 않았을 거예요. 하지만 이제는, 너무 늦었어요."

"정말로 안타까운 일이로군요." 다아시가 소리쳤다. "안타깝고 충격적입니다. 하지만 확실한가요? 틀림없습니까?"

"네, 맞아요! 토요일 밤에 함께 브라이턴을 떠났고, 런던 근처까지 간 게 확인됐지만 그다음은 몰라요. 스코틀랜드로는 가지 않은 게 분명해요."

"동생 분을 찾기 위해 어떻게들 하고 계십니까? 찾으러 가셨나요?"

"아버지가 런던으로 가셨어요. 제인은 편지에 외삼촌께 도움을 청했고요. 30분 안에 출발해야 해요. 그렇다고 달리 할 수 있는 건 없죠. 소용없다는 걸 잘 알아요. 그런 남자가 어떻게 마음을 돌리겠어요? 어떻게 해야 찾아내기라도 할 수 있을까요? 아무리 봐도 희망이 없어요. 앞이 캄캄해요!"

다아시는 조용히 고개를 저었다.

"그 사람의 진짜 성격을 알았을 때, 아! 그때 내가 어떻게 해야 하는지 알았다면! 하지만 몰랐어요. 용기를 냈어야 하는 건데, 너무 앞질러 가는 것 같아 망설였어요. 정말이지 피를 토할 실수였어요!"

다아시는 대답하지 않았다. 그는 그녀의 말을 듣는 기색도 없이, 깊은 생각에 잠겨 방 안을 서성거렸다. 미간에는 주름이 잡히고, 얼굴은 어두워졌다. 엘리자베스는 그 모습을 보고 곧 모든 걸 이해했다. 그녀가 지닌 힘이, 매력이 무너져 가고 있었다. 가족의 약점, 이처럼 지독하게 치욕스러운 상황과 불명예 앞에 버틸 수 있는 건 아무것도 없었다. 그녀는 그걸 이해할 수도 비난할 수도 없었다. 그의 굳건한 자제력이 감정을 이겼다는 확신도 엘리자베스의 마음에 전혀 위안이 되지 않았고, 괴로움을 덜어주지도 못했다. 반대로 오히려 이런 생각 가운데 엘리자베스는 자신의 소망을 깨달았다. 모든 사랑이 허공에 흩어지게 된 바로 이 순간만큼 그를 진심으로 사랑할 수 있으리라고 느낀 적이 없었다.

하지만 이런 생각이 끼어들지언정, 그녀의 마음을 모두 차지할 수는 없었다. 리디아가 가족 모두에게 수치와 고통을 안겨 주었다는 생각이 개인적인 생각을 모두 집어삼켰다. 엘리자베스는 손수건으로 얼굴을 덮었고, 곧 모든 것을 잊었다. 아무것도 생각할 수 없었다. 그리고 몇 분 동안 침묵이 흐른 뒤 다아시의 목소리로 상황을 다시 인식하게 되었다. 그는 연민을 담고 절제된 목소리로 말했다. "아까부터 제가 빨리 떠나기를 바라신 건 아닌가 걱정이 되네요. 또 제가 여기 굳이 남아 있을 이유는 없다는 걸 압니다. 아무 소용도 없이 깊이 걱정하는 일 말고는요. 이럴 때 괴로움을 달랠 말을 전하거나 무어라도 해드리고 싶지만, 그런 헛된 소망으로 당신을 괴롭히지 않겠습니다. 그건 당신에게서 걱정해주어 감사하다는 인사를 받아내려는 것밖에는 안 될 테니까요. 이 불행한 일 때문에 안타깝게도 제 동생은 오늘 펨벌리에서 당신을 만날 기회를 잃겠군요."

"아, 그렇네요. 다아시 양에게 저희를 대신해서 미안하다고 전해 주세요. 집에 급한 일이 생겨서 돌아갔다고요. 이런 불행한 진실은 되도록 감춰주세요. 그렇게 오래 숨길 수는 없겠지만요."

그는 비밀을 지킬 것을 약속했다. 그리고 다시 한 번 그녀의 고통에 안타까움을 표현하고, 지금 상황에서 희망할 수 있는 것보다 더 잘 마무리되기를 바란다고 말했다. 그는 가족들에게 안부를 전해달라고 부탁한 뒤 무거운 표정으로 인사하고 떠났다.

그가 나갈 때, 엘리자베스는 이제 두 사람이 더비셔에서처럼 따뜻하고 다정한 분위기로는 다시 만날 수 없겠다고 느꼈다. 그토록 모순과 변화가 가득했던 두 사람의 지난 시간을 돌아보니, 변덕스러운 감정에 한숨이 나왔다. 이전이라면 끝나는 걸 기뻐했을 관계가 이제 와서 이어지기를 바라다니.

감사와 존경이 애정의 훌륭한 토대라면, 엘리자베스의 감정의 변화는 이상한 것도 잘못된 것도 아닐 것이다. 하지만 그런 원천에서 솟는 애정이 상대와 처음 만나서 두 마디 말도 주고받기 전에 느끼는 애정에 비해 비합리적이고 부자연스러운 것이라고 한다면, 그녀를 옹호할 말은, 그녀가 위컴에게 호감을 품으면서 후자의 방법을 조금 경험했고, 그것이 실패함에 따라 자연스럽게 상대적으로 덜 흥미로운 전자의 애정 방법을 탐구하고픈 마음이 생겼다는 것밖에 없을 것이다. 상황이 이렇다 보니 떠나는 그를 보며 그녀의 마음에는 후회가 가득 밀려들었다. 그리고 이 기막힌 일을 돌아다보니 리디아의 불명예스런 행위가 이런 일에 당장 영향을 미칠 거라는 사실 말고도 또 다른 번민의 이유가 떠올랐다. 제인의 두 번째 편지를 읽고 그녀는 위컴이 리디아와 결혼할 생각일 거라는 희망을 버렸다. 제인 말고는 누구도 그런 선량한 기대를 할 수 없을 것이다. 이 사태에 놀라운 것은 전혀 없었다. 첫 번째 편지를 읽는 동안에는 머릿속에 온통 놀라움뿐이었다. 위컴이 돈을 보고서는 선택할 수 없는 여자와 결혼하다니. 그리고 리디아가 어떻게 그의 애정을 얻어냈는지도 도무지 이해가 가지 않았다. 하지만 이제 보니 모든 게 자연스러웠다. 이런 종류의 애정을 위해서라면 리디아의 매력은 충분했다. 리디아가 결혼할 의도 없이 남자와 도망을 가지는 않았겠지만, 그녀의 덕성도 지성도 자신이 손쉬운 먹이감으로 전락하는 걸 막아주지 못했으리라는 건 그리 어렵지 않게 알 수 있었다.

연대가 허트퍼드셔에 있을 때는 리디아가 그를 좋아하는 줄을 전혀 몰랐지만, 리디아가 누군가에게 애착을 갖는 데는 한마디 말이면 충분했다. 누구와도 쉽게 사랑에 빠질 수 있는 아이였다. 그녀에게 얼마만 한 관심을 보여 주느냐에 따라 어느 때는 이 장교가, 어느 때는 저 장교가 좋아하는 대상이 되었다. 리디아의 애정은 늘 요동을 쳤지만, 어쨌든 그 상대가 없던 적은 한 번도 없었다. 그런 아이를 방치하고 제멋대로 하도록 내버려 둔 잘못. 아! 지금 이 순간 엘리자베스는 그 사실을 뼈저리게 후회하고 있었다.

그녀는 얼른 집에 돌아가고 싶었다. 가서 듣고 보고, 이토록 커다란 혼돈에 빠진 집안에서 모든 일을 짊어지고 있을 제인과 고통을 나누고 싶었다. 아버지는 없고, 어머니는 손가락 하나 까딱하지 못하고 끊임없는 보살핌을 요구하고 있다. 리디아를 위해 할 수 있는 일은 없을 것 같았지만, 외삼촌의 도움은 더없이 절실했고, 그가 방에 들어올 때까지 그녀는 더없이 고통스런 초조함 속에 그를 기다렸다. 가디너 부부는 하인의 말을 듣고 조카딸이 갑자기 병이라도 난 줄 알고, 깜짝 놀라서 돌아왔다. 하지만 엘리자베스는 곧장 그들을 부른 이유를 설명하고 떨리지만 힘 있는 목소리로 두 통의 편지를 읽어준 뒤, 두 번째 편지의 추신을 강조했다. 리디아를 각별히 아끼지는 않았던 가디너 부부지만, 이 사건에는 깊이 낙심하지 않을 수 없었다. 이 일은 리디아뿐 아니라 모두가 관련되어 있었다. 충격과 공포의 순간이 지나간 뒤, 가디너 씨는 힘을 다해 돕겠다고 약속했다. 엘리자베스는 외삼촌이 그렇게 해줄 것을 알았지만, 눈물을 흘리며 고마움을 전했다. 그런 뒤 세 사람은 한마음으로 움직였고, 출발과 관련된 모든 일이 신속하게 결정되었다. 되도록 빨리 출발해야 했다. "하지만 펨벌리 일은 어떻게 하지?" 가디너 부인이 소리쳐 물었다. "존 말로는 네가 아까 우리를 찾으러 보낼 때 여기 다아시 씨가 있었다던데, 그랬니?"

"네, 그리고 약속을 못 지키게 되었다고 말했어요. 그 문제는 해결됐어요."

"그러면 모두 해결됐구나." 가디너 부인이 준비를 위해 자기 방으로 뛰어들면서 중얼거렸다. "그런데 두 사람이 이런 일을 그대로 말할 만큼 가까운 사이인 건가? 아, 정말 궁금한걸!"

하지만 그에 대해 물을 수는 없었다. 그건 혼란 속에서 서둘러 떠나는 준비를 하는 동안 생각의 재미를 더하는 정도였다. 엘리자베스에게 여유가 있었다면, 그녀는 자신처럼 비참한 지경에 빠진 사람은 아무 일도 할 수 없다고 믿었을 것이다. 하지만 그녀는 외숙모와 마찬가지로 할 일들이 너무나 많았고, 그 가운데는 램턴의 친구들에게 거짓 이유를 둘러대며 갑자기 떠나게 되었다는 편지를 쓰는 일도 포함되어 있었다. 하지만 어쨌건 한 시간 만에 모든 일이 끝났다. 그사이에 가디너 씨가 여관비를 정산해서, 이제 떠나는 것 외에 남은 일은 없었다. 그 정신없고 고통스런 오전 시간이 지난 뒤, 엘리자베스는 생각보다 훨씬 이른 시간에 마차에 앉아 롱번으로 가는 길에 올랐다.

5

"계속 생각해봤는데 말이다, 엘리자베스." 런던을 지나 달려가는데 외삼촌이 말했다. "정말 진지하게 생각해봤는데, 아무래도 제인의 생각이 맞겠다 싶구나. 보호자나 친구가 없는 것도 아니고, 자기 대령의 집에서 묵던 여자에게 그런 생각을 품을 젊은이는 아무래도 없을 것 같아. 그러니 최선의 상태를 바라도 괜찮을 것 같구나. 주변 사람들이 가만히 있을 거라고 생각했겠니? 포스터 대령에게 그런 모욕을 저질러 놓고 연대에서 다시 인정받을 수 있다고 생각했을까? 그 사람이 받은 유혹은 그런 위험을 감당할 만한 수준이 아니야."

"정말로 그렇게 생각하세요?" 엘리자베스가 일순간 밝아져서 말했다.

"그래, 나도 네 외삼촌과 생각이 비슷하단다." 가디너 부인이 말했다. "이건 예의와 명예와 이익을 너무도 크게 해치는 일이야. 나는 위컴을 그렇게까지 나쁘게는 볼 수 없어. 리지, 너는 그가 그런 일을 저지르는 게 가능하다고 생각할 만큼 나쁘게 보이니?"

"이익을 저버릴 사람은 아니지만, 다른 것들은 모두 저버릴 수 있을 것 같아요. 두 분 말씀대로라면 정말 좋으련만! 하지만 섣부른 희망은 품지 않을래요. 만약 외삼촌 말씀이 맞다면 스코틀랜드로 가지 않을 이유가 없잖아요?"

"우선, 두 사람이 스코틀랜드로 가지 않았다는 확실한 증거도 없어." 가디너 씨가 대답했다.

"아! 하지만 이륜마차에서 내려 임대 마차를 탔다는 건 너무도 뻔한 이야기예요! 그렇다면 스코틀랜드로 갔을 리가 없어요. 게다가 바넷 도로에 두 사람이 지나간 흔적이 없었다잖아요."

"그렇다면 두 사람이 런던에 가긴 했어도 그저 숨기 위해서였을 뿐 다른 추악한 의도가 없을 수도 있어. 양쪽 다 돈이 별로 없을 거야. 그래서 시간이 좀 걸려도 스코틀랜드보다는 런던에서 결혼하는 게 돈이 덜 들 거라고 생각했을 수도 있어."*

"그러면 왜 몰래 떠난 거죠? 왜 사람들 추적을 피하냐고요? 왜 비밀 결혼을 해야 하죠? 아! 아니에요. 그럴 가능성은 없어요. 제인의 편지를 보면, 위컴의 절친한 친구가 그 사람은 리디아랑 결혼할 생각이 없다고 말했다고 하잖아요. 위컴은 돈 없는 여자랑 결혼하지 않을 거예요. 그럴 수가 없는 사람이에요. 그런데 가진 거라곤 젊음과 건강과 발랄함뿐인 리디아가 그 사

*런던을 비롯한 잉글랜드 지역에서 결혼하려면 둘 중 한 사람이 해당 교구에서 3주 이상 거주해야 했다.

람을 어떻게 사로잡아서 돈 많은 여자랑 결혼할 기회를 포기시
키겠어요? 군대에서 명예가 실추될지도 모른다는 두려움이 이
렇게 수치스런 도주를 얼마나 막아줄지 저는 잘 모르겠어요.
이런 일이 어떤 반향을 일으키는지 모르니까요. 하지만 외삼촌
이 말씀하신 다른 이유들은 그다지 맞지 않는 것 같아요. 리디
아는 이럴 때 나서줄 남자 형제가 없어요. 그 사람은 우리 아버
지가 무기력하고, 집안에서 벌어지는 일에 거의 무관심한 걸
보고, 이런 일이 벌어져도 아버지가 크게 신경 쓰시지 않을 거
라고 봤을지도 몰라요."

"하지만 리디아가 결혼이 아닌 조건으로도 그 사람하고 살
겠다고 할 만큼, 그 정도로 그에게 푹 빠질 수 있었을까?"

"그럴 수 있었을 것 같아요." 엘리자베스가 눈물을 글썽이
며 대답했다. "이런 일에 동생의 예의와 미덕을 의심한다는 건
정말 충격적인 일이지만요. 하지만 정말로 뭐라고 말해야 할
지 모르겠어요. 아마 제가 그애를 제대로 평가하지 않는 건지
도 몰라요. 하지만 그애는 아직 어려요. 지난 반년, 아니 1년을
허영에 들떠 하면서 지냈어요. 가장 나태하고 경솔한 방법으
로 시간을 보내고, 모든 걸 자기 멋대로 판단했죠. 집에서는 말
리지도 않았고요. ○○연대가 처음 메리턴에 주둔한 뒤로 그애
머릿속은 오직 사랑이니, 연애니, 장교니, 이런 것들뿐이었어
요. 늘 그 일을 생각하고 이야기해서, 뭐라고 할까? 감정의 폭
이 더욱 커진 것 같아요. 그전에도 이미 기운이 넘쳤는데 말이
죠. 그리고 위컴의 외모나 태도가 여자를 사로잡는 매력이 있
다는 건 우리 모두가 아는 사실이잖아요."

"하지만 제인은 위컴이 그런 짓을 할 만큼 나쁜 사람이라고

생각하지 않잖아." 외숙모가 말했다.

"제인이 나쁘게 생각하는 사람이 어디 있어요? 언닌 세상에 그런 짓을 할 사람은 아무도 없다고 생각하는 사람이에요. 과거 행적이 어쨌건 그 사람의 실제 행동이 밝혀지기 전까지 미리 단정 짓는 법이 없어요. 하지만 위컴의 본색에 대해서는 언니도 저만큼 잘 알아요. 우리 둘은 그 사람이 정말로 품행이 안 좋았다는 걸 알아요. 진실하지도 않고 염치도 없어요. 다른 사람들의 환심을 사지만, 거짓과 기만으로 가득하고 간사해요."

"너는 그런 걸 정말 확실히 알고 있는 거니?" 가디너 부인이 소리쳤다. 엘리자베스가 어떻게 이런 정보를 얻었을까 궁금증이 일었다.

"네." 엘리자베스가 얼굴을 붉히며 대답했다. "지난번에 그 사람이 다아시 씨에게 어떤 파렴치한 행동을 했는지 말씀드렸죠. 그리고 숙모님이 지난번에 롱번에 오셨을 때 그 사람이 다아시 씨를 어떻게 말하는지 들었잖아요. 자신에게 그렇게 용서와 관용을 베풀어준 사람을 말예요. 그리고 제가 좀 관련되어 있고, 굳이 말씀드릴 필요 없는 상황들도 있어요. 어쨌거나 그 사람은 펨벌리 가족 전체에 대해 끝도 없이 거짓말을 했어요. 그 사람 말을 듣고 저는 다아시 양이 오만불손하고 차갑고 불쾌한 사람인 줄 알았죠. 하지만 그렇지 않다는 걸 그 사람도 잘 알았어요. 그 사람도 우리가 직접 만나서 깨달은 것처럼, 다아시 양이 사랑스럽고 겸손한 사람이라는 걸 분명히 알았을 거예요."

"하지만 리디아는 이런 일을 전혀 몰라? 너하고 제인이 이렇게 잘 아는 사실을 어떻게 리디아만 모를 수 있는 거니?"

"아, 그럴 수 있어요! 그 점이 가장 괴로워요. 제가 켄트에 가서 다아시 씨와 그 사촌 피츠윌리엄 대령을 자주 만나기 전까지는 저도 진실을 몰랐어요. 집에 와서 보니까 ○○연대는 일이 주 후에 메리턴을 떠나기로 되어 있었어요. 상황이 그러니 제게서 이야기를 들은 제인도 저도 굳이 그런 사실을 널리 알릴 필요가 없다고 생각했죠. 곧 떠날 텐데 이웃들이 모두 좋게 보는 사람의 평판을 뒤엎을 필요가 뭐가 있겠어요? 그리고 리디아가 포스터 부인과 함께 가기로 결정되었을 때도, 그 아이한테 그 사람의 진짜 면모를 알려줘야 한다는 생각은 들지 않았어요. 그 아이가 그 사실을 몰라서 위험에 빠질 줄은 몰랐거든요. 이렇게 엄청난 결과는 정말 생각도 하지 못한 일이었어요."

"그러니까 연대가 브라이턴으로 갔을 때만 해도, 너는 그 두 사람이 서로 호감을 품었다고는 전혀 생각하지 못한 게로구나."

"네, 전혀요. 제가 아는 한, 두 사람이 서로 교감을 나누었다는 기미가 전혀 없어요. 그런 걸 감지했다면야 아시다시피 우리 집안에서 조용히 넘어갔을 리가 없어요. 물론 처음에 위컴이 부대에 왔을 때 리디아는 그 사람을 엄청나게 칭찬했어요. 하지만 그때는 전부 다 그랬어요. 처음 두 달 동안 메리턴과 그 일대의 젊은 여자들은 그 남자한테 미쳐 있었어요. 하지만 그 사람이 리디아에게 특별한 관심을 기울인 적은 없어요. 그러다 보니 열광하며 들떴던 시기가 지나자 리디아도 그 사람한테서 관심을 접고, 자신에게 관심을 보이는 다른 사람들에게 마음을 옮겼지요."

쉽게 짐작할 수 있듯이, 이 흥미진진한 사건과 관련된 걱정과 희망과 추측에 대해서는 더 이상 새롭게 논의할 것이 전혀 없었는데도, 롱번까지 가는 길 내내 그들은 다른 화제로 넘어갔다가도 이내 그 이야기로 돌아왔다. 엘리자베스는 그 생각이 한시도 머리를 떠나지 않았다. 지독한 번민과 자책 때문에 그녀는 잠시도 이 일을 잊거나 마음이 느슨해질 수 없었다.

일행은 최대한 신속하게 움직여서, 이동하며 마차에서 하룻밤을 보낸 뒤 다음 날 정찬 시간 전에 롱번에 도착했다. 엘리자베스는 제인이 오래 기다리다 지치지는 않았으리라고 스스로를 위로했다.

마차를 보고 달려 나온 가디너 가의 꼬마들은 마차가 방목장에 들어설 때 현관 앞 계단에 서 있었다. 아이들은 마차가 현관으로 다가올 때 얼굴 가득 놀란 미소를 짓고, 이리 뛰고 저리 뛰며 기뻐했다. 그 모습은 그들이 가장 먼저 받은 기분 좋고 진심 어린 환영이었다.

엘리자베스는 마차에서 뛰어내려 아이들에게 서둘러 키스를 한 뒤 집 안으로 뛰어 들어갔고, 어머니의 거처에 있던 제인은 계단을 달려 내려와 그녀를 맞았다. 엘리자베스는 눈물을 글썽이며 역시 눈물 가득한 제인을 다정하게 끌어안고, 달아난 두 사람에게서 무슨 소식이 있느냐고 곧바로 물었다.

"아직 없어." 제인이 대답했다. "하지만 이제 외삼촌이 오셨으니까 모든 일이 잘 풀릴 거라는 희망을 품을 수 있어."

"아버지는 런던에 계셔?"

"응, 편지에 쓴 대로 화요일에 가셨어."

"아버지가 편지는 자주 하셨어?"

"한 번 하셨어. 수요일에 내 앞으로 짧게 써 보내셨어. 잘 도착했다고 주소를 일러주셨지. 내가 꼭 그렇게 하시라고 신신당부했거든. 그리고 중요한 일이 없으면 달리 편지는 안 하시겠다고만 덧붙이셨어."

"어머니는, 어머니는 좀 어떠셔? 다른 사람들은 모두 어때?"

"어머니는 좀 나아지셨어. 아직도 깊이 낙심한 상태지만. 위층에 계신데, 너하고 외삼촌, 숙모님을 보면 아주 기뻐하실 거야. 아직은 방에서 나오지 못하셔. 정말 다행히, 메리하고 키티는 아주 건강해."

"하지만 언니는, 언니는 어때?" 엘리자베스가 소리쳤다. "얼굴이 너무 창백해. 얼마나 속을 썩은 거야?"

하지만 제인은 자신은 괜찮다고 동생을 안심시켰다. 그들이 이런 대화를 하는 동안 아이들과 함께 있던 가디너 부부가 집안으로 들어오면서 대화는 거기서 끝났다. 제인은 달려가서 외삼촌과 숙모를 맞고, 미소와 눈물 속에 반갑고 고마운 마음을 전했다.

응접실에 들어가자, 가디너 부부는 엘리자베스가 이미 질문한 내용들을 제인에게 다시 반복해 묻고 새로운 소식이 없다는 걸 알았다. 하지만 제인은 선량한 마음에서 비롯된 희망을 아직 버리지 않고 있었다. 그녀는 여전히 모든 일이 잘 해결되고, 어느 날 아침 리디아나 아버지가 편지를 보내 자초지종을 설명하고 어쩌면 두 사람이 결혼했다는 소식까지 전할 거라고 기대했다.

그렇게 잠시 대화를 나눈 뒤 그들 모두가 베넷 부인의 거처로 올라갔더니, 부인은 예상했던 대로 눈물을 흘리며 후회와 한탄의 말들을 쏟아냈고, 위컴의 파렴치한 행동에 대해 욕하고, 자신이 받은 고통과 냉대에 대해 하소연했다. 부인은 판단을 잘못해 딸을 그 지경에 몰아넣은 당사자인 자신을 제외한 다른 모든 사람을 비난했다.

"내 생각대로 온 식구가 함께 브라이턴에 갔다면 이런 일은 없었을 거야." 부인이 말했다. "우리 불쌍한 리디아는 돌봐줄 사람이 없었어! 왜 포스터 부부는 그애를 똑똑히 간수하지 못한 거지? 그 사람들이 그애를 방기했던 게 틀림없어! 누가 옆에서 잘 보살폈다면 그런 짓을 할 애가 아니잖니. 전부터 나는 그 사람들에게 리디아를 맡을 능력이 없다고 생각했어. 하지만 늘 그렇듯이 내 생각은 무시당했고 말야. 불쌍한 것! 남편은 지금 여기 없어. 위컴을 만나면 그이는 결투하다가 죽을 거야. 그러면 우리는 어쩌면 좋니? 그렇게 되면 콜린스 부부는 무덤에 묻힌 그이의 몸이 식기도 전에 우릴 내쫓을 거야. 애야, 네가 우리를 도와주지 않으면 우리는 도대체 어떻게 해야 할지, 도통 모르겠다."

그들은 모두 그런 끔찍한 소리하지 말라고 했다. 그리고 가디너 씨는 누나와 누나 가족에 대한 애정을 다시 한 번 강조하며 안심시키고, 다음 날 바로 런던으로 가서 매형과 함께 힘써 리디아를 찾겠다고 말했다.

"너무 걱정할 것 없어요." 그가 덧붙였다. "최악의 사태에 대비하기는 해야겠지만, 아직은 확실한 게 없으니까요. 두 사람이 브라이턴을 떠난 지 아직 일주일도 안 됐어요. 며칠만 있으면 소식이 올 거고, 두 사람이 결혼하지도 않았고 할 생각도 없다는 게 확실해질 때까지는 너무 절망하지 말아요. 런던에 가면 곧 매형에게 가서 그레이스처치 거리의 우리 집으로 모실 겁니다. 그런 뒤 앞으로 함께 해야 할 일을 의논할게요."

"그래." 베넷 부인이 말했다. "내가 간절히 바라는 게 바로 그거야. 그리고 런던에 가면 둘이 어디에 숨어 있건 꼭 찾아줘. 아직 결혼하지 않았으면 결혼시켜야 돼. 결혼 예복은 걱정하지 말라고 해. 일단 결혼하면 옷 살 돈은 원 없이 주겠다고 말 좀 전해 줘. 그리고 무엇보다 매형이 결투하거나 싸움에 얽히지 않게 해주려무나. 내가 얼마나 비참한 상태인지 말해주고. 넋이 나가고 오한이 들고, 몸은 덜덜 떨리고 옆구리가 움찔거리는 데다가, 머리도 너무 아프고 심장이 벌렁거려서 밤이고 낮이고 한숨도 쉬지 못한다고 말이다. 그리고 리디아에게는 나를 만나기 전에는 절대 옷을 주문하지 말라고 해라. 그애는 어느 집이 제일 잘하는 가게인지 모르거든. 애야, 정말로 고맙다! 너라면 다 맡아줄 줄 알았어."

가디너 씨는 다시 한 번 최선의 노력을 다할 것을 약속했지만, 희망도 두려움도 조금씩 줄이라고 권하지 않을 수 없었다. 이런 식의 대화가 이어지다가 정찬이 준비되자, 그들은 딸들이 없는 동안 부인이 자신을 돌보는 하녀장에게 하소연을 하며 모든 감정을 퍼붓게 하고 자리를 비켰다.

가디너 부부는 베넷 부인이 그렇게 방에 틀어박혀 지낼 이유가 없다고 보았지만, 굳이 그러지 말라고 권하지도 않았다. 부인은 식사 시중을 드는 하인들 앞에서 혀를 제대로 간수할 만큼 신중하지 못하다는 걸 알았고, 그 일과 관련된 근심과 걱정은 하인들 가운데 가장 신뢰할 만한 단 한 사람만 알고 있는 게 낫다고 판단했기 때문이다.

식당에 들어가자 곧 메리와 키티가 왔다. 그들은 각자의 처소에서 너무 바빴기 때문에 이제야 나올 수 있었다. 한 사람은 책을 읽느라 바빴고, 또 한 사람은 단장을 하느라 바빴다. 하지만 두 사람의 얼굴은 상당히 차분했고 어떤 변화도 보이지 않았다. 다만 가장 친한 자매를 잃었다는 사실 때문인지, 또는 이번 일로 인한 분노 때문인지 키티의 말투가 평소보다 더 짜증스러운 정도였다. 한편 메리는 자리에 앉은 뒤 짐짓 심각한 얼굴로 엘리자베스에게 이렇게 속삭일 만큼 의연했다.

"정말로 불행한 사건이야. 앞으로 사람들 입에 엄청나게 오르내리겠지. 하지만 우리는 악의의 물결을 저지하고, 서로의 상처 난 가슴에 위로의 자매애를 불어넣어야 해."

그런 뒤 엘리자베스가 대답하려고 하지 않자 덧붙였다. "리디아에게는 불행한 일이지만, 우리는 여기서 유용한 교훈을 얻을 수 있어. 여자가 정절을 잃으면 돌이킬 수 없다는 것, 잘못된 한 걸음이 끝없는 파멸로 이어진다는 것, 여자의 평판은 그 미모만큼이나 허약하다는 것, 그리고 형편없는 남자들에 대해서 여자는 아무리 행동을 조심해도 부족하지 않다는 것이지."

엘리자베스는 기가 막혀 눈을 들었지만, 마음이 너무 답답해서 무어라 대꾸도 할 수 없었다. 하지만 메리는 계속해서 그들 앞에 놓인 악덕에서 그런 도덕적 교훈들을 찾아내며 스스로를 위로했다.

제인과 엘리자베스는 오후에 30분 동안 따로 이야기할 시간을 낼 수 있었다. 엘리자베스는 즉시 이것저것 자세히 물었고, 제인 역시 열심히 대답했다. 이 사건의 끔찍한 결말(엘리자베스는 확실하다고 여기고, 제인도 완전히 불가능하다고 주장하지 못한)에 대해 전체적으로 한탄한 뒤, 엘리자베스는 주제를 이어 나갔다. "내가 아직 못 들은 이야기가 있다면 전부 해줘. 더 자세히 말이야. 포스터 대령이 뭐라고 그래? 두 사람이 도망가기 전에 아무런 낌새도 없었대? 두 사람이 같이 있는 모습을 자주 봤을 거 아냐."

"포스터 대령이 그랬어. 둘이 서로 약간 호감이 있는 것처럼 보이긴 했다고. 특히 리디아 쪽에서 더 좋아하는 것 같았다고 털어놨어. 하지만 걱정할 만한 정도는 아니었대. 대령이 안됐어. 그분은 아주 사려 깊고 친절하게 행동했어. 둘이 스코틀랜드에 가지 않았을지도 모른다는 생각이 들기도 전에, 이미 걱정스러운 마음에 의논하러 우리 집으로 오고 있었지. 그러다 그런 생각이 들자 더욱 서둘러서 온 거래."

"그런데 데니는 위컴한테 결혼할 생각이 없다고 했다며? 확실하대? 그 사람은 둘이 도망칠 계획인 걸 알았대? 포스터 대령은 데니를 직접 만난 거고?"

"응. 하지만 대령이 물어보니까 데니는 그런 계획은 전혀 몰랐다면서 입을 딱 다물었대. 그리고 두 사람이 결혼하지 않을 거라는 생각도 두 번 다시 언급하지 않았다는 거야. 그렇다면 혹시 데니가 처음에 무언가 잘못 알았던 게 아닐까? 난 그랬으면 하는 희망을 품고 있어."

"그럼 포스터 대령이 오기 전까지 식구들 중에 두 사람이 결혼 안 할지도 모른다고 의심한 사람은 없었던 거야?"

"어떻게 그런 생각을 할 수 있겠어? 나는 조금 불안했어. 그 사람과 결혼해서 리디아가 행복할까 걱정이 돼서. 그 사람이 늘 올바르게 행동하지는 않았다는 걸 아니까. 아버지와 어머니는 그런 건 전혀 모르고, 그저 너무 경솔한 일이라고만 여기셨어. 그때 키티가 자기가 남들보다 많이 알고 있다는 사실에 우쭐해하면서 리디아가 마지막 편지에 그런 일을 언급했다고 털어놓았어. 키티는 벌써 여러 주 전에 두 사람이 서로 좋아한다는 걸 알았던 모양이야."

"하지만 브라이턴에 가기 전은 아니지?"

"응, 그런 것 같아."

"포스터 대령은 위컴을 나쁘게 생각하는 것 같았어? 그 사람의 본모습을 알아?"

"솔직히 말하면 예전만큼 좋게 보지는 않는 것 같았어. 경솔하고 낭비벽이 있다고 했어. 이런 기막힌 일이 일어난 뒤에, 그가 메리턴에 큰 빚을 지고 떠났다는 소문이 돌고 있어. 하지만 나는 사실이 아니기를 바라."

"아, 제인, 우리가 그 사람의 본모습을 감추지 않고 아는 대로 말했으면 이런 일이 일어나지 않았을 텐데!"

"지금보다는 나았겠지." 제인이 말했다. "하지만 어떤 사람의 현재 상태를 모른 채 과거의 잘못을 폭로하는 건 훌륭한 일이 아니라고 생각해. 우리는 좋은 뜻에서 그런 거잖아."

"리디아가 부인에게 보낸 편지에 뭐라고 썼는지, 포스터 대령이 자세히 말해줬어?"

"직접 보라고 우리한테 가져왔어."

제인은 수첩에서 편지를 꺼내 엘리자베스에게 주었다. 그 내용은 다음과 같았다.

사랑하는 해리엇,

　내가 어디로 가는지 알게 되면, 언니는 아마 웃을 거예요. 그리고 내일 아침 언니가 놀랄 걸 생각하면 나도 웃음을 참을 수가 없네. 나는 그레트나 그린으로 가요. 누구랑 같이 가는지 짐작하지 못한다면 언닌 진짜 바보야. 이 세상에 내가 사랑하는 사람은 오직 한 사람뿐이고, 그 사람은 천사니까요. 나는 이 사람이 없으면 행복할 수 없으니까 우리가 떠나는 걸 문제라고 생각하지 말아요. 원하지 않으면 롱번의 식구들에게 굳이 이 일을 알리지 않아도 돼요. 내가 집에 편지를 쓸 때 리디아 위컴이라고 서명하면 식구들이 더 놀랄 테니까. 얼마나 재미날까! 생각만 해도 너무 웃겨서 글도 못 쓰겠네. 프랫한테는 오늘 밤 함께 춤추겠다는 약속을 어기게 돼서 미안하다고 전해줘요. 모든 걸 알게 되면 용서할 거라 믿는다고도요. 그리고 다시 만나면 첫 번째 무도회에서 함께 즐겁게 춤을 추겠다고. 옷은 롱번에 가면 연락 줄 테니까 그때 보내줘요. 참, 샐리한테 내 자수 모슬린 드레스의 찢어진 자국을 수선해 달라고 해줘요. 그럼 이만 안녕! 포스터 대령님에게 안부 전해 주고요. 우리의 행복한 여행을 위해 건배해줄 거죠?

사랑하는 친구
리디아 베넷

　"아! 정말 이 생각 없는 리디아!" 엘리자베스는 편지를 다 읽고 소리쳤다. "그런 순간에 이런 편지가 다 뭐야? 하지만 어쨌건 그애가 진지한 목적으로 떠났다는 건 알겠네. 위컴이 나중에 리디아를 어떻게 설득하건 리디아 자신이 이런 파렴치한 일을 계획한 건 아니야. 불쌍한 아버지! 이걸 보고 어떤 생각이 드셨을까?"

"그렇게 심하게 충격받은 모습은 본 적이 없었어. 10분 동안이나 한마디도 못하셨지. 어머니는 그 자리에서 쓰러졌고, 온 집 안이 아수라장이 되어버렸어!"

"아, 제인!" 엘리자베스가 소리쳤다. "그날 하루가 지날 때까지 이 사태를 모르는 하인이 한 사람이라도 있었어?"

"몰라. 있다면 좋겠어. 하지만 그런 순간에 추문을 가리는 건 아주 어려운 일이야. 어머니는 히스테리에 빠졌고, 내가 아무리 힘을 다해 도우려고 해도 제대로 돕지는 못한 것 같아! 하지만 앞일에 대한 걱정 때문에 나도 제정신이 아니었어."

"언니는 어머니를 돌보느라 힘을 너무 많이 썼어. 얼굴이 안 좋아. 아! 내가 같이 있었으면 좋았을걸, 언니 혼자 걱정과 불안을 짊어졌잖아."

"메리하고 키티가 잘해줬어. 부탁만 했으면 무슨 일이든 도와줬겠지만, 그애들한테 부담을 지우는 건 옳지 않은 것 같았어. 키티는 마르고 약하고, 메리는 책을 너무 많이 읽어서 휴식 시간이 필요해. 화요일에 아버지가 떠난 뒤 필립스 이모가 오셨어. 모두를 많이 도와주시고 위안해주셨고, 루카스 부인도 오셔서 많은 친절을 베푸셨어. 수요일 아침에 우리를 위로하러 와서, 원한다면 부인 자신이나 딸들의 손을 빌려주겠다고 하셨고."

"그분은 그냥 집에 있는 편이 나았을 텐데." 엘리자베스가 소리쳤다. "좋은 뜻인 건 알지만, 이런 불행한 사태에 이웃은 되도록 만나지 않는 게 좋아. 도움받는 것도 불가능하고 위로도 역겹지. 그냥 멀리서 승리감과 만족감을 느끼는 편이 낫다고."

그런 뒤 그녀는 아버지가 런던에서 어떻게 딸을 찾으려고 하는지 물었다.

"아마 엡섬으로 가시려는 것 같아." 제인이 대답했다. "두 사람이 마지막으로 마차를 갈아탄 곳 말이야. 거기서 마부들을 만나보시려는 것 같아. 아버지의 주요 목적은 거기서 두 사람이 클래펌에서 타고 간 임대 마차 번호를 알아내는 걸 거야. 그 마차는 런던 손님들을 태우고 왔어. 젊은 신사 숙녀 두 사람이 마차를 갈아타는 모습은 주변의 눈길을 끌었을 테니, 클래펌에 가서 사람들에게 물어봐야겠다고 하셨어. 마부가 승객을 어디에 내려주었는지 알아내면, 마차 차고와 번호를 알아내는 것도 불가능하진 않겠지. 그밖에는 어떤 생각을 하셨는지 몰라. 하지만 너무 허둥지둥 서둘러 가셨고 너무 낙심하셔서, 이만큼 알아내는 것도 힘들었어."

6

다음 날 아침 모두가 베넷 씨의 편지를 기다렸지만, 소식 한 줄 오지 않았다. 그가 평소에 편지 쓰기를 귀찮아하고 게을리한다는 건 유명했지만, 가족들은 이럴 때만은 다른 모습을 보여주기 바랐다. 결국 식구들에게 알릴 만한 좋은 소식이 없어서라고 결론을 내렸지만, 그런 사실이라도 확실히 알고 싶었다. 편지가 올 때까지만 기다렸던 가디너 씨는 바로 출발했다.

가디너 씨가 가면, 적어도 일이 진행되는 상황을 꾸준히 전해 들을 수 있을 터였다. 그는 떠나면서 매형에게 되도록 빨리 롱번으로 돌아가라고 설득하겠다고 약속했는데, 그것은 그렇게 해야만 남편이 결투하다 죽는 일을 막을 수 있다고 믿는 누나에게 큰 위안이 되었다.

가디너 부인은 아이들과 함께 허트퍼드셔에 며칠 더 머물기로 했다. 함께 있는 게 조카딸들에게 도움이 될 거라 여겼기 때문이다. 가디너 부인은 베넷 부인의 간호에 번갈아 동참해주었고, 쉬는 시간에는 식구들에게 큰 위로가 되었다. 필립스 이모도 자주 찾아와 식구들을 달래주려고 했지만, 올 때마다 위컴의 낭비벽과 부도덕한 면모에 대해 새로운 증거들을 가져왔기 때문에, 부인이 들렀다 가면 식구들은 도리어 기분이 더 우울해지곤 했다.

석 달 전까지만 해도 빛의 천사처럼 여기던 위컴에게, 이제 메리턴 전체가 악명을 씌우려고 전념한 것 같았다. 사람들은 그가 지역의 모든 상점에 빚을 졌고, 모든 상인의 가정에서 유혹이라는 이름을 단 술책을 시도했다고 말했다. 모두가 그는 세상에서 가장 사악한 사람이라고 단언했다. 모두가 자신만은 그의 선량한 외모를 전적으로 믿지는 않았다고 말했다. 엘리자베스는 사람들 사이에 떠도는 말을 절반도 믿지 않았지만, 그런 일들이 있었다는 가능성만으로도 동생의 인생이 망가졌다는 생각은 더욱 확고해졌다. 엘리자베스보다도 소문을 믿지 않는 제인조차 거의 희망을 잃었다. 특히 그들이 스코틀랜드에 갔다면(그녀는 아직도 그 희망을 버리지 않았다) 분명히 소식을 보내고도 남았을 시점이 지나자 더욱 절망했다.

가디너 씨는 일요일에 떠났고, 가디너 부인은 화요일에 그의 편지를 받았다. 그는 도착하자마자 매형을 찾아서 그레이스처치 거리로 데리고 왔다는 이야기를 전하고 있었다. 베넷 씨는 엡섬과 클래펌에 가보았지만 이렇다 할 정보를 얻지 못했다고 했다. 그리고 지금은 리디아와 위컴이 런던에 온 뒤 거처를 구할 때까지 호텔에 묵었을 가능성이 있다고 보고, 런던의 주요 호텔을 전부 찾아다닐 결심을 굳혔다고 했다. 가디너 씨 자신은 그런 방식이 별 효과 없으리라 생각하지만, 매형의 뜻이 워낙 확고해서 돕기로 했다고 했다. 그리고 베넷 씨가 당분간은 런던을 떠날 생각이 없어 보인다며 곧 다시 편지하겠다고 했다. 그리고 다음과 같은 추신을 더했다.

포스터 대령에게 편지를 보내서, 연대에서 위컴과 친하게 지내던 동료들 가운데 그의 친척이나 지인에 대해 아는 사람, 그가 지금 런던의 어느 지역에 숨어 있을지 짐작할 수 있을 만한 사람을 찾아달라고 부탁했소. 만약 그런 사람을 찾아 접촉하고, 그를 통해 단서를 얻을 수 있다면 결정적인 도움이 될 거요. 지금 우리에게는 아무런 수단이 없어요. 포스터 대령은 이 일에서 우리를 도와주기 위해 백방으로 노력할 거라고 믿소. 하지만 다시 생각해 보니 그 사람의 친척이라면, 어쩌면 리지가 누구보다 잘 알고 있을 수 있겠다는 생각이 들었소.

엘리자베스는 외삼촌이 자신에게 그런 권위를 부여한 이유는 이해할 수 있었지만, 그런 평가에 걸맞은 정보를 제공할 능력은 갖고 있지 않았다.

그녀는 그에게서 여러 해 전 작고한 어머니, 아버지를 빼고 다른 가족이나 친척이 있다는 말을 듣지 못했다. 하지만 ○○ 연대의 동료 가운데 더 많은 정보를 가진 사람이 있을지도 모르고, 전망이 썩 밝아 보이지는 않았지만, 그래도 시도해 볼 만한 일인 것 같았다.

롱번의 하루하루는 긴장된 나날의 연속이었다. 그중에서도 가장 초조한 시간은 우편물이 오는 시간이었다. 애타게 편지를 기다리는 일은 매일 아침의 가장 중요한 첫 일과였다. 좋은 소식이건 나쁜 소식이건 편지를 통해 전달될 테고, 날마다 다음 날이면 중요한 소식이 올 거라고 기대했다.

하지만 가디너 씨에게서 새 편지가 오기 전에, 베넷 씨 앞으로 편지가 한 통 왔다. 콜린스 씨가 보낸 편지였다. 아버지가 장녀인 제인에게, 본인의 부재중 자신 앞으로 온 편지는 모두 읽어보라고 지시하고 갔기 때문에 제인이 편지를 뜯었고, 그의 편지가 늘 희한하다는 걸 잘 아는 엘리자베스가 어깨 너머로 함께 읽었다. 그 내용은 다음과 같았다.

친애하는 베넷 씨,

우리의 친분과 또 제 인생의 지위를 감안해, 저는 지금 베넷 씨가 겪는 비통한 사태에 깊은 위로의 말씀을 드리지 않을 수 없다고 생각합니다. 우리는 어제 허트퍼드셔에서 편지를 받고 그 사건을 알게 되었습니다. 친애하는 베넷 씨, 제 아내와 저는 베넷 씨와 베넷 씨 가족이 겪는 현재의 괴로움에 진심으로 깊은 위로와 연민을 전합니다. 이런 일은 시간이 지나도 사라지지 않을 원인에서 기인한 바 다시없이 비극적인 사건임에 틀림없으니, 이토록 격심한 불행을 달래드릴 수 있거나 부모로서 그 무엇과도 비할 바 없는 고통을 겪을 베넷 씨께 위로가 될 말이라면 무엇이든 아끼지 않을 것입니다. 만약 따님이 죽었다고 해도 이번 일에 비하면 축복일 것입니다. 이번 일이 더욱 한탄스러운 것은 샬럿이 제게 말해주었듯이, 따님이 이렇게 방종한 행위를 한 이유가 과도한 관용에서 비롯되었다고 추측되는 부분이 있기 때문입니다. 물론 그러면서도 베넷 씨와 부인을 위로하는 뜻에서 말씀드리자면, 따님의 기질 자체가 본래 나쁘다고 생각하고 싶습니다. 그렇지 않다면 단순히 가정교육이 잘못되었다는 이유만으로, 그렇게 어린 나이에 그렇게 극악무도한 일을 저지를 수가 없을 테니까요. 어쨌건 저는 베넷 씨께 깊은 동정과 심심한 위로의 말씀을 보냅니다. 여기에는 제 아내뿐 아니라, 이 일에 대해 말씀을 전해 드린 캐서린 숙부인과 그 영애께서도 마음을 보냈습니다. 그분들도 저와 마찬가지로, 따님 한 분의 어리석은 행동이 다른 따님들 인생에 해악을 끼치지 않을까 염려하셨습니다. 캐서린 숙부인께서 친히 지적하셨듯이 누가 그런 집안의 여자와 혼사를 맺고 싶겠습니까? 이런 생각을 하다 보니 작년 11월의 사건 하나가 떠오르면서 더욱 다행스럽게 여겨집니다. 만약 그 일이 다른 결과를 빚었다면, 저는 지금 그곳의 슬픔과 불명예에 연루되었을 테니까요. 그러니 친애하는 베넷 씨, 스스로를 위로하시고 부도덕한 자녀에게서 애정을 거두시어, 추악한 범죄의 열매는 당사자가 스스로 거두게 하십시오.

베넷 씨의 영원한 친구

가디너 씨는 포스터 대령에게서 답을 받은 뒤에야 롱번으로 두 번째 편지를 보냈는데, 그 편지에도 반가운 내용은 없었다. 위컴과 관계를 지속한 친지는 한 명도 알려지지 않았고, 살아 있는 근친은 없는 게 분명했다. 전에 알던 사람은 많았다. 하지만 민병대에 들어온 이후에는 그들 중 누구와도 긴밀히 연락을 한 것 같지 않았다. 그래서 그의 소식을 전해줄 만한 사람이 전혀 없었다. 그리고 그가 비밀리에 지내는 데는 리디아 일가에게 발견될 두려움뿐 아니라 또 다른 강력한 재정적인 동기도 있었다. 그가 상당한 액수의 도박 빚을 졌다는 사실이 밝혀졌기 때문이다. 포스터 대령은 위컴이 브라이턴에서 진 빚을 청산하려면 1천 파운드가 넘는 돈이 필요할 거라고 했다. 그는 상점마다 빚이 많았지만, 노름빚은 훨씬 더 대단한 규모였다. 가디너 씨는 이런 사실을 롱번의 가족들에게 숨기지 않았고, 제인은 공포에 떨면서 이런 이야기를 들었다. "도박꾼이라고!" 그녀가 소리쳤다. "이런 건 전혀 예상 못했어! 전혀 몰랐던 일이야!"

가디너 씨는 편지에서 베넷 씨가 다음 날인 토요일에 롱번에 돌아갈 거라고 덧붙였다. 모든 노력이 실패한 데 낙심한 그는 자신이 힘을 다해 그들을 찾을 테니 모든 일을 맡기고 집으로 돌아가라는 처남의 간청을 받아들였다고 했다. 이런 이야기를 듣자 얼마 전까지만 해도 남편의 목숨을 걱정하던 베넷 부인은 딸들의 예상만큼 기뻐하지 않았다.

"뭐야, 리디아도 못 찾고 집에 온다고!" 부인이 소리쳤다. "두 사람을 찾지 못하면 런던을 떠날 수 없어. 그이가 거길 떠나면 누가 위컴하고 싸워서 리디아랑 결혼시킨다는 거야?"

가디너 부인도 이제 집에 돌아가길 원했기 때문에, 부인과 아이들은 베넷 씨가 런던에서 돌아올 때 그곳으로 출발하기로 결정되었다. 그래서 마차는 첫 번째 기착지까지 그들을 태우고 갔다가, 거기서 베넷 씨를 태우고 롱번으로 돌아왔다.

가디너 부인은 더비셔에서부터 품었던 엘리자베스와 더비셔의 친구에 대한 궁금증을 풀지 못한 채 돌아갔다. 조카딸은 사람들 앞에서 그 이름을 자발적으로 거론하지 않았고, 그에게서 편지가 올 거라는 부인의 기대는 실망으로 끝났다. 더비셔에서 돌아온 뒤 엘리자베스에게 온 편지 가운데 펨벌리에서 보낸 것은 한 통도 없었다.

현재 그들 가족이 빠진 불행 덕택에, 엘리자베스가 낙심한 이유에 대해서는 다른 설명이 필요 없었다. 그러므로 가디너 부인은 엘리자베스가 풀죽어 있는 것만으로는 아무것도 짐작할 수 없었다. 물론 이제 자신의 감정을 어느 정도 잘 알게 된 엘리자베스는, 만일 다아시를 몰랐다면 리디아의 추문을 견디는 일이 조금 더 수월했을 거라고 느꼈다. 그랬다면 잠 못 드는 밤이 절반은 줄었을 것이다.

집에 돌아온 베넷 씨는 평소의 관조적인 평정을 그대로 간직한 모습이었다. 그는 여느 때 못지않게 말수가 적었으며, 집을 떠나게 했던 사건에 대해서는 한마디도 언급하지 않았다. 딸들은 시간이 조금 지나서야 그 일을 입에 올릴 용기를 냈다.

오후가 되어 그가 다과에 합류했을 때 엘리자베스가 그 이야기를 꺼냈다. 아버지가 겪었을 슬픔에 대해 엘리자베스가 짤막하게 언급하자, 그가 대꾸했다. "그런 말은 하지 말아다오. 고통을 겪어야 할 사람이 나 말고 또 누가 있겠니? 다 내가 저지른 일이니 당연하다."

"너무 심하게 자책하지 마세요." 엘리자베스가 말했다.

"네가 걱정하는 것도 일리 있다. 인간은 자책이라는 악덕에 빠질 가능성이 많지! 하지만 리지, 내 평생 한 번은 내가 저지른 잘못을 뼈저리게 느끼게 해다오. 그런 느낌에 압도되는 것 따위는 두렵지 않다. 금방 지나갈 테니까."

"두 사람이 런던에 있을 거라고 생각하세요?"

"그래, 아니면 다른 어디에 그렇게 꼭꼭 숨어 지낼 수 있겠니?"

"그리고 리디아는 늘 런던에 가고 싶어 했어요." 키티가 덧붙였다.

"그렇다면야 아주 잘됐구나. 지금 행복하겠어." 베넷 씨가 냉랭하게 말했다. "그리고 그 거처는 아마도 한동안 묵을 수 있는 곳일 게다."

잠시 침묵이 흐른 뒤 그가 말을 이었다. "리지야, 네가 지난 5월에 했던 조언이 맞았구나. 그렇다고 너에게 화내고 있지는 않단다. 지금 와서 보니 정말 혜안이었어."

그때 제인이 어머니의 차를 가지러 들어왔다.

"거 참 유난스럽구만." 그가 말했다. "저렇게나 드러누워 버리는 일도 장점이 하나 있긴 해. 불행을 우아하게 만드니까! 나도 한 번 그래봐야겠어. 수면 모자와 실내 가운 차림으로 서재에 눌러앉아서 식구들을 최대한 괴롭히는 거지. 아니면 키티가 달아날 때까지 기다리든가."

"저는 도망가지 않아요, 아빠." 키티가 뽀로통해서 말했다. "저는 브라이턴에 가도 리디아 같은 행동은 하지 않을 거라고요."

"브라이턴에 간다고? 50파운드를 준대도 너를 이스트본까지도 보내지 않겠다! 안 돼, 이제 나는 신중해야 한다는 걸 배웠고, 너한테도 그 원칙을 적용할 거다. 장교는 이제 우리 집에 절대 출입금지다. 우리 마을도 지나갈 수 없어. 무도회에서도 언니들하고 짝지어 춤추는 게 아니면 금지야. 그리고 하루에 10분 동안 이성적으로 행동했다는 증거가 없으면 외출도 금지다."

키티는 이 모든 금지 조항을 진지하게 받아들이고 울기 시작했다.

"아, 너무 슬퍼하지는 말아라." 베넷 씨가 말했다. "앞으로 10년 동안 말을 잘 들으면, 그땐 열병식에 데려가마."

7

베넷 씨가 돌아오고 이틀 뒤 집 뒤의 덤불숲을 산책하던 제인과 엘리자베스는 하녀장이 다가오자 어머니가 부른다고 생각하고 앞으로 다가갔다. 하지만 거리가 가까워지자 하녀장은 예상했던 호출을 전하는 대신 제인에게 말했다. "방해해서 죄송합니다만, 런던에서 좋은 소식이 왔나 궁금해서 여쭈러 왔습니다."

"무슨 소리를 하는 거예요, 힐? 런던에서는 아무 소식도 안 왔는데."

"아가씨." 힐 부인이 놀라서 소리쳤다. "가디너 씨한테서 급송 편지가 온 걸 모르세요? 도착한 지 30분 정도 됐고, 주인 나리가 받으셨어요."

궁금함으로 조급해진 두 처녀는 아무 말도 하지 못하고 집으로 달려갔다. 현관 입구를 지나 조찬실로 들어갔고, 거기서 나와 서재로 갔다. 아버지는 거기도 없었고, 위층에서 어머니 곁에 있나 싶어 올라가려고 생각하던 순간 집사가 들어와서 말했다.

"주인 나리를 찾으시는 거라면, 지금 덤불숲으로 산책을 나가셨습니다."

그들은 이 말에 다시 한 번 현관 입구를 지나 잔디 위를 달려 아버지를 뒤쫓았다. 아버지는 방목장 구석에 있는 작은 숲으로 천천히 걸어가고 있었다.

엘리자베스만큼 몸이 가볍지 않고 또 달리는 일도 적은 제인은 곧 뒤처졌고, 엘리자베스는 숨을 헐떡이며 아버지에게 다가가 소리쳤다.

"아버지. 무슨 소식이에요? 외삼촌한테서 온 건가요?"

"그래, 급송 편지가 왔구나."

"그러니까 어떤 소식이에요? 좋은 소식이에요? 나쁜 소식이에요?"

"좋은 소식이 올 수가 있겠니." 그가 주머니에서 편지를 꺼내며 말했다. "하지만 어쨌건 너도 읽어보고 싶겠지."

엘리자베스는 얼른 그의 손에서 편지를 받아들었다. 제인도 곁에 도착했다.

"소리 내서 읽어보렴." 아버지가 말했다. "무슨 얘기인지 나도 잘 모르겠으니까."

그레이스처치 거리,
8월 2일, 월요일,

　친애하는 매형께,
　마침내 우리 조카딸 소식을 보낼 수 있게 되었습니다. 이 일이 대체로 매형께 기쁨을 드리기를 희망합니다. 매형이 토요일에 이곳을 떠나신 뒤, 저는 천만다행으로 두 사람이 런던 어디에 있는지 알게 되었습니다. 정확한 내용은 만나서 말씀드리겠습니다. 어쨌건 중요한 건 일단 두 사람을 찾아냈다는 거고, 저는 두 사람 모두를 만났습니다.

　"그렇다면 내 희망이 맞았어! 둘이 결혼한 거구나!" 제인이 소리쳤다.
　엘리자베스는 계속 읽었다.

　두 사람 모두를 만났습니다. 둘은 결혼하지 않았습니다. 그럴 의도도 없어 보였습니다. 하지만 만약 매형께서 제가 매형 대신 약속하는 일을 허락해주신다면, 머지않아 결혼할 수 있으리라 보입니다. 매형이 하실 일은 우선, 매형 부부가 돌아가신 뒤에 다섯 딸에게 배분될 5천 파운드의 동등한 지분을 재산권 계약을 통해 리디아에게 보증하고, 또 거기 덧붙여서 매형 생전에 매년 1백 파운드를 지급하는 것입니다. 저는 최대한 매형 입장에 서서 모든 것을 고려해보고 이 조건에 망설임 없이 동의했습니다. 매형의 대답을 지체 없이 들어야겠기에 급송 편에 보냅니다. 이를 통해서 보면, 위컴의 상황이 사람들 생각만큼 절망적이었던 것은 아니라는 것을 쉽게 이해하실 겁니다. 그 점에서 우리는 오해를 했습니다. 그리고 기쁘게도 그의 빚을 청산한 다음에도 리디아의 재산에 더할 약간의 돈이 남을 거랍니다. 매형께서 이 일 전반에 걸쳐 제게 매형의 이름을 행사할 수 있는 권리를 주시면, 당연히 그러시리라 생각합니다만, 저는 즉시 해거스턴에게 정식 계약서 작성을 준비시키겠습니다. 매형께서 런던에 다시 오실 필요는 전혀 없습니다. 그러니 롱번에 조용히 계시고 제 신의와 정성을 믿어주세요. 되도록 빨리 답을 주시고, 매형의 정확한 의사를 알려주세요. 우리는 조카딸이 우리 집에서 결혼하는 게 최선이라고 판단했고, 매형이 승인해 주시길 바랍니다. 리디아는 오늘 우리 집에 옵니다. 또 다른 사항이 결정되면 다시 편지하겠습니다.

에드워드 가디너

"이게 가능한 일인가요?" 엘리자베스가 편지를 다 읽고 소리쳤다. "그 사람이 리디아랑 결혼하는 게 정말 가능해요?"

"그러면 위컴은 우리가 생각했던 것만큼 파렴치한 사람이 아닌 거야." 제인이 말했다. "아버지, 축하드려요."

"그런데 답장은 하셨나요?" 엘리자베스가 물었다.

"아니, 하지만 어서 해야지."

엘리자베스는 망설이지 말라고 재촉했다.

"아버지, 어서 집에 가서 답장을 쓰세요. 이런 일에는 지체할 시간이 없어요."

"제가 대신 써드릴게요." 제인이 말했다. "직접 하시기 번거로우시면요."

"그래, 쓰고 싶지 않다." 그가 대답했다. "하지만 해야 할 일
이지."

그는 그렇게 말하면서 딸들과 함께 돌아서서 집으로 걸어
갔다.

"어쩌실 건가요?" 엘리자베스가 말했다. "아무래도 위컴이
요구한 그 조건에 맞춰줘야 할 거예요."

"그 조건에 맞춘다라! 나는 그 사람이 그렇게 조금 요구하는
게 부끄러울 뿐이다."

"어쨌건 두 사람은 결혼해야 해요! 하지만 위컴은 그런 사람
이에요!"

"그래, 결혼해야지. 달리 방법이 없으니까. 하지만 정말 궁
금한 게 두 가지 있다. 하나는 네 외삼촌이 이 일을 성사시키는
데 돈을 얼마나 썼느냐 하는 거고, 다른 하나는 내가 그걸 어떻
게 갚아야 하는가야."

"돈이라고요? 외삼촌이요?" 제인이 소리쳤다. "무슨 말씀
이세요?"

"그러니까 제정신이 있는 사람이라면 내 생전 연간 1백 파
운드, 내가 죽은 뒤 5천 파운드라는 미미한 액수에 리디아하고
결혼하지 않을 거라는 거야."

"그 말이 맞아요." 엘리자베스가 말했다. "저는 미처 생각
못했던 일이지만요. 그 사람 빚을 갚아야 하고, 그러고도 남는
게 있다고 했으니까! 아, 외삼촌이 손을 쓰신 게 틀림없어요!
정말 너그럽고 좋으신 분인데, 너무 무리하신 것 같아요. 적은
돈으로는 이렇게 할 수가 없을 텐데."

"그렇고말고." 베넷 씨가 말했다. "1만 파운드에서 한 푼이라도 빠지는 금액으로 리디아를 받아들이면 위컴이 바보인 게다. 우리가 가족이 되는 첫 순간부터, 사위될 사람을 이렇게 멍청하다 생각하자니 아주 씁쓸하구나."

"1만 파운드라고요? 말도 안 돼요! 그 돈의 절반이라도 갚을 방법이 있나요?"

베넷 씨는 대답하지 않았고 두 딸도 생각에 잠겨서 말없이 집까지 걸어갔다. 아버지는 답장을 하러 서재로 갔고, 딸들은 조찬실로 들어갔다.

"둘이 정말 결혼을 하는구나!" 둘만 있게 되자 엘리자베스가 소리쳤다. "정말 이상해! 그리고 이 일은 정말로 감사한 일이야. 행복할 가능성은 희박하다 해도 어쨌건 결혼해야 하고, 그 사람이 아무리 한심한 사람이라도 우리는 결혼할 수 있다는 것만으로도 기뻐해야 해! 아, 정말 리디아!"

"하지만 이 점 하나는 위안이 돼." 제인이 대답했다. "그 사람이 리디아를 사랑하지 않았다면 결혼할 마음을 먹지 않았을 거라는 거. 외삼촌이 친절하게도 그 문제를 해결하는 데 힘쓰셨지만, 1만 파운드라거나 그 비슷한 돈을 지불하지는 않았을 거야. 외삼촌도 아이들이 있고, 앞으로 더 낳을 수도 있어. 그런데 어떻게 1만 파운드의 절반이라도 빼내겠어?"

"위컴의 빚이 얼마인지 알아낼 수 있다면, 그리고 리디아를 통해서 얼마가 해결됐는지를 알아낸다면, 외삼촌이 돈을 얼마나 쓰셨는지 정확히 알 수 있겠지. 위컴은 무일푼이니까." 엘리자베스가 말했다. "외삼촌과 숙모님의 친절은 우리가 절대 못 갚을 거야. 리디아를 집에 데리고 가서 보호하고 도와주신 건 수십 년 동안 감사해도 모자랄 큰 은혜지. 지금쯤 리디아는 그분들 집에 있겠지! 그런 친절에도 자괴감을 느끼지 못한다면 리디아는 행복해질 자격이 없어! 숙모님을 처음 만날 때 그애가 어땠을지!"

"우리는 두 사람 사이에 벌어진 일을 모두 잊어야 해." 제인이 말했다. "나는 그래도 두 사람이 행복할 수 있다고 믿고 그러기를 바라. 그 사람이 리디아와 결혼을 마음먹은 게 올바른 길로 돌아오는 증거라고 생각하겠어. 서로에 대한 애정이 두 사람을 안정시킬 거야. 그리고 조용히 정착해서 합당하게 살다 보면 예전의 경솔한 행동은 잊힐 거야."

"두 사람의 행동은 언니도 나도 누구도 잊을 수 없어." 엘리자베스가 말했다. "그런 말은 해봐야 소용없다고."

그때 둘은 어머니가 지금 벌어진 일을 모를 가능성이 높다는 데 생각이 미쳤다. 그래서 서재로 가서 아버지에게 그 사실을 어머니에게 알려도 될지 물었다. 그는 편지를 쓰면서 고개도 들지 않고 침착하게 대답했다.

"원하는 대로 하렴."

"외삼촌 편지를 가져가서 보여드려도 될까요?"

"원하는 건 다 가져가거라."

엘리자베스는 아버지의 책상에서 편지를 집어 들고, 제인과 함께 위층으로 올라갔다. 마침 메리와 키티가 베넷 부인 곁에 있었다. 그러니까 여러 번 말할 필요가 없는 상황이었다. 좋은 소식이 있다는 운을 띄운 뒤 제인이 편지를 읽었다. 베넷 부인은 감정을 주체하지 못했다. 리디아를 곧 결혼시킬 수 있을 것 같다는 대목에 이르자, 부인의 기쁨은 폭발했고 그다음에 이어지는 문장들은 기쁨에 기쁨을 더해주었다. 부인은 그동안 충격과 분노로 안절부절못했던 만큼 이제 격렬한 기쁨에 타올랐다. 딸이 결혼한다는 사실 하나만으로도 충분했다. 그 기쁨은 딸의 행복에 대한 걱정에 흔들리지도 않았고, 딸이 저지른 비행을 부끄러워하는 기억으로 누그러들지도 않았다.

"우리 리디아!" 부인이 소리쳤다. "정말로 기쁜 소식이구나! 그애가 결혼하다니! 그애를 다시 볼 수 있어! 열여섯 살에 결혼하는구나! 착한 내 동생 에드워드! 이렇게 될 줄 알았어. 그애가 해결해줄 줄 알았어. 아, 정말 리디아가 보고 싶구나! 우리 사위 위컴도! 하지만 결혼 예복! 드레스를 어쩌나! 올케에게 당장 편지를 보내야겠네. 리지, 아버지에게 가서 돈을 얼마나 주실지 물어보렴. 아니, 가만있어라. 내가 직접 가야겠다. 키티야, 종을 울려서 힐을 불러다오. 당장 옷 입어야겠다. 아, 리디아! 다시 만나면 얼마나 기쁠까!"

제인은 이렇게 격렬한 열광을 누그러뜨리기 위해, 가디너 씨의 행동은 자신들에게 엄청난 빚이라는 사실을 언급했다.

"이런 행복한 결론은 외삼촌 덕택이라는 걸 알아야 해요." 그녀가 덧붙였다. "외삼촌이 위컴 씨에게 재정적 지원을 약속한 것 같아요."

"그거야 당연한 일이지." 어머니가 소리쳤다. "너희 외삼촌이 아니면 누가 그런 일을 하겠니? 자기 자식이 없었다면, 에드워드 돈은 모두 다 나랑 너희가 갖게 되어 있었어. 그리고 지금까지 선물 몇 가지를 빼면 그애가 우리한테 이번 말고 뭘 준 적이나 있니? 아! 너무 좋구나. 조금 있으면 나도 시집간 딸이 생겨. 위컴 부인! 아주 듣기 좋은걸. 그애는 지난 6월에 겨우 열여섯 살이 되었는데. 제인, 마음이 너무 들떠서 편지도 못 쓰겠다. 말로 할 테니까 네가 받아 적어라. 돈 문제는 나중에 너희 아버지하고 결정하겠지만, 당장 주문해야 할 물건들이 있어."

그런 뒤 부인은 캘리코, 모슬린, 무명 천 등을 상세한 특징과 함께 나열했고, 제인이 아버지와 의논할 때까지 기다리자고 힘겹게 부인을 설득하지 않았다면 주문 목록은 아주 길어졌을 것이다. 하루 정도 늦는 건 큰 문제 안 될 거라고 제인은 말했고, 어머니는 행복에 들뜬 나머지 평소 같은 고집을 부리지는 않았다. 부인의 머리에는 온갖 계획이 떠올랐다.

"옷을 입고 곧장 메리턴에 가야겠어." 부인이 말했다. "가서 너희 필립스 이모에게 이 좋은 소식을 알려야지. 돌아오는 길에 루카스 부인과 롱 부인한테 들를 거야. 키티, 내려가서 마차를 불러라. 바람을 좀 쐬고 싶다. 얘들아, 메리턴에서 뭐 사다 줄까? 아! 힐이 오네. 힐, 소식 들었어? 리디아 아가씨가 결혼한다네. 결혼식에서 모두 펀치 한 잔씩 먹게 될 거야!"

힐 부인은 당장 기쁨을 표시했다. 엘리자베스도 다른 식구들과 함께 축하를 받았지만, 이런 어리석은 행동이 지겨워져서 자기 방으로 물러갔다. 조용히 생각할 시간이 필요했다.

리디아의 처지는 아무리 좋게 보려 해도 암담했다. 하지만 더 나빠지지는 않았다는 데 감사해야 했다. 엘리자베스는 다행이라고 생각했다. 앞날을 보면 리디아의 인생에 합리적인 행복도 세속적인 성공도 기대할 수 없었지만, 두 시간 전까지만 해도 온 가족이 두려워 떨던 일들을 돌이켜보면 이 정도라도 다행이라고 생각하지 않을 수 없었다.

베넷 씨는 이런 일이 벌어지기 전부터도, 수입을 다 쓰며 살지 않고 연간 일정 금액을 저축해서 자녀들에게 그리고 아내가 더 오래 살 경우 남겨줄 수 있으면 좋겠다고 생각하곤 했다. 그리고 그 생각이 지금만큼 절실한 적이 없었다. 그가 저축을 잘하면서 살았다면, 딸 리디아의 명예와 신용의 회복을 위해 처남에게 빚을 질 필요가 없었을 것이다. 그리고 대영제국에서 가장 한심한 젊은이에게 리디아와 결혼하라고 설득하는 기쁨을 제대로 누릴 수 있었을 것이다.

그는 누구에게도 도움이 되지 않는 이런 일이 처남의 비용만으로 처리되고 있다는 게 심히 걱정되었고, 가능하다면 그가 부담한 액수를 알아내서 되도록 빨리 갚아야겠다고 결심했다.

베넷 씨가 처음 결혼했을 때 절약이 필요하다고는 전혀 생각하지 않았다. 당연히 아들을 낳을 거라고 믿었기 때문이다. 일단 아들이 성년이 되면 한사상속의 고리를 끊을 테고, 자기가 죽은 뒤, 남편을 여읜 부인과 다른 자녀들은 그 방편으로 생계를 해결할 수 있을 거라고 보았다. 하지만 딸 다섯이 계속 세상에 나올 때까지 아들은 없었다. 그리고 베넷 부인은 막내 리디아를 낳고도 오랫동안 아들을 볼 것이라 확신했다. 결국 그 일은 실패했지만, 이제 와서 저축을 하기는 너무 늦어버렸다. 베넷 부인에게는 절약할 능력이 없었고, 빚지기 싫어하는 남편의 강한 독립심 덕분에 겨우 수입 이상의 소비를 막을 수 있었다.

재산권 계약에 의해 베넷 부인과 딸들에게는 5천 파운드가 배당되어 있었다. 하지만 아이들에게 어떤 비율로 분배할 것인지는 부모의 뜻에 달려 있었다. 적어도 리디아와 관련된 부분은 지금 결정되어야 했고, 베넷 씨는 가드너 씨의 제안에 망설일 이유가 없었다. 그는 처남의 친절에 간략하지만 깊은 감사를 표시하며, 그가 한 모든 일을 승인하고, 자신을 대신해서 한 모든 약속을 이행하겠다는 의지를 표명했다. 그는 위컴을 설득해서 딸과 결혼시킬 수 있다고 하더라도 그것이 이처럼 작은 불편만 끼치고 이루어지리라고는 생각지 못했다. 1년에 1백 파운드를 지불하는 일은 그에게 연간 10파운드의 손해도 더 끼치지 않을 터였다. 식비와 용돈, 그리고 아내가 끊임없이 제공하는 현금 선물까지 합하면 리디아와 함께 사는 비용이 거의 그만큼 되었기 때문이다.

베넷 씨 자신이 그토록 아무런 힘도 들이지 않고 이런 결과를 얻은 것 또한 놀랍고 반가운 일이었다. 지금 그의 가장 큰 소망은 이 일에서 번거로움을 최대한 덜어내는 것이었기 때문이다. 처음에는 몰아치는 분노 속에 딸을 찾아 나섰지만, 그 일이 끝나자 그는 자연스럽게 예전의 나태한 모습으로 돌아갔다. 그의 편지는 곧 배달되었다. 그는 일을 떠맡는 데는 느리지만 실행은 빠른 사람이었다. 그는 자기가 처남에게 진 빚이 얼마인지 자세히 알려달라고 했다. 하지만 리디아에게는 너무 화가 나서 아무런 인사도 전하지 않았다.

좋은 소식은 곧 온 집안에 퍼졌고, 적절한 속도로 이웃에도 퍼졌다. 이웃들은 이 소식을 차분하게 받아들였다. 리디아 베넷 양이 유곽으로 가거나, 혹은 천만다행으로 세상을 등지고 외딴 농장에 들어가 살았다면, 더 많은 이야기가 돌았을 것이다. 하지만 결혼을 하는 경우에도 이야기할 것은 많았고, 메리턴의 심술궂은 부인들이 그전부터 입을 모아 그녀가 잘됐으면 좋겠다고 했던 선량한 소망은 이런 변화에도 별로 달라지지 않았다. 그런 남편이라면 그녀의 불행은 확실해 보였기 때문이다.

베넷 부인은 보름 만에 처음으로 아래층에 내려왔다. 그리고 이 행복한 날 다시 식탁 상석에 앉았고, 그 기세는 숨 막힐 만큼 드높았다. 어떤 수치심도 부인의 승리감을 퇴색시키지 못했다. 제인이 열여섯 살이 된 이후 부인의 최고 소망이던 딸의 결혼이 이제 성취되기 직전이었다. 부인은 사람들에게 온통 우아한 결혼이며 고급 모슬린이며 새 마차며 하인 같은 말을 정신없이 쏟아냈다. 딸의 결혼에 걸맞은 것을 찾아 열심히 동네를 쑤시고 다녔고, 새 부부의 벌이가 얼마나 될지 알지도 못하고 고려하지도 않은 채, 많은 것들을 너무 작고 너무 수준이 낮다며 퇴짜 놓았다.

"굴딩 가가 떠나준다면 헤이 파크도 괜찮을 거야." 베넷 부인이 말했다. "아니면 스토크의 저택도 좋지만 응접실이 너무 작아. 그리고 애시워스는 너무 멀어! 나는 그애랑 10마일 이상 멀어지면 살 수가 없어. 그리고 퍼비스 로지는 다락방이 형편없고."

베넷 씨는 옆에 하인들이 있으면 아내가 이런 이야기를 끝없이 하건 말건 내버려두었다. 하지만 하인들이 물러가면 부인에게 말했다. "여보, 리디아 부부에게 지금 말한 그 집들을 골라주기 전에 먼저 생각해봅시다. 이 동네에서는 어느 집도 두 사람을 받아주지 않을 거요. 그리고 나도, 둘을 롱번에 받아들여서 두 사람의 무례를 부추기는 일은 없을 거요."

이 선언에 기나긴 논쟁이 이어졌지만 베넷 씨는 흔들리지 않았다. 그것은 곧 다른 논쟁으로 이어졌다. 놀랍고 기가 막히게도 남편이 딸의 결혼 예복 살 돈을 한 푼도 주지 않겠다고 한 것이다. 그는 이번 일에서 리디아에게 아버지로서 그 어떤 애정도 표시하지 않겠노라고 단언했다. 베넷 부인은 이해할 수 없었다. 딸에 대한 분노가 아무리 큰들 결혼을 번듯하게 치르는 데 꼭 필요한 특권까지 거부한다는 건, 부인으로서는 상상할 수 없는 일이었다. 부인은 딸이 위컴과 함께 달아나서 보름 동안 같이 살았다는 것보다는 결혼식에서 새 옷을 입지 못한다는 게 더 수치스럽고 치욕이었다.

엘리자베스는 이제, 더비셔에서 놀라고 경황이 없던 나머지 다아시 씨에게 리디아 일을 알린 것을 진심으로 후회했다. 그들의 도주 행각이 결혼으로 신속하고 적절하게 마무리되고 보니, 당시 현장에 있지 않았던 사람들에게는 그런 불미스러운 시작을 감출 수도 있었을 거라는 데 생각이 미쳤다.

그녀는 다아시 씨가 그 이야기를 퍼뜨릴 것이라고는 걱정하지 않았다. 비밀 엄수에 관한 한 그보다 더 믿을 만한 사람은 별로 없었다. 하지만 동시에 다아시 씨에게 동생의 부도덕이 알려졌다는 사실이, 다른 누가 아는 것보다 더 수치스럽고 굴욕적이었다. 하지만 개인적으로 불이익이 생길지도 모른다는 두려움은 아니었다. 어쨌건 두 사람 사이에는 넘지 못할 간극이 놓여 있다고 생각했기 때문이다. 리디아의 결혼이 명예롭게 이루어졌다 해도, 다아시 씨가 다른 모든 반대 사유에 더해서 그가 그토록 경멸해 마지않는 남자와 일가가 된 집안과 인연을 맺을 것으로는 보이지 않았다.

　그런 결합에서 그가 물러서는 것은 당연했다. 더비셔에서는 분명히 그가 자신의 호감을 회복할 거라 기대했겠지만, 그 희망이 이런 일의 충격도 견디고 살아남으리라 바라는 것은 불가능한 일이었다. 엘리자베스는 부끄럽고 슬펐으며, 정체 모를 회한을 느꼈다. 이제 더 이상은 다시 씨의 흠모를 기대할 수 없게 되자 그것을 바라는 마음이 더 간절해졌다. 그의 소식을 들을 기회가 가장 희박해진 이 시점에, 그것이 궁금했다. 그와 함께라면 행복할 거라는 확신이 들었지만 두 사람이 다시 만나는 일은 이제 불가능해 보였다.

　여러 번 생각한 일이지만, 겨우 넉 달 전에 그토록 당당하게 거절한 청혼을 그녀가 이제는 기쁘고도 감사하게 받아들일 것을 안다면, 그가 얼마나 우쭐할 것인가! 그가 그 어떤 남자보다 너그럽고 관대하다는 것을 엘리자베스는 의심하지 않았다. 하지만 그도 사람인 한 우쭐할 수밖에 없을 것이다.

　그녀는 이제 그가 기질과 재능 면에서 자신에게 가장 잘 맞는 남자라는 걸 깨달았다. 그의 이해력과 성격은 그녀와 다르지만, 그녀의 소망을 남김없이 채워주었을 것이다. 그것은 두 사람 모두에게 이익이 되는 결합이었다. 그녀의 여유롭고 밝은 성격으로 그의 정신은 부드러워지고 태도는 향상되었을 것이고, 그의 판단력과 학식과 세상에 대한 지식으로 그녀는 더욱 큰 이득을 얻었을 것이다.

　하지만 이제 사람들에게 진정한 결혼의 행복이 무엇인지를 가르쳐주며 존경을 받을 그런 행복한 결합은 없을 것이다. 대신 그것과 종류도 다르고, 그로 인해 다른 결합의 가능성을 배제시키는 결혼이 그들 집안에서 곧 이루어질 터였다.

위컴과 리디아가 어떻게 적절한 수입을 얻고 살지 엘리자베스는 도무지 상상이 되지 않았다. 하지만 그저 열정이 미덕을 능가한다는 이유만으로 결합한 부부에게 영속적인 행복을 기대하기는 매우 어려운 일이었다.

가디너 씨는 매형에게 곧 새 편지를 써 보냈다. 그는 베넷씨의 감사 인사에 대해, 가족의 행복을 위해서라면 온 힘을 다해 감당하겠다고 짤막하게 답한 뒤, 이제 그와 관련된 일은 자기에게 다시 언급하지 말아달라고 부탁하며 마무리했다. 편지의 주요 목적은 위컴 씨가 민병대를 떠나기로 했음을 알리는 것이었다.

결혼 날짜가 잡히는 대로 그렇게 되는 것이 제 큰 소망이었습니다. 그가 군대를 나오는 것이 그를 위해서도 리디아를 위해서도 바람직하다는 데 매형도 동의하시리라 생각합니다. 위컴 씨는 정규군에 들어갈 생각입니다. 그리고 그의 옛 친구들가운데 군대 일을 도와줄 능력과 뜻이 있는 사람들이 아직 있습니다. 그는 지금 북부에 주둔중인 ○○ 장군의 연대에 기수직을 약속받았습니다. 그곳이 이곳에서 멀리 떨어져 있다는 것도 장점입니다. 그는 분명히 약속했고, 두 사람도 추문이 알려지지 않은 사람들 속에서는 좀 더 신중하게 행동하리라 희망합니다. 포스터 대령에게 편지를 써서 이 일의 진행 상황을 알리고, 브라이턴 일대의 채권자들에게 제가 맹세한 대로 신속히 빚을 갚겠다는 말을 전해달라고 부탁했습니다. 매형도 메리턴의 채권자들에게 이와 같은 보증을 해주시지 않겠습니까? 그 명단은 위컴에게 듣고 따로 덧붙이겠습니다. 그는 빚에 대해 전부 털어놓았습니다. 적어도 우리를 속이지는 않았기를 바랍니다. 해거스턴에게 모든 것을 일렀으니 한 주면 다 해결될 것입니다. 그런 뒤 롱번에서 따로 초대하지 않는다면 두 사람은 연대로 갈 예정입니다. 집사람 말을 들어보면 리디아는 남부를 떠나기 전에 식구들을 몹시 보고 싶어 한다는군요. 리디아는 건강히 잘 지냅니다. 매형과 누님께 안부를 전해 달라고 하네요. 그럼 이만 줄이겠습니다.

에드워드 가디너

베넷 씨와 딸들은 위컴이 ○○ 연대를 떠나는 게 더없이 좋은 일이라는 걸 가디너 씨만큼이나 잘 알았다. 하지만 베넷 부인은 그 일을 그리 반가워하지 않았다. 리디아가 북부에 자리를 잡는다는 건, 그녀를 곁에 두고 기쁨과 자랑으로 삼을 걸 기대하던 베넷 부인에게는 아주 실망스러운 일이었다. 부인은 둘을 계속해서 허트퍼드셔에 살게 할 계획이었기 때문이다. 더구나 리디아가 그렇게 좋아하는 이들이 많은 연대에서 멀리 떠나야 한다는 것도 안타깝기 짝이 없었다.

"그애가 포스터 부인을 얼마나 좋아했는데." 부인이 말했다. "그애를 떠나보내는 건 큰 충격일 거야! 또 리디아가 정말로 좋아한 젊은이도 서너 명 있어. ○○ 장군 연대 장교들은 그렇게 즐거운 사람들이 아닐지도 몰라."

베넷 씨는 북부로 떠나기 전에 집에 들르고 싶다는 리디아의 요청을 처음에는 단호히 거절했다. 하지만 제인과 엘리자베스가 동생의 심정을 헤아려 앞날을 위해 부모가 그녀의 결혼을 인정해 주어야 한다고 뜻을 모으고, 아버지에게 리디아 부부가 결혼하는 대로 롱번에 오는 걸 허락해달라고 간곡하지만 차분하고 부드럽게 설득했다. 베넷 씨는 그 설득에 마음이 움직여 두 딸이 바라는 대로 생각하고 행동했다. 그리고 어머니는 딸이 북부로 떠나기 전에 이웃들에게 시집간 딸을 자랑할 기회가 생겼다며 기뻐했다. 그래서 베넷 씨는 처남에게 보내는 답장에 리디아 부부의 롱번 방문을 허락했다. 그들은 예식이 끝나는 대로 곧장 롱번에 오기로 결정되었다. 하지만 엘리자베스는 위컴이 그런 계획에 찬성했다는 데 놀랐다. 그리고 자기 감정만 생각한다면 그와 만나는 일은 정말로 피하고 싶었다.

9

리디아의 결혼식 날이 밝았다. 제인과 엘리자베스는 당사자인 리디아보다 더 많은 감정에 휩싸였다. 마차가 ○○로 나가 그들을 태우고 정찬 시간에 맞추어 돌아올 예정이었다. 제인과 엘리자베스는 그들이 오는 게 두려웠다. 특히 제인은 자신이 그 소동의 장본인이었으면 겪었을 감정을 리디아에게 투사해서, 동생이 당할 괴로움에 가슴 아파했다.

그들이 왔다. 식구들은 조찬실에 모여서 그들을 기다렸다. 마차가 현관 앞으로 달려오자 베넷 부인의 얼굴에는 미소가 하나 가득 피어났다. 남편은 속을 알 수 없는 무거운 표정이었다.

딸들은 두렵고 불안하고 초조했다.

리디아의 목소리가 현관 입구에서 들렸다. 그리고 문이 훌쩍 열리고, 그녀가 조찬실로 뛰어 들어왔다. 어머니는 나가서 딸을 끌어안고 열렬하게 맞았다. 그리고 아내를 따라 들어온 위컴에게 따뜻한 미소 속에 손을 내밀고, 두 사람 모두의 행복을 빌어주었다. 그 망설임 없는 행동을 보니, 부인은 두 사람의 행복에 대해 조금도 의심하지 않는 것 같았다.

그런 뒤 신혼부부는 베넷 씨에게 인사하러 돌아섰으나, 이번에는 그리 따스하게 환영받지는 못했다. 안색이 더 굳었고, 입도 좀처럼 열지 않았다. 젊은 부부의 태평스러운 뻔뻔함을 보는 것만으로도 심사가 뒤틀렸던 것이다. 엘리자베스는 어처구니가 없었고, 제인마저 충격을 받았다. 리디아는 여전히 리디아였다. 제멋대로에 뻔뻔하고, 열렬하고 시끄럽고 겁이 없었다. 그녀는 언니들 한 명 한 명에게 축하를 청했고, 마침내 모두가 자리에 앉자 들뜬 표정으로 조찬실을 돌아보며, 그곳에서 조금 달라진 부분을 알아차리고는 정말 오랜만에 와본다며 웃음을 터뜨렸다.

위컴도 마음 편해 보이기는 그녀와 별반 다를 게 없었지만, 그는 언제나 상냥한 태도를 지녔기에 그의 성격과 결혼이 문제없는 것이었다면, 그 미소와 여유로운 태도는 일가로서 모두에게 기쁨을 줄 수 있었을 것이다. 엘리자베스는 그가 그토록 뻔뻔할 줄은 미처 몰랐다. 하지만 무례한 남자가 앞으로 얼마나 더 무례해질 수 있을지 한계를 설정하지 않겠다고 조용히 결심하며 자리에 앉았다. 그녀는 얼굴이 달아올랐고, 제인도 마찬가지였다. 하지만 그런 혼란을 일으킨 자들의 뺨에는 아무런 색조 변화가 없었다.

대화는 끊기지 않았다. 신부와 어머니는 아무리 빨리 말해도 부족한 듯했다. 엘리자베스 옆에 앉은 위컴은 온화하고 여유로운 태도로 허트퍼드셔 사람들의 일을 물었지만, 그녀는 대답하기가 매우 어려웠다. 그들은 세상에서 가장 행복한 기억을 갖고 있는 것 같았다. 과거의 어떤 일도 그들에게 고통이 되지 않았다. 그리고 리디아는 언니들이 결단코 떠올리고 싶지 않은 이야기를 자발적으로 끄집어냈다.

"내가 거기 간 게 벌써 석 달이라니." 그녀가 소리쳤다. "꼭 보름밖에 안 된 것 같은데. 하지만 그사이에 정말 많은 일이 있었어. 세상에나! 거기 갔을 때는 집에 돌아오기도 전에 결혼을 할 줄은 미처 몰랐지! 그런 일이 있으면 아주 재미있겠다고 생각은 했지만 말이야."

아버지가 눈길을 들었다. 제인은 괴로워했다. 엘리자베스는 리디아에게 강한 표정을 지어 보였지만, 원치 않는 것은 보지도 않고 듣지도 않는 리디아는 즐겁게 말을 이었다. "엄마, 여기 사람들은 내가 오늘 결혼한 걸 알아요? 혹시 모르면 어쩌나 했는데. 오는 길에 윌리엄 굴딩 씨 마차 곁을 지나게 되었는데, 그분에게 알려주고 싶어서 그 쪽 유리창을 내리고 장갑을 벗어 창틀에 손을 얹고 반지를 보여주었어요. 그리고 인사하면서 아주 환하게 미소를 지었어요."

엘리자베스는 더 이상 참을 수 없었다. 그래서 자리에서 일어나 밖으로 나간 뒤, 복도에 식구들이 정찬실로 옮겨가는 소리가 들린 뒤에야 다시 식구들과 합류했다. 정찬실로 가보니 리디아가 어머니의 오른쪽으로 으스대며 걸어가서 제인에게 말하고 있었다. "제인! 이제 내가 언니 자리를 차지하고 언니는 아래로 내려가야 돼. 나는 결혼한 여자니까."

리디아가 애초에 배우지 못한 조신함을 시간이 가르쳐줄 거라는 기대는 할 수 없었다. 그녀는 오히려 더 태평하고 들떠 있었다. 그녀는 필립스 부인, 루카스 가족, 그밖에 모든 이웃을 보고 싶어했고, 그들 모두에게서 '위컴 부인'이라고 불리고 싶어했다. 그런 뒤 식사가 끝나자 힐 부인과 하녀 두 명에게 반지를 보여주고 결혼한 것을 자랑하러 갔다.

"엄마." 모두가 조찬실로 돌아오자 그녀가 말했다. "우리 남편 어때요? 정말 멋진 남자 아녜요? 언니들이 다 질투할 거야. 언니들한테 내 반만 한 행운이라도 있어야 할 텐데. 전부 브라이턴으로 보내요. 거기 가면 남편이 생기니까. 우리 모두가 안 간 게 정말 안타까워요, 엄마."

"그래, 내 뜻대로 할 수 있었다면 그렇게 했을 거다. 하지만 리디아, 네가 그렇게 멀리 가는 건 싫구나. 꼭 그래야겠니?"

"아! 그래요. 그건 문제없어요. 저는 거기를 아주 좋아할 거예요. 엄마하고 아빠, 언니들도 모두 우리 집에 놀러 와야 해요. 겨우내 뉴캐슬에 있을 건데, 분명히 무도회가 꽤 있을 거예요. 언니들 모두에게 멋진 파트너를 구해줄게요."

"그렇다면 정말 좋은 일이지!" 어머니가 말했다.

"그리고 돌아올 때 언니 한두 명은 남겨두세요. 그러면 겨울이 가기 전에 내가 남편을 구해줄 테니까."

"그렇게 말해주니 고맙지만, 그런 식으로 남편을 구하고 싶지는 않아." 엘리자베스가 말했다.

두 사람은 열흘 안에 떠날 예정이었다. 위컴 씨는 런던을 떠나기 전에 임관되었고, 보름 뒤에는 연대에 합류하게 되어 있었던 것이다.

그들이 그렇게 금방 떠나는 것을 슬퍼한 사람은 베넷 부인뿐이었다. 부인은 그 기간을 최대한 활용해서 딸을 데리고 온 이웃을 돌아다녔고, 집에서 파티도 자주 열었다. 그 파티는 모두에게 만족스러웠다. 집안 식구들만 있는 것을 피하는 일은 생각 없는 사람들보다 생각 있는 사람들에게 더 바람직한 일이었다.

엘리자베스가 예상했던 대로 리디아에 대한 위컴의 애정은 그에 대한 리디아의 애정에 못 미쳤다. 그녀는 직접 눈으로 관찰하지 않고도 여러 가지 사정을 통해서 그들의 도주는 그가 아니라 리디아 쪽의 강렬한 사랑에 의해 촉발되었다는 걸 익히 짐작했다. 그를 도주할 수밖에 없게 만든 곤란한 상황을 몰랐다면, 그녀는 그가 왜 리디아를 열렬히 사랑하지 않고도 함께 달아났을까 의문을 품었을 것이다. 하지만 그런 경우에 그는 동반자를 거부할 젊은이가 아니었다.

리디아는 그를 너무나도 좋아했다. 언제나 "우리 위컴"이라고 불러댔다. 그와 비교할 만한 사람은 아무도 없었다. 그는 모든 일에서 세계 최고였다. 리디아는 9월 1일*이면 그가 영국에서 새를 가장 많이 잡을 거라고 믿어 의심치 않았다.

그들이 오고 며칠 지나지 않은 어느 날 아침, 리디아는 제인과 엘리자베스와 함께 있다가 엘리자베스에게 말했다.

"리지, 내가 언니한테 결혼식 때 이야기 아직 안 해줬지? 내

---

*새, 특히 자고새와 꿩 사냥 개시일.

가 엄마하고 다른 사람들한테는 다 했는데 그때 언니는 옆에 없었잖아. 어땠는지 안 궁금해?"

"별로." 엘리자베스가 대답했다. "그 이야기는 안 할수록 더 좋다고 생각해."

"하! 언니는 정말 이상해! 하지만 그래도 말해주겠어. 우리는 알다시피 세인트 클레먼트 교회에서 결혼했어. 위컴 숙소가 그 교구였으니까. 우리는 11시까지 거기 가기로 되어 있었는데, 외삼촌이랑 외숙모랑 내가 같이 가고, 다른 사람들은 교회에서 만나기로 했지. 아, 월요일 아침이 되니까 난리도 그런 난리가 없었어! 무슨 일이라도 생겨서 결혼식이 연기될까 봐 어찌나 마음을 졸였는지, 정신이 하나도 없었어. 그런데 옷 갈아입는 동안 외숙모가 무슨 설교책 읽는 것처럼 계속 이런저런 잔소리를 하는 거야. 하지만 열 마디 중 한 마디도 못 들었어. 언니도 알다시피 내 머릿속엔 온통 우리 위컴 생각뿐이었으니까. 그 사람이 교회에 청색 코트를 입고 올지 어쩔지 정말 궁금했거든.

뭐, 암튼 그래서 우리는 평소처럼 10시에 아침을 먹었어. 평생 끝나지 않을 것 같은 식사였어. 어쩌면 시간이 그렇게 느리게 가는지! 그건 그렇고 외삼촌이랑 외숙모가, 내가 그 집에 있는 동안 정말 짜증나게 굴었어. 내가 거기 보름 동안 있었는데 집 밖에 한 발짝도 못 나갔다는 게 믿어져? 파티고 약속이고 뭐고 한 번도 못 했어. 사실 런던도 별게 없었지만, 그래도 소극장은 문을 열었거든. 어쨌든 마차가 오고 외삼촌은 스톤 씨라는 그 고약한 남자에게 불려가서 뭐라고 의논하기 시작하는 거야. 두 사람은 한번 만나면 끝이 없어. 도무지 들어올 생각을 안 하니까, 너무 걱정이 돼서 어쩔 줄을 모르겠더라고. 눈앞이 캄캄한 거 있지? 외삼촌이 결혼식장에서 나를 신랑에게 건네 줘야 하는데, 시간을 넘기면 그날은 결혼 못하니까.* 다행히 외삼촌이 10분 후에 돌아왔고, 우리는 모두 출발했지. 하지만 지금 생각해 보니까 외삼촌이 못 갔어도 결혼을 미룰 필요는 없었을 거 같아. 다아시 씨가 대신해 줄 수 있었을 테니까."

"다아시 씨라고?" 엘리자베스가 깜짝 놀라서 말했다.

"응! 그 사람이 위컴이랑 같이 오기로 되어 있었어. 어머나, 이런, 깜박했네! 말하지 않기로 했는데. 정말정말 굳게 약속했거든! 위컴이 알면 뭐라고 할까! 비밀로 하기로 했는데!"

"비밀이라면 그 일에 대해서는 더는 한마디도 하지 마." 제인이 말했다. "나도 더 이상 묻지 않을 테니까."

"아! 그래." 엘리자베스가 미칠 듯이 타오르는 호기심을 억누르고 말했다. "아무것도 묻지 않겠어."

"고마워." 리디아가 말했다. "언니들이 물으면 난 다 말해 버릴 거고, 그러면 위컴이 화를 낼 거야."

그 말을 듣자 엘리자베스는 질문하고 싶은 마음을 누르기가 어려워서, 그 곳으로 자리를 피할 수밖에 없었다.

하지만 그 일을 모르고 지내기는 불가능했다. 적어도 알아보려고 시도하지 않는 것은 불가능했다. 다아시 씨가 리디아의 결혼식에 갔다니, 그가 가장 갈 필요가 없고 가고 싶지 않은 장소와 사람들 틈이 아닌가? 그녀의 머리는 빠르고 맹렬하게 그 의미를 추측해보았다. 하지만 만족스러운 결과는 전혀 없었

---

*당시 결혼은 오전 8시에서 정오 사이에 치러야 법적으로 인정받을 수 있었다.

다. 가장 마음에 드는 추측은 다아시 씨의 그런 행동을 고귀하게 바라보는 것이었는데, 그런다 해도 도무지 있을 수 없는 일이었다. 그녀는 긴장을 견딜 수 없어, 서둘러 종이를 집어 들고 숙모에게 짧게 편지를 썼다. 비밀 지킬 것을 요구받았다면 할 수 없다 해도, 리디아가 흘린 이야기에 대해 설명해 달라는 내용이었다. 그리고 이렇게 덧붙였다.

익히 짐작하시겠지만 저는, 우리와 아무런 관련이 없고 우리 가족에게 (비교적) 외부인인 사람이 어떻게 그런 시간에 그곳에 있었는지 무척 궁금해요. 조속히 편지로 알려 주시기 바랍니다. 물론 리디아 말대로 그것이 비밀로 해야 하는 것이고, 거기에 타당한 이유가 있다면 굳이 알려고 하지 않겠지만 말예요.

"그런데 마지막 말은 거짓말이에요." 편지를 끝내면서 그녀는 중얼거렸다. "숙모님이 제대로 일러주시지 않으면, 저는 어쩔 수 없이 이런저런 잔꾀를 써서 어떻게든 알아내려고 할 거예요."

제인은 명예를 중시하기 때문에, 리디아가 흘린 말을 엘리자베스와 나누려고 하지 않을 것이다. 엘리자베스로서는 다행이었다. 자신의 질문에 만족스런 답을 얻을 때까지는 비밀을 털어놓을 사람이 없는 편이 나았다.

10

엘리자베스가 보낸 편지에 답장이, 그것도 매우 빨리 왔다. 그녀는 편지를 받자마자 아무도 방해하지 않을 작은 언덕으로 달려 나가서, 만족스런 대답을 기대하며 벤치 한 곳에 앉았다. 편지 길이로 보아 그녀의 요청이 거절당하지 않은 것 같았기 때문이다.

그레이스처치 거리,
9월 6일

사랑하는 엘리자베스,

지금 막 네 편지를 받았고, 오전 내내 앉아서 다른 일은 다 미루고 답장을 쓸 생각이다. 짧은 글로는 할 말을 다 전하지 못할 것 같기 때문이란다. 네 질문에 상당히 놀랐다는 걸 먼저 고백해야겠다. 네가 그런 걸 물어볼 줄은 몰랐으니까. 하지만 화가 난 건 아니야. 그저 네가 그런 질문을 할 필요가 있는 줄 몰랐다는 것뿐이지. 이 말이 무슨 뜻인지 모르겠다면, 주제넘은 내 말을 용서해 다오. 네 외삼촌도 나만큼이나 놀랐단다. 이번 일에 네가 연관돼 있다는 믿음이 아니었다면, 그이는 그렇게 일을 처리하지 않았을 거야. 하지만 네가 정말로 아무것도 몰랐다면 좀 더 명확하게 설명해야겠구나. 내가 롱번을 떠나 집에 돌아온 그날, 네 외삼촌에게 예상치 못한 손님이 찾아왔어. 다아시 씨였단다. 그가 와서 외삼촌과 몇 시간 동안 한 방에 함께 있었지. 내가 집에 도착했을 때는 이미 모든 게 끝나 있어서, 나는 너처럼 궁금함에 시달리지는 않았어. 다아시 씨는 자기가 리디아와 위컴이 있는 곳을 찾았고, 직접 그들을 만나고 이야기했다는(위컴과는 여러 번, 리디아와는 한 번) 사실을 외삼촌에게 알리러 온 거였어. 헤아려보니까, 그는 우리가 떠난 다음 날 더비셔를 떠나서 두 사람을 찾으려고 곧장 런던에 온 거였어. 다아시 씨는 이런 일이 터진 게 자기 잘못이라는 생각이 들어서 행동에 나섰다고 했단다. 위컴의 지저분한 품행을 알려서 지각 있는 처녀들이 그를 사랑하거나 신뢰하지 못하게 할 책임이 있었는데, 그러지 않았기 때문이라는 거였어. 이 모든 일이 자신의 잘못된 자존심 탓이었다며, 여태까지는 위컴의 사적인 행동을 세상에 알리는 건 자기 같은 사람이 할 만한 일이 아니라고 생각했다고 고백했어. 그 사람 성격이 워낙 자명했으니까. 그래서 이제 자신으로 인해 벌어진 잘못을 바로잡는 게 자기 의무라고 했어. 그 사람에게 설사 다른 동기가 있었다고 해도, 결코 명예롭지 못한 것은 아니었으리라고 생각해. 아무튼 그는 런던에서 며칠 만에 두 사람을 찾았어. 그 사람은 우리에게는 없는 수단이 조금 더 있었어. 그 사실이 우리를 따라와 함께 찾아 나서기로 결심한 또 하나의 이유가 된 것 같더라. 예전에 다아시 양의 가정교사였다가 무슨 일인지는 몰라도 하여간 문제를 일으켜서 해고된 영 부인이라는 여자가 있대. 그 여자는 에드워드 거리*에 큰 집을 얻어서 하숙을 치며 사는데, 이 영 부인이 위컴이랑 친하다는 걸 다아시 씨가 알았던 거

*현재의 영국 랭엄 광장 주변 런던 상류층 지역. 《노생거 수도원》의 전신인 소설 《수전》에서 여주인공과 절친한 친구가 사는 곳이기도 하다.

야. 그래서 런던에 오자마자 부인에게 가서 위컴의 일을 물었지. 하지만 부인은 이삼 일이 지나서야 원하는 것을 일러주었어. 부인은 입을 열려고 하지 않았는데, 그걸 해결하려면 뇌물이나 매수가 필요했던 것 같아. 부인은 위컴이 어디 있는지 알았으니까. 위컴은 런던에 온 첫날 바로 부인을 찾아갔고, 부인의 집에 여유가 있었다면 둘은 아마 거기서 지냈을 거야. 하지만 친절한 다시 씨는 결국 두 사람의 거처를 알아냈지. 둘은 ○○ 거리에 있었어. 그는 위컴을 만나보았고 조금 실랑이를 벌인 끝에 리디아도 꼭 만나야 한다고 했대. 그 첫 번째 목적은 리디아에게 그런 수치스러운 상태를 벗어나서 가족들이 준비를 갖추는 대로 즉시 집으로 돌아가라고 설득하고, 자신이 최대한 돕겠노라고 제안하는 것이었어. 하지만 리디아는 결심이 확고했어. 가족은 안중에도 없고, 도움은 전혀 필요 없다고 하고, 위컴을 떠나라는 말은 들으려고 하지 않았다더구나. 리디아는 자신들이 언젠가는 결혼할 거라고 믿었고, 그게 언제일지는 중요하지 않았어. 리디아가 그랬기 때문에, 남은 길은 얼른 둘을 결혼시키는 것밖에 없었는데, 위컴은 그럴 생각이 없다는 걸 첫 대화에서 분명히 드러냈지. 그는 노름빚 독촉에 시달려 연대를 떠나야 했다고 실토했어. 그리고 리디아의 도피에 따른 문제들은 모두 리디아가 어리석기 때문이라고, 서슴없이 말하더라는 거야. 그는 즉시 연대를 사직할 생각이었고, 장래 상황에 대해서는 이렇다 할 생각이 없었어. 어디론가 가야 했지만 어디로 갈지 몰랐고, 생계 방편은 전혀 없었지. 다시 씨는 위컴에게 왜 리디아와 곧장 결혼하지 않았는지 물었어. 베넷 씨가 부유하지는 않지만, 위컴에게 무어라도 해줄 수 있을 테니,

결혼하면 상황이 개선되지 않았겠느냐고. 하지만 위컴은 여전히 다른 지역에서 다른 여자랑 결혼해서 좀 더 편하게 돈을 만질 생각을 품고 있다는 걸 알았어. 하지만 그런 상황에서 문제를 즉각 해결해줄 수단을 물리칠 수 있을 것 같지는 않았대. 두 사람은 몇 차례 만났어. 의논할 게 많았으니까. 위컴은 당연히 자신이 얻을 수 있는 것보다 더 많은 걸 원했어. 하지만 마침내 적절한 수준으로 물러섰지. 두 사람 사이에서 모든 걸 결정한 다음 다아시 씨는 그 내용을 네 외삼촌에게 알려야겠다고 생각하고, 내가 집에 오기 전날 저녁에 그레이스처치 거리에 처음 왔단다. 하지만 그때는 마침 외삼촌이 없었어. 다아시 씨는 하인들에게 묻다가 네 아버지가 아직 그 집에 있지만 내일 아침 런던을 떠날 예정이라는 걸 알았어. 다아시 씨는 네 아버지보다는 외삼촌하고 그런 일을 의논하는 게 낫다고 판단하고 기꺼이 그분이 떠날 때까지 미루고 기다렸어. 이름을 남기지 않고 가서, 다음 날까지 우리는 그저 용무차 방문했던 신사라고만 알고 있었어. 다음 날인 토요일에 다아시 씨가 다시 찾아왔어. 네 아버지는 떠나고 외삼촌은 집에 있었고, 아까 말한 대로 두 사람은 많은 이야기를 했지. 그런 뒤 일요일에 다아시 씨가 다시 찾아왔고, 그때는 나도 같이 만났어. 월요일에야 모든 게 결정됐고, 일이 마무리되자 우리는 롱번으로 급송 편지를 보냈단다. 하지만 다아시 씨는 정말로 고집이 세더구나. 리지, 내가 볼 때 그 사람 성격의 진짜 결함은 그 고집인 것 같아. 그 사람은 때에 따라 여러 가지 일들로 비난을 받았지만 이건 진짜야. 그 사람은 모든 걸 다 자신이 부담해야 직성이 풀리는 것 같아. (고맙다는 말을 들으려고 하는 이야기는 아니지만)

네 외삼촌이 그 모든 비용을 기꺼이 떠맡을 수도 있었어. 두 사람은 그 문제로 오랫동안 옥신각신했지. 문제를 일으킨 신사도 숙녀도 그런 대접을 받을 가치가 없는데 말이다. 결국 외삼촌이 양보할 수밖에 없었단다. 조카딸에게 도움을 베풀지도 않은 상태에서 더욱 괴롭게도 이 모든 공적과 칭찬을 떠맡으라고 강요받게 된 거지. 오늘 아침에 네 편지를 받고 외삼촌은 정말 기뻐했단다. 이 일을 설명하면 이렇게 남의 깃털로 치장한 꼴도 벗어날 수 있고, 정말 칭찬받아야 할 사람이 누군지 밝혀질 테니까. 하지만 리지, 이건 너만 그리고 더 나가더라도 제인까지만 알아야 하는 일이야. 위컴과 리디아가 어떤 도움을 받았는지 넌 잘 알 거야. 그의 빚을 갚아야 하는데, 1천 파운드가 훨씬 넘는다고 알고 있어. 거기다 리디아 본래의 몫에 1천 파운드를 더해 주고, 장교 직까지도 사줘야 했어. 왜 그 사람 혼자 이 모든 일을 해야 했는지, 그 이유는 내가 위에 설명한 대로야. 자기 때문에, 자기가 입을 다물어서, 자기가 생각이 짧아서, 사람들이 위컴을 잘못 알고 받아들였다는 거지. 그 말도 일리는 있어. 하지만 그 사람 아니라 누구라도 그런 말을 하지 않았다는 게 그 일에 대한 책임을 져야 할 사안인지는 잘 모르겠다. 하지만 이런 그럴듯한 그의 주장에도 불구하고, 리지야, 그가 이 일에 관여하는 또 다른 이유가 있다고 생각하지 않았다면 네 외삼촌은 절대 물러서지 않았을 거라는 걸 믿어주렴. 모든 일이 결정되자, 그는 펨벌리의 친구들에게 돌아갔어. 하지만 결혼식 날 다시 와서 그때 금전 문제를 최종적으로 해결하겠다고 약속했지. 자, 이쯤이면 너에게 모든 이야기를 알려준 것 같다. 들으면 아주 놀랄 이야기지. 적어도 네가 이 이야기에 불쾌하지는 않기를 바란다. 그래서 리디아가 우리 집에 왔고, 위컴은 수시로 집에 드나들었어. 그 사람은 내가 허트퍼드셔에서 보던 모습 그대로더라. 리디아가 우리 집에서 지낼 때 내가 얼마나 화가 났는지는 원래 말하지 않으려고 했다. 하지만 지난 수요일에 제인의 편지를 받아 보니까, 리디아가 롱번 집에 도착해서도 우리 집에서 지낼 때하고 똑같이 행동하는 것 같더구나. 내가 이렇게 말해도 너희에게 그닥 새로운 고통이 되지는 않을 것 같아서 얼마간 이야기하마. 나는 계속해서 리디아에게 진지하게 그애가 얼마나 큰 잘못을 저질렀는지, 식구들이 그 때문에 얼마나 괴로움을 겪는지 이야기했어. 하지만 한마디라도 귀에 들어갔다면 그건 행운일 거야. 전혀 귀를 기울이지 않았으니까. 어쩔 때는 정말이지 화가 났지만, 그럴 때마다 너와 제인을 떠올리고 너희를 위해 참았단다. 다아시 씨는 정확히 시간에 맞추어 돌아왔고, 리디아가 말해주었듯이 결혼식에 참석했지. 그다음 날 우리와 함께 정찬을 했고, 수요일이나 목요일에 런던을 떠나겠다고 했어. 이 기회를 빌려서 (이때까지는 용기가 없어서 말하지 못했는데) 내가 그 사람을 얼마나 좋아하는지 말하면 리지야, 나한테 화를 낼 거니? 그 사람이 여기서 보여준 행동은 모든 면에서 더비셔에서 본 것만큼 흡족했단다. 그 사람의 사리 분별과 식견이 모두 마음에 들더라. 그 사람한테 부족한 건 그다지 활발하지 못한 태도뿐이야. 하지만 결혼을 신중하게 한다면 그건 아내에게 배울 수 있겠지. 그러면서도 아주 엉큼한 구석이 있더라. 네 이름을 한마디도 언급하지 않았어. 하지만 요즘은 그렇게 엉큼한 게 유행인 것 같아. 내가 주제넘게 굴었다면 용서해라. 아니면 적어도 P.*에 출입금지시

키는 벌은 내리지 말아주렴. 대정원 구석구석을 둘러보지 않고
는 절대 만족 못할 거야. 그곳을 구경하려면 조랑말 한 쌍이 끄
는 낮은 무개 마차가 딱일 것 같구나. 이제 더는 못 쓰겠다. 아
이들이 30분 전부터 나를 부르고 있단다. 그럼 이만.

M. 가디너

엘리자베스는 이 편지의 내용에 너무나 흥분해서, 기쁨과
고통 중 어느 쪽이 더 큰지 판단하기가 어려웠다. 불확실한 상
태에서 혹시 다아시 씨가 리디아의 혼사를 추진하기 위해 무언
가 조치했을지도 모른다고 막연하게 생각한 일들이, 그토록 과
도한 친절은 현실성이 없다고 애써 생각을 눌렀고, 또한 너무
도 크게 신세를 지는 일이라서 사실이라 믿기 두려웠던 일이
정녕 사실로 드러난 것이다! 그는 일부러 그들을 따라 런던에
갔고, 갖은 수고와 굴욕을 혼자 감당하며 그런 조사를 했다. 그
일을 위해 그는 혐오하고 경멸하는 부인에게 부탁을 해야 했을
것이고, 또 가능한 한 결코 만나고 싶지 않은 남자, 그 이름을
발음하는 것만으로도 고통스런 남자와 여러 번 만나 그를 설득
하고 결국 돈까지 주어야 했다. 이 모든 일을 존경할 수도 존중
할 수도 없는 여자를 위해서 감수한 것이다. 그녀의 심장은 그
가 한 이 모든 일이 그녀 자신을 위해서였다고 속삭였다. 하지
만 곧 다른 생각들이 그 희망을 저지했다. 그는 위컴과 친척이
된다는 생각만으로도 몸서리칠 것이었다. 그런데 이미 한 번

*펨벌리를 말함.

거절당한 여자에게 그런 자연스런 반감까지 극복할 만한 애정을 품고 있다고 생각하는 건, 지나친 허영심이라는 생각이었다. 위컴과 동서 관계가 되다니! 그 어떤 자존심이라도 그런 관계에는 격심하게 반발할 것이다. 그는 확실히 많은 일을 했고, 그 규모를 생각하면 부끄러웠다. 하지만 그는 그 일에 끼어든 이유를 나름대로 설명했고, 그것을 수긍하는 데 각별한 믿음이 필요하지는 않았다. 그가 자기가 잘못했다고 느꼈다는 건 이해할 만한 일이었다. 그는 너그러웠고, 그것을 실행할 수단이 있었다. 자신이 주요 원인이었다고는 생각하지 않는다 해도, 그녀에게 남아 있는 호감이나 미련 때문에 그녀의 마음에 평화를 주기 위해 그 일을 도왔다고 생각할 수도 있었다. 결코 보답을 받지 않을 사람에게 신세를 졌다는 사실은 몹시 고통스러웠다. 리디아를 되찾고, 동생의 평판을 지킨 그 모든 일을 그에게 신세진 것이다. 아! 그녀는 그동안 멋대로 키웠던 그에 대한 반감과 그를 겨냥했던 건방지고 뻔뻔한 말들을 진심으로 후회했다. 그렇게 자신을 생각하면 한없이 낮아졌지만, 그를 생각하면 그가 연민과 명예를 위해 자존심이라는 약점을 극복해 냈다는 것이 자랑스러웠다. 그녀는 숙모가 그를 칭찬한 대목을 읽고 또 읽었다. 그녀가 볼 때는 결코 충분하지 않았지만, 어쨌건 흐뭇한 내용이었다. 그녀는 또한 외숙모와 외삼촌이 모두 다아시 씨와 그녀의 애정과 신뢰를 꾸준히 믿고 있었다는 사실에 회한이 뒤섞인 기쁨을 느꼈다.

그러다 누군가의 인기척에 놀란 그녀는 상념에서 깨어나 일어섰다. 그녀가 다른 길로 들어서기 전에 위컴이 다가왔다.

"혼자 산책하시는 데 방해한 게 아닌지 모르겠네요, 처형?"

그가 그녀의 곁에 와 서며 말했다.

"그렇긴 하지만, 그게 늘 싫은 건 아니에요." 그녀가 미소 짓고 대답했다.

"그랬다면 정말 죄송했을 겁니다. 우리는 전부터 좋은 친구였잖아요. 앞으로는 더 좋은 친구가 될 거고요."

"그럼요. 다른 사람들도 이리 나오나요?"

"모르겠어요. 장모님과 리디아는 마차를 타고 메리턴에 간다더군요. 그런데 숙부님 내외 분께 들으니 처형께서 펨벌리에 가보셨다고요?"

엘리자베스는 그렇다고 대답했다.

"부러운 생각도 드네요. 하지만 저는 마음이 아파서 그곳을 견디지 못할 겁니다. 안 그랬다면 뉴캐슬로 가는 길에 들를 수도 있었겠죠. 그러면 그 집 하녀장도 보셨겠네요. 레이놀즈 부인은 저를 참 예뻐했어요. 물론 부인이 처형께 제 이야기를 하지는 않았겠지만."

"아뇨, 하시던걸요."

"뭐라고 했습니까?"

"당신이 군대에 들어갔는데, 잘 안 맞는 것 같다고요. 그렇게 멀리 떨어져 있으니 당연히 오해가 생기는 거죠."

"그랬겠죠." 그가 입술을 깨물며 대답했다. 엘리자베스는 자신의 말에 그가 입을 다물기를 바랐지만 그는 다시 말을 이었다.

"지난달에 런던에서 놀랍게도 다아시를 만났습니다. 서너 번 봤죠. 거기서 무슨 일을 하던 건지 모르겠어요."

"드 버그 양과 결혼을 준비하는 게 아닐까요?" 엘리자베스가 말했다. "이 계절에 거기 갔다면 분명히 특별한 일일 테니까요."

"그럴 겁니다. 램턴에서 다아시를 보셨나요? 숙부님 내외분 말씀으로는 그랬던 것 같아서요."

"네, 만났죠. 그리고 다아시 양도 소개받았어요."

"어때요? 다아시 양이 마음에 드시나요?"

"네, 아주 많이요."

"제가 듣기로도 지난 일이 년 사이에 놀라울 만큼 좋아졌다 더군요. 마지막으로 만났을 때만 해도 앞날이 별로 밝아 보이 지 않았는데 말이죠. 마음에 드셨다니 기쁘네요. 다아시 양도 좋은 숙녀가 되길 바라는 마음입니다."

"그럴 거예요. 가장 힘들었던 시기를 넘겼으니까요."

"킴프턴 마을에는 들렀나요?"

"그런 기억은 없네요."

"제가 그곳의 목사직을 받기로 되어 있었거든요. 참으로 멋 진 곳이죠! 목사관도 훌륭하고요. 모든 면에서 저에게 꼭 맞았 을 겁니다."

"설교하는 걸 좋아하셨나요?"

"그럼요. 제 임무의 하나로 여겼을 테고, 그러면 거기 필요 한 수고는 금세 별것 아니라고 보았겠죠. 불평하면 안 되지만, 그곳에 갔다면 분명 좋았을 거예요! 그런 한적한 생활은 행복 에 대해 제가 기대하던 조건에 모두 들어맞았을 거예요! 하지 만 그렇게 되지 않았죠. 켄트에 가셨을 때 다아시에게서 그 상 황에 대해 들으셨나요?"

"다아시 씨와 다름없이 믿을 만한 사람에게서 그 자리는 조건부였고, 실제로 임명하는 권한은 현 주인의 의지에 달려 있다고 들었어요."

"들으셨군요. 네, 어떤 조건이 있었습니다. 기억하실지 모르겠지만 저도 처음부터 그렇게 말씀드렸었죠."

"그리고 제부가 한때는, 지금과는 달리 설교하는 직업을 별로 탐탁하게 여기지 않았다는 말을 들었어요. 실제로 성직에 절대 들어가지 않겠다고 맹세해서 그 뒤로 모든 게 달라졌다고요."

"그렇군요! 전혀 근거 없는 말은 아닙니다. 처음에 우리가 그 이야기를 할 때 제가 말씀드렸었는데요, 기억하실지 모르겠습니다만."

그들은 이제 거의 현관 앞까지 왔다. 엘리자베스가 그와 빨리 헤어지려고 서둘러 걸었기 때문이다. 하지만 리디아를 위해서 그를 자극하지 않는 편이 낫겠다고 생각했다. 그래서 온화한 미소를 짓고 이렇게만 말했다.

"들어가요, 위컴 씨. 이제 우리 가족이잖아요. 지나간 일들로 다투지 말아요. 앞으로는 우리 생각이 늘 잘 맞기를 빌어요."

엘리자베스가 손을 내밀어 악수를 청하자 위컴은 다정하고 정중하게 그 위에 입을 맞추었지만, 얼굴은 적잖이 당황한 표정이었다. 두 사람은 안으로 들어갔다.

11

위컴 씨는 그 대화에 매우 만족해서 다시는 그런 일을 거론해서 스스로를 괴롭히거나 엘리자베스의 신경을 건드리지 않았다. 그리고 그녀는 그만큼의 말로 그를 침묵시켰다는 사실에 만족했다.

어느새 위컴과 리디아가 떠날 날이 왔고, 베넷 부인은 이별을 받아들여야 했다. 식구들 모두를 데리고 뉴캐슬로 가자는 부인의 제안을 남편이 들은 척도 하지 않았기에, 그 이별은 열두 달 이상 갈 가능성이 높았다.

"아! 우리 리디아." 부인이 소리쳤다. "우리가 언제 다시 만날 수 있을까?"

"몰라요. 이삼 년 안에는 못 보지 않을까요?"

"편지 자주 하려무나."

"되도록 자주 할게요. 하지만 아시다시피 결혼한 여자는 편지 쓸 시간이 많지 않아요. 언니들더러 나한테 편지 쓰라고 해요. 언니들이야 달리 할 일이 없잖아요."

위컴 씨의 작별 인사는 아내보다 훨씬 다정했다. 그는 잘생긴 얼굴에 미소를 띠고 듣기 좋은 말을 많이 했다.

"정말 훌륭한 친구야." 그들이 집을 벗어나자마자 베넷 씨가 말했다. "원래 그랬지만 말이지. 선웃음 짓고 엉너리치고 우리 식구 전부한테 연애를 걸어. 이만저만 자랑스럽지가 않구나. 이거 참, 내가 보배로운 사위 얻기 경연에서 윌리엄 루카스 경마저 물리칠 모양이군."

한편 딸과 이별한 탓에 베넷 부인은 며칠 동안 침울했다.

"아무리 생각해도 사랑하는 사람하고 헤어지는 것만큼 나쁜 일은 없는 것 같아." 부인이 말했다. "너무나 쓸쓸해서 못 견디겠다."

"딸을 시집보내면 그런 거예요, 어머니." 엘리자베스가 말

했다. "우리 넷이 아직 결혼 안 한 게 어머니한테는 다행이라고
요."

"그렇지 않아. 리디아가 내 곁을 떠난 건 결혼해서가 아니잖
니. 하필 남편이 소속된 연대가 너무 멀리 있어서지. 그곳이 좀
더 가까웠다면, 이렇게 일찍 떠나지는 않았을 텐데."

하지만 이 사건 때문에 침울했던 베넷 부인은 곧 회복되었
고, 동네에 새롭게 떠돌기 시작한 소식에 다시 희망으로 부풀
어 올랐다. 네더필드의 주인이 그 집 하녀장에게 하루이틀 후
에 거기 내려와서 앞으로 몇 주 동안 사냥을 할 테니 준비를 갖
추어놓으라고 지시했다는 것이다. 베넷 부인은 안달이 났다.
부인은 제인을 보며 빙긋 미소 짓다가 또 고개를 저었다.

"그러니까 빙리 씨가 다시 여기 온다는 거로구나." (이 소식
을 전한 사람은 필립스 부인이었다) "좋은 일이지. 그러건 말
건 나야 신경 쓰지 않지만. 그 사람은 우리한테 아무 관계도 없
고 나는 다시는 그 사람을 보고 싶지 않아. 하지만 네더필드에
오는 건 그 사람 자유지. 그리고 무슨 일이 있을지 어떻게 알
아? 하지만 그런 일은 우리한테는 아무것도 아니야. 우리는 오
래전에 그 일에 대해서는 더 이상 한마디도 하지 않기로 약속
했어. 그런데 온다는 게 정말 확실한 이야기야?"

"믿어도 좋아." 필립스 부인이 대답했다. "니콜스 부인이 어
젯밤 메리턴에 왔거든. 부인이 지나가는 걸 보고 내가 일부러
나가서 빙리가 온다는 게 사실이냐고 물어봤어. 그랬더니 정말
이라는 거야. 늦어도 목요일에는 오고, 수요일에 올 가능성도
높대. 니콜스 부인은 수요일에 고기를 더 주문하려고 푸줏간에
가는 길이었어. 거기다가 딱 잡기 좋은 오리도 여섯 마리나 있

더라니까."

제인은 그가 온다는 소식에 얼굴색이 달라지는 걸 막을 수 없었다. 엘리자베스에게 그의 이름을 마지막으로 말한 지도 벌써 여러 달이 지났다. 하지만 잠시 후 엘리자베스와 둘만 남게 되자, 제인은 말했다.

"아까 이모님이 소식을 전할 때 리지 네가 내 얼굴을 보더 구나. 내가 괴로운 표정을 보인 건 알아. 하지만 어리석은 이유 때문이라고 생각하지는 마. 그냥 사람들이 나를 쳐다볼 것 같다는 생각에 당황해서 그런 거니까. 분명히 말하는데 그 소식을 들었다 해도 나는 반갑지도 않고 힘들 것도 없어. 그 사람이 혼자 온다는 건 그나마 다행이네. 그러면 아무래도 만날 기회가 줄어들 테니까. 나야 상관없지만 사람들이 쑥덕거리는 게 싫어."

엘리자베스는 어떻게 생각해야 할지 감이 잡히지 않았다. 더비셔에서 그를 만나지 않았다면, 그가 겉으로 표명한 이유처럼 그저 사냥하려고 올 수도 있겠다고 생각했을 것이다. 하지만 엘리자베스는 아직도 빙리가 제인에게 애정을 간직하고 있다고 생각했고, 그가 아마도 친구의 허락을 받고 오겠지만 어쩌면 대담하게 그냥 올 수도 있을 것 같아서, 어느 쪽일지 무척 궁금했다.

'불쌍하게도 이 사람은 합법적으로 임대한 자기 집에 오는데도 이렇게 다들 수근대고 추측하기에 바쁘구나!' 엘리자베스는 가끔 생각했다. '나라도 그 사람을 그냥 놔둬야겠어.'

제인은 그렇게 담담한 감정임을 선언하고 또 자기 감정이 진심이라 믿었지만, 그래도 그가 도착한다는 날이 가까워지면서 엘리자베스는 제인의 기분이 그 일에 영향을 받고 있다는 걸 쉽게 감지할 수 있었다. 그녀는 평소보다 훨씬 더 불안정하고 흔들렸다.

열두 달 전에 부모님이 그렇게 뜨겁게 논의한 주제가 새삼 다시 떠올랐다.

"당신은 빙리 씨가 오는 즉시 그 사람을 찾아가야 해요." 베넷 부인이 말했다.

"그럴 수는 없소. 작년에 당신이, 내가 그 사람을 방문하면 그 사람이 우리 딸 하나랑 결혼할 거라고 억지로 나를 보냈지. 하지만 완전히 허사였잖소. 그런 바보 같은 심부름은 다시는 하지 않겠소."

그의 아내는 빙리 씨가 네더필드로 돌아왔을 때 이웃 신사들이 관심을 보이는 게 얼마나 중요한지 열심히 설명했다.

"나는 그런 예의범절은 딱 질색이오." 그가 말했다. "교제를 원하면 수고는 그 사람 몫이어야지. 우리가 어디 사는지 이미 아니까 말이오. 나는 떠나간 이웃들이 돌아올 때마다 그 뒤를 쫓아다니는 데 시간을 낭비하고 싶지 않소."

"내가 아는 한, 당신이 그 사람을 방문하지 않는다면 그건 아주 무례한 행위예요. 하지만 그렇다고 내가 그 사람을 우리 집 정찬에 초대하지 말라는 법은 없으니까, 난 결심했어요. 롱 부인과 굴딩 부부도 함께 초대하겠어요. 그러면 우리까지 합해서 열셋이고, 딱 그 사람 앉을 자리가 날 거예요."

이렇게 빙리를 정찬에 초대하겠다고 결심했더니 마음이 놓여서, 부인은 남편의 무례를 참을 수 있었다. 하지만 그 때문에 이웃들이 자신들보다 먼저 빙리 씨를 볼지 모른다고 생각하니 부아가 치밀었다. 그날이 다가오자 제인이 엘리자베스에게 말했다.

"그 사람이 우리 집에 온다는 게 점점 싫어져. 별일 없을 거야. 분명히 그 사람을 아무렇지도 않게 볼 수 있을 거야. 하지만 자꾸 그런 이야기가 나오는 게 싫어. 어머니도 좋은 뜻으로 말씀하시는 건 알지만, 그런 말 때문에 내가 얼마나 힘든지는 어머니도 누구도 몰라. 그 사람이 얼른 네더필드를 떠나야 내 마음이 편해질 것 같아!"

"언니한테 위로가 될 말을 해줄 수 있으면 좋겠는데," 엘리자베스가 말했다. "하지만 그건 내 능력 밖의 일이야. 언니도 느낄 거야. 힘든 사람에게 흔히 말하는 인내가 답이라는 설교 따위, 난 못하겠어. 언니는 이미 너무 많이 고통을 참아왔으니까."

빙리 씨가 도착했다. 베넷 부인은 하인들의 도움으로 그 소식을 누구보다 먼저 전해 들었기에, 초조하고 불안해하는 시간이 더 길어졌다. 베넷 부인은 얼마나 시간을 두었다 초대장을 보내야 할지 따져보았다. 정찬 전에 그를 미리 보는 것은 불가능했다. 하지만 그가 허트퍼드셔에 오고 사흘째 되던 날 아침, 부인은 드레스룸 창밖으로 그를 보았다. 그는 말을 타고 방목지를 지나 집으로 다가오는 중이었다.

부인은 얼른 딸들을 불러 모았다. 이 일에 함께 기뻐하자는 뜻이었다. 제인은 단호한 태도로 탁자를 지켰지만, 엘리자베스는 어머니를 위해 창가로 갔다. 그리고 다아시 씨가 빙리 씨와 함께 오는 걸 보고, 엘리자베스도 제인 곁에 가서 앉았다.

"엄마, 빙리 씨 옆에 한 사람이 더 있어요." 키티가 말했다. "누구죠?"

"이렇게 저렇게 아는 사람이겠지. 난 모르겠다."

"하!" 키티가 대답했다. "전에 빙리 씨하고 같이 다니던 사람하고 비슷한데요? 이름이 뭐더라, 그 왜, 키 크고 오만하던 사람 있잖아요."

"어머나! 다아시 씨잖아! 맞아, 분명해. 빙리 씨 친구라면 누구라도 환영이지만, 그래도 저 사람만큼은 참 꼴 보기 싫다고 해야겠구나."

제인은 놀랍고도 걱정스런 눈길로 엘리자베스를 보았다. 그녀는 두 사람이 더비셔에서 만난 일을 거의 몰랐기 때문에, 켄트에서 그런 편지를 받고 처음으로 그를 만나는 일이 엘리자베스에게 얼마나 어색할지 안타까이 여겼다. 제인도 엘리자베스도 모두 매우 불편한 마음이었다. 서로가 서로를 안쓰러워했고, 물론 각자 자신들도 안타까워했다. 어머니가 자신은 다아시 씨가 밉고 오직 그가 빙리 씨 친구기 때문에 예의로 대할 거라는 결심을 거듭 표명하는 것을 두 사람은 거의 듣지 못했다. 하지만 엘리자베스에게는 제인이 감지할 수 없는 불안의 원인들이 있었다. 그녀는 제인에게 차마 가디너 부인의 편지도 보여주지 못했고, 다아시 씨에 대한 자신의 감정이 변했다는 사실도 말하지 못했다. 제인에게 다아시 씨는 오직 엘리자베스가 청혼을 거절하고 그의 미덕을 평가절하한 남자일 뿐이었다. 하지만 엘리자베스가 가진 훨씬 더 풍부한 정보에 따르면, 그는 온 가족이 크나큰 빚을 진 사람이고, 자신이 호의를 가지고 지켜보는 사람이었다. 엘리자베스가 다아시 씨를 생각하는 마음은 제인이 빙리에게 느끼는 것만큼 애틋하지는 않다 해도, 적어도 그와 비슷한 정도로 타당하고 합리적이었다. 엘리자베스는 다아시 씨가 온다는 사실에, 그가 네더필드와 롱번에 오고 직접 자신을 찾아온다는 것에 대해 더비셔에서 그의 달라진 행동을 처음 보았을 때만큼이나 깜짝 놀랐다.

그녀의 얼굴에서 사라졌던 홍조가 다시 돌아와 30초가량 더욱 빨갛게 타올랐고, 기쁜 미소가 그녀의 눈에 광채를 더했다. 그사이 그의 애정과 소망이 아직도 흔들리지 않았을 거라고 확신할 수 있었기 때문이다. 하지만 그렇다고 마냥 안심할 수는 없었다.

"먼저 그가 어떻게 행동하는지 봐야겠어." 그녀가 말했다. "그러고 나서 기대해도 늦지 않을 테니까."

그녀는 애써 침착함을 유지하며 앉아 고개도 들지 않고 바느질에 몰두했는데, 하인이 문으로 다가가자 호기심에 언니의 얼굴로 눈길을 들었다. 제인은 평소보다 약간 더 창백했지만, 엘리자베스의 예상보다는 차분했다. 두 신사들이 들어올 때 얼굴에 홍조를 띠었지만, 상당히 여유로운 태도로 분노의 기미도 불필요한 친절도 없이 예의 바르게 그들을 맞았다. 엘리자베스는 예의가 허락하는 한 최대한 말수를 줄이고, 다시 바느질을 하러 앉았다. 그녀가 바느질에 그렇게 열성적인 때는 흔치 않았다. 엘리자베스는 꼭 한 번 용기를 내어 다아시에게 눈길을 던졌다. 그는 평소처럼 심각한 표정이었고, 펨벌리보다는 허트퍼드셔에서 보던 모습과 좀 더 비슷한 느낌이었다. 하지만 어쩌면 그는 베넷 부인 앞에서는 외삼촌과 외숙모를 만날 때 같은 모습을 보일 수 없는 건지도 몰랐다. 그건 가슴 아프지만 꽤 현실성 있는 추측이었다.

엘리자베스는 빙리도 잠깐 훔쳐보았는데, 그 짧은 순간 그의 표정은 기쁘면서도 난처해 보였다. 베넷 부인은 빙리를 깍듯한 예의로 맞았는데, 그것은 두 딸을 부끄럽게 만들었다. 특히 그의 친구에 대한 차갑고 형식적인 인사말과 너무나 대비되어서 더욱 그랬다.

엘리자베스는 어머니가 가장 사랑하는 딸을 돌이킬 수 없는 수치에서 구해준 은인이 다아시라는 걸 알았기에, 그토록 천박한 차별대우에 말할 수 없이 깊이 상처를 받았다.

다아시는 그녀에게 가디너 부부의 안부를 물은 뒤(그 질문은 그녀를 매우 곤혹스럽게 했다)에는 거의 말을 하지 않았다. 그는 그녀 옆에 앉지 않았고, 아마도 그것이 침묵의 이유인 것 같았다. 하지만 더비셔에서는 그렇지 않았다. 더비셔에서는 그녀와 직접 이야기할 수 없을 때면 그녀의 일행과 대화를 했다. 하지만 이제 그의 목소리는 몇 분이 지나도록 들리지 않았다. 이따금 그녀가 호기심을 못 이기고 눈을 들어 다아시를 볼 때면, 그는 엘리자베스를 보는 만큼 제인을 바라보고, 또 바닥도 자주 내려다보았다. 마지막으로 만났을 때보다 더 신중해지고, 사람들과 어울리려는 열망은 줄어든 게 분명했다. 그녀는 실망했고 그런 자신에게 화가 났다.

'달리 뭘 기대한 거야?' 그녀는 생각했다. '하지만 도대체 왜 온 거지?'

그녀는 다아시 외의 누구와도 이야기하고 싶지 않았지만, 막상 그에게는 말을 걸 용기가 없었다.

그의 동생 다아시 양의 안부를 묻고는 더 이상 말을 잇지 못했다.

"정말로 오랜만에 돌아오셨네요, 빙리 씨." 베넷 부인이 말했다.

그는 그렇다고 대답했다.

"다시는 안 오시는 줄 알았어요. 사람들이 그러더라고요. 미가엘 축일에는 그 집을 완전히 떠날 거라고요. 하지만 사실이 아니면 좋겠군요. 빙리 씨가 떠난 뒤 우리 마을에는 아주 일이 많았어요. 루카스 양이 결혼해서 떠났죠. 우리 딸 하나도 그랬고요. 아마 빙리 씨도 들었을 것 같네요. 신문에도 났어요. 《타임스》와 《쿠리어》에 말예요. 제대로 실리지는 않았지만. 그냥 '최근 조지 위컴 씨와 리디아 베넷 양 결혼'이라고만 나왔으니까요. 리디아 아버지가 누군지, 어디 사는지 같은 이야기는 한 줄도 없었어요. 내 동생 가디너가 문구를 써주었을 텐데, 왜 그렇게 어설프게 됐는지 모르겠어요. 혹시 봤나요?"

빙리는 보았다고 대답하고 축하의 말을 전했다. 엘리자베스는 차마 눈을 들 수가 없었고, 그래서 다아시 씨의 표정도 확인할 수가 없었다.

"딸을 좋은 혼처에 시집 보내는 건 기쁜 일이죠." 베넷 부인이 말을 이었다. "하지만 빙리 씨, 그래도 이런 식으로 딸과 헤어지는 건 힘든 일이에요. 두 사람은 북쪽 멀리 뉴캐슬로 갔답니다. 거기서 정착하려고요. 얼마나 오래 있을지는 몰라요. 위컴의 연대가 거기 있으니까요. 그 사람이 ○○ 연대를 떠나서 정규군에 들어갔다는 말은 들었죠? 정말 잘됐지 뭐예요! 우리 사위한테는 정말 훌륭한 친구들이 도움을 주고 있답니다. 받아야 할 도움을 다 받지는 못하지만 말예요."

그것이 다아시 씨를 가리켜 하는 말이라는 걸 아는 엘리자베스는 불타오르는 수치심에 자리에 앉아 있기도 힘들 지경이었다. 하지만 그 일은 그때까지 어떤 일에도 꿈쩍 않던 그녀가 입을 열게 하는 효과를 가져왔다. 그녀는 빙리에게 이번에 시골에 약간이라도 체류할 생각이냐고 물었다. 그는 몇 주 정도 있을 계획이라고 말했다.

"빙리 씨 구역에서 새를 다 잡으면 여기 베넷 가 장원에 와서 마음껏 사냥해요." 어머니가 말했다. "얼마든지요. 남편은 그렇게 해드릴 수 있다는 걸 기뻐하고, 최고 가는 자고새 무리를 빙리 씨를 위해 남겨둘 거예요."

그런 불필요하고 과도한 친절과 배려는 엘리자베스의 고통을 더욱 가중시켰다. 지금 피어오르는 이 전망이 1년 전 그들을 흥분시켰던 것과 똑같다면, 앞으로 짧은 시간 안에 모든 것이 그때와 똑같은 참담한 결말로 이어질 거라고 그녀는 생각했다. 그리고 앞으로 몇 년을 행복하게 산다 해도 그 순간 제인과 엘리자베스가 겪은 고통과 혼돈을 벌충할 수는 없을 거라고 느꼈다.

'지금 내게 가장 절실한 소망은 다시는 저 두 남자와 한자리에 있지 않는 거야.' 그녀는 스스로에게 말했다. '저들과의 교제가 아무리 즐거운들, 이런 비참한 기분을 보상할 수는 없어! 빙리 씨도 다시 씨도 다시는 만나지 않았으면 좋겠어!'

하지만 몇 년의 행복으로도 보상되지 못할 참담한 고통에 이어 곧 커다란 위안이 찾아왔다. 그것은 제인의 아름다움이 다시금 옛 애인의 가슴에 찬탄의 불을 지피는 모습이었다. 그는 처음에 집에 들어올 때는 그녀에게 거의 말을 하지 않았다. 하지만 그가 그녀에게 기울이는 관심은 5분 단위로 커져 갔다. 그의 눈에 그녀는 작년 못지않게 아름답고 선량하고 꾸밈없었다. 달라진 점이라면 그때만큼 이야기를 많이 하지 않는다는 것이었다. 제인은 아무런 차이도 보이지 않으려고 애쓰면서, 자신은 정말로 예전만큼 이야기를 한다고 믿었다. 하지만 마음이 너무 복잡하다 보니, 스스로 입을 다물고 있다는 사실도 자꾸 잊었다.

두 신사가 떠나려고 자리에서 일어서자, 계획을 잊지 않은 베넷 부인이 그들을 초대했고 며칠 뒤로 롱번에서 정찬 약속이 잡혔다.

"빙리 씨는 저한테 빚이 있어요. 우리 집에 한 번 방문하셔야 하잖아요." 부인이 덧붙였다. "작년 겨울 런던에 가기 전에 저희 가족과 정찬을 하기로 약속했으니까요. 저는 아직도 확실히 기억해요. 그리고 빙리 씨가 돌아와 약속을 지키지 않아서 무척 실망했답니다."

빙리는 그 말에 약간 멍한 표정을 지었다가, 일 때문이었다는 식으로 사과하며 얼버무렸다. 그리고 두 사람은 그렇게 돌아갔다.

베넷 부인은 정찬 때까지 있다 가라고 하고 싶은 마음이 굴뚝같았다. 하지만 베넷 가의 식사가 늘 훌륭한 편이기는 해도, 두 코스가 안 되는 식사는 부인이 간절한 소망을 품은 남자에게 걸맞지도 않고 또 연수입이 1만 파운드나 되는 남자의 입맛이나 자부심을 충족시킬 수도 없다고 생각했다.

12

그들이 가자마자 엘리자베스는 밖으로 산책을 나갔다. 기운을 차리려고, 더 정확히는 기운을 더 가라앉힐 문제들을 아무 방해도 받지 않고 생각해 보려고 나간 것이다. 엘리자베스는 다아시 씨의 행동에 놀랍고 혼란스러웠다.

"아무 말도 없이 심각하고 무관심한 표정만 짓다가 가려면 대체 뭐 하러 온 거지?" 그녀가 말했다.

엘리자베스는 기뻐할 만한 설명을 찾을 수 없었다.

"런던에서 외삼촌 부부에게는 계속 다정하고 친절했다면서 나한테는 왜 안 그러지? 내가 무섭다면 왜 온 거야? 나를 더 이상 좋아하지 않는다면 왜 아무 말 없는 거야? 정말 종잡을 수 없는 남자야! 아, 더 이상 생각하지 말아야지!"

그때 언니가 다가오는 바람에 엘리자베스는 본의 아니게 잠시 그 결심을 지킬 수 있었다. 언니는 명랑한 표정이었다. 엘리자베스보다 손님들에게 더 만족한 듯했다.

"첫 만남이 끝나니까 아주 마음이 편해." 그녀가 말했다. "나한테도 힘이 있었어. 더 이상은 그 사람이 온다고 당황하지 않을 거야. 그 사람이 화요일 정찬에 오는 것도 괜찮아. 그때는 사람들 모두 그 사람과 내가 평범하고 무심한 지인으로 만난다는 걸 알 수 있을 거야."

"그래, 아주 무심하지. 그렇고말고." 엘리자베스가 웃으며 말했다. "흠, 제인, 그래도 조심해."

"리지, 설마 지금 내가 위험한 상태라고 여길 만큼 나를 약하게 보는 건 아니겠지?"

"언니는 지금 아주 위험해. 그 사람을 어느 때 못지않게 사랑에 빠뜨릴 위험이 충분하니까."

베넷 가 사람들은 화요일 정찬 모임 때가 돼서야 두 신사를 다시 만났다. 그동안 베넷 부인은 빙리 씨가 그 전주에 30분 정도 방문했을 때 보여준 온화하고 예의 바른 태도에 힘을 입어, 온갖 행복한 계획으로 부풀어 있었다.

화요일 롱번에는 손님이 많았다. 사람들에게 집중적인 기대를 받은 두 사람은 시간을 잘 지키는 사냥꾼의 명예에 걸맞게, 제시간에 찾아왔다. 그들이 식당에 들어갔을 때, 엘리자베스는 빙리가 예전 파티 때마다 그랬듯이 제인의 옆자리에 앉을지 눈여겨보았다. 역시 같은 생각을 하던 그녀의 어머니는 신중하게도, 그를 자기 옆자리로 부르는 일을 삼갔다. 빙리는 식당에 들어선 순간 조금 망설이는 것 같았다. 그때 제인이 우연히 방을 둘러보다 미소를 지었다. 그로써 결정은 끝나고 빙리는 그녀의 옆에 앉았다.

엘리자베스는 승리감에 취해 빙리 씨의 친구를 바라보았다. 그는 근엄하고 무심하게 그 시선을 받았다. 빙리 씨 또한 웃음과 놀라움이 섞인 표정으로 그를 보는 걸 목격하지 못했더라면, 엘리자베스는 빙리 씨가 그에게서 이미 행복할 권리를 허락받았다고 상상했을지도 모른다.

정찬 동안 빙리 씨가 제인을 대하는 태도는 전보다 더 조심스럽기는 했지만 찬미와 흠모의 마음으로 넘쳐 나고 있었다. 엘리자베스는 만약 그가 독자적으로 결정할 수 있다면, 제인과 빙리의 행복은 곧 이루어지리라고 생각했다. 결과가 어떻든 그의 그런 태도를 보는 것만으로도 엘리자베스는 기분이 좋았다. 덕분에 그녀는 그나마 생기를 띨 수 있었다. 도무지 명랑할 기분이 아니었기 때문이다. 다아시 씨는 엘리자베스와 가장 먼 자리에 있었고, 그의 바로 옆자리에는 어머니가 앉아 있었다. 그녀는 이런 상황이 두 사람 모두에게 아무런 기쁨도 이로움도 주지 못한다는 걸 알았다. 두 사람의 대화는 전혀 들리지 않았지만, 둘이 얼마나 드물게 대화를 하는지, 또 그럴 때마다 양쪽의 태도가 얼마나 형식적이고 차가운지는 충분히 알 수 있었다. 어머니의 불친절하고 무례한 행동 때문에, 엘리자베스는 가족이 그에게 무척 큰 신세를 졌다는 사실을 더욱 고통스럽게 느껴야 했다. 그의 친절한 행위를 알고 감사하는 가족이 있다는 걸 그에게 알리기 위해서라면, 무슨 일이라도 할 수 있을 것 같다는 생각이 문득문득 스치곤 했다.

그녀는 그날 저녁 동안 다아시 씨와 단 둘이 함께할 기회가 오기를 바랐다. 정찬과 그 후의 시간 동안 두 사람이 형식적인 인사를 넘어서 대화 비슷한 것을 할 만한 시간이 오기를. 그런 열망 때문에 불안하고 초조했던 그녀는 응접실에 앉아 남자들이 들어오기를 기다리는 동안, 피곤하고 지루해서 예의를 차리기가 힘겨울 지경이었다. 그들의 등장에 그날 저녁의 모든 기쁨이 달려 있다고 해도 과언이 아니었다.

'그리고 그 사람이 내 쪽으로 오지 않으면, 그 사람을 영원히 포기할 거야.' 엘리자베스는 생각했다.

신사들이 들어왔다. 그리고 다아시 씨는 그녀가 바라던 대로 다가오려는 듯했다. 하지만 이런! 여자들은 제인이 차를 준비하고 엘리자베스가 커피를 따르는 탁자에 몰려들었는데, 어찌나 빼곡하게 앉았는지 그녀 옆에는 의자 하나 들어갈 틈이 없었다. 심지어 남자들이 다가오자 젊은 아가씨 한 명이 엘리자베스에게 더욱 바짝 붙어서 이렇게 속삭였다.

"남자들이 우리를 갈라놓지 못하게 할래요. 우리한테는 저 사람들이 필요 없잖아요."

다아시는 응접실의 다른 쪽으로 걸어갔다. 그녀는 눈으로 그를 좇았고, 그와 대화하는 모든 사람을 질투했으며, 초조함에 커피도 제대로 따르지 못했다. 그러고 나서는 이토록 어리석은 자신에게 화가 났다!

'한 번 거절했던 남자야! 어떻게 바보같이 그런 사람의 사랑이 되살아나기를 기대할 수 있는 거지? 한 여자한테 두 번 청혼하는 미욱함을 용납할 남자가 단 한 명이라도 있을까? 자기 감정을 그렇게 심하게 모욕하는 경우는 없어!'

하지만 그가 직접 커피잔을 들고 다가오자 기분이 약간 나아진 엘리자베스는 그 기회를 놓치지 않고 말을 건넸다.

"동생 분은 아직도 펨벌리에 있나요?"

"네, 크리스마스 때까지 있을 겁니다."

"혼자서요? 친구들은 다 떠난 건가요?"

"앤슬리 부인이 함께 있습니다. 다른 사람들은 모두 3주 전에 스카보러*로 갔습니다."

그녀는 더 이상 할 말이 생각나지 않았다. 그래도 다아시 씨가 그녀와 대화하고자 했다면 대화가 이어졌을 것이다. 하지만 그는 그녀의 곁에 몇 분 동안 아무 말없이 가만히 서 있다가,

---

*잉글랜드 북동부 해안의 온천 도시.

아까 그 아가씨가 엘리자베스에게 다시 속삭이자 다른 곳으로 가버리고 말았다.

차를 치우고 카드놀이가 시작되자 여자들이 모두 일어섰고, 엘리자베스는 곧 그와 다시 이야기할 희망을 품었다. 하지만 어머니가 그런 희망을 무참히 무너뜨리며 그를 휘스트 탁자로 몰고 가서 다른 사람들 틈에 앉혔다. 그들은 저녁 내내 다른 탁자에 붙박여 있어야 했고, 그녀는 그가 자꾸 자기 쪽을 보느라 자기만큼이나 카드놀이에 지장을 입는 것 말고는 희망할 게 아무것도 없었다.

베넷 부인은 두 네더필드 신사를 석식 때까지 붙들어 둘 생각이었지만, 불행히도 두 사람의 마차가 손님들 마차 중 가장 먼저 당도하자 그들을 붙잡을 구실이 없어졌다.

"얘들아, 오늘 어땠니?" 손님들이 다 가고 식구들만 남자 베넷 부인이 물었다. "내가 볼 땐 모든 게 아주 잘된 것 같아. 요리는 어떤 정찬 못지않게 훌륭했어. 사슴 고기는 꼭 알맞게 구워졌고, 그렇게 통통한 다리살은 처음이라고 모두 입을 모았으니까. 수프는 지난주에 루카스 네서 먹은 것보다 50배는 더 맛있더라. 그리고 자고새 요리가 잘됐다는 건 다아시 씨도 인정했잖아. 그 사람은 프랑스 요리사를 두세 명 이상 두고 있을 텐데 말이야. 그리고 제인, 네가 이렇게 예뻐 보인 적도 없어. 내가 제인이 오늘따라 참 예쁘지 않냐고 물었더니 롱 부인도 그렇다고 하더라. 게다가 부인이 또 뭐라고 했는지 아니? '베넷 부인, 드디어 제인을 네더필드에 보내겠네요.' 정말로 그렇게 말했어. 롱 부인은 정말 훌륭한 사람이야. 그 조카딸들도 예의가 바르지. 물론 전혀 예쁘지는 않지만. 그래서인지 나는 그 아이들이 아주 좋아."

베넷 부인은 한마디로 신이 났다. 저녁 내내 빙리가 제인을 대하는 태도를 보고, 드디어 그를 손에 넣을 수 있다고 확신했기 때문이다. 행복한 기분에 가족에게 유리한 일을 잔뜩 기대했고, 이런 기대감이 어찌나 부풀어 올랐는지 그가 다음 날 청혼하러 오지 않은 데 실망할 정도였다.

"전체적으로 괜찮았어." 제인이 엘리자베스에게 말했다. "손님들도 잘 선택했고 모두 잘 어울렸어. 다시 자주 만났으면 좋겠다."

엘리자베스가 미소 지었다.

"리지, 그러지 마. 날 의심하면 안 돼. 당황스럽단 말이야. 나는 이제 그 사람을 유쾌하고 분별 있는 젊은이로 대하며 즐겁게 대하는 법을 배웠어. 그 이상의 소망을 품지 않고 말이야. 나는 지금 그 사람의 태도, 그러니까 애정 같은 걸 개입시키지 않는 태도에 더없이 만족해. 그 사람은 원래 남들보다 다정하고, 모든 사람들을 즐겁게 해주고픈 마음이 큰 것뿐이야."

"언니는 정말 잔인해." 엘리자베스가 말했다. "나를 웃지도 못하게 하면서 늘 내 얼굴에 미소가 떠오르게 하니까 말이야."

"때로는 믿음을 준다는 게 참 어려운 일이로구나!"

"그게 불가능한 경우도 있지!"

"하지만 너는 왜 계속 내가 마음에 없는 말을 한다고 그러는 거니?"

"나도 뭐라고 대답해야 할지 모르겠네. 우리는 모두 남을 가르치기 좋아하잖아. 그럴 수 있는 건 굳이 알 필요가 없는 것들뿐인데도 말이야. 미안해. 하지만 정말로 무심한 게 맞다면, 나를 언니의 비밀 상담 역할로 생각하지 말아줘."

13

며칠 후에 빙리 씨가 혼자서 롱번을 찾아왔다. 그의 친구는 그
날 아침 런던으로 떠났지만, 열흘 후에 다시 돌아온다고 했다.
그는 한 시간 넘게 베넷 가에 있었고, 아주 즐거워하는 모습이
었다. 베넷 부인은 정찬을 들고 가라고 권했지만, 그는 깊은 안
타까움을 표시하며 다른 곳에 약속이 있다고 했다.

"다음번에 올 때는 좀 더 오래 계시면 좋겠네요." 부인이 말
했다.

그러자 그는 언제라도 기쁠 거라고, 허락해주시면 빠른 시
일 내에 찾아오겠다고 말했다.

"그럼 내일 오실 수 있나요?"

내일은 아무 약속이 없다고 해서, 베넷 부인의 초대는 신속
히 수락되었다.

그가 왔다. 어찌나 일찍 왔는지 여자들이 아직 손님을 맞이
할 옷차림도 갖추기 전이었다. 베넷 부인은 실내 가운을 입고
머리도 하다 만 차림으로 딸의 방으로 달려가 소리쳤다.

"이런이런, 제인, 어서 내려와라. 그 사람이 왔어. 빙리 씨 말
이야. 정말이야. 서둘러라, 어서. 여기, 새라, 당장 큰아가씨 옷
입는 걸 도와줘. 리지 아가씨 머리는 신경 쓰지 말고."

"최대한 빨리 내려갈게요." 제인이 말했다. "하지만 엘리자
베스나 저보다는 키티가 더 준비가 잘되어 있을 것 같은데요.

30분 전에 위층에 올라갔으니까요."

"키티라니! 그애가 무슨 상관이니? 어서 나와, 빨리! 그런데 네 허리띠는 어디 있니?"

하지만 어머니가 나가자, 제인은 누구든 동생하고 함께가 아니면 내려가지 않겠다고 했다.

베넷 부인은 저녁 때에도 두 사람만 따로 있게 하려고 안달이 나 있었다. 베넷 씨는 차를 마신 뒤 버릇대로 서재로 물러갔고, 메리는 악기를 연습하러 위층으로 갔다. 방해물 다섯 가운데 둘이 그렇게 사라지자, 베넷 부인은 한동안 엘리자베스와 캐서린에게 눈짓을 했지만 아무 효과가 없었다. 엘리자베스는 부인 쪽으로 눈길을 돌리지 않았다. 마침내 키티가 어머니의 행동을 보고 천진하게 물었다. "어머니, 무슨 일이죠? 왜 저한테 자꾸 눈을 찡긋거리세요? 제가 어떻게 해야 하나요?"

"아니란다, 애야. 아무것도 아니야. 너한테 눈을 찡긋거린 적 없단다." 베넷 부인은 그러고 5분을 더 앉아 있었지만, 그렇게 소중한 기회를 낭비할 수가 없어서 자리에서 벌떡 일어나 키티에게 말했다.

"애야, 이리 오렴. 할 말이 있다." 그리고 키티를 데리고 나갔다. 제인은 곧장 엘리자베스를 보고, 이런 계략은 싫다며 제발 곁에 있어달라는 눈짓을 보냈다. 잠시 후 베넷 부인이 문을 살짝 열고 소리쳤다.

"리지야, 너한테 할 말이 있다."

엘리자베스는 일어서지 않을 수 없었다.

"두 사람만 따로 있게 하는 게 좋지 않겠니?" 그녀가 나오자 어머니가 말했다. "키티하고 나는 위층 내 드레스룸에 있을 거다."

엘리자베스는 어머니를 설득하려고 시도하지는 않았지만, 조용히 복도에 있다가 어머니와 키티가 사라지자 응접실로 돌아갔다.

이날 베넷 부인의 계획은 성공하지 못했다. 빙리는 어느 모로 보나 사랑스럽고 완벽했지만, 딸에 대한 애정만큼은 드러내지 않았다. 그의 여유롭고 쾌활한 태도는 베넷 가의 저녁 모임에 기분 좋은 청량제가 되었다. 그는 어머니의 분별없는 참견을 모두 잘 견뎌냈고, 그 무수한 어리석은 언사에도 참을성과 예의 바른 표정을 잃지 않았다. 딸은 그 점에 대해 특히 더 감사했다.

그는 별다른 권유 없이도 석식 때까지 있었고, 돌아가기 전에 다음 약속을 잡았다. 빙리 씨와 베넷 부인의 주도로, 다음 날 아침 베넷 씨와 빙리는 함께 사냥하러 갈 약속을 잡았다.

그날 이후 제인은 자신의 무심함에 대해 말하지 않았다. 제인과 엘리자베스 사이에 빙리에 대해서는 한마디 말도 오가지 않았다. 하지만 엘리자베스는 다시 씨가 예정보다 일찍 돌아오지만 않는다면, 모든 일이 척척 되어갈 거라 기쁘게 믿으며 잠자리에 들었다. 하지만 아마도 이 모든 일이 친구의 동의 아래 이루어지고 있을지 모른다는 느낌도 들었다.

빙리는 약속 시간에 꼭 맞추어서 왔고, 약속한 대로 베넷 씨와 오전을 함께 보냈다. 베넷 씨는 빙리 씨 예상보다 훨씬 더 즐거운 사람이었다. 빙리는 주제넘거나 어리석지 않았으니, 베넷 씨가 그를 비웃거나 한심해서 입을 다물 일이 없었던 것이다. 그는 빙리와 만난 그 어느 때보다 활발히 대화했고 기이한 행동을 하지도 않았다. 빙리는 당연히 그와 함께 정찬을 하러 돌아왔다. 그리고 저녁 때 베넷 부인은 또다시 빙리와 딸 곁에서 모든 사람을 떼어내기 위해 머리를 굴렸다. 편지를 써야 했던 엘리자베스는 차를 마신 뒤 조찬실로 갔다. 다른 식구들이 모두 카드놀이를 시작했기 때문에, 자신이 굳이 남아서 어머니의 계획을 좌절시킬 필요가 없었다.

하지만 편지를 다 쓰고 응접실로 돌아갔을 때, 그녀는 어머니의 책략이 자신의 예상을 뛰어넘을 만큼 교묘했다는 데 깜짝 놀랐다. 문을 열자 언니와 빙리가 깊은 대화에 몰두한 듯이 난로 앞에 함께 서 있었다. 그것만으로는 의심하기에 부족하다면, 두 사람이 서둘러 고개를 돌리고 서로에게서 떨어지는 모습, 그리고 두 사람의 얼굴에 스친 표정이 모든 것을 말해주었다. 누가 보아도 아주 어색한 상황이었다. 하지만 엘리자베스는 자신의 상황이 훨씬 더 어색한 것 같았다. 어느 쪽도 입을 열지 않았다. 하지만 엘리자베스가 다시 응접실을 나가려고 하자, 그사이에 자리에 앉았던 빙리가 다시 일어서서 제인에게 몇 마디 말을 속삭인 뒤 밖으로 달려 나갔다.

제인은 엘리자베스에게 기쁜 비밀을 모두 털어놓지 않을 수 없었다. 그녀는 엘리자베스를 껴안으며 열렬한 감정으로 자신은 세상에서 가장 행복한 여자라고 말했다.

"너무 과분해!" 그녀가 덧붙였다. "정말 과분해. 너무 과분한 행복이야. 아, 왜 모두가 나만큼 행복할 수 없는 거지?"

엘리자베스는 말로는 다 표현할 수 없는 진실함과 따뜻함과 기쁨을 담아 축하를 전했다. 그녀의 친절한 말 한마디 한마디가 제인에게는 새로운 행복의 원천이었다. 하지만 그녀는 동생 곁에 계속 있을 상황이 아니었고, 남은 말도 지금 당장은 할 수 없었다.

"어머니한테 가야 해." 그녀가 소리쳤다. "어머니의 애정 어린 걱정을 빨리 덜어드려야지. 그리고 어머니가 나 말고 다른 사람에게 이 소식을 듣는 것도 싫어. 그이는 벌써 아버지한테 갔어. 아! 리지, 내가 이 이야기를 하면 우리 식구 모두 얼마나 좋아할까! 이 커다란 행복을 어떻게 다 감당하면 좋지?"

그리고 그녀는 서둘러 어머니에게 갔다. 일부러 카드놀이를 중지시켰던 어머니는 키티와 함께 2층에 있었다.

혼자 남은 엘리자베스는 그렇게 많은 시간 동안 긴장과 번뇌를 안겨주었던 일이 이렇게 빠르고 수월하게 결정된 것을 생각하며 미소 지었다.

'이걸로 이제 빙리 씨 친구도 걱정하며 조심하지 않아도 되겠네! 빙리 씨 여동생의 착각과 책략도 끝이고! 가장 행복하고 현명하고 합리적인 결말이야!'

잠시 후 빙리가 엘리자베스가 있던 응접실로 들어왔다. 베넷 씨와 짧지만 만족스런 면담을 마치고 온 것이다.

"언니는 어디 있나요?" 그가 문을 열면서 바삐 물었다.

"위층 어머니께 갔어요. 금방 내려올 거예요."

그러자 그는 문을 닫고 들어와, 그녀에게 처제로서 행운과 사랑을 빌어달라고 했다. 엘리자베스는 솔직하고 따뜻하게 그와 친척이 될 것이 기쁘다고 말했다. 그들은 다정하게 악수를 하고, 그런 뒤 빙리 씨는 제인이 내려올 때까지 엘리자베스에게 자신이 얼마나 행복한지, 제인이 얼마나 완벽한지 하는 이야기를 쏟아냈다. 엘리자베스는 비록 그가 사랑에 빠져 있기는 하지만, 그가 품은 행복에 대한 모든 기대가 합리적이라고 보았다. 제인은 이해력도 탁월했지만 성격과 마음씨는 말로 다 표현할 수 없을 만큼 훌륭했고, 두 사람은 전반적으로 감정과 취향이 비슷했기 때문이다.

그날 밤은 온 가족에게 더없이 즐거운 밤이었다. 마음속에 기쁨이 가득해 제인의 얼굴은 더 사랑스럽고 활기가 넘쳤고, 그런 제인은 그 어느 때보다도 아름다웠다. 키티는 바보처럼 웃으면서 곧 자기 차례가 올 거라 희망했다. 베넷 부인은 아무리 열렬한 동의와 찬성을 바쳐도 마음에 흡족하지 않았지만, 빙리에게 30분 동안 그 이야기만 되풀이했다. 그리고 석식 때 합류한 베넷 씨 역시 목소리와 태도에 진심 어린 만족감이 역력했다.

그는 손님이 떠날 때까지는 그에 대한 언급을 한마디도 하지 않았지만, 그가 가자 곧바로 딸에게 돌아서서 말했다.

"제인, 축하한다. 너는 행복하게 잘 살 거다."

제인은 얼른 아버지에게 가서 입을 맞추고 친절한 축복의 말에 감사했다.

"너는 착한 아이야." 그가 말했다. "네가 행복한 결혼을 할 거라 생각하니 정말로 기쁘다. 두 사람이 잘 살 거라는 건 추호도 의심하지 않는다. 너희 두 사람은 기질도 다르지 않아. 둘 다 성격이 부드러우니, 아무것도 결정 짓지 못할 거야. 너무 착해서 하인들마다 속이려 들 테고, 너무 너그러워서 적자에 허덕일 테지."

"그렇지는 않을 거예요. 저는 돈 문제에 경솔하고 부주의한 것은 용서하지 못해요."

"적자에 허덕인다고요! 여보." 베넷 부인이 소리쳤다. "도대체 무슨 말을 하는 거예요? 나 참, 우리 사위 될 그 사람은 연수입이 4천에서 5천 파운드라고요. 그보다 더 많을 수도 있고요." 그리고 딸에게 말했다. "얘야, 제인. 너무 기쁘다! 오늘 밤은 한숨도 못 잘 거야. 이렇게 될 줄 알았어. 결국 이렇게 될 거라고 늘 말했지. 네가 이렇게 예쁜데 아무 소득도 없을 수는 없는 일이야! 그 사람이 작년에 허트퍼드셔에 처음 왔을 때부터 난 두 사람이 아주 잘될 거라고 생각했어. 아무렴! 그렇게 잘생긴 젊은이는 내 평생 처음이야!"

위컴과 리디아는 잊혀졌다. 제인은 누구와도 비교할 수 없이 총애하는 자식이었다. 그 순간 부인은 다른 누구도 신경 쓰지 않았다. 메리와 키티는 이제 제인이 미래에 나누어줄 혜택을 조르기 시작했다.

메리는 네더필드의 서재를 이용하게 해달라고 부탁했다. 키티는 겨울마다 무도회를 몇 차례 열어달라고 간청했다.

그날부터 빙리는 자연스럽게 롱번에 매일 찾아왔다. 조찬 전에 올 때도 많았고 늘 석식 때까지 있었다. 물론 아무리 미워해도 부족하지 않은 무지한 이웃이 그를 거절할 수 없는 정찬에 초대하는 경우를 제외하고 말이다.

엘리자베스는 이제 언니와 이야기할 시간이 거의 없었다. 그가 있을 때 제인은 다른 누구에게도 관심을 나눠주지 못했다. 하지만 이따금 둘이 헤어져 있는 시간에 엘리자베스는 두 사람 모두에게 꽤 유용했다. 빙리는 제인이 없을 때면 언제나 엘리자베스 곁에서 그녀와 즐겁게 제인에 대해 이야기했다. 그리고 빙리가 가면 제인은 역시 그녀에게서 위안을 찾았다.

"너무 행복한 말을 들었어." 어느 날 저녁 그녀가 말했다. "지난봄에 내가 런던에 있을 때 그 사람은 전혀 몰랐대! 나는 설마 그럴 리 없다고 생각했었는데."

"나는 그럴 거라고 생각했어." 엘리자베스가 대답했다. "그런데, 그 일에 대해 뭐라고 설명해?"

"동생이 그렇게 한 것 같아. 빙리 양은 오빠가 나하고 만나는 걸 별로 좋아하지 않았지. 그걸 뭐라고 할 수는 없어. 그 사람은 나보다 여러 면에서 유리한 선택을 할 수 있었으니까. 하지만 나중에 오빠가 나하고 행복하게 사는 걸 보면 마음이 누그러들 테고, 우리는 다시 사이가 좋아질 거야. 아무래도 예전 같지는 않겠지만."

"언니가 한 말 중에 이렇게 냉혹한 말은 처음이야." 엘리자베스가 말했다. "천사 같은 언니! 하지만 언니가 또 한 번 빙리 양의 거짓 애정에 속는다면 나는 화가 날 거야."

"리지, 작년 11월에 런던으로 떠났을 때, 그 사람이 나를 정말 사랑했다는 거 아니? 자기에 대해 내가 무관심하다고 생각하지 않았으면, 무슨 수를 써서라도 다시 이곳에 내려왔을 거래!"

"빙리 씨가 실수한 건 사실인데, 그건 다 그 사람이 겸손해서 그런 거야."

그 말에 제인은 자연스럽게 그가 매사에 수줍고 자신을 낮추어 보는 성격이라고 칭찬했다.

엘리자베스는 빙리 씨가 친구의 방해를 전하지 않았다는 사실이 기뻤다. 제인이 아무리 세상에서 가장 너그럽고 용서를 잘하는 성격이라도, 그 사실을 알면 그에게 편견을 품을 게 분명했다.

"나는 정말 이 세상에서 가장 복이 많은 사람이야!" 제인이 소리쳤다. "리지! 어쩌다 우리 가족 가운데 나만 이렇게 큰 축복을 받게 된 걸까! 너도 나만큼 행복해진다면 좋을 텐데! 너에게도 걸맞은, 빙리 씨 같은 남자가 또 있다면!"

"언니가 나한테 그런 남자를 마흔 명 데려다줘도 나는 언니만큼 행복해지지는 않을 거야. 언니 같은 성격, 언니 같은 착한 마음이 없으면 결코 언니 같은 행복을 누릴 수 없어. 그러니까 나는 내가 알아서 할게. 혹시 알아? 운이 좋으면 적당한 때에 콜린스 씨 같은 사람을 또 만날지도 모르지."

롱번 가족의 이런 상황은 오랜 비밀이 될 수 없었다. 베넷 부인은 필립스 부인에게 그 일을 속삭였고, 필립스 부인은 허락도 받지 않고 메리턴의 이웃 모두에게 같은 일을 해서 소식을 널리 퍼뜨렸다.

베넷 가는 순식간에 세상에서 가장 큰 복을 얻은 가족으로 인정받았다. 불과 몇 주 전 리디아가 도망갔을 때만 해도 모두에게 매우 불행한 가족으로 여겨졌는데 말이다.

14

빙리와 제인이 약혼하고 1주일 정도 지난 어느 날 아침, 빙리와 베넷 가 숙녀들이 식당에 함께 있을 때였다. 갑자기 마차 소리가 나서 모두가 창문으로 눈길을 돌렸다. 사두마차 한 대가 잔디 위를 달려오고 있었다. 손님이 오기에는 이른 시각이었고,

게다가 마차의 행색이 이웃에서 보던 모습이 아니었다. 말들은 역참에서 대여한 말들이었다. 마차도 마부석에 앉은 하인의 제복도 낯설었다. 하지만 누군가 오고 있는 게 분명했기에, 빙리는 즉시 제인에게 난데없는 손님 때문에 움쭉달싹 못하게 되기 전에 덤불숲으로 함께 산책을 나가자고 했다. 두 사람은 나갔고, 남은 세 사람이 이런저런 추측을 해보는데, 마침내 문이 열리고 손님이 들어왔다. 캐서린 드 버그 숙부인이었다.

그들은 당연히 의외의 손님일 거라고 예견했지만, 이건 너무도 의외였다. 베넷 부인과 키티는 캐서린 숙부인을 전혀 모르면서도 엘리자베스보다 더 안절부절못했다.

숙부인은 평소보다도 더 무례한 태도로 그 방에 들어온 뒤 엘리자베스의 인사에 고개만 까딱여 응답한 뒤 말 한마디 없이 자리에 앉았다. 부인이 들어올 때 엘리자베스는 소개의 요청을 받지 않고도 어머니에게 그녀의 이름을 일러주었다.

베넷 부인은 그토록 지체 높은 손님이 찾아왔다는 기쁨과 놀라움에, 최대한의 예의를 갖춰 그녀를 맞았다. 숙부인은 잠시 침묵 속에 앉아 있다가 엘리자베스에게 뻣뻣하게 말했다.

"잘 지내고 있기를 바라네, 베넷 양. 저 부인은 어머니시겠지?"

엘리자베스는 그렇다고 짧게 말했다.

"그리고 저 아가씨는 자매 중 하나일 테고."

"네, 그렇습니다." 베넷 부인이 기뻐하며 캐서린 숙부인에게 대답했다. "끝에서 두 번째죠. 막내딸이 최근에 결혼했고, 큰딸도 곧 가족이 될 젊은이와 근처를 산책하고 있답니다."

"정원이 매우 좁군." 캐서린 숙부인이 잠시 침묵한 뒤 말했다.

"로징스에 비할 바는 아닙니다. 하지만 윌리엄 루카스 경의 정원보다는 훨씬 크지요."

"이 방은 여름 저녁나절에 쓰기는 불편하겠어. 창이 정서향이니."

베넷 부인은 자신들은 정찬 이후에는 거기 있지 않는다고 말한 뒤 덧붙였다.

"콜린스 부부는 잘 지내는지 여쭈어도 될까요?"

"아주 잘 지낸다오. 그저께 밤에 봤어요."

엘리자베스는 이제 숙부인이 샬럿의 편지를 전할 거라고 예상했다. 부인이 자기 집을 찾아온 이유는 그것 말고는 없을 것 같았기 때문이다. 하지만 편지는 나오지 않았고, 엘리자베스는 어리둥절했다.

베넷 부인은 더없이 친절하게 다과를 내겠다고 했지만, 캐서린 숙부인은 단호하게 그리고 별로 예의바르지 않은 태도로 아무것도 먹지 않겠다고 거절했다. 그러더니 자리에서 일어나 엘리자베스에게 말했다.

"베넷 양, 이 집 잔디 한 켠에 그럭저럭 괜찮은 작은 숲이 있는 것 같던데, 자네가 동행해주면 잠깐 그리 나가 보고 싶군."

"어서 나가서 안내하렴." 어머니가 소리쳤다. "가서 숙부인께 산책길을 보여드려. 정자를 보시면 즐거우실 게다."

엘리자베스는 그 말에 따라 자기 방으로 달려가 양산을 집어 들고, 아래층으로 내려가 지체 높은 손님을 만났다. 둘이 복도를 지날 때 캐서린 숙부인은 정찬실과 응접실 문을 열고 안을 잠시 둘러본 뒤 그럭저럭 괜찮다고 평가하고 계속 걸어갔다.

숙부인의 마차는 아직도 현관 앞에 있었고, 엘리자베스는 그 안에 시녀가 있는 걸 보았다. 그들은 말없이 자갈길을 걸어 작은 덤불숲 언덕을 향해 갔다. 엘리자베스는 평소보다도 더 무례하고 불쾌하게 구는 그 여자에게, 애써 말을 걸기 위해 노력하지 않기로 결심했다.

'어떻게 전에는 이 여자가 그 조카와 닮았다고 생각할 수 있던 거지?' 그녀는 숙부인의 얼굴을 보며 생각했다.

작은 덤불숲에 이르자, 캐서린 숙부인은 곧 입을 열었다.

"베넷 양, 내가 왜 여기까지 왔는지 모를 리는 없을 거야. 자네의 마음과 양심이 그 이유를 말해주고 있을 테니."

엘리자베스는 진심으로 놀라 그녀를 바라보았다.

"오해십니다, 부인. 저는 부인께서 이곳에 오신 이유를 전혀 모르겠습니다."

"베넷 양." 숙부인이 성난 목소리로 말했다. "내가 그런 수작에 넘어갈 사람인 줄 알아? 자네가 아무리 거짓에 능하기로서니, 나까지 그렇게 보면 안 돼. 나는 진실하고 솔직한 성격으로 유명하니까. 그리고 이런 순간에도 나는 그런 태도를 고수할 거야. 이틀 전에 나는 놀랍고 걱정스러운 소문을 접했어. 그러니까 자네 언니가 시집을 아주 잘 가게 되었을 뿐 아니라, 자네 엘리자베스 베넷 양도 비슷하게, 곧 내 조카 다아시와 결혼할 거라는 거였어. 나는 그게 어처구니없는 헛소문이라는 걸 알지만, 그리고 그게 사실일 거라 생각하는 것만으로도 내 조카에게 상처가 된다는 걸 알지만, 어쨌거나 당장 여기 와서 내 생각을 베넷 양에게 알려야겠다고 마음먹었어."

"그게 사실일 리가 없다고 생각하신다면, 왜 이곳까지 오는 수고를 하셨는지 모르겠네요." 엘리자베스가 놀라움과 모멸

감에 얼굴을 붉히며 말했다. "대체 무슨 뜻을 전하려 하신 건가요?"

"그런 소문을 완전히 부정하기 위해서지."

"숙부인께서 저와 저희 가족에게 오셨다는 게 오히려 그 소문에 대한 증명이 되겠네요." 엘리자베스가 차분히 말했다. "그런 소문이 정말로 있다면요."

"있다면이라고? 지금 모른 척하는 건가? 자네들 가족이 열심히 유포시킨 것 아닌가? 그런 소문이 퍼지고 있는 걸 모른다고?"

"그런 이야기는 들어본 적 없습니다."

"그러면 그게 근거 없는 일이라고도 단언할 수 있나?"

"저는 숙부인만큼 솔직하다고 자부하지 않습니다. 물으셔도 전 대답하지 않겠습니다."

"어처구니없는 일이야, 베넷 양. 나는 꼭 들어야겠어. 혹시 우리 조카가 자네에게 청혼을 했나?"

"숙부인께서는 지금 그게 불가능한 일이라고 말씀하셨습니다."

"당연히 불가능하지. 불가능하고 말고. 그애가 제정신이 있는 한은 말이야. 있을 수도 없고 있어서도 안 되는 일이지. 하지만 자네의 술수와 유혹에 순간적으로 넘어간다면, 그애가 자기 스스로와 집안의 의무를 잊어버릴 수도 있어. 자네가 우리 조카를 꾀었을 거고."

"그랬다면 결코 제 입으로 고백하지는 않을 것입니다."

"베넷 양, 내가 누군지 알아? 나는 이런 건방진 말투에 익숙하지 않아. 나는 그애하고 가장 가까운 친척이고, 그애 문제를 제대로 알 권리가 있어."

"하지만 제 문제를 알 권리가 있으신 건 아닙니다. 그리고 이러신다고 제가 솔직해지지도 않습니다."

"내 말 똑똑히 듣게나. 자네가 주제넘게 원하는 이 혼사는 성공할 수 없어. 절대로. 다아시는 이미 내 딸과 약혼했어. 자, 이제 뭐라고 말할 텐가?"

"드릴 말씀은 이것뿐입니다. 만약 다아시 씨가 따님과 약혼했다면 그분이 제게 청혼했다고 생각하실 이유가 없습니다."

캐서린 숙부인은 잠시 망설이다가 말했다.

"두 사람의 약혼은 좀 특이한 종류야. 어린 시절에 정혼이 되었지. 조카의 어머니가 남긴 가장 큰 소망이었고, 물론 내 소망이기도 했어. 둘이 요람에 있을 때부터 이미 우리는 그 결합을 계획했어. 그런데 우리 자매의 소망이 성취되려는 순간에, 출신 성분도 보잘것없고 사회적 지위도 미미하고 우리 가족과 아무런 관련도 없는 여자가 끼어들다니! 자네는 그 아이 친지들의 소망을 존중하지 않나? 내 딸과 맺은 암묵적인 약혼도? 자네는 예의와 배려 같은 건 전부 저버린 건가? 그애가 어릴 때부터 사촌과 정혼되어 있었다고 내 이미 말했는데, 못 들었나?"

"그 말씀은 분명히 들었습니다. 하지만 그게 저하고 무슨 상관인가요? 제가 다아시 씨와 결혼하는 데 다른 문제가 없다면, 그분의 어머니와 이모가 그분을 드 버그 양과 정혼시켰다는 사실에 구애받지는 않을 것입니다. 두 분은 성심으로 결혼을 계획하셨겠지만, 그 실현 여부는 다른 사람들에게 달려 있지요. 다아시 씨가 서약이나 애정으로 사촌 누이에게 구속되어 있지 않다면, 그가 다른 선택을 하지 못할 이유가 무엇인지요? 만약 제가 그 선택을 받는다면, 제가 그걸 받아들이지 않을 이유가 무엇일까요?"

"명예와 예의와 사려, 아니 이해관계가 금지하기 때문이지. 그래, 베넷 양, 이해관계 때문이네. 만약 자네가 악의적으로 모든 사람의 바람과 반대되는 행동을 한다면, 그 아이 가족과 친구들에게 인정받을 거라는 기대는 버리는 게 좋아. 다아시와 관계된 모든 사람은 자네를 비난하고 무시하고 경멸할걸세. 자네와 연결되는 것 자체가 불명예가 되고, 자네 이름은 우리 중 누구도 언급하지 않을 거야."

"그건 크나큰 불행입니다." 엘리자베스가 대답했다. "하지만 다아시 씨의 아내가 된다면야 그런 처지에 부수적으로 따르는 이익들도 많겠지요. 전체적으로는 불평할 이유가 없는 대단한 행복의 원천을 가질 게 분명합니다."

"고집불통 같으니! 부끄러운 줄도 모르나! 이것이 지난봄에 내가 자네한테 잘해준 데 대한 보답이야? 내가 그런 면에서 받을 게 아무것도 없다는 건가?

여기 앉게. 베넷 양, 내가 여기 온 건 내 의지를 관철하기 위해서라는 걸 알아야 하네. 난 절대 물러서지 않아. 나는 다른 사람의 변덕에 휘둘리는 데 익숙하지 않아. 나는 실망감을 참고 견디지 못해."

"그렇다면 숙부인께서 현재 처하신 사정이 더욱 딱하실 뿐입니다. 하지만 그렇다고 해서 제가 달라지지는 않을 겁니다."

"끼어들지 마. 입 다물고 내 말 들어. 내 딸과 조카는 천생연분이야. 두 사람 다 똑같이 고귀한 모계 혈통을 타고났어. 부계

는 작위는 없지만 더없이 존경받고 명예롭고 유서 깊은 집안이
지. 양쪽 다 막대한 재산이 있어. 양쪽 집안의 모든 사람이 두
사람의 결합을 바라고 있어. 그런데 지금 둘을 갈라놓으려고
하는 게 뭐야? 집안도, 지위도 보잘것없고 재산도 없는 여자?
이게 참을 수 있는 일인가? 그럴 수 없고 그러지도 않을 거네.
자네에게 분별이라는 게 있다면 자라온 환경을 벗어나려 하지
않는 게 좋아."

"다아시 씨와 결혼한다고 제가 제 환경을 벗어나는 것이 아
닙니다. 그는 신사이고, 저도 신사의 딸입니다. 그 점에서 우리
는 동등합니다."

"그 말은 맞아. 자네는 신사의 딸이지. 하지만 어머니는 어
떤가? 친척들은 또 어떻고! 내가 자네의 배경을 모를 거라고
넘겨짚지 말게."

"제 연줄이 어떻든 다아시 씨가 반대하지 않는다면, 숙부인
께서는 아무 상관없는 일입니다." 엘리자베스가 말했다.

"마지막으로 묻지. 그애랑 약혼한 건가?"

엘리자베스는 캐서린 숙부인의 뜻에 굴복하는 뜻에서라면
절대 대답하고 싶지 않았지만, 잠시 생각한 뒤에 말하지 않을
수 없었다.

"아닙니다."

캐서린 숙부인은 만족스러운 것 같았다.

"그렇다면 약혼하지 않기로 약속해주게."

"그런 약속은 드릴 수 없습니다."

"베넷 양, 이건 정말 충격적이군. 자네가 이렇게 꽉 막혀 있
을 줄은 몰랐어. 하지만 내가 물러설 거라고 착각하면 곤란해.

약속을 받아낼 때까지 나는 떠나지 않을 테니까."

"아무리 그러셔도 저는 그런 약속은 절대 하지 않습니다. 위협받았다고 해도 그렇게 비합리적인 약속을 해드릴 수는 없습니다. 숙부인께서는 다아시 씨와 따님의 결혼을 원하십니다. 하지만 제가 부인께서 원하시는 약속을 한다고 해서 두 사람의 결혼 가능성이 높아지나요? 만약 그분이 저에게 애정이 있다면 제가 거절한다고 그 애정을 드 버그 양에게 옮길까요? 캐서린 숙부인, 부인께서 이런 이상하고 사려 깊지 못한 부탁을 하시면서 그 이유로 드신 것들은 그 못지않게 취약하다는 말씀을 드리고 싶습니다. 그런 말씀으로 저를 움직일 수 있다고 생각하셨다면, 제 성격을 크게 잘못 보셨습니다. 부인께서 다아시 씨 일에 이렇게 끼어드는 걸 그분이 얼마나 찬성하실지 모르겠네요. 하지만 분명한 건 부인께서 제 일에 관여하실 권리는 없다는 것입니다. 그러니 이 이야기로 더 이상 저를 괴롭히지 마시기 바랍니다."

"그렇게 서두를 것 없어. 아직 끝난 게 아니니까. 지금까지 말한 반대의 이유 말고도 하나가 더 있어. 나는 자네 동생이 저지른 수치스런 도피 행각에 대해 잘 알고 있어. 아주 자세히 알고 있지. 그 젊은이가 자네 동생과 결혼한 것은 자네 아버지와 숙부가 비싼 값을 치르고 간신히 봉합한 결과라는 걸 말이야. 그런 여자가 내 조카의 처제가 될 수 있어? 선친의 집사 아들이 내 조카와 동서지간이 될 수 있다고? 말도 안 돼! 도대체 자네는 무슨 생각을 하는 거야? 펨벌리의 영혼들을 그런 식으로 오염시킬 생각인가?"

"이제 더는 하실 말씀이 없으시겠네요." 그녀가 분개한 목소리로 말했다. "가능한 모든 방법으로 저를 모욕하셨으니 말이죠. 저는 이제 집으로 돌아가고 싶습니다."

이렇게 말하면서 엘리자베스는 일어섰다. 캐서린 숙부인도 일어섰고, 둘은 돌아섰다. 숙부인은 노기가 충천했다.

"그렇다면 내 조카의 명예는 존중하지 않겠다는 거로구나! 냉혹하고 이기적인 것! 너와 맺어진다면 세상 사람 눈에 그 아이의 수치가 된다는 걸 생각하지 않아?"

"캐서린 숙부인, 저는 더 이상 할 말이 없습니다. 제 생각은 이제 잘 아실 겁니다."

"반드시 그애를 차지하겠다는 결심이로군?"

"그런 말씀 드린 적 없습니다. 저는 그저 부인의 의견이나 또 저와 상관없는 사람들의 의견에 구애받지 않고, 제 자신의 판단에 따라 제 행복을 위해 행동할 거라고 결심했을 뿐입니다."

"그래, 그러니까 내 뜻에 따르지 않겠다는 거지? 의무와 명예와 보은의 명령을 거부하고 있어. 그 아이의 평판을 망가뜨리고, 그 아이를 온 세상의 웃음거리로 만들려고 작정했다, 이거로군."

"어떤 의무도 어떤 명예도 어떤 보은도 지금 상황에서 제 행동을 좌우할 수 없습니다." 엘리자베스가 대답했다. "저와 다아시 씨의 결혼은 그 어떤 원칙도 위반하지 않을 것입니다. 그리고 가족의 분개나 세상의 분노에 대해서 말씀드리면, 그분의 가족이 저와 다아시 씨의 결혼에 분노한다고 해도 그것은 제게 한순간의 고려 대상도 되지 않을 것입니다. 그리고 이 세상은 그런 경멸에 동참할 만큼 분별없는 곳이 아니라고 생각합니다."

"이것이 네 진심이로구나! 너의 최종 결론이고! 좋아, 이제 어떻게 행동해야 할지 잘 알겠다. 베넷 양, 자네의 야심이 이루어질 거라는 상상은 하지 말게. 나는 확인해보려고 온 거야. 좀 더 생각이 있을 줄 알았것만. 이제 내 뜻을 관철하겠네."

캐서린 숙부인은 이런 식으로 계속 이야기했고, 마차 앞에 도착하자 서둘러 돌아서면서 덧붙였다.

"작별 인사는 하지 않겠네, 베넷 양. 자네 어머니에게도. 이집 사람들은 예의 바른 대접을 받을 자격이 없어. 난 정말로 기분이 상했어."

엘리자베스는 대답하지 않았다. 그리고 숙부인에게 집으로 들어가자는 말도 하지 않고 조용히 혼자 집으로 들어갔다. 위층으로 올라가는데 마차가 떠나는 소리가 들렸다. 어머니가 호기심을 못 참겠다는 표정으로 드레스룸 문 앞에서 그녀를 맞고, 왜 캐서린 숙부인이 다시 와서 쉬다 가지 않느냐고 물었다.

"그러기 싫대요." 엘리자베스가 대답했다. "그냥 가시겠대요."

"정말 멋지게 생긴 부인이야, 여기를 방문해 주시다니 친절하기도 하지 뭐야! 그저 콜린스 부부가 잘 지낸다는 말을 해주려고 그랬던 것 같으니 말이다. 어디 가는 길에 메리턴을 지나게 돼서 네 생각이 나신 걸 거다. 너한테 특별히 하실 말씀은 없으셨던 거지?"

엘리자베스는 어쩔 수 없이 그렇다고 거짓말을 했다. 그들의 대화 내용을 털어놓는 것은 불가능했기 때문이다.

15

이 놀라운 방문 이후, 엘리자베스는 혼란스러운 마음을 떨치기가 쉽지 않았다. 그리고 수시간 동안 그 생각에서 벗어날 수도 없었다. 캐서린 숙부인은 그녀와 다아시 씨가 약혼했다고 생각하고 오직 그것을 깨기 위해 로징스에서 여기까지 달려 온 것이었다. 그것은 분명 마땅한 계획이었다! 하지만 어떻게 그들이 약혼했다는 소문이 난 것인지, 엘리자베스는 도무지 감이 잡히지 않았다. 그러다가 그가 빙리의 절친한 친구고 자신이 제인의 동생이라는 사실 자체가, 한 건의 결혼에 즈음해서 또 한 건의 결혼을 기대하는 사람들에게 그런 생각을 불어넣었을 수 있다는 생각이 들었다. 엘리자베스 스스로도 언니가 결혼하면 다아시 씨와 전보다 더 자주 만나게 될 거라고 생각했었다. 그러므로 루카스 로지의 이웃들이 한 일은 (그들과 콜린스 부부의 교신을 통해서 그런 이야기가 숙부인에게 들어갔을 거라고 그녀는 결론을 내렸다) 그녀 스스로 장래의 언젠가 가능하리라 기대한 일을 확고하고 임박한 일로 단정한 것뿐이다.

　하지만 캐서린 숙부인이 쏟아낸 표현들을 돌이켜보니, 그녀는 이런 집요한 간섭이 어떤 결과를 가져올지 얼마간 불안을 느끼지 않을 수 없었다. 그들의 결혼을 반드시 막겠다는 결심을 보면, 부인이 조카와 직접 담판을 지을 거라는 생각이 들었다. 그리고 캐서린 숙부인에게서 엘리자베스와 결혼할 때 따르는 약점들을 들었을 때, 그가 어떻게 반응하고 얼마나 동의할지 그녀는 감히 판단할 수 없었다. 그녀는 그가 이모에게 어느 정도로 애정을 품고 있는지, 이모의 판단에 얼마만큼 의존하는지는 알 수 없지만, 아무래도 엘리자베스 자신보다야 더 높게 볼 가능성이 충분했다. 그리고 캐서린 숙부인은 그토록 신분 차이가 큰 결혼을 했을 때 겪어야 할 불행을 열거하면서 그의 약점을 공략할 것이 분명했다. 엘리자베스에게는 근거 없고 한심해 보이는 주장들이, 품위를 중시하는 그에게는 더 분별 있고 합리적으로 느껴질지도 모른다.

어떻게 해야 할지 이미 흔들린 경험이 있다면(자주 그랬던 것 같지만), 가까운 친척의 조언과 부탁은 모든 의심을 잠재우고, 고고한 품위를 지키는 행복을 누리겠다고 결심하게 만들 것이다. 그렇다면 그는 돌아오지 않을 것이다. 캐서린 숙부인은 런던을 지나는 길에 그를 찾아갈지도 모른다. 그리고 그가 네더필드에 다시 오겠다고 빙리에게 한 약속은 취소될 것이다.

"그러니까 그 사람이 며칠 안에 빙리 씨에게 약속을 지키지 못한다는 편지를 전해 오면, 일이 어떻게 돌아가는지 알 수 있겠지." 그녀는 덧붙였다. "그때는, 그의 마음이 변하지 않았을 거라는 기대와 희망을 모두 포기해야 해. 내 애정을 얻을 수 있는 지금에 와서, 그가 나를 아쉬워 하지 않는다면, 나도 곧 그를 조금도 아쉬워하지 않을 거야."

어떤 손님이 다녀갔는지 이야기를 듣자 나머지 식구들도 크게 놀랐다. 하지만 그들은 기쁘게도 베넷 부인과 똑같은 가정으로 호기심을 달랬고, 엘리자베스는 그 문제에 대한 질문들도 피할 수 있었다.

다음 날 아침 그녀는 아래층으로 내려가다가 서재에서 손에 편지를 들고 나오는 아버지와 마주쳤다.

"리지." 그가 말했다. "너를 부르려던 참이다. 내 방으로 좀 오너라."

그녀는 아버지를 따라 갔다. 무슨 일인가 하는 호기심은 그 것이 손에 들린 편지와 관련이 있을 거라는 추측 덕에 더욱 커졌다. 그러다가 그게 캐서린 숙부인이 보낸 편지일 거라는 생각이 들자, 그 일을 어떻게 설명해야 하나 암담하게 느껴졌다.

그녀는 아버지를 따라 벽난로 앞에 가서 함께 앉았다. 그런 뒤 아버지가 말했다.

"오늘 아침에 정말로 놀라운 편지를 받았다. 편지 내용이 주로 네 이야기니까, 네가 내용을 알아야 할 것 같다. 내가 두 딸을 한꺼번에 결혼시킬 줄은 미처 몰랐구나. 이렇게 대단한 사랑을 얻다니 축하한다."

순간 그 편지는 이모가 아니라 조카에게서 온 것이 분명하다는 생각이 들었고, 엘리자베스는 두 뺨에 홍조가 밀려들었다. 그리고 그가 직접 그 일을 설명했다는 걸 기뻐해야 할지, 아니면 자기 말고 아버지에게 편지를 보냈다는 데 기분 나빠해야 할지 갈팡질팡했다. 아버지가 말을 이었다.

"뭔가 알고 있던 것 같구나. 젊은 처녀들은 이런 일에 신기할 정도로 예리하지. 하지만 너처럼 똑똑한 아이도 누가 너를 사랑하는지 짐작도 못할걸. 이 편지는 콜린스 씨가 보낸 거다."

"콜린스 씨요! 그 사람이 무슨 말을 하려고요?"

"당연히 필요한 말을 하려는 거지. 편지는 다가오는 우리 큰 딸의 결혼에 대한 축하로 시작했어. 착하고 수다스러운 루카스 네 사람들에게서 들은 것 같더구나. 콜린스 씨가 그 일과 관련해서 쓴 대목을 다 읽어서 네가 궁금해 죽도록 하지는 않으마.

네 이야기는 여기서부터구나. '귀댁의 이렇게 행복한 경사에 대해 콜린스 부인과 저의 충심의 축하를 전했으니, 이제 역시 같은 소식통을 통해서 들은 다른 일에 대해서도 짤막한 암시를 드리고자 합니다. 따님 엘리자베스도 이제 언니에 이어 곧 베넷이라는 성을 버리게 될 것입니다. 그리고 그 운명의 반려자는 이 땅에서 가장 훌륭한 인물 가운데 하나로 존경받는 그런 분입니다.'

누굴 말하는지 알겠니, 리지? '이 신사 분은 인간이 마음속에서 소망할 수 있는 모든 축복을 받았습니다. 막대한 재산, 높은 지위, 광범위한 성직 임명권을 모두 갖고 계시는 분이죠. 하지만 이런 훌륭한 조건들에도 불구하고 저는 이 신사 분의 청혼을 성급히 받아들일 때 더 많은 문제가 발생할 것임을, 사촌 엘리자베스와 베넷 씨께 경고드리고 싶습니다. 어쨌건 베넷 가에서는 이 청혼을 받아들이고 싶겠지만요.'

이 신사가 누구인지 짐작 가는 데가 있니, 리지? 하지만 이제 곧 나온다. 조금만 더 기다려 봐라.

'베넷 씨께 다음과 같은 주의 말씀을 드리고 싶습니다. 그분의 이모님이신 캐서린 드 버그 숙부인께서는 이 일을 그렇게 바람직하게 보시지 않는 것 같습니다.'

이제 알겠지? 바로 다아시 씨란다! 리지야, 콜린스 씨나 루카스네 사람들도 우리가 아는 범위에서 이보다 더 거짓말 같은 사람을 고를 수는 없었을 거다. 여자만 보면 흠을 잡는 다아시 씨라니! 게다가 그 사람은 평생 너를 한 번도 제대로 본 적이 없지 않니? 놀라운 일이야!"

엘리자베스는 아버지의 농담에 함께하고 싶었지만, 간신히 억지 미소를 지었을 뿐이다. 아버지의 재치가 그토록 유쾌하지 못한 건 처음이었다.

"재미있지 않니?"

"네, 재미있네요! 계속 읽어주세요."

"'어젯밤에 숙부인께 이 결혼이 가능할 수도 있다고 말씀드리자, 숙부인께서는 언제나처럼 이 일에 대해 느끼는 소회를 친히 말씀해주셨습니다. 우리 사촌의 가족에 몇 가지 문제가 있어서, 숙부인께서는 이토록 불명예스런 혼사에 동의할 수 없다는 뜻을 분명히 하셨습니다. 저는 우리 사촌과 그 구애자가 이런 상황을 인지하고, 적절한 허락을 받지 못한 결혼을 서두르지 않는 것이 좋겠다고, 사촌에게 알려야 할 의무가 있다고 생각했습니다.' 콜린스 씨는 또 덧붙이기를, '저는 사촌 리디아의 안타까운 사건이 그렇게 잘 무마된 것을 진심으로 기뻐하며, 다만 그들이 혼전에 함께 살았다는 사실이 널리 알려지지 않기만을 바랍니다. 하지만 그 젊은 남녀를 결혼 직후 바로 집에 들였다는 소식을 듣고는, 성직자의 의무를 게을리하거나 놀라움을 감출 수가 없습니다. 그것은 악덕을 부추기는 행동입니다. 제가 롱번의 목사였다면 강력하게 반대했을 것입니다. 기독교인으로서 우리는 당연히 죄인들을 용서해야 하지만, 그들을 눈앞에서 보거나 그들의 이름을 언급해서도 안 됩니다.' 기독교인의 용서를 이 친구는 이렇게 보는군! 편지의 나머지는 사랑하는 샬럿의 상황과 어린 올리브 가지가 태어날 거란 이야기뿐이야. 하지만 리지, 넌 이 편지가 별로 재미없었나 보구나. 갑자기 새침해져서 이런 한심한 소문에 기분 나빠진 척하는 건 아니겠지? 우리 인생의 목표는 이웃들의 놀림감이 되고, 또 때가 되면 우리가 비웃어 주는 게 전부 아니겠니?"

"맞아요!" 엘리자베스가 소리쳤다. "정말로 재미있었어요. 그런데 그게 그렇게 이상한가요?"

"그래, 그게 바로 재미있는 대목이야. 다른 사람을 지목했다면 아무 일도 아니었겠지만, 그 사람의 더없이 무관심한 태도와 그 사람에 대한 네 지독한 미움을 아니까 웃길 수밖에! 내가 편지 쓰는 일을 싫어한다만 무슨 일이 있어도 콜린스 씨하고는 계속 편지를 주고받아야겠다. 이 사람 편지를 읽을 때면, 내가 위컴의 경솔함과 이중성을 그렇게 높이 사는데도 우리 사위보다 이 사람이 더 대단하다는 생각이 드는구나. 아무튼 리지야, 캐서린 숙부인이 이런 소문에 대해 뭐라고 했니? 허락하지 않기 위해 여기까지 들렀던 거니?"

이 질문에 엘리자베스는 웃음으로 답할 수밖에 없었다. 그리고 그것은 아무런 의심 없이 제기된 질문이었기에, 다시 물어도 별로 괴롭지 않았다. 엘리자베스는 감정을 거짓으로 보이는 일이 이렇게 어려운 적이 없었다. 울고 싶은데 웃어야 했다. 아버지는 다아시 씨의 무심함을 말하며 딸에게 잔인하게 수모를 주었고, 그녀는 아버지가 그토록 상황을 깨닫지 못한다는 사실에 놀랐다. 그리고 어쩌면 아버지가 상황을 제대로 못 보는 것이 아니라 자신이 너무 많이 꿈꾸는 것이 아닌지, 두려운 마음이 들었다.

16

빙리 씨는 엘리자베스의 막연한 예상대로 친구의 해명 편지를 받는 대신, 캐서린 숙부인 방문 후 며칠 지나지 않아 다아시를 롱번으로 데려왔다. 두 사람은 일찌감치 도착했다. 그리고 베넷 부인이 다아시 씨에게 이모님이 방문했었다고 알리기도 전에(부인의 딸은 그런 일을 순간적으로 두려워하며 앉아 있었다), 제인과 단둘이 있고 싶던 빙리가 모두 다 함께 밖으로 산책을 나가자고 했다. 그리고 모두가 동의했다. 베넷 부인은 산책을 좋아하지 않았고 메리는 시간을 낼 수 없었지만, 나머지 다섯은 모두 함께 나갔다. 하지만 빙리와 제인은 곧 모두를 앞질러 보냈다. 엘리자베스와 키티와 다아시가 한 무리를 이룬 사이 두 사람은 뒤로 천천히 처졌다. 세 사람은 거의 말이 없었다. 키티는 다아시 씨가 어려워 말을 꺼내지 못했다. 엘리자베스는 조용히 중대하고 절실한 결심을 하고 있었고, 어쩌면 다아시 씨도 같은 생각일지 몰랐다.

그들은 루카스 가 쪽으로 걸어갔다. 키티가 마리아를 만나고 싶어 했기 때문이다. 그리고 엘리자베스는 모두가 마리아를 만날 필요는 없다고 보았기 때문에, 키티가 떠난 뒤 대담하게도 다아시 씨와 따로 산책을 했다. 지금이야말로 결심을 실행할 순간이었다. 한껏 용기가 났을 때 그녀는 재빨리 말했다.

"다아시 씨, 저는 이기적인 사람이에요. 제 감정의 평화를 위해서라면 당신의 감정이 얼마나 상할지 별로 신경을 쓰지 않으니까요. 저는 당신이 제 동생에게 베푼 유례없는 친절에 감사의 말씀을 전하지 않을 수가 없어요. 그 사실을 알게 된 뒤로 저는 그 일에 제가 얼마나 감사하는지 꼭 말씀드리고 싶었습니다. 다른 가족들도 이 일을 알았다면 이렇게 감사할 사람은 저뿐이 아닐 겁니다."

"죄송합니다, 정말 죄송합니다." 다아시 씨가 놀라고 감동받은 목소리로 말했다. "자칫 불편한 감정을 끼쳐 드렸을지도 모르는 일을 아시게 되다니, 진심으로 유감입니다. 가디너 부인이 이렇게 믿을 수 없는 분일 줄은 몰랐습니다."

"숙모님을 원망하지 마세요. 제가 처음 이 일에 당신이 관련되었다는 사실을 알게 된 건 리디아 때문이었어요. 리디아가 무심코, 경솔하게 말했으니까요. 그러고 나자 자세한 내용을 알기 전에는 편히 쉴 수가 없었습니다. 다시 한 번 우리 온 가족의 이름으로, 두 사람을 찾기 위해 그렇게 수고해주신 데 대해 감사드려요. 그토록 지독한 수모를 견뎌낸 너그러운 연민에도 감사드립니다."

"굳이 제게 감사하고 싶으시다면, 오직 당신의 이름으로만 해주십시오." 그가 대답했다. "당신을 행복하게 하고 싶다는 소망이 다른 이유들에 힘을 더했음을 부정하지 않겠습니다. 하지만 가족분들은 제게 빚진 것이 없습니다. 그분들을 매우 존경하지만 저는 오직 당신만을 생각했습니다."

엘리자베스는 너무나 당황해서 아무 말도 하지 못했다. 잠시 침묵이 흐른 뒤 다아시 씨가 덧붙였다. "당신은 너그러운 사람이니, 제 마음을 가지고 장난치시지는 않을 겁니다. 혹 당신의 감정이 아직도 지난 4월과 같다면 바로 말씀해주십시오. 제 애정과 소망은 달라지지 않았습니다. 하지만 당신이 한마디만 하시면 앞으로 이 주제에 대해 영원히 함구하겠습니다."

엘리자베스는 그가 이런 상황에서 얼마나 어색하고 불안할지를 느끼고, 애써 입을 열었다. 그리고 약간 더듬었지만 망설이지 않고 전했다. 처음 그런 말을 들은 이후로 자신의 감정이 크게 변했고, 지금은 새로이 거듭된 확인에 감사하며 기쁜 마음으로 받아들일 수 있다는 내용이었다. 이 대답이 다아시 씨에게 안겨준 행복은 그가 평생토록 느껴본 적이 없는 것이었다. 그는 그에 대해 열렬한 사랑에 빠진 남자가 할 수 있는 가장 사려 깊고 뜨거운 말로 자기 생각을 표현했다. 엘리자베스가 다아시의 눈을 바라볼 수 있었다면, 그의 얼굴 가득 퍼진 진정한 기쁨이 얼마나 그와 잘 어울리는지를 보았을 것이다. 하지만 볼 수는 없어도 들을 수는 있었다. 그가 자기 감정을 표현하면서 그녀를 얼마나 소중하게 여기는지 증명할 때, 그녀는 그의 사랑을 순간순간 더욱 고귀하게 느꼈다.

두 사람은 방향도 모른 채 계속 걸었다. 생각하고 느끼고 말할 것이 너무 많아서, 다른 것에 관심을 기울일 여력이 없었다. 그녀는 곧 그들이 현재 상황을 이렇게 잘 이해하게 된 것은 그의 이모 덕분이라는 사실을 알게 되었다. 캐서린 숙부인은 돌아가는 길에 정말로 런던에 들러서 자신이 롱번에 찾아갔다는 사실과 그 이유와 엘리자베스와 나눈 대화를 전해주었다. 그러면서 엘리자베스의 표현 하나하나를 강조해서 설명했다. 숙부인이 볼 때 그것은 그녀의 뒤틀린 성미와 뻔뻔함을 보여주는 것이었다. 그런 이야기를 하면 엘리자베스는 주지 않은 확답을 조카에게서 얻어낼 수 있다고 믿었다. 하지만 캐서린 숙부인에게는 안타깝게도 효과는 정반대였다.

"그 일을 통해서 저는 이전까지 바라기 어려웠던 것을 바랄 수 있게 되었습니다." 그가 말했다. "당신의 성격을 잘 알기에, 만약 당신이 저를 받아들일 수 없다고 생각했다면 이모님께 솔직하고 당당하게 그렇다고 말했을 거라고 확신했습니다."

엘리자베스는 얼굴을 붉히고 웃으며 대답했다. "네, 그럴 거라고 확신하셨다니 제 솔직한 성격을 정말 잘 아시네요. 당신 면전에 그렇게 지독한 모욕을 던지고 났더니, 당신 친척들 앞에서 당신을 모욕하는 일은 아무것도 아니더군요."

"당신이 했던 말들은 모두 제가 들어 마땅한 것이었습니다. 당신의 비난이 근거가 잘못되고 착오에서 비롯되기는 했지만, 그 당시 제가 당신에게 한 행동은 최악의 질책도 받을 만했습니다. 용서할 수 없는 것이었어요. 저도 그때의 일만 생각하면 제 자신에게 혐오감을 떨칠 수 없습니다."

"그날 저녁 일에 누구 잘못이 더 큰지를 두고는 싸우지 말아요." 엘리자베스가 말했다. "양쪽 다 엄격하게 파고들면 비난을 피할 수 없어요. 하지만 그 이후로 우리 두 사람 다 좀 더 예의를 알게 된 것 같네요."

"제 경우는 그렇게 쉽게 정리될 수 없습니다. 그때 제가 한 말, 저의 태도, 제가 썼던 모든 표현이 오랫동안 형언할 수 없이 고통스러웠고, 지금도 그렇습니다. 당신의 비난은 너무도 정곡을 찔러서 결코 잊을 수가 없습니다. '당신이 좀 더 신사답게 말했다면.' 그렇게 말했죠. 그 말이 저를 얼마나 괴롭혔는지 아마 짐작도 못 할 겁니다. 물론 시간이 좀 지나고 나서야 그 말이 정당했다는 걸 깨달을 수 있었지만요."

"맹세코 저는 그 말이 그렇게 강한 인상을 줄지 몰랐어요. 그걸 그런 식으로 느끼셨을 줄은 정말 몰랐네요."

"그랬을 겁니다. 당신은 그때 제게 인간적인 감정이 모조리 결핍되어 있다고 생각했을 테니까요. 제가 어떤 식으로 청혼했어도 저를 받아들일 수 없다고 말할 때, 그 순간 당신의 표정을 결코 잊을 수 없을 겁니다."

"아! 그때 제가 했던 말을 다시 반복하지 마세요. 그 기억은 아무 도움도 되지 않아요. 저는 정말로 오랫동안 그 일을 부끄러워했답니다."

다아시가 자기가 주었던 편지를 언급했다. "그걸 읽고 곧 저에 대한 반감이 누그러들었나요? 그 내용에 믿음이 갔나요?"

그녀는 편지가 미친 효과와 자신의 편견이 점차적으로 사라진 과정을 설명했다.

"그 이야기가 당신에게 고통스러울 거라는 걸 알았습니다." 그가 말했다. "하지만 알려야 했어요. 그 편지는 없애버렸기 바랍니다. 그중 한 부분, 특히 도입부를 생각하면 당신이 그걸 다시 읽을까 두렵습니다. 당신이 정말로 나를 싫어하게 만들지도 모르는 몇몇 표현이 기억납니다."

"편지를 태워야 제 존경의 마음을 보존할 수 있다고 생각하신다면 태울게요. 그런데 우리가 모두 알다시피 제 의견이 전혀 달라질 수 없는 건 아니지만, 그렇게 쉽게 변하지는 않을 거라고 생각해요."

"그 편지를 쓸 때 저는, 제가 더없이 침착하고 냉정하다고 생각했어요." 다아시가 대답했다. "하지만 나중에 보니 지독한 악감정 속에 썼다는 것을 알겠더군요."

"악감정으로 시작했는지는 몰라도, 끝은 그렇지 않았어요. 마지막 작별 인사는 온정 자체였죠. 하지만 편지 이야기는 그만해요. 그걸 쓴 사람과 받은 사람의 감정이 그때하고 크게 달라졌으니, 그것과 관련된 불쾌한 상황은 모두 잊어야 해요. 제 인생철학 하나를 배우세요. 기분 좋은 과거만 기억하는 거요."

"그런 인생철학은 당신의 공적으로 볼 수 없군요. 당신은 돌아봐도 잘못한 게 전혀 없으니 거기 만족하는 건 인생철학이 아니라 그보다 더 좋은 것, 그러니까 순수함에서 오는 것입니다. 하지만 제 경우는 그렇지 않아요. 물리칠 수 없고 물리쳐서도 안 되는 고통스런 기억이 계속 쳐들어 올 겁니다. 저는 평생토록 윤리적 원칙으로는 그렇지 않아도 실제로는 이기적인 사람이었습니다. 어린 시절에는 옳은 것이 무엇인지 배웠지만, 성격을 올바르게 고치라고 배우지는 못했어요. 좋은 원칙들을 배웠지만, 그걸 오만과 자만 속에 따르게 되었습니다. 불행히도 외아들로서, (그리고 동생이 태어나기 전까지는 오랫동안 외동이었죠) 부모님은 저를 응석받이로 키우셨습니다. 좋은 분들이셨지만(특히 선친은 정말로 너그럽고 다정한 분이셨습니다), 제가 우쭐거리고 가족 바깥의 누구도 신경 쓰지 않고 세상을 우습게 보도록, 아니 적어도 제 분별력과 가치에 비하면 세상의 그것들을 우습게 보아도 좋다고 허락받은 셈이었습니다. 그렇게 격려 받고 거의 그렇게 배웠습니다. 여덟 살부터 스물여덟 살까지 그랬습니다. 사랑하는 엘리자베스, 당신이 아니었으면 아직도 그랬을 겁니다! 이 모든 게 당신 덕분입니다! 당신은 제게 가르침을 주었어요. 물론 처음에는 받아들이기 힘들었지만, 더없이 유익했어요. 당신으로 인해 저는 겸손이라는 것을 배웠습니다. 저는 그때 당신에게 가면서, 당신이 저를 받아줄 것임을 의심하지 않았습니다. 하지만 당신은 기쁨을 줄

만한 여자에게 기쁨을 준다는 나의 자만이 얼마나 부족한 것이
었는지 일러주었습니다."

"제가 반드시 받아들일 거라고 생각했다고요?"

"그래요. 저의 이런 허영심을 당신이 어떻게 생각할지 모르
지만, 당신이 제가 입을 열기를 기대하고 있다고 믿었어요."

"제가 잘못했던 건 사실이지만 일부러 그런 건 아녜요. 당신
을 속이려고 한 건 아닌데 제 기분 때문에 자주 실수를 하거든
요. 그날 저녁 이후 당신이 얼마나 저를 미워했을까요?"

"미워한다고요! 물론 처음에는 화가 났죠. 하지만 분노는 곧
제 방향을 찾기 시작했습니다."

"펨벌리에서 만났을 때 당신이 저를 어떻게 생각했는지 묻
기도 두려워요. 제가 거기 온 걸 보고 어처구니없었죠?"

"그럴 리가요. 그저 놀랐을 뿐입니다."

"당신이 아무리 놀라셨다 해도 당신에게 들킨 저만큼 놀라
지는 않으셨겠지요. 제 양심은 제가 특별한 대접을 받을 자격
이 없다고 말했고, 고백하건대 제 몫 이상의 대접은 기대하지
않았습니다."

"그때 제 목적은 모든 예의를 다해서, 제가 지난 일에 분개
할 만큼 저열한 사람은 아니라는 걸 보여드리는 것이었습니다.
그리고 제가 당신이 했던 비난에 주의를 기울였다는 걸 보여
서, 용서를 구하고 저에 대한 당신의 의견이 개선되기를 희망
했습니다. 거기에 다른 소망들이 덧붙은 것이 정확히 언제인지
는 모르겠지만, 아마 당신을 본 지 30분가량 지나서였을 겁니
다."

그는 그런 뒤 조지아나가 그녀를 만나 무척 기뻐했다는 것,

그녀가 갑자기 떠나서 교제가 중단되자 서운해했다는 이야기를 했다. 그러다 보니 대화는 자연스럽게 그렇게 떠난 이유로 이어졌다. 그녀는 곧 그때 그가 여관을 나서기도 전에 이미 그녀를 따라 더비셔를 떠나 리디아를 찾기로 결심했으며, 거기서 그가 보인 무겁고 심각한 태도는 그런 의도에 포함되는 다른 고민과 이후의 계획 때문이었다는 사실도 알게 되었다.

그녀는 다시 한 번 감사를 전했지만, 그것은 두 사람 모두 오래 생각하기 고통스런 주제였다.

그들은 여유롭게 수 마일을 산책했지만, 생각이 많아 그 사실을 전혀 모르다가 마침내 시계를 보고 집에 가야 할 때라는 걸 깨달았다.

"빙리 씨와 제인은 어떻게 되었을까!"라는 질문으로 화제는 그들에게 돌아갔다. 다아시 씨는 그들의 약혼을 기뻐했다. 친구가 그 사실을 그에게 가장 먼저 알렸다고 한다.

"놀라셨는지 묻고 싶은데요?" 엘리자베스가 물었다.

"전혀요. 여기를 떠날 때 저는 곧 그렇게 되리라고 느꼈습니다."

"그렇다면 허락하셨다는 이야기네요. 저도 그럴 거라고 짐작했어요." 다아시는 허락이라는 말에 탄성을 냈지만, 그녀는 자기가 한 말이 크게 잘못되지 않았다는 것을 알았다.

"런던에 가기 전날 밤, 저는 빙리에게 벌써 오래전에 해야 했던 고백을 했습니다." 그가 말했다. "그의 일을 방해한 그 모든 어리석고 주제넘은 일들을요. 그는 크게 놀랐습니다. 전혀 의심을 품지 않았으니까요. 그리고 언니 분이 친구에게 무심하다는 제 생각이 잘못이었다는 것도 말해주었습니다. 언니 분에 대한 친구의 애정도 전혀 누그러들지 않았다는 걸 쉽게 알 수 있었습니다. 때문에, 저는 두 사람의 행복을 의심하지 않았습니다."

엘리자베스는 그가 그렇게 쉽게 친구를 움직이는 데 대해 미소 짓지 않을 수 없었다.

"우리 언니가 그분을 사랑한다는 판단은 당신의 관찰에 따른 건가요?" 그녀가 말했다. "아니면 지난봄에 제가 알려드린 이야기에 따른 건가요?"

"전자입니다. 최근에 여기 두 차례 왔을 때 언니 분을 면밀하게 관찰하고, 빙리에 대한 애정을 확신했습니다."

"그리고 그 확신은 곧 빙리 씨에게 믿음을 심어주었고요."

"그랬습니다. 빙리는 정말로 가식 없이 겸손해요. 이토록 자신감 없는 그의 성격은 예전에는 이렇게 불안한 상황에서 스스로 판단하는 일을 방해했지만, 지금은 저에 대한 의존 때문에 모든 일이 쉬워졌지요. 한 가지 고백할 게 있습니다. 이유야 있었지만 제가 처음으로 그 친구의 기분을 상하게 했습니다. 저는 제인 양이 지난겨울 런던에 석 달 동안 있다는 걸 알고도 감추었다는 사실을 말했습니다. 더는 숨길 수 없었으니까요. 빙리는 화를 냈지만, 오래가지는 않았습니다. 제인 양의 감정을 확신하면서 그 분노는 사라졌다고 생각합니다. 지금은 저를 완전히 용서했습니다."

엘리자베스는 빙리 씨는 아주 훌륭한 친구라고 말하고 싶었다. 그렇게 말을 잘 들으니 그의 가치를 헤아릴 수 없다고 놀리고 싶었다. 하지만 멈추었다. 그가 아직 웃음거리가 되는 데 익숙하지 않아서 그런 시도를 하기에 일렀다. 다아시는 자신의 행복이 아니고는 그 누구의 행복에도 뒤지지 않을 빙리의 행복

을 기대하면서, 집에 도착할 때까지 대화를 계속했다. 그들은
복도에서 헤어졌다.

17

"리지, 도대체 어디까지 걷다 온 거니?" 엘리자베스는 방에 들
어가자 곧 제인에게서, 그런 뒤에 식탁에 앉았을 때는 모든 식
구에게서 같은 질문을 받았다. 그녀는 그저 어쩌다 보니 자기
도 모르는 곳까지 돌아다녔다고 대답했다. 말을 할 때 얼굴이
붉어졌지만, 그 사실도 다른 무엇도 식구들의 의심을 불러일으
키지 않았다.

그날 저녁은 특별한 일 없이 조용히 흘러갔다. 공인을 받은
연인들은 함께 이야기하며 웃었고, 공인을 받지 않은 연인들은
침묵했다. 다아시 씨는 행복이 웃음으로 흘러넘치는 기질은 아
니었다. 그리고 엘리자베스는 흥분과 혼란 때문에 자신의 행복
을 머리로 알 뿐 아직 감정으로 느끼지는 못했다. 눈앞에 놓인
곤란함뿐 아니라 앞으로 넘어야 할 다른 난관들도 있었기 때문
이다. 그녀는 상황이 알려지면 가족들이 어떻게 반응할까 생각
해보았다. 식구들 가운데 다아시를 좋아하는 사람은 제인 말고
는 아무도 없었고, 그 혐오는 그의 막대한 재산과 지위로도 없
앨 수 없을 거라는 두려움까지 들었다.

그날 밤, 그녀는 제인에게 털어놓았다. 제인은 좀처럼 의심
하는 성격이 아니었지만, 그 말은 믿기 힘들어 했다.

"농담이지, 리지? 어떻게 그럴 수가! 다아시 씨하고 약혼을!

아냐, 거짓말 하지 마. 그건 불가능한 일이야."

"아, 이렇게 한심하게 시작하다니! 내가 의지할 사람은 언니뿐이었는데. 언니조차 안 믿으니 다른 사람은 얼마나 안 믿을까. 하지만 정말이야. 내 말은 진실이야. 그 사람은 아직도 나를 사랑하고 있고, 우리는 약혼했어."

제인은 그녀에게 의심의 눈길을 던졌다. "리지! 어떻게 그런 일이. 나는 네가 그 사람을 얼마나 싫어하는지 아는데."

"언니는 몰라. 그런 옛날 일은 이제 다 잊어야 돼. 내가 처음부터 그 사람을 지금처럼 사랑하지는 않았을 거야. 하지만 이런 경우 기억력이 좋은 건 용서 못해. 나는 이번을 마지막으로 예전 일을 완전히 잊을 거야."

제인은 아직도 놀란 표정이었다. 엘리자베스는 다시 한 번 더욱 진지하게 그게 사실임을 밝혔다.

"세상에! 그러면 정말이라는 거야? 이제 너를 믿어야 할 것 같구나!" 제인이 소리쳤다. "리지야, 그렇다면 축하해. 진심으로 축하해. 하지만 확신해? 아, 미안, 그 사람이랑 행복할 거라고 확신하는 거야?"

"그건 의문의 여지가 없어. 우리는 이미 우리가 세상에서 가장 행복한 부부가 될 거라고 결론 내렸어. 하지만 이런 소식 들어서 기뻐, 제인? 그런 제부를 두는 게 마음에 들어?"

"마음에 들지. 빙리나 나에게 그보다 더 기쁜 일은 없을 거야. 우리도 생각을 안 해본 건 아닌데 불가능하다고 했거든. 그리고 정말 그 사람을 깊이 사랑하니, 리지? 사랑 없이 결혼하는 건 정말 안 돼. 결혼하고 싶을 만큼 사랑하는 게 분명해?"

"그래, 그렇다니까! 내 마음을 전부 말하면 언니는 오히려 내 사랑이 지나치다고 생각할 거야."

"무슨 뜻이야?"

"그러니까 솔직히 말하면 나는 빙리 씨보다 그 사람이 더 좋아. 언니가 들으면 화낼 것 같아."

"리지, 제발 진지해져 봐. 진지하게 이야기하고 싶어. 어떻게 된 일인지 전부 알려줘. 언제부터 그 사람을 사랑했니?"

"아주 조금씩 그렇게 돼서 언제 시작됐는지 잘 몰라. 하지만 날짜를 꼽자면 아마 아름다운 펨벌리 땅을 처음 본 날이 아니었을까."

하지만 제인은 다시 한 번 진지하게 말하라고 부탁했고, 이번 부탁은 바라던 효과를 가져왔다. 그리고 엘리자베스는 곧 엄숙하게 애정을 확인하고 맹세하여 제인을 만족시켰다. 그에 대해 확신을 얻자 제인은 더 이상 바라는 것이 없었다.

"이제 정말 행복하다." 그녀가 말했다. "너도 나만큼 행복해질 테니까. 나는 처음부터 그 사람을 괜찮게 봤어. 너를 사랑한다는 사실만으로도 나는 그를 존중했을 거야. 하지만 빙리의 친구이자 네 남편이 되니, 그 사람은 빙리와 너 다음으로 내게 가장 소중한 사람이 될 거야. 하지만 리지, 너 정말 너무했다. 그렇게 입을 꾹 다물고 있었다니. 펨벌리와 램턴에서 무슨 일이 있었는지 너는 거의 말을 안 했어! 내가 알고 있는 건 네가 아니라 다른 사람에게서 들은 거라고."

엘리자베스는 비밀로 한 이유를 말했다. 제인 앞에서 빙리의 이름을 언급하고 싶지 않아서였다고. 그리고 자기 감정이 불확실했기 때문에 그의 친구 이름도 말하지 않게 되었다고. 하지만 리디아의 결혼에 그가 어떤 기여를 했는지 이제는 감추지 않겠다고. 모든 것이 밝혀졌고, 두 사람은 한밤중이 될 때까지 대화를 나누었다.

"이럴 수가!" 다음 날 아침, 베넷 부인이 창가에 서서 소리쳤다. "저 꼴 보기 싫은 다아시 씨가 또 우리 빙리하고 같이 오잖아? 왜 이렇게 귀찮게 자꾸 오는 거지? 사냥을 나가거나 다른 뭐라도 해서 우리를 괴롭히지나 말았으면 좋겠어. 저 사람을 어떻게 할까? 리지, 네가 다아시 저 사람하고 산책을 나가려무나. 빙리의 일을 훼방 놓지 못하게 말이다."

엘리자베스는 그렇게 꼭 알맞은 부탁에 웃음을 참기가 힘들었다. 하지만 어머니가 그를 늘 그렇게 "꼴 보기 싫은"이라는 말을 붙여 부르는 데 화가 났다.

다아시 씨와 함께 들어온 빙리는 의미심장한 표정으로 엘리자베스와 다정하게 악수를 해서, 그 사실을 알고 있다는 기쁨을 표현했다. 그리고 큰 소리로 말했다. "베넷 씨, 근처에 오늘도 리지가 헤매다 길을 잃을 산책길이 또 있나요?"

"오전에 다아시 씨가 리지랑 키티와 함께 오컴 산까지 다녀오시는 건 어떨까요?" 베넷 부인이 말했다. "산책로가 아주 훌륭하고 길이도 꽤 되는데, 다아시 씨는 아직 그 경치를 못 보셨으니 말이죠."

"다른 사람들에게는 좋을 것 같지만, 키티에게는 좀 힘들 것 같군요. 어때요, 키티?" 빙리 씨가 말했다.

키티는 자기는 집에 있는 게 낫겠다고 했다. 다아시 씨가 그 산의 경치를 보고 싶다고 말했고, 엘리자베스는 침묵으로 동의했다. 그녀가 외출 준비를 하려고 위층에 올라가자 베넷 부인이 따라 들어와서 말했다.

"미안하다, 리지. 저 꼴 보기 싫은 남자를 너한테만 떠넘겨서. 하지만 네가 꺼리지 않았으면 좋겠어. 다 제인을 위해서니까. 그리고 저 사람하고 말은 많이 하지 말아라. 그래야 덜 불편하지."

두 사람은 산책을 하면서 그날 저녁 베넷 씨에게 결혼 허락을 구하기로 결정했다. 어머니에게는 엘리자베스가 말하기로 했다. 어머니가 어떻게 나올지 짐작이 되지 않았다. 어떻게 보면 그의 재산도 지위도 그에 대한 미움을 극복시킬 수 없을 것 같았다. 하지만 그 혼사에 격렬하게 반대하건 펄쩍 뛰며 기뻐하건, 베넷 부인은 그다지 분별 있게 행동하지는 못할 것이다. 그리고 격렬한 비난이든 열렬한 탄성이든, 다아시 씨가 어머니의 첫 말을 듣는 모습도 그녀로서는 참기 어려울 것 같았다.

그날 저녁, 베넷 씨가 서재로 물러가자 다아시 씨가 그를 따라 들어갔다. 그 모습을 본 엘리자베스는 말할 수 없이 동요되었다. 아버지의 반대가 두렵지는 않았다. 그러나 기뻐하시지는 않을 것이다. 그리고 가장 아끼는 딸인 자신이 자발적으로 그런 선택을 해서 그를 괴롭히고, 그녀를 여읠 두려움과 안타까움을 안긴다는 생각에 참담했다. 그녀는 다아시 씨가 밖으로 나올 때까지 고통스럽게 앉아 있다가, 그의 미소에 약간 안도했다. 몇 분 후 그는 그녀와 키티가 함께 앉은 탁자에 다가와서 바느질 솜씨를 감상하는 척하다가, 속삭여 말했다. "아버지께 가보세요. 보고 싶어 하십니다." 그녀는 곧장 갔다.

아버지는 무겁고 불안한 표정으로 서재를 서성거리다가 말했다. "리지, 대체 무슨 일을 하는 거니? 저 남자를 받아들이다니 제정신이냐? 너는 저 남자를 늘 싫어했잖아."

그 순간 그녀는 이전에 좀 더 합리적인 의견을 품고, 그것을 좀 더 온건하게 표현하지 않았다는 사실을 어찌나 후회했는지 모른다! 그랬다면 이렇게 말하기 힘든 설명과 고백이 필요 없었을 것이다. 하지만 어쨌건 지금은 그런 일을 해야만 했다. 엘리자베스는 약간 혼란스럽게, 다시 씨에 대해 품은 애정을 확인시켜주었다.

"그러니까 다른 말로 하면 그 사람하고 꼭 결혼하겠다는 거로구나. 그래, 그 사람은 부자니까 너는 제인보다도 좋은 옷과 좋은 마차를 더 많이 가질 수 있겠지. 하지만 그런 것들이 너를 행복하게 하겠니?"

"제가 그를 사랑하지 않는다는 확신 말고는 다른 반대 이유는 없으신가요?" 엘리자베스가 물었다.

"없다. 그 사람이 오만하고 불손한 남자라는 건 우리가 모두 아니까. 하지만 네가 정말 그 사람을 좋아한다면야 그런 건 아무 상관없지."

"네, 좋아해요." 그녀는 눈물을 글썽이며 대답했다. "정말 좋아해요. 저는 그 사람을 사랑해요. 사실 그 사람은 그렇게 오만한 사람이 아니에요. 누구 못지않게 상냥해요. 아버지는 그 진면목을 모르세요. 그러니 제발, 그런 말로 제 마음을 아프게 하지 마세요."

"리지." 아버지가 말했다. "그 친구에게 이미 결혼을 허락했다. 그런 사람이 친히 물어본 말에 내가 어떻게 감히 반대하겠니. 이제 네가 꼭 그 사람하고 결혼할 생각이라면 너에게도 허락하마. 하지만 한 번 더 생각해보기 바란다. 난 네 성격을 알아, 리지. 남편을 정말로 존경하지 않으면, 남편을 너보다 훌륭한 사람으로 우러르지 않으면 너는 행복할 수도 없고 잘 지낼 수도 없는 사람이야. 너처럼 생기발랄한 여자가 걸맞지 않은 결혼을 하면 아주 큰 어려움을 겪을 거고, 불신과 고통을 벗어나기 어려울 거야. 애야, 네가 배우자를 존경하지 못하는 모습을 본다면 난 너무 괴로울 것 같구나. 너는 지금 네가 무슨 일을 하는지 몰라."

엘리자베스는 더욱 안타까웠지만 진지하고 엄숙하게 대답했다. 그리고 자신이 진심으로 다아시 씨를 선택했음을 거듭 확신시키고, 그에 대한 판단이 점진적으로 변한 과정을 차근차근 설명하고, 그의 애정 또한 하루아침에 생긴 것이 아니라 오랜 시간 동안 힘든 상황을 견뎌온 것임을 말하고, 그의 장점들을 열심히 나열했다. 마침내 아버지는 의심을 물리치고 혼사를 받아들였다.

"그래." 그녀가 말을 마치자 그가 말했다. "나는 더 할 말이 없다. 만약 그렇다면 그도 네 사람이 될 자격이 있어. 자격이 없는 사람에게 리지 너를 보내고 싶지는 않았다."

그녀는 그에 대한 우호적인 견해를 완성하기 위해서, 다아시 씨가 리디아를 위해 자발적으로 한 일까지 이야기했다. 그 말을 듣고 그는 놀랐다.

"정말 놀라운 저녁이로구나! 정말로 다아시가 모든 걸 다 처리했던 거구나. 혼사를 주선하고, 돈을 내주고, 그 녀석의 빚을 갚고, 군대에 자리를 마련해주고! 그렇다면 더 잘됐구나. 나한테서 엄청난 수고와 돈이 절약될 테니. 네 외삼촌이 한 일이라면 돈을 갚아야 했을 게다. 어떻게 해서든 갚았겠지. 하지만 이 뜨거운 연인들은 모든 게 자기 멋대로잖니. 내일 돈을 갚겠다고 말해야겠다. 그러면 그 친구는 너를 사랑하고 어쩌고 하며 난리 칠 테고, 그러면 그걸로 계산도 끝날 테니까."

그러다가 그는 며칠 전 콜린스 씨의 편지를 읽어줄 때 그녀 가 어색해하던 일을 떠올리고 잠깐 놀리며 웃은 뒤 딸을 내보 냈다. 그리고 서재를 나가는 그녀에게 덧붙였다. "메리나 키티 를 찾아온 젊은이가 있으면 들여보내라. 나는 지금 아주 한가 하니까."

엘리자베스는 아주 무거운 짐을 덜은 듯 마음이 가벼웠다. 그녀는 30분 동안 자기 방에서 조용히 상황을 되돌아본 뒤 어 느 정도 침착하게 다른 가족들 곁에 갈 수 있었다. 모든 일이 너무 갑작스러워서 즐거워할 수도 없었지만, 그날 저녁은 편안 하게 흘러갔다. 이제는 크게 겁낼 문제가 없었고, 곧 여유와 익 숙함이라는 위안이 찾아올 것이다.

어머니가 밤에 드레스룸으로 올라갈 때, 그녀는 그 뒤를 따 라가서 그 중요한 말을 전했다. 그것은 더없이 특이한 효과를 낳았다. 처음 들었을 때 베넷 부인은 조용히 앉아서 한마디도 입 밖에 내지 못했다. 부인은 시간이 제법 지날 때까지도 자기 가 들은 말을 이해하지 못했다. 평소 자기 가족에게 이득이 되 는 일이나, 딸들에게 애인의 형태로 찾아오는 행운을 알아보는 데 더디지 않았는데 말이다. 부인은 마침내 정신이 들어 의자 에 앉은 채 꼼지락거렸다 일어섰다 다시 앉았다 고개를 갸우뚱 하고 성호를 긋고 우왕좌왕했다.

"세상에나! 하느님 맙소사! 어떻게! 세상에나! 다아시 씨라니! 누가 그런 생각을 했겠니! 그런데 정말이니, 리지? 네가 얼마나 부자가 되고 지체가 높아질까! 얼마나 많은 용돈에, 보석에, 마차가 생길까! 제인은 너한테 댈 것도 아니야. 아무것도 아니지. 이렇게 기쁠 수가. 정말로 좋구나. 사랑스러운 남자야! 잘생기고 키도 크고! 리지야! 그 사람을 그렇게 미워한 걸 용서해다오. 그 사람이 가볍게 봐주겠지, 뭐. 아, 리지. 런던에도 집이 있고! 모든 게 다 아름답지! 딸이 한꺼번에 셋이나 결혼하다니! 1년에 1만 파운드! 하느님! 이제 나는 어떻게 될까. 정신이 나가 버릴 것 같구나!"

그 정도면 부인의 찬성에 대해 의심할 필요가 없었다. 엘리자베스는 그런 흥분의 말을 자기 혼자 들어 다행이라고 생각하며 얼른 자리를 물러갔다. 하지만 방에 들어간 지 3분도 지나지 않아 어머니가 따라 들어왔다.

"얘야, 머릿속이 온통 그 생각뿐이구나!" 부인이 소리쳤다. "1년에 1만 파운드, 아마 그것도 넘을걸! 이건 최고 귀족이나 마찬가지야! 게다가 특별 허가까지, 네 결혼에는 대주교의 특별 허가가 필요해. 그런데 얘야, 다아시 씨가 특별히 좋아하는 음식이 뭐니? 내일 해줘야겠다."

그것은 부인이 앞으로 다아시 씨에게 보일 행동에 대한 서글픈 징조였다. 그리고 엘리자베스는 그의 더없이 뜨거운 애정과 가족들의 허락에도 불구하고 모든 것이 완벽하지는 않다는 것을 알았다. 하지만 다음 날 아침은 예상보다 훨씬 잘 흘러갔다. 다행히 베넷 부인이 장래의 사위를 너무도 어려워했기 때문에, 그의 관심을 촉구할 권한이 생기거나 그의 의견에 경의를 표할 때를 빼면 감히 말을 걸지 못했기 때문이다.

엘리자베스는 아버지가 그와 친해지려고 애쓰는 모습을 보고 만족했다. 베넷 씨는 곧 그녀에게 그에 대한 평가가 시간이 다르게 높아진다고 말했다.

"사위 셋이 다 훌륭해. 가장 마음에 드는 건 아마도 위컴이 겠지만, 네 남편도 곧 제인의 남편만큼 좋아질 것 같다."

18

엘리자베스는 곧 다시 장난스러운 기분이 되어서, 다아시 씨에게 어쩌다 자신을 사랑하게 되었냐고 물었다. "어떻게 시작 하게 됐죠? 그 마음이 시작된 뒤로 계속 이어진 건 이해하겠어요. 하지만 처음에 시작한 계기가 뭐였죠?"

"어떤 계기가 된 시간이나 장소, 표정, 말은 딱히 몰라요. 너무 오래전 일입니다. 지나다 보니 어느새 마음속에 시작되어 있었어요."

"제 미모는 일찌감치 당신에게 면박을 당했고, 예의로 말하자면 저는 당신에게만은 늘 무례함에 근접하는 행동을 많이 했던 것 같아요. 당신에게 말할 때도 고약한 마음을 품지 않은 적이 별로 없었어요. 그러니 자, 이제 솔직히 말하세요. 제 무례함 때문에 반하신 건가요?"

"당신의 발랄한 성격 때문이었습니다."

"무례함이라고 말해도 좋아요. 무례함에 가까웠어요. 사실은 당신이 예의와 존경과 오지랖에 질린 거예요. 언제나 당신에게 인정을 받고자 말하고 보이고 생각하고 떠받드는 여자들에게 염증을 느낀 거죠. 하지만 저는 그 사람들이랑 딴판이라서 관심이 간 거죠. 당신이 이렇게 사랑스런 성품이 아니었으면, 그런 이유로 저를 미워했을 거예요. 하지만 그렇게 애써 자신을 감추었어도, 당신의 감정은 언제나 고귀하고 공평했어요. 그리고 열렬한 아부꾼들을 속으로 철저히 경멸했어요. 자, 제가 당신 대신 설명을 해버렸네요. 그리고 모든 걸 고려해보면, 이게 정말로 말이 되는 것 같아요. 당신은 확실히 제 진정한 장점은 몰랐어요. 하지만 사랑에 빠질 때 그런 걸 생각하는 사람은 없죠."

"언니가 네더필드에 아파 누워 있을 때, 따스하게 간호하던 당신의 행동에는 장점이 없었을까요?"

"아, 우리 제인! 누가 언니에게 그만큼도 못할 수 있었겠어요? 그건 저절로 그렇게 되는 거예요. 아니, 하지만 그걸 꼭 제 미덕이라 해주세요. 제 장점들은 당신의 보호 아래 있으니, 가능한 한 그것을 과장해줘요. 그리고 그 대가로 저는 되도록 자주 당신을 괴롭히고 장난치고 싸울 거예요. 그리고 이런 질문으로 지금 바로 그 일을 시작할게요. 결정적인 순간을 그렇게 기피한 이유는 뭐였나요? 우리 집에 처음 찾아왔을 때, 그리고 나중에 여기서 정찬을 했을 때 왜 저를 그렇게 피했나요? 특히 처음 찾아온 날 저를 전혀 좋아하지 않는 것처럼 행동한 이유가 뭐죠?"

"심각하고 말이 없는 당신 모습에 자신감을 잃었기 때문이죠."

"하지만 전 너무 어색했어요."

"저도 마찬가지였습니다."

"정찬 때 저한테 이야기를 더 하지 그랬어요."

"제 감정의 크기가 작았다면 그랬을 겁니다."

"당신은 합리적으로 답하고, 저도 합리적으로 인정할 수밖에

없으니 정말 불운하네요! 하지만 제가 가만있었다면 얼마나 갔을
지 궁금해요. 제가 직접 묻지 않았다면 언제 말을 했을지 말예요!
그랬다면 과연 당신 혼자 밀고 나갔을까요? 당신이 리디아에게
베푼 친절에 감사를 전해야겠다는 제 결심이 아주 훌륭한 결과를
낳았어요. 어쩌면 너무 훌륭한 결과예요. 지금의 편안함은 약속을
깼기 때문에 가능했으니까요. 사실 나는 그 이야기를 꺼내지 말아
야 했어요. 그렇다면 도덕은 어떻게 되는 건가요? 아무 소용없는
건가요?"

"고민하지 말아요. 도덕은 문제없을 겁니다. 우리를 갈라놓으
려는 이모님의 부당한 수고 덕분에 제 모든 의심이 사라졌지요.
지금의 행복은 당신이 약속을 어기고 감사를 표하려 했던 열망 때
문은 아닙니다. 그때 저는 당신이 시작할 걸 기다릴 마음이 아니
었어요. 이모님 말씀에 희망을 얻었고, 당장 모든 걸 확인하기로
마음먹고 있었습니다."

"캐서린 숙부인이 더없이 큰 도움이 되셨는데, 부인께서도 이
소식을 기뻐하셨으면 좋겠네요. 그분은 사람들을 돕는 걸 좋아하
시잖아요. 하지만 네더필드엔 왜 오신 거죠? 롱번까지 와서 어색
해하려고요? 아니면 더 중요한 일을 계획하셨던 건가요?"

"저의 진정한 목적은 당신을 만나는 것이었습니다. 제가 당신
의 사랑을 얻을 수 있다고 희망을 가져도 될지 알아보고 싶었지
요. 물론 겉으로 공언한 목적, 어쨌건 저 자신에게 공언한 목적은
제인 양이 아직도 빙리를 좋아하는지 확인해 보고, 그렇다면 빙리
에게 사실대로 고백한다는 거였죠. 그 고백은 그 뒤에 했고요."

"우리가 캐서린 숙부인께 용기 있게 이 일을 알릴 수 있을까
요? 부인은 어떻게 되실까요?"

"아마 용기보다는 시간이 더 필요한 것 같습니다, 엘리자베스. 하지만 어쨌건 알려야 하고, 당신이 제게 편지지 한 장만 주시면 당장 그 일을 처리하겠습니다."

"저도 편지 쓸 일이 없었다면, 예전에 어느 여자 분이 그랬듯이 당신 곁에 앉아서 당신의 고른 필체를 칭찬했을 거예요. 하지만 저도 숙모님께 빨리 이 일을 알려야 해요."

다시 씨와 자신은 별다른 사이가 아니라고 말하고 싶지 않았던 엘리자베스는, 그때까지 가디너 부인의 긴 편지에 답장을 하지 않고 있었다. 그러나 이제 외삼촌과 외숙모가 더없이 환영할 소식이 생기다보니, 두 분이 이 기쁜 소식을 사흘이나 모르고 있다는 게 거의 부끄러워질 지경이었다. 그녀는 즉시 다음과 같이 편지를 썼다.

숙모님의 길고 친절하고 충분한 설명에 진작 감사의 말씀을 드려야 했지만, 솔직히 말씀드리면 저는 답장을 하기에는 너무 화가 나 있었습니다. 숙모님이 모든 일을 사실보다 지나치게 멀리 넘겨짚고 계셨으니까요. 하지만 이제 원하는 대로 하셔도 돼요. 공상의 고삐를 풀고, 그 일과 관련해서 상상의 나래를 마음껏 펼쳐보세요. 제가 이미 결혼했다고 믿지만 않으신다면, 별로 큰 착오가 없을 겁니다. 얼른 다시 편지 주셔서 그 사람을 전보다 더 칭찬해주세요. 레이크 디스트릭트로 가시지 않았던 것에 거듭 감사드립니다. 그곳으로 가고 싶어하다니 제가 얼마나 어리석었는지요! 말씀하신 대로 조랑말은 정말 딱이에요. 우리는 날마다 대정원을 돌며 달릴 거예요. 저는 이 세상에서 가장 행복한 사람이에요. 다른 사람들도 이 말을 많이 했겠지만, 저만큼 이 말에 어울리는 사람은 없어요. 저는 심지어 제인보다도 행복해요. 언니는 미소만 짓는데, 저는 소리 내서 웃으니까요. 다아시 씨가 외숙모 가족께 안부와 사랑을 전하네요. 그가 제게 주고 남는 모든 사랑을 담아 보냅니다. 크리스마스에 모두 펨벌리로 오세요.

사랑하는 조카 엘리자베스

다아시 씨는 캐서린 숙부인에게 전혀 다른 문체로 편지를 보냈고, 콜린스 씨에게 보내는 베넷 씨의 답장은 그 두 편지하고도 또 달랐다.

친애하는 콜린스 씨.
다시 한 번 축하를 부탁드리겠소. 엘리자베스가 곧 다아시 씨의 아내가 될 거요. 힘을 다해 캐서린 숙부인을 위로해주시오. 하지만 내가 당신이라면 다아시 씨 편에 서겠소. 그 사람이 줄 것이 더 많으니까 말이오.

베넷

오빠의 결혼에 대한 빙리 양의 축하 편지는 다정하지만 진실하지는 못했다. 그녀는 심지어 제인에게 자신의 기쁨을 전하고 예전의 애정 고백을 반복하는 편지를 보내기도 했다. 제인은 속지 않았지만 마음은 움직였다. 그리고 그녀를 믿지 않으면서도, 그녀에게 과분할 만큼 친절한 답장을 보내지 않을 수 없었다.

다이시 양이 같은 소식에 표현한 기쁨은, 소식을 전한 오빠의 기쁨만큼이나 진실했다. 편지지 넉 장도 그녀의 기쁨과 올케 언니의 사랑을 기대하는 열망을 다 담기에는 모자랐다.

콜린스 씨의 답장이나 콜린스 부인이 엘리자베스에게 보내는 축하가 도착하기도 전에, 롱번의 가족은 콜린스 부부가 직접 루카스 로지에 왔다는 소식을 들었다. 그들이 갑작스럽게 방문한 이유는 곧 밝혀졌다. 캐서린 숙부인이 조카의 편지에 너무나도 격분한 나머지, 이번 혼사를 진심으로 기뻐하는 샬럿은 폭풍이 지나갈 때까지 피해 있기를 원한 것이다. 그런 순간에 친구가 온 것은 엘리자베스에게 큰 기쁨이었다. 하지만 그녀를 만나는 동안 엘리자베스는 샬럿의 남편이 다이시 씨에게 바치는 찬사와 온갖 비굴하고 공손한 인사치레를 보고, 친구를 만나는 기쁨의 대가가 작지 않다고 느껴야 했다. 하지만 다이시 씨는 놀라울 만큼 차분하게 그 일을 견뎠다. 그는 심지어 윌리엄 루카스 경이 허트퍼드셔에서 가장 빛나는 보석을 데려간다고 칭찬하고 모두 궁정에서 자주 만나기를 바란다고 말할 때도 차분하게 경청했다. 다이시 씨가 곤란한 듯 어깨를 으쓱했다고 해도, 그것은 윌리엄 경이 떠나고 난 뒤였다.

필립스 부인의 교양 없는 태도도 그가 인내해야 했던 또 하나의, 어쩌면 더 큰 부담이었다. 필립스 부인도 자기 언니처럼 그를 너무 어려워해서 온화한 빙리를 만날 때처럼 편안한 태도로 이야기하지 못하기는 했지만, 그래도 말할 때마다 교양 없는 언어가 쏟아져 나왔다. 그리고 다이시 씨를 존경하는 마음이 부인의 말수는 줄였어도 그 내용에 품위를 안기지는 못했다. 엘리자베스는 최선을 다해 그가 그런 일들에 자주 부딪히지 않도록 막았고, 애써 그의 교제 범위를 그녀 자신과, 수모감을 받지 않고 대화할 수 있는 친척들로 한정했다. 그리고 이 모든 일로 인해 일어나는 불편한 감정들이 연애 기간의 기쁨을 많이 앗아갔어도, 미래의 희망을 더해주기도 했다. 그녀는 그렇게 서로에게 기쁨을 주지 못하는 사교계를 떠나서, 펨벌리 가족의 평온하고 우아한 세계로 들어갈 날을 즐거이 기대했다.

19

가장 훌륭한 두 딸을 여의던 날, 베넷 부인의 모성은 지극한 행복으로 가득했다. 그 후에 부인이 빙리 부인을 찾아갈 때나 다아시 부인 이야기를 할 때, 얼마나 즐거이 우쭐댔을지는 짐작하기 어렵지 않을 것이다. 부인의 가족을 생각하면, 그렇게 간절한 소망이 자녀들의 거듭된 결혼으로 실현되었으니 부인이 좀 더 사려 깊고 온화하고 식견 있는 사람이 되었다는 말을 할 수 있었다면 좋겠다. 그러나 그렇게 생소한 형태로는 가정의 행복을 누릴 수 없었을 남편에게는, 부인이 여전히 때로 안달하고 변함없이 어리석다는 사실이 차라리 행운이었는지도 모른다.

베넷 씨는 둘째 딸이 몹시 그리웠다. 그녀에 대한 애정 때문에 그는 다른 어떤 일보다 더 자주 길에 오르곤 했다. 그는 펨벌리에 가는 걸 좋아했고, 특히 누구도 예상치 못할 때 예고 없이 가는 것을 더욱 즐겼다.

빙리 씨와 제인은 그 후 열두 달 동안만 네더필드에 있었다. 어머니와 메리턴 친척들과 가까이 사는 것은 그렇게 평온한 성격과 다정한 마음씨를 지닌 빙리와 제인에게도 별로 바람직한 일이 아니었다. 이렇게 빙리 자매의 소망은 실현되었다. 그는 더비셔 이웃 주에 영지를 하나 샀고, 제인과 엘리자베스는 본래의 큰 행복에 서로 30마일 안쪽 거리에 산다는 기쁨까지 더할 수 있었다.

키티는 대부분의 시간을 두 언니와 함께 보낸 덕에 많은 도움을 받았다. 그때까지 알던 것보다 월등한 사교계에서 지내면서 크게 성장했다. 키티는 리디아처럼 대책 없는 성격이 아니었고, 리디아의 영향력에서 멀어지면서 적절한 관심과 관리 속에 짜증도 무지도 게으름도 다 줄어들었다. 그리고 멀리 떨어진 열등한 리디아의 세계하고는 조심스레 접근을 차단당했다. 위컴 부인은 키티에게 무도회와 젊은이들 이야기를 하며, 자기 집에 와서 함께 지내자고 자주 초대했지만, 아버지는 키티가 그곳에 가는 것을 허락하지 않았다.

메리는 집에 남은 유일한 딸이었지만, 베넷 부인이 좀처럼 혼자 있지 못하는 습성이다 보니, 그녀가 예술적 교양을 쌓기란 힘들었다. 메리는 좀 더 세상과 어울리지 않을 수 없었지만, 아직도 매일매일 벌어지는 오전 방문에 도덕적인 평가를 내렸다. 그리고 더 이상 언니나 동생들과 미모를 비교당하며 수모를 겪지 않게 되자, 아버지는 그녀가 별다른 저항 없이 변화를 겪고 있다고 보았다.

위컴과 리디아의 성격은 제인과 엘리자베스의 결혼 뒤에도 그다지 변하지 않았다. 위컴은 엘리자베스가 그때까지 모르던 자신의 배은망덕과 거짓 행위들을 여럿 알게 될 거라는 사실을 묵묵히 받아들였다. 그리고 그런 모든 일에도 불구하고, 다아시가 자신에게 어느 정도 재산을 내어줄지 모른다는 희망을 포기하지 않았다. 리디아가 엘리자베스에게 보낸 축하 편지는 설령 위컴은 아니라도 적어도 그의 아내는 그런 희망을 간직하고 있다는 걸 보여 주었다. 편지는 다음과 같았다.

사랑하는 리지 언니,

즐거운 일이 많기를. 내가 우리 위컴을 사랑하는 것의 절반만이라도 언니가 다아시 씨를 사랑한다면, 언니는 정말 행복할 거야. 언니가 그렇게 돈이 많다는 건 마음에 아주 큰 위안이 돼. 달리 할 일이 없을 때면 언니가 우리를 생각해줬으면 좋겠어. 위컴이 궁정에 자리 하나를 간절히 원해. 내가 볼 때 우리는 누군가의 도움 없이는 생활비를 벌기가 힘들어. 어떤 자리라도 좋아. 1년에 3백에서 4백 파운드라도. 하지만 말하고 싶지 않다면, 다아시 씨한테 굳이 말 안 해도 돼.

리디아

실제로 엘리자베스는 말하고 싶지 않았다. 그녀는 이 편지에 답장을 보내면서 그런 종류의 부탁이나 기대에 종지부를 찍으려고 노력했다. 하지만 개인 비용의 절약이라고 할 방법을 통해서 그들에게 자주 상당한 돈을 보내주었다. 그들의 수입은 그토록 씀씀이가 헤프고 미래를 생각하지 않는 두 사람의 관리

아래서는 생활에 부족할 게 뻔했다. 그들은 거처를 옮길 때마다 제인이나 엘리자베스에게 빚 청산을 조금씩 도와달라고 손을 벌리곤 했다. 그들의 생활 방식은 휴전기*에 군대가 해산되었을 때도 전혀 흔들리지 않았다. 그들은 언제나 값싼 곳을 찾아 이사를 다녔고, 언제나 능력 이상의 돈을 썼다. 리디아에 대한 위컴의 애정은 곧 무심함으로 변했다. 그녀의 사랑은 조금 더 오래갔다. 어쨌거나 젊은 나이와 방종한 생활에도 불구하고, 그녀는 결혼으로 얻은 평판은 잃지 않았다.

다아시는 위컴을 절대 펨벌리에 들이지 않았지만, 엘리자베스를 위해 그의 구직을 도와주었다. 리디아는 남편이 런던이나 배스로 놀러 가면 때로 펨벌리를 방문했다. 그리고 빙리 가에는 두 사람 다 너무 자주 가고 너무 오래 묵어서, 온화한 성품의 빙리조차 견디지 못하고 그만 가달라고 언질하자는 의논을 할 지경이었다.

빙리 양은 다아시의 결혼으로 깊은 수모를 겪었지만, 펨벌리를 방문할 권리를 유지하는 게 좋다고 생각해서 모든 분개를 떨구었다. 조지아나에게는 전보다도 더 다정하게 대했으며, 다아시에게도 거의 예전 같은 관심을 기울이고, 엘리자베스에게는 그동안 밀렸던 모든 예의를 만회할 듯 깍듯하게 굴었다.

펨벌리는 이제 조지아나의 집이었고, 시누와 올케 사이는 다아시가 희망하던 그대로였다. 그들은 서로를 사랑할 수 있었고, 그것도 마음먹은 만큼 그대로 사랑했다. 조지아나는 엘리자베스를 더없이 높이 평가했다. 하지만 처음에는 엘리자베스

*아미앵 조약 이후 프랑스와 잠시 전쟁을 중단했던 시기.

가 오빠에게 생기발랄하고 장난스런 태도로 말하는 것을 보고 경악에 가까운 반응을 보였다. 너무 존경스러운 나머지 애정도 제대로 표현하기 힘든 오빠가 이제는 공공연한 농담의 소재가 되었다. 조지아나의 정신은 전에는 전혀 알지 못했던 지식을 얻었다. 엘리자베스의 가르침을 통해서 그녀는 여자가 남편과 허물없이 지낼 수 있다는 걸 이해하기 시작했다. 하지만 그런 자유는 물론 열 살 이상 어린 여동생과 오빠 사이에는 늘 허락될 수는 없을 것이다.

캐서린 숙부인은 조카의 결혼에 극단적으로 분노했다. 그리고 그 일을 알리는 편지의 답장에 자신의 진정한 솔직함을 드러내고, 특히 엘리자베스를 너무도 가혹하게 욕보이는 바람에 한동안 양 집안은 완전히 교류가 끊겼다. 하지만 마침내 다아시 씨는 엘리자베스의 설득으로 숙부인의 무례를 극복하고 화해를 모색했다. 이모 쪽에서 조금 더 저항하긴 했지만, 그 분노는 조카에 대한 애정과 그의 아내의 행동에 대한 호기심 앞에 무릎을 꿇었다. 그런 안주인을 맞고 또 런던에서 그런 외삼촌과 숙모가 찾아와 펨벌리 숲이 오염됐다는 사실에도 불구하고, 숙부인은 친히 펨벌리로 그들을 방문했다.

엘리자베스와 다아시는 가디너 부부와 언제나 가깝고 절친한 관계를 유지해 나갔다. 다아시도 엘리자베스 못지않게 그들을 진심으로 사랑했다. 그들은 가디너 부부에 대해 늘 깊이 감사하는 마음을 잊지 않았다. 가디너 부부가 엘리자베스를 더비셔에 데리고 오지 않았다면, 두 사람이 맺어질 날은 오지 않았을 테니까.

버지니아 울프의
〈제인 오스틴〉

커샌드라 오스틴이 자기 뜻대로 했다면 우리에게 남은 제인 오
스틴의 흔적은 소설들뿐이었을지도 모른다. 제인 오스틴은 오
직 언니 커샌드라에게만 거리낌 없이 편지를 썼고, 오직 언니
에게만 자신의 희망을, 그리고 소문이 사실이라면, 그녀가 인
생에서 겪은 커다란 좌절 하나를 털어놓았다. 하지만 노년의
커샌드라 오스틴은 동생의 명성이 높아지자 낯선 사람들이 파
고들고 학자들이 이러쿵저러쿵 떠들어댈지 모른다고 우려했
다. 그래서 개인적으로 큰 희생을 감수하고, 사람들의 호기심
을 충족시켜줄 만한 편지를 남김없이 태우고, 세상의 관심을
끌기에는 지나치게 사소하다고 판단한 것들만을 남겼다.

　그래서 우리가 제인 오스틴에 대해 알고 있는 것은 약간의
소문과 몇 통의 편지, 그리고 그녀의 책을 통해서 나온 것이다.
당대를 지나서까지 살아남은 소문은 결코 한심하지 않으며, 약
간 걸러서 들으면 우리의 목적에 훌륭하게 부합한다. 예를 들
어 제인은 "조금도 예쁘지 않고, 새침한 것이 도저히 열두 살

아이 같지 않다…… 변덕스럽고 내숭쟁이다"라고 사촌 필라델피아 오스틴은 말한다. 그리고 미트퍼드 부인이 있다. 부인은 오스틴 가 딸들의 젊은 시절을 알았고, 제인을 "자신이 기억하는 한 가장 예쁘고 어리석고 내숭 떠는 남편 사냥꾼"이라고 생각했다. 다음으로 미트퍼드 양의 이름 모를 친구가 있다. 그 친구는 "제인에게 다녀온 뒤 그녀가 더없이 꼿꼿하고 깐깐하고 과묵한 '독신의 축복'에 빠져 있더라고, 《오만과 편견》이 이 뻣뻣한 괴짜 안에 어떤 보물이 숨겨져 있는지 보여주지 않았다면 사람들은 그녀를 부젓가락이나 난로 철망 정도로밖에 여기지 않았을 거라고 말했다…… 사람이 아주 달라졌다고" 전했다고 미트퍼드 부인은 말했다. "여전히 부젓가락이긴 하지만 모두가 두려워하는 부젓가락이다…… 재치가 넘치고 인물 묘사에 달통한 사람이 말을 하지 않는 것은 섬뜩한 일이다!" 물론 그 반대편에는 오스틴 가가 있다. 그들은 스스로를 칭찬하는 일이 드물었지만, 그래도 그 오라비들은 "제인을 사랑하고 자랑스러워했다. 제인의 재능, 미덕, 상냥한 태도를 사랑했고, 나중에는 조카딸이나 자신의 딸에게서 누이 제인과 닮은 점을 찾아보려 했지만, 누구도 제인을 완벽하게 닮을 수 있다고 기대하지는 않았다"고 말한다. 매력적이지만 꼿꼿한, 집에서는 사랑받지만 밖에서는 두려워하는, 혀는 맵지만 마음은 따뜻한—이렇게 서로 반대되는 속성이 공존 불가능한 것이 아니고, 눈을 돌려 소설로 들어가면 우리는 거기서도 작가가 펼쳐 놓은 똑같은 복합성에 맞닥뜨린다.

먼저 필라델피아 오스틴이 도저히 열두 살 아이 같지 않고, 변덕쟁이, 내숭쟁이, 새침떼기라고 본 소녀는 얼마 지나지 않아 도저히 아이 같지 않은 놀라운 단편 소설 〈사랑과 우정〉을 쓴다. 믿기 어렵지만 열다섯 살에 쓴 이 작품은 함께 공부하는 형제들을 즐겁게 해줄 목적이었던 것으로 보인다. 같은 책에 담긴 단편 소설 한 편은 조금은 장난스러우면서도 엄숙하게 오빠에게 헌정되었다. 또 다른 작품은 언니 커샌드라가 예쁜 머리 그림들을 수채화로 그려 넣었다. 이런 장난은 그들 가족의 재산이었던 것 같다. 풍자가 잘 통한 까닭은 오스틴 가 자녀들이 모두 '소파에 앉아 한숨 쉬다 기절하는' 귀부인들을 비웃었기 때문이다.

그들 형제자매는 제인이 마지막 히트작에 쓴, 그들 모두가 혐오하는 한심한 행동 묘사를 읽어주면 웃음을 터뜨렸을 것이다. "나는 어거스터스를 상실한 슬픔에 순교자로 죽어요. 치명적인 혼절이 내 인생을 앗아갔어요. 혼절을 조심해요, 친애하는 로라…… 발광은 얼마든지 해도 좋지만 기절은 절대 하지 말아요……." 그리고 그녀는 펜을 움직일 수 있는 최대한 빠르게 그리고 철자를 말하는 것보다 더 빠른 속도로 달려 나가서 로라와 소피아의 놀라운 모험에 대해, 필랜더와 거스터버스에 대해, 이틀에 한 번씩 마차로 에든버러와 스털링 사이를 달리는 신사들에 대해, 책상 서랍에 보관한 큰돈의 도난 사건에 대해, 굶주린 어머니들과 맥베스를 연기한 아들들에 대해 이야기했다. 이야기는 당연히 공부방을 왁자지껄한 웃음에 빠뜨렸을 것이다. 하지만 응접실에 마련된 자신의 조용한 구석에 앉은 이 열다섯 살 소녀가 그저 형제들에게 웃음을 안기려고, 가내 소비용으로 글을 쓰지는 않았다는 것은 너무도 분명하다. 그녀는 특정인이 아니라 모든 사람을 위해서, 우리 시대와 자기 시대 모두를 위해 글을 썼다. 다시 말해 그 어린 나이에도 제인 오스틴은 작가였다. 그것은 문장의 리듬과 매끄러움과 확고함을 보면 알 수 있다. "그녀는 착하고 예의바르고 온순한 처녀일 뿐이었다. 그 점에서 우리는 그녀를 싫어할 수 없었다. 그저 경멸했을 뿐이다." 이런 문장은 그저 크리스마스 때 읽고 즐기자고 쓴 것이 아니다. 활기차고 가볍고 유쾌하고, 어리석음에 잇닿을 만큼 자유로운 〈사랑과 우정〉은 바로 그런 작품이다. 하지만 다른 것들과 섞이지 않고 책 전체를 관통해서 또렷이 울리는 이 소리는 무엇인가? 그것은 웃음소리다. 열다섯 살 소녀가 웃고 있다. 응접실의 자기 구석에서, 세상을 향해.

열다섯 살 소녀들은 늘 웃는다. 그들은 비니 씨가 설탕 대신 소금을 칠 때 웃는다. 톰킨스 노부인이 고양이를 깔고 앉을 때는 자지러진다. 하지만 그런 뒤에 곧 울음을 터뜨린다. 그들에게는 인간 본성 가운데는 변함없이 우스운 것, 언제나 우리의 비웃음을 유발하는 남자와 여자의 어떤 특징이 있다는 고정관념이 없다. 그들은 경멸하는 그르빌 부인과 경멸당하는 불쌍한 마리아가 모든 무도회의 항구적인 요소임을 모른다. 하지만 제인 오스틴은 태어날 때부터 그것을 알았다. 요람에 날아든 요정 하나가 그녀가 태어나자마자 데리고 하늘을 날며 세상 구경을 시켰음이 분명하다. 그녀는 요람에 누워서 세상의 모습만 안 것이 아니라 자신의 왕국도 이미 선택해두었다. 자신이 그 영토를 다스릴 수 있다면 다른 것은 탐내지 않겠다고 합의했다. 그래서 열다섯 나이에 그녀는 다른 사람에 대한 환상이 별로 없었고 자신에 대한 환상은 전혀 없었다. 그녀가 쓴 작품은 모두 목사관이 아니라 우주와의 관계 속에서 완성되고 움직이고 자리 잡는다. 그녀는 비개인적이고 불가해하다. 작가 제인 오스틴이 이 작품의 가장 두드러진 장면에서 그르빌 부인의 대화를 적어 나갈 때, 성직자의 딸이었던 제인 오스틴이 한때 받은 경멸에 대한 분노는 보이지 않는다. 그녀의 눈길은 곧장 표적으로 향하고, 우리는 인간 본성의 지도에서 그 지점이 어디인지 정확히 안다. 우리가 그것을 아는 것은 제인 오스틴이 계약을 어기지 않았기 때문이다. 그녀는 영토 너머를 침범하지 않았다. 열다섯이라는 감성적인 나이에도 그녀는 부끄러움에 자책하지 않고, 분출하는 동정심에 풍자를 망각하지도, 광시곡의 안개에 윤곽선을 뭉그러뜨리지도 않았다. 마치 지팡이를 휘두르며, 분출과 광시곡이여, '거기서' 멈춰라 하고 말한 것 같다. 그리고 경계선은 뚜렷하다. 그녀는 이 세상 반대편에 달과 산과 성채가 있다는 것을 부정하지 않는다. 심지어 로맨스도 있었다. 스코틀랜드의 여왕*을 향한 것이었다. 그녀는 여왕을 깊이 존경했다. "세계에서 첫째가는 인물 가운데 하나"라고, "그 매혹적인 공주는 친구라고는 당시에는 노포크 공작뿐이었고 지금은 휘태커 씨, 르프로이 부인, 나이트 부인 그리고 나뿐이다"라고 말했다. 오스틴의 열정은 이런 말들로 경계를 단정히 두르고 웃음으로 마무리되었다. 그리 멀지 않은 미래에 젊은 브론테 자매가 영국 북부에 있던 그들의 목사관에서 웰링턴 공작에 대해 어떻게 썼는지를 생각하면 흥미롭다.**

*16세기의 메리 여왕.
**웰링턴은 나폴레옹 전쟁 시기 영국의 영웅. 오스틴은 나폴레옹 전쟁이 벌어지던 당대 역사를 작품에 담지 않았지만, 역시 목사의 딸들이었던 브론테 자매는 어린 시절 웰링턴을 주인공으로 하는 이야기를 만들며 놀았다.

새침한 소녀는 성장했다. 그녀는 미트퍼드 부인이 기억하는 한 "가장 예쁘고 어리석고 내숭 떠는 남편 사냥꾼"이 되었고, 부수적으로《오만과 편견》이라는 소설을 쓴 작가도 되었다. 그러나 삐걱이는 문을 닫고 비밀스레 쓴 그 소설은 오랫동안 출판되지 않았다.* 얼마 후 그녀는 다른 작품《왓슨 가》를 쓰기 시작한 것 같지만, 어떤 이유에서인지 작품에 만족하지 못해서 미완성으로 남겨 놓았다. 위대한 작가의 2류 작품은 그의 걸작에 대한 최고의 비평 역할을 하기 때문에 읽어볼 가치가 있다. 이 작품에서 오스틴의 곤경은 좀 더 분명하게 드러나고, 그것을 극복하려는 노력은 그리 교묘하게 가려지지 않았다. 우선 앞부분에서 드러나는 경직되고 허술한 부분은 오스틴이 초고에서는 사실을 앙상하게 배치하고 이어 계속 원고를 매만지면서 살을 입히고 분위기를 더하는 작가라는 것을 보여준다. 그것이 어떻게 이루어졌을지는, 무엇을 첨삭하고 어떤 예술적 장치가 가해졌을지는 알 수 없다. 어쩌면 기적이 일어났을 수도 있다. 14년 동안의 밋밋한 가정생활은 또 하나의 정교하고 자연스러운 도입부로 바뀔 수도 있었을 것이다. 그리고 우리는 제인 오스틴이 어떤 초기의 난관을 뚫고 펜을 움직여 나갔는지 짐작할 수 없었을 것이다. 여기서 우리는 오스틴이 요술쟁이가 아니었음을 알 수 있다. 그녀는 다른 작가들처럼 고유한 천재성이 열매 맺을 분위기를 창출해야 했다. 여기서 그녀는 때로 말을 더듬고, 때로 독자를 기다리게 한다. 그러다 갑자기 오스틴은 해낸다. 사건들이 이제 그녀가 원하는 방식으로 움직인

---

* 《오만과 편견》은 1796년부터 1797년 사이 집필되었으나, 1813년에 출간되었다.

다. 에드워드 가 사람들이 무도회에 간다. 톰린슨 가의 마차가 지나간다. 오스틴은 찰스가 "장갑을 받아들고 그것을 끼라는 말을 듣는"다고 말할 수 있다. 톰 머스그레이브는 굴이 든 통을 가지고 외진 모퉁이로 물러가서 유명한 안락을 누린다. 오스틴의 천재성이 족쇄를 떨치고 활발하게 움직인다. 우리의 감각은 빨라지고, 오스틴만이 전달할 수 있는 독특한 힘에 사로잡힌다. 하지만 그건 무엇으로 이루어지는 것일까? 시골 마을의 무도회, 몇 쌍의 남녀가 만나서 손을 잡는다. 얼마간 먹고 마신다. 그리고 파국 장면에서는 한 청년이 한 여자에게 무시당하고, 다른 여자에게 따뜻한 대접을 받는다. 비극도 없고 영웅주의도 없다. 하지만 어째서인지 이 사소한 장면은 표면의 엄숙함과 균형이 맞지 않는다. 우리는 엠마가 무도회에서 그렇게 행동한다면, 앞으로 불가피하게 닥치는 인생의 심각한 위기에서 그녀가 얼마나 사려 깊고 온화하며 진정한 감정에 따르는지를 알 수 있게 된다. 그래서 제인 오스틴은 드러나는 것보다 훨씬 더 깊은 감정의 대가이다. 그녀는 우리를 자극해서 거기 없는 것은 스스로 조달하게 만든다. 그녀의 작품은 겉보기엔 사소한 것들로 이루어져 있지만, 독자의 마음속에서 확대되며 사소한 인생 장면을 영속하는 형태로 만들어간다. 강조되는 것은 항상 인물이다. 우리는 궁금하지 않을 수 없다. 오스본 경과 톰 머스그레이브가 3시 5분 전, 그러니까 메리가 쟁반과 칼집을 내오는 순간 방문했을 때 엠마가 어떻게 행동할 것인가? 상황은 더없이 어색하다. 젊은이들은 그보다 훨씬 세련된 것에 익숙하다. 자칫하면 엠마는 배운 데 없고 교양 없고 부족한 존재로 판명 날지도 모른다. 대화가 이리저리 흘러가는 동안 우리는 시종일관 바늘 위에 선 듯한 긴장을 느낀다. 그 관심의 절반은 현 순간에 있고 절반은 미래에 있다. 그리고 마침내, 엠마가 우리가 그녀에게 품은 높은 희망이 헛되지 않았음을 증명할 때, 우리는 더없이 중요한 일을 목격한 듯한 감동을 받는다. 이 미완성의 2류 작품 속에 제인 오스틴의 위대함을 알리는 모든 요소가 담겨 있다. 작품은 문학의 영원한 특징을 갖고 있다. 표면적인 활기, 일상생활과의 유사성에서 고개를 돌린다 해도 더 깊은 즐거움을 주는 인간 가치의 절묘한 구별이 남는다. 이마저 정신에서 몰아낸다면 더욱 추상적인 예술을 음미하는 것만으로도 만족을 얻을 수 있다. 무도회 장면은 다양한 감정이 등장하고 각 부분들이 너무도 훌륭하게 조화를 이루고 있어서, 이야기를 어디론가 끌고 가는 연결고리가 아니라 시를 즐기듯 그 자체로 즐길 수가 있다.

하지만 일설에 따르면 제인 오스틴은 꼿꼿하고 깐깐하고 과묵했다. "모두가 두려워하는 부젓가락"이었다. 이 부분에서도 무언가 읽어낼 수 있다. 그녀는 얼마든지 냉혹할 수 있었다. 그녀는 문학사상 가장 견실한 풍자 작가 가운데 한 명이다. 《왓슨가》의 앙상한 도입부를 보면 오스틴의 천재성이 다산성이 아님을 알 수 있다. 그녀는 에밀리 브론테처럼 그저 문을 열어놓고 그 느낌이 자신에게 다가오게 만든 작가가 아니었다. 그녀는 겸손하고 유쾌하게 둥지를 만들 가지와 지푸라기를 모아서 단정하게 엮었다. 가지와 지푸라기 자체는 건조하고 푸석거렸다. 큰 집과 작은 집이 있고, 다과회와 이따금의 소풍이 있고, 인생은 소중한 인간관계와 적절한 수입에, 그리고 진흙 길과 젖은 발, 그리고 자주 피곤해지는 여자들에 둘러싸였다. 그것을 지탱한 것은 작은 원칙, 작은 결과, 그리고 시골 중상류 집안에 공통된 교육이었다. 악행, 모험, 열정은 그 바깥에 있었다. 하지만 이 모든 밋밋함, 이 모든 사소함을 오스틴은 피하지 않고 깎아내리지도 않는다. 그녀는 끈기 있고 정확하게 그들이 어떻게 "뉴베리까지 내처 가서 정찬과 석식을 합한 여유로운 식사로 하루의 즐거움과 피로를 끝냈는지"를 말한다. 오스틴이 관습에 바치는 경의는 말에 그치는 것이 아니다. 그녀는 관습을 받아들일 뿐 아니라 그것을 믿는다. 에드먼드 버트람 같은 성직자나 특히 선원을 설명할 때, 오스틴은 그 직업의 신성함에 가로막혀서 최고의 무기인 희극적 천재성을 자유롭게 발휘하지 못하고 장식적 찬사나 무미건조한 묘사로 빠져드는 경향이 있다. 하지만 이런 것은 예외고, 대부분의 경우 오스틴은 그 이름 모를 아가씨가 설토한 것처럼 "재치가 넘치고 인물 묘사에 달통한 이가 말을 하지 않는 것은 섬뜩한 일!"임을 상기시킨다. 오스틴은 개혁도 철폐도 소망하지 않는다. 그녀는 침묵하고 그것이야말로 섬뜩하다. 오스틴은 자신의 바보, 꼰대, 속물을, 자신의 콜린스 씨, 월터 엘리엇 경, 베넷 부인을 차례차례 창조한다. 회초리 같은 문장으로 그들을 감싸서 그 실루엣을 영원히 도려낸다. 하지만 그들은 거기 남아 있다. 그들을 위한 어떤 변명도 어떤 자비도 보이지 않는다. 작품 속 역할이 끝났을 때 줄리아와 마리아 버트람은 흔적도 없다. 버트람 부인은 영원히 "자리에 앉은 채 퍼그를 불러 그 개가 화단에 들어가지 못하게 막으려고" 한다. 하늘의 정의가 분배된다. 그랜트 박사는 거위치기에게 호감을 보이는 것으로 시작해서 "뇌졸중과 죽음을 일으키고, 일주일에 세 차례 대규모 만찬을 갖는" 것으로 끝난다. 때로 제인 오스틴의 창조물들은 오직 작가에게 그 목을 자르는 천상의 기쁨을 주려는 목적으로 태어난 것 같다. 그녀는 만족하고, 이런 절묘한 기쁨을 얻는 한 누구의 머리카락 하나, 세상의 벽돌 하나, 풀잎 하나 움직이지 않을 것이다.

그것은 사실 우리 모두 마찬가지다. 지나친 허영심이나 뜨거운 도덕적 분노가 우리에게 악의와 치졸함과 어리석음으로 가득한 세상을 개선하라고 촉구한다 해도, 그것을 실행하는 것은 우리 힘을 벗어나기 때문이다. 사람들이 그렇다는 것을 열다섯 살 소녀는 알았다. 그리고 성인이 되어서 그것을 증명한다. 바로 이 순간 어느 버트람 부인은 퍼그가 화단에 들어가는 것을 막으려고 한다. 패니 양을 도우라고 채프먼을 보내지만 약간 늦는다. 그런 판별이 너무도 완벽하고 그 풍자가 너무도 타당해서, 작품 속에 그토록 일관되게 나타나도 우리는 자주 그것을 놓친다. 어떤 치졸한 흔적, 어떤 악의의 자취도 우리의 사려를 깨지 않는다. 기쁨은 묘하게 우리의 즐거움과 섞여 든다. 아름다움이 이 바보들에게 빛을 비춘다.

그 모호함은 서로 아주 상이한 부분으로 이루어져 있는 경우가 많아, 그것을 한데 모으는 데는 특별한 천재성이 필요하다. 제인 오스틴의 재치는 완벽한 취향을 동반자로 두고 있다. 그녀의 바보는 바보다. 그녀의 속물은 속물이다. 그들은 오스틴이 유념하는 모범적 이성과 분별력, 그러니까 그녀가 우리에게 웃음을 안겨주는 동안에도 명확하게 전달하는 그것과 거리가 있다. 어떤 소설가도 오스틴만큼 인간 가치에 대한 흠결 없는 감각을 제대로 활용하지 않았다. 그녀는 실수 없는 심장, 확실한 심미안, 엄격에 가까운 도덕을 배경으로 삼아, 친절과 진실과 성실

의 일탈을 영문학사상 가장 유쾌하게 보여준다. 오스틴이 좋은
점과 나쁜 점을 섞어서 메리 크로퍼드를 묘사하는 것은 전적으
로 이런 방법을 통해서이다. 그녀는 메리가 마음껏 성직자를 비
난하고 준남작 작위와 1만 파운드 연수입을 찬성하게 한다. 하지
만 이따금 자신만의 소리를 내고, 그 조용하지만 정확한 음정에
메리 크로퍼드의 수다는 여전히 재미있으면서도 곧 그 힘을 잃
는다. 이런 식으로 오스틴이 그리는 장면에는 깊이와 아름다움
과 복잡성이 있다. 이런 대비에서 아름다움이 나오고 심지어 엄
숙함도 나온다. 그것은 오스틴의 재치만큼이나 뛰어날 뿐 아니라
그 불가분한 일부이다. 《왓슨 가》를 통해 우리는 그 힘을 미리 맛
본다. 우리는 평범한 친절이 오스틴의 펜 끝에서 어떻게 깊은 의
미를 담게 되는지 궁금해진다. 그런 재능은 오스틴의 걸작들에서
완벽의 경지에 이른다. 여기서도 어긋나는 것은 전혀 없다. 노샘
프턴셔의 한낮. 재미없는 젊은이가 정찬에 앞서 옷을 갈아입으러
계단을 오르며 힘없어 보이는 젊은 여자와 이야기하고, 하녀들이
그 옆을 지나간다. 하지만 그들이 나누는 사소하고 평범한 말들
이 갑자기 의미로 가득 차고 그 순간은 두 사람 모두에게 기억할
만한 인생의 한순간이 된다. 그것은 스스로 차오르고 빛을 내며
타오른다. 우리 앞에 길게 매달려서 떨다가 잠시 고요 속에 빠져
든다. 그리고 다음 순간 하녀가 지나가고, 인생의 모든 행복이 모
여든 이 배경막이 스르르 내려가면서 평범한 일상적 부침의 일부
가 된다.

그러니 그런 것들이 지닌 심오함을 이렇게 통찰할 때, 제인
오스틴이 사소한 일상, 파티, 소풍, 시골 무도회보다 더 자연스
럽게 고를 수 있는 것이 무엇이겠는가? 섭정공이나 클라크 씨*

같은 자들이 "다른 방식으로 써보라고 제안"해도 그녀는 흔들리지 않았다. 어떤 로맨스, 모험, 정치, 음모도 그녀가 바라보는 시골집 계단 위의 인생에 빛을 비출 수 없었다. 섭정공과 그 도서관장이 부딪힌 것은 실로 강력한 장벽이었다. 그들은 부패하지 않는 양심을 매수하려 하고, 흔들림 없는 분별력을 홀트리려고 했다. 열다섯 살에 그토록 정교한 문장을 형성한 아이는 그것을 저버릴 까닭이 없었으며, 섭정공이나 도서관장이 아니라 더 넓은 세계를 위해 글을 썼다. 오스틴은 자기 힘이 무엇인지 알았고, 완성도의 기준이 높은 작가로서 어떤 소재를 다루어야 할지도 정확히 알았다. 그 영토의 바깥에 있는 인상들, 그녀가 가진 자원으로는 어떤 상상력이나 솜씨로도 제대로 다룰 수 없는 감정들이 있었다. 예를 들어 오스틴은 깃발과 예배에 열광하는 여자를 만들 수 없었다. 로맨틱한 순간에 전적으로 뛰어들 수 없었다. 그녀에게는 열정의 장면을 피할 온갖 도구가 있었다. 자연과 그 아름다움에는 고유한 옆걸음으로 다가갔다. 그녀는 달을 가리키지 않고도 밤의 아름다움을 묘사한다. 그럼에도 불구하고 "구름 없는 밤의 반짝임과 숲의 깊은 그늘이 이루는 대조"에 대한 몇 줄의 정연한 문장을 읽으면, 그 밤은 즉시 오스틴이 단순하게 말하는 대로 "엄숙하고 부드럽고 사랑스러워"진다.

오스틴이 보여주는 재능의 균형은 독보적일 만큼 완벽하다. 완결된 소설 중에는 실패작이 없고, 작품 내에서 수준이 현저히 떨어지는 장(章)도 드물다. 하지만 어쨌건 오스틴은 마흔두

*조지 4세 섭정 당시의 도서관장.

살에 죽었다. 자신의 힘이 절정에 올랐을 때 생을 마감했다. 작가의 마지막 시기를 가장 흥미롭게 만드는 변화를 겪을 수 있는 나이였다. 유쾌하고 힘차고 활기를 창조하는 재능을 받은 오스틴이 죽지 않았다면 작품을 더 썼으리라는 것은 의심할 나위가 없고, 그랬으면 그 방식이 달라졌을까 하는 궁금증이 든다. 경계는 확정되어 있다. 달과 산과 성채는 반대편에 있다. 하지만 오스틴은 이따금 잠시 바깥 영역을 침범하고 싶지 않았을까? 그녀만의 밝고 명랑한 방식으로 짧은 발견의 항해를 구상하지 않았을까?

완결된 마지막 소설인《설득》을 살펴보면서 그 연장선에서 오스틴이 죽지 않았다면 썼을 책들을 상상해보자.《설득》에는 특별한 아름다움과 따분함이 공존한다. 그 따분함은 흔히 서로 다른 두 시기를 잇는 과도기의 특징을 이룬다. 작가는 약간 지루하다. 자기 세계의 방식에 너무 익숙해졌다. 그것은 더 이상 참신하게 다가오지 않는다. 오스틴의 희극에는 이제 월터 경의 허영이나 엘리엇 양의 속물성이 별로 재미있지 않다는 통명스러움이 있다. 풍자는 가혹하고 희극은 투박하다. 오스틴은 이제 일상생활의 여흥이 참신하지 않다. 그녀의 정신은 온전히 대상을 향하지 않는다. 그러나 우리는 제인 오스틴이 예전에도 그런 일을 했고, 그것도 아주 잘해냈다고 느끼지만, 그러면서도 그녀가 이제껏 시도한 적 없는 것을 꾀한다는 느낌을 받는다.《설득》에는 새로운 요소가 있고, 케임브리지의 휴얼 박사가《설득》이 "오스틴의 작품 가운데 가장 아름답다"고 열렬하게 주장한 것은 아마도 그 속성 때문이었을 것이다. 오스틴은 세상이 생각보다 더 크고 신비롭고 낭만적이라는 사실을 발견해 나간다. 그녀가 앤에 대해 하는 말은 진실하게 울린다. "그녀는 젊은 시절 신중하라고 강요받았지만, 나이가 들면서 로맨스를 배웠다. 부자연스러운 시작의 자연스러운 발전이다." 오스틴은 자연의 아름다움과 음울함을 자주 말하고, 예전에 봄을 말하던 지점에서 가을을 말한다. "시골의 가을철이 안겨주는 커다란 달콤함과 커다란 슬픔"을 말한다. "황갈색 낙엽과 시든 생울타리"를 주목한다. "어떤 곳에서 고통을 겪었다고 그 장소에 대한 사랑이 감소하는 것은 아니다"라고 말한다. 하지만 변화가 감지되는 것은 자연에 대한 새로운 감각만이 아니다. 인생 자체에 대한 태도가 변했다. 오스틴은 작품 거의 전체에 걸쳐 인생을 자신 역시 불행하지만 다른 사람의 행복과 불행에 특별한 연민을 가진, 그리고 그런 견해를 마지막에 이를 때까지 침묵으로 표명할 수밖에 없는 여자의 눈을 통해서 바라본다. 그러므로 전에 비해 사실보다 감정에 대한 표현이 많다. 음악회 장면과 여성의 절개에 대한 유명한 대화에 감정이 확연히 표현되어 있고, 그 대화는 제인 오스틴이 사랑한 전기적 사실뿐 아니라 이제 두려움 없이 말하게 된 미학적 사실도 증명한다. 진지한 경험은 소설에서 다루기 전에 먼저 깊이 인식하고, 흐르는 시간에 철저히 소독해야 한다. 하지만 1817년에 오스틴은 준비되어 있었다. 개인의 외부 상황도 변화가 임박했다. 그녀의 명성은 천천히 높아졌다. 조카인 오스틴 리 씨는 "주목할 만한 작가 가운데 개인사가 이토록 철저히 가려진 작가를 달리 또 거론할 수 있을지 의심스럽다"고 썼다. 오스틴이 몇 년만이라도 더 살았다면 모든 것이 달라졌을 것이다. 런던에 살면서 정찬 초대를 받고 점심 초대를 받고 유명인을 만나고 새 친구를 사귀고 많은 것을 두루 읽고 여행한 뒤, 여유로운 시간에 되새겨볼 많은 기억을 안고 조용한 시골집으로 돌아왔을 것이다.

이런 일들은 제인 오스틴이 쓰지 않은 여섯 편의 소설에 어떤 영향을 미쳤을까? 그렇다고 그녀가 범죄소설이나 격정소설 또는 모험소설을 쓰지는 않았을 것이다. 출판업자의 재촉이나 주변의 아첨에 넘어가 허술하거나 불성실해지지도 않았을 것이다. 하지만 더 많은 것을 알게 되었을 것이다. 안전 의식은 흔들렸을 것이다. 희극성은 약해졌을 것이다. (《설득》에서 이미 드러난 대로) 우리에게 등장인물을 알려주는 수단으로 대화를 줄이고 회상을 늘렸을 것이다. 크로프트 제독이나 머스그로브 부인에 대해서 우리가 알아야 할 모든 것을 몇 분의 짧은 대화로 전달하는 식의, 말하자면 분석과 심리학을 담은 장들마저 속기하듯 계획 없이 적는 방식은 오스틴이 새로 인지하게 된 인간 본성의 복잡성을 담아내기에는 너무 거칠 것이다. 오스틴은 방법을 고안했을 것이고, 그것은 전과 다름없이 명료하고 차분하지만 전보다 더 깊고 은근해져서 사람들이 하는 말뿐 아니라 말하지 않는 것까지 전달하고, 사람들의 특징뿐 아니라 인생의 특징도 전달했을 것이다. 전보다 등장인물에게서 더 떨어져 서서 그들을 개인보다 집단으로 보았을 것이다. 풍자의 빈도는 줄되 강도는 더 거세졌을 것이다. 오스틴은 헨리 제임스와 프루스트의 전조가 되었을 것이다. 하지만 여기서 그치자. 이런 추측을 해봐야 아무 소용 없다. 여성 가운데 가장 완벽한 예술가, 불멸의 작품들을 남긴 작가가 "성공에 막 자신감을 느끼던 무렵에" 죽었으니까.

언제나
현역인 고전

고정아(번역가)

1

시시각각 새로운 정보가 생성되고 유통되는 현대 사회에서 고전을 읽는다는 것은 대체로 '성찰적'인 행동으로 여겨진다. 기나긴 세월의 시험을 견뎌낸 작품이라면 인간과 사회의 변치 않는 고갱이를 품고 있음이 분명하지만, 시간적 거리만큼 낯설어진 외피를 뚫고 그 안에 도달하는 데는 상당한 정신적 노력이 필요하기 때문이다. 그래서 많은 고전이 새로운 시대와 스스로를 연결해줄 두툼한 해설을 달고 당대의 저작물들 사이에 자리한다. 때로는 해설이 본편보다 더 자주 유통되기도 한다. 하지만 시간적 거리가 별로 느껴지지 않아서, 혹은 그렇다 해도 독서를 방해하지 않아서 해설이 그다지 필요 없어 보이는 작품들도 있다. 그중 첫손에 꼽힐 만한 것이 제인 오스틴의 소설들이고, 그중에서도 대표작이 바로 이 작품 《오만과 편견》이다. 《오만과 편견》은 출간된 지 2백 년이 지났지만, 이 책을 읽는 데는 어제 나온 신간을 읽는 것 이상의 정신적 노력이 필요하지 않다.

이렇듯 제인 오스틴의 소설들, 특히《오만과 편견》의 현재성은 놀라울 정도이다. 작품 자체의 인기도 시들지 않거니와 지난 2백 년 동안 이 작품에 뿌리를 둔 각색물이 수없이 출판되었고, 2천 년 이후에 나온 작품만 해도 그 수가 50편을 훌쩍 넘는다. 이 작품들은 속편 형식이나 관점을 바꾸는 등의 전통적 각색에서부터 미스터리물, 성인물, 공포물, 퀴어물 같은 '장르문학'까지 그 폭이 매우 다양하다. 물론 영화와 텔레비전 시리즈로도 여러 차례 제작되었다. 특히 1995년의 BBC 텔레비전 시리즈와 키라 나이틀리가 주연을 맡은 2005년의 영화가 인기를 끌고 2001년에는 이 작품의 현대판 개작이라고 할 영화〈브리짓 존스의 일기〉마저 흥행에 성공하면서 제인 오스틴 붐은 과거 어느 때보다도 더 커졌다. 비슷한 시기에 영화와 드라마로 제작된《이성과 감성》(국내 소개명〈센스, 센서빌리티〉, 1995)과《엠마》(1996년 영화, 1996년 텔레비전 시리즈, 2009년 텔레비전 시리즈), 그리고 제인 오스틴의 젊은 시절을 다룬 2007년 영화〈비커밍 제인〉도 이 붐에 기여했다. 영국 BBC가 2003년에 대규모로 실행한 '영국인이 가장 사랑한 책' 설문 조사에서도《오만과 편견》은《반지의 제왕》에 이어 2위를 차지했다. 그야말로 '원로'를 넘어 '아직도 현역'인 고전이라고 불릴 만한 활약이다.

2

제인 오스틴은 살아생전에는 이런 거대한 인기와 명예를 누리지 못했지만(당시의 많은 여성 작가처럼 익명으로 작품을 출판했다), 훗날 조지 4세가 된 섭정공의 초대를 받는 등 귀족 사회에서는 조용히 이름을 알렸고 작품은 꾸준히 팔렸다.《오만과 편견》

은 영국에 출간된 바로 그해에 프랑스에 번역 출간되기도 했다.

하지만 오스틴에 대한 관심이 소수 엘리트 계층을 벗어나 일반 대중 사이에 폭발한 것은 1870년에 오스틴의 조카 제임스 에드워드 오스틴 리가 《제인 오스틴 회상록》이라는 전기를 출판하면서였다. 이 책은 오스틴을 시골에서 독신으로 짧은 인생을 살다 갔지만 아마추어의 소박한 열정으로 걸작을 생산한 '사랑스런 이모'로 그렸고, 대중은 이런 작가의 이미지에 열광했다.

그러나 오스틴의 전기적 자료를 살펴보면 그녀가 문학에 품었던 열정은 '아마추어'적인 데 그치지 않음을 알 수 있다. 10대 시절부터 꾸준히 글을 쓴 그녀는 식구들에게 읽어주는 데 만족하지 않고, 작품을 출판하고 거기서 수익을 얻는 데 깊은 관심을 품은 프로 작가였다. 작품을 크게 고치는 경우도 여러 차례였고, 《오만과 편견》도 본래는 '첫인상'이라는 제목이었지만, 같은 제목의 소설이 이미 출간되었다는 이유로 '오만과 편견'으로 바뀌었다.

오스틴은 살아생전 모두 네 편의 장편소설을 출간했고, 사후에 두 편을 출간했다. 그밖에 미완성 장편소설이 두 편 있고 10대 시절에 쓴 습작기 작품들도 약간 남아 있다. 《오만과 편견》은 《이성과 감성》에 이어 두 번째로 출간된 작품으로, 작가가 서른여덟 살인 1813년에 출간되었지만 실제로 쓰기 시작한 것은 스무 살 때인 1796년이다. 오스틴이 경제적 조건이 부족하다는 이유로 남자 쪽 집안의 반대에 부딪혀 두 달에 걸친 짧은 연애에 좌절을 겪은 직후였다. 하지만 그 뒤로 18년이 지나는 동안 작품은 크게 개작되었다.

오스틴이 시골에서 조용하게 산 것은 사실이지만, 인생은 그다지 안정적이지 않았다. 《오만과 편견》의 엘리자베스 베넷과 비슷한 '하위 젠트리' 계급 출신인 오스틴에게 유일한 경제적 안정의 길은 부유한 남자와 결혼하는 것뿐이었지만, 오스틴은 스물여덟 살 때 찾아온 '애정 없는 결혼'의 기회를 저버렸다. 그 이후로는 계속 부모님과, 부친의 사망 후에는 어머니와 이리저리 이사를 다니며 살아야 했다. 귀족과 시민 계급 사이에 걸친 하위 젠트리 계급이라는 불안한 사회적 배경은 오스틴 작품의 배경을 이룰 뿐 아니라, 그녀에게 사회를 날카롭게 관찰하는 통찰력을 주었다. 그리고 그녀가 경제적인 독립이 불가능한 여성이었기 때문에, 그런 문제는 작품 속에서 사랑과 결혼을 중심으로 펼쳐진다. 오스틴의 작품이 예외 없이 강렬한 로맨스를 다루면서도 풍속소설, 사회소설의 범주에 들어가는 이유이다.

3
어쨌거나 오스틴의 작품, 특히 《오만과 편견》은 로맨틱 판타지와 유사한 점이 적지 않고, 이것은 이 작품이 대중에게 지속적인 인기를 누리는 이유 가운데 하나이다. 로맨틱 판타지는 대개 여성의 시점으로 서술된다. 이 여성이 '이상적인 애인·남편감'을 만나지만 둘 사이에 여러 장애가 끼어들고, 그 장애는 흔히 여성의 낮은 사회적 지위이다. 하지만 두 사람의 지고지순한 사랑으로 이런 장애를 뛰어넘어 해피엔딩을 이루는 것이 로맨틱 판타지의 전형이다. 흔히 '신데렐라 스토리'라고 불리는 이런 줄거리는 비현실적이라는 비난 속에서도 텔레비전 드라마를 비롯한 대중매체에 끊임없이 등장한다. 그것은 이러한 서

사 구조가 시대를 뛰어넘어 사람들에게 보편적으로 호소하는 매력이 있다는 뜻이기도 하다.

《오만과 편견》의 주인공 엘리자베스 베넷은 하위 젠트리 계급 출신에 상속 재산도 없는 처지지만 펨벌리라는 대영지를 소유한 피츠윌리엄 다아시의 마음을 사로잡아서 모든 장애를 극복하고 그와 행복하게 맺어진다. 거기다 다아시는 외모와 인격도 로맨스의 남자 주인공으로 손색이 없다. 이런 요약만 보면 전형적인 로맨틱 판타지와 다를 바 없어 보이지만, 《오만과 편견》이 그저 로맨틱 판타지에 그쳤다면 이토록 오랜 인기를 누릴 수도 없고, '고전'의 반열에 오르는 일은 더더욱 없었을 것이다. 그러면 《오만과 편견》이 흔한 로맨틱 판타지들과 다른 점은 무엇일까.

우선 《오만과 편견》은 판타지들과 같은 결론에 이를지라도 거기 이르는 과정이 매우 현실적이고 촘촘하다. 당시 문단의 거물이던 역사소설가 월터 스콧 경은 오스틴의 작품에 대해 "자연을 평범한 일상 속 모습 그대로 그린다…… 주변에서 나날이 벌어지는 일들을 정확하고도 인상적으로 묘사"했다고 칭송했다. 실제로 오스틴의 작품은 문단의 흐름이 강렬한 감정을 중시하는 감성 소설에서 리얼리즘으로 이동하는 과정의 한 지표로 여겨진다.

작품의 현실성을 높여주는 요소는 여러 가지가 있겠지만 《오만과 편견》은 첫째로 등장인물들이 세밀하고도 생생하게 그려져 있다. 그들은 어떤 속성을 부여받아 소설 속에서 기계적 역할을 수행하는 것이 아니라 제각기 자기의 영역을 살면서 이야기에 얽혀든다. 소설가 E. M. 포스터는 유명한 《소설의 양상》이라는 소설 기법론에서 소설의 인물을 '평면적 인물'과 '입체적 인물'로 설명하면서, 입체적 인물의 예로 오스틴의 작품 주인공들을 거론했다. 오스틴의 인물들은 한 가지 단순한 속성이 아니라 여러 가지 다양한 속성을 부여받으며, 그 속성들은 서로 다채롭게 결합해서 무지개 같은 군상을 이룬다. 미모는 있(었)지만 현명하지 않은 베넷 부인과 리디아, 미모는 없지만 현명한 샬럿, 어리석지 않지만 예리하지도 않은 제인, 현명하지만 행동하지 않는 베넷 씨 등 그 조합은 끝이 없다. 또한 겉보기 속성과 실질이 늘 일치하지 않음도 드러난다. 엘리자베스와 메리는 모두 책을 좋아하는 것으로 그려지지만 엘리자베스가 독서를 통해 지혜와 즐거움을 구하는 데 반해, 메리는 허영심을 채우고자 할 뿐임을 독자는 쉽게 알 수 있다.

인물의 '입체성'에 중요한 한 가지는 그들이 변화하고 발전하는 여부이다. 《오만과 편견》은 주인공들의 반성과 발전이 전개의 핵심적 계기가 되기 때문에 인물의 입체성이 어느 작품보다도 더욱 두드러진다.

이렇게 다채로운 개성을 지닌 인물들 가운데서도 가장 생생한 것은 역시 주인공 엘리자베스이다. 하지만 엘리자베스의 생생함은 '흔히 볼 수 있다'는 데 있지 않고 '새롭고 독특하다'는 데 있다. 오스틴 자신도 편지에 "그녀는 책에 나온 인물 가운데 가장 유쾌한 인물이라고 생각한다"고 썼을 만큼 엘리자베스의 매력은 신선하다. 로맨틱 판타지의 여주인공은 대개 '여성성'만으로 남성을 사로잡는 수동적인 성향을 보인다. 하지만 엘리자베스가 다아시를 사로잡는 데는 여성적 아름다움뿐 아니라 발랄한 지성과 솔직한 태도도 중요한 역할을 한다. 당시처럼 여자의 인생이 거의 전적으로 남자에 의해 결정되던 시대에 엘리자베스의 태도는 혁명적으로 보이는 요소도 있다. 이 점을 잘 드러내는 부분이 그녀가 콜린스의 청혼을 거절하는 장면이다.

콜린스 씨가 엘리자베스의 청혼 거절을 여자들 특유의 '새침함' 때문이라 여기고 오히려 그것이 그녀의 여성적 매력을 높인다고 강변할 때, 엘리자베스는 "저를 남자를 애태우는 우아한 여자로 생각하지 말고, 진실을 말하는 합리적인 사람으로 여겨주시기"바란다고 선언한다. 거기다 캐서린 숙부인에게 협박을 받을 때 부인의 사회적 지위에 압도당하지 않고 차분히 반박하는 엘리자베스의 당당함은, 그 시대뿐 아니라 지금 이 시대의 여성들에게도 통쾌한 해방감을 안긴다.

4

하지만 《오만과 편견》이 이룬 뛰어난 리얼리즘의 성취는 인물의 생생한 묘사에 그치지 않는다. 현실은 인물로만 이루어지지 않기 때문이다. 인물들이 활동하는 배경, 즉 사회와 역사가 담기지 않은 작품은 진정한 현실에 뿌리를 내렸다고 할 수가 없다. 《오만과 편견》은 플롯은 연애와 결혼을 중심으로 흘러가지만, 그를 통해서 당시의 신분계급제도와 여성의 의존적 지위 같은 사회 문제를 예리하게 바라본다. 어쩌면 그것은 결혼을 다루기 때문에 더욱 통렬하게 드러나는 것일 수도 있다. 결혼은 예나 지금이나 사회 계급과 경제적 능력이 중요한 역할을 하는 '사회제도'이기 때문이다.

그리고 《오만과 편견》은 이런 비판을 엄격한 표현이 아닌 풍자와 유머와 아이러니를 통해 전달했다. 그로 인해 작품은 신랄한 리얼리즘 속에서도 작가 스스로 "너무 가볍고 반짝거려서 그늘이 필요하다"고 할 만큼 유쾌한 작품이 되었다.

그런데 오스틴의 작품에서 당시 사회는 선명하게 읽히지만, 역사를 읽는 것은 쉽지 않다는 비판도 있다. 《오만과 편견》에는 위컴을 비롯한 군인들이 등장하는데, 이들은 진홍색 제복 차림으로 처녀들을 유혹하는 것 이외에 무슨 일을 하는지 드러나지 않는다. 실제로 오스틴이 작품을 쓰고 출간한 시기는 영국이 프랑스의 나폴레옹과 전쟁을 벌이던 때였지만, 작품만 보면 그런 사실을 알 길이 없다. 이에 대해서는 관점에 따라 다양한 판단을 할 수 있을 듯하다. 역사가 개인에게 미치는 거대한 영향을 생각할 때 당대의 주요 역사가 보이지 않는 것은 다소 몰역사적이라고 볼 수도 있다. 그러나 역사는 큰 사건들뿐 아니라 거대한 흐름을 통해서도 드러난다고 보면, 엘리자베스의 '시대를 앞서는', 나아가 '혁명적이고 전복적인' 태도는 이미 역사적 변화를 담고 있다고도 할 수 있다. 실제로 1980년대 이후 최근의 오스틴 비평은 여성주의, 탈식민주의, 마르크스주의 등에 근거해서 오스틴 작품의 사회 비판 이면에 담긴 역사적, 정치적 의미를 찾는 것이 주류를 이루고 있다.

5

《오만과 편견》은 제목에 대해서도 다양한 해석이 있다. 흔히 다아시의 오만과 엘리자베스의 편견이 서로의 사랑을 가로막는 장애물 역할을 했다는 식이다. 하지만 앞서 말했듯이 이 작품의 원래 제목은 '첫인상'이었다. 그리고 다아시와 엘리자베스 두 사람 다 오만과 편견을 모두 가졌고, 그것이 두 사람의

'잘못된' 첫인상을 만들었다. 엘리자베스는 무고한 다아시를 악당으로 보았고, 다아시는 엘리자베스를 사랑하는 진심을 전달하지 못했다.

하지만 독자들은 처음부터 두 사람 사이의 로맨틱한 긴장을 눈치채고, 이들이 '진실'을 찾아가는 여정에 흥미진진하게 동참하게 된다. '티격태격하던 남녀가 우여곡절 끝에 서로의 진심을 알게 되는' 것은 로맨틱 코미디의 기본 과정이지만, '가려진 진실을 찾는' 일은 소포클레스의 《오이디푸스 왕》 이후 문학의 영원한 테마이기도 하다. 진실은 쉽게 오지 않는다. 엘리자베스가 다아시의 편지를 읽고 생각을 거듭한 끝에 "지금 이 순간까지도 나는 나 자신을 몰랐던 거야" 하고 고백하는 장면은 그녀의 오만과 편견이 동시에 무너져 내리는 충격과 고통의 순간이다. 하지만 그렇게 자신의 어리석음을 인정하는 모습을 보며 독자들은 역설적으로 그녀가 진실로 현명하다는 것을 깨달을 수 있다.

그런 깨달음을 통해서 작품은 해피엔딩으로 유쾌하게 끝난다. 그것도 제인과 엘리자베스가 동시에 맞는 두 겹의 해피엔딩이다. 그리고 거기 이르는 길은 "'완벽성'으로 칭찬을 받는다"(브라이언 서댐). 때로 "울타리에 둘러싸이고 말끔한 테두리와 섬세한 꽃들로 정교하게 가꾼 정원"에 불과하다는 평(샬럿 브론테)도 받고 "가정 희극의 테두리 안에서 성취되는 비좁은 완벽성"(서댐)이라는 평도 받지만, 그 길은 2백 년 동안 동서양의 무수한 독자들에게 즐거움을 안겨주었다. 사람들이 사랑하고 결혼하고 그 앞에서 사회적 조건과 서로의 오해에 좌절하는 일이 계속되는 한 《오만과 편견》의 매력은 앞으로도 오랫동안 사라지지 않을 것이다.

12월 16일 영국 햄프셔 주 스티븐턴에서 교구 목사 조지 오스틴의 일곱째 딸로 태어남.	1775
가족이 함께 첫 가족 공연으로 〈머틸다〉 상연.	1782
언니 커샌드라와 함께 옥스퍼드의 콜리 부인 기숙학교에 입학. 같은 해 콜리 부인을 따라 사우샘프턴으로 옮겨 갔으나 장티푸스에 걸려 학업을 중단하고 집으로 돌아옴.	1783
가족 공연으로 리처드 셰리든의 〈경쟁자들〉 상연. 이러한 공연을 통해 특유의 풍자와 유머가 싹 틈.	1784
언니와 바크셔 리딩에 있는 리딩 수도원 여자기숙학교에서 수학. 많은 문학 작품을 접하기 시작함.	1785
학교를 그만두고 아버지와 두 오빠에게 독서와 작문 지도를 받음.	1786

친구나 가족에게 자신의 작품을 들려주는 것에 흥미를 느끼고 소설 습작을 시작함.	1787
6월 초기 습작 가운데 하나인 〈사랑과 우정〉을 탈고.	1790
초기 습작 〈레슬리 캐슬〉과 〈이블린〉 탈고 후 〈캐서린 혹은 은신처〉의 집필을 시작.	1792
〈찰스 그랜디슨 경 혹은 행복한 사람〉이라는 짧은 희곡을 쓰기 시작함.	1793
서간체 소설 《레이디 수전》 집필.	1794
첫 장편소설 《엘리너와 메리앤》을 집필. 12월 이웃의 조카인 톰 르프로이를 만남. 막 대학을 마치고 삼촌댁에 방문차 와 있던 톰과 각별한 친분을 쌓음.	1795
1월 톰이 런던으로 떠남. 10월 《오만과 편견》의 초고인 《첫인상》 집필 시작.	1796
《첫인상》을 탈고하고 《엘리너와 메리앤》을 바탕으로 《이성과 감성》을 쓰기 시작함. 아버지의 권유로 《첫인상》을 출판사에 보냈으나 거절당함.	1797
《노생거 사원》의 초고인 《수전》 집필 시작.	1798
가족과 함께 바스로 이사.	1801
여섯 살 연하인 해리스 빅위더에게 청혼을 받고 응낙했으나 하루 만에 마음을 바꾸어 거절함.	1802
크로스비 출판사에 《수전》을 10파운드에 팔았으나 출판되지 못함.	1803

1월 아버지 조지 오스틴 사망.	**1805**
어머니, 언니와 함께 사우샘프턴으로 이주.	**1806**
아내를 잃은 셋째 오빠 에드워드의 권유로 초턴으로 이사.	**1809**
출판업자 토머스 이거튼과 《이성과 감성》 출판 계약.	**1810**
10월 넷째 오빠 헨리 부부가 거주하는 런던에 기거하며 《이성과 감성》 출간. 《맨스필드 파크》 집필을 시작함.	**1811** 《이성과 감성》
《오만과 편견》의 판권을 110파운드에 이거튼에게 넘김.	**1812**
《오만과 편견》이 큰 호평을 받음. 런던에 계속 머물며 이후 모든 작품을 익명으로 출간.	**1813** 《오만과 편견》
1월 《맨스필드 파크》 출간. 《엠마》의 집필을 시작함.	**1814** 《맨스필드 파크》
10월 《엠마》의 출간 직전, 섭정공(훗날 조지 4세)의 도서관장으로부터 《엠마》를 섭정공에 헌정할 것을 권유받고 동의함. 12월 《엠마》 출간.	**1815** 《엠마》
《설득》의 초고를 완성. 건강이 악화되기 시작함.	**1816**
《샌디튼》을 쓰기 시작했지만 건강이 악화되어 중단함. 5월, 요양을 위해 윈체스터로 이주. 7월 18일 42세의 나이로 영면, 윈체스터 성당에 안장됨. 12월 출판업자 머레이가 《노생거 사원》과 《설득》을 묶어서 출판함.	**1817** 《노생거 사원》 《설득》

머레이가 《노생거 사원》과 《설득》의 판본을 폐기. **1820**

리처드 벤틀리가 남아 있던 오스틴의 판권을 사들여 12년 만에 5권으로 출간. **1832**

최초의 제인 오스틴 전집 출간. **1833**

고전의 경계를 넘어 내일을 여는 문학 세계 문학의 숲

리스마스의 상징이 된 디킨스의 대표작

*BBC 선정 영국이 가장 사랑한 책 100선
*BBC 조사 '지난 천 년간 최고의 작가' 5위

029 젊은 예술가의 초상

제임스 조이스 | 장경렬 옮김

《데미안》과 어깨를 나란히 하는 20세기 최고의 지적 성장소설

*모던라이브러리 선정 최고의 영문소설 3위
*국립중앙도서관 선정 고전 100선
*서울대학교 권장도서 100권
*국립중앙도서관 선정 청소년 권장도서 50선
*미국대학위원회 선정 SAT 추천도서

030 미래의 이브 국내초역

오귀스트 빌리에 드 릴아당 | 고혜선 옮김

인조인간과의 사랑을 본격 소재로 하여 펼쳐지는 SF의 전설적인 고전

031 비전

윌리엄 버틀러 예이츠 | 이철 옮김

노벨문학상에 빛나는 위대한 시인 예이츠의 오랜 꿈과 예언이 담긴 마지막 걸작

*노벨문학상 수상작가

032 미친 사랑

다니자키 준이치로 | 김석희 옮김

일본 탐미주의문학의 상징 다니자키 준이치로의 대표작

033 제7의 십자가 1, 2

안나 제거스 | 김숙희 옮김

반파시즘과 반독재의 상징이 된 기념비적 작품이자 사회주의 리얼리즘의 걸작

035 귀여운 여인

안톤 체호프 | 김규종 옮김

세계 3대 단편작가 안톤 체호프의 문학을 한눈에 조망할 수 있는 걸작 선집

036 열두 개의 의자 1, 2

일리야 일프·예브게니 페트로프 | 이승억 옮김

유쾌한 두 천재 작가의 만남으로 탄생한

소비에트 문학사상 가장 통쾌한 소설

038 밤은 부드러워 1, 2

F. 스콧 피츠제럴드 | 공진호 옮김

집필 기간 9년, 17번의 개고를 거쳐 탄생한 피츠제럴드 문학의 결정판

*모던라이브러리 선정 최고의 영문소설 100선

040 마음은 외로운 사냥꾼

카슨 매컬러스 | 서숙 옮김

고독 속에서 사랑을 갈망하는 이들의 쓸쓸한 초상, 20세기 미국 문단의 기적 카슨 매컬러스의 경이로운 데뷔작

*타임 선정 100대 영문소설
*모던라이브러리 선정 최고의 영문소설 100선
*오프라 북클럽 선정도서

041 목신 판 국내초역

크누트 함순 | 김석희 옮김

혁신적 미학으로 20세기 소설의 새로운 장을 연 노벨문학상 수상작가 크누트 함순의 대표작

*노벨문학상 수상작가

042 젊은 베르터의 고뇌

요한 볼프강 폰 괴테 | 김용민 옮김

세계 3대 시성 괴테의 첫 소설. 청년 괴테의 자전적 요소가 담긴, 질풍노도 문학의 대표작이자 서구문학사 최초의 '세계문학'

043 인간의 대지

앙투안 드 생텍쥐페리 | 김윤진 옮김

한계상황에 처한 인간의 숭고한 의지를 시적이면서 철학적인 표현으로 그려낸 생텍쥐페리의 대표작

1931년 페미나상 수상작 〈야간 비행〉 동시 수록

*1939년 아카데미 프랑세즈 소설대상
*1939년 전미도서상 수상

044 피에르, 혹은 모호함 1, 2 국내초역

허먼 멜빌 | 이용학 옮김

《모비딕》의 고독과 〈필경사 바틀비〉의 절망

이 만나다. 19세기 미국문단의 가장 이례적인
작가 허먼 멜빌의 숨겨진 걸작

시공사 세계문학의 숲은 계속 출간됩니다.

옮긴이 고정아

서울에서 태어나 연세대 영어영문학과를 졸업했다. 현재 전문번역가로 활동하고 있으며, 옮긴 책으로는《전망 좋은 방》《하워즈 엔드》《순수의 시대》《내 무덤에서 춤을 추어라》《노 맨스 랜드》《천국의 작은 새》《아서 새빌 경의 범죄》외 다수가 있다.

세계문학의 숲 016
오만과 편견

초판 1쇄 발행일 2012년 2월 7일
초판 7쇄 발행일 2023년 4월 10일

지은이 제인 오스틴
옮긴이 고정아

발행인 윤호권
사업총괄 정유한

편집 박주희 **마케팅** 윤아림
발행처 ㈜시공사 **주소** 서울시 성동구 상원1길 22, 6-8층(우편번호 04779)
대표전화 02-3486-6877 **팩스(주문)** 02-585-1755
홈페이지 www.sigongsa.com / www.sigongjunior.com

ISBN 978-89-527-6401-0 04840
ISBN 978-89-527-5961-0 (세트)

*시공사는 시공간을 넘는 무한한 콘텐츠 세상을 만듭니다.
*시공사는 더 나은 내일을 함께 만들 여러분의 소중한 의견을 기다립니다.
*잘못 만들어진 책은 구입하신 곳에서 바꾸어 드립니다.